南北朝演义

(清) 杜纲 著

中国文史出版社

图书在版编目（CIP）数据

南北朝演义 /（清）杜纲著 . -- 北京：中国文史
出版社，2018.6
（话说中华五千年）
ISBN 978-7-5205-0298-6

Ⅰ.①南… Ⅱ.①杜… Ⅲ.①章回小说—中国—当代
Ⅳ.① I246.4

中国版本图书馆 CIP 数据核字（2018）第 113450 号

责任编辑：秦千里

出版发行：中国文史出版社

社	址：	北京市海淀区西八里庄 69 号院　邮编：100142
电	话：	010-81136606　81136602　81136603（发行部）
传	真：	010-81136655
印	装：	廊坊市海涛印刷有限公司
经	销：	全国新华书店
开	本：	16 开
印	张：	27.25
字	数：	717 千字
版	次：	2019 年 5 月北京第 1 版
印	次：	2019 年 5 月第 1 次印刷
定	价：	95.00 元

出版说明

《南北史演义》包括《北史演义》六十四回和《南史演义》三十二卷,清代杜纲著。

《北史演义》记述了公元 500 年北魏宣武帝继位至公元 581 年隋文帝统一全国约 80 年的历史。作者依据正史,参以野史,呈现了中国古代历史上各种关系最为复杂、战乱最为频繁的历史。

《南史演义》承接《北史演义》,叙述自东晋以迄宋、齐、梁、陈二百余年间的历史,情节大体符合史实。作者较多地描写了宋武帝刘裕、齐高祖萧道成、梁武帝萧衍与陈武帝陈镛先四位创业君主,又以宋朝刘裕的事迹为多。

作者叙述基本符合正史所载,没三国演义那么夸张,又较蔡东藩所著活泼不少。小说结构清晰,主次有序,人物形象鲜明,语言通达流畅。

杜纲(约 1740 - 1800),字振三,别号草亭老人,江苏昆山人。具体生平不详,少时有名,老不得志,著书自娱。与散曲家许宝善友善。另著有《近是集》《娱目醒心编》。

檀道濟　宋武帝劉裕　營陽王劉義符　廬陵王劉義真

謝晦　徐羨之　傅亮

殷貴妃　宋孝武帝劉駿　潘淑妃　宋文帝劉義隆　元凶劉劭

宋順帝劉準　蒼梧王劉昱　宋明帝劉彧　宋廢帝劉子業　山陰長公主

褚淵　袁粲　齊高帝蕭道成　劉秉

齊明帝蕭鸞　齊武帝蕭賾　鬱林王蕭昭業　海陵王蕭昭文

潘貴妃　齊東昏侯蕭寶卷　齊和帝蕭寶融　顏見遠

朱异　韋叡　梁武帝蕭衍　蕭懿　昭明太子蕭統

侯景　豫章王蕭棟　梁簡文帝蕭綱　溧陽公主　蕭正德

王僧辯　後梁主蕭詧　梁元帝蕭繹　梁敬帝蕭方智　蕭淵明

臨海王伯宗　陳武帝霸先　陳宣帝頊　馮寶　洗夫人

江總　沈皇后　陳後主叔寶　張貴妃麗華　孔貴嬪

高允　魏文成帝拓跋濬　魏明元帝拓跋嗣　魏太武帝拓跋燾　崔浩

魏孝文帝元宏　魏獻文帝拓跋弘　馮太后　馮皇后　李奕

爾朱榮　魏孝明帝元詡　魏宣武帝元恪　胡貴嬪

高歡　貴妃　北齊主高洋　東魏主元善見

西魏中山王拓跋廓
西魏主元寶炬
宇文泰
馮翊長公主
宇文護

北齊幼主恒
北齊胡太后
北齊王高緯
北齊承祀妃馮小憐
北齊穆皇后
斛律光

北周太子闈
天元帝后楊氏
北周天元帝宇文贇
宇文憲
宇文孝伯

獨孤皇后
隋文帝楊堅
宣華夫人陳氏
廣太子楊勇

高頴
賀若弼
韓擒虎
楊素
楊玄感

吳絳仙
朱貴兒
隋煬帝楊廣
楊政道
蕭皇后

越王侗
代王侑
宇文化及
王世充

秦王李世民
唐高祖李淵
突厥咄苾可汗
義成公主
突厥啟民可汗

目　录

北朝演义

南朝演义

北朝演义

序

　　今试语人曰：尔欲知古今之事乎？人无不踊跃求知者。又试语人曰：尔欲知古今之事，盖读史？人罕有踊跃求读者。

　　其故何也？史之言质而奥，人不耐读，读亦罕解。故惟学士大夫或能披览，外此则望望然去之矣。假使其书一目了然，智愚共见，人孰不争先睹之为快乎？

　　晋陈寿《三国志》结构谨严，叙次峻洁，可谓一代良史。然使执卷问人，往往有不知寿为何人，《志》属何代者。独《三国演义》虽农工商贾、妇人女子，无不争相传诵。夫岂演义之转出正史上哉，其所论说易晓耳。

　　然则《北史演义》之书，讵可不作耶？虽然又有难焉者，夫《三国演义》一编，著忠孝之谟，大贤奸之辨，立世系之统，而奇文异趣错出其间，演史而不诡于史，斯真善演史者耳，《两晋》、《隋唐》皆不能及。至《残唐五代》、《南北宋》，文义猥杂，更不足观，叙事之文之难如此。

　　况自魏季迄乎隋初，东属齐，西属周，其中祸乱相寻，变故百出，较之他史头绪尤多，而欲以一笔写之，不更难乎？

　　草亭老人潜心稽古，以为此百年事迹，不可不公诸见闻。于是宗乎正史，旁及群书，搜罗纂辑，连络分明，俾数代治乱之机，善恶之报，人才之淑慝，妇女之贞淫，大小常变之情事，朗然如指上罗纹。作者欲歌欲泣，阅者以劝以惩，所谓善演史者非耶？

　　余尝谓历朝二十二史是一部大果报书。二千年间出尔反尔，俋得俋失，祸福循环，若合符契，天道报施，分毫无爽。若此书者，非尤大彰明较著者乎？

　　——余故亟劝其梓行，而为之序。

乾隆五十八年，岁在癸丑，端阳日

愚弟许宝善撰

凡　例

一、是书起自魏季,终于隋初。凡正史所载,无不备录,间采稗史事迹,补缀其缺,以广见闻所未及。皆有根据,非随意撰造者可比。

一、是书以北齐为主,缘始于尔朱氏,而宇文氏继之,故皆详载始末,而于北齐事则尤详。

一、叙战事最易相犯,书中大小数十余战,或斗智,或角力,移形换步,各个不同。

一、兵家胜败有由,是书每写一战,必先叙所以胜败之故。或兵强而败形已兆,或兵弱而胜势已成。结构各殊,皆曲曲传出,俾当日情事阅者了然心目。

一、书中叙梦兆,叙卜筮,似属闲文,然皆为后事埋根,此文家草蛇灰线法也。

一、叙事每于极忙中故作闲笔,使忙处不见其忙,又忙处益见其忙。

一、是书每写一番苦争恶战,死亡交迫,阅者方惊魂动魄,忽按入闺房燕昵,儿女情长琐事以间之,浓淡相配,断续无痕,总不使行文有一直笔。

一、是书头绪虽多,皆一线贯穿,事事条分缕晰,以醒阅者之目。

一、是书叙事有不使即了,而留于他事中方了之者;有略于本文,而详于旁述者,要看他用笔伸缩处。

一、书中紧要事,必前提后缴,以清眉目。

一、书中紧要人,皆用重笔提清,令阅者着眼。

一、叙书中勇将若尔朱兆、高敖曹、彭乐、贺拔胜等,同一所向无敌,而气概各别,开卷即见。

一、高氏妃嫔,娄妃以德著,桐花以才著,尔朱后、郑娥以色著,故不嫌详悉。余皆备员,可了即了,以省闲笔。

一、孝庄诛尔朱荣,周武诛宇文护,兰京刺高澄,皆猝起不意,事极忙乱,写得面面都到,笔意全学龙门。

一、书中女子以节义著者,如西魏宇文后,殉节于少帝;尔朱妃嫚娟,殉节于陈留王元宽;岳夫人灵仙,殉节于高王;齐任城王妃卢氏,家灭不改节;周宣帝后杨氏,国亡不变志。皆用特笔表出,以示劝勉之意。

一、凡叙男女悦好,最易伤雅。此书叙魏武灵后逼幸清和,齐武成后私幸奸僧,高澄私通郑娥,永宝私通金婉,无不曲折详尽,而不涉一秽亵之语,避俗笔也。

一、齐之文宣淫暴极矣,又有武成之淫乱,周天元之淫虐继之,卷中列载其事,以见凶乱如此,终归亡灭,使人读之凛然生畏。

一、叙高氏宫室壮丽,庭院深沉,府库充实,内外上下,规矩严肃,的是王府气象,移掇士大夫家不得。非若他书形容朝庙威仪,宛似市井富户模样也。

　　一、欢逐君,泰弑主。欢居晋阳,遥执朝权;泰居同州,独握政柄。泰战败,几死于彭乐;欢战败,几死于贺拔胜。泰劝帝娶蠕蠕国女,欢亦自娶蠕蠕国女。欢死而洋篡位,泰死而觉窃国。欢之子孙戕于一本,泰之诸子亦戕于骨肉。其事若遥遥相对。惟泰女为后殉节,欢女以帝后下嫁,则欢好色而泰不好色,故所以报之者亦殊。

　　一、南朝事实有与北朝相涉者,略见一二。余皆详载《南史演义》中,即行续出。

第一回　魏宣武听谗害贤　高领军固宠献女

粤自炎汉之末，天下三分，曹操夸有中原，孙权雄据江东，先主偏安西蜀，鼎峙者数十年。司马氏兴，篡魏，灭蜀，吞吴，四海一统。晋武帝崩，惠帝继立，庸懦昏愚，贾后乱政，诸王日寻干戈，遂成五胡之乱。刘渊称汉，李特号蜀。刘曜继汉而称前赵，石勒灭曜而称后赵。前秦则苻氏，后秦则姚氏，西秦则乞伏国仁。燕则前有慕容廆，后有慕容垂，西为慕容冲，南为慕容德。其后冯跋据昌黎，又称北燕。凉亦分四，前凉张轨，后凉吕光，南凉秃发乌孤，西凉李暠，北凉沮渠蒙逊。而赫连勃勃据朔方，国号大夏。晋之子孙在北者，屠灭殆尽。惟琅琊王睿，系宣帝曾孙，相传其母夏侯妃，通小吏牛金而生。当日见中原大乱，遂同西阳王羕等，渡江南来，众遂奉之为君。延西晋之统，而弃中州于不问，一任五胡云扰，互相吞噬。于时拓拔珪兴于代北，改代称魏。乘燕慕容氏衰，南取并州，东举幽、冀，国日以大。晋安帝隆安二年，即帝位，建都平城，是为道武皇帝。道武殂，明元帝立。明元殂，太子焘立，是为太武帝。其时诸邦皆灭，惟北凉、北燕、夏三国尚存。太武悉平之，除却东南半壁，中土皆为魏有。太武殂，延及文成、献文，国家无事。孝文即位，宽仁慈爱，精勤庶务。以平城地寒，迁都洛阳，改称元氏。性好读书，善属文，诏策皆自为之。好贤乐善，百姓皆安，天下大治。魏世称为极盛。使承其后者克肖其德，则魏业之隆，可传之千世万世，何至一传而后奸雄并起，遂成高氏、宇文氏篡夺之祸哉？贾子曰："天下大器也置诸安处则安，置诸危处则危。"语云："物必先腐也，而后虫生之。"自古败亡之祸，未有不自朝廷无道始也。

话说魏自孝文帝崩，太子恪立，是为宣武帝。帝年十六，不能亲决庶务，委政左右近臣。最用事者，国丈于烈、皇舅高肇。肇又尚帝姑高平公主，与于烈并为领军、手握重兵，权重一时，群臣侧目，虽诸王亦皆畏之。时有咸阳王元禧，系献文帝子，与于烈不睦，见帝宠信他，屡加显职，而身为帝叔反遭疏忌，深怀怨望，府中蓄养丁壮，招纳四方术数之士。与御前直寝符承祖、薛魏孙，黄门侍郎李伯尚，直阁将军尹龙武，结为死党，专待朝廷有衅，从中举事。一日，帝将驾幸北邙，六军从行。禧谓承祖、魏孙曰："主上出幸，京师虚弱，汝等为侍驾臣，朝夕在侧，图帝甚易，吾起于内，汝应于外，大事可立成，富贵共之。"二人应诺而去。次日，遂集其党数十人，在城西宅内，同议起兵。尹龙武曰："主上虽出，高肇、于烈留守，必有严备，府中兵士，何足以济？贸然为之，恐无成而受祸，王宜缓之。"伯尚亦以为不可。于是众皆疑惧，其谋遂寝。

再说帝在邙山，因天气酷热，乃止于山之浮屠阴处，摆设卧具，假寐帐中。值寝薛魏孙、符承祖先预逆谋，而咸阳疑惧中止却未知之。魏孙见帝睡熟，将利刃藏于衣底，便欲行刺。走至帐下，见帝容貌如神，未敢下手。承祖从后牵其衣曰："吾闻杀天子者，身当癞，汝何利乎？"魏孙持刀而退。帝开眼见二人密语，形状闪烁，忙即起身。时于烈之子于登，亦司值寝，适至阶下，帝遂呼令执。随驾者俱到，搜出利刃，将二人背剪，帝亲拷问。二人料难瞒隐，大呼曰："非臣敢反，乃咸阳王教臣如此耳！"帝大惊，遂囚二人于幕下。忽御前军士奏报，拿获一人刘小苟，系咸阳亲卒，来告咸阳反状。帝讯之得实，恐京师有变，深为疑惧。于登奏曰："臣父为领军，必无所虑。"帝乃遣登飞马入京观之。登至京，其父于烈，已下令严备，使登回奏曰："臣虽朽迈，心力犹足，禧等猖狂，不足为虑。愿帝徐还，以安人心。"帝闻奏大悦，谓登曰："朕嘉卿忠款，赐卿以忠为名。"于是于登改名于忠。帝遂连夜起驾，五更即抵皇城。入宫后，即着于烈父子领兵去捉咸阳。

且说咸阳王谋叛不成，心不自安，尚不知事已败露，与两个爱姬申屠夫人、张玉妹宿于洪池别馆。夜半左右来报，有千万马嘶之声，从洪池西北而来。王大惊，知事泄，急上马走。二姬及心腹二三十人，亦狼狈上马，相从而逃。行未数里，两姬在后，已被捉去。从人皆散，单存尹龙武一人。因向龙武道："今投何处去好？"龙武道："不如投梁。"盖其时南朝已易四代，正值梁武开基，故龙武劝其南奔。咸阳不应，龙武道："我生死从王，今追兵已近，奈何？"行至柏坞岭，于烈父子追及，遂与尹龙武一同被执，解至洛阳。帝命囚之华林都亭，使军士守之。时热甚，帝敕断其水浆，咸阳渴闷垂死，侍中崔光见而怜之，进以酪浆升余，王始苏。

却说咸阳兄弟七人：长孝文、次咸阳、三赵郡王、四广陵王、五高阳王、六彭城王、七北海王。昆弟中惟彭城王勰最贤。当日闻咸阳反事，不胜悲悼。因在帝前与诸王大臣共议咸阳之罪，劝帝斥为庶人，幽之内省，尽其天年。帝未决，于烈、高肇共奏道："咸阳无父无君，死罪难赦。"

帝从之，乃命归旧邸，并其妃李氏同日赐死。幽其子女，党叛者皆斩，籍没财产，以赐高、于两家。选其歌姬舞女，充入内廷。有旧宫人感咸阳之恩，作歌悲之，其歌曰：

> 可怜咸阳王，奈何作事误。金床玉几不能眠，夜宿霜与露。洛水湛湛弥
> 长岸，行人哪得渡。

其歌流至江表，北人之在南者，闻之无不洒泪。

再说彭城友爱异常，当日不能救咸阳之死，心甚惨戚。后又闻其长子元通逃往河内太守陆秀家，秀不念旧恩，杀之，封首入朝，心益悲痛。故不遇朝谒，终日在府闷坐。一日，有天使来召，入朝见帝。帝赐坐，启口道："有一事劳卿，卿为朕玉成之。朕大婚三载，尚无子嗣。今闻已故皇舅高偃，有女秀娥，年十六。前日高平公主来朝，称说其女才色兼备，德貌无双。朕欲纳之，烦卿去宣朕意。"彭城知事出高肇，欲图椒房之戚以固其宠，便奏道："此系文昭皇后侄女，于陛下为表姊妹，不宜充作妃嫔。"帝曰："此却何害？朕欲遣卿去者，观其色果何如耳。"彭城不敢违，先至肇家，宣达帝意。然后与肇同至偃府。肇令秀娥出见，果然天姿国色。暗想："此女入宫，必得帝宠。但眼俊眉丰，恐无淑德。况肇非良善，现已恃宠弄权，将来又得内援，必更横行无忌，贻祸国家。"因即起身相别，回奏道："此女虽有颜色，但轻盈而无肌骨，恐非受福之人。"帝闻奏，遂置不问。肇知之，深怨彭城。一日，帝坐便殿，值寝于忠侍。偶言高偃女有美色，彭城言其

福薄，不可入宫，朕甚惜之。忠亦与彭城不睦，因言："彭城误我主矣，此女美丽如仙，岂无异福？"帝遂决意纳之，便命有司具礼迎入。帝见秀娥芳华淑质，光采动人，后宫罕有其匹，不胜惊喜。是日，即册为贵嫔，宠冠六宫。于是疑彭城为欺己，益加恩高氏。

　　且说魏自孝文以来，崇尚佛教，大兴寺院，王侯贵家女子有入道修行者。武安伯胡国珍之妹。在胡统寺为尼，号曰静华真净禅师。以家门贵显，住持山门。国珍夫人皇甫氏，久无生育，于太和十三载忽然怀孕，生下一女，红光紫气照耀一室，国珍奇之。有卜人赵明者，密令卜之。赵云："此女大贵，异日当为天下母，但恐不获善终。"国珍大喜，名之曰仙真。此即武灵胡太后也。后夫人又生一女，名曰琼真。夫人早卒，二女皆幼。净师哀其无母，携仙真入寺抚养。仙真渐长，性质聪明，妙通文墨，圣经佛典，一览便晓，容色更极美丽。净修初欲收之为徒，恐其不了。年十六，送归国珍。时帝以皇嗣不生，引僧道于朔望日在式乾殿广修善事，召集诸王、驸马、宰辅大臣讲求佛典。又斋僧众于广阳门，以求太子。后亦延召女僧，于后宫诵佛求福。国珍妹净师亦入讲经，于后见其精通佛典，甚加敬重。每入宫，辄二三月不出，朝夕谈论，情意投合。一日，后语净师曰："师在外，见有良家女子才色兼备者乎？"净师道："有。"后问："谁家之女？"净师道："尼兄国珍之女。年十七，名仙真，才貌德性，世无其偶。"后曰："汝能引来一见乎？"净师道："娘娘欲见此女，尼即带他来见。但宫禁深严，出入恐于未便。"后曰："汝奉我命，有何干碍？"净师应诺而去。遂到胡国珍家，传述于后之命，欲见仙真，着她带领入宫。国珍道："女孩儿家，从未识朝廷礼数，如何见得帝后？"净师道："侄女自幼聪慧，入宫见驾断不至于失礼。况有我在，可以无忧。"因向仙真道："后命难违，定当从姑入见。汝心惧否？"仙真曰："后犹母也。以女见母，何惧之有？"国珍、净师闻之皆喜。次日，五更起身，遂同净师入宫。宫门上见是净师，往来惯熟，便即放入。净师先至后前奏知，然后带领仙真，跪在金阶，行朝拜之礼，口呼娘娘千岁。于后便命平身，召上赐坐。细看仙真，态度端凝，容颜美丽。启口之间，不但声音清楚，亦且应对如流，心中大喜。仙真初入大内，不敢久留，便即告退。后以明珠一粒赐之。仙真拜谢。内侍送出宫门，自有家人迎接回府。净师亦欲辞出，于后道："师且莫归，我尚有话与你说。"未识于后所言何事，且听下回细讲。

第二回　于皇后暗中被弑　彭城王死后含冤

再说于后留住净师不放，净师只得住下，启问有何旨意。于后道："我因皇嗣未生，欲采良家之女，以充嫔御。今见汝兄之才貌若此，正堪作嫔王家。我当奏知官家，纳之后宫。汝意以为可否？"净师道："此女蒙娘娘不弃，便是莫大之恩了。但臣兄素爱此女，臣尼不能作主，须与臣兄言之。"于后道："汝兄胡国珍，亦朝廷大臣，自当待其心肯，方可相召。卿今速回，与尔兄言之。"净师奉了于后之命，即到国珍家来。斯时仙真方归，正在堂中告诉于后相待之厚。忽报净师至，父女接见，两下坐定。净师道："方才正宫有命，以嫔嫱未备，欲选淑女。甚爱仙真德性温柔，仪容俊雅，欲奏知天子，纳于后宫。特命我来作合，未识兄意允否？"国珍道："后虽宽仁，而高妃正当宠幸，我女入宫，恐终见弃，是误她终身了，窃以为不可。"净师道："兄不忆卜者言乎？进宫以后，若生太子，贵不可言矣。"因回顾仙真道："汝意云何？"仙真道："身为女子，恨不能置身通显，光耀门闾。入宫倘有遭际，亦可荣及父母，此儿之愿也。"国珍见女已允，不好推却，净师入宫复命。

明日，即有天使聘召，国珍只得送女进宫。帝见仙真虽不及高妃之美，而容颜亦复不群，因即拜为充华。后见之，愈加欢喜，拨给宫女十二名，赐居紫华宫。充华自念帝眷若此，朝夕便得承幸。哪知正值高妃得宠之时，帝无心别恋，在宫数月，不得见帝一面。于后不悦曰："帝若无情此女，吾误之矣。"一日，充华来朝，后命之曰："今日圣驾必来吾所，吾邀帝同至汝宫。汝速回去，设宴以候。"充华领命。未几，帝与后果至，充华接驾。帝赐坐于旁，后谓充华曰："今日驾来，汝不可不作主人。"充华设宴上来，帝与后上坐，身自陪饮。也是充华福至心灵，顾问之际，语语合意，帝大悦。后曰："闻汝善箫，试吹一曲佐酒。"充华承命，便取出玉箫吹弄。果然声情婉转，余韵绕梁。帝心益喜，留连至晚，不觉沉醉。后命宫女扶帝入寝，谓充华曰："今夕承恩，小心侍驾。"言毕，起身而去。是夜，充华方沾雨露。至次日，帝始知在充华宫中，追思昨日之事，笑曰："后真世间贤妇也。"自此充华常得恩幸，六宫闻之，皆颂于后之德，愿其早生太子。未几，后果怀孕，弥月之后，遂生一子。帝大喜，群臣入贺。下诏蠲免粮税，尽赦轻重罪犯，虽谋逆子孙亦蒙释放。于是元禧之子元翼等，亦蒙赦出。彭城哀其孤苦，收养在家。

元翼年已十七，痛遭家变，泣告彭城道："父死五年，尚埋浅土，愿叔父怜之，如得奏知天子，许以改葬，虽死无憾。"彭城念其孝心，带领元翼入朝，将改葬咸阳之意，乞恩于帝。帝怒曰："逆臣之子，得蒙赦宥，已邀宽典，何得更为渎奏！"深责彭城。元翼归，见帝怒未息，惧有后祸，遂同元昌、元晔乘间南奔，梁武纳之，封其职如父。边臣以闻，高肇因言于帝曰："元翼之叛，彭城实纵之。"帝于是不悦彭城。肇又因于后生子，帝宠日隆，高妃无出，惧后宠衰，密使人授计于妃，令其害后母子。

一日，正遇于后诞辰，众妃嫔皆朝贺，后皆赐宴。帝与后上坐，余以次列坐。宴罢，高妃奏帝道："妾感娘娘大恩，愧无以寿，明日，妾有小酌，欲屈陛下与娘娘，驾临迎仙宫，以尽一日之欢，望陛下鉴纳。"帝谓后曰："不可负妃诚意，朕与卿须领其情。"后依帝言，高妃拜谢。明日，帝与后共宴于高妃所。宴后归宫，后胸中若有宿物，忽忽不乐。三日后，对帝泣道："妾近有疾痛，患莫能救，恐将长别陛下。愿陛下抚视太子，使得长大，妾万幸矣。"言讫遂崩，年仅十九岁。帝甚悲痛，合宫皆哭，众尽疑高妃所害，而不敢言。高妃既害后，微闻宫中人言籍籍，因念太子日后若知，必怨高氏，贻祸不小。适太子有小疾，因密与肇谋，贿嘱御医王显下药害之，太子遂亡。众人共知高氏所为，而帝亦不究。

盖自高妃擅宠于内，高肇用事于外，虽于烈父子，亦不敢与抗也。肇尤忌宗室诸王，每在帝前，百端离间。北海王元祥，为人放荡不节，然无大过。与肇不和，肇谮之于帝，言其党结私人，意在谋反。帝信之，收付大理寺，废为庶人，肇密使人杀之。京兆王元愉，孝文第三子，帝之弟也。性气暴急，却爱文学，招延名士，朝野称之。亦为高肇所忌，进谗于帝曰："元愉近见陛下丧了王子，喜动颜色，谓以次当授天位。近日大散财帛，招羽党，恐非社稷之福。"又言因瑶姬事，常常怨望朝廷。先是元愉正妃于氏，即于后妹。及愉为徐州都督，纳杨氏女，名瑶姬，容貌昳丽，歌舞绝伦，宠之专房，遂疏正妃，妃怨之，还朝诉之于后。且言瑶姬有子，将来必至夺嫡，恐为所制。后怒，立召瑶姬，责其轻慢主母，恃宠无礼之罪。命将所生子归于正妃抚养，姬不从。后大怒，乃剪其发，幽之后宫普陀寺数月，然后放归。帝因后言，亦屡责元愉，元愉深以为怨，故肇言及之，帝闻不能无疑。即下敕收勘诸王宾客，惟京兆王门下居多。帝怒，斩其最宠者三人，余皆流徙外郡。召王入内廷，杖之五十，出为冀州刺史。左右亲王，皆不敢救，惟彭城王泣谏曰："元愉年纪尚幼，留之京中，可加教训。若委以外任，谗间易行。一旦奸人构成其罪，恐陛下不能全手足之爱。"帝曰："王法无亲，此事叔不要管。朕有一事，欲与叔议。"遂命百官尽退，独留诸王赐坐。帝曰："朕自于后弃世，中宫久虚。今欲册立高妃为后，诸王以为可否？"彭城谏道："私门贵盛，非国家之福。妃叔高肇，身为皇舅，又尚主为驸马，尊荣极矣。居心不公，屡惑圣聪。若复立其侄女为后，于高氏又增一戚，器小易盈，必不利于王家。愿陛下别选名门，以正坤位。"帝勃然色变，复问诸王。诸王知帝意已定，皆唯唯。盖高妃承宠，帝已私许为后，故彭城之言不入。正始五年七月甲午日，帝临大朝，颁诏天下，册立高妃为皇后，群臣上表称贺。肇因彭城有谏阻之言，益怀怨怒，思有以中之。

再说京兆王元愉，自以无罪被黜，心怀怨恨。又闻高肇数在帝前谗间骨肉，不胜忿激，遂据冀州反。引司马李遵同谋，诈称得清河王密启，云高肇弑逆，天子已崩，四海无主。为坛于信都之南，即皇帝位，改元延平。引兵向阙，以讨弑君之贼。长史杨灵、法曹崔伯骥不从，杀之。邻郡闻其反，飞马入京奏报，帝闻大惊，谓高肇道："汝言信不诬矣。"遂命都督李平发兵讨之。

先是彭城王曾保举其母舅潘僧固为长乐郡太守，郡属冀州。元愉反，逼之从军。肇便欲借此以为彭城罪，因奏道："元愉之反，彭城王实使之。现今其舅潘僧固在元愉军中为谋主,彭城将为内应,须先除之,以绝后患。"帝未遽信,谓彭城叔,先帝尝称其忠,决不至此。肇见其言不行,暗想欲害彭城,必得其私人首告,帝方不疑。乃密诱其手下中郎将魏偃向、防阁将军高祖珍,引入密室,谓之曰:"汝知尔王反乎?与元愉通谋,令舅僧固助逆,帝已知之矣。"二人道:"我大王素忠于国,必无此事。"高肇曰:"汝等罪同反逆,死在目前,尚有何辩?"二人大惧,伏地求救。肇乃曰:"若欲保全性命,当在中书门下,首告彭城反状,不惟免死,且蒙重赏。"二人惧而从之。明日,肇到中书省,二人果来首告。便将首词呈进,奏道:"彭城善结人心,非咸阳可比。今反状已著,若不除之,恐祸生旦夕。昔成王诛管、蔡,亦此意也。"帝尚犹豫,肇又道:"陛下若不忍显加诛戮,托以赐宴,召入宫内杀之。"帝然其言,乃命设宴麒麟殿中,遍召王叔、王弟、同来赴宴。

是日,彭城正妃李氏正当临产,天使来召,固辞不去。帝不许,连遣二十余使,相属于道。彭城心疑:"何相召之急若此?莫非帝心有变,将不利于我?"遂进别夫人李氏道:"帝命难辞。看来此行,凶多吉少,只怕无复相见之日。"言之泪下。夫人道:"只因吾王谏阻立后,结怨高氏,妾心常怀忧惧。今日此去,倘被暗算,奈何?"正忧虑间,忽报天使又至,彭城遂出外堂。方欲登车,内使又报夫人生下一子,请王入视。彭城重复进房,细看新生之儿,相貌端好,叹道:"儿虽好,恐我不及见儿成立。"随取笔写"子攸"两字命名而出。此子即魏孝庄帝也。于是入朝。帝问叔来何迟,彭城奏道:"臣妻生子,故迟帝召。"帝不语,但命诸王入席,因言今日须当畅饮,以副朕怀,众皆遵旨饮宴。至夜,诸王皆醉,笙歌间作,灯烛辉煌,已是一更时分。华筵狼籍,乐声将歇,皆谢恩求退。帝传旨诸王都不消回府,即在宫中,各就安处。帝便起驾入宫。二侍者引彭城入中常寺省,床帏衾枕,无一不备。王虽有酒,却尚未醉,倚床独坐。良久,有内侍禀道,时已二鼓,大王该安寝了。彭城宽去袍带,方欲就寝,忽见左护卫元珍领武士数十,手执利刃,持药酒而入。彭城不觉失色,忙问何事。元珍道:"有诏赐王死"。彭城曰:"我得何罪?"元珍道:"帝以王遣潘僧固私通元愉,通同谋反。有王亲臣魏偃向、高祖珍首告,故赐王死。"王曰:"愿请一见至尊,与告者面质,虽死无怨。"元珍道:"至尊那可得见。"彭城叹道:"此非帝心,必出自高肇意。"武士见其迟疑,逼之立饮药酒。又不能即死,武士持刀刺杀之。时年三十三岁。明日有旨,彭城昨夜饮酒过多,薨于禁中。乃以锦褥裹尸,送之归府。朝臣皆为流涕。妃李氏抚尸哭曰:"高肇何仇,害我贤王?"士民闻之,莫不歔欷叹息。帝知人心哀怨,欲掩杀叔之名,诏百官临丧,厚加祭赠,谥曰武宣。以长子嗣为彭城王,拜李氏为彭城国太妃,以慰其心。自此诸王贵戚,莫不丧气,而政权尽归高肇矣,但未识元愉之反,作何结果,且听下回分解。

第三回　改旧制胡妃免死　立新君高肇遭刑

且说京兆王元愉反于冀州，起兵三月，邻郡不附。招集乌合之众，屡次丧败。仅据信都一城，将士尽怀离志。忽报朝廷差都督李平领大兵数万来剿，人人丧胆，谁敢迎敌。大兵一到，把四门围住，架起火炮，日夜攻打。李平见他势已穷蹙。便招他投顺，庶可免死。此时元愉内无良将，外无救兵，看看城破在即，追悔无及，只得纳款军门，以凭朝廷处置。李平兵不血刃，遂拔冀州。捷报到京。帝大喜，诏李平班师，解元愉入京，帝聚集朝臣，议元愉之罪。高肇奏道："逆愉之罪，过于元禧，当以禧罪罪之。"帝不忍，曰："朕念先皇爱愉之情，当免其死。"众臣称善。惟肇不悦，退归府中，便遣手下勇士高龙，吩咐道："汝星夜速去，一至军中，速将元愉杀死。"嘱李平莫泄，只言怨愤身亡，主上必不见责。高龙领命，飞马而去。行至野王县界，迎着大军，将高肇害王之意，与李平说了。李平曰："恐非天子之意。"高龙笑道："彭城尚遭他害，何况元愉？将军违了高公，功劳都付流水矣！"李平从之，高龙入帐见王，王问："何人？"龙曰："臣乃高令公府中人也，奉主命以御酒一瓶，请王自裁。"王泣下道："我志灭高肇，今为肇杀，将见先帝于地下，必不令高贼善终也。"遂饮药而死，年二十二。李平以病死上闻。帝不省，命以庶人礼葬之。元愉有一子一女：子曰宝炬，后为西魏文帝；女即明月公主，皆绝属籍。

瑶姬因为伪后，降敕赐死。左仆射崔光奏其有孕在身，不可加诛，发入冷宫监禁。后胡后生太子，始赦出。帝以李平有功，升授工部尚书。高肇忌之，乃遣其将帅流言平在冀州，盗没王府宝物，诈增首级冒功，多不法事。帝怒，斥平为民。是岁大赦，改元永平元年。

再说胡充华入宫，已及三载，于后在时承幸数次。自高后职掌朝阳，阻绝帝意，妃嫔承恩者绝少。充华之宫，帝亦三月不到。一日，宫娥忽报驾临，忙起迎接。见帝便衣小帽，只随内侍二人，悄然而至。帝携充华手曰："卿为于后所荐，朕忆于后，便即想卿。奈今皇后，颇怀嫉妒，绝不似前后宽宏，故今宵私行见卿，卿亦勿泄于后也。"充华拜谢。是夜，宿充华之宫，五更即去。时值八月中秋，嫔妃世妇皆往正宫朝贺。朝罢，众妃先散，充华独后。时月光皎洁，碧空如洗。充华贪看月色，缓缓而归。行至一所，内有高亭画阁，隐隐闻女子笑声。命宫人人视，出云诸夫人在亭上焚香拜祝。充华走至亭外，潜听其语。皆云愿生诸王公主，不愿生太子。充华上亭，与诸妃相见曰："贤姊们在此焚香祝天，肯带携小妹一祝否？"众妃笑曰："此是帝意，命我等拜祝上苍，以广皇嗣。你来得正好，莫负帝意。"充华笑曰："如此说来，帝意欲得太子也而贤姊们何以愿生诸王公主乎？"众妃曰："你尚不知朝廷法度，旧制太子立，必杀其母，以防后日乱政之渐。我等不愿生太子者，实欲自全性命也。"充华曰："不然，我之祝异于是。"遂跪下祝曰："愿得生子为太子，身虽死无憾。"众妃皆笑其愚。以后帝每临幸，充华果怀六甲。诸夫人闻之，皆来劝曰："近闻后亦怀孕。汝何不私去其胎，以待正宫降生太子，然后再图生育未迟。不然,子虽生,命难保也。"充华曰:"皇后有德,必生太子。吾近来夜梦不吉,必生女也。诸夫人勿为吾忧。"数月,王后生女,封为建德公主。至永平七月初四日,宫人报充华将产。帝恐宫中有弊,命充华移居宣光殿。是夜,遂生肃宗孝明皇帝,名元诩。生时红光满室,异香透鼻。帝大喜,步入视之,曰:"此真后代帝主也。"严斥宫人乳保,小心保护,养之别宫。自王后以下嫔妃人等,不得私入看视,即充华亦不许见面。册充华为贵嫔,六宫皆贺,惟有高后不乐。一日,亲至宣光殿,谓胡妃曰:"汝知太子长成乎?"妃曰:"妾自三日后,不复相见,今不知也。"后曰:"吾欲视之,同汝一往。"妃曰:"帝有命,不敢去。"后见其不去,亦不往。未几,太子年四岁,帝幸胡妃宫,妃侍宴。帝半酣,谓妃曰:"我将立东宫,汝知之乎?"妃曰:"妾非今日知之,生太子时已知之矣。"帝曰:"朕所以迟立东宫者,为不忍杀汝也。奈势不可缓何,当与汝长别矣。"妃曰:"太子国之本也,愿陛下速立太子,以固国本。岂可惜妾一人之命而使储位久虚。"帝见其慷慨无难色,恻然久之。叹曰:"汝既真心为国,我亦何忍杀汝。"妃叩首拜谢。于是遂立元诩为太子,大赦天下,改旧制,赦胡妃之死。

然魏自彭城枉死,高肇代居太师之职,连岁大旱,民多饿死。肇擅杀囚徒,恣行不顾。帝弟清河王元怿,意甚不平。一日,侍宴帝前,清河谓肇曰:"昔王莽头秃,卒倾汉室,今君身曲,恐终成乱阶。"肇不答,群臣皆愕,帝亦不以为意。其时有梁国降将李苗,奏帝道:"西蜀一方,梁无兵将守把,乘虚可取。"帝大喜,因与高肇定取蜀之计。发兵二万,以高肇为征蜀大元帅,统领诸将而去。

哪知高肇领兵去后,帝忽不豫,病未数月,崩于式乾殿,年三十三岁。遗诏立太子,高阳、清河二王、太师高肇辅政,乃延昌四年正月初六日也。时高肇未归,国事皆决于二王。商议扶立新君,中尉王显欲请娘娘懿旨,方召太子。左仆射崔光进步言曰:"天子崩,太子立,国之制也,何待皇后主张?"二王以为然,遂同崔光亲到东宫,叫内侍侯纲,传言宿卫,请太子起驾,到式乾殿临丧。二王欲待天明,召集文武,然后即位。崔光曰:"不可。天子年幼,宜即正位,以安众心,不须待天明也。"二王从之,乃引太子登显阳殿。崔光摄太尉而进冠袍,侍中元昭跪上玺绶,奉太子升御座,即帝位。谥帝曰宣武,尊高后为太后。诸王及大小臣寮,皆北面称贺。山呼已毕,天子离下龙亭,换了孝服,至灵所举哀,诸臣陪哭。五更钟响,满朝文武齐到,知天子已崩,新君登位,皆先朝拜新君,后行丧礼。是日,后及嫔妃皆来赴哀,新帝就于丧所拜见太后。后见新君已立,暗想:"彼尚未识所生,不如杀却胡妃,日后自然以吾为母。"便遣内侍刘腾,授以快刀一把,曰:"汝到宣光殿,将胡妃诛死,回有重赏。"刘腾领旨,飞奔宣光殿来。胡后赴哀才回,忽见中宫内侍刘腾手执利刃,来至宫中,曰:"娘娘有旨,先帝殉葬无人,欲取夫人之命。"胡妃大惊曰:"你来杀我,不过为高后出力,独不思天子是我所生?你杀天子之母,日后君王知道,只怕你灭门不久。"刘腾听了,默然半晌,忙跪下道:"此实奉主差遣,非干小臣之事。但小臣去了,娘娘别遣人来,夫人祸终不免,奈何?"胡妃道:"你能救我无事,后必重赏。"刘腾道:"夫人且紧闭宫门,休轻出入,待小臣且去商之。"遂寻着内使侯纲,说知其故。纲曰:"吾与汝去见领军于忠,可以救之。"遂往见于忠,告之以故。忠曰:"皇后势倾宫掖,当与崔太傅计之。"往见崔光,言高后欲杀胡后,将何以救。

光曰:"宫中不可居,领军可领禁军三十骑,入宣光殿,护送东宫,则后不能害矣。"于忠如其计,妃遂避入东宫。刘腾回禀高后,只言寻觅不见。高后道:"彼岂预知奴意而先躲避耶?且俟太师回朝,再商便了。"

话说二王奉遗诏辅政,恐怕高肇回朝仍复当国,则权势不敌,必被其害,不若先去之。乃假皇后手敕:"天子幼冲,门下万几之事,悉听二王处分。"因问光去肇之策。崔光曰:"召他回来,削去兵权,勒归私第可矣。"乃以哀诏付肇,命即班师。肇至绵竹,蜀地已下数十城。忽接诏旨,知天子已崩,太子即位,大惊,恸哭良久。留偏将守绵竹,班师回朝。二王闻肇将至,欲就杀之,乃伏武士邢豹等二十余人于大行殿东序,摩利刃以待。肇至中城,高平公主使人迎之。肇曰:"吾未赴哀,尚不回府。"改服麻衣,至梓宫前伏地举哀。哀毕起身,忽见内侍数人云:"二王有请。"遂引入中常寺省,肇失惊道:"我何至此?"邢豹道:"此彭城王死处也。彭城王在地下等太师对证,请从此死。"肇曰:"汝小人,何敢杀我。"邢豹喝令武士动手,遂将二丈白绫套肇颈上,立时绞死,回报二王。二王道:"今可泄彭城之怨矣。"以小车一乘,命豹载归其尸。高平公主见之,大哭。谓邢豹曰:"二王杀之何太急?"邢豹曰:"当日杀彭城亦太急。"公主默然。

是日,高太后闻肇已回,只道赴哀之后,必来进谒。至晚不见入宫,便召守门内侍问曰:"太师曾谒梓宫否?"内侍答道:"已谒。"又问:"今何在?"内侍道:"想在朝堂议事未了。"后因自忖道:"帝虽晏驾,大权仍归肇手,诸王断不敢有异议。等他进见时,设一良图,扶我临朝,便可任所欲为,不怕胡妃异日夺吾权去。"高后正在妄想,秉烛以待肇至。那知起更以后,杳不见到,坐在宫中等得不耐烦,吩咐内侍道:"快到朝堂,宣召太师进宫相见。"内侍去不多时,慌急奔回告后曰:"娘娘不好了,太师谒过梓宫,已入中常寺省赐死矣。"后曰:"谁杀之?"曰:"诸王杀之。"后惊骇欲绝,大怒曰:"我为帝母,宫中惟我独尊。肇即有罪,亦应禀命行诛,乃先帝骨肉未寒,诸王擅杀大臣,目中宁复有我耶?必到梓宫前哭诉先帝,究问诸王,肇有何罪,而竟置之死地,看他有何理说。"忙即带了宫女数人,也不及乘辇,愤愤走出宫来。斯时,内侍刘腾正在宫外,见高后欲到前殿,向前跪下道:"娘娘且请回宫,听奴婢一言。"后于是止步问之。但未识刘腾所言若何,且听下回分解。

第四回　白道村中困俊杰　武川城上识英雄

话说太后怒高肇之死，欲临前殿，与诸王争论。内侍刘腾跪止道："娘娘息怒，听奴婢一言。窃闻诸王所以杀太师者，特为彭城报仇。彭城前日无罪而死，故太师今日亦无罪而见杀。诸王以此为罪，娘娘何说之辞？且太师一死，大权已失，娘娘虽为太后，诸王宁肯俯首听命？娘娘此时惟有高居深宫，勿与外事，庶可长保福禄也。"高后听了刘腾之言，悚然叹道："只知威权长在，哪晓竟有此日。"于是含泪回宫。次日，忽报胡太妃来谒。盖胡妃自高肇死后，诸王迎归旧宫，尊为太妃，故来朝见太后。后见之，惊问曰："数日何在？"太妃再拜曰："妾前赴哀归去，忽见先帝谓妾曰：'早归东宫，此间不可居也。'妾惧，故避祸耳。"太后默然。太妃带笑而去。去后，暗嘱诸妃嫔御，皆以危言怵之，谓住在宫中必为妃所害，性命不保。高后亦知结怨已深，常怕胡妃报复，闻众人之言，心益自危。又想诸王大臣皆与高氏作对，将来祸生不测，决无好处。不如及早寻一退步，以保余年。因思先帝所造瑶光寺，极其壮丽，幽房曲院，不异王宫。在寺者皆贵官女子、王侯妃妾，可以安身。乃传谕内外，欲往瑶光寺落发为尼，择日出宫。六宫泣送，太后亦悲哀不已，惟胡太妃不出。诸王群臣遂各上表，尊太妃为太后，居崇训宫，天子率百官朝贺。

时于忠有保护太后之功，遂恃宠用事，谗害正人，百官侧目。欲杀高阳王，以夺其权，崔光苦止之。高阳惧，称疾求退，忠遂出之归第。

时群臣忧天子年幼，耳目易蔽，以太后有才识，咸请太后临朝听政。后大喜，遂升前殿，朝见百官。封其父母亲族，赏赐巨万。太后天性聪明，多才有智，亲览万几，手披笔断，事皆中理。一日，坐崇训宫，诸王大臣皆侍。问及时政得失，曰："有不便者，诸卿当一一言之，毋有所隐。"任城、清河二王奏道："娘娘听政以来，事无不当，万民悦服。惟领军于忠内托大功，招权纳贿，恐伤圣化。"时于忠亦在殿，跪伏求辩。后即命退，出为山东冀州刺史。又诏高阳复位供职，曰："于忠谗汝，今无妨也。"满朝文武无不钦服。先是太后幼时，有术者言其极贵，但不获善终。今富贵已极，前言已验。每以后言为疑，欲大修佛事以禳之。魏自宣武奉佛，庙寺遍于都中。太后临朝，倍崇佛法。造永宁寺，建九级浮图，殿如太殿，门似端门。铸金像一尊，长一丈六尺，又如人长者十尊，珠像三尊，长一丈二尺。僧房千间，饰以金玉，光耀夺目，浮图高九十丈，超度僧尼十万余人。自佛法入中国，未有如此之盛，工费浩繁，国用日虚。于是百官停俸，军士减粮，以助佛事。廷臣贪污，纪纲渐坏，不及初政清明矣。今且按下不表。

单说当初晋代有一玄菟太守，姓高名隐，本勃海修城人。隐子名庆，因晋乱投于慕容燕氏。庆生寿，寿生湖，皆仕于燕。及魏灭燕，湖降魏，为右将军。湖有四子，皆仕于朝。湖卒，次子高谧，官为治书御史，坐事落职，黜为怀朔镇戍卒。谧至怀朔，定居于白道村。有三子：长曰优，年十八，娶妻山氏。次曰树，娶妻韩氏。幼曰徽，年七岁。一日，谧谓长子曰："今国法严重，我虽迁谪于此，然罪臣之家，恐终不免于祸。今付汝金，以贩马为名，领妇出雁门居住。数年之后，或遇大赦，乃可归家也。"优依父命，携其妻子以去。谧自长子去后，居常忽忽不乐。又初至北地，水土不服，三年遂以病卒。树丧父后，浮荡过日，家业渐废。其弟徽志度雄伟，及长，见家道飘零，不欲婚娶。游东定城，以才艺自给，或一二年不归。树有女云莲，年十四，有容色。一日，同侍女游于后园。园有荷亭，可以外望。云莲倚窗而立，见一翩翩年少，坐马而来，忙即避进，已被少年看见。你道少年何人？姓尉，名景，字士真，恒州人氏。其父名尉长者，积祖富厚。景年十八，未娶，性不喜读书，工骑射。其时射猎于白道村南，经过高氏之园，见女子甚有容色，心甚慕之。差人察听，云系高侍御家，侍御已故，此女乃其次子高树所生。景回家告知父母，遣媒求娶为妇。树许之，云莲遂归尉氏。以后高树家道日衰，只得将田园产业变卖存活。村中皆笑其无能，而屋上常有赤光紫气，腾绕其上。一夜，村中见其家内火光烛天，疑为失火，共往救之。而树妻韩氏房中产下一子，众以为异。树乃大喜，因名之曰欢，字贺六浑。北齐高祖献武帝也。欢生二月，母韩氏病卒。其姊云莲哀其幼而失恃，禀父携归养之。树自妻子亡后，益觉无聊，后乃续娶怀朔镇民赵文干之妹为室。赵氏勤于作家，得免冻馁。后生一女，名云姬。

　　且说贺六浑依身尉家，日渐长大。魁伟有度，容貌端严，眉目如画。居常食不立进，言不妄发。尉景夫妇爱之如子。七岁教之从学，十岁教以武艺。膂力过人，精通骑射，遂习鲜卑之俗。年十五，云莲欲为聘妇，有与六浑同学者，名韩轨，其妹曰俊英，甚有颜色。云莲遣媒求之，韩母谓媒曰："吾闻高郎贫甚，依尉家存活。其父浮荡废家，其子亦必不能成器。吾女岂可嫁之。"韩轨私向母道："母言差矣。吾观朔州富家子弟，皆不及贺六浑。此子必有食禄之日，奈何弃之？"母竟不许。媒至尉家，以韩母谢绝之言告知云莲，云莲怒道："如何轻量吾弟若此！"遂以告欢。欢亦怒道："大丈夫何患无妻，姊勿以为忧也。但吾在此，被人轻薄，今欲别姊归家，图一出头日子。"云莲闻其要归，不觉流泪道："汝虽聪俊，其如年尚幼何？"六浑亦下泪道："姊犹母也，何忍轻别。但吾意已决，不能再留矣。"时尉景已为怀朔镇队主，到家见妻子有泪容，问知其故，曰："吾扶养六浑十五年矣，今欲归去，吾亦不便强留。但年纪尚小，不能如鲜卑人杀人战斗为事。"妻曰："此子失于慈养，日后当使经营家业，何以战斗为？"景叹曰："汝妇人不识道理。男儿生天地间，当杀贼立功，以取富贵，奈何区区求小利乎！"言罢，以弓箭宝剑赠之。六浑再拜而受。遂亲送六浑归家。树见之大喜，谓士真曰："累汝多矣。"置酒相待而别。赵氏见之亦喜，爱如己出。一日，高徽从京师回，见六浑气度轩昂，大喜。相聚数月，恩义甚厚。闻朝廷以武选取人，徽欲与侄俱往。六浑以父年五十，又官司征流人甚急，不敢行。徽乃独往，其年中武举，授职羽林统骑。树闻报，合家欢喜。六浑自此游猎为生，益习骑射。

　　再说代郡平城本系魏之旧都，朝廷宫阙、王侯贵戚之家，皆在其内。时山蛮反乱，云、朔二州常被攻掠。朔州官吏悉发流人当军，以卫平城。六浑年已二十，代父往平城应役。先是平城有富户娄提，家财百万，僮仆千余，性慷慨，好周济人。士大夫多称之。太武皇帝时，以功封真定侯。长子袭爵，次子随驾洛阳。幼子曰内干，亦得武职。别居于白道村南，雕梁画栋，花木园亭，拟于公侯。正室奚氏，生女曰惠君，归段荣为妻。继娶杨氏，生女曰昭君，男曰娄昭。又妾王氏，生男名娄显。妾李氏，生女曰爱君。昭君相貌端严，幼有异识，内干夫妇尤爱之。一日，欲探其兄真定侯，挈其眷属到平城来，僮仆车马无数。正值蛮寇作乱，镇将段长把守门禁甚严。内干至，日已晚，不得入。真定侯闻知，亲自上城与镇将说了，遂开关放入。内干与夫人子女只得一齐登城，与真定侯、镇将相见。因车骑尚未尽入，故在城上少坐。斯时六浑当军，执刀侍立镇将之侧。昭君顾见，不觉吃惊，自忖道："此子身若山立，眼如曙星，鼻直口方，头上隐隐有白光笼罩，乃大贵之相。奴若嫁了此人，不枉为女一世。"然身为女子，怎好问其名性。少顷，定侯起身，内干眷属一同归府。当夜设宴管待。定侯见昭君容貌超群，谓内干曰："侄女容貌若此，须择佳婿，非王侯贵戚、富家子弟，不可轻许。"昭君此时正欲识英雄于贫贱之中，闻之默然不悦。款留数日，内干一家复归白道村。

昭君回来，一心常念执刀军士，苦无踪迹可访，怅望之怀，时形颜面。后有来议亲者，内干欲成，则昭君忧闷不食。父母知其不愿，置之。如此数次，莫测其意。侍婢兰春，性伶俐，见昭君愁怀不放，私语昭君道："小姐有何心事郁郁若此？今日无人在此，何不对小婢一说，以分主忧。"昭君见问，叹口气道："我岂不知女子终身不可自主，但所归非人，一生埋没，故誓嫁一豪杰之士，方称吾怀。前到平城，汝不见一执刀军士乎？此真今之豪杰也。吾欲以身归之，但未识其姓名居止，故心常不乐。汝能为吾访其下落，便可分吾忧矣。"兰春笑道："小婢亦曾见之。若果姻缘，自然访得着，小姐何必忧心。"却暗思："此子吾曾见之，容貌虽好，难道富家子弟倒不及他，小姐如何想要嫁他？且军士甚多，何从访处？"一日，偶至外厢，听见众人纷纷说道："蛮寇平了，守城军士都已回家。"兰春道："此处亦有当军的么？"众人道："怎么没有？西邻高树之子贺六浑，才去当军而回。"兰春暗想道："小姐看中者，莫非就是此人？我去一看便知。"遂悄悄走至高家。赵氏见之，便问小娘子何来。兰春道："吾是娄家使女，闻你家大官人解役而回，来问蛮寇平定消息。"六浑正在房中走出，兰春一见，果是此人。观其相貌不凡，假问数语，便辞而去，其妹云姬送出，兰春曰："你兄有嫂否？"曰："未娶。"问："年几何？"曰："二十岁。"兰春回来，忙报于昭君道："那人吾已访着，乃是西邻之子，姓高名欢，又名贺六浑。相貌果然不凡，但家贫如洗，恐不便与小姐为偶。"昭君闻之，喜曰："吾事济矣。"乃命兰春通意六浑，教他央媒求娶。兰春道："这却不可。小姐深闺秀质，保身如玉。若使小婢寄柬传书，一旦事露，不但小姐芳名有玷，小婢亦死无葬身之地，愿小姐三思。"昭君道："吾岂私图苟合者，只恐此身埋没于庸才之手，故欲嫁之，以伸己志。你若不遵我命，则误吾终身矣。"兰春恐拂小姐意，乃应诺。少顷，杨氏院君到房，谓昭君曰："今有怀朔将段长，前在平城曾见汝面，今托媒而来，为其长子段宁求婚，此子年方十七，才貌佳俊。汝爹有意许之，你意下如何？"昭君不答。问之再三，终不一语。

忽一日惠君归，又言平城刘库仁富拟王侯，为其次子求婚于妹。内干夫妇曰："豪门求婚者甚多，观汝妹之意终不欲就，汝为吾细问之。"惠君进房见妹，细叩其不欲对婚之故。昭君曰："小妹年幼，不欲远离父母耳。"惠君信以为然。惠君走出，昭君私语兰春道："事急矣，汝速为我图之。"兰春奉命，潜身走至高家。正值六浑独立堂上，见兰春至,问有何事到此。兰春轻语道:"吾小姐有话致意郎君,敢求借一步说话。"六浑退步而入,兰春随至僻所,细将昭君之意告之。六浑曰:"贫富相悬,难于启口,致意你主,六浑不能从命。"兰春归,以六浑之言告知昭君。昭君道:"无妨,彼为贫,故不敢求婚。我以私财赠之如何?"遂取赤金十锭、珠宝一包,命兰春送去。时外堂正值宴会,家中忙乱,兰春乘便来至高家。走入书房,见欢独坐,将金宝放于桌上,曰:"此物为君纳聘之资。"言毕即去。六浑又惊又疑,恐怕人见,只得收藏箱中。盖六浑与昭君虽在平城略见其容貌,初无爱慕之意,今见昭君属意于己,心上委决不下。又念前缘分定,亦未可知。待禀知父母,央媒求合便了。但未识两下良缘毕竟成与不成,且听下回细说。

第五回　怒求婚兰春受责　暗行刺张仆亡身

话说贺六浑乃是一代人杰，素负经济之才，常怀风云之志。当此年富力强，方图功名显达，岂肯志在室家？然龙潜蛰伏，辱在泥涂，茫茫四海，无一知己。昭君一弱女子，能识之风尘之中，一见愿以身事，其知己之感为何如。况赠以金宝，使之纳聘，尤见钟情，岂能漠然置之。但儿女私情，难以告知父母，故此迟疑。隔了数日，昭君不见高家求亲，又差兰春走来催促。其时六浑不在家中，却遇见其父高树。树问何事至此，兰春道："欲寻你家大官人说话。"树颇疑心，便道："小儿有事，往朔州去了，三日后方归，有话不妨便说。"兰春暗料求姻之事，六浑定已告知其父，因遂以来意告之。树闻之大惊，含糊应道："待他回来，我与他说。"兰春别去。树辗转不乐。一日，六浑归家，其父责之曰："我与汝虽家道艰难，亦是仕宦后裔。汝奈何不守本分，妄行无忌？且娄氏富贵显赫，汝欲踵桑间陌上之风，诱其兰室千金之女，一朝事败，性命不保。独不念父母年老，靠汝一身成立，何不自爱若此。"六浑俟父怒少解，徐诉平城相见，遣婢赠金，令儿求婚之故。父曰："此事断不可为。即求亲必不能成。后有婢来，当还其原物，以言绝之，方免无事。"六浑不敢再说，闷闷而退。

再说内干夫妇以昭君年纪渐大，数日来为之求婿益急。昭君乃托幼妹爱君之母李氏，启于二亲道："儿非爱家中财产，不欲适人，实因年幼，不忍早离膝下。再过三年，任父母作主。"内干夫妇闻之，喜道："此女果然孝爱过人。"那知其心在于欢也。又过几时，恐婢传达不明，亲自修书，以金钗两股，一同封固，命兰春送去。兰春见欢，致书即退。欢得书，心益切切，语其继母赵氏道："娄氏女私事，母亲已知。但其拳拳于儿若此，儿欲遣媒一求，以遂其意，望母为父言之。"赵氏告于高树，树曰："求之何益？徒为旁人讪笑。"赵氏道："求之不许，则非吾家无情，便可还其金宝以绝之矣。"树以为然。有善说媒者王妈，赵氏邀至家，谓之曰："妈妈曾识东邻娄氏之女昭君小姐否？"王妈道："这是老婆子主顾，素来认得。娘子问他为何？"赵氏道："我儿六浑年二十一岁，未有妻室，闻昭君小姐年。已十七，尚未许人。欲央妈妈作伐，求为六浑之妇。事成重谢，不可推托。"王妈大笑道："二娘想错了，他家昭君小姐，多少豪门贵室央媒求婚，尚且不许。何况你家，娘子莫怪，老身不敢去说。"赵氏道："我贫他富，本不敢启齿。但闻人说，娄家择婿，不论贫富，专取人才，看得中意的，贫亦不嫌。故央妈妈去说一声看，说得成，亦未可知；倘若不成，决不抱怨于你。"王妈道："既如此，吾且去走一遭。"说罢，便往娄家来。当日，内干夫妇正在西厅商议昭君姻事，门公引王妈来见，内干便命他坐了。问道："你今到此，莫非为吾家小姐说亲么？"王妈道："正是。"内干问哪一家仕宦王妈一时惶恐，欲说又止。内干道："凡属亲事，求不求由他，允不允由我，何妨直说。"王妈道："既如此，老身斗胆说了。这一家，乃西邻高御史之孙，二官人高树之子，名欢，字贺六浑，年二十一岁。闻说府上招婿只要人才，贫富不计，再三央我来说，求娶昭君小姐为妇。未知相公院君意下若何?"内干大怒道:"你岂因吾择婚艰难,来奚落我么?我家小姐深闺秀质,何至下嫁穷军!"言毕,拂衣走开。杨氏亦埋怨王妈道:"汝在吾家往来有年,何出言不伦若此!以后这等亲事,切莫来说。"王妈只得告退,回复高家,不惟不允,反触其怒。自是六浑求亲之事遂绝。

再说内干走至后堂,向昭君道:"西邻高家,贫穷若此,今日央媒求婚,你道好笑不好笑?吾故叱而绝之。都是你不肯就婚,今日致受此辱。以后切勿逆我之命。"昭君不语。内干微窥女意,见他说起高家,绝不嗔怪;说及回绝来人,反有不悦之色,心下大疑。出谓其妻曰:"吾想高氏与我家门第相悬,何敢贸然求亲。且传言吾家不论贫富,专取人才,此言从何而来?莫非女儿别有隐情,有甚传消递息之么?诸婢中兰春是她心腹,须唤来细问。"便即唤出兰春,喝令跪下,问道:"高家敢来求亲,莫非你这贱人,有甚隐情在内么?如不直说,活活打死。"从来虚心事做不得的。兰春到高家数次,常怀疑虑,今被内干劈头一问,浑如天打一般,面孔失色。内干见了愈疑,取一木棍便打。兰春急了,只得招道:"此非干小婢之事,乃是小姐主意,教我去通消息的。"内干喝道:"你通消息便怎么?"兰春因述小姐前往平城,看见六浑,见其相貌不凡,后必大贵,故欲以身嫁之,遣我传信于他,速来求婚。内干大怒,连打数下道:"今日且打死这贱人,以泄我气。"杨氏劝住道:"此是女儿失智,谅非兰春引诱。且去责问女儿,看她何说。"内干住手,同杨氏走入昭君房来。兰春带哭,也随进来。昭君见了,不觉失色。内干怒问道:"你干得好事!我且问你,高氏子有何好处,你欲嫁他?"昭君暗想:此事已露,料难瞒隐,不如直告父母,或肯回心从我。便跪下道:"儿素守闺训,焉敢越礼而行。但有衷情欲达,望爹娘恕儿之罪,遂儿之愿。儿虽女子,志在显扬。常恐所配非人,下与草木同腐。思得嫁一豪杰之主,建功立业,名垂后代,儿身不至泯没。前见高氏子,实一未发达的英雄。现在蛟龙失水,他日勋名莫及。若嫁此人,终身有托。故舍经从权,遣婢通信。实出女儿之意,非干兰春之事。"内干听了,大喝道:"胡说!"杨氏道:"女子在家从父,劝你莫生妄想。今日恕你一次,后勿复然。"说罢,夫妇含怒而去。其弟娄昭闻知,亦来劝其姊曰:"吾姊何故不图富贵,欲嫁六浑?"昭君道:"现前富贵,哪里靠得住。六浑具非常之相,顶有白光,将来必掌大权,威制天下。吾欲嫁之者,为终身计,亦为门户计也。若舍此人,誓不别嫁!"昭见姊意坚执,遂走出劝其父道:"吾观六浑,相貌实非凡品。吾姊识之风尘之中,亦是巨眼。今六浑所乏者,不过财产,不如以姊嫁之,厚给财产,亦足助成其志。父意以为可否?"内干道:"吾家公侯世第,招他为婿,定为人笑,断乎不可。"娄昭不敢复言。

然内干欲夺女志,计无所出。家有张姓奴,多力善谋。因以昭君之事告之,作何算计,能使回心。张奴道:"小姐以六浑后日必贵,故欲嫁之。若除却六浑,便绝小姐之心了。"内干道:"若何除之?"张仆道:"杀之可也。"内干道:"杀人非细事,如何使得?"张仆道:"奴有一计,主人请他到家,假言子弟们要习弓箭,求其指示,留在西园过宿。小人于半夜时,潜往杀之,诈云为盗所杀。其父有言,只索酬以金银,便足了事。难道小姐还要嫁他不成?"内干从其计。便遣人去请六浑。六浑见请,未识何意。其父高树道:"邻右家来请,去亦何妨。"六浑遂到娄家。内干请到厅上相见,两人坐定。内干启口道："素闻郎君善于弓箭,家有小奴数人,欲求郎君指教一二,故屈驾至此。"六浑逊谢不能,内干意甚殷勤,置酒相待。饮毕,使小奴十数人,同六浑进西园演射。至夜,就在西园中一座亭子上铺设卧具,留他过宿。六浑遂不复辞,住下数日。内干便问张奴道："你计可行么?"张奴道："只在今夜,保为主人杀之。但须宝剑一口,以便动手。"内干即取壁上所挂之剑付之。

其夜正值八月中旬,月明如昼。六浑用过夜膳,独坐亭上,自觉无聊,对月浩叹。坐了一回,听更楼已打二鼓,不觉倦将上来,解衣就寝。此时人声寂寂,夜色朦朦。张奴早已潜入西园,躲在假山背后,执剑以待。窥见六浑已经就睡,走至亭下,见门未闭上,内有火光透出,微闻床上酣睡之声,张奴想道："此人该死,所以酣睡。"挨门而入,执剑走至床前,揭帐一看,不觉魂飞天外,魄散九霄,"哎哟"一声,弃剑于地,往外飞走。你道为何?见帐中不是六浑,只见大赤蛇一条,通身如火,头若巴斗,眼似铜铃,蟠踞床上,所以大喊而逃。六浑被他惊醒,忙即起身,见一人飞步逃去,床前遗下雪亮利剑一口,遂即拾剑在手,追出亭子来。那人因吓慌了,绊了石子,跌倒在地,遂被六浑拿住。喝问道："你系何人,敢来杀我?"张奴跪下道："我是娄府家奴,奉主命来杀郎君。其如郎君不见,见一大赤蛇在床,故不敢犯。"六浑道："我与你主何仇,而欲害我?"张奴道:"只因小姐欲嫁郎君,劝她不回,故欲杀君以绝其念。"六浑听到此际,怒气勃生,随手一剑,将张奴斩了。还至亭上,执剑危坐,以待天明。

是夜,内干心怀疑惧,寝不能寐。天明不见张奴回报,忙遣小奴到园打听。小奴走到亭边,只见血淋淋一人,杀死在地,吓呆了。又见六浑满面杀气,坐在亭上,转身就跑,被六浑喝住问道:"你家主人何在?"小奴道:"在西厅。"六浑道:"你引我去。"小奴引六浑到厅。内干见之,情知事泄,不觉失色。六浑忿忿向前道:"我高欢一介武夫,不知礼义。君世食天禄,家传诗礼,如何自恃豪富,私欲杀人?且欢叨居邻右,平素不通往来者,实以贫富不同,贵贱悬殊之故。即前日求婚,并非欢意,亦因令爱欲图百岁之好,通以婢言,重以亲书,再三致嘱,欢乃不得已而从之。媒婆到府,君家发怒,欢已绝望矣。令爱别选高门,于我何涉?乃必杀一无辜之人,以绝令爱之意,是何道理?恶奴我已手戮。大丈夫死生有命,岂阴谋暗算所能害,唯君裁之。"六浑情辞慷慨,意气激昂,英爽逼人。内干自知理亏,只得含糊逊谢道:"此皆恶奴所为,我实不知。今既杀之,已足泄君之忿。愿赠君二十金,以谢吾过。"六浑笑道:"吾高欢岂贪汝金者,此剑当留之于吾,以志昨宵之事。"说罢,仗剑而去。归至家,只言内干赠吾以剑,余俱不说。内干在家,暗将张奴尸首葬过,但嘱家人勿泄,把此事丢开。

却说昭君闻知,益加愁闷。私语兰春道:"姻好不成,反成仇怨。他日此人得志,必为门户之祸,奈何?"自此饮食俱减,形容憔悴。杨氏忧之,谓其夫曰:"昭君郁郁若此,必有性命之忧,与其死之,毋宁嫁之。"内干道:"你且莫慌,我已定了一计,管教她回心转意便了。"

便向杨氏耳边说了几句,杨氏点头称好。但未识其计若何,且听下回细说。

第六回　谐私愿六浑得妇　逼承幸元怿上蒸

　　话说内干因昭君欲嫁六浑,屡次劝之,执意不改。杨氏又痛惜女儿,恐其忧郁成疾,因想女儿家,最贪财宝,不若以利动之。商议已定。其时正值春光明媚,天气融和。夫妇同在那西厅,摆列长几数只,几上多设金银珠翠、首饰异宝、绫罗锦绣、珍奇玩器等物,英英夺目,闪闪耀人。乃召昭君出厅,谓之曰:"汝肯从亲择配,当以此相赠。"昭君目不一视。又谓之曰:"汝若不从父命,欲归高氏,当一物不与,孑身而往,汝心愿否?"昭君点头曰:"愿。"内干大怒道:"既如此,由你去,但日后莫怨父母无情。"昭君不语归房。内干将盒宝一齐收起,便唤前日王妈到来,教他通知高家,聘物一些不要,竟来迎娶便了。王妈道:"这又奇了。前日嫌老身多说,今日却先自许。可见姻缘原是天定的。"欣然来至高家,先在高树夫妇前称喜,备说内干之言。亲事不劳而成,夫妇大喜。即择了聘娶日子,打点娶媳。六浑悉听父母主张。昭君临行,内干不与分毫,只有兰春随往,当日成亲。两人相见,分明是一对豪杰聚首,更觉情投意合。昭君入门后,亲操井臼,克遵妇道,不以富贵骄人,见者无不称其贤孝。

　　一日,六浑出其前日所赠,谓昭君曰:"此卿所赠者,事若不成,决当还卿,至今分毫未动。"昭君曰:"今君身居卑贱,当以此财为结纳贤豪之用,以图进步。"六浑从之,遂货马二十匹,以结怀朔诸将,升为队主。杨氏嫁女后,怜其贫苦,日夜哭泣。内干曰:"昭君,我女也,何忧贫贱!恨其不听我言,暂时受些苦楚。"娄昭亦劝其父道:"姊身已属六浑,何必嫌其贫贱。且六浑终非久居人下者,愿以财产给之。"内干乃遣人去请六浑,欢不至。复命娄昭亲往请之,欢亦不至。于是内干夫妇亲至其家,接女归宁。六浑始拜见妻之父母,遂同昭君偕来。内干见其房屋破败,出钱数千贯,为之改造门闾。又拨给田产、奴婢、牛羊犬马等物。自此六浑亦为富室,交游日广。

　　欢尝至平城投文,镇将段长子段宁见之,笑曰:"此娄女所嫁者耶,奚胜区区?"盖段亦曾求婚于娄氏,娄氏不就,故以为言。归而述诸父,父曰:"六浑志识深沉,器度非凡,岂汝所能及?"一日,六浑来,尊之上坐,召宁出拜,曰:"现儿子庸懦,君有济世之才。吾老矣,敢以此儿为托。"欢谢不敢当。宁自此敬礼六浑。六浑归,昭君语之曰:"吾前夜梦见明月入怀,主何凶吉?"欢曰:"此吉兆也。"后产一女,名端娥,即永熙帝后也。未几,镇将以欢才武,又转之为函使。今且按下不表。

　　再说胡太后临朝以来,乾纲独揽,臣工无不畏服,尊荣已极,志气渐盈。以天子年幼,摄行祭礼,改令为敕,令群臣称陛下。又魏自太武以来,累世强盛,东夷西越,贡献不绝,府库充盈。太后尝幸绢藏,命王公大臣从行者百余人,尽力取之,少者不减百余匹。尚书令李崇、章武王融,负绢过重,颠仆于地,李崇伤腰,章武折足。太后恶其贪,令内侍夺之,空手而出,人以为笑。侍中崔况只取二匹,太后问所取何少,答曰:"臣只两手,只持两匹。"众皆愧焉。又差内侍宋云、僧惠生往西域取经。临行之日,太后自钱于永宁寺,百官皆集,赐金银百斤、名马二十匹。中尉元匡奏侍中侯纲掠杀羽林军士,请治罪。太后以其旧恩,不问,纲益骄横。又奏冀州刺史于忠前在朝擅杀尚书裴植、郭祚,请就冀州戮之,太后亦以旧恩不问。未几,召忠入朝,录尚书事,封灵寿县公。及卒,追赠甚厚。太后父秦国公殁,葬以殊礼,追号曰太上秦国公。谏议大夫张普惠以太上非臣下所称,力争于朝。太后使人宣令于普惠曰:"封太上,孝子之心。卿所争,忠臣之义。已有成议,勿夺朕怀。"普惠遂不敢言。孝明帝年九岁,未尝视朝,群臣罕见其面,普惠有疏,每欲面陈之而不可得。一日,帝临前殿,群臣朝参礼毕,方欲退朝,普惠出班奏曰:"臣有短章,冒渎天听。"

其略曰:

> 慎帝业之不易,饬君道之无亏。减禄削俸,近供无事之僧;崇饰元虚,远邀未然之报。皆非所以利天下而安社稷也。臣谓修朝夕之因,求祇劫之果,未若亲郊庙之典,行朔望之礼。撤僧寺不急之务,复百官已缺之秩。收万国之欢心,以事太后,则孝悌通乎神明,德教光乎四海。节用爱人,臣民俱赖。

其言皆深中时病,帝览之而可其奏,遂怀疏入见太后。太后口虽以为然,然念此儿才一临朝,便有朝臣向他哓哓,日后必夺吾权。乃下诏曰:"天子年幼,不堪任劳,俟加元服,设朝未迟。"自是帝益罕视朝矣。

神龟元年九月,太史奏天文有变,应在二宫。太后惧,欲以高太后当之,乃遣内寺杀之瑶光寺中,以尼礼葬之,命百官不许服丧。群臣皆言宜崇其礼,太后不听。

时武号森列,羽林军横行都市。征西将军张彝上封事,求削铨格,排抑武职之人,不得预于清选。武人皆怀愤怒,立榜通衢,大书张彝父子之恶,约期某日,会集羽林虎贲之众,屠灭其家。张彝父子全不为意。至期共有三千人众,聚集尚书省外,大声辱骂,声言要杀张家父子,以泄众怒。官吏大惊,不敢禁止,把省门紧闭。于是众势益张,拥入张彝府中,焚其第舍,曳彝堂下,捶辱交加。其子民部郎中张始均初见凶势难犯,逾垣逃走。闻父被执,走还众所,拜请父命。众就殴击,投之火中,活活烧死。次子张仲瑀,重伤走免,凶徒始散。张彝仅有余息,越宿而死。远近震骇。太后以天子侍卫之卒,惧有变乱,不敢穷诛。只收为首者八人斩之,其余不复治罪。越三日,复大赦以安之,令武职依旧入选。其时高欢在京,闻之叹曰:"宿卫羽林相率焚大臣之第,朝廷惧而不问,为政如此,时事可知,天下之乱不久矣!"

你道高欢何以在京?欢自熙平二年,转为函使,凡有表章,函封上达帝都,皆函使之职。神龟元年,欢奉使入京,进过表章,不能即时批发,在京中等候。魏制:凡各镇函使,未经发回者,给与贵官大臣家为使。六浑派在尚书令史麻祥门下,祥自恃贵显,待下甚严。一日,祥坐堂上,命欢侍立在旁,问其一路风景山川形势何处最好,欢一一对答。闲谈良久,祥甚喜,因令从人取肉一盘,酒一壶,赐与高欢。祥虽命食,料欢不敢便坐。奈欢素性不肯立食,竟即坐下。祥大怒,以为慢己,叱令跪于阶下,命左右杖之。欢自杖后,郁郁不乐。一日,闷坐无聊,走出街上,观看禁城景象,见一军将坐在马上,前呼后拥，喝道而来，威仪甚肃。细观其人，好似叔父高徽。尚恐面貌相同，不敢叫应。那将军停鞭回顾，便向高欢叫道："你莫非吾侄贺六浑么？为何在此？"欢于是上前拜于马下。要知欢到京时，徽正出使在外。欢不知其已有家室，尚未去望。今日相遇，如出意外。至家，各述别后情事，皆大喜。徽曰："尔娶娄家女，足慰兄嫂之心。吾娶康氏妇，已生一子，取名归彦。以路远尚未通知兄嫂也。"领入后堂相见，设酒共饮。至晚，欢辞去。徽曰："你欲何往？"欢曰："身在麻祥家给使，此人性恶，不去恐被责。"徽道："无妨，我以书去回他便了。"欢自此耽搁徽家，不觉月余。一日，忽闻军士擅杀大臣，不禁浩叹。又欢在京，尝梦身登天上，脚踏众星而行。醒来私心自喜，见时事如此，隐有澄清天下之志。

　　再说胡太后年齿已长，容颜如少，颇事妆饰，数出游幸。一日，驾幸永清寺，侍中元顺当车而谏，曰："《礼》妇人未殁，自称'未亡人'，首去珠玉，衣不文彩。陛下母临天下，年已长矣，修饰过甚，何以仪刑后世？"太后惭，左右皆战栗。及还宫。召顺责之曰："前年卿贬外郡，吾千里相征，乃众中见辱耶？"顺曰："陛下不畏天下之笑，而耻臣之一言乎？"太后默然而受，游幸稍衰。

　　清河王元怿官太傅、侍中，贤而多才，美丰姿，风流俊雅，冠绝一时。太后每顾而爱之，苦于宫禁深严，内外悬绝，无由与之接体，而私幸之意，未尝一日去怀。时值中秋，召集诸王，赐宴宫中。清河王坐近太后之侧，容貌秀丽，太后顾之愈，觉可爱。宴罢，乃诈称官家之意，召王入宫闲话，于是诸王皆退，清河独留，只得随了太后入宫。走至宣光殿前，王失惊曰："至尊在南宫，何故至此？"太后曰："天子随处皆住，不独在南宫也。"王信之，随至崇训后殿。太后下车，召王上殿曰："天子不在此，是朕欲与王聚谈清夜，消遣情怀，故召王至此。且有一言，朕倚卿如左右手，欲与王结为兄妹，以期终始无负。"王闻言大惊，伏地顿首曰："臣与陛下有臣主之分，兼叔嫂之嫌，岂宜结为兄妹？臣死不敢奉诏。"太后道："卿且起，兄妹不结亦可。今有玉带一条、御袍一领、温凉盏一只，皆先帝服用之物。吾爱卿才器不凡，取以相酬，卿勿再负吾意。"清河见说，益添疑惧，苦辞不受。只见宫娥设宴上来，太后命王对坐。王谢不敢。太后南面，清河西面，坐下共饮。言谈语笑，太后全以眉目送情。饮至更深，犹复流连不歇。王苦辞欲出，太后不许。赐宿翠华宫中，命美女二人侍王共寝。王复顿首辞。太后曰："是朕赐与王者。王明日出宫，即带家去，何必坚却。"王不得已受命，遂入翠华宫来。宫中铺设华丽，珍奇玩器，无不备列。宫人曰："此太后将以赐王者。"王大不乐，和衣独寝，令二美人秉烛达旦。太后闻之曰："此人果是铁石心肠。"然口虽叹服，心中割舍不下，留住清河，不放出宫。是夜更余，王方就枕，只见太后随了四个宫女悄悄走入，对王道："卿知朕相爱之意否？良缘宜就，无拂朕怀。"清河心慌意迫，伏地叩头曰："臣该万死，愿陛下自爱。"太后亲手相扶道："我与卿略君臣之分，叙夫妇之情，何如？"哪知太后越扶，清河越不肯起，竟如死的一般，伏着不动。太后见了这般模样，又好气，又好笑，默然走出。宫娥报王道："太后回宫了，王起来安寝罢。闻太后明日放王出宫了。"清河闻言大喜。但未知太后此去，果能忘情于王否，且听下回细说。

第七回　幽母后二贼专权　失民心六镇皆反

话说清河王被留在宫，太后欲幸之，当夜逼迫不从。太后去后，闻宫娥有明日放归之言，心下稍安。及到明日，至于下午，不闻放出之命。只见宫女走来报道："大王祸事到了。昨夜触娘娘之怒，娘娘有旨，今夜如再不从，当如彭城故事，赐死宫中。"清河大惧，默然半晌，叹道："与其违命而死，不如从命而生罢。"宫女见王已允，忙即奏知。太后大喜，是夜遂与王成枕席之欢。王出，羞见诸官，托疾不朝者三日。然王素好文学，礼贤敬士，一心为国，政有不便者，必为太后言之。自承幸后，益见信于太后，言无不从。奸人皆深忌之。有侍中领军元叉，太后妹夫，为人奸恶异常，恃宠骄横，清河每裁之以法，叉由是有怨。中常侍刘腾，恃有保护之功，累迁大职。请奏其弟为郡守，清河却奏不纳，腾亦怨之。二人相与谋曰："清河有太后之宠，非诬其谋反不可去。然必如高肇之害彭城，得其私人首告，帝方信。"时有朝官宋维浮薄无行，在王府中为通直郎。元叉密结其心，以害王之谋告之，许以事成，共图富贵。宋维许之，乃首告司染都尉韩文殊父子为清河心腹，欲扶立王子为帝，日夜谋逆。封其状以闻。元叉乘太后不在，奏之。帝览奏大惊，入见太后，为言清河王反。太后道："清河恐无此事，其中必有隐情。须召集诸臣，细问真假。"于是帝与太后共临前殿。朝中大臣，皆知其冤，力为辨雪。又按验并无实迹，乃诏清河归府，官职如故。太后以宋维诬王，怒欲斩之。元叉曰："若斩宋维，恐后真有反者人不敢告矣。"太后乃免其死。

元叉见清河无事，谓刘腾曰："古人有言，斩草要除根，缚虎难宽纵。既与清河结此大仇，今日我不害他，日后他必害我，奈何？"刘腾曰："我有一计，足以除之。"

叉问何计腾曰："有黄门内侍胡定，是帝御食者，最为帝所亲信，亦与我相好。苟以千金结之，使于帝前进言清河欲谋为帝，教他御食内下毒害帝，事成，许以重报，帝必信矣。帝信，则清河必死。"叉曰："太后，不从奈何？"腾曰："先以微言离间其母子，劝帝独出视朝，幽太后于北宫，断其出入。那时朝权尽属尔我，虽有百清河，除之不难。"叉大喜，遂以千金送于胡定，教他依计行事。定许诺。

一日，帝在南宫，定作慌急状，报于帝道："人言清河反，小臣不信，今果反矣。"帝问："何以知之？"定曰："臣不敢说。"帝固问之，定曰："今早清河有命，教臣在御食内暗下毒药，以害帝命，事成许臣富贵，岂非反乎？臣虽说了，愿帝毋泄。"帝大怒，欲启太后。治之。定曰："不可。太后方以清河为忠，焉肯治其反罪？不若召元叉、刘腾议之。"帝召二人至，告以胡定之言，二人曰："是帝大福，天令胡定泄其谋。不然，陛下何以得免？前日清河反状是实，只因太后曲意保全，酿成其恶。陛下欲保圣躬无事，宜独临前殿断决，无复委政太后。正清河之罪，明示国法，则诸王不敢生异心矣。"时帝年十一，以二人言为然。乃曰："朕欲视朝久矣，卿等善为图之。"二人得计。是夜，不复出宫，就宿中常寺省。一交五更，刘腾带领心腹内侍锁闭永巷，先断太后临朝之路。叉入南宫,奉帝出御显阳殿。天黎明,诸臣齐集。清河王进朝,遇叉于含章殿后。叉厉声喝住,不许王入。王曰:"元叉反耶?"叉曰:"叉不反,正欲缚反者耳。"命武士执王衣袂,拥入含章殿东省,以兵防之。上殿奏道:"元怿已经拿下,请降明旨治罪。"刘腾遂传旨下来道:"清河王元怿,欲谋弑逆,暗使主食胡定下毒。今怿已伏罪,姑念先帝亲弟,不忍显诛,从轻赐死。"诸王大臣相顾惊骇,见太后不出,帝独临朝,明知朝局有变,皆惧叉、腾之势,不敢有言。是时太后方欲出朝,宫女报道阁门已闭,内外不通。闻说帝为清河谋反,已升金殿,不用娘娘临朝了太后闻之,大惊失色,暗想必是刘腾、元叉之计。然大权已失,只索付之无奈。

腾、叉既杀清河,乃诈作太后诏,自称有病,还政于帝。腾自执管钥,锁闭北宫。出入必禀其命,虽帝亦不得见太后之面。太后服膳俱废,乃叹曰:"古语云,养虎反噬,吾之谓矣。"朝野闻清河之死,识与不识,皆为流涕。夷人为之劈面者数百人。盖清河忠国爱民,人尽知其贤。惟翠华宫内见幸太后一节,为王遗憾耳。后人有诗惜之曰:

墙茨何堪玉有瑕,亲贤一旦委泥沙。
早知今日身难免,何不当时死翠华。

话说魏朝宗室中有中山王元英,曾立大功于国,生三子:元熙、元略、元纂,皆以忠孝为心。熙袭父爵,为相州刺史,略与纂在京为官,与清河素相友爱。熙闻清河冤死,为之服孝举哀,议欲起兵报仇。元叉闻此消息,也不告诉天子,便差左丞卢同提兵前往灭之。其弟元略、元纂惧及于祸,皆弃官而逃。元纂逃往相州,与兄同死。元略先避难于司马始宾家,后避难于栗法光家。有西河太守刁奴与略善,送之奔梁。梁武纳之,封为中山王,此是后话。

且说元叉杀了元熙、元纂,独元略未获,下令十家为甲,到处搜捉。凡涉疑似者,皆遭诛戮,连累无辜,不可胜数。又纳美人潘氏于宫,帝宠幸之,日夜为乐,政事一无所理。又使中常侍贾粲代帝执笔,凡有诏命,皆出其手,人莫辨其真伪。虽亲如高阳、臣如崔光,皆不敢相抗。纪纲大坏,遂启六镇之乱。你道哪六镇?一曰怀朔,二曰武川,三曰沃野,四曰高平,五曰寻远,六曰桑干。皆统辖数郡人民,悉受镇将节制。前尚书令李崇行北边,其长史魏兰根说崇曰:"昔缘边初置诸镇,地广人稀,或征发中原强宗子弟,或国之肺腑寄以爪牙。中年以来,有司号为府户,役同厮养,官婚班齿,致失清流。而本来族类,各居荣显,顾瞻彼此,理当愤怨。宜改镇立州,分置郡县,凡是府户,悉免为民,人仕次叙,一准其旧。文武兼用,恩威并施。此计若行,国家庶无北顾之虑。"崇为奏闻,事寝不报。及元、刘二人秉政,贪爱财宝,与夺任情。官以赀进,政以贿成。甚至郡县小吏不得公选,教守令长率皆贪污。刻剥下民脂膏,以赂权贵。百姓困穷,人人思乱,故六镇之民反者相继。正光四年,沃野镇民破六韩拔陵聚众先反,其后胡琛反于高平,莫折大提反于秦州,若乞伏莫干反于秀容,于菩提反于凉州,杜洛周反于上谷,鲜于修礼反于定州之左城,葛荣称帝,丑奴改元。朝廷虽遣临淮王彧、将军李叔仁领兵去讨,尚书李崇、广安王深相继进兵,而盗贼愈炽。

　　今先说拔陵在沃野镇，聚集人马，杀了镇将，抢州夺县，四方云集响应，兵日以强。改元真王，自称天子，引兵南侵。一日，升帐召集诸将，下令曰："吾闻怀朔、武川两处，人民富盛，钱粮广有。今遣将军卫可孤领兵二万，去攻武川；将军孔雀领兵二万，去攻怀朔。"二将领命，各自奋勇而去。那时怀朔镇将段长已死，杨钧代统其职。知拔陵造反，必来侵夺，欲求智勇之将，保护城池。闻说尖山地方有一人，双姓贺拔，名度。有子三人：长名允，字可泥；次名胜，字破胡；三名岳，字嵩英。父子四人，皆有万夫不挡之勇。次子破胡武艺尤高，勇过贲、育。乃请贺家父子到镇，留在帅府，商议军事。授度以统军之职，三子皆为将军。孔雀兵到，便迎出战。破胡一马当先，杀得孔雀大败，抽兵回去。哪知孔雀败去，卫可孤领兵二万杀来。那可孤是一能征惯战之将，手下将士人人勇猛，个个精强，不比前次贼兵。连战几次，势大难敌。把城门围住，日夜攻打，幸亏贺家父子协力固守，不至遽破。杨钧乃集诸将商议曰："内无粮草，外无援兵，何以解目下之危？近闻朝廷差临淮王为将，领兵十万，来平反贼。但只在别处征剿。不来此处救援。吾欲遣将请救，求其速来，未识谁敢前往？"贺拔胜挺身出曰："小将愿往。"钧大喜曰："将军此去，必请得兵来。"便取文书付之。破胡结束停当，待到黄昏时候，放开城门，匹马单枪，一直冲去。惊动阵内贼兵，拦路喝道："谁敢冲我营寨！"破胡也不回言，手提火尖枪，一个来，一个死，杀得尸横马首，万人辟易。无如贼兵纷纷，一似浮萍浪草，才拨开时，便又裹将上来。火把齐明，如同白昼。卫可孤在马上喝道："来将何人，速通名姓！"破胡道："我名贺拔胜，欲往云中。挡我者死，避我者生。"可孤见他杀得利害，亲自提刀来战。哪知破胡越战越勇，虽可孤本事高强，争奈敌他不住，战了数合，也败将下来。破胡乘其败下，不复恋战，冲出垓心，拍马便走。晓夜赶行，直至云中，迎着临淮大军，便到辕门投进文书。临淮看了忙传进去，细问贼兵形势。破胡参见后，一一对答。临淮道："我奉命讨拔陵，未与一战。待我破其贼帅，此围自解，未便舍此救彼。"破胡见临淮不肯发兵，便叩首禀道："怀朔被围已久，陷在旦夕。大王按兵不救，怀朔有失，武川并危。两镇俱失，则贼之锐气百倍，胜势在彼，焉能征灭？王不若发兵，先救怀朔，贼兵一败，武川亦全。韩陵之众，皆望风奔逃矣。"临淮道："将军言是，我便发兵。"破胡道："大王既肯往救，小将先回，报知主帅，准备接应。"王许之，赐以酒食。破胡食毕，辞别便行。

　　却说可孤心服破胡之勇，对诸将道："吾得此人为将，天下不足平矣。今后再与相遇，须协力擒之。"哪知破胡回来，仍旧一人一骑。将近怀朔，望见贼兵围住城池，枪马密密，剑戟层层，如铁桶一般，见者无不寒心。破胡全然不惧，拍马杀入，高声喊道："我贺拔胜今日回城，敢来挡我者，即死我枪上。"卫可孤闻知，传集将士，一齐围裹上来，喊杀之声，震天动地，比前番更甚。破胡使动神枪，左冲右突，好似毒龙翻海，猛虎出林。一回儿杀了无数将士，伤了几员上将。可孤见他勇猛，暗想道："此人只可计取，难以力擒，久与他战，必至多伤将卒。"便招回军士，让他自去。破胡奔至城下，贺统军正在城上，开门放入。父子相见，略叙数语，同至帅府，把临淮已允大兵即到报，与杨钧。钧大喜，设酒慰劳，对破胡道："将军英雄无敌，此功已是不小。但武川被围有日，未识存亡，欲烦将军去探消息，将军能复行否？"破胡道："我去不难。但贼势浩大，此处保守匪易，我行不放心耳。"统军道:"有我们在,汝勿忧。"于是,待至黄昏,破胡仍旧开门冲出。贼兵知是破胡,不来拦阻,任他径去。

却说可孤知破胡又去,绝早升帐,便唤其子卫可清,悄悄吩咐道:"你去如此如此,则贺家父子皆可收服。"可清领命上马而去。正是:计就月中擒玉兔,谋成日里捉金乌。未识此去果能收服贺家父子否,且俟下回再讲。

第八回　太后垂帘重听政　统军灭贼致亡身

话说卫可清领了父亲密计，便至城下，单要统军出战，再叫军士辱骂以激之。统军大怒，挺身出战。战了数合，可清佯败而走。统军不舍，追有里许，伏兵齐起，将绊马索曳翻马脚，统军被擒。众兵将他绑了，推至城下，招其二子道："来降免死，不来即斩你父。"贺拔允弟兄见了，吓得魂飞天外，飞马出城，高叫道："勿伤吾父，愿相从也。"众兵把统军拥入军中。贺拔允兄弟直至营前，下马求见。可孤父子忙到帐外相迎。斯时，统军已释缚上坐，见二子至，挥泪道："势已如此，只得在此投顺，但负了杨将军耳。"可孤大喜，一面款留父子在军，一面便去攻城。城中连失三将，慌乱起来。半夜城破，人民被杀，杨钧一门尽死。可孤破了怀朔，便请统军写书，以招破胡，统军许之。哪知破胡将近武川前一日，其城已破。正是烽烟交迫时候，破胡慌了，带转马头，忙即奔回。正行之间，望见前面一队兵来，上书"贺拔统军"旗号，心下疑道："我父亲为何在此？"勒马问之。只见一少年将军出马拱手道："统军不在这里。我是卫可清，奉主命来请将军，有统军手书在此。"便叫军士呈过。破胡看了，果是父亲手笔，叹道："父兄既在彼处，我复何往？"遂下马与可清相见，并马而回，来见可孤。可孤下座，握其手曰："他日富贵，愿与将军共之。"破胡拜谢。少顷，来见统军，兄与弟皆在帐中。相见后各自叹息，只得权时住下，再图机会。

其时临淮王不知两处已失，领兵前来。行近朔州，遇着拔陵兵马，被他杀得大败，依旧退回云中。安北将军李叔仁领兵五万，亦来救援，屯兵于白道谷口，拔陵乘夜袭之，亦大败而退。朝廷知临淮、叔仁军败，皆削其官爵，命李崇为北讨大都督，镇恒朔以御强寇。抚军将军崔暹皆受其节制。崇欲停军固守，且莫与贼交锋，伺其便而击之。暹不遵崇令，引兵先出。正遇贼帅卫可孤，邀截大战，杀得官军死者死，逃者逃，崔暹单骑奔还，折了十万人马。可孤使人飞报拔陵，陵大喜，乘胜而前。又催各道贼兵并力来攻李崇。崇力战却之，遂相持于云中。崔暹兵败，李崇奏知。帝方不悦。又有雍州刺史元志上奏："莫折念生与弟天生反于秦州，张望攻破高平镇，杀了镇将赫连略，官兵莫敌。"帝益惧，因念："母后临朝，天下未尝有事，今反乱相继。无人为朕分忧。"屡欲往见太后，苦为刘腾所制。哪知腾恶满身死，左右防卫渐疏。叉亦不甚经意，时时出游于外，留连不返。帝后母子复得相见。

正光五年，帝年十四，颇悔从前所为，得罪太后。时值中秋节近，率诸王贵臣等十余人朝太后于嘉福殿。时元叉不在，太后设宴留饮。酒过数巡，太后对帝及群臣曰："我自还政后被幽于此，子母不听往来，虽生犹死，何用我为？我当出家修道于嵩山，闲居寺中，以了终身。"因自卸发，欲觅金剪剪去。帝及群臣皆叩头流涕，殷勤苦请。太后声色愈厉，必欲出家。帝乃使群臣皆退，独留嘉福殿，与太后共语。太后细诉从前被幽之辱，思念之苦。太后泣，帝亦悲不自止。是夜遂宿太后宫中，明日亦不出宫，与太后坐谈至夜。太后曰："今夕中秋佳节,可召皇后、潘妃到来,共赏良宵。"帝曰："儿与太后相疏已久,遇此良夕,当侍太后细谈衷曲,不必召彼来也。"太后见帝意诚,乃于月下密语帝曰："自元叉专政,朝纲大坏,以致人心愁怨,盗贼四起。今若不早除之,天下必至大乱,社稷将危,帝何尚不知悟耶?"帝闻大惊,乃告于太后曰："儿近来亦不甚喜他。因其能顺联心,稍效勤劳,故不忍弃之。前日私将先王宫女窃回,朕笑其愚,置之不问。近内侍张景嵩亦告我曰元叉将不利于我,我尚未信,太后在内,何由知之?"太后曰："满朝文武皆知其奸,何独吾知? 正恐帝不相信,故皆缄口不言耳。"帝退,于是深匿形迹,待叉如故。

一日,帝对叉流涕,言:"太后有忿恚语,欲出家修道。不听其去,必忧愁成疾。朕欲任其往来前殿,以慰其心。"叉殊不以为疑,劝帝任其所欲。后于是数御显阳殿,二宫无复禁碍。叉尝举元法僧为徐州刺史,法僧反,叉深自愧悔,于帝前自明无他。太后谓之曰:"元郎若忠于朝廷,何不解去领军,以余官辅政?"叉乃求解领军,帝从之。然叉虽解兵权,犹总任内外,殊无惧意。宦官张景嵩怨叉,言于帝之宠妃潘贵嫔曰:"叉欲害嫔。"嫔泣诉于帝,曰:"叉非独害妾,又将不利于陛下。"帝信之。因叉出宿,解叉侍中。明旦,叉将入宫,门者不纳,叉始惧。

六年夏四月辛卯,太后复临朝听政。下诏追削刘腾官爵,发墓散骨,籍没家资,尽杀其养子。除叉名为民,其党侯纲、贾粲等皆出之于外,寻追杀之,籍没其家。惟叉以妹夫故,尚未行诛。一日,叉妻侍太后侧,侍郎元顺指之曰:"陛下奈何以一妹之故,不正元叉之罪?"太后默然。未几,有告元叉及弟元瓜通同逆反者,乃并赐死于家。朝野相庆,皆云大奸已去,太平可致。即陷在贼中者,亦思忠义自效,脱身返正矣。

话说武川镇有一人,双姓宇文,名肱。其妻王氏生三子,复怀孕。将产之前,梦抱腹中小儿系绳升天,将至天门,为绳短而止。及生子时,云气满房,如羽葆飞盖之状,罩于身上。肱大喜曰:"此子他日必贵。"名之曰泰,字黑獭,即周朝开基主也。自卫可孤破了怀朔,又取了武川两镇,人民皆被掳掠,壮者悉点为军。于是宇文父子五人皆为可孤军士。其第三子洛生,年十九,武艺绝伦。四子黑獭,年十六,胆略过人,身长八尺,发垂至地,面有紫光,人望而异之。然困龙蠖伏,不得不屈在人下。一日,可孤在营中设宴,饷其将士,至晚皆散。宇文洛生巡行各营,见一壮士执刀倚于营门之外,对天长叹,叹罢挥泪。洛生异之,因向前问其姓名,那壮士见洛生神情亦异,乃吐实告曰:"我即贺统军之子贺拔胜是也。本怀朔尖山人。不幸我父被掳,兄与弟皆降,不得已屈身在此。有怀乡恋国之心,恨无冲天羽翼,俯首事贼,因此感伤。君乃何人,而来问我?"洛生闻言大喜,乃谓胜曰:"我是武川镇宇文肱之子。不幸家属被掳,委曲图存,只得为贼军士,心实不甘。将军若有报国之心,小子岂无复仇之志。我二人同心并力,杀可孤如反掌耳。"胜大喜,遂相密订,各去通知父兄,暗中纠合本乡豪杰,临期同发。

一日,卫可清欲往尖山打猎,可孤许之,乃曰:"须贺将军及二郎同去。"父子欣然听命。当日并皆上马,统军又命宇文肱、宇文洛生为马军,带了弓箭随后。共马步三百,一齐前往。到了尖山,命三百军士屯在山下,可清只带随身军士数人,同贺家父子及肱与洛生上山采猎。忽可清马前跑过一鹿,可清连发三箭,皆能中。因谓胜曰:"将军为我射之,一箭而中,当以黄金十两为赏。"胜拈弓在手,一箭正中鹿背。可清赞道:"将军真神箭也。"胜微微笑道:"此何足奇,我再射一物与你看看。"可清道:"射何物?"胜拽开弓,喝道:"射你!"可清未及回答,早已一箭穿心,跌在马下。众大惊。四人动手,尽杀其亲卒数人,一齐飞马下山。宇文肱提了可清首级,高叫军士道:"卫可清已被贺将军诛死,有不从者,以此为例。"众皆慑服,不敢动。遂命洛生先往城中,知会本乡义旅,以为内应。统军与宇文肱押后,破胡为先锋,杀入城来。时可孤正坐军中,忽有军士报道:"小将军在尖山被杀。"可孤大惊而起,方欲号召诸将,却被破胡一骑冲入营中,大喝道:"逆贼看枪!"拦心一刺,顿时毕命。手下军士素惧破胡威名,谁敢相抗,也有跪下投拜的,也有奔归拔陵的,十万贼兵,一时溃散。贺统军入城,一面安抚人民,招集士卒,一面备文申报。因向胜道:"此事须申报云州刺史费穆,令其转奏朝廷。但拔陵人马处处皆有,路上恐防有失。必得汝去,我始放心。"破胡领命,备好文书,随即起身。果见贼兵满道,然闻贺拔胜之名,皆不敢拦阻。不一日到了云州,以申文投进,见了费穆,备诉情由。穆大喜道:"此皆将军父子之功也。待我奏知朝廷,自有恩命。"留宴三日,大相敬爱。谓胜曰:"云州苦无良将,故不敢与贼交锋。如得将军助我,何惧拔陵。且武川、怀朔倘有变患,亦可缓急相救。欲屈将军在此,为朝廷出力,幸勿拒我。"胜见其言有理,又情意难却,遂留云中。

却说拔陵闻可孤父子被杀,心中大怒,乃亲提二十万众,杀到武川,洗荡一方,为可孤报仇。统军闻之,与诸将计曰:"拔陵领二十万人马前来报仇,城中兵卒不满八千,半皆疲乏,何以御之?"宇文肱曰:"今当分兵屯于城外,为犄角之势。先截其来路,使贼兵不能临城,可免坐困。"统军从其计,遂命宇文父子引兵二千,屯于城西;二子允与岳引兵二千,屯于城东;自领余众在城把守。调遣方毕,报贼兵已近。贺拔岳引军五百,先来截杀,与贩将交战,不上数合,贼兵败走入山。岳即追下,又遇一将,状貌狰狞,接住交战,良久未分胜败。哪知拔陵兵马分头而进,一路去战贺拔允,一路去战宇文肱,自将轻骑掩袭武川之城。两路之战,胜负未分,而武川已陷,贺统军被乱箭射死。其时贺拔岳未知城破,尽显平生本事,提鞭打死贼将,方得脱身。只见贼兵大队已过尖山,如潮如海,尽奔武川,心中大惊,恐怕武川有失,父亲性命不保,飞马回城。听见前面喊杀声高,冲入阵内,正值可泥困在垓心,忙高叫道:"哥哥且莫恋战,快去城中保护要紧。"二人并力,杀条血路便走,奔至城下,见一执枪军士已把统军之头悬示城上,二人肝肠尽裂。可泥忙发一箭,军士应弦而倒,连头滚下城来。二人捧头大哭。然亲军已散,四面皆是贼兵,倘有疏失,一门尽死贼手。不如保全性命,以图报复。于是将头埋于城下,拍马向南而逃。其时宇文肱亦在城西,与贼相持,见贼兵破城而入,贺统军死于乱军之手,两个儿子,乱中失散,不知去向,看来势大难敌,徒死无益,只得带了残兵千余,望西而遁。

却说拔陵知贺拔允弟兄捧其父头而逃,去尚不远,遂命骁将赫连信、卫道安带领三千劲卒赶上擒之。二人奉命而去,未识贺拔兄弟能逃得脱否,且听下回再续。

第九回　骋骑射沃野遇仙　追危亡牛山避寇

　　话说贺拔允、贺拔岳弟兄二人因失了武川，拍马逃去，在路相议道："今番虽留性命，但干戈扰扰，何处可以容身？"允曰："现在广阳王镇守恒州，去此不远，不如投奔他去。"正行之间，听见后面喊声大起，岳曰："定有追兵赶来，兄请先行，弟自在后拒之。"允曰："虽有追兵，何足为惧。"言毕，山坡下冲出二将，喝道："我赫连信、卫道安在此，你二人快快下马受缚，免我动手。"岳大怒道："吾贺三郎也！谁敢阻我？"赫连信挺枪便刺，岳以鞭架开，趁势一鞭，赫连信脑袋皆破，倒于马下。卫道安方欲上前助战，被贺拔允手起一刀，斩为两段。众兵见主将尽死，惊惧欲走。二人手起刀落，杀伤无数，然后住手，缓辔而去。不一日来到恒州，见了广阳王，哭诉情由。广阳大相敬重，留在军中，各授偏将之职。其时胜在云中，忽闻父亲被杀，哥弟皆逃，呼天抢地，痛哭不已，恨不得即时报仇。费穆慰之曰："老将军为国身亡，自当奏知朝廷，以旌其功。将军正当善保此躯，报效君亲。"胜强忍哀痛，安心住下。今皆按下不表。

　　再说贺六浑在京中遇见叔父高徽，耽搁两月，事毕回家，合家相见大喜。其时拔陵未反，乡土犹宁，六浑已有隐忧，广结四方豪杰，不惜罄囊费产。惟昭君知其意，余人不识也。内干尝谓欢曰："汝虽好客，何挥财如土若此？"欢曰："向在京师，见朝纲颠倒，君弱臣强，宿卫擅杀大臣，而朝廷不敢问。大乱至矣，财帛岂可守耶？与其留供盗贼之用，不若结豪杰之心，缓急可以得助。"内干然之，因出资财以助其费。于是六浑门前常多车辙马迹，云中司马子如、秀容刘贵、中山贾显智、咸阳孙腾、怀朔尉景、广宁蔡隽，皆一时豪杰，与六浑深相结纳，往来无间。其后高树夫妇相继而卒，六浑营葬于山南。有弟永宝尚幼，欢抚之如子。平城库狄干家资巨富，身授平虏将军之职。慕六浑名，知其有妹云姬，求娶为妇，以结好于欢。既而昭君生一子，名曰高澄，字子惠。欢自葬亲后，益不事家业，招集豪士，以射生采猎为事。娄昭学习武艺，亦朝夕为伴。

　　一日，刘贵到来，从者手中擎一白鹰，毛羽如雪。六浑见之，谓贵曰："此鹰可爱，从何得来？"贵曰："有一外路人带来，吾以五百贯买之。明日，我们同到沃野地方打猎，以观此鹰搏击之能。"六浑欣然，便邀尉景、蔡隽、贾显智、司马子如、徐明齐集，共往沃野。次日，轻弓短箭，一齐骑马而去。哪知一到沃野，过了多少山冈，并无禽兽。六浑道："素闻沃野野兽最多，如何今日没有一个？"话犹未了，只见南边窜出一兔，身如火块，眼似流星。六浑就发一箭，弓弦响处，赤兔忽然不见。拍马赶去，却见那箭射在树上，拔之不出。正惊异间，又见赤兔在前乱跑。及搭箭在手，兔又不见。才收了箭，兔又在前。六浑怒道："此兔莫非妖怪，敢如此戏我。"刘贵便将白鹰放起，来搏赤兔。鹰随兔往，终搏不着。六人紧紧相随，约过三四里路，来至一处。后面一带山冈，靠山几间茅屋。屋外几株合抱大树，前有石洞，水声潺潺。六浑谓众曰："此处大有林泉景致。"停马细看，忽见白鹰起在前面，赤兔正在其下。茅屋中撺出一只卷毛黄犬，一口将赤兔咬死。白鹰下来,亦被黄犬一口咬死。六浑大怒,搭箭在手,喝声道:"着!"黄犬应弦而倒。众人皆道:"虽杀黄犬,可惜坏了白鹰,去罢。"

回马正行,耳边忽如雷震一声,大喝道:"谁敢无礼,杀我黄犬!"回头一看,有两个大汉,身长一丈有余,眼如铜铃,面似蓝靛,赶来拿人。六浑正待迎敌,被他一手拖住,轻轻提下鞍鞒,横拖倒拽而去。一个又来拿人,众人见力大难敌,拍马而走。走得远了,勒马商议道:"六浑被他拿住,还当转去解救才好。"于是回马复来。哪知两个大汉已将六浑绑在树上,喝道:"你杀我犬,也须杀你,以偿犬命。"六浑极口分说,只是不理。一个走进屋里,取出钢刀一把,举手要杀。斯时六浑命在呼吸,众人望见凶势,个个吓得魂胆俱丧。忽见屋内走出一个年老妇人,萧萧白发,手持拄杖,连声呼道:"我儿勿伤大家,快快放了。"二人听了,急忙将刀割断绳索,放了六浑,就请六浑屋内去坐。六浑随入,见虽是茅舍,亦甚宽洁。老妇向前称谢道:"我二子空有两眼,不识大家。误相触犯,乞恕其罪。"六浑谢道:"不敢。"见老妇双目俱盲,口口称他大家,未识何意。

却说五人望见白发妇人救了六浑进去,同至草屋前,下马而入。老妇亦命二子接进留坐,曰:"此皆贵人也,今日蓬门何幸,大家及贵人偕来!但家贫无以待客。"呼二子道:"尚有村酒数斗,壮羊一腔,可烹以佐酒。"二子应诺而去。六人谢了,便问道:"婆婆,令郎俱有非常之勇,何为埋没山中?"婆婆道:"老身两目不明,全靠二子打猎为生,住此久矣。"六浑道:"婆婆目不能视,何以知吾等前程?"婆婆道:"吾善相术,一闻人言,便知贵贱。"于是,六人皆起请相。婆婆用手扪摸,相六浑曰:"此大家也,贵不可言。"相尉景位至三公;相司马子如富贵最久;相刘贵、蔡俊皆将相封侯。惟相贾显智,心地不端,为人反复,虽有高官厚禄,恐不得善终。然五人虽贵,指挥总出大家也。相毕,恰好搬出酒肉,六人正在饥渴时候,一齐坐下,饱吃一回。然后起身谢了,便即告别,上马而行,行有里许,六浑道:"此妇大贤,日后倘有好处,当报此一饭之德,惜未问其姓名,当转去问之。"六人并马而回,及到旧处。茅屋全无,哪有一个人影,惟有大树数株,依然在望。六人大惊道:"原来三个俱非凡人,乃是神仙化来,指示吾等的。"刘贵道:"若应其言,我们固有好处,高兄日后定有帝王之分,岂非大幸?"盖当时称天子曰大家,故贵以为六浑贺。一路说说笑笑,行至沃野镇。是夜同宿刘贵家明日各自回去。六浑回到家中,因对昭君诉说昨日之事,昭君且惊且喜道:"据老妇言,君必大贵,但当保身有为,不可乘危蹈险,以之不测之忧。"六浑点头称是。从此欢益自负,远近闻其事者,皆倾心六浑,待之有加。

正光五年,昭君又生一女,名曰端爱,即魏静帝后也。先时高澄生时,昭君梦见云中白龙一条,分为两断,虑其后虽贵,立业不终。及生端爱时,梦见明月坠于杯中,吸之立尽,知其后亦必贵。三朝后,亲友作贺饮酒。饮罢,共往白道南山采猎。

却说其时正值拔陵攻破武川,因杀了他大将卫可孤,泄怒于一方,令众将各领人马四处抄掠,杀害百姓。又差大将韩楼统兵十万,自五原而来,去与广阳交战。打从白道村经过,村中揽得粉碎,房屋被烧,人民死者死,逃者逃。内千百万财产,顿时化为乌有。六浑同了娄昭等数人正在南山打围,离家约有三十里,忽见火光冲起,黑烟连云。六浑大惊,知有贼兵到了,急与众友庄兵五六十人飞奔回村,果见贼人纵兵大掠,杀人放火,喊杀之声如沸。六浑对众人道:"此处已有贼兵阻住,你看重重叠叠,约有十万人马,如何过去?我们须要齐心并力,有进无退,杀入村中,或救得各家性命。不然,徒死无益也。"众皆领命。六浑当先,娄昭押后,一齐舍命冲入。贼众见是数十乡兵,不以为意,便来挡住去路。六浑舞动神枪,连伤贼兵数十,众皆辟易。于是众人随了六浑杀出核心,及到村中,但见烟火迷目,屋宇无存,各家眷属,都不知何往。六浑失色,娄昭马上大哭。二人正在凄惶,只见一人飞马前来,高叫道:"二位官人勿在此耽搁了,两家人口都逃在南山树林中,专望二位官人前去救护。"其人乃娄家内丁,颇有胆勇,故此寻来通信。

二人闻知大喜,率领众人即奔往南山。那知贼兵旌旗满路,山前山后已结满营寨。六浑谓昭曰:"两家眷属男女俱在水火之中,今夜或可救之,明日皆被掳矣。"忙同娄昭奋勇而前,大叫:"来军放我上山,各不相犯。"贼兵见其骁勇,且日色已昏,恐损士卒,不与争锋,乃分开一路,放他过去。二人引了庄兵,寻路上山,直至山顶之上,见无数逃难人民都避在树林中。见了六浑,皆高叫道:"高大官人来,可救我等性命矣。"六浑寻见家属,人人都在,单失散了高澄一人。昭君不胜悲切,六浑嗟叹几声,可惜此子丧于贼手。因语娄昭道:"失去只索罢了。现在两家人口在此,总非安身之所。须当保护下山,方有生路。"娄昭见夜黑难行,犹豫不决。忽喊声大起,满山一片火光,树木皆焚。二人即忙上马。百姓强壮者及庄兵人等各执枪刀,六浑亲自约束,分为数队,在前领路,杀下山来。贼兵抵敌不往,并得逃脱。招呼众人速往牛豆山去。此山在南山之北,地僻而险。山上有菩提寺,寺极广大,可以容众。故六浑领众往避。至寺,僧皆逃窜,众遂屯聚寺中。当夜惊魂未定,过了一宵,不见贼兵到来,人心始安,共庆更生。惟有昭君不知高澄下落,思欲遣人寻觅,犹恐贼兵阻路。后有上山来者报说贼兵虽去,村中焚掠几尽,老幼无存,房屋皆为白地,眼见高澄性命定然不保了。昭君闻之,悲哭不已。只见一个喜鹊飞向檐前,对了她喳喳的乱噪。昭君止了眼泪,便对鹊祝道:"鹊儿,你莫非知我儿子下落,尚未丧命,特来报信么?如果未死,你须飞下地来,向我长噪三声。"那鹊果然飞下,长噪三声,向南飞去。昭君道:"鹊儿向南飞去,此儿必在南方。"忙即唤人往南寻觅。但未识高澄果在南路,可以寻得着否,且俟下回再看。

第十回　五原路破胡斩将　安亭道延伯捐躯

话说六浑失去高澄，正在寺门外指点去路寻觅，忽有数十骑人马上山，前面是段荣，后面有人抱着小厮，坐在马上，却象高澄模样，得得而来。连忙接荣入寺，高澄亦随后进来，俱各大喜。六浑忙问荣道："此子昨夜已失，君从何处救得？"段荣道："拔陵在武川、怀朔等处屯扎兵马，武威相去不远，因此在家备御，不敢远出。昨早知贼将韩楼领兵十万去与广阳交战，打从五原而往。我知此间必遭兵火，慌带家人三十骑前来看视。今早到得村中，果见尸横遍地，房屋皆毁，未卜两家凶吉。细细打听，才晓得逃在此间，故寻踪而来。行至中途，忽见老鸦向我乱鸣。取箭射之，鸦带箭飞入穴中。使人下穴探取，见一小儿卧于其内，抱出视之，乃君之子也。"欢因问高澄何以卧在穴内。澄曰："起初乳媪抱我逃走，赶众人不上，落在后面，被贼兵冲来，我与乳媪同落水内。忽见一夜叉模样将我提起，放在穴内。眼前但见一鸦在上飞鸣，今早有人抱我出穴，乃是段姨夫，始得同他到来。"六浑忙向段荣称谢。昭君见了儿子，如获至宝，益发感激不尽。段荣复向内干夫妇问慰一番。是夜，同宿寺内。明日，尉士真亦来探望，谓欢曰："今幸家口无恙，但资产荡尽，将来何以谋生？"六浑道："为此忧闷。"娄昭道："不妨。此时家业虽废。尚有别业在平城等处。收拾各山牛羊驴马，搬往平城，督率庄丁人等再行耕种，亦可度日。六浑夫妇可无忧也。"段荣曰："非计也。荣少习天文星纬之术，夜观天象，北方之乱未已，此间尚有兵火之灾，十年后方定。树家立产尚非其时。且平城之间遇乱尤甚，非所宜居。"娄昭道："然则若何而可？"士真道："大丈夫上不能为朝廷剪除暴乱，亦当退自为谋保全父母妻子。莫若各家聚集庄兵，招来乡勇，就在此菩提寺结垒立寨，依山守险。我亦同来居住，凑合粮储，以为守御之备。且俟北土稍宁，成家未迟。"段荣曰："此论最妙。我看武威兵气亦重，不可安居。家中尚有蓄积，竟连家小一齐运来，同住便了。"六浑、娄昭皆大喜。相约已定，两家便即搬来。一面安顿家小，一面将菩提寺改作营寨，修整军器，造立旗幡。四方避难者负粮挈眷而来，不可胜数。自后贼兵过往者闻六浑之名，俱不敢相犯。娄昭仍督庄兵耕种田禾，以为山寨之用。正是：虎伏深山藏牙爪，龙潜大海待风云。今且按下不表。

再讲广阳王起兵来征拔陵，闻贼兵从五原来敌，众将议曰："我兵不弱于贼，特无一骁勇之将与之争锋，故不能胜。今军中谁堪作先锋者，举一人以封。"众将道："军中实无勇将。近闻贺拔允之弟贺拔胜在云州刺史费穆麾下，此人有万夫不挡之勇，天下无敌。若召以为将，足破拔陵之胆，战无不胜矣。"

广阳王从之，乃写书与费穆，要请破胡到军。穆不敢违，遂送破胡来见广阳王。广阳王见其仪表不凡，英雄无比，便封先锋之职，授以精卒三千，谓胜曰："将军此去杀贼立功，千金赏、万户侯，不足道也。"胜亦感激，誓以灭贼自效，遂领兵前往。行未廿里，正遇拔陵前队，约有五千人马。胜勒马高叫曰："破胡在此，谁敢出战？"贼将见是破胡，吓得魂胆俱碎,畏缩不前。破胡连喝数声,不敢答应。直冲过来,贼兵望后便退。乘势赶杀,直至拔陵军前,勒马讨战。拔陵闻知大惊,语诸将道:"今日破胡乘胜而来,谁去迎敌?"帐前走过孔雀之弟孔鸾、拔陵之弟拔兵,启口道:"我二人愿同出阵,斩破胡之首。"拔陵道:"此人未易轻敌,各要小心。"二人答应,出马跑至阵前,与破胡交锋。战未数合,被破胡一枪一个,俱死马下。拔陵大惧,诸将畏胜之勇,都不敢出战。遂引兵退三十里下寨,与韩楼大军相为犄角之势。广阳王知前锋已胜,亦引大军至五原山扎住。破胡数往挑战,拔陵只是坚守不出,于是两军相持不下。哪知拔陵兵威稍挫,而莫折念生反于秦州,兵势大盛。一日,命其弟天生道:"我今兵多将广,分兵十万于汝,去攻岐州。岐州一破,便提兵进逼雍州,以破萧宝寅之兵。我自在后接应。"天生遂引兵而往。

却说萧宝寅,乃是南齐明帝之子。梁武篡位,杀其兄弟九人。宝寅脱身降魏,孝文帝时封为齐王,尚南阳公主,甚加宠待。今因南道行台元修义染得风疾,不能征讨,故命宝寅代统其兵,以讨莫折念生。不几日,天生兵临岐州,岐州刺史裴芬与都督元志闭城拒守。被围一月,城破,裴芬、元志皆被杀。遂乘胜势,进军雍州之界。宝寅闻之,慌即起兵相迎。见贼势浩大,颇怀忧惧。忽有探子来报,西路上一枝军马约有五万,打着官军旗号,飞奔而来。使人问之,却是东岐州刺史崔延伯。奉天子之命,封为征西将军、西道都督,起本州人马,来讨天生。延伯素骁勇,力敌万夫。宝寅大喜,请过相会。一路进发,行至马嵬。莫折天生扎营黑水之西,军容甚盛。宝寅问延伯破敌之策,延伯曰:"明晨先为公探贼勇怯,然后图之。"乃选精兵数千,西渡黑水,整阵向天生营。宝寅军于水东,遥为接应。延伯抵天生营下,扬威胁之,徐引兵还。天生见延伯众少,开营争逐。其众多于延伯数倍,蹙延伯于水次。宝寅望之失色。延伯自为后殿,不与之战,使其众先渡,部伍严整,天生兵不敢击,须臾渡毕。天生之众亦引还。宝寅喜曰:"崔君之勇,关、张不如。"延伯曰:"此贼非老夫敌也。明公但安坐,观老夫破之。"明日,延伯勒兵而出,宝寅之军继后。天生悉众逆战,延伯身先士卒,陷其前锋,斩贼将数员,将士乘锐竞进,大破其兵,俘斩十余万人。天生率残兵遁逃。官军追奔至小陇,收得器械粮储,不可胜计。岐、雍及陇东之地皆复。只因宝寅不能戢下,将士稽留采掠,天生得脱。复整余众,塞陇道之口,以拒官军。宝寅、延伯既破莫折念生,以为雍、岐以西不足忧,遂停军不进。

一日,接到泾州将军卢祖迁文书,因反寇胡琛据了高平,自称高平王,聚集人马数十万,手下勇将百员,扰乱幽、夏二州,势极猖獗。今又遣大将万俟丑奴、宿勒明达领兵十万,来犯泾州。祖迁不能敌,以此求救于宝寅、延伯。二人遂引兵会祖迁于安定,甲卒十二万,铁马八千,军势大振。丑奴军于安定西北七里,时以轻骑挑战。大兵未交辄委走。延伯自恃其勇,且新立大功,以为敌人畏己,欲即击之。先是军中别造大盾,内为锁柱,使壮士负之而趋,谓之排城。置辎重于中,战士在外。自安定西北整众而前,以为操必胜之势。哪知贼计百出,当两军相遇,正欲交锋,忽有贼兵数百骑手持文书,诈称献上降簿,以求缓师。宝寅、延伯方共开视,宿勒明达引兵自东北至,万俟丑奴引兵自西南至,官军腹背受敌。延伯拍马奋击,奔驰逐北,径抵其营。无如贼皆轻骑,往来如飞,官军杂以步卒,战久疲乏,被贼乘间冲入排城,阵势大乱。延伯左冲右突,虽杀死贼兵无数，而士卒死伤亦近二万，于是大败。宝寅见延伯败退，军心已恐，忙即收众，退保安定。延伯自耻其败，欲与再战。宝寅劝其养锋息锐，徐观时势，以图进取。延伯以为怯，连夜缮甲治兵，招募骁勇，复自安定西进兵，去贼七里结营。明晨不告宝寅，独出袭贼，大破其垒，贼众披靡，平其数栅。既而军士乘胜采掠，离其步伍。贼见官兵散乱，复还击之。魏兵大败，延伯中流矢而卒。宝寅闻知往救，已无及矣。时大寇未平，复失骁将，远近忧恐。而宝寅自延伯死后，丧卒数万，贼势愈甚，深恐朝廷见责，心怀忧虑。

时麾下有一人，姓郑名俨，河南开封府人。生得丰神清朗，仪容秀美，向在京中为太后父司徒胡国珍参军，因随国珍得入后宫。太后悦其美，曾私幸之。宫禁严密，人未之知也。及太后见幽，不得进见。宝寅西征，俨遂从军而去，亦授参军之职。在雍州已及一载。一日，赦书至，知太后重复临朝，私心大喜。欲进京而苦无由。今见宝寅有忧惧之色，因告之曰："太后复政，明公尚未进表恭贺，恐太后不悦于明公也。"宝寅失色道："君言是也。军旅匆忙，未暇计此。今当表贺，但谁可往者？"俨曰："明公如必无人，仆愿奉命以往。且尚有一说明，公出师以来，虽有前功，难掩后败。仆在太后前表扬明公之功，以见败非其罪，则朝廷益加宠任，可以无忧见责矣。"宝寅大喜曰："得君如此，我复何忧。"因遂修好贺表，命俨充作贺使。郑俨别了宝寅，星夜赶行。因念太后旧情未断，日后定获重用，不胜欣喜。及至京师，将贺表呈进。太后见有郑俨之名，忙即召见。俨至金阶，朝拜毕，太后曰："久欲召卿，未识卿在何所。今得见卿，足慰朕心。"俨伏地流涕曰："臣料此生不获再见陛下，今日得观圣容，如拨云见日，不胜庆幸之至。"太后曰："朕身边正乏良辅，卿当留侍朕躬，不必西行矣。"俨拜谢。太后淫情久旷，今旧人见面，满怀春意，按纳不下，哪顾朝廷之体，遂托以欲知贼中形势，留入后宫。是夜，俨宿宫中，与太后重叙旧情。宫中皆贺，明日升殿，即拜俨为谏议大夫、中书舍人，兼领尝食典御。昼夜留在禁中，不放出外。即休沐还家，尝遣宦者随之。俨见妻子惟言家事，不敢私交一语。自此宠冠群臣，一时奸佞之徒争先趋附。

时有中书舍人徐纥。为人巧媚，专奉权要。初事清河王，王死又阿谀元叉。叉败，太后以清河故复，召为中书。及郑俨用事，纥知俨有内宠，益倾身承接，奉迎惟谨。俨亦以纥有术智，任为谋主。共相表里，势倾内外，时人号为"徐郑俨。"不数月，官至中书令、车骑将军。纥亦升至给事黄门侍郎、中书舍人，总摄中书门下事。军国诏令，皆出其手。纥素有文学，又能终日办事，刻无休息不以为劳。或有急诏，则令数吏执笔，或行或卧，指使口授，造次俱成，不失事理。故能迎合取容，以窃一时之柄。然无经国大体，见人则诈为恭谨，而内实叵测。又有尚书李崇之子李神轨。神采清美，官为黄门侍郎，亦私幸于太后，宠亚郑俨。又有黄门给事袁翻，亦为太后信任。徐、郑、袁、李四人互相党援，蒙蔽朝廷。六镇残破，边将有告急表章，俨恐伤太后之心，匿奏不报。外臣有从北来者，皆嘱其隐匿败亡，不许言实。于是群臣争言贼衰，不久自平。太后日事淫乐，不以六镇为意。正是：朝中已把山河弃，阃外徒劳战伐深。但未识后来变故如何，且听下回细说。

第十一回　天宝求贤问刘贵　洛周设计害高欢

话说胡太后宠信郑俨、徐纥，居中用事，百僚畏惮，莫敢谁何。朝政日坏，今且按下不表。却说魏初有两秀容城，皆在并州之北，俱有居民数万。北秀容酋帅双姓尔朱，名羽健。一传为尔朱代勒，代勒为人猛勇，御下又极宽和。一日，游猎山中，部下之人射一猛虎，误中其臂。代勒拔其箭还之曰："此汝误中我臂也。"并不加罪，由是军民无不感悦。官至肆州刺史，封梁国公，年九十余而卒。子名新兴，代父职。坐拥成业，雄镇北土，畜牧尤蕃，牛羊骡马千百成群，各以毛色相别，弥漫山谷，不可胜数。朝廷有事出师，新兴每以牛马刍粮来献，孝文以为忠，进位将军，敕为秀容镇第一酋长。宫室崇大，俨如王侯之居。府库充积，富可敌国。麾下猛将如云，壮士如雨。生子荣，字天宝，聪明俊伟，才气过人，又多力善射。少时随父入朝，武帝见而爱之，以中山王元英之妹妻之，即北乡公主也。其后新兴年老，表请传爵于荣，明帝许之。荣袭父爵。新兴死，魏又除荣游击将军。荣每到春秋二时，率领眷属，往高山大泽之处，射猎为乐，故其姊妹妻女皆善骑射。有子三人：长菩提，次义罗，三文殊，年皆幼。女二：长曰娟娟，次曰琼娟。娟娟年十四，容颜绝世，有倾城倾国之貌。伶俐多能，性刚烈如其父。后为肃宗嫔，敬宗立，荣复纳之为后，终归高氏，为献武帝妃也。当是时，荣见朝政日乱，六镇皆反，而手下士马精强，粮储广有，隐有拨乱救民，化家为国之志。又宗族强盛，弟兄叔侄皆有勇略。从弟名世隆。族弟二人：一名度律，一名仲远。兄子二人：一名兆，字万仁；一名天光。此五人者，才智兼备，武艺超群，各镇都畏之，号曰"尔朱五虎"。而五虎之中，兆尤勇猛，荣爱之如子。一日，荣召五人谓曰："四方兵起，名都大郡皆为贼据。朝廷出师累年，败亡相继，贼势益甚。我恐此间亦不得安，我欲发粟散财，以招四方智勇。剪除凶暴，上为朝廷出力，下为地方保障。汝等以为何如？"众皆曰："主公之见是也。上报国家，下安黎庶，此不世之勋，有何不可。"荣大喜，即于秀容城上竖起招贤旗一面，上书"广招贤智，共济时艰"。于是，四方才勇之士，相率来投。时南秀容于乞真杀了太仆卿陆诞，据城造反。荣遣尔朱兆引兵三千擒之，斩于城下，将首级封进京师。明帝大喜，封荣博陵郡公，长子菩提世袭，赐金三十斤，彩缎百匹，以荣宠之。又桑乾镇斛律洛阳、费也头二人作乱，荣亦起兵破之于河西，斩其首级入朝。以功进封安北将军，都督恒、朔二州军事。荣自是英名四布，兵威益振，豪杰归心。六浑之友，刘贵、司马子如、贾显智、尉景、窦泰等皆奔秀容，投在麾下效力。荣一一收纳，随才任使。敕勒人斛律金有武干，行兵能用匈奴之法，望尘知马步多少，嗅地知敌兵远近。初在怀朔镇杨钧手下为将，钧死，归拔陵。见拔陵作事无成，脱身归于尔朱氏，荣以为别将。六浑妹夫库狄干见北方大乱，欲携家避入京师。云州刺史费穆知其才勇，劫至云州，共守城池。其时北境州县皆没于贼，惟云州一城独存，四面阻绝，粮尽矢穷，外救不至。穆知不能守，遂与库狄干弃城南奔，投于尔朱荣。荣送费穆归朝，留狄干为别将，甚加礼待。

一日，天光领二将来见，谓荣曰："此尖山贺拔允、贺拔岳也。"荣喜，急起握二人手曰："将军兄弟英雄盖世，想慕久矣，何幸今日得遇。但闻足下在恒州把守，未识何以至此？"允曰："允自武川失守，父被贼害，与弟岳投奔恒州，为元仆射收录。弟胜在广阳王麾下为将，广阳奉召入京，胜亦来恒州相投，弟兄遂得相聚。不料广阳去后，众皆怨望，推鲜于修礼为主，聚众廿万，拥兵来寇。元仆射使允等出战，哪知城中外连内应，城遂破。元仆射奔往冀州，允弟兄三人在乱军中相失。今胜不知何往，我二人投北而行。行了两日，无处容身，因在山前叹息。忽逢明公之侄天光，说及明公好贤礼士，劝予来归，故倾心至此。如蒙收录，当效驰驱。"荣曰："将军此来，天作之合也。但未识令弟何往，吾当遣人觅之，使汝手足同在一处。"因皆置为将军。荣欲观二人武艺，一日拣选人马，带允、岳同往射猎。过肆州城下，肆州刺史尉庆宾忌荣之强，闭城不出迎接。荣怒曰："竖子，敢尔慢人。"以兵袭之，破关而入，执庆宾将杀之。忽报营门外有一少年将军，自称贺拔胜，要见主公。荣曰："破胡来耶？"即召入。破胡进至中军，低首下拜。荣扶起笑道："尔来何晚也？令兄令弟皆在此，专望将军到来同聚。"破胡道："胜自恒州战败，兄弟失散，奔往肆州，蒙尉刺史以礼相待。今闻尉公冒犯虎威，行将就诛，特来求宽其死。幸明公恕之，异日胜事明公，亦不敢忘德。"荣道："今见将军，如鱼得水，不胜大幸，何争杀此一人。"命即放之，破胡拜谢。允与岳上帐相见，悲喜交集。荣即解下腰间狮蛮带赐之，署为副将。执庆宾还秀容署。尔朱羽生为肆州刺史，荣是时目中已无魏矣。

孝昌二年八月，贼帅元洪业斩鲜于修礼，请降于魏。贼党葛荣又杀洪业，自立为主，军势浩大，进攻瀛州。章武王元融拒之，为荣所杀。时广阳王深复奉太后命，领兵讨贼。闻元融死，不敢进。朝廷逼之使战，亦为荣杀。尔朱闻之，益轻朝廷。尝谓刘贵曰："今天下扰扰，世无定局。吾欲得一智勇无双之士，如当年韩信之流，与之共定天下，今有其人乎？"贵曰："吾观天下豪杰多矣，如怀朔贺六浑者，其才足以当之。"荣曰："吾亦颇闻其名，今何在？"贵曰："六浑困守风尘，现在避处牛豆山中，以待时清。明公举而用之，天下不足平也。"荣曰："汝速为我招之。"贵承命修书一通，遣人送往牛豆山。书中深致尔朱企慕之意，劝其速来。六浑得书，谓尉士真曰："如今群雄奋起，反复无常。吾侪投人，事亦不易。不如权住此间，徐观形势，以图机会。君以为何如？"士真曰："尔朱虽强，未识为人若何。且闻命遽往，恐为所轻。"六浑曰："君言正合吾意。"遂不去。

时孙胜在阳曲川被寇，家业尽丧，亦来牛豆山，与六浑同住。一日，六浑与尉景、段荣下山探听消息，至晚方回。才到牛豆山下，忽见一人飞马而至，高叫："来者壮士莫非贺六浑么？"六浑道："只我便是。"那人道："吾主在后，等待多时，请公过去相见。"六浑道："你主何人？"那人道："我主姓杜，名洛周，柔元镇人。今见天子无道，万民愁苦，聚兵十万在上谷城中，欲图霸王之业，以救生灵之命。仰慕壮士文武双全，才勇出众，是当今第一豪杰，欲屈到幕下，同心举义。故亲自来请，先令小将致意。我乃贺拔文兴，杜洛周妻弟也。"六浑曰："你主错了。吾因智勇不足，避难居此，有何德能而敢为兴王之佐？"话犹未了，忽大炮一声，拥出无数人马，塞住山口，旌旗密布，剑戟如林。一人红袍绿甲,在马上欠身道:"我杜洛周系仰威名,特来奉请同往上谷,共聚大义,富贵与君同之。如蒙慨允,即此便行。倘有见弃之心,恐刀剑无情,惊及一家。"六浑见此形势,知不可拒,私语士真、子茂曰:"吾脱一身甚易,奈妻子何?"乃下马再拜,尉景、段荣从之。洛周大喜,下马答拜。曰:"君必与夫人子女同往,方得放心,省得身心两地也。"于是洛周上马,送三人至菩提寺门外,道:"吾只在此等候,君进内速整行装,便即起身。"六浑入内,告知众人。内干夫妇大惊曰:"君等皆去,吾在此作何倚靠?"昭君曰:"洛周反寇,君去奈何?"欢曰:"吾非不知,但欲保一家性命,权且从他,以解目前之厄。快去收拾行囊。"又谓娄昭曰:"如今人力已少,倘有外寇凭陵,何以抵敌?君于此处亦不可居,且往平城可也。"于是除内干一家不去,余皆起身同行。昭君姊妹拜别父母,各流涕分手。

　　洛周自得六浑等数人,兵士云集,军马日广,遂于上谷城筑坛为天子,改元真王,署置百官。以六浑为将军,统领人马一万,进兵来夺幽州。幽州刺史常景上表奏闻,魏以常景为行台尚书,与幽州都督元潭共讨洛周。景即起兵五万,将卢龙一带关塞之处,皆拨军守把。元潭引兵三万,军于居庸关以备之。洛周又引兵来取安州,常景遣将崔仲哲邀之于军都关。仲哲素不能战,一战大败,为洛周所杀。居庸关守兵闻之,一夜尽溃,元潭逃归幽州。洛周自以为无敌,志益骄傲。军无纪律,日事抄掠。用兵经年,一无所就,仍退回上谷。识者知其无成,惟六浑御军有法,赏罚必信,因此得军士心,人望咸归。洛周忌之,密与贺拔文兴谋曰:"军心尽向六浑,恐后日有元洪业之事。我不能为鲜于修礼坐受其害,不如杀之,以杜后患。"文兴曰:"若杀六浑,尉景、段荣等亦不可留。"遂定计于中秋夜,借赏月为名,宴于深山之中,四面伏兵,擒而杀之。有一小校平日与段荣相好,密将此事报之。荣闻报大惊。时已四鼓,恐军中惊觉,不敢往告六浑。明晨上帐参谒,诸将皆到,不见六浑。洛周道:"六浑何以不至?"有人禀道:"六浑昨夕饮酒过醉,不能起身,故失参见之期。"洛周曰:"今宵中秋佳节,不可虚度。晚间设宴于山峰高处,与诸君同玩良宵。六浑不可不至。"荣曰:"六浑虽是中酒,晚间自愈。主公先行,待小将促之,使来以赴主公之约。"洛周应允。段荣随到六浑家,密报其事,六浑大惊。时尉景同居,嘱咐昭君、云莲一同收拾行李,密约蔡、孙两家同逃。等至下午,听知洛周出城,各将家眷载在车上,悄悄而行。尉景当先,蔡隽、孙腾押后。六浑、段荣假作赴宴,行至中途,谓众将曰:"我有一小事未了,当同子茂回去。君等先行,我随后赶上也。"道罢,飞马回转,保着家眷急走。洛周至晚不见六浑等来,又差人召之。往来数里,已近黄昏。回报道:"六浑等众都已走了。"洛周大怒,谓文兴曰:"六浑去尚未远,汝引三千轻骑擒来见我,休使逃脱一人。"文兴领命,忙即带了兵众,飞奔而来。正是:蛟龙尚未翔云表,鸿鹄犹然困网中。未识六浑此番能逃得脱否,且听下回细说。

第十二回　剪劣马英雄得路　庇幸臣宫阙成仇

话说六浑当日脱身而行，料洛周必不干休，定有追兵到来，谓众人曰："若追兵到来，既要厮杀，又要照顾家眷，势难两顾。不如孙、蔡两兄保着车仗人口先走，我与士真、子茂在此杀退追兵，随即赶上。"尉景道："此计甚妥。"于是，家眷先行，三人勒马以待。时近更余，果见后面火把齐明，喊声大振。贺拔文兴追至，大叫："六浑休走，我主待你不薄，奈何背主而逃？此非好男子所为。"六浑答道："你是贺拔文兴，正要与你说明，我们住在牛豆山，原无意相从。你说洛周慷慨英雄，真心待人，故俯首相从。原来是一无知小子，妒贤嫉能。我等相随一载，虽无大功，亦无大罪，奈何设宴山中，图害我等性命？汝速回去，将吾言回复洛周，并非吾等不别而行也。"文兴无言回答。又见三人挺枪相待，自料敌他不过，只得收转人马回去。

六浑出得上谷岭，天已大明。后面又有喊声，疑追兵复至，谓众人曰："洛周兵力精强，我们寡不敌众，急急向前，不可回马与战。"昭君与端娥、端爱、高澄乘一牛车，澄方六岁，数堕车下。欢怒其羁迟，欲弯弓射之。昭君大惊，高叫段荣曰："段将军速救我儿！"段荣飞身下马，抱起高澄，归于马上，加鞭急走。行了一日，天色又晚，荒野中并无宿店，投一野寺权住。时天气初寒，风雨暴至，众人皆仓皇就路，衣衫单薄，不免饥寒。昭君亲燃马矢，作饼与六浑充饥。次日起行，六浑欲南奔葛荣。将近瀛州，闻葛荣强暴，甚于洛周。谓众人曰："一误岂容再误。"尉景曰："前路茫茫，今将曷归？"段荣曰："吾闻北秀容尔朱天宝兵力强盛，大招贤士，若往投之，断无不纳。"六浑曰："吾从洛周一年，今往投之，倘以反贼视我，加我以罪，我将何逃？"蔡隽曰："有刘贵、司马子如数人在彼，必能为我先容，可无忧也。"于是六浑与五人同入并州，先借旅寓，安顿家小，然后段荣去寻刘贵。

却说贵在秀容，最为荣所信任，一日从城外归来，忽见一人，在马上呼曰："刘君别来无恙？"视之，乃段子茂也。即忙下马相见，问道："子茂何来？阔别二年，常怀想念。未识六浑及众友近况若何？"子茂道："六浑、尉景等俱在此了，专望兄去相叙。"因把前事细诉一遍。刘贵大喜，遂并马入城，来见六浑。六浑见了刘贵，握手相慰，便将来投尔朱之故，细细说了，要他引进。刘贵道："尔朱慕名久矣，今日一见，必获重用，无忧不得志也。"司马子如、库狄干、贾显智、侯景、窦泰闻得六浑到了，陆续来望，相见皆大喜。刘贵道："诸君在此叙旧，我先见讨虏，诉知六浑来意，明日便好进见。"众皆称善。刘贵起身，忙到府门。值荣在城外桃林寨着兵，便往桃林寨求见。荣召入，贵在帐前拜贺曰："主公大业将成，又有高贤来助了。"荣问："何人？"答道："高贺六浑并有亲友数人同来相投。"荣闻六浑至，大喜，问："在何处？"答道："在旅店中，明日来参。"荣曰："我慕其人久矣，速来一会。"便令小校备马，同刘贵去接。六浑不敢迟延，忙来进谒。荣令别将迎之入帐，六浑见荣再拜，荣欠身请起，赐坐帐下。荣初闻刘贵之言，以六浑为人中之杰,气象异常。今见其精神憔悴,形容枯槁,殊失所望。问劳数句,不甚深言,欢即辞退。刘贵暗忖道:"天宝平日闻名起慕,今日相见,何反淡然?"因留六浑到家,排酒洗尘。忽报讨虏有命,六浑有甚亲友,皆令明日来见。贵应诺。是夜,六浑宿于刘贵家,贵私语六浑曰:"君才能盖世,奈与洛周同反,今惟在此立功,以盖前愆,勿生退志。"六浑以为然。次日,贵出全付衣服,与六浑更换。令人请尉景、段荣、蔡隽、孙腾同至家中,齐入帅府。荣皆礼待,署为将军。六浑虽在军中,未获重用。

一日上帐参谒,荣往厩中看马,诸将随侍。见一马甚猛,四面皆以铁栏围之。六浑曰:"此马何故防卫甚严?"荣曰:"此马号为毒龙,莫能驭也。往往蹄啮伤人,人不敢近。"欢细视之曰:"良马也。胸项间有旋毛一撮,故此作孽。若剪而去之,必足为明公用也。"荣曰:"吾数使人剪之,毛不能去,反为所害。故弃而置之,锁缚厩中。"六浑曰:"欢请为明公剪之。"荣曰:"奈何以一马而杀壮士。"欢固请,荣许之,就把胡床坐下,诸将两旁侍立。命六浑往厩中牵马。毒龙一见栏开,双蹄并起,挣断铁索,奔出厩外,腾踔跳跃,势甚猛烈。六浑当前拦住,喝道:"你虽畜类,亦有性灵。既受豢养,自当任人驾驭,何得蹄啮杀人? 我为你改恶为良,异日立功边上,方显尔能。"毒龙听了,顿时收威敛迹,伏地低头。六浑贴近马身,不加羁绊,剪去旋毛。众人皆为危惧,六浑神色自若,以旋毛献上。荣大喜道:"果然名不虚传,毒龙杀人多矣,卿乃独能制之。"欢曰:"御恶人亦犹是矣。"荣奇其言,便道:"此马即以赐卿,卿为我试之。"六浑腾身上马,那马放开四足,风驰电掣,团团走了几遍。六浑见有旗杆木竖在百步外,忙取随身弓箭,连发三矢,皆中木上。众皆喝彩。荣亦大喜,起身归帐,屏去左右,独留六浑,赐坐帐下,以时事访之。六浑告荣曰:"闻公有马十二谷,皆以色别为群,不知明公蓄此何用?"荣曰:"试言汝意若何?"欢曰:"今天子暗弱,太后淫乱,嬖孽专权,宵小乱政,朝纲不振极矣。以明公之雄武,乘时奋发,讨郑俨、徐纥之罪,以清君侧,天下孰不俯首畏服,惟命是听? 如是,则大功立致,霸业可成。此贺六浑志也。明公岂有意乎?"荣曰:"卿言正合我意。"两下情投意合,倾心吐胆,谈至更深,六浑始退。次日,尔朱荣移兵屯于晋阳,诸将皆从。六浑家眷住上党坊内,尉、段、蔡三家皆就傍居住。六浑从军晋阳。

当是时,洛周侵掠蓟南,势益猖獗;念生夺了岐州,官兵累败;葛荣据了信都,都督裴衍被杀。其后杜粲杀了莫折念生,占了秦州;葛荣并了洛周之众,兵势益大,横行河北。萧宝夤出师累年,糜费不赀,屡次丧败,惧朝廷见责,内不自安,定计欲反。行台郎中苏湛哭而止之曰:"王本以穷鸟投入,朝廷假王羽翼,荣宠至此。属国步多艰之日,不竭忠报德,乃欲乘人间隙,遽行守关问鼎之事。魏国虽衰,天命未改。且王之恩义未洽于民,但见其败,未见其成,王若行此,我恐荆棘必生于斋阁也。"宝夤不纳,遂反,自称齐帝,改元隆绪。正平薛凤贤、薛修义亦聚众河东,分据盐池,攻围蒲坂,东西连结以应宝夤,远近大震。尔朱荣谋于欢曰:"关西皆反,我欲发兵讨贼,何者最先?"欢曰:"平外贼易,除内贼难。公但养精蓄锐,先除朝内之贼,则外贼可指挥而定也。"荣以为是。于是日伺朝廷之隙,按兵以待。

再说孝明帝即位十二载,年已十八,朝政一无所预。太后私幸郑俨诸人,虑帝年长,知其所为不谨,于宫中多树耳目,务为壅蔽。凡帝亲爱者,恐其传言泄漏,百计去之。时有密多道人善能胡语，帝宠之。又有鸿胪少卿谷会治、通直散骑谷士恢，皆帝所宠信，朝夕侍于禁中，太后忌之。孝昌二年二月，帝奉太后宴于御园，谷士恢侍侧，太后曰："谷卿聪明多才，必知吏事，令为晋州刺史何如？"士恢心怀帝宠，不愿出外，良久不答。太后再言之，帝曰："士恢年少，难当方面之任，母后勿遣。"次日，太后坐便殿，召士恢曰："我命卿为晋州刺史，如何违我？"士恢曰："容臣入别至尊。"太后不许，士恢再四恳告。郑俨在旁奏曰："此等小臣敢违陛下之旨，不斩之，无以警后。"太后即命斩之。帝在宫中，不知士恢已死，命内侍召之。内侍回奏云："士恢已被太后斩讫。"帝失色，惊问士恢何罪，内侍言："太后欲以为晋州刺史，士恢不从，中书郑俨奏斩之。"帝怒，称疾不出。太后使宫女来问，帝不答。太后亲至显阳殿，问帝何疾。帝曰："我怒谷士恢，受朕深恩，今往晋州，不来一辞。我欲封剑斩之，取其首级来视！"太后闻帝言，已知左右奏知，谓帝曰："谷士恢一介小臣，敢违我命，抗言犯上，吾故斩之，实未至晋州也。"帝曰："士恢死乎？"太后曰："然。"帝曰："得见其首乎？"太后命左右取首进之。帝见首，痛哭流涕："此郑俨杀汝耳，吾当报之。"太后大惊曰："帝误矣，我自杀之，于俨何涉？帝为万乘主，岂少此等人入侍左右而为此感伤？"帝恐伤太后之意，命以厚礼葬之。

俨知帝怒及己，又奏太后道："士恢虽死，密多道人、谷绍达尚在帝侧。二人仇我更深，必除之为妥。"太后曰："易耳。"命俨暗招刺客，杀密多于城南大巷。帝怒，严旨搜捉贼人，限在必得，已心疑太后所为。未几，又报谷绍达被太后赐死。帝怒甚，忿忿走入紫华宫，谓卢妃曰："朕以太后之故，郑俨、徐纥内宫不禁往来。今朕所宠信者，太后必欲置之死地，未识何意。"卢妃奏曰："陛下深居九重，朝权皆归国母，陛下所宠，焉能得保性命？"帝曰："吾杀徐、郑，以报之何如？"妃曰："徐、郑朝夕在宫，太后所宠，陛下焉得杀之？"帝曰："太后与郑有私乎？"妃曰："妾不敢说，愿陛下留心察之。且陛下还宜加意自防，勿为奸人所算。"帝闻之，益闷闷不乐。是夜，宿紫华宫中。次日傍晚，帝密敕北宫宦侍，夜来不许锁断嘉福殿门。一更后，随了数个宫人，行至嘉福殿后骈和阁下，闻阁上有笑语声，帝问："何人在阁？"宫人悄悄奏道："太后与尚书郑俨宿于阁上。"帝知太后不谨是实，长叹一声，忙即回步退出。明日，宫人奏知太后，言帝昨宵至此，太后之事俱已知之，长叹而去。太后大惊曰："谁为是儿言之，私来窥我？"郑俨失色，跪于太后前曰："事露，帝不能奈何陛下，臣今死矣。"太后曰："毋恐，有我在，断不令卿遭诛也。"俨拜谢曰："若得陛下作主，臣等方敢常侍左右。"因斩司官者数人，以其失于防守，纵帝得入也。帝闻之益怒。自此母子遂成嫌隙，两宫不相往来。但未识后事如何，且听下回细述。

第十三回　赐铁券欲图边帅　生公主假作储君

话说并州刺史元天穆,本魏室宗亲,因太后专政,徐、郑用事,心常不服。见尔朱士马精强,欲借其力以倾朝廷,深相结纳。荣亦喜其与己,焚香刺血,结为兄弟,誓生死不相背负。事无大小,皆与商议。一日,荣同帐下诸将来至并州,与天穆议事。天穆设宴留饮,酒至半酣,问荣曰:"弟来欲议何事?"荣屏去左右,惟贺拔岳在坐。荣曰:"今天子愚弱,太后淫乱,奸佞弄权,忠臣屏迹。我欲举兵入洛,内除诸奸佞,外削群贼,兄以为何如?"穆与岳皆曰:"讨虏之意,实合群望,当早行之。"荣曰:"事果可行,吾即表奏朝廷,以讨贼为言,庶几师出有名。"天穆力赞其成。荣就写表一道,发使进京。太后见奏,疑荣有异志,乃付有司商议。群臣皆以荣兵强盛,不宜允其所请。太后乃下诏止之。其略云:

> 今念生枭戮,宝寅败逃,丑奴请降,关、陇已定。费穆大破群蛮,绛、蜀渐平。又北海王显率众二万,出镇相州。卿宜高枕秀容,兵不需出。

荣得诏大笑曰:"天下乱形已成,朝廷反说太平无事,吾岂可因诏而止。"乃请天穆到府,遍召诸将共议。众皆曰:"朝廷不准发兵,是有疑我之心,此事岂可遂已。"于是荣复上书,其略云:

> 今贼势虽衰,官军屡败,人情危惧,恐实难用,若不更思方略,无以万全。臣愚以为蠕蠕主阿那环,荷国厚恩,未应忘报。宜早发兵,东促下口,以蹑贼人之背。北海之军严加警备,以当其前。臣麾下兵将虽少,愿尽力命。自井陉以北,滏口以西,分据险要,攻其肘腋。葛荣虽并洛周之众,恩威未著,人类差异,形势可分。若允臣所请,大功可立。臣整率师旅以待,惟陛下鉴之。

一面进表,一面兴师。署高欢为都督,统领十万人马,镇守桃林寨,日夕操练,以待征调。自领马步兵三十万,结营并陉之上,旌旗映日,杀气连云。附近州县莫测其意,人人疑虑,各个惊心。

表到京中,举朝大骇。太后见其不肯罢兵,恐有变乱,召廷臣问策。中书舍人徐纥出班奏曰:"臣有一策,可制尔朱之命。"后问:何策,纥曰:"尔朱荣世据秀容,畜牧蕃息,兵势强盛,皆因能用人也。今其手下将士,或反贼余党,或罪臣子孙,惧祸亡命,皆被尔朱荣收纳,授以军职,赐之财帛。众人怀恩感激,无不尽心协力,故所向克捷,威振山西。臣意莫若先离其党,私行圣旨,许以高官厚禄,赐以金书铁券,密令暗图尔朱,则其党必贪朝廷之赏,群起而诛之矣。"太后大喜,如计而行。

时有尔朱荣从弟世隆，在京为直阁将军，探得朝廷阴谋，密将此事报知天宝。天宝大怒，乃召集诸将谓曰："今朝廷有密旨到来，命汝等图我，以取富贵。汝等若贪朝廷官爵，请从此别；若愿随我者，当留麾下；慎勿心怀两意，暗生反侧也。"众将皆曰："某等遭时不遇，穷困风尘。得遇明公拔之粪土之中，置之将士之列。执鞭坠镫，生死愿随。朝廷富贵，非所敢望也。"荣大喜道："卿等若不相负，朝廷赐来官爵，当尽留之。等我日后得志，照其所书之爵相授。"众皆拜谢而退。

且说太后听了徐纥之计，以为事必有成，不以尔朱为意，淫乱如故。时有武都人杨白花，少有勇力，容貌雄伟，太后逼而幸之。白花惧祸及，南奔梁。太后追思之，不能已，为作《杨白花歌》，使宫人昼夜连臂蹋足歌之，声甚凄惋。歌曰：

阳春二三月，杨柳齐作花。春风一夜入闺闼，杨花飘荡落南家。含情出户脚无力，拾得杨花泪沾臆。秋去春来双燕子，愿衔杨花入窠里。

一日，郑俨进宫，闻其歌，知太后思念白花而作。曰："陛下何多情也？"太后曰："情之所钟，不能自已。吾念白花，犹念卿也。"俨曰："臣蒙太后宠爱，奈帝屡欲杀臣，白花所以惧祸而逃也。"太后曰："近闻潘充华怀孕将产，若生太子，吾将幽帝南宫，立太子为帝，谁敢违我？"俨曰："倘生公主奈何？"太后曰："即生公主，吾吩咐监生人等诈言太子，竟瞒了天子大臣，吾计亦可得行。"俨曰："太后之见，果智逾良、平。"二人计议已定，探得潘妃产期已近，太后亲临绛阳宫，帝与潘妃接见。太后告帝曰："我闻儿女出胎之时，不要父母相见，恐有妨克。官家与妃年少，恐未之知，故吾来告帝。于数日内，宜往别宫游幸，吾在此看视。"帝以太后言为诚，从之。太后私嘱其下曰："妃生育时，若生太子，固不必言；倘生公主，亦必诈言太子，报知于帝，使帝心欣喜。有罪我自赦之。"众皆听命。未几，潘妃生下一女，报帝生太子。帝大喜，即乘步舆至绛阳宫。太后迎而贺之，帝亦为太后贺。欲见儿，太后曰："不可，太子新生，待三日后，方可见面。"帝乃出御前殿，颁诏改元武泰，大赦天下，百僚称贺。

却说卢妃宫中有一宫女慧娘，系西番国贡来之女，年十四，心性慧巧，两耳通灵，能知合宫大小事。告卢妃曰："潘妃所生，乃女子也。"妃曰："汝妄言，不畏死乎？"慧娘曰："此皆太后、郑俨之计。所以假称为男者，将不利于帝。妾不言，负夫人；夫人不言，负帝矣。如言不实，愿敢斩首阶前。"妃大惊。至晚，帝宿宫中，卢妃将慧娘之言告帝，帝立智慧娘问之。慧娘如前言以对，帝命收入永巷，谓卢妃曰："明日朕往验之，倘其言虚，杀之以绝乱传。"次日，帝至潘妃宫，见太后曰："朕欲观太子浴。"太后沉吟久之，曰："太子已浴过矣。"帝疑之，因问："太子何在？"太后曰："在龙床上睡熟。"帝起，请太后同去一看。揭帐视之，目细口小，绝不似男子模样。帝曰："此莫非女乎？何绝无男子相也？"不悦而出。太后知帝已识破，不好再瞒，设宴绛阳宫，召帝及胡后同饮。酒半，屏退左右，谓帝曰："帝年十九，尚无子嗣，吾故假言生男，以悦帝心，其实女也。"胡后闻之大惊。帝忿然作色曰："朕因母后言诞生太子，故颁大赦之诏，受廷臣之贺。今言是女，教朕有何面目居臣民之上？"拔剑而起。太后惊问曰："帝欲何为？"帝曰："今杀此女以泄吾忿。"太后变色，不别而还北宫。胡后向帝再拜曰："此虽女子，亦是陛下骨血，奈何杀此无罪之儿，以触太后之怒？"帝收剑，顿足大恨。是夜，帝宿别殿，辗转不寐，思想："慧娘之言，句句是实，必杀徐、郑，庶杜后患。但受制太后，不敢轻动，如何设法除之？"见窗外月光如昼，起身步出阶来。忽闻碧沼池边，窃窃言语，遣内监问之，回奏云："是巡宫大使与值阁将军尔朱世隆讲话。"帝召世隆至，世隆倒身下拜。帝问："卿为值阁几年矣？"曰："三年。"又问："秀容尔朱荣系卿何人？"对曰："臣之从兄。"又问："为人若何？"对曰："臣兄荣智勇兼备，忠义是矢。惟有赤心为国，上报天朝，越在外臣，常以不得亲近至尊为恨。"帝曰："卿兄若此，是社稷之臣也。朕欲召入辅政可乎？"世隆再拜曰："此臣兄之愿也。"言毕退出。帝闻世隆言，暗想："欲去徐、郑，碍于太后。尔朱荣兵威足以制之，不若密召向阙，以胁太后，以讨二臣之罪，吾患除矣。"次日，乃召世隆言之，授以密诏一道，令其内瞒太后，外避百官，暗暗遣人赍往。世隆大喜受命。

再说尔朱天宝扎兵井陉界口，日日扬威耀武。忽有天子密诏到来，召他引兵入都，诛除奸党，世隆亦有书至，不胜大喜。元天穆知之，亦来告曰："以弟之威，除徐、郑之徒，如拉枯枝，乃百世之功，机不可失。"荣于是即令使者回奏曰："臣欲扫清朝野久矣。今接帝旨，敢不星夜赴阙，制奸臣之命，报陛下之德。"使者已去，遂与天穆商议，须得一智勇之将，使为前锋先进。天穆曰："贺六浑可当此任。"荣从之。六浑为先锋，付精兵三万，以尉景、段荣、刘贵、贾显智、蔡隽、孙胜六将副之。六浑将行，谓妻昭君曰："吾有军事，当即起程，不及复顾家矣。"昭君曰："大丈夫公而忘私，努力王事可也，奚以家为？"六浑曰："闻汝言令人意豁。"遂行。天宝亦告其妻北乡公主曰："吾将入靖内乱，明日行矣。"公主曰："吾夫威名太盛，致朝廷疑惧。诏书到来，未识真假。莫若遣将先发，将军暂缓数日，以观人情向背。"荣于是停军不进。

且说帝自发诏后，无一人知。使者回奏尔朱荣得诏大喜，不违时刻起兵，闻之颇生疑虑。长乐王子攸与帝素相爱，因召入凉风堂，密告之故。子攸大惊曰："陛下误矣！尔朱荣数世强盛，威镇北边。其人残暴不仁，屡有飞扬之志。今若召之入内，是开门揖盗。徐、郑虽除，为祸更甚。汉代董卓之事可鉴也。"帝大悟，曰："此举匆匆，悔不与卿商议。今惟发诏止之耳。"子攸道："如此幸甚。"乃复遣使谕荣曰："郑、徐之徒少削威权，卿且安守。待朕诛之，然后召卿入朝，以清外寇。"荣得诏大惊，曰："此非帝意，必有人阻之者。然吾有此诏，且勿遽发。"斯时，六浑之军已过上党，闻有诏亦止。

哪知事虽秘密，而两次降诏，已露风声。徐、郑二人一闻此事，吓得魂飞魄散。入告太后曰："帝怨臣等以及太后，密召尔朱荣诛戮臣等。臣等固不惜一死，但恐太后性命亦不能保，奈何？"太后怒曰："是儿欲夺吾权，结外兵为援。今先废黜，幽之南宫便了。"二人曰："非计也。帝以无罪见废，朝臣不服，尔朱转得借口兴师矣。臣等却有一计，陛下如能行之，方保无事。"太后曰："计将安出？卿且说来。"二人说出此计，管教：大逆顺成同反掌，至尊一死等鸿毛。且听下回细述。

第十四回　内衅成肃宗遇毒　外难至灵后沉河

话说这徐、郑二奸献计太后，太后忙问："何计？"俨曰："陛下欲免大祸，除非暗行鸩毒，害了主上，以公主为太子，扶立为帝。那时权在陛下，内可杜群臣之口，外可止尔朱之兵。待人心已安，然后别选宗室，以正大位。不惟免祸，而且多福。陛下以为何如？"太后不语，既而曰："帝既不复顾母，吾亦焉能顾子。"二人见太后已允，秘密退出。武泰元年二月，帝御显阳后殿，卢妃侍寝。帝饮酒甚美，睡至夜半，口渴呼汤。饮汤后，胸忽烦闷，觉有异，问宫人曰："顷所饮何酒？"宫人曰："是太后送来进帝饮者，命勿泄，故不敢言。"帝知中毒，惋恨良久。后不能语，至五更而崩。在位十三年，一十九岁。卢妃大哭曰："太后自杀其子，明日必归罪于我。"遂自缢。宫人飞报太后，太后佯为哀痛。明日升殿，谕廷臣曰："昨夜帝饮酒过多，五更崩于显阳后殿。"群臣相顾失色。高阳王出班哭奏曰："帝年少，初无疾病，何由遽尔晏驾？宫中定有奸人作逆，乞查侍寝何人，尚食何人？以究帝崩之由，庶人大逆可除。"太后曰："昨夜卢妃侍寝，已惧罪自缢，无从究问矣。"高阳王默然。群臣皆疑帝之暴崩，必出徐、郑之谋，惟有饮恨而已，谁敢出声。旋于潘妃宫中，抱出假太子，立为新君。百官先行朝贺，然后发丧，文武莫敢违者。越三日，太后见人心已安，复下诏曰："潘妃所生，实是公主。因天子新崩，假言太子，以安物望。今有已故临洮王宝晖之子元钊，高祖皇帝嫡孙，宜承宝祚。"于是即日迎入，登位于太极殿，是为幼帝，年始三岁。太后欲久专国政，贪其幼而立之。大赦天下，百官文武加二级，宿卫加三级。

诏到并州，尔朱荣大惊。谓天穆曰："主上年少，无疾遽崩，内中必有弑逆情弊。且帝年十九，天下犹称为幼主。今奉未能言语的小儿以临驭天下，天下其谁服之？吾欲率铁骑赴哀山陵，剪诛奸佞，更立长君。何如？"天穆曰："弟能若此，伊、霍复见于今矣。"乃抗表称：

大行皇帝背弃万方，海内咸称鸩毒至祸。岂有天子不豫，初不召医，贵戚大臣皆不侍侧，安得不使远近怪愕？又以皇女为嗣，虚行赦宥，上欺天地，下惑朝野。已乃选君子孩提之中，使奸竖专朝，蠹乱纲纪。何异掩目捕雀，塞耳撞钟？今群盗沸腾，邻敌窥伺，而欲以未言之儿镇安天下，不亦难乎？愿听臣赴阙，参预大议，问侍臣帝崩之由，访禁卫不知之状，以徐、郑之徒付之司败，雪普天下耻，谢率土之怨。然后更择宗亲，以承宝祚。

发表后，下令诸将，以贺拔胜将前军，贺拔岳副之，尔朱天光将左军，司马子如将右军，尔朱兆为副元帅，窦泰为帐前都督，贺拔允为参谋，斛律金为护军，尔朱重远押后，自主中军，统精兵五万，择日起行。命先锋六浑引兵先进。

　　六浑兵过困龙岗，忽报京中尔朱世隆至，欢接见。世隆谓曰："吾奉太后命来见天宝，将军且暂停军马，俟吾见过天宝，再议进止。"欢许诺。世隆来见尔朱荣，荣问："何以至此？"世隆曰："太后见兄表章大惧，召弟入宫，谆谆慰问。命弟到来，劝兄勿动干戈。若肯安守边隅，重封高爵，永享富贵。弟只得受命而来。"荣曰："此皆太后饰说，吾岂肯受其笼络。你亦不必进京了。"世隆道："弟不复命，太后必疑，反令多为之备，非计之得也。不若弟去复命，以好言慰之，令彼不疑。兄乘其懈，便可直达京师。"荣曰："你既要回，吾尚有一事相托。前日元天穆劝我废黜纳主，别立宗人。有长乐王子攸，其父武宣王，有勋社稷，可册立为帝。你道其人若何？"世隆曰："若说此人，相貌不凡，果有人君之度，立之最宜。"荣曰："此人果可，汝到京中，将吾推戴之意，暗暗通知长乐。吾兵到河内，即来奉迎。你亦早为脱身之计，勿误我事。"世隆领命。临行，谓荣曰："请计弟之行日，已到京师，然后发兵。"荣许之。于是，世隆星夜至京，复命于太后曰："臣荣闻命，已止兵矣，愿太后勿忧。"太后大喜，赐金帛劳之。世隆拜退。密探子攸在府，便来进谒。子攸接进，叙礼毕，便问："卿往北边，能止晋阳之兵否？"世隆请屏左右，私语王曰："臣兄为先帝复仇，大兵必到。但其私诚欲奉大王为帝，以主社稷，令臣先来启知。"王曰："吾无德，不可以为君也。"世隆再三劝进，王乃应允。

　　先是侍中元顺一夕梦见黑云一团，从西北角直冲东南，日月俱破，星象皆暗。俄而云散，有日出于西南，光甚明。有人言曰："此长乐日也。"忽见鸾旗黄盖，皆是天子仪仗，去迎长乐王为帝。驾从阊阖门而入，升太极殿，百官呼万岁。身在中书省，步行廊下，见大槐树一株，脱去衣冠，坐于树下而觉。明日，遇济阴王元晖业，将梦一一告之，忧其不祥。晖业曰："长乐是彭城子，莫非此人为帝乎？然彭城有功德于天下，若其子为帝，亦积善之报，兄何以为不祥也？"顺曰："黑云，气之恶者，北方之色，必有北敌来乱京师。日者，君象；月者，后象；众星者，百官之象，今皆破暗，必有弑害二宫、残杀百僚之事。可惜长乐为帝，年亦不久。日出西南，已属未时，至酉时而没，只有三个时辰。多则三年，亦必有变。吾坐槐树之下，槐字木傍鬼身，并又解去冠冕，能无死乎？大约死后，乃得三公赠也。"说罢惨然。后来其言皆应。

　　再说太后得世隆回报，心无疑虑，宠任徐、郑如故。忽有宫人启奏："卢妃在日，有宫娥慧娘，年甚幼，能知未来事。前日假生太子，报知于帝者，即是此女。帝怒其妄，幽之永巷。今言太后大祸临头，若宽其禁，彼能解救。"太后遂召之。慧娘至太后前，全无畏惧。太后问曰："前潘妃生女，你从何知其非男？"慧娘曰："妾得仙授，宫中事何一不知？太后欲行废黜，徐、郑唆成弑逆，瞒得众人，瞒不得我。但恐衅从内起，祸自外来，六宫粉黛，尽为刀下之魂，八百军州，都入他人之手。"太后听了。大怒道："无知泼贱，敢以妖言吓人！"吩咐拿下斩首。慧娘笑道："只怕你要杀我不能，人要杀你反易。"说罢，化为白鸟，冲天飞去。衣裳首饰，尽卸阶下。要知妖由人兴，太后祸期已近，故有此怪诞之事。太后呆了半晌，两旁宫女，惊得魂胆俱消。

　　忽有黄门表章呈进，称奏尔朱之兵已过太行山，直阁尔朱世隆昨夜全家逃去。太后知事急，忙召王公大臣。俱入北宫商议。诸王皆恨太后淫逆，莫肯设策。独徐纥大言曰："尔朱荣称兵向阙，文武宿卫足以制之。但守险要，以逸待劳。彼悬军千里，士马疲弊,破之必矣。愿陛下勿以为忧。"太后信之,遂命黄门侍郎李神轨为大都督,领兵五万,至河北拒之;别将郑季明、郑先护领兵屯守河桥;武卫将军费穆屯兵小平津。

却说荣自离了并州,大军浩浩荡荡,一路进发,沿路州郡皆具斗酒相犒,无一敢拒。过了上党,六浑迎着,会兵一处,星夜前来。真是兵不留行,势如破竹。将近河内,忽有探子报来:"河阳城内,朝廷差大将李神轨领兵把守。"尔朱荣传令扎住人马,对诸将道:"谁为我去擒此贼来?"贺拔胜应声而出,请以五百骑往擒之。荣大喜,即命胜往。是时,神轨屯兵河内,日日惧荣兵之来。手下将士,全无斗心。一闻破胡兵到,知其骁勇难敌,慌忙引兵渡河,退据内城。荣闻之,大笑曰:"此等人,何足污我刀刃?"忽报世隆到来,荣备问京中情事,世隆一一告诉,言其必败。荣遂遣亲军王信,改换衣服,潜入洛阳,迎长乐王子攸及彭城王元绍、霸成公子正弟兄三人,同来河内。长乐谋于彭城曰:"尔朱兵到,玉石俱焚。吾等生死未卜,不如权且从之。但当速去,迟则恐有间阻。"遂乘五更时候,改易服色,同了王信,悄悄逃出京城。不由正路,从高渚渡河。荣闻王来,率领将士皆至河边迎接。诸将及众军皆呼万岁。荣遂结帐为行宫,奉王即位于河阳,是为敬宗皇帝。荣与众将皆帐前朝贺。帝遂下诏,封兄元绍为无上王,弟子正为始平王。以尔朱荣为侍中,都督中外诸军事,大将军、尚书令、封太原王。其余将士并皆进爵有差。

帝素有贤名,远近闻知为帝,人心悦服。郑先护谓季明曰:"新君已立,太后终亡。吾侪为谁守此?不如先行投顺,以免同逆之诛。"二人遂迎拜马首,请帝入城。神轨闻北中不守,率众遁还。费穆与荣有旧,亦弃军来降。荣见之大喜,不令见帝,留为帐中心腹。徐纥知大势已去,矫诏夜开殿门,取了骅骝厩御马十匹,东奔兖州。郑俨不别太后,亦逃还乡里。太后初闻长乐兄弟三人逃去,已疑宗室诸王有变。后闻长乐即位,郑先护等投降,大惊。忽报李神轨回,太后召入问之,乃知费穆亦降,益惧。忙召郑俨、徐纥,欲与商议。回报二人已逃。太后谓神轨曰:"诸事皆二人为之,今反弃我而去,何昧良乃尔!"神轨亦默然而退。其后连召大臣,无一至者。又闻新君有命,文武百官着往河桥迎接,众皆遵旨。尚宝卿来索玉玺,銮衣卫整备法驾。太后见时势大变,乃入后殿,召孝明帝妃嫔,自胡后以下,共三百余人,尽出家瑶光寺,痛哭出宫。送幼主归旧府,太后亦自入寺为尼。未几,荣遣将军朱端,以一千铁骑,来执太后、幼主。端入京,问留守官曰:"太后、幼主何在?"留守曰:"太后避往瑶光寺,幼主送还旧邸。"端到寺,入见太后。太后大惊,问曰:"卿系何人?"端曰:"太原王将士奉旨来迎太后。"太后曰:"卿且退,吾当自往。"端不许,军士皆拔刃相向。太后失色,只得上马起行。端又执了幼主,齐至河桥见荣。荣命入帐相见。太后见荣,多所陈说。荣曰:"无多言。"喝令左右执至河边,并幼主共沉之河。可怜一代国母,如此结果。正应术士之言,尊无二上,不得善终。后人有诗吊之曰:

> 昔日捐躯全为子,一朝杀子又何为?
> 黄河不尽东流恨,高后泉台应笑之。

　　荣既沉太后，费穆密说荣曰："大王士马不出十万，长驱向洛，既无战胜之威，群情素不厌服。以京师之众，百官之盛，知公虚实，必有轻侮之心。若不大行诛杀，更树亲党，恐大王还北之日，未度太行，而内变作矣。"荣心然之。忽报慕容绍宗自晋阳来见，荣喜曰："绍宗来，吾又添一助矣。"因谓之曰："洛中人士繁盛，骄侈成俗，不加蔓剪，终难制驭。吾欲因百官出迎，悉诛之，何如？"绍宗曰："不可。太后荒淫失道，嬖幸弄权，淆乱四海。大王兴义兵，以清朝廷，此桓、文之业，伊、霍之举，天下无不悦服。今无故残夷多士，不分忠佞，恐大失天下之望，非良计也。"哪知天宝性本残忍，闻费穆言，顿起杀心。绍宗虽极口止之，荣终不听。乃请帝循河西至陶渚，别设行宫居之。无上、始平二王随侍。荣密令心腹骁将郭罗刹、叱列刹鬼持刀立于帝侧，诈为防卫，俟外变一起，即杀无上、始平。

　　斯时百官皆至，求见新君。荣悉引之行宫西北河阴之野，曰："帝欲在此祭天，百官宜下马以待。"众皆下马，荣乃引胡骑四面围之，责众官曰："昔日肃宗年幼，太后临朝，全赖汝等匡辅。任刘腾之弄权，纵元叉之害政。及至徐、郑用事，浊乱宫廷，四方兵起，九重被弑，曾无一人以身殉国，报君父之仇，申大义于天下。职为公卿，实皆贪污无耻之徒。今天子贤圣，不用汝等匡弼也。"言讫，以手一挥，胡骑四面纵兵，百官之头，如砍瓜切菜。自丞相高阳王以下，朝臣共二千余人，尽皆杀死。只见愁云惨惨，怨气重重。肝脑涂裂，皆锦衣玉食之俦；血肉飞扬，尽凤子龙孙之属。衣冠之祸，莫此为烈。但未识帝在行宫，能保性命否，且听下回细剖。

第十五回　改逆谋重扶魏主　贾余勇大破葛荣

　　话说河阴之役，百官皆遭杀戮。后有朝士续到者五百余人，闻之魂飞魄散，皆惊慌欲避，觅路逃生。无如四面铁骑奉了天宝之命，重重叠叠围，住不放。真如鸟投罗内，鱼入网中，命在顷刻。只见前有一将高叫道："新君即位，全是太原王大功，今王在上，还不下拜！"众官听了，人人拜伏在地。又高叫道："魏家气数已尽，太原王合为人主。汝五百人中，有能为禅文者免死。若不能，尽杀无遗。"众臣莫敢出声。荣大怒，曰："竖子欺我乎？"言未了，只见一人起身告曰："某为大王作禅文。"荣问："你是何官？"对曰："臣乃治书御史，赵元则也。"荣令送入营中，吩咐道："好为之。"又使人高唱："元氏灭，朱氏兴。"六军齐呼万岁，声振山谷。荣大喜，便遣数十亲卒，拔刀直向行宫，杀帝左右。时帝居帐中，正怀忧虑，忽闻喊声渐近，与无上、始平二王走出帐外看视。郭罗刹见兵众已到，忙将天子抱入营帐。无上王未及转身，叱烈杀鬼手起一刀，头已落地。始平忙欲退避，亦被叱烈杀死。帝见两兄被杀，看来自己性命亦不能保，暗暗流涕。荣遂迁帝于河桥，置之幕下，率诸将还营。赵元则禅文已成，荣见之大喜，乃解放文武五百余人。未几，帝使人谕旨于荣曰：

　　帝王迭兴，盛衰无常。吾家社稷垂及一百余年，不幸胡后失德，先帝升遐，四方瓦解。将军奋袂而起，所向无前，此乃天意，非人力也。我本相投，志在全生，岂敢妄希天位？将军相逼，以至于此。若天命有归，将军宜及时正号，若推而不居，思欲存魏社稷，亦当更择亲贤，我当流避裔土，何帝之有？

　　荣得诏大喜。时高欢在旁，劝其乘此称帝。荣遍问诸将，诸将多同欢言，独司马子如以为不可。贺拔岳亦谏曰："大王前举义兵，志除奸逆。大勋未立，遽有此谋，正恐速祸，未见其福。"荣疑未决，乃自铸金为像，凡四铸，不成。参军刘灵助善卜筮，断事多中。荣素信之，令卜为帝。灵助卜曰："不吉，大王虽有福德，今未司也。若强为之，上逆天心，下失民望，殃祸连延。便得为帝，恐亦不久。"荣曰："吾既不可，立天穆何如？"灵助曰："天穆亦无此福德。臣夜观天象，惟长乐王有天命耳。奉之为主，必获厚福。"荣不答，入帐独坐。觉精神恍惚，情绪昏迷，不自支持。良久忽悟，深自愧悔，曰："过误，过误！惟当以死报朝廷耳。"出为诸将言之。贺拔岳请杀高欢，以谢天下。窦泰、侯渊曰："欢虽愚疏，言不思难，今四方多事，须借武勇，杀之恐失将士心。"荣曰："是吾过也，欢本无罪。"遂不问。

　　时交四鼓，荣命迎帝还营。身率诸将，下马步行。帝在河桥，正忧愤无措，忽有人报太原王前来迎，帝心下大惊，未测何意。只见诸将已集帐前，灯火齐明。贺拔岳牵过御骑，请帝上乘。帝问："我去何为？"岳曰："帝勿忧，太原王已自悔过矣。"未数步，荣叩首马前,伏地请罪。帝命扶起,共入大营。帝坐,诸将皆下拜。荣亦下拜,自陈过误,愿以死谢。次日,奉驾入京,登太极殿。下诏大赦,改元建义。从太原王将士,普加五级。在京朝臣,文加二级,武加三级。百姓免租役三年。时百官荡尽,存者皆窜匿不出,惟散骑常侍山伟一人拜赦于阙下。洛中士民草草,人怀异虑。或云荣欲纵兵大掠,或云欲迁都晋阳。富者弃宅,贫者襁负,率皆逃窜,十分不存一二。值卫空虚,官守旷废。荣妻北乡公主,南安王元贞女、景穆帝玄孙、义阳王元略之姑,谓荣曰:"欲谒南安家庙,见义阳一面。"荣曰:"王已遇害矣。"公主恚曰:"何为杀之?"荣曰:"时势不得不尔,死者岂独义阳一人?今将请于帝,追赠以荣之。"乃上书云:

　　大兵交际,诸王朝贵横死者众,臣今分躯,不足塞咎。乞追赠亡者,微申私责。请追赠无上王为无上皇帝,其子韶袭封彭城王。其余死于河阴者,诸王赠三司,三品赠令仆,五品赠刺史,七品以下赠郡镇。无后者听继,即授封爵。

又遣使者循城劳问,诏从之。于是朝臣稍出,人心稍安。

先是荣所从胡骑杀朝士既多,不敢入洛城,即欲向北为迁都之计。荣狐疑未决,武卫将军泛礼固谏乃止。后荣复欲北迁,帝不能违。尚书元谌争之,荣怒曰:"何关你事,而固执乃尔?且河阴之役,君应知之。"谌曰:"天下事当与天下论之,奈何以河阴之酷而恐元谌?谌,国之宗室,位居常伯,生既无益,死复何损?正使今日碎首流肠,亦无所惧。"荣大怒,欲抵谌罪,世隆固谏乃止。见者莫不震悚,谌颜色自若。后数日,帝与荣登高,见宫阙壮丽,列树成行,乃叹曰:"臣昨愚暗,有北迁之意。今见皇居之盛,熟思元尚书言,深不可夺也。"由是迁都之议遂罢。未几,荣奏并州刺史元天穆立功边隅,封上党王,入朝辅政。尔朱世隆为侍中尚书,尔朱兆为骠骑将军,汾州刺史天光为肆州刺史,仲达为徐州刺史,使子弟各据一方。其余将士,贺拔弟兄、刘贵、司马子如、窦泰、侯渊、侯景、尉景、段荣、库狄干、孙胜、蔡隽等二百余人,或居内职,或授外任,皆有禄位。高欢封鞞伯。缘山东盗起,命即领兵往讨,欢谢恩而去。

是日,诸将到太原王府拜谢,荣设宴款待。又报朝廷旨到,荣迎接开读,乃封其长子菩提为世子,次子义罗为深郡王,三子文殊为平昌郡公,四子文畅为昌乐郡公。荣大喜,送天使去了,重复入席欢饮。忽思四子皆贵,只有长女娟娟,虽曾为肃宗嫔,终身未了。知帝尚无正宫,不若纳之为后以贵之。因谕意诸将,刘贵、司马子如起对曰:"大王若有此意,臣等启奏主上,成此良姻。"荣喜诺。明日,二人启奏帝曰:"陛下坤位尚虚,立后宜急。今有太原王荣长女,才貌兼全,德容素著,可以上配至尊。"帝以肃宗嫔御,有碍于理,犹豫不决。黄门侍郎祖莹曰:"昔晋文公在秦,怀嬴入侍。事有应经合义者,陛下独何疑焉?"帝遂从之,择日迎立为后。荣心大悦。一日,见帝于明光殿,重谢河桥之事,誓言无复贰心,帝亦为荣誓言无疑,荣喜,因求酒饮,熟醉而寐。帝欲拔剑手刃之,左右苦谏,帝乃止。命将步车载入中常侍省。荣至半夜方醒,知身在禁中,颇怀疑惧,达旦不眠,自此不复禁中宿矣。荣次女琼娟亦有秀色,嫁与陈留王元宽为妃。宽,帝之兄子也。荣久有归志，又闻葛荣横行河北，将归讨之。适天穆已至洛阳，乃加天穆侍中、录尚书事，兼领军将军。以行台郎中桑乾、朱端为黄门侍郎，兼中书舍人。朝廷要害，悉用其心腹为之，遂整旅而归。将行，帝设宴于邙山之阳，百官皆集。后亦亲自相送，赐金帛甚厚，帝自荣去后，少解忧怀。一日，廷臣奏称，逆臣徐纥逃奔幽州，遇盗，全家被杀。郑俨逃还乡里，与兄郑仲明同谋起兵，亦被部下所杀，函首以闻。李神轨、袁翻等久已遭诛。由是灵太后之逆党始尽。帝命颁示天下。

再说葛荣引兵围邺，众号百万，游兵已过汲郡。帝加尔朱荣上柱国大将军，命讨之。荣遂召肆州刺史天光留镇晋阳，曰："我身不得至处，非汝无以称我心。"自率精骑七千，马皆有副，倍道兼行。东出滏口，以侯景为前驱。葛荣为盗日久，兵强且多。尔朱兵不满万，众寡非敌。议者谓无取胜之理，葛荣闻之，喜见于色。令其众曰："不必与战，诸人但办长绳缚取之耳。"荣乃潜军山谷为奇兵，分督将佐以上三人为三处，各有数百骑，令所在扬尘鼓噪，使贼不测多少。又以人马逼战，刀不如棒，乃令军士各齐短棒一根，置于马侧，至战时，虑废腾逐，不听斩级，以棒棒之而已。分命壮勇所向衡突，号令严明，众力齐奋。身自陷阵，出于贼后，表里合击，贼不能支，立时溃败。遂擒葛荣，余众悉降。荣恐贼徒虽降，一时难驭，若即分隶诸将，虑其疑惧，或更结聚，乃下令新降军士各从所乐，亲属相随居止，于是群情大喜，数十万众一朝散尽。待出百里之外，乃始分道押领，随便安置，擢其渠帅，量才授任，新附者咸安。时人服其处分机速。以槛车送葛荣赴洛，由是冀、定、沧、瀛、殷五州皆平。

次日，军士擒获贼将宇文洛生、宇文泰，解至军前。你道宇文弟兄何以在葛荣手下为将？盖自武川杀了卫可孤，其后城破脱逃，父子四人投在北道都督杨津军中为将。鲜于修礼反，其父肱与兄颢战死于唐河，洛生与泰后从葛荣。葛荣败，惧以贼党见诛，故逃而被获。荣皆命斩之。洛生已斩，次及于泰。泰见荣上坐，大呼曰："大王用人之际，何为斩壮士？吾等从贼，非本志也。大王赦八十万众而不赦吾兄弟二人，刑赦不均。"荣奇其言，命赦之，带归晋阳，留在麾下为将。未几，署为统军。葛荣解之京师，帝亲御阊阖门受俘，斩于东市。封天宝为大丞相、都督河北畿外诸军事，以长乐等七郡为太原王之国，四子进爵为王，今且按下慢表。

再说魏有北海王元颢，与帝为从兄弟，避尔朱之暴，逃奔梁邦，梁武封为魏王，后闻长乐即位，尔朱北归，遂启奏梁王，借兵数万，灭尔朱之众，复元魏之旧，世世称臣于梁，为国屏藩。梁武见魏室日乱，本有进取之心，乃许之。遣东宫直阁将军陈庆之领精兵一万，送颢还北。庆之是梁朝第一名将，智力兼全。奉了旨意，点起兵马，遂与元颢拜辞梁主，杀过江来。前面地方即魏铚城县，一鼓下之，权在城中扎住人马，号令四方。边将飞报朝廷，举朝大惊。其时却值北海县邢杲造反，自称天统汉王，聚兵十万，攻掠州郡。元天穆将自往讨，忽闻元颢入寇，集文武议之。众皆曰："杲众强盛，宜以为先。"行台尚书薛琡曰："邢杲兵将虽多，鼠窃狗偷，非有远志。颢帝室近亲，来称举义，其势难测，宜先拒之。"天穆以诸将多欲击杲，又以颢兵孤弱，不足为虑，欲先定齐地，还师击颢，遂不从薛琡之言，引兵而东。哪知：强寇未能倾社稷，孤军反足夺山河。且听下回细说。

第十六回　魏元颢长驱入洛　尔朱荣救驾还京

话说天穆大军既引而东,元颢之兵正好乘虚杀入。自铚城进拔荥阳,直至大梁城下。大梁守将邱大千有众七万,分筑九城相拒。庆之自旦至申,攻拔三垒。大千惧,开门乞降。颢遂入城,与诸将议曰:"吾欲正尊号,然后引兵向阙,庶人心不贰。"诸将皆劝成之,乃登坛燔燎,即帝位于睢阳城南,改元孝基,以陈庆之为卫将军、徐州刺史,引兵而西,进攻荥阳。时守荥阳者,都督杨昱。遣人说之使降,昱不从。元天穆闻报大惊,与骠骑将军吐没儿将大军三十万,星夜来救。梁之士卒皆恐,庆之解鞍秣马,谕将士曰:"吾至此以来,屠城略地,实为不少。君等杀人父兄,掠人子女,亦无算矣。天穆之众,皆是仇仇。我辈众馋七千,掳寡三十余万,今日之事,惟有必死,乃可得生耳。今虏骑众多,不可与之野战。当及其兵未到齐,急取其城而据之。诸君勿怀狐疑,自取屠脍。"乃鼓之使登,将士相率蚁附而上,遂拔荥阳。执杨昱诸将三百余人,伏颢帐前。请曰:"陛下渡江以来,无遗镞之费,昨下荥阳,一朝杀伤五百余人。愿斩杨昱,以快众意。"颢曰:"昱忠臣也,彼各为其主,奈何杀之? 此外惟卿等所取。"于是斩昱将佐三十七人,皆剜其心而食之。俄而,天穆等引兵围城,庆之率骑三千,背城力战,大破之。天穆、吐没儿皆走,遂乘胜势,进击虎牢,守关将尔朱世隆亦走。颢军据了虎牢关,一路无阻,游兵直指洛阳。时六军皆出,禁旅虚弱,帝大惧欲逃,未知所之。或有劝往长安者,中书高道穆曰:"关中荒残,何可复往? 元颢士众不多,乘虚深入,由将帅不得其人,故尔至此。陛下若亲率宿卫,高募重赏,背城一战,臣等竭其死力,破颢孤军必矣。或恐胜负难期,则车驾不若渡河。征大将军天穆、大丞相荣,各使引兵来会,犄角进讨,旬月之内,必见成功。此万全之策也。"帝从之。夜至河内郡北,命高道穆于灯下作诏书数十纸,布告远近,于是四方始知帝驾所在。颢知帝已遁去,长驱来前。临淮王彧、安丰王延明率百僚封府库,备法驾迎颢。颢入洛阳宫,改元建武,大赦。以陈庆之为侍中、车骑大将军,增邑万户。颢将侯暄守睢阳,为后援。行台崔孝芬率兵攻之,城破斩暄。元天穆率众四万,攻拔大梁。又遣费穆将兵二万,攻虎牢。庆之还兵救之。天穆闻其至,惧欲北渡。郎中温子升曰:"主上以虎牢失守,致此狼狈。元颢新人,人情未安,今往击之,无不克者。大王平定京邑,奉迎大驾,此桓、文之举也。舍此北渡,窃为大王惜之。"天穆不能用,引兵渡河。费穆攻虎牢将拔,闻天穆北渡,惧无后继,遂降于庆之。进击大梁,大梁亦下。盖庆之以数千之众,自发铚县至洛阳,凡取三十二城,大小四十七战,所向皆克。魏军闻其兵至,皆亡魂丧胆;小儿闻庆之名,亦惊惧不敢出声。费穆至京,颢引入,责以河阴之事而裔斩之。人情大快。

先是敬宗之出也,仓皇北走,惟尔朱后随往,其余侍卫后宫皆安堵如故,颢一旦得之。自河以南,州郡多附,遂自谓天授,遂有骄怠之心。宿昔宾客近习,咸见宠待,于扰政事。日夜纵酒,不恤军国。所从南来军士凌暴市里,朝野失望。朝士高子儒自洛阳逃至行在,帝问洛中事,子儒曰:"颢败在旦夕,不足忧也。"尔朱荣闻帝北出,即起兵南来,见帝于长子,劝帝南还,自为前驱。旬日之间,兵众大集,资粮器仗相继而至。聚兵河上,为克复京城之计。庆之闻荣南下,谓颢曰:"今远来至此,未服者尚多,倘知我虚实,连兵四合,何以御之? 宜启天子,更请精兵,庶不忧荣兵之至。"哪晓得颢既得志,密与临淮、安丰二王共谋叛梁,特以事难未平,须借庆之兵力,故外同内异,言多猜忌。闻庆之言,皆曰:"庆之兵不满万,已自难制,若更增其众,岂肯复为人用? 大权一去,动息由人,魏之宗室,于斯堕矣。"颢乃不用庆之计。庆之亦觉其异,密为之备。军副马佛念谓庆之曰:"将军威行河洛,声震中原,功高势重,为魏所疑。一旦变生不测,可无虑乎? 不若乘其无备,杀颢据洛,此千载一时也。"庆之曰:"始助之而卒杀之,不义,吾不为也。"庆之与荣相持于河上,三日十三战,杀伤甚众,荣不能渡。有夏州义士为颢守河中渚阴,与荣通,求破桥立效,荣引兵赴之。及桥破,荣接应不及,颢悉杀之,荣大失望。又以颢军缘河固守,北境无船可渡,议欲还北,更图后举。黄门侍郎杨侃曰:"大王发并州之日,已知夏州义士之谋而来乎? 抑欲广施经略,匡复帝室而来乎? 古之用兵者,疮愈更战,况今未有所损,岂可以一事不谐而大谋顿废。今四方颙颙,视公此举,若未有所成,遽复引归,民情失望,各怀去就,胜负所在,未可知也。不若征发木材,多为桴筏,间以舟楫,缘河布列,数百里中皆为渡势,首尾既远,使颢不知所防。一旦得渡,必立大功。"高道穆亦曰:"今乘舆飘荡,主忧臣辱。大王拥百万之众,辅天子而令诸侯。若分兵造筏,所在散渡,指掌可克。奈何舍之北归,使颢得营聚,征兵天下? 此所谓养虺成蛇,悔无及矣。"荣尚未决,忽军士报橛称:"有一河边居民杨橛求见。"荣唤入,问欲何言。橛曰:"仆家族久居马渚河边,世授伏波将军之职。今闻元颢引梁军入寇,主上北巡,诸城失守。大王起兵匡复,大兵至此,无船可渡,只有造筏以济。仆有小舟数十艘,愿献军前,以为大王前驱。"荣大喜曰:"卿来,天助我也。"即命橛为向导,遂点贺拔胜、尔朱兆二将,编木为筏,领军一万,从马渚河乘夜暗渡。将士一登彼岸,呼声震地,个个奋勇争先。

其时庆之守北中城,颢同安丰王延明、其子元冠受分守南岸。忽有兵至,四面杀入,黑夜中不测敌兵多少,军士先自乱窜。元冠受火急提刀上马,正遇贺拔胜,一枪刺死。尔朱兆杀入中军,欲捉元颢,颢与延明已从帐后逃去。杀到天明,守河兵散亡略尽。庆之在北中城,晓得北兵偷渡,颢大败而逃,独力难支,只得收兵南走。荣闻二将告捷,便引大队人马尽渡黄河,分兵追赶。庆之七千兵士,死亡过半,可怜一个南朝大将,忙忙如丧家之犬,急急如漏网之鱼。又值嵩高水涨,片甲不存。自料不能走脱,乃削去须发,诈为沙门,逃归梁国。梁王念其前功,并不治罪,封为右卫将军、永兴侯。

且说颢已逃去,都督杨津入宿殿中,洒扫宫阙,引领禁兵,直至邙山迎驾。荣引众将亦至,面奏战胜之事,请帝归朝。驾入京城,以人多疑惧,大赦安之。封荣为天柱大将军,兆为车骑大将军,冥余将士,皆论功加赏有差。而颢自辕辕南出,至临颍,从骑分散。临颍军士江丰斩之,封其首以闻。元延明奔梁,临淮王或复归于帝,帝不问。于是下诏解严。

一日,接得边庭文书,报称韩楼余逆侵扰幽、蓟,丑奴称帝,以宝寅为太傅,进攻岐州。荣见帝曰:"臣请归北,以讨余贼。仍留天穆、世隆在京辅政。又铜鞮伯高欢在山东二年,捉伪王七人,又斩邢杲于济南,功大宜赏,合加仪同三司之职,授为晋州刺史。"常皆依奏。次日,荣即起程,帝亲送之郊,文武百官皆集。

荣归晋阳,使大都督侯渊讨韩楼于蓟,配卒甚少,骑止七百。或以为言,荣曰:"侯渊临机设变,是其所长。若总大众,未必能用。今以此众击此贼,必能取之。"渊行,广张军声,多设供具,亲率数百骑深入楼境。去蓟百余里,值贼将陈周领马步万余,渊潜伏以乘其背,大破之,掳其卒五千余人,寻还其马仗,纵令入城。左右皆以为不可,渊曰:"此兵机也,如此乃可克耳。"渊度其已至,遂率骑夜进。昧旦,叩其城门,韩楼果疑降卒为渊内应,遂走。追兵擒之,幽州平。荣以渊为平州刺史。

贺拔岳奉命讨丑奴,谓其兄胜曰:"丑奴,勍敌也,今攻之不胜,固有罪;胜之,谗嫉将生。必得尔朱一人为帅而佐之。"胜为之言于荣。荣大悦,以尔朱天光为元帅,以拔与代郡侯莫陈悦为左右大都督副之。天光初行,惟配军士千人,马亦不敷。时赤水蜀贼断路,军至漳关,天光不敢进。岳曰:"蜀贼鼠窃,公何惧焉?若遇大敌,将何以战?"天光曰:"今日之事,一以相委。"岳遂进兵,击贼于渭北,身自陷阵,贼众披靡,大破之。获马二千余匹,简其壮健,以充军士。天光尚以兵少,淹留未进。荣闻之怒,遣参军刘贵乘驿至军,责天光,杖之一百,以军士二千人助之。丑奴闻官军至,自围岐州,遣大将尉迟菩萨以兵拒于渭北。岳以轻骑数十,自渭南与菩萨隔水而语,称扬国威。菩萨令省事传语。岳怒曰:"吾与菩萨语,尔何人也?"射杀之。明日,复引百余骑,隔水与贼语,稍引而东,至水浅可涉之处,岳即驰马东出。贼以为走,乃弃步兵,轻骑渡水追岳。岳先设伏于横冈,贼至伏发,岳还兵击之,贼败走。乃下令贼众,下马者勿杀贼悉投马,俄获三千人马。遂擒菩萨,降步卒万余,并收其辎重。丑奴闻之,北走安定,置栅于平亭。岳乃停军牧马,宣言天时将热,未可行师,俟秋凉再进。获丑奴觇候者,纵遣之。丑奴闻候者言,信以为实,散众耕于细川。使其将侯元进领兵五千,据险立栅,其余千人已下为栅者甚众。岳知其势分,敕诸军即日俱发,攻元进大栅,拔之。所得俘囚一皆纵遣,诸栅闻之皆降。昼夜径进,直抵安平城下。丑奴弃城走,岳轻骑追之。及平凉,贼未成列,副将侯莫陈悦单骑冲入贼中,于马上生擒丑奴。因大呼曰:"得丑奴矣!"众皆辟易,无敢当者。后骑益集,遂大破之。官军进逼高平,城中执萧宝寅以降。于是三秦皆复,关中悉平。二逆解至京师,宝寅赐死,斩丑奴于东市。论平贼功,加天光侍中、仪同三司,以贺拔岳为泾州刺史,侯莫陈悦为渭州刺史、步兵校尉。宇文泰从岳入关,以功迁征西将军,行原州事。时关、陇雕敝,宇文泰抚以恩信,民皆感悦,曰:"早遇宇文使君,吾辈岂从乱乎?"此宇文氏得关中之本也。再说高欢平定山东,忽得圣旨,职升仪同,迁为晋州刺史,大喜,忙别了同寅文武,赶回并州。一日,到了晋阳,天色已晚,就往上党坊来。昭君接见,向前称贺道:"前为军将,今作朝臣,妾亦与有荣施。"欢大悦。斯时,高澄年八岁,女端娥,年十三,幼女亦渐长成。昭君抱出高洋来见,欢笑曰:"吾出门时,汝尚怀于母腹,今亦二岁矣。"设酒共饮,各诉离情。昭君指着高洋道:"此儿甚奇。在腹时,吾一夜坐在黑暗中,忽满房如月之明,巨细皆见。儿女共视,则云白光从我身出。又将产之夕,梦见一龙,头挂天,尾垂地,张牙舞爪,势状惊人。生下来胸旁俱有鳞形,看来必是非常之物。"欢戒勿泄。明日,进见尔朱荣,参拜毕,首贺反正之功,次谢荐己之惠。荣大喜,谓欢曰:"君往晋州,善自为之。国家以晋阳为根本,晋阳以晋州为屏障,治内御外,须小心在意。"欢俯首听命,乃启曰:"六浑蒙大王委托,敢不竭力。然必辅佐有人,斯克不负厥职。请以孙腾为晋州长史,段荣为主簿,尉景、库狄干、窦泰为副将,愿大王赐此数人同往。"荣皆许之,欢复拜谢。既退,拜望亲友,皆设宴相留。忙了数日,正要打点起程,忽刘贵奉荣之命来告曰:"大王闻君有女端娥,与世子菩提年貌相当,欲娶为妇,特命下官前来作伐。"欢曰:"王何以知我有女?"贵曰:"王府有一相士张文理,为王所信。前从上党坊过,偶见令爱,相貌非常,额前紫气已现,不出三年,定为帝后,故大王闻而求娶。"欢曰:"此乃谎诞之谈,大王何为信之?若说对亲,齐大非偶,何敢承命,况小女貌陋德薄,岂堪上配世子,愿兄好言谢之。"刘贵见他不允,便即别去。欢进与昭君言之,昭君曰:"尔朱作事凶暴,恐难长保富贵,我亦不欲将女归之。"欢曰:"但恐此事刘贵未必能了,我将自往见之。"便即上马,往太原府来,但未识此段姻事,能回绝尔朱否,且听下回再述。

第十七回　赵嫔无辜遭大戮　世隆通信泄群谋

话说六浑不欲对婚，又恐刘贵不善回复，亲自上马，来见天柱。其时刘贵尚未出府，六浑禀见，荣即召入，谓六浑曰："吾子岂不堪为君婿耶？奈何拒我之命？"六浑曰："非敢拒也，窃念大王勋名盖世，四海一人。世子将承大业，非帝室名媛、皇家淑女，不足为配。六浑之女出自寒微，何敢攀鳞附凤？"荣闻言大喜道："卿既不欲，我亦不强。"遂与刘贵赐坐共谈。又谓欢曰："晋州重地，卿宜速往，亦不必再来见我了。"欢拜谢而出。贵退语欢道："非君自来，几触其怒。"次日，同了尉景等五人一齐起行，合府文武，俱来饯送。斯时仆从如云，车马拥道。昭君坐在车中，前呼后拥，回忆逃奔并州时，气象大不相同，好不快意。将近晋州，官吏军民皆出郊远接。盖魏时刺史之任最重，兵马钱粮皆属掌管，生杀由己，俨如一路诸侯。六浑到任以后，惠爱子民，抚恤军士，刑政肃清，晋州百姓人人感悦。

一日，昭君语欢曰："吾在此安乐，未识父母在家安否？欲到平城探望一次。"欢道："不必，吾遣子茂去迎接一家到此便了。"随令子茂前去，未及一月，娄家夫妇俱已接到。父女相见，俱各大喜。内干曰："高郎有志竟成，果不负吾女。"欢曰："男儿不能建非常之业，尚居人下，何足挂齿。"说罢大笑。于是署娄昭为都督，以爱君嫁窦泰为妻，内干夫妇大悦。

话说晋州有一居民，姓穆名思美。生一女，名金娥，年十七，容色美丽。有邻人子李文兴欲娶之，思美不从，文兴画成此女形象，献于汾州刺史尔朱兆。兆悦其色，文兴为硬媒，遣人抢女而去。思美惶急，来到刺史辕门喊救。六浑唤进，问其备细，即命段荣领轻骑二十追往，拿住文兴，夺女以归，竟将文兴问罪，断女还家。思美虽已伸冤，犹惧尔朱兆不肯干休，再来劫夺，便央孙腾转达，情愿献于六浑为妾。六浑以问昭君，昭君曰："此女君已断还，而复自娶，恐招物议，并非妾有妒心也。"六浑道："自她心愿，娶之何害？况前见此女，实有倾城之色，吾不忍拒之。"

乃遂择日纳之后房。尔朱兆闻之大怒。一日，来到晋阳，荣正在赐宴。兆亦共饮。言于荣曰："高晋州夺取部民之女为妾，恐干政体。"荣曰："此细事，不足为六浑累也。"酒半酣，从容问诸将曰："一日无我，谁可主军？"众皆称兆。荣曰："兆虽勇于战斗，所将不过三千骑，多则乱矣。堪代我者，惟贺六浑耳。"因戒兆曰："尔非其匹，日后终当为伊穿鼻。"兆愈不悦。

荣性好猎，不问寒暑。列围而进，士卒必步伐齐壹，虽遇险阻，不得违避，一鹿逸出，必数人坐死。有一卒见虎而走，荣怒曰："汝畏死耶！"即斩之。自是每猎，士卒如登战场。尝见虎在空谷中，令十余人空手搏之，毋得损坏皮毛，死者数人，卒擒得之，以此为乐。尝召天穆于朝，问以朝中动静。留数日，共猎于南山。天穆谏曰："大王勋业已盛，四方无事，惟宜修政养民，顺时搜狩，何必盛夏驰逐，感伤和气。"荣攘袂大言曰："灵后不纲，扫除其乱，推奉天子，乃人臣常节。葛荣之徒，本皆奴才，乘时作乱，譬如奴走，擒获即已。顷来受国大恩，未能混一海内，何得遽言勋业？如闻朝士犹多宽纵，今秋欲与兄戒勒士马，交猎嵩高，令贪污朝贵入围搏虎，不从命者斩之。乃出鲁阳，历三荆，悉拥生蛮北填六镇。回军之际，扫平汾胡。更练精兵，分出江、淮，萧衍若降，赐以万户侯；如其不降，以数千轻骑，渡江缚取以来。然后与兄奉天子巡四方，乃可称勋耳。今不频猎，兵士懈怠，安可复用哉？"天穆再拜曰："非鄙怀所及。"

荣欲密树党援，易河南州牧、郡守，悉用北人为之。天穆归，附奏以闻。帝览奏，疑之，谓天穆曰："河南牧守皆克称职，况北人不暗南事，恐未可易。"天穆不悦，曰："天柱有大功于陛下，为国宰相，即请遍代天下之官，恐陛下亦不得违。如何启用数人，遂不许也？"帝正色而言曰："天柱若不为人臣，虽朕亦可代。如其犹存臣节，无代天下百官之理。"天穆语塞而退。荣见奏不允，大怒曰："天子由谁得立，今乃不用我言耶？"先是散骑常侍高乾邕，好任侠，其弟三人：次仲密，次敖曹，次季武，皆才勇。而敖曹尤武艺绝伦，人称之为楚霸王，皆与帝有旧。河阴之乱，乾邕聚兵于河、济之间，频破尔朱军。帝使人招之，遂同入朝。帝封乾邕为黄门侍郎，敖曹为散骑常侍。荣知之，奏帝曰："此等皆曾叛乱，不宜立于朝廷。"帝不得已，并解其职，放还乡里，由是帝怀不平。

尔朱后容颜绝代，初入宫，与帝甚相欢悦。而性烈如火，又极嫉妒，六宫嫔御皆阻绝临幸，虽王府旧人，亦不得见帝一面。时三月中旬，帝见春色甚好，带了内侍数人，步入御园游玩，在千秋亭上凭栏观鱼。有宫人进前曰："紫华宫赵贵人见驾。"帝令入，妃再拜。帝问曰："卿何知朕在此而来？"妃曰："妾不知陛下在此，偶尔至园，闻帝在亭，特来朝见。"帝赐坐，与言昔日事，命宫人置酒共酌。盖妃本旧侍，帝素宠爱，以后故，阻绝旧情，故见面依依不舍。又谓妃曰："朕不到卿宫几年矣？"对曰："二年。"帝曰："朕虽至尊，动息不能自主，致令抛弃卿家。"说罢愀然。少闲，赵妃拜退，帝亦回宫。哪知后已密知此事，设宴对饮，见帝默默不乐，后曰："今日谁恼圣怀，对酒不饮？"帝曰："懒于饮耳，无所恼也。"后曰："陛下休瞒，千秋亭上，赵妃以言语触犯，故帝不乐。明日妾为帝治之。"帝惊曰："赵妃系朕旧人，与之略谈数语，有何触犯，劳卿责治？"后道："擅出宫门，一罪也；私来见驾，二罪也。妾主中宫自有法度，陛下何得以私爱而庇有罪之人？"帝见其言词不顺，拂衣而起。后安坐不动，帝心愈恚，遂不顾而去。次日，后御九华殿会集诸妃贵人，下令曰："紫华宫赵贵人自恃旧宠，骄纵不法，擅入御园，私预帝宴，大干宫禁。"遂执赵妃于阶下，命即勒死，埋尸苑内。诸妃见了，大惊失色，暗暗垂泪回宫。帝闻妃死，不胜伤感，然畏尔朱权势，只得容忍。因念世隆是他叔父，或可劝谕，乃使人告于后。世隆拜见，赐坐殿上。后问："何事至内？"世隆曰："臣有一言上达。娘娘主持内政，执法过严，帝心不安，故命臣进见，愿宏宽仁之度，毋拂圣怀。"后大怒道："天子由我家得立，乃心爱他人而反致怨于我，何忘恩若此？但恨我父当日何薄天子不为而偏立之？"世隆曰："天柱若自为帝，臣亦得封王矣。"世隆遂出，复命于帝曰："臣奉陛下之旨，劝谕一番，后自此改矣。"哪晓尔朱后因帝不悦，凶悍愈甚，目中全无天子。

帝是时外制于荣，内迫于后，日夜怏怏，不以万乘为乐。惟幸寇盗未息，欲使与荣相持。及关、陇既定，告捷之日乃不甚喜，谓临淮王彧曰："即今天下，便是无贼。"彧见帝色不悦,曰:"臣恐贼平之后,正劳圣虑。"帝恐余人觉之,因言曰:"抚宁荒乱,真是不易。"时城阳王徽、侍中李彧在旁,皆觉帝意,因日毁荣于帝,劝帝除之。帝亦惩河阴之难,恐终难保,由是密有图荣之意。荣又奏称:"参军许周劝臣取九锡,臣恶其言,已斥遣罢退。"盖荣望得殊礼,故言之以讽朝廷。帝称叹其忠心,心益恶之。乃召心腹旧臣侍中杨侃、李彧、右仆射元罗、城阳王徽、胶东侯李侃晞、济阴王晖业、尚书高道穆等入宫,密议其事。杨侃曰:"臣有三策,乞陛下自裁。"帝问:"何策?"侃曰:"密勒人马,将在京逆党尽行诛绝。发兵拒守太行山,绝其进犯之路,如有兵来,与之死战。诏发四方之兵勤王救驾,或可扫除凶逆,侥幸成功。此上策也。"帝曰:"敌之非易,中策若何?"侃曰:"前日荣请入朝,视皇后娩婅。密伏壮士宫中,赚之入内,刺杀之。即大赦,以安其党,其间或可获全。此中策也。"帝问:"下策若何?"侃曰:"任其所为,且图目下之安。此下策也。"帝曰:"卿之中策,乃朕上策,众卿以为然否?"济阴王晖业曰:"荣若来,必有严备,恐不可图。"议至日晚,茫无定见。帝命且退。众官出,至太极殿北,忽见红灯拥道,人从纷纷,遣人探视,乃尔朱世隆坐在殿西廊下。众皆大惊,欲避不得。世隆已遣人来请相见,众臣不敢退阻,遂来西廊向世隆施礼。世隆问曰:"殿下众官在宫议何朝政,至此方出城?"城阳王曰:"天子闲暇无事,召我等闲谈消遣。又因天柱不受九锡,欲赐以殊礼。言论良久,不觉至晚。"世隆冷笑曰:"帝欲赐天柱九锡,自应先与我语。诸公与帝商议一日,此中自有别情。但祸福自召,莫谓天柱之刀不利也。"说罢,起身便行。众官闻之,皆失色而散。

你道世隆为何等候在此?盖早上探得诸臣入内与帝私议,必有图害之意,故等待出来,先行喝破,以挫诸臣之气。当夜归府,便即写书到晋阳,备说城阳、杨侃等数人终日在宫,密谋图害我家,大王若入朝,必须预为之备。荣得书,大笑道:"世隆胆怯,彼何人斯,而敢图我耶?"其时天穆回并州,荣以书示之。天穆曰:"长乐为帝以来勤于为政,万几皆自主张,欲使大权复归帝室。城阳王等结党树援,为帝腹心,欲不利于大王,不可不信。"荣曰:"城阳王等皆庸奴,何敢作难?倘帝心有变,目今皇后怀孕,若生太子,我至京,废黜天子,立外甥为君。若非太子,陈留王亦我女婿也,便扶他为帝。兄意以为何如?"天穆曰:"以大王之雄武,何事不可成功?且俟入朝,相机而动。仆虽不敏,愿效一臂之力。"荣大喜。次日,复以书示北乡公主。北乡大惊曰:"王不可不虑。昔日河阴之役,京中百官皆不自保,怀恨实深,安得不生暗算?皇后深居宫中,外事不知。世隆探听得实,故来告也。妾为王计,不若且居晋阳,徐看朝廷动静。外有万仁、仲远、天光雄兵廿万,各据一方,内有世隆、司马子如、朱元龙,秉理朝政,为王腹心之佐。王虽居外,遥执朝权,可以高枕无忧,何用入朝,致防不测?"荣曰:"天下事非尔妇人所知,我岂郁郁久居此者?"于是不听北乡之言,召集诸将,安排人马,带了妃眷、世子、王府僚属,亲拥铁骑五千,起身到京。正是先声所至,人鬼皆惊。哪知大恶既盈,显报将至。

管教:掀天事业俄成梦,盖世威权化作灰。且待下回分剖。

第十八回　明光殿强臣殒命　北中城逆党屯兵

话说尔朱荣离了晋阳，一路暗想："朝中文武虽皆畏服，未识其心真假。"因遍写书信投递百官："同我者留，异我者去，莫待大军到京之后，致有同异。"众官得书，知他入朝必有大变，尽怀疑惧，胆怯者辞官先去。中书舍人温子升献书于帝，帝初冀其不来，及见书，知其必至，忧形于色。武卫将军奚毅为人刚直，当建义之初，往来通命，帝待之甚厚，犹以荣所亲信，未敢与之言情。毅一日见帝独坐，奏曰："臣闻尔朱荣入朝，将有变易，陛下知之乎？"帝佯曰："不知。"毅曰："荣有无君之心，臣虽隶其麾下，不肯助之为逆。若或有变，臣宁为陛下而死，不能事之也。"帝曰："朕保天柱必无异心，亦不忘卿忠款。"毅退，召城阳诸臣，谓之曰："天柱将至，何以待之？"众臣皆劝因其入而杀之。帝问汉末杀董卓事，温子升具陈本末。帝曰："王允若即赦凉州人，必不至决裂如此。"沉思良久，语子升曰："此事死犹须为，况未必死。吾宁为高贵公而死，不愿为常道公而生。"诸臣见帝意已决，皆言杀荣与天穆，苟赦其党，亦不至乱。

是时，京师人心惶惧，喧言荣入朝必有篡弑之事，又言帝必杀荣，道路籍籍，荣在途不知也。九月朔，荣至洛阳，停军城外，帝遣众官出迎。次日入朝，见帝于太极殿，赐宴内廷。世子菩提亦入见帝，宴罢出官，还归相府。众官皆来参谒，世隆、司马子如辈进内拜见北乡公主。明日荣复入朝，帝又赐宴，欲即杀之。以天穆尚未召到，故迟而不发。荣举止轻脱，每入朝见，别无所为，唯戏上下于马。于西林园宴射，常请皇后出观，并召王公妃主共在一堂。每见天子射中，辄自起舞，将相卿士悉皆盘旋，乃至妃主，亦不免随之举袂。及酒酣耳热，匡坐唱歌，日暮罢归，与左右连手蹋地，唱回波乐而出。刀槊弓矢不离于手，每有嗔嫌，即行击射，左右恒有死忧。路见沙弥重骑一马，荣令以头相触，力穷不能复动。使人执其头以相撞，死而后已。狂暴之性，比前更甚。常语帝曰："人言陛下欲图我。"帝曰："外人亦言王欲害我，岂可信之？"于是荣不自疑。每入，从者不过数十人，又皆不持兵杖。

先是长星出中台，扫大角。荣问之，太史令对曰："除旧布新之象。"

荣以为己瑞，大悦。其麾下将士皆凌侮朝臣，李显和曰："天柱至，哪无九锡，安须王自索也。亦是天子不见机！"郭罗察曰："今年真可作禅文，何但九锡！"褚光业曰："人言并州城上有紫气，何虑天柱不应之。"世隆自为匿名书，榜于门云："天子与城阳王等定计，欲害天柱。"取以呈荣，劝其速发。荣曰："何匆匆，帝无能为也。侯天穆至，邀帝出猎嵩山，挟之北迁，大事定矣。"使侍郎朱瑞密从中书省索求太和年间迁都故事。奚毅知之，密启于帝。

九月戊子，天穆至洛阳，帝出迎之，荣与天穆从入大内，至西林园赴宴。酒至半酣，荣奏曰："近来朝臣皆不习武，今天下未宁，武备尤重。陛下宜引五百骑出猎嵩山，简练将士。"帝闻其言，不觉失惊，乃曰："近日精神未健，且缓数日行之。"宴毕，二人辞出。

帝谓同谋诸臣曰："事急矣,迟则恐无及也。"乃谋伏李侃晞等及壮士十余人于明光殿东序,俟其入杀之。王道习曰："尔朱世隆、司马子如、朱元龙此三人者,皆荣所委任,俱知天下虚实,亦不可留。"杨侃曰："若世隆不存,仲远、天光岂有来理? 宜赦之。"徽曰："荣腰间尝有刀,或能狼戾伤人,临事愿陛下起避之。"安排已定,专候荣入。次日,荣与天穆并入,坐食未讫,即起而去。侃等从东阶上殿,见二人已至中庭,遂不敢发。明日壬辰,帝忌日;癸巳,荣忌日,皆不朝。甲午,荣暂入,帝即诣陈留王家,饮酒大醉,遂言病发,连日不入。帝谋颇泄,预谋者皆惧。城阳王言于帝曰："以生太子为辞,彼必入贺,因此毙之。"帝曰："后孕九月,可言生儿乎?"徽曰："妇人不及期而产者甚多,彼必不疑。"帝从之,宣言皇子生,诸人先于殿东埋伏,遣徽驰骑至荣第告之。荣方与天穆博,徽进曰："皇太子生,帝令吾来报知。"荣犹不起。徽以手脱荣之帽,盘旋欢舞,兼殿内文武传声趣之,荣遂止博,与天穆并马入朝。帝闻荣到,面色顿异。左右曰:"陛下色变。"帝连索酒饮之。子升在殿作赦文已成,执以出,至朝门,正遇荣自外至。问是何文书,子升颜不改色,曰:"赦。"荣不取视,遂入见帝。帝在东序下西向坐,荣与天穆在御榻西北,南向坐,城阳王入,始一拜,荣忽举首见光禄少卿鲁安、典御李侃晞等抽刀从东户入,觉有异,即起趋御坐。帝先横刀膝下,遂迎而手刃之,荣仆地。天穆欲走,安等持刀乱斫,同时皆死。世子菩提、骑将尔朱阳观及从者三十余人,尽斩之。帝视荣手板上有数牒启,皆左右去留人名,非其腹心皆在去数,因曰:"竖子若过今日,不可复制。"于是内外喜噪,百官入贺。帝登闾阖门,下诏大赦,欢庆之声遍于洛阳。遣武卫将军奚毅、前幽州刺史崔渊将兵镇守北中城。是夜,尔朱世隆奉北乡公主,率荣部曲,焚西阳门出,屯兵河阴。

先是卫将军贺拔胜与荣党田怡等闻变,奔赴荣第。时宫门未加严备,怡等议即杀入大内,为天柱报仇。胜止之曰:"天子既行大事,必当有备。吾等众少,何可轻动? 但得出城,更为他计。"怡乃止。及世隆走,胜遂不从。朱瑞虽为荣所委任,而善处朝廷之间,帝亦善遇之,故中路逃还。荣素厚司马子如,荣死,自宫突出,至荣第,弃家不顾,随荣妻子出城。世隆即欲北还,子如曰:"兵不厌诈,今天下汹汹,惟强是视。当此之际,不可以弱示人。若亟北走,恐将士离心,变生肘腋。不若分兵守河桥,回军向京,出其不意,或可成功。假使不得所欲,走亦未迟,亦足示有余力。使天下畏吾之强,不敢叛散。"世隆从之,收合余众,来攻北中城。奚毅知有兵到,忙领人马出城迎敌。哪知京兵脆弱,怎敌世隆之兵,兵刃方接,三军败走。毅亲身搏战,见兵众散乱,心已慌怯,被田怡一刀斩于马下。崔渊拍马欲逃,亦被乱军杀死。世隆乘胜遂据北中城。令将军田怡护从府眷,屯兵城内;身率诸将屯兵城外,遥对洛阳,为进击之势。朝廷大惧。前华阳太守段育与世隆有旧,遣慰谕之。世隆怒其言直,斩首以徇。

十月癸巳朔,尔朱度律将骑一千,皆衣白衣,旗号如雪,来至郭下,索太原王尸。帝升大夏门以望之,外兵遥望城上围绕龙凤旗旌,知是驾至,乃齐呼:"万岁枉杀功臣!"帝遣主书牛法尚谓之曰:"非朕忘恩负义,实为社稷大计。太原王立功不终,阴图篡逆,王法无亲,已正刑书。罪止荣身,余皆不问。卿等若降,官爵如故。"度律对曰:"臣等从太原王入朝,忽致冤酷,今不忍空归,愿得太原王尸,生死无恨。"因涕泣,哀不自胜。群皆恸哭,声振城邑。帝亦为之怆然。又遣侍中朱瑞赍铁券赐世隆。世隆曰:"太原王功格天地,赤心为国,东平葛荣,南退梁军,西灭丑奴,北剪韩楼,功不在韩、彭之下。长乐不顾信誓,枉加屠害。今日两行签字,何可深信?我不杀汝,归语长乐,吾为太原王报仇,终无降理。"瑞不敢再言,归白于帝。帝乃出库中金帛,悬赏于城西门外,广募敢死之士,以讨世隆,一日得万人。以车骑将军李叔仁为大都督率之,与度律战于郊外。无如兵未素练,日有杀伤,不能取胜。而度律亦以所将兵少,敛兵暂退。

且说尔朱后连日不见帝驾入宫,夜来又梦见太原王浴血而立,心恶其不祥。因问宫使曰:"天子近来议事在哪一殿?"答曰:"在明光殿。"后曰:"为我去请驾来。"宫使领命而去。还报曰:"帝不在宫,与众官上城去看河桥军马了。"后大惊疑,暗忖道:"莫非吾父生逆,致有军马临城?"遂召司殿内臣问之。内臣不敢隐瞒,将太原王被害、世隆兵屯河桥报仇情事,一一奏知。后闻之,神魂飞散,放声大哭。宫女扶睡龙床,饮食不进者三日。内侍奏知,帝入宫揭帐,坐于后侧,谓之曰:"尔父将行杀逆,朕迫于救死,不得不尔。卿念父女之情,亦当重夫妇之义。"劝谕再三,后涕泣不语。帝嘱宫人小心奉侍,遂起身出宫。是夜,皇子生,下诏大赦。帝复入宫看视,后已起坐,因问河桥军马曾退否?帝曰:"未退。"后曰:"妾欲致书于母,劝其退军。"帝曰:"卿若劝得兵退,足见卿忠心为我。"后即写书,曲致申好之意。帝大喜,便遣后亲近内侍将书送去。先到世隆军前,世隆拆书一看,大怒道:"此非后笔,乃诈为之耳。"将来人逐出营门,内侍抱头鼠窜而归。帝知世隆不肯罢兵,会集群臣,共议却敌之策。众皆惶惧,不知所出。通直散骑常侍李苗奋衣起曰:"今小贼唐突如此,朝廷有不测之危,正是忠臣义士效节之日,臣虽不武,请以一旅之师,为陛下径断河桥。"

城阳王、高道穆皆以为善。苗乃募敢死之士五百人,安排火船在前,战船在后。一更时分,从马渚上流乘船夜下,约远河桥数里,将火船一齐点着,风吹火焰,烟透九霄,河流迅急,倏忽而至,河桥两旁,皆已烧着。尔朱氏兵在南岸者,望见火光烛天,河桥被烧,争桥北渡。俄而桥绝,溺死者甚众。苗将三百余人泊于小渚,以待南军接应。久之,全不见有援军到来。世隆兵至,见官军孤弱无援,尽力击之,杀伤殆尽。李苗亦身被数创,仰天大呼,赴水而死。世隆见河桥已断,亦不敢久留,连夜收兵北遁。次日,帝闻苗死,甚加伤惋,赠封河阳侯,谥曰忠烈。犹幸世隆兵退,心下稍安。乃诏源子恭将兵一万,出西道镇太行丹谷,筑垒以防之。司空杨津奏曰:"今天宝已死,世隆虽退,然其党尚多,万仁据有汾、并,仲远雄镇徐州,皆兵强将勇。天光独占关西五路,侯莫陈悦、贺拔岳之徒辅之。一朝有变,入犯最近,尤可寒心,宜各加官爵以慰之。"朱元龙进曰:"关西一路,臣愿赍敕前往,慰谕天光,就招泾、渭二州刺史使之归顺,管教陛下无忧。"帝大喜,就命元龙赍了敕书,即日登途而去。未识天光肯受命否,且听下回细说。

第十九回　战丹谷阵亡伯凤　缩黄河天破洛阳

话说孝庄帝惧尔朱余党反乱,赦罪加爵,先遣朱元龙安抚关西。又闻世隆至建州,刺史陆希质闭城拒守,世隆攻拔之,屠杀城中人民无遗,惟希质走免。乃召杨昱将募士八千。出东道讨之。先是高敖曹放归田里,复行抄掠,荣诱而执之,拘于晋阳。及入朝,带之来京,禁于驼牛署。荣死,帝引见,劳勉之。高乾闻帝诛荣,亦自东冀州驰赴洛阳。帝以乾为河北大使,敖曹为直阁将军,使归招集乡曲,纠合义勇,为表里形援。帝亲送之河桥,举酒指水曰:"卿兄弟冀部豪杰,能令士卒致死。日后京城有变,可为朕河上一扬尘也。"乾垂泪受诏,敖曹拔剑起舞,激昂慷慨,誓以死报。帝壮之,二臣辞去。

帝还朝,入见后,时太子生十八日,后体已健,与帝并坐于御榻之上。帝问曰:"尔家叔侄弟兄谁强谁弱?"后曰:"世隆、天光辈皆庸才,惟万仁雄武难制,又刚暴好杀。若有变动,东师诸将皆非其敌,不惟陛下不免,恐妾亦难保,窃为陛下忧之。"帝叹曰:"人事如此,未识天意若何?朕闻卿素晓天象,今夜同往一观可乎?"后应曰:"可。"宫中自有高台一座,以备观星望气之用。于是,夜宴过后,待至三更时分,帝与后同登台上。万里无云,星月皎洁。后指谓帝曰:"此文昌星也,色甚暗,主大臣有灾;此中台星也,其光乱,主朝纲不静;紫微星,帝座也,光尚明而位已失,奈何?"帝少时,亦曾习学天文,略识星象,细视之,果然。又见东方一星,豪光烁烁,紫气腾腾,其上有云,成龙虎状。后大惊曰:"此天子气也!不知谁应之。"看罢,长叹一声。帝亦知之,曰:"我不久矣!"相与欷歔泣下。明日,帝召司天太史问之,言与后合,心益不乐。今且按下不表。

且说朱元龙过了潼关,行至泾州。其时天光、侯莫陈悦皆在泾州与贺拔岳商议进退。闻元龙至,邀接入城相见。天光谓之曰:"汝事天柱不终,改事帝室,来此何干?"元龙因述朝廷赦宥之恩,招徕之意,欲其免生疑惧,臣附王家。天光闻之,大怒曰:"汝忘天柱大德,乃以利口诱我耶?"欲拔剑斩之。贺拔岳急起止之曰:"将军勿性急,元龙乃君家故人,有话细商。"天光会意,遂复坐下。岳曰:"天子既加恩我等,自当拱手归顺。今夜就修文表,烦兄转达便了。"因留元龙私署住下。天光退而问计,岳曰:"吾闻汾州万仁已据晋阳,必引兵问阙。俟朝廷北御万仁,吾等暗袭京师,便可得志。若杀元龙,彼必严备西路,未可长驱入洛也。吾阳为臣服,按兵不动,以弛朝廷之备。"天光、陈悦皆称善。于是厚待元龙。其实岳之意,不欲天光起兵,假言止之也。

再说尔朱兆闻荣死,自汾州率轻骑三千,进据晋阳,以为根本。闻北乡公主及世隆军至长子城,飞骑来见,询问天柱被害之由。切齿怒曰:"彼既酷害天柱,宁得复为之臣?不如另立新君,以令天下,然后举兵复仇。但元氏子孙不知何人可立?"世隆曰:"并州行事,太原太守长广王晔。可奉以为帝。"乃回并州,共推晔即皇帝位。改元建明,立尔朱氏为后,即兆长女也。大赦,兆与世隆俱进爵为王。于是建立义旗,传檄属郡,整率六师,为直取洛阳之计。又欲征发晋州人马,虑欢不从,乃以新命,封欢为平阳郡公，赐帛千段，召其同来举兵。欢不欲往，遣长史孙腾诣晋阳，致书于兆曰：欢承太原王厚恩，待我以国士，与我以富贵，虽粉身碎骨，不足以报。辄闻大变，痛心疾首。欲兴师问罪，自惭力弱。足下风驰电掣，举兵犯难，雪不共之仇，伸家门之怨，欲以欢为前驱，肝脑涂地，亦何敢辞？特山寇未平，今方攻讨，不可委去，致有后忧。寇平之后，定当亲率三军，隔河为犄角之势。

万仁见书不悦，谓孙腾曰："远语高晋州，吾得吉梦。梦与吾先人登高邱，邱旁之地，耕之已熟，独余马兰草，先人命吾拔之，随手而尽。以此观之，往无不克。今晋州不能自来，当遣一将来助，庶见同盟之义。"腾还报。欢曰："兆狂愚如是，敢为悖逆，吾势不得久事尔朱矣。如不遣将相从，彼必觉吾有异。"谓尉士真曰："必得君去，方免兆疑。"士真领命，即日起行，来到晋阳，见兆曰："晋州不暇随征，特命仆居麾下，稍效奔走。"兆大悦，曰："士真来，吾无忧矣。"于是，万仁自领精骑五千为先锋，北乡公主同了世隆权主中军，度律、彦伯为后队，催起人马，即日进发。行至丹谷，有都督崔伯凤领兵守把，兆攻之，关上矢石交下，不能前进。兆令军士辱骂以激之，伯凤怒，亲自出战。方排开阵势，兆大喊一声，单骑冲入，将伯凤一枪刺死，兵众乱窜。遂乘势杀进谷口，守兵尽逃。源子恭闻谷口已失，亦率众退走。兆于是倍道兼行，一日夜行七百里，直至黄河渡口。先是半月前，渡口有一居民，梦人谓之曰："尔朱兵马将到，命汝为滢波津令，缩黄河之水，以利其济。"梦觉，逢人言之，人皆以为妄。不三日，其人遂死。兆至河口，正因洪流阻住，无计可施，忽有一白衣人来至军前，高叫道："大兵欲渡，须随我去。"兆召而问之，其人曰："滢波津河流极浅，徒步可涉，我为引路，以济大军。"兆奇其言，便引众随至津边。其人一跃入水，俄而云雾四塞，狂风大起，良久风息，水势大退。令人试之，水不及马腹。兆大喜曰："此天助我也。"策马竟渡，大众尽济。忽焉狂风又起，黄沙蔽地，大雾遮天，日黑如夜。兵至洛阳，城中全不及觉，遂入城，兵围大内。擂鼓呐喊，天忽开朗，宿卫人始知敌至，仓猝之际，枪不及持，箭不得发。见杀伤数人，遂皆散走。

时帝在宣政殿，正忧丹谷失守，与群臣商议拒敌之策，欲自率军讨之。华阳于鸷曰："黄河阻隔，兆安得渡？帝不必轻出。"忽闻外面喊声如沸，遣侍者出视，无一回报。帝知有变，自带内侍数人，步出云龙门观望。见城阳策马从御街过，连呼数声不应，回头一看而去。急欲退步，贼骑已至，执帝送至永宁寺，锁于楼上。帝失头巾，寒甚，就人求之，人莫之与。兆入宫，纵兵大掠，搜获临淮王彧、范阳王诲、青州刺史李延宾等数人，皆斩之。进至后宫，后闭门拒之。兆出坐殿上，用天子金鼓，设刻漏于庭，命尔朱智虎入见皇后，假言欲立太子为帝。智虎进内，扣宫求见，述兆之言，后信之。命乳保抱出太子，至显阳殿见兆。时太子生二月矣，兆怒目视之，即将太子扑杀阶下，并乳保杀之。是夜宿于宫中，污辱嫔御妃主。次日，下令百官不许一名不到，如违立斩。于是文武皆集，俯首惟命。兆素恶城阳王，知已逃去，着各处严捉。城阳走至南山，茫无所投，想起洛阳令寇祖仁，一门三刺史，皆已所引拔，定念旧恩，必能庇我于难，遂往投之。尚有黄金百斤、马五十匹，祖仁利其财，外虽容纳，私谓子弟曰："闻尔朱兆购募城阳王，得之者封千户侯，今日富贵至矣。"乃假言怖之云："风声已露，官捕将至，王不如逃于他所。以待事平。"城阳惧，单骑而走。祖仁使人邀于路杀之，送首于兆。兆亦不加功赏。

一夜梦徽谓己曰："我有黄金二百斤、马百匹，在祖仁家，卿可取之。"兆既觉，以所梦为实，即掩捕祖仁，征其金马。祖仁只道被人首告，望风款服，实供得金百斤、马五十匹。兆疑其故意匿半，依梦征之，严刑拷问。祖仁惧死，将家中旧有金三十斤，尽以输兆。兆犹不信，发怒，执祖仁悬首高树，以大石坠足，捶之至死。又抄掠其家资，并其子弟杀之，方罢。

　　未几，世隆及北乡公主至，意兆必远接，而兆自恃功高，竟不出迎。世隆不悦，入城，安营于教场地面，乃与度律彦伯、司马子如、刘贵等一齐入朝。兆见世隆，全不加礼，责之曰："叔父在朝，耳目应广，如何今天柱受祸？"按剑瞋目，声色俱厉。世隆逊辞拜谢，然后得已，由是深恨之。尔朱后亦怨万仁行凶，闻其母已到京中，乘辇出宫，私自来见。对了北乡大哭，诉兆无礼，扑杀皇子，乞恩于母，欲保全帝命。北乡曰："今日万仁必来见我，看他言意若何。"俄而兆至，北乡先称其功克光前人之业。兆大悦，知后在此，请见。后出，兆出拜。见后忧愁满面，因曰："后何戚戚？帝杀天柱，我本欲杀帝，特看后面，只杀其子，幽之永宁寺中。"北乡曰："太子已死，不必言矣。但汝妹年少，况你叔父所钟爱者。今天子生死权在侄儿，切莫加害，使完夫妇之好。"兆曰："后既负恩于前，我岂可留祸于后？后方年少，及时另招佳婿，不失终身富贵，于帝复何恋焉？"后变色曰："忝为帝后，而再图他适，此玷辱家门之事，宁死不为！"后又请于兆，欲见帝一面。兆命副将二人同随行。宫女送后入永宁寺中，帝见后，失惊曰："此何时而卿来见我耶？"泪随言下。后抱帝大哭，曰："妾今日忍死以待陛下耳。"帝曰："我不得生矣。卿才勇过人，非寻常之女，异日或能一洗吾冤耳。"后且拜且泣曰："妾终不负陛下。"言未久，兆已使人催迫。后不得已，辞帝下楼。泣下沾襟，左右无不洒泪。

　　北乡公主知后已回宫，欲要进宫看望，又恐万仁夺去军马，更何倚赖，只得住守营中。忽报仲远、天光来见，忙即请入。你道二人何以至京？盖前此天柱死，仲远反于徐州。敬宗命郑先护为主将，贺拔胜为副将以讨之。先护疑胜党与尔朱，屏之营外，故屡战不利。及洛阳已失，先护奔梁，胜遂降于仲远，于是仲远入洛。天光从岳之计，按兵不出。后闻兆已入京，故轻骑来见，同到营中参谒北乡。北乡见后，亦令劝兆勿杀天子。二人曰："事势如此，恐言之无益。"二人辞退。未几，各还旧任。兆屡欲杀帝。一日，得高欢书，为陈祸福，不宜害天子受恶名。兆不悦，谓司马子如曰："贺六浑何反作此言语？"子如曰："六浑惩天柱之难，欲大王行宽仁以结人心耳。"因亦劝兆宜从六浑之言。兆曰："汝勿言，吾思之。"但未识兆果不害帝否，且听下回分解。

第二十回　救帝驾逢妖被阻　战恒山释怨成亲

话说司马子如前本党于尔朱,弃家从行。及回洛,见妻子无恙,深感朝廷宽宥之恩,顿改初志,欲救天子于难,故与兆言如此。一日,尉景来,置宴后堂,密与商之。景曰:"我来时,曾受六浑嘱咐,教我随机应变,有事来报。今君有救帝之心,不如密报晋州,令以兵来,我与尔为内应,以救圣驾。"子如曰:"吾观万仁不久将还并州,俟其去,然后可图。世隆辈无能为也。"景然之。

且说河西有一贼帅,名纥豆陵步蕃,手下精兵廿万,战将千员。其妻洞真夫人又有妖术,甚是利害。前敬宗在位,曾下诏征之,使袭秀容。及兆入洛,步蕃南下,兵势甚盛。故兆不暇久留,欲还晋阳御之,将朝中事托付子如。副将张明义与子如不睦,谗于兆曰:"子如之心不可测也。前者尉景在子如家中,谈论大王过恶,至夜方散,不知谋议何事。"兆闻大怒,即召尉景问之。景性刚直,出语不逊。兆怒。仗剑下阶,欲斩之,景亦拔剑相迎。慕容绍宗急起止之,曰:"大王勿怒。"喝退士真。士真出,飞马而去。绍宗私语兆曰:"尉景,六浑至亲,今大王方仗六浑为助,奈何斩其亲将? 若杀之,是离六浑之心,而生一敌也。"兆悟,乃召子如问之。子如曰:"士真背后并无伤犯大王一语。"兆曰:"此将军张明义言之,几误吾事。"因亦不追尉景,景奔归晋州。兆欲行,以世隆镇守洛阳,而先迁帝归北。时永安三年十二月十三日也。帝与侍卫等五百余人,铁骑三千,半夜起发。号令严密,人无知者。次日,朝臣方知帝去,有泣下者。欢在晋州,门吏忽报尉景至,急起接见,问:"何以仓猝归来?"景备述兆欲害帝,与之争论,将加刃于我,故单骑奔归。欢曰:"兆已起疑,必先迁驾,然后起行。"因吩咐段韶、娄昭二将曰:"此地有恒山,地险而僻。帝驾北行,必从此过。汝二人点三千人马,伏于山下。驾至,邀而截之,奉帝以归。"二将领命而去。哪知此去,不惟救驾不成,反生出一件奇奇怪怪的事来。也是魏运将终,天使六浑又得一闺中良将。

再说娄昭、段韶领了三千军士,行至恒山脚下,扎着营盘。娄昭道:"此处山路崎岖,人烟绝少,恐有寇盗出没,须要小心防备。"段韶曰:"天寒地冻,兵士行路辛苦,尤不可贪睡失事。"于是坐在帐中,设酒对酌,旁侍亲卒数人。一更以后,忽闻外面狂风大起,吹倒寨门,帐中灯烛尽灭,黑气罩地,咫尺莫辨。风定之后,灯烛渐明,帐中诸色俱在,单单不见了段、娄二人。副将、头目俱声诧异,点起火把,远近追寻,杳然不见。闹到天明,只得遣人飞报晋州。欢闻之大骇,忙点轻骑三百,带了数将,亲自前来。到得大寨,天色已晚。随命诸将各守营内,独领三百军兵,进至恒山谷口安营。当夜独坐帐中,三百军人皆执刀侍立帐外。起更以后,果然狂风又作,黑雾迷天,左右灯火皆暗,独高公桌上火焰不灭。欢凝神静坐,只见一獠牙青面之怪在帐口欲进不进,拽满弓弦,一箭射去,大喝道:"着!"那怪中箭而逃,欢即追出。俄而,灯火齐明,众皆无恙。欢乃知段、娄当夜果为妖精摄去。谓众曰:"鬼怪属阴,故夜间敢于横行。且俟明日,进兵搜灭，以救二将。"于是坐守至晓，随即起兵前往。约走数里，全不见人。忽飞沙卷地而起，众皆迷目。又乱石如雨点打下，不能前进。独六浑马上，沙石不能近身，只得弃了众军，一骑向前。又行数里，天气开朗，见一座庙宇，建在山冈之上，规模壮丽，甚是显赫。行至庙前，门上悬一大额，额书："恒山大王之庙。"下马走入殿内，坐着一尊神道，仪从整肃，炉中香烟袅袅。回头一看，娄昭、段韶俨立在旁，容貌服饰不异生平，四体皆化为石。大骇道："是何妖邪弄人若此？但如何解救？"庙中又寂无人影，即欲一问，亦不可得。一时大怒，遂拾取黄泥一块，在粉墙上大书：

　　魏晋州刺史高，谕恒山王知悉：有部将二员，被汝摄来，变为石人。三日之内，将二人送还，万事全休。如若不从，定当拆汝庙，毁汝像，决不轻恕！勿贻后悔。

写罢，出庙上马。听见隔林有伐木之声，寻声而至。见一樵夫，呼而问之曰："庙中是何神道？谁人供奉在此？"樵夫曰："是山主之庙。此山有百里广大，居民无数，皆服大王管辖。大王在日，法术高强，能呼风唤雨，走石飞沙，人在百里之外，能凭空摄来，故人人畏服。去年亡过，遗下一女，号桐花公主，掌管山中事业，为此建庙在此。凡有过客，须入庙焚香祭献，方得安静过去；如有触犯，被大王摄至庙中，变为石人，永世不得超生。"高公道："我正为此问你。我有部将二人被他摄来，化为石人，未知如何可以解救？"樵夫曰："若要解救，须求女王。女王法术与大王一般。"高公曰："女王何在？你去对他说，我是晋州刺史，叫她速来见我。"樵夫大笑道："女王一山之尊，就是皇帝也召他不动，何况一个刺史。"说罢，奔入林中去了。

六浑又气又恼，欲去求他，心上不甘；欲竟出去，此事作何处置？又乘风沙进来，走过几个冈岭，认不出旧路。看看日色将午，腹中又饥，只得觅路下山。才转一湾，忽金鼓震地，山凹内拥出一队人马。枪刀密布，剑戟如麻，引出红旗一面，大书"桐花女帅"。青鬃马上坐着一位女子，锦袍绣甲，手执双刀，生得轻盈体态，容貌如花，高叫道："什么晋州刺史，敢来这里送死！"高公道："只我便是。"女王道："你莫非朔州贺六浑么？"高公道："既知我名，何不下马投拜？"女王笑道："我便肯了，只怕手中两把刀不肯。"高公便喝道："胡说！"女王也不回言，舞刀直前，高公挺枪而迎。众将皆来助战，女王喝退，与欢战了数合，回马便走。高公追去，只见女王身边取出红绳三尺，望空一抛，顿时黄云起，云中一条火龙，张牙舞爪，飞下拿人。六浑见了，惊得神魂失据，口中大喊一声，似有一道毫光迸起，火龙落地，云影全无。女王见火龙拿他不住，便道："将军果是英雄，但有一言，天色已晚，将军人马俱困，欲屈到小寨权住一宵，明日送还二将，将军能无惧否？"六浑暗想："欲与力敌，孤掌难鸣，不如到她寨中，以好言谕之。"便应道："我何惧哉！"

女王收转兵马，六浑挺身随行。又行数里，望见寨门，气象甚是严整。女王已下马共候，高公亦下马，上前施礼。请至堂上，分宾坐定。茶罢，吩咐摆酒，对坐共酌。高公见她礼意殷勤，举止温柔，启口道："敢问女王何以独处荒山？"女王道："妾祖胡承德，宣武朝曾立功勋，授武卫将军之职。为奸人谋害，挈家逃入恒山。此山素有强寇，被吾祖收服，遂为一山之主。吾祖去世，吾父胡十达继之。曾遇异人，传授奇术，能驱使鬼神，变易人物。妾亦得其传授。不幸上年父死，只留妾身一人，只得据守故业。手下有兵三千，一半耕田，一半打柴，诸山各有月米进奉。吾父临终时曾言：'当代英雄惟贺六浑一人，异日相遇，汝可归附，以了终身。'方才冒犯，聊以相试。今见将军名不虚传，不忝厚颜，愿以身事。"高公道："观汝气度，原非寻常女子。若不改邪归正，徒然埋没一生。但我已有妻室，何屈你居下？果肯归顺朝廷，待我与你另觅良缘，庶为善策。"桐花道："妾虽女子，亦知父母为重。况平生志气，誓非英雄不嫁。君若不弃，虽为侧室，亦所心愿。"六浑初时毫无允意，今见桐花语语出自真诚，颇生怜念。况美色在前，能不心动？遂允诺不辞。当夜即备花烛，忙排香案。寨中自有女乐，于是管弦齐作，箫鼓喧阗，交拜之后，送入房内，遂成夫妇之好。桐花年方十八，犹然处子，欢益大悦。次日起身，六浑请救段、娄二将。桐花曰："君莫慌，妾已使人去请矣。"未几，二人至，见六浑同一美貌女子并坐堂上，茫然不解。六浑指桐花曰："妆二人性命全亏女将救活。"遂与言结亲一事，二人进前拜贺，桐花忙即摆酒压惊。六浑又谓桐花曰："诸将在山下等候已久，我先同二将回营，然后再来接汝。"桐花曰："已是一家人，何不去召诸将同来聚会，然后一齐收拾起身？"六浑从之，遂遣喽罗数名，随了段韶去请。

其时窦泰、彭乐、孙腾等等了一昼夜，不见主帅回营，带了兵卒一齐赶上山来。只见三百军士整整的守在谷口，问他山中消息，说屡次进兵都被沙石打退。窦泰道："此时主帅在内，安危未卜，虽赴汤蹈火，亦所不顾，哪里怕得沙石。"众人听了，大家鼓勇而进。行了数里，见有数十骑跑来，段韶亦在马上。众军道："段将军有了。"韶见诸将，亦勒马相候。窦泰问道："主帅何在？"段韶道："亏得主帅寻着女将，方能救得性命。如今已与主帅结为夫妇，特请公等到寨饮酒。"众人皆喜，遂同到大寨，直进堂中与六浑相见，坐下细谈委曲。俄而，桐花出见，众人看了，暗暗称异。只道山野之女，哪知风流齐整，不让闺阁名姝。皆上前施礼。少顷排上宴来，众人依次坐定，桐花另设一席相陪。旁边女乐齐奏，欢呼畅饮。酒至半酣，众人问娄昭若何变为石人。昭曰："被摄时，茫然不觉，直至有人来请，如梦方醒。"众人又问桐花是何法术桐花笑曰："此术小用之驱妖除怪，大用之移天换日，驾雾腾云。至于变人为石，不过如蛮中小技，木换挺豆易睛之事，无足异者。然逆天而行，亦足以亡身，故我一心归正也。"说罢，众人大笑。宴至更深，各自安寝。明日，桐花谓欢曰："昨夜梦父来告，庙中壁上被君写下数句，将受阴责，求君洗去，可以免罪。"六浑道："既为一家，我亦当入庙焚香，洗去字迹便了。"又谓桐花曰："妆寨中所蓄女子太多，皆被你父别处摄来，留下数人足矣，余俱赏发银两，送还其父母。"桐花点头称善。又遍召山中兵卒，谓之曰："愿从者编入队伍，不愿从者赏银十两，悉由自便。"众皆叩首愿从。于是检点仓廒府库，一应什物器皿，载归晋州。

临行，又将大寨拆毁，免使后人盘踞。六浑此番获一内助，兼得无数兵马钱粮，人人皆喜。同到庙中，焚香再拜，刮去壁上字迹。只见案上供着一箭，六浑取看，乃是前夜所射之箭，曰："此盖交还吾也。"命收之。桐花因知高公后必大贵，故其言神钦鬼伏如此，私心益喜。

回至大营,探听帝驾远近,报言已经过去。白白里举动了一番,只得收兵回去。未至晋州,段韶、娄昭先归报知。昭君闻之,虽喜二将得还,知有妖妇同归,心怀疑惧。及六浑至,先来见曰:"君娶他人犹可,如何娶此兴妖作怪之妇?令其与奴同居,异日彼为刀锯,我为鱼肉,必致我命难保。君如娶之,愿甘退避。"六浑听了大惊。但未识两下相见,作何相待,且听下回分解。

第二十一回　尔朱兆晋阳败走　桐花女秀容立功

话说娄昭君因六浑娶了桐花女,虑为害己,心甚不乐。六浑曰:"汝勿忧,彼虽山寇之女,心地却良善,人亦温柔俊雅。况有我在,岂不能制一妇人?"俄而桐花至,夫妇在堂相见。昭君见桐花容颜美丽,和气迎人,绝无凶暴之相,心下稍安。桐花见昭君面如满月,体态端严,知是正室夫人,忙即跪下拜见。昭君亦下跪答礼道:"女王是一方之尊,妾何敢当此大礼?"桐花道:"向在山中为王,今日进府,便是府中人了。夫人乃一家之主,得蒙收录已为万幸,敢不下拜?"拜罢,逊坐。昭君道:"妾不敢有僭。"桐花曰:"夫人若此谦抑,是外我也。"六浑谓昭君曰:"序齿还是你长,竟以姊妹相称便了。"二人遂遵六浑之命。又令长幼眷属尽行相见,排宴后堂,合家欢聚。桐花自进门后,小心事主,与昭君甚是相得。尤爱高澄,澄亦以母称之。今且按下不表。

且说帝至晋阳,幽于三级佛寺。万仁归,防守甚严。时建明帝在并州,兆往见曰:"今步蕃南侵,臣将讨之。陛下在此,虑有惊恐,请迁驾于长子城。俟贼乱平定,然后择日还朝。"建明不敢违,即日迁去,城远晋阳五十里。一日,秀容告急,报说步蕃以救驾为名,夺去沿边四郡。现今兵临城下,日夜攻打,秀容危如累卵。兆谓诸将曰:"秀容吾根本地,今被步蕃围困,须速救之。但彼以救驾为名,人心易惑。必先除了孝庄,使彼无名可托。"慕容绍宗力谏,以为不可。兆不听,遣人缢敬宗于三级佛寺。并陈留王杀之,其妃亦尔朱荣女,大骂兆,兆亦逼令自杀。

次日,起兵十万,亲御步蕃,兵至秀容。步蕃知兆来,退军十里,排开阵势,发书讨战。万仁带领兵将,奋勇而来。步蕃私语洞真夫人曰:"吾先与战,佯为败走。汝伏兵于旁,从而截击,作法破之。使他片甲不留,则秀容唾手可得。"夫妇计议已定,步蕃出阵高叫道:"欺君之贼,速来受死!"万仁大怒,拍马舞枪,直奔步蕃。步蕃举刀相迎。战了数合,步蕃本事本不及万仁,看看败下阵来。万仁赶去,众将齐上。河西兵尽皆退走。追至数里,约近南山,忽然狂风大起,沙雾四塞,天昏地暗,彼此不能相见。四面喊杀之声,如有千百万人马涌出。石块如雨,当之者头破脑裂。兵士各顾性命,四路逃窜。万仁心慌,亦望后飞马而走。将至秀容,天色渐朗。只见一员女将领了数万人马,拦路截住。大喝道:"我洞真夫人在此,败将休走!"万仁此时仅有残兵百余,又怕妖法利害,焉敢恋战,夺路而走,急急逃入城内。其余跟随军士,被蛮兵杀得罄尽。十万兵马,存者不及三分之一。外边攻打又急,算来孤城难守,随即弃城而逃。步蕃得了城池,领军追赶。万仁且战且走,连败十三次,方到晋阳,闭城拒守。乃召诸将问计曰:"寇强难犯,若何御之?"参军高荣祖曰:"步蕃兵势甚大,兼有妖妇之助,以大王之雄武,尚且失利,何况帐下诸将?惟有高晋州智勇兼备,手下良将又多,大王须召之,并力而战,则敌可破矣。"兆曰:"六浑与吾有嫌,召之恐不肯采。"众将曰:"六浑素受天柱厚恩,必不以小嫌弃大义。"兆乃修书一封,遣使者二人,星夜往晋州求救。欢得书,问诸将曰："步蕃兵逼晋阳，兆来求救，当救之否？"尉景曰："兆乃国贼，今败于步蕃，正宜视其灭亡，何用救之？"众将皆以为然。欢微笑道："诸君但欲泄目前之忿，不顾后日之患。步蕃负固久矣，被他夺去并州，抚而有之，兵势益大，将来必为中国之患，是生一劲敌也。不如乘此争战方始，与兆并力灭之，可免后忧。兆乃匹夫之勇，除之甚易，不足虑也。"众皆叹服。于是，使人先去回报，援兵即至，以安兆意。遂点窦泰、彭乐、尉景、段韶等。将精兵三千，往山西进发。又进谓桐花曰："闻蛮妇妖术利害，欲带卿去，以破其术。"桐花欣然受命，领一千军为后队。欢又下令兵行须缓，日不过三十里，或随路登玩，或停军饮酒。诸将疑之，都督贺拔过儿曰："诸公识主帅之意乎？万仁为步蕃所困，此时犹能支持，故缓行以弊之。直待危急之甚，进兵相救，其感恩方深。"众疑始释。欢闻之，曰："过儿知吾心也。"万仁得报，坚守城池，专等高家人马到来。日久不见军至，心甚焦闷。敌兵在城下日夜辱骂，哪里耐得。此时兵众稍集，便又开兵出战。哪知洞真作起妖法，又杀得大败亏输，伤了勇将数员。乃遣使络绎告急于欢，欢辞以连日天雨，山路难行，加以汾河无桥，兵不得渡。兆得报，心甚惶急。又见步蕃兵势日增，危城破在旦夕，只得弃了晋阳，望汾河进发。探得高军已渡汾水，心中始安。迎着高军，遂与相见。兆诉以危急之状，欢曰："大王勿忧。步蕃虽强，六浑至此，保为大王一鼓擒之。"遂进兵，兆军随后。

　　步蕃得了晋阳，自道无敌，命洞真镇守秀容，自领大军来捉万仁。一日，闻晋州兵马来救，大军不满五千，两军相遇，心甚轻之，下令军中曰："今日进兵，莫放一骑得还。"欢率诸将亲至阵前观看，喜曰："兵虽众，军阵不整，易破也。"因命彭乐讨战，须先斩将以挫其锋。彭乐一骑飞出，高叫道："我彭乐也。有勇者来，无勇者退。"步蕃命一勇将出敌，战不数合，斩于马下。彭乐呵呵大笑。恼了蛮将二员，双马齐出，夹攻彭乐。乐奋起神威，一刀一个，尽皆杀死。欢见对阵都有惧色，鞭梢一指，诸将枪刀齐举，冲突过来，贼兵迎住混战。彭乐乘势直奔中军，步蕃敌住，战了数合，不能招架，虚掩一刀而走。欢见步蕃欲走，忙发一箭，正中面门，步蕃翻身落马，遂擒之。高声呼曰："步蕃已擒，余众止杀。"贼兵一闻主帅被擒，顿时溃散。大兵从后掩杀。正是：尸横遍野，流血成川。城中守兵闻败，亦相率而逃。遂复晋阳。欢与兆并马入城，大犒三军。兆谓欢曰："晋阳已复，秀容一路尚被贼据，欲屈公前往，扫除妖孽。"欢曰："不必吾往，吾有女将桐花足以平之。"兆大喜，便请出军。欢命桐花将后军改作前队，付以健将四员，去捉妖妇。桐花领命而往。

　　时洞真夫人守在秀容，忽报前军已败，夫主被擒，不胜愤怒。正欲进兵报仇，高家兵马已到。忙即设阵相迎，见对过阵上却是一美貌女子，身披绣甲，手执双刀，坐在马上，左右排列数将。洞真道："女将何名？"桐花应曰："吾乃高晋州麾下女将桐花是也。你敢是步蕃之妇洞真么？"洞真欺他柔弱，便道："今日你我相遇，不用他人助战，单是二人，各显本事如何？"桐花笑答道："使得。"彼此纵马向前，一个举刀便砍，一个使剑相迎。剑来刀往，约有三十回合。洞真战桐花不下，便道："且住，停一回再战。"桐花道："由你。"只见她回至阵前，口中念念有辞。桐花知他作法，便亦默念真言，哪知狂风起而即止，沙石全不走动。洞真见法不灵，愈加愤怒，拍马向前曰："来！来！来，我与你再战。"桐花不慌不忙,便与交兵。战到酣处,回马便走。洞真方欲来赶,桐花取出红绳一条,望空抛起。忽见火龙一条,身长三丈,向洞真身上扑来。洞真心慌便走,已被火龙缠住,跌下马来。众将齐上,把挠钩拖住。贼兵无主,一时大溃,遂乘势夺转秀容城。余众或降或逃。所失城池,尽行恢复,遣使并州告捷。万仁大喜,诸将入贺。

不一日,桐花回军,解到洞真夫人。欢命取出步蕃,一齐斩首。兆斯时疆土复完,深感六浑之力。桐花请于欢曰:"妖寇已平,吾欲先归。"不见万仁而去。次日,万仁设宴,酬劳诸将,并请桐花相见。欢辞已去,兆遣人追送珍宝以劳之。兆感欢甚,密语欢曰:"我昔日与君交情本厚。今又救我于危难之中,足征爱我良深,但将来各处一方,恐被他人离间,欲与君结为兄弟,共立盟誓,患难相扶,君意何如?"欢曰:"此六浑之愿也。"遂共订盟,相得益欢。

一日,兆与欢共猎南山,见饥民满道。晚而归饮,酒至半酣,欢因言民穷宜恤,愿王少留意。兆曰:"正有一事,欲与弟商。向来六镇之人,各立一人为主,后被葛荣吞并。天桂杀荣,乃借其军,共有四十余万,流入并、肆二州。因荒乱不能存活,大小反了二十六次。我已诛杀过半,尚谋乱不已。亡去为盗者,不可胜数。吾弟高见,若何治之?"欢曰:"此等反乱,皆由无人管领所致。大王宜选腹心之佐,统领其众,使不失所。若有谋叛,罪归主将,则自然服矣。"兆曰:"弟言甚是,但无人可胜其任。"贺拔允曰:"大王手下诸将,统了数千人马,尚不能整顿,况二十万之众,岂易言治?臣意能当此任者,非六浑不可。"欢恐兆疑,大怒曰:"天柱在时,奴辈伏处有如鹰犬。今日天下事取舍在王,允何得妄言?可斩也!"兆曰:"吾意亦然,弟当为我统之。"欢阳为逊谢。兆付箭一枝,曰:"全以相委,以此为信。"宴罢,欢出,恐兆酒醒反悔,宣言于众曰:"受委统州镇兵,可集汾东,听受号令。"还营,建牙旗于阳曲川,分列部分。六镇之兵素恶万仁残暴,乐欢宽仁,一闻此令,无不毕至。居无何,欢又使刘贵请于兆曰:"并、肆频岁荒旱,降户掘田鼠而食,面无谷色,徒污境内。请令就食山东,待温饱之后,更受处分。"兆从其议。慕容绍宗进谏曰:"闻大王以三州六镇之兵尽受六浑节制,大事去矣。今天下汹汹,四方纷扰,人怀异望。六浑雄才盖世,遽以二十万众付之,譬如蛟龙借以云雨,后不可制,王必悔之。"兆曰:"无害,有香火重誓在,六浑必不负我。"绍宗曰:"亲兄弟尚不可信,况香火兄弟耶?"时兆兄弟叔侄皆相疑忌,故绍宗以此动之。兆不语,绍宗遂退。而兆之左右平日皆受欢金,因称绍宗与欢有隙,故尔谗害。晋州闻之,得毋携贰其心乎?兆怒曰:"吾与六浑盟言未干,绍宗何得便来离间?不治其罪,六浑之心不安。"遂收绍宗囚之。遣人通知六浑,催其速发。六浑乃集六镇之人,各给口粮路费,陆续起发,半月兵行始尽。然后别了万仁,一路唱凯歌而回。

斯时,欢以三千人破了步蕃四十万之众,威振山西,人人悦服。沿途之民,皆顶香相送。行至滏口,忽见一支人马,旌旗浩浩,剑戟森森,望北而来。相遇之际,各问来历,乃是北乡公主同了尔朱皇后回到晋阳去的。欢命停军一旁,让他过去。军兵过完,却有一群马匹,形体高大,矫健异常,约有三百余骑,在后赶着走。欢思军中正少战骑,北乡女流,何用此马。便唤彭乐、段荣二将赶向北乡告借,如不许,则夺之以归。二将知北乡必不肯借,也不去通知,竟杀散管马军士,掠取以返。北乡闻之,大怒道:"高欢吾家旧人,何敢强夺吾马?"欲回军追讨,奈军无良将,恐敌他不过,于是遣人飞报万仁,教他领兵前来,问罪于欢。但未识北乡何以回北,六浑夺马之后,又生出甚么事来,且听下回细述。

第二十二回　立广陵建明让位　杀白鹞高乾起兵

先是北乡公主在京，终日营中闷坐，因念孝庄北去，皇后独处宫中，全无依靠，将来建明入都，更不得自主，不如同归晋阳，母女相依，后乃从之而来。哪知路遇高家军马，被他夺去马匹，即报知万仁。万仁怒道："六浑去未多时，如何便生反念？"乃释绍宗之囚，召而问之。绍宗曰："彼未出吾境中，犹是掌握中物，大王速点人马，紧紧追上，擒之以归，方免后患。"万仁听了，忙点铁骑三千，出了并州，星夜赶来。赶到漳河津边，六浑才渡浮桥过去。万仁亦欲上桥，说也奇怪，顿时河流涌下，洪波冲起，浮桥尽坏。忙即退下数十步，把马勒住，高叫："六浑且停人马，尚有话说。"欢见兆来，知为马故，便走至岸边，隔水问曰："大王何以至此？"兆指欢曰："我以尔为腹心，如何全无信义，擅夺我家之马？"浑下拜道："欢之借马，非有他故，为备山东盗耳。王信公主之言，亲自追来，欢不辞渡水而死。但恐此众便叛，反贻大王忧耳。"兆闻欢言，大悦曰："我固知尔决不相负。乍闻公主诉汝无礼，不得不怒，故来问汝。"此时河流已退，兆乃轻马渡水，与欢共坐幕下，陈谢并无疑意，拔刀授欢，引颈使欢砍之。欢大哭曰："自天柱之薨，六浑更何所仰？但愿大家千万岁，以伸力用耳。今为旁人构间，大家何忍复出此言？"盖大家者，天子之称。欢欲愚之，故以此相称耳。兆益信欢为诚，投刀于地，复斩白马，与欢为誓。索酒酣饮至醉，就宿营中。欢闻帐外行动声，走出，见尉景执刀而来。欢拉至后帐，问欲何为？景曰："万仁在此，是欲授首于我也。杀之为敬宗报仇，为万民除害。及今不杀，更复何待？吾已伏壮士于帐外。"说罢欲走。欢啮臂止之曰："汝莫乱为，今杀之，其党必奔归聚结。吾兵饥马瘦，不可与敌。若英雄乘之而起，则为害滋甚。不如且置之，兆虽骁勇，凶悍无谋，可玩之股掌之上，异日除之何难？"景乃止。且日，兆归营，复来召欢，设宴以待。欢将上马往，孙腾牵欢衣曰："兆心叵测，公奈何以天下仰赖之身，试之不测之渊？"欢笑而止。兆见欢不来，复大怒，隔水肆骂，欢不顾而去。时兆有心腹将念贤，管领降户家属，别为一营，随欢东行，凌虐降户。欢伪与亲善，解其佩刀观玩，乘间杀之。镇兵感悦，益愿附从。今且按下不表。

且说万仁驰归晋阳，北乡及后已归旧府。兆来见，说起孝庄已经缢死，并陈留王夫妇亦赐自尽。母女变色，然权在他手，只好暗暗深恨而已。兆见疆土已宁，择日送建明帝入洛，发书世隆，令率百官邙山迎驾。哪知天光在洛，已与世隆密议，以建明为元英之弟，帝室疏属，又无人望，恐人心不服，欲更立亲近，以为社稷之主。有广陵王恭者元羽之子，好学有器度，正光中，为给事黄门侍郎。以元乂擅权，托喑病，居龙华佛寺。敬宗时有谗于帝者，言王蓄异志，伴为喑病。恭惧，逃于洛山，执之至京，系治久之，以无状获免。行台郎中薛孝通与王有旧，说天光曰："广陵王高祖犹子，夙有令望，沉晦不言，多历年所。若奉以为主，必天人允协。"天光言之世隆，世隆以为然。惟度律属意南阳王宝炬，乃曰："广陵口不能言，何以治天下？"世隆等亦疑其实喑，因使尔朱彦伯潜往敦谕，且胁之。王曰："天何言哉？"世隆等闻之，皆大喜，遂定迎立之议。建明帝至邙山，世隆先为之作禅文，使泰山太守窦瑗执鞭独入行宫，启建明曰："天人之望皆属广陵，愿陛下行尧舜之事。"袖中取出禅文示之。建明惧不敢违，遂自署。窦瑗回报，群臣上尊号于广陵，广陵奉表三让，然后即位。大赦，改元普泰，是为节闵帝。黄门侍郎邢子才为赦文，叙敬宗枉杀太原王荣之状。帝曰："永安手剪强臣，非为失德。直以天未厌乱，故逢成济之祸耳。"因顾左右，取笔自作赦文，直言：朕以寡德，运属乐推，思与亿兆同兹大庆。肆眚之科，一依常式。帝闭口八年，至是乃言，中外欣然，以为明主，望致太平。次日，诏以三皇称皇，五帝称帝，三代称王，盖递为冲挹。自秦以来，竞称皇帝，予今但称帝，亦已褒矣。加世隆仪同三司，赠尔朱荣相国、晋王，加九锡。世隆使百官议荣配飨。司直刘季明曰："人臣配飨于君，必与君一心一德，生为良辅，死得共食庙中。今太原王荣若配世宗，于时无功；若配孝明，亲害其母；若配庄帝，为臣不终。以此论之，无所可配。"世隆怒曰："汝应死！"季明曰："下官既为议首，依礼而言，若有不合，剪戮惟命。"世隆见其言直，亦不之罪。不得已，以荣配高祖庙廷。又为荣立庙于首阳山，因周公之庙而为之，以荣功可比周公也。庙成，具太牢往祭，百官俱集。俄而，云雾四合，雷雨大作，火焚其庙，泥像皆为虀粉，世隆败兴而回。诏到并州，兆以不与废立之谋，怒不受诏，欲发兵讨世隆。世隆惧，遣尔朱彦伯往谕再三。兵虽罢，怒世隆不已。

先是，敬宗命将军史仵龙、杨文义领兵守太行岭。万仁南向，二人率众先降。至是欲封二人为千户侯。帝曰："仵龙、文义于王有功，于国无勋。"竟不许。仲远镇滑台，用其下为西兖州刺史，先用后奏。诏答曰："已能近补，何劳远闻。"人皆服帝之明敏。然是时天光专制关右，兆奄有并、汾，仲远擅命徐、兖。世隆居中用事，贪淫无忌，生杀自专，事无大小不先白，有司不敢行，天子徒拥虚位。又欲收军士之心，泛加阶级，皆为将军，无复员限。自是勋赏之官大致猥滥，人不复贵。仲远在外，贪虐尤甚。所部富室大族，多诬以谋反，籍没其妇女财物，投男子于河，如是者不可胜数。东南州郡自牧守下至士民，畏如豺狼。由是四方之人皆恶尔朱氏，而冀其速亡矣。

再说幽州行台刘灵助，自谓方术足以动人，推算尔朱氏将衰，乃起兵自称燕王，声言为敬宗复仇，且妄述图谶云："刘氏当王。"由是幽、瀛、沧、冀之民多从之，进取博陵、安国二城。兆使大都督侯渊讨之。又兆以高乾兄弟有雄才，现居冀州，灵助反，亦防其作乱，遣监军孙白鹞至信都，托言调发民马，民户须自送纳，欲俟高乾弟兄送马而执之。乾闻白鹞来，谓诸弟曰："万仁无端调发民马，令民户自送，其意未必不为吾弟兄而然。"敖曹曰："刘灵助反于幽州，祸乱四起，吾弟兄何不招集乡勇，举兵应之？"乾曰："然，但必得此人合谋，方能成事。"敖曹问何人，乾曰："前河内太守封隆之避尔朱之势，弃职家居。为人慷慨好施，甚得众心。其父封翼素以忠义自矢。吾当自往说之。"乾至隆之家，隆之接入，直至内堂逊坐。两下说起国家多故，互相嗟叹。隆之曰："敬宗被杀，万仁益横，君岂忘帝河桥相送时乎？"乾见说，悲不自胜，因曰："吾素怀复仇之念，惜无同志想助。此来特与君谋，欲同集义勇，袭据信都，以为进取之计。君能有意乎？"隆之曰："吾有父在，须先禀命。"话犹未了，只见屏风背后走出封翼，向高乾曰："吾有此心久矣，足下果能为国复仇，莫患吾父子不从，虽赴汤蹈火，亦不辞也。"相与订定日期，各去打点行事。隆之家素豪富，僮仆不下数百，门下多武勇之士，起事甚易。乾与敖曹素有旧旅，一呼毕集。至期，敖曹先率数十骑突入，把持城门，余众尽入。封隆之从中亦起。冀州兵将素畏敖曹骁勇，莫敢来敌。杀入府署，执下刺史元嶷，白鹞闻乱欲逃，擒而杀之，一城慑服。乾等欲推封翼行州事，翼曰："和集乡里，我不如皮。"乃奉隆之行州事，为敬宗举哀，将士皆缟素，升坛誓众，移檄州郡，共讨尔朱氏。刘灵助闻冀州举义，遣使来招乾。将结为外援，劝隆之受其节度。忽报殷州刺史尔朱羽生将兵五千，来袭信都。敖曹不暇擐甲，领十余骑进击。乾恐有失，遣五百人往救。未及赶上，敖曹已交兵，杀其勇将数员，羽生败走。盖敖曹马槊绝世，所向无前，故能以十余骑退五千兵也。由是敖曹之勇著于四方，今且按下不表。

再说高欢自离漳河，往山东进发。兵至壶关，关口有大王山一座，地势阻绝，中有一寺极大。宣武时，有术士言寺中应有天子宿其处六十日。魏主闻之，命毁其寺，不许人入山居住。后有朔州贼兵令贵据此山为巢穴，招集兵马，掠取四方，兵精粮足，官军莫敢讨。欢兵至，此时正忧粮乏，欲取其资，以济军用。引兵攻之，贼众拒守甚严，不得进。乃以弱卒诱之，交兵辄走，贼乘胜追下。伏精骑于旁，截而击之，遂擒令贵，余众皆降，尽收其钱帛粮米。令贵有妹灵仙，美而勇，欢纳之为妾。屯兵山中六十日。及闻高乾据冀州，乃引兵东出，声言欲讨信都。信都人皆惧曰："欢若来，非尔朱羽生可比。新破步蕃，兵威正盛，何以御之？"高乾谓隆之道："高晋州雄略冠世，其志不居人下。且尔朱无道，弑君虐民，正是英雄立功之会。今日之来，必有深谋，吾当轻马迎之，密参意旨，无庸惧也。"乃将十余骑迎欢，潜谒欢于滏口。欢见乾至，大悦，握手问曰："公山东豪俊，今来何以教欢？"乾曰："尔朱酷逆，痛结人神，凡曰有知，莫不思奋。明公威德素著，天下倾心，若兵以义立，则倔强之徒不足为公敌矣。鄃州虽小，户口不减十万，谷秸之税，足济军资。愿公熟思其计。"乾意气激昂，言辞慷慨，欢恨相见之晚，遂与同帐而寝。次日，乾拜别，谓欢曰："愿公速来为主，吾与封隆之封府库以待。"欢谢曰："诺。"乾回报隆之，人心始安。

先是，河南太守赵郡李显甫喜豪侠，集族姓数千家于殷州西山，有五六十里之地。显甫卒，子元忠继之。家素富，多出贷求利，元忠悉焚契免责，乡人甚敬之。时盗贼蜂起，路梗不能行。有经过赵郡者，投元忠求援。元忠遣奴为导，曰："若逢贼，但道李元忠名氏，贼自退避。"行旅皆赖以无恐。及葛荣反，元忠率乡党，作垒以自保。坐在槲树下，前后斩违命者三百人，众率遵其约束。贼至，辄击却之。葛荣既平，朝廷以元忠能保护一方，就拜南赵郡太守。好酒，落拓不羁，故无政绩。及尔朱兆杀敬宗，元忠弃官归，谋举兵讨之。会欢东出，元忠谓其党曰："吾将迎之。"众曰："欢平日党于尔朱，今来欲复冀州，迎之何为？"元忠大笑曰："此非诸君所知也。吾将与欢共灭尔朱。闻吾至，欢必倒屣以迎也。"于是乘露车，载素筝、浊酒以往。但未识元忠遇欢作何言论，且听下回再讲。

第二十三回　假遣军六镇愿反　播流言万仁失援

话说李元忠迎着欢军,便向辕门请谒。欢以元忠素有好饮之名,疑为酒客,未即接见。元忠下车独坐,酌酒擘脯,旁若无人。谓门者曰:"素闻公延揽俊杰,今国士到门,不吐哺辍洗以迎,其人可知。还吾刺,勿通也。"门者以告,欢遽见之,引入帐中,设酒相酌。觞再行,元忠取素筝鼓之,悲歌慷慨,歌阕,谓欢曰:"天下形势可见,明公犹事尔朱耶?"欢曰:"富贵皆因彼所致,安敢不尽节?"元忠曰:"非英雄也。高乾邕兄弟已来否?"时乾已见欢,欢绐之曰:"从叔辈粗何肯来?"盖乾与欢同姓,故称从叔。元忠曰:"虽粗,并解事。"欢曰:"赵郡醉矣。"使人扶出,元忠不肯起。孙腾进曰:"天遣此君来,不可违也。"欢乃复留与语。元忠慷慨流涕,欢亦悲不自胜。元忠因进策曰:"殷州小,无粮仗,不足以济大事。若向冀州,高乾邕兄弟必为明公主人,殷州便以相委。冀、殷既合,沧、瀛、幽、定自然帖服。惟刘诞性黠,或当乖拒,然非明公之敌。时哉! 时哉!不可失也。"欢急握其手而谢之曰:"君如有意,欢之大幸也,敢不如命?"元忠密约而去。欢至山东,约勒士卒,民间丝毫无犯。时麦方熟,欢过其地,恐马伤麦,亲率士卒牵马步行,百姓大悦,远近闻之。皆曰:"高晋州将兵整肃。"民得安堵,益归心焉。军乏粮,求粮于相州刺史刘诞,诞不与。有车营租米万石,欢命军士取之,诞不能拒。进至信都,封隆之、高乾等开门纳之,奉以为主。时敖曹在外掠地,闻乾与隆之以冀州相让,心大不服,曰:"大丈夫何事畏人? 吾冗懦怯乃尔。"遗妇人服以辱之。欢曰:"彼未知吾心也。"欲遣人谕之未得。

时欢子高澄年十岁,随军中,谓父曰:"儿请招之。"欢许之。左右曰:"公子年幼,敖曹粗勇,去恐有失。"欢曰:"敖曹虽粗,未必敢害吾子。澄虽幼,颇聪明晓事。且不遣澄去,不足以结其心也。"遂命十余骑随往。澄见敖曹,以子孙礼下之。敖曹曰:"公子来此何意?"澄曰:"敢问君家举义,为君乎? 为身乎?"敖曹曰:"吾志灭尔朱,以复君仇也。"澄曰:"若然,公之志即吾父之志也。何不同心并力以靖国家,而分彼此为? 吾闻识时务者为俊杰,令兄能识之,而公反笑以为怯,何也? 吾父今日不命他人来,而遣吾来者,欲申明己意耳,愿公熟思之。"敖曹见公子聪明才辨,气度从容,不觉为之心折。曰:"敬闻命矣,愿从公子同归。"便并马而回。欢大喜,谓敖曹曰:"吾方与子共济大事,子乌得自外。"敖曹再拜曰:"顷见公子,已知公心,敢不尽力?"欢爱其勇,署之为都督,宠任逾于旧人。尔朱兆闻欢已得冀州,兵势日盛,恐后难制,密奏帝加以重爵,召之入京,而后图之。帝乃发诏,封欢为渤海王,征其入朝。欢受王爵,不就征。

再说侯渊进讨灵助至固城,渊畏其众,欲引兵西入据关,拒险以待其变。副将叱列延庆曰:"灵助庸人,假妖术以惑众。大兵一临,彼皆恃其符魇,岂肯戮力致死,与吾争胜负哉? 不如出营城外,诈言西归,灵助闻之,必自弛纵,然后潜军击之,往则擒成矣。"渊从之,出屯城西,声言欲还。次日,简精骑一千夜发,直破其垒。灵助败走,斩之。

初,灵助起兵,自占胜负,曰:"三月之末,我必入定州。尔朱氏不久当灭。"及灵助首函入定州,果以是月之末。捷闻,加兆天柱大将军。兆辞天柱之号,曰:"此叔父所终之官,我不敢受。"寻加都督十州诸军事,世袭并州刺史,兆乃悦。兆狂暴益甚,将士俱有离心。镇南将军斛律金东奔于欢,劝欢起兵以讨尔朱。欢素知其智勇,引为腹心。有尔朱都获兆疏属,为兆别将,忧兆残暴,灭亡不久,率千骑出井陉,托言巡视流民,东附于欢。欢见人心归附,乃召孙腾、娄昭、段荣、尉景于密室中,谓之曰:"今四方喁喁,皆望吾举义,以除尔朱之虐,为百姓更生,吾不可以负天下之望。然镇户暂得安居,必先有以耸动其心,方可举事,卿等知之。"众皆会意而退。乃诈为万仁书,将以六镇人配契胡为部曲,使人辕门投递,宣布于众,众皆忧惧。又诈为并州兵符,征发迁户讨步落稽,限即日起发。欢发万人将遣,孙腾、尉景为请宽留五日。至期,又将发,孙、尉二人复请再宽五日。又五日,欢令于众曰:"此行再难缓矣。"亲送之郊,雪涕执别。众皆号恸,声震郊野。欢乃谕之曰:"与尔俱为失乡客,义同一家。本期终始相聚,不意在上征发乃尔!今直西向已当死,后军期又当死,配国人又当死,吾何忍见尔等之无辜而死也?"众皆叩头求救,欢曰:"为之奈何?"众曰:"惟有反耳!"欢曰:"反乃急计,然当推一人为主,谁可主者?"众皆曰:"惟大王可为我主。"欢曰:"尔等皆我乡里,久后难制,不见葛荣乎?虽有百万之众,曾无法度,终自败灭。今以吾为主,当与前异,毋得凌汉人、犯军令,生死任吾则可。不然,不能为天下笑。"众皆跪地,顿颡曰:"生死惟大王命。"乃椎牛飨士,建义于信都,然亦未敢显言叛尔朱也。未几,李元忠起兵逼殷州,尔朱羽生闭城拒守。欢阳为之援,令高乾率众救之,暗使人授意元忠。乾至,元忠败走。乃轻骑入见羽生,相与指划军事。羽生信之,出城劳军,因擒杀之。元忠进据其城,乾持羽生首谒欢,欢抚膺曰:"今日反决矣!"乃以元忠为殷州刺史,镇广阿。欢于是移檄州郡,抗表罪状尔朱。其略曰:

> 外拥强兵,虐政遍行四海;内持大柄,凶威上逼九重。豺狼结队,弑君之罪已彰;虺蜴成群,篡国之形渐兆。一门济恶,六合痛心。不加斧钺之诛,难期社稷之安。今臣兵以义举,谋由众定。旌旗所指,逆贼咸除;军旅来前,奸党尽灭。上固天位于苞桑,下救万民于水火。云云。

世隆见之,大惊失色,乃匿其表不上。

且说魏司空杨津,家世孝友,缌麻同爨。门内七郡太守,三十二州刺史,津弟兄四人,皆位居三公。孝庄帝诛荣,杨侃预其谋。尔朱兆入洛,侃惧祸逃还乡里,居华阴旧宅。津与兄顺留洛阳,天光守雍州,忌之,杀侃,尽灭其族。致书世隆,世隆遂诬杨氏谋反,遣兵围其宅,无少长皆杀之。闻者无不痛恨。津子愔,字遵彦,年十八,好学多才,时适在外。及归,城门已闭,投宿亲戚家,得免于难。次日闻变,星夜逃走,念当世英雄,以便贺六浑可倚以报仇,遂来冀州。正遇欢出,叩首马前,哭诉家难。欢方起义,正欲收揽人望,知愔为名家子,遂留入府中。愔进讨尔朱之策,皆合欢意,甚敬待之。

尔朱兆闻羽生死,大怒,自将步骑二万,出井陉口,来攻殷州。元忠畏之,弃城奔信都。兆遂进据殷州,而未敢遽与欢战,求济于仲远、度律。初,二人闻欢起兵,皆笑曰:

"此子寻死耳,一鼓可以擒之。"得兆书,相会进兵。欢知兆到,谓众将曰:"今日不得不与战矣。"孙腾以朝廷隔绝,劝欢另立新君,以申号令,庶将士心坚。欢从之,遂立渤海太守元朗为帝,改元中兴。封欢为侍中、丞相、都督中外诸军事,高乾为侍中,敖曹为骠骑大将军,孙腾为尚书左仆射,封隆之为吏部尚书。余皆进爵有差,立澄为渤海王世子。一日,忽报仲远、度律共有十万人马来助万仁。又报世隆遣将军斛斯椿、贺拔破胡、贾显智领兵三万前来,兵势甚盛。欢乃纵反间之计,宣布流言以疑之。言世隆与度律、仲远谋欲杀兆,又言兆与欢暗中通谋,欲杀度律等。当是时,兆军屯于广河山前,仲远、度律营于阳平县北,相去数里。闻流言,各生疑惧,徘徊不进。度律曰:"万仁已与六浑相恶,岂复一心?但我疑可释,而彼疑不解,奈何?"仲远因遣贺拔胜、斛斯椿往释其疑,劝谕再三。兆疑稍解,乃领轻骑三百,与二人同至仲远营。仲远、度律接入帐中,坐方定,未及交言,万仁颜色顿异,手舞马鞭,长啸凝望。忽疑仲远等有变,即起趋出,上马而去。仲远复使椿与胜追之,万仁执二人以归。仲远、度律大惧,各引兵回。万仁归营,欲斩破胡,乃数其罪曰:"尔杀卫可孤,罪一;天柱亡而不与世隆同来,罪二;反为朝廷出力,东征仲远,罪三。吾欲杀汝久矣。"喝令推出斩之。胜曰:"可孤为国大患,吾父子诛之,不以为功而反以为罪乎?天柱之死,以君诛臣,胜宁负王家,不负朝廷,不以为忠而反以为罪乎?今日被执,生死惟命。但大敌在前,王家骨肉成仇,自古及今,未有如是而不亡者也。胜不惧死,只恐大王失算耳。"兆见其言有理,乃舍之。二人归,见诸军皆去,遂亦还洛。

　　欢闻之大喜,遂进兵与万仁对垒。将战,欢谕诸将曰:"今日之战,胜则进而有成,败则退亦难保。两路虽退,万仁兵众且强,未易破也,众将勉之。"段韶曰:"大王勿忧,所谓众者,得天下之心;所谓强者,得人之死力。尔朱氏上弑天子,中屠公卿,下害百姓。大王以顺讨逆,如汤沃雪,何众强之有?"欢曰:"未识天意若何?"韶曰:"皇天无亲,惟德是辅。万仁自矜其勇,失将士心,智者不为用谋,勇者不为用力,人心已去,天意可知,又何疑焉?"三军闻之,胆气益壮。欢使韶领千骑,先犯其锋。韶便一马当先,直冲过去。正遇敌将达奚承贵。两下交锋,段韶手快,一枪刺死承贵,众兵呐喊,齐赶入阵,奋力乱杀。兆在后军,知前队有失,忙催人马赶上。见一少年将,甚是勇猛,大喝一声道:"何物小子,在此横行?"段韶也不回言,提枪便刺。万仁大怒,随手架开,舞动神枪,连刺几下。段韶不能抵敌,回马便走。万仁喝道:"败将休走!"拍马赶上。只见一支兵横冲过来,当先一将,乃是窦泰,接住万仁便战,韶亦回马夹攻。万仁有万夫不当之勇,岂惧二将。斯时,欢率大军齐进,呼声动地,两下纷纷混战。库狄干见二将战万仁不下,亦来助战。六镇人平日受万仁凌虐,深恨切齿,今日相遇,巴不得杀个罄尽。故人人戮力,各个致死。欢军士无不一以当百,兆兵大败。万仁见大众已溃,心慌意乱,只得夺路而走。三将不舍,追至十里外方歇。万仁逃脱,收集残兵,不及三分之一。山东不敢久停,急急逃归晋阳。欢俘甲士五千,收资粮器械无数。诸将入贺,欢曰:"万仁虽未授首,亦足破其胆矣。然兵以利用,今当乘此锐气,进取相州,以张形势。"诸将皆曰:"惟大王命。"盖相州即邺城,帝王建都之地,故欢急欲取之。但未识此行成败若何,且听下回再述。

第二十四回　据都城四方响应　平洛邑百尔归诚

话说高王兵至邺都,刺史刘诞因前借粮不与,畏惧不敢降,督率兵士闭门拒守。高王引兵攻之,连日不下,遂于城下暗掘地道,承之以木,道成焚木,城遂陷。刘诞不得已乞降,用之为军中末将。巡骑拿获逃官一人,名麻祥,解至军中。盖祥时为汤阴县令,闻高王至,惧报昔日之辱,挈妻子逃去,遂被获。见王,叩头请罪。王曰:"汝前辱我,罪应诛,然汝头何足污吾刀。"纵之去。汾州行事刘贵平素归心,闻王在邺建义,弃了汾州,率兵一万前来相助,王大喜。青州大都督崔灵珍、行事耿翔皆遣归附,自是投诚者不绝。一日,有一少年将军,自称王之从弟高岳,叩辕求见。王命引入帐下,叩其所由,乃王伯父高优之子,向出雁门居住,所以不相往来。今闻王建义起兵,千里求投。岳身长七尺,容貌堂堂,武勇绝伦。王器爱之,留入内衙,令澄拜见其叔。

邺城游京之曾为朔州刺史,有女名瑞娘,容颜绝世,名播四方。王未达时,闻其美,慕之,大有光武思阴丽华之意。今闻女尚待聘,欲娶之。恐游不允,乃命封隆之、窦泰二将为媒,以铁骑二千临其门,京之大恐。先一夜,瑞娘梦见白龙一条从空下降,爪其身入云中,大惊而醒。述诸父母,皆以为异。是日,封、窦二将奉高王命来求其女,京之知势不可拒,又感女梦,遂拜而受命,王遂娶之。瑞娘颜色既美,性又聪明,由是恩宠绝比,待京之以上宾之礼。三日后,亲到游氏家,拜见其父母。先是王为尔朱将,停军上党。清明日,与刘贵、段荣引领军校五十骑往深山射猎,天晚迷途,投宿于王士贵家。士贵见王有异相,又其睡处赤光满屋,知后必大贵。有女千花,年十八,有容色,愿以嫁王,王却之,士贵坚留成亲。刘贵、段荣亦劝成之,遂合卺焉。以军旅忙迫,三夜辄别,其后不相闻问者数年。至是士贵送女来,已生子四岁矣。王迎入府中,始复相聚。士贵亦留之邺城。今皆按下不表。

再说中兴二年正月,王命刘贵迎中兴帝入邺,赠永安帝为武怀皇帝,添设文武百官。王以杨愔为行台右丞,文檄教令,皆出其手,日加信任。世隆闻欢别立天子,进据邺都,欲往讨之。念非万仁协力,不能破高氏之兵。虑其猜忌不来,因卑词厚礼,多送金宝结之。又请节闵帝纳其次女金婉为后,诏于六月下聘。兆大悦,遂与世隆相睦,许即兴师,同灭高氏。斛斯椿私语贺拔胜曰:"天下怨毒尔朱甚于仇寇,异日必为高氏所灭。吾与将军助之,必同受祸。不如改计图之,庶有以自全。"胜曰:"天光与兆各据一方,欲尽去之甚难,去之不尽,必为后患。"椿曰:"勿忧,吾说世隆,使并召来。六浑智虑深沉,用兵不测,必能聚而歼之。"

胜以为然。乃同见世隆,曰:"万仁新败于欢,恐不足恃,必得天光并力,庶几有济。"世隆从之,乃以书召天光曰:"高欢在山东作乱,扶立元朗为帝,兵称义举,欲灭吾家。万仁失利于前,必得吾侄致胜于后。同会并州,克期进讨。"天光得书不欲勤师劳众,回书于世隆曰:"高欢一竖子耳,手下又无雄兵猛将,叔与万仁破之有余,何必佅也?"辞不赴。世隆患之,斛斯椿请往劝谕,乃至关中说天光曰:"欢与王家势不两立,并州恃勇轻敌，倘再败衄，大势瓦解，高氏兴，尔朱氏灭矣。此大王门户事，岂可坐视不救？"天光问计于贺拔岳，岳曰："王家跨据三方，士马强盛。高氏初起，岂能相抗？但能骨肉同心，事无不捷。若互相猜疑，家祸不免，焉能制人？如下官所见，莫若且镇关中，先安根本。遣一上将，合势进讨。胜有以进，退有以守，庶万全无失。"

天光不从，引兵东下。

闰三月壬寅，天光自长安，万仁自晋阳，度律自洛邑，仲远自东郡，皆会于邺城下。众号三十万，夹洹水而军。节闵帝以长孙稚为大行台，总督之。癸丑，高欢令尚书封隆之守邺，引兵出屯紫陌，大都督敖曹将乡里部曲三千人以从。欢曰："高都督所将皆汉兵，恐不足集事，欲割鲜卑兵一千相杂配之。"敖曹曰："吾所将兵练习已久，前后格斗，不减鲜卑劲旅。今若杂之，情不相洽，胜则争功，败则推罪，不烦更配也。"庚申，尔朱兆率轻骑三千，夜袭邺城，攻西门，不克而退。壬戌，欢将战，马不满二千，步兵不满三万，恐众寡不敌，乃于韩陵地方为圆阵，连系车牛于后，以塞归路，示士卒必死，无一还心。兆望见欢，遥责欢以叛己。欢曰："本所以戮力者，共辅帝室也，今天子何在？"兆曰："永安枉害天柱，我报仇耳。"欢曰："我昔初闻天柱讣，汝即疾据并州自大，岂得言不反耶？且以君杀臣，何报之有？今日义绝矣。"遂战。欢自将中军，敖曹将左军，高岳将右军。兆领十余骑，直奔中军。欢左右将皆出掠阵，亲自迎战，不能敌，遂败走。兆军乘之，中军失利。岳以五百骑冲其前，别将斛律金收散卒蹑其后，敖曹以三千骑自栗园出，横击之，分其军为二。岳与敖曹双战万仁，万仁退走。斛律金之子明月，年十二，手执画戟，拦住万仁不放。万仁欺他年幼，以枪挑之。哪知明月力大无穷，架开枪，还戟便刺，甚是骁勇。高王以兵冲天光营，天光败。仲远、度律军亦溃。于是诸将齐攻万仁，万仁杀条血路而逃。奔溃之势若江翻潮落，声振百里。王立阵前，驱兵赶杀。见有一骑飞至马前，叩首乞降，乃贺拔胜也。王喜，下马握手劳之，乃鸣金收军。俄而，诸将齐至，皆血染征袍。王曰："观诸将之袍，可以知勇矣。顷有一小将，力敌万仁者何人？"斛律金曰："是吾子斛律光，不在军数，私自来战。"王曰："真虎子也。"召而劳之。兆败归，对慕容绍宗抚膺曰："不用公言，以至于此。"即欲轻骑西走，绍宗反旗鸣角，收散卒，成军而去。于是兆还晋阳，仲远奔东都，度律劝天光且归洛阳。

斛斯椿见三路兵败，贺拔胜已降于欢，心益自危，谓都督贾显度、贾显智曰："尔朱亡在旦夕，吾等尚为之用，欢若至京，罪吾等以逆党，将何以辩？今不先执尔朱氏，吾属死无类矣。"乃夜于桑下共相盟约，倍道先还。世隆自度律去后，不见报捷，日夜忧疑。一日，昼寝于中堂，其妻偶出，忽见一人持其首去，大声惊喊。世隆亦大呼而起，曰："还吾头来！"盖世隆梦中亦见一人斩其首去，谓其妻曰："吾祸不久矣。"及闻败，夫妇相对而泣。尔朱彦伯欲自将兵守河桥，世隆不从，乃使外兵参军杨叔渊驰赴北中城，简阅败众，以次纳之。椿等夜至，门已闭，大呼求入。叔渊立城上，谓椿曰："吾奉大王命，来此镇守，东来败兵，不许胡乱收纳，须俟明日简阅，然后放入。"椿乃诡说叔渊曰："天光部下皆是西人，闻欲大掠洛邑，迁驾长安。宜先纳我，以为之备。"叔渊信之，开门放入。椿手斩叔渊，引兵据河桥，尽杀尔朱氏之党。度律天光闻椿叛，欲进攻之，会大雨昼夜不止，士马疲顿，弓矢胶解不可用，遂西走，至淦波津，兵尽散，为人所擒。椿使行台长孙稚诣洛阳奏状，别使贾显智、张欢率轻骑一千，掩袭世隆。斯时，京中因大雨连日，不知外信。二人至，遂围世隆之第，执之内寝，囚其全家。长孙稚于神虎门，启陈："高欢义功既振，请诛尔朱一族。"时彦伯在禁直，节闵帝使人报之，彦伯狼狈逃出，遇兵被执，与世隆俱斩于阊阖门外。送首于欢。度律、天光一并解去。帝使中书舍人卢辩劳欢于邺，欢使之见中兴帝，辩曰："吾奉诏劳王，不闻又有天子。中兴正位洛阳，吾当见之，今则未可也。"言辞侃侃，欢不能夺，乃听使还。前此，天光东下，欲与侯莫陈悦俱东，留其弟尔朱显智镇守关中。贺拔岳知天光必败，欲留悦共图显智，以应高王。计未得，宇文泰谓岳曰："今天光尚近，悦未敢贰心，以此告之，恐其惊疑。然悦虽为主将，不能制物，若先说其众，必人有留心。悦进失尔朱之期，退恐人情变动，乘此说悦，事无不遂。"岳大喜，即令泰入悦军说之。悦止不行，及天光败，岳遂与悦共袭长安。泰率轻骑为前驱，显智弃城走，追至华阴，擒而杀之。高王得报，以岳为关西大行台，岳即以泰为行台左丞，事无巨细，皆委之。

再说尔朱仲远败，不敢归徐州，南奔梁。帐下都督乔宁、张子期中道弃之，诣邺城降。高王责之曰："汝事仲远，擅其营利，盟契百重，许同死生。仲远徐州作逆，汝为戎首。今仲远南走，汝复叛之。事天子则不忠，事仲远则无信。犬马尚识饲之者，汝曾犬马之不若。"遂斩之。世隆有弟尔朱彪，为青州刺史，见世隆死，门户败，恐下叛之，累次与左右割臂为盟。帐下亲将冯绍隆说以割臂未足为诚，宜割心前之血以盟大众，彪从之。大集部下，披胸欲割，绍隆因刺杀之，送首高王。自是万仁、仲远虽未伏诛，而尔朱宗族已尽矣。

四月辛巳，高王命尉景守邺，率诸将引兵向洛，奉中兴帝至邙山。先使仆射魏兰根慰谕洛邑，且观节闵帝之为人。盖欢以中兴帝元朗宗派疏远，欲复奉节闵，故令兰根观之。兰根回报，以帝神采高明，恐后难制。高乾兄弟及黄门侍郎崔㥄亦力劝高王废之。于是召集百官，问所宜立。太仆綦母隽盛称节闵帝贤明，宜主社稷。欢尚未决，㥄作色曰："若说贤明，自可待我高王徐登大位。广陵既为逆党所立，何得犹为天子？若从隽言，王师何名义举？"欢遂遣㥄先往，幽节闵于从训佛寺。斛斯椿谓贺拔胜曰："今天下事在吾与君耳，若不先制人，将为人所制。高欢初至，图之不难。"胜曰："彼方有功，于时害之不祥。数夜在军中与欢同宿，备序往昔之怀，兼荷兄意甚厚，何可自生反复？"椿乃止。欢入洛，以汝南王悦为高祖之子，欲立之，闻其狂暴无常，乃已。时诸王皆惧祸逃匿，有平阳王修者，于宗室中近而贤，欢欲立之。但匿于田舍，莫知其处，乃使斛斯椿求之。椿知散骑侍郎王思政与王亲昵，问以王所在。思政曰："须知来意。"椿曰："欲立为天子耳。"思政乃言其处，与椿往见之。时王独坐一室，凭几看书。忽见王思政进来，未及交言，低头下拜，斛斯椿随人，亦下拜。王扶起道。"二卿何故如此？"思政陈欢迎立之意，王闻之色变，谓思政曰："得毋卖我乎？"曰："否。"曰："敢保之乎？"曰："变态百端，何可保也。"王心疑惧，不遽诺。椿曰："王勿疑，臣先回，少顷便来迎驾也。"遂驰马而去。但未识椿回报后，高王果来迎否，且听下回分解。

第二十五回　立新君誓图拨乱　遇旧后私逼成婚

　　话说斛斯椿见平阳王于田舍,驰报高王。高王大喜,便遣娄昭将四百骑迎之。王至,欢迎入毡帐,自陈诚款,泣下沾襟。平阳让以寡德,不堪承立。欢再拜,王亦拜欢出,备服御,进汤沐,达夜严警。明旦,义臣执鞭以朝,使斛斯椿奉表劝进。椿入帷门,磬折延首而不敢前。王令思政取表视之,曰:“今不得不称朕矣。”欢于是代为中兴帝作诏策禅位焉。四月戊子,王即位于洛阳城东郭,是为孝武皇帝,年二十三岁。用代都旧制,以黑毡蒙七人,欢居其一。帝于毡上西向拜天毕,入御太极殿,义臣朝贺,升阊阖门,大赦,改元太昌。以高欢为大丞相、天柱大将军,世袭定州刺史,百官进爵有差。加高澄侍中、开府仪同三司,自置开府以下官属。澄入谢,帝悦其俊美韶秀,赐宫锦三百匹、白玉带二条、黄金百斤、珍珠无数。盖知澄为欢所爱也,故厚赐之。一日,王思政、孙腾侍侧,帝曰:“高王勋在社稷,其劳大矣,恨无官可以酬之。朕闻其有女待字,意欲纳之为后,重以婚姻之好,二卿以为何如?”又顾孙腾曰:“卿系王之旧人,可与思政同往,一致朕意。”二臣奉命往见高王,致帝求婚之意。欢辞曰:“吾女年幼貌陋,不可以上配至尊。如欲申以姻好,帝有妹华山公主,与吾弟高琛年相若,可以尚主。烦二公转达于帝,未识可否?”二人辞去,复命于帝。帝曰:“其弟高琛固可尚主,朕即选为驸马。至高王之女,朕虚中宫以待。二卿还当为朕曲成。”腾曰:“欢妻娄氏助欢成业,其女娄所钟爱。乞帝加恩于娄,娄氏允,则欢亦允矣。”帝曰:“高王妻妾有几?”腾曰:“一妻五妾。”因各举其姓氏以对。帝欲悦欢,遍赐封号。娄妃封渤海王正夫人,王千花封渤海左夫人,穆金娥封渤海右夫人,胡桐花封恒山夫人,岳灵仙封遂安夫人,游瑞娥封仪国夫人。恩旨颁下,高王大喜,入朝谢恩,曰:“臣无大功,陛下念臣,恩及妻孥。臣铭心刻骨,虑无以报陛下万一。但臣尚有衷情上渎,臣少失怙恃,蒙姊云莲抚养,得以成立。即领军尉景之妻,乞陛下加封一号,以报其德。”

　　帝依奏,封景妻为常山郡君,欢谢恩而退。

　　先是,王有叔高徽,为河州刺史。身故,遗一子归彦,与母流落河州。王迎之入京,归彦尚幼,命高岳抚之。邺城人高隆之有才能,王以为弟,引为侍中,入侍天子。王初起兵,世隆知司马子如与王有旧,出为南岐州刺史,王入洛,召子如为大行台尚书。朝夕左右参知军国。又征贺拔岳为冀州刺史,岳畏欢,欲单马入朝。右丞薛孝通说岳曰:“高王以数千鲜卑破尔朱百万之众,诚亦难敌。然诸将或素居其上,或与之等夷,虽屈首从之,势非获已。今或在京师,或据州镇,高王除之,则失人望;留之,则为腹心之病。且万仁虽复败走,犹在并州,高王方内抚群雄,外抗劲敌,安能去其巢穴,与公争关中之地乎?况关中豪杰皆属心于公,愿效智力。公以华山为城,黄河为堑,进可以兼山东,退可以封函谷,奈何束手受制于人哉?”言未毕,岳执孝通手曰:“君言是也。”乃逊辞为启,而不就征。欢览岳表,谓其使者曰:“寄语贺拔公,关西事一以相委,无贻朝廷忧也。"

是时高王以兆在并州，思欲北征，乃留段荣父子、娄昭、孙腾、高乾、高隆之等于京师，其余将士皆以自随。入朝辞帝，帝设法驾，亲送之乾脯山，群臣皆集。王再拜，帝降座扶之，握手而别。军至邺，送仲远、度律至京，斩之。澄请守邺，王分军一半付之。又虑其幼，命高岳为副，遂往晋州进发。沿途文武无不夹道迎送。将至晋州，官吏军民皆远远相接。斯时，晋州官署已改为王府，仪仗已半朝銮驾，万民争迎，诸亲眷属无不啧啧称羡。王至府，先与娄妃相见，而后金娥、桐花以及子女皆来下拜。少顷游氏、岳氏、王氏诸夫人至，彼此相见毕，高王谓娄妃曰："相别二载，幸各无恙。今蒙帝恩，卿等皆赐封号。今当吉日，理合开读受封。"众夫人皆大喜，忙排香案谢恩。是夜，王宿娄妃房中，笑谓妃曰："以卿意量宽宏，故在外又娶三妾。"妃曰："愿王功业日隆，多娶奚害？"王谢之。次日，拜见内干夫妇、姊氏云莲，惟有彼此欣喜，各相庆贺。今且按下不表。

再说孝武既登大位，惟恐高王拂意，委心相托，言无不听。高隆之恃王势，狎傲公卿，南阳王宝炬殴之曰："镇兵何敢乃尔？"帝以欢故，出宝炬为骠骑将军，勒归私第。壬辰，帝鸩节闵帝于门下外省，仍诏百司会丧，葬用殊礼。复杀安定王朗、东海王晖，以其曾称尊号也。诏遣太尉长孙稚到晋州，迎高琛来京尚主。琛字永宝，少失母，抚于娄妃。今将结婚帝室，入辞娄妃，妃谓之曰："小郎有此大福，非偶然也，但勿恃家门之势傲上慢下，斯保福之道。"

琛再拜受命，时年十六也。

秋七月庚子，高王发晋州、邺城两处人马，北取晋阳，召高澄随军，命段荣守邺。又带恒山夫人同往，以其曾征步蕃，熟于山川形势也。壬寅，王引兵入滏口，大都督库狄干入并陉。庚戌，帝使高隆之率步骑十万会王于太原，屯军于武乡。斯时谋臣如雨，猛将如云，军威甚盛，尔朱兆闻之大惧。又并州兵士经过两次大败，无不望风生畏，谁敢迎敌？兆欲战不能，欲守不可，于是大掠晋阳，带了家眷，北走秀容，连北乡公主孝庄后也不顾了。及北乡晓得，高兵已临城下，只得领亲军三千，狼狈而逃。城中无主，百姓大开城门，执香跪接。高王入城，安抚军民已毕，知北乡去尚未远，随命恒山夫人领兵追往。桐花追赶一昼夜，已及北乡后队，约有一千马步，却是孝庄后押后。孝庄后武艺原不弱桐花，无如军士慌乱，心中已怯，与桐花交战数合，回马而走。桐花赶上，生擒过来，并荣妾张氏、荣幼子文殊，尽掳以归。单有北乡公主逃往秀容。此且不表。

说这高王据有晋阳，以地势雄壮，东阻太行常山，西厄蒙山，南拥霍太山高壁岭，北控东陉、西陉两关，有金城之固，真乃福基之地。乃取白马寺基，创建渤海王府。规模制度务极壮丽，发人夫三万，不分星夜建造，刻日限竣。使高澄屯兵城外，自居尔朱旧府，暂作行署。一日，桐花回军，报说掳得尔朱至亲三口，俘甲士五百余人，孝庄后于马上擒之。王大喜，排宴堂中，为桐花赏功。两人对酌，酒半，桐花说起尔朱后年少青春，容颜绝世，可惜国破家亡，被擒于干戈之际，做了帝后一场，如此结局，真人生之大不幸也。欢闻后美，不觉心动。问曰："后何在？"桐花曰："软禁在营。"欢曰："明日召来，吾有以处之。"桐花道："处之若何？"王曰："此虽天柱之女，陷于逆党，实系孝庄之后，理合宽宥，使之不失富贵可耳。"桐花道："正宜如此。"宴罢同寝。明日，欢独坐一室，召后及张氏至。后于庭中，欢遥望之，果然天资国色，盖世无双，遂下座迎之。后见欢掩袂流涕。欢再拜，后不得已，亦下拜。欢曰："后不幸而遭国变，以至如此，此兆之过，非后过也。营中不便居住，此处本后家旧府，可居之。"命即送入内堂，一应服御器皿，着令皆如其旧。旧时宫人亦令入内服侍，张氏及后只道高王相待之厚尚在天柱面上，并不为异。桐花闻之，来谏欢曰："妾闻大王留后在府，窃以为不可。后居内堂，王居外堂，妾处东厅，虽屋宇深远，互相隔别，而同居一府，恐涉瓜田李下之嫌。何不使之另居他处，以礼待之，则王之义声，振于天下。"王笑而不应。桐花觉其意，问曰："王将纳之乎？"欢亦不应。桐花曰："大王建议为永安复仇，故天下响应。若纳其妻，非所以示天下也。且天下岂乏美女子，而犯此不义为？"欢曰："汝勿多言，同安一室可耳。"桐花知王意不可回，叹曰："早知美色惑人，悔不当时放之使去，吾累王矣。"王笑而出。明日，王召张夫人出，谓之曰："你家犯灭门之罪，汝与文殊俱当死。"张氏伏地求饶。王曰："吾有一事托汝，若得玉成，不唯免死，而可富贵。汝能之乎？"张氏问："何事？"王曰："后年少，终身未了，如肯从吾，当以金屋贮之，礼待逾于正妃。尔子文殊亦必复其世爵，以继天柱之后。否则，尔朱绝矣。"张氏惟惟承命，但曰："此事王勿性急，后性烈如火，须以缓言劝之，一时未必即从也。"王曰："汝善为之，异日必有以报。"张氏退而进内。后见张氏面有惊色，曰："欢召汝去何意？"张氏泣曰："尔朱绝续，全在于后矣。"后问云何，张氏因述欢言："后从之，可保富贵；不从，则全家诛也。"后闻此言，怒气填胸，即欲拔剑自刎。张氏止之曰："后为一身计，独不为宗门计乎？后死，文殊诛，天柱无后矣。后何不留着性命，为尔朱延一线之传也？"后放声大哭，坚欲为永安守节。高王探得事尚不谐，复召张氏谓之曰："后不尝为肃宗嫔乎？肃宗崩，后事永安而不死，今何独誓死不从也？"张氏复言之后，后默然。张氏又云："欢言待后逾于正妃，则后亦不屈人下也。"张见后有允意，遂报知高王。欢大喜，乃悄步而入。后与张俱坐堂中，见王至，不及避，遂逊王坐。欢自称下官，屈意迎之。少顷，设宴对饮，两情渐谐，是夜遂成夫妇之好。明日，桐花造贺，后见之有惭色。桐花曰："昔为敌国，今为一家，何幸如之？"王大笑，盖桐花性极灵巧，能随机应变，故王素宠之。

　　未几，新府成，王自临视。周围约有数里，制度宏敞，赛过帝阙。内有正殿、后殿、东西两殿，堂则紫云、芙蓉、仪凤、仪政、德阳等名。园有东西两座，楼台亭榭，随处皆是，间以水木花石，无不曲尽高深。后院妃妾所居，深房邃室，皆画栋雕梁，朱门金壁，不下五百余间。见者以为神仙之府不过如此。高王大悦，厚赏监造人员。乃命尉景、孙腾将三千轻骑，到晋州迎取眷属，同到晋阳居住。又命在山东等处选买女子三百名，以充府中役使。百官庆贺新宫，日日开筵欢饮。一日，报有诏到，正使赵郡王、副使华山王、内使元士鼎，王迎入府中。开读圣旨，乃赐高王锦绣千匹、黄金千两、牙床一座、流苏帐二顶、宫娥二十名。王谢恩毕，乃与天使见礼，留入书房叙话。二王曰："我等此来，为帝欲立正宫，必求王女，正位朝阳。且有别旨，王若不允，终身不立国母。望王善承帝意。"王曰："帝命焉敢不遵，但欲屈留二王在此，容俟议定复命。"二王许之，于是送至公署安歇。二王别后，王取流苏宝帐一顶送入后堂，即带领二十名宫女来见尔朱后，宫女叩首侍立，偷眼往上一看，乃是尔朱娘娘，何为在此？后见宫女有曾经服侍过者，追思往事，不觉愀然。王曰："此帐与宫娥皆今上所赐，特以赠卿，卿何转生不乐？"因命左右歌舞，后曰："清淡可耳。"王自是迷恋后色，往往数日不出，即天子求婚一事，亦不提起。正所谓：儿女多情欢爱重，君臣大义等闲轻。

以后情事，且待下回再说。

第二十六回　运神谋进兵元旦　追穷寇逼死深山

话说高王迷恋美色,把军国大事皆置不问。又将尔朱旧府添设楼台殿阁,以为游乐之所。因号新府曰北府,旧府曰西府,独让尔朱后居住。一日,娄妃诸眷已近晋阳,文武官员皆郊外迎接。桐花闻知,亦要去接娄妃,正好迁住新府。王谓之曰:"此处事情,你且瞒过娄妃。我已吩咐左右近侍不许说知。如有泄漏,咎总在你。"桐花含笑而应。又进谓后曰:"今日妃眷都到,我往北府看视一番,卿在此勿伤寂寞。"后曰:"王自去,但我与你妻总要不相闻问,免我羞惭。"王曰:"卿勿忧,各自为尊便了。"王来北府,娄妃车从已到。相见大喜,诸夫人及儿女一一拜见。府中铺设齐备,娄妃居于正宫,诸夫人各居一院,将山东采选的三百名女子,皆宫样妆束,拨给各宫伺候。服御、器皿无不工巧华丽。娄妃曰:"妾等今日受此荣华,皆叨大王之福。"高王笑曰:"报卿俊眼能识人耳。"妃亦笑。至晚,排宴后堂,合家聚庆,灯烛辉煌,管弦齐奏,不让天家富贵。酒半,王顾端娥谓娄妃曰:"天子屡次求婚,情难再却,我欲许之,未识卿意若何?"娄妃曰:"昔孕此女,梦月入怀。月本后象,今天子欲纳此女为后,此亦前定之数,妾何敢违?"王大悦。筵毕,王宿正宫,诸夫人各归别院。明日,赵郡、华山二王来贺,说起帝命,欢不复辞。二王大喜,便欲进京复旨,此且不表。

且说天下事若要不知,除非莫为。高王纳了尔朱后,不许一人泄漏其事,哪知只瞒得北府眷属,外人却都晓得。二王在晋阳耽搁数日,早有人报他知道,故一到京中,宣传此事。复命时,言欢已肯纳女,帝大悦,即遣李元忠纳币于晋阳。元忠本欢旧人,今充大婚使,欢敬待有加。尝与之宴,酒酣,论及旧事,元忠曰:"昔日建义,轰轰大乐,比来寂寥,无人相问。"欢抚掌笑曰:"此人逼我起兵。"元忠戏曰:"若不与侍中,当更求建议处。"欢曰:"建义不虑无人,止畏如此老翁不可遇耳。"元忠曰:"止畏此翁难遇,所以不去。"因捋欢须大笑。欢悉其意,深重之。斯时天子娶妇,高王嫁女,富贵赫奕,不待言表。端娥临行,牵衣恸哭,举家为之下泪,王亦挥泪不已,惟高澄在旁窃笑。王次日召澄问之,曰:"端娥入宫,终身不得归宁,尔独无姊弟情而笑于旁乎?"澄:"女子得为帝后,富贵极矣,有何不足,而为之戚戚? 儿以天下可忧事正多,父不之忧而乃忧此儿,所以笑也。"高王:"你且说可忧者何事?"澄曰:"尔朱兆尚在秀容,分兵守隘,出入寇掠,及今不除,酿成遗患。父王屡次出兵,旋又中止,未识何意。"王曰:"尔何知,此兵机也。"澄悟曰:"然则岁终可袭而取也。"王曰:"汝勿言。"澄拜而退。

高王自嫁女后,在娄妃前托言军事匆忙,要往营中料理,遂往西府安歇。命尉景为并州刺史,管理万民,库狄干权管三军。自与尔朱后行坐不离,欢乐宴饮。诸将知之,皆不敢言。时至残冬,告后曰:"吾为国事,将东出数日,暂别卿去。"后不敢留,便从数骑来至军营,召集众将听令。又召世子高澄私语之曰:"吾今夜起兵,去捉万仁。新春诸事,你当代吾为主。西府中元旦亦要贺节,库内有玉如意一只,金凤炉一座,你送去为贺礼,待之一如亲母,倘傲慢失礼,回必重责。但要瞒了你母及众夫人。你归,只说吾军行要紧,不暇回府了。"高澄受命,直至大军起行,然后回府。细想父王吩咐,不知西府所宠何人,教我如此。因想恒山夫人曾在西府居住,必知其详。于是将行军之事,禀过娄妃,悄步走入桐花宫来,向桐花道:"敢问姨母,西府居者何人?"桐花佯曰不知。"世子道:"父王命我元旦贺节,礼敬如嫡。故必问明,然后好去。"桐花曰:"大王嘱我勿泄,故不敢言。既命你去,我先说你知道。居西府者,乃尔朱荣之女,孝庄王后也。前日逃往秀容,被我擒回,大王纳之,宠幸非常。但你虽知之,不可泄漏于人,致触父怒。"世子连称不敢而退。

再说高王起军,虑大队行缓,命窦泰先将轻骑三千往前进发。泰一日夜行三百里,直抵秀容城下。兆是时因高王屡次起兵,旋复中止,防守渐懈。况值岁首,隔夜除夕,军将皆欢呼畅饮。高家军来,全无消息。城门方启,泰兵一拥便入,把兆府前后围住。万仁正在中堂,观左右手搏为乐,忽报高兵杀进,已把府门围住,惊得魂飞天外,魄散九霄,急召诸将,诸将皆已逃窜。其妻李氏闻外面金鼓喧天,忙出问信。万仁一见,大哭道:"高兵已到,大事休矣。但不可留下妻女,再为人辱。"拔剑斩之。欲杀其女金婉,尚在内阁未出,不及寻觅。只得结束停当,带领亲军数骑,杀出府门。窦泰向前拦住,万仁不敢恋战,杀条血路,拍马而走。窦泰赶至城边,已被逃去。少顷,高王军到,闻兆已走,命窦泰留后,安抚城中。惟北乡府中,任其出入,不必设兵严禁。自率大军来赶万仁。忽遇高山挡住,不知万仁所向,便屯军山下,遣彭乐、斛律金二将各带百骑入山搜捉。山路崎岖,追寻半日,不见踪迹。忽见一壮士,身衣豹皮,手执三股叉,高叫曰:"你们要捉尔朱兆乎?我领你去。"二将大喜,随之而往。要晓得万仁逃入深山,心慌意乱,走到一绝径所在,前无去路。随身军士,只存得张亮、陈山提两人,因谓二人曰:"汝等以死相从,愧无以报,斩吾首去,可图富贵。"二人不忍,兆乃杀其所乘白马,自缢于树。那壮士在隔岭望见,故来报信。彭乐等兵至,遂斩其首,并执张、陈二人以归。高王见其首,不禁恻然,命收其尸葬之,并释张亮、陈山提主。二将因言壮士报信之功,王问:"其人何在?"对曰:"在辕门外。"王召入,其人下拜,王细认之,曰:"汝非太安韩伯军乎?"其人曰:"臣实韩轨也。"伏地不起。盖轨少时与王同学,轨有妹俊英,王曾求之为室,其母嫌王贫,不许,自此遂绝往来。王命之起,坐而问之白:"卿吾故人,何流落在此?"轨曰:"自王别后,即遭拔陵之乱,家业荡尽,后为葛荣掳去。荣败,陷入逆党,应死。臣乘间逃脱,在此打猎为生。"王语以前事,轨惶惧谢罪,因曰:"前者闻王建义,本欲相投,因负前罪,故不敢进谒。"王曰:"今汝母妹何在?"轨曰:"臣逃后,天柱将臣母妹没为官婢,现在拘于秀容织纴宫中。求王放出,使臣得骨肉相聚,则恩德无量矣。"王即发命,召他母女到营。赐轨冠裳,留住营中。盖王将晓谕边夷,故尚停军于此。次日,韩轨母妹召到,入帐叩见。王见其母头白齿落,老态可怜。俊英膏沐不施,丰韵犹存。轨随后亦入,皆命之坐,问其母曰:"你女何以不嫁贵人,而憔悴若此?"韩母羞惭无地,乃谢曰:"前日有眼不识,悔已无及。今女尚未嫁,愿充箕帚之役,服事大王,以赎前愆。"王曰:"向不肯与我为妻,今乃肯与我为妾乎?"轨亦跪地求允,王笑而许之。是夜,遂纳俊英于营中。

不一日,王返秀容,慕容绍宗叩辕求见。王召入,起而迎之曰:"我念将军久矣,何以今日才来?"绍宗曰:"北乡公主尚在,不可弃之而去。"王曰:"卿可谓忠于所事者矣。"因问:"北乡公主安否?卿为吾致语北乡,后及公子文殊皆安乐。倘肯迁到晋阳,与后同居,则大好。即不然,富贵如故,可无忧也。"绍宗退,来见北乡,以欢言告之。北乡大疑。俄而,报有高王使者在外,遂召之入。问使者曰:"后在并州,居于何所?"使者曰:"王建西府居之,荣华逾于前日。"北乡知后已失节,勃然变色,遂令使退。进内放声大哭曰:"后竟若是,我何面目再立人世?"遂自缢。绍宗为之殡殓。高王闻之,亲临祭奠,召绍宗谓之曰:"卿今而后可以一心事我矣,当令官爵如故。"绍宗拜谢。王出令,所有籍没万仁家产,载往晋阳,其家口赏给诸将为奴婢。当面查点,只见一女子,体态娇柔,形容出众,悲不自胜。因问曰:"尔系万仁何人?"女对曰:"妾名金婉,万仁女也。"王命置之。其余照簿发遣。是夜,王命金婉陪饮,又纳之为妾,即后所称小尔朱夫人是也。王将班师,命韩轨为都督,镇守秀容。于是三军齐发,下令兵将不许传说北乡自缢之事,违者有罪,恐后闻之而生怨也。

军到晋阳,正值元旦,王入北府,命文武各散,进与娄妃相见。诸夫人闻之,都来拜贺。众方就坐,俄有两乘香车至殿下,两边侍女十余人,众妃见之皆愕然。见秀幔中走出两位美女,侍女拥之,从西阶上,入殿下拜。娄妃问王何人,王曰:"此年长者韩轨之妹,前日不肯与吾为妻,故令今日与我为妾。此年幼者,万仁之女,本已没为官婢,吾怜其娇好,故纳之,卿勿以为怪也。"娄妃笑曰:"此皆吾王好色所致,妾何怪焉?"便令各居一院,拨给承值宫女各二十名。当夜大开筵宴,共赏元宵。王饮三爵,起谓妃曰:"我有军务未了,不能在此宴赏。"说罢便出,盖王急欲往西府也。

且说尔朱后独居西府,正伤寥寂。半月来,不知高王在于何所,转辗不乐,独自倚栏,看月长叹。宫女忽报王至,忙移莲步下阶相迎。王一见之,恍似嫦娥下降,喜逐颜生,便携手上阶,并坐而语之曰:"吾因军旅羁身,累卿寂寞。"后问:"半月何往?"王权辞以对。因问:"岁首元旦,世子曾否来贺节?"后曰:"来贺。世子聪明俊秀,谦下有礼,可称佳儿。"王曰:"此儿颇识事机,能称吾心,故命之来见耳。"宫娥排宴上来,看月对酌,王自弹琵琶,以娱后意。左右宫女争相欢笑为乐。饮至更深,撤宴归寝。次日,报有建州刺史韩贤遣人贡献蛟龙锦三百匹。发而视之,工织奇妙,五彩相间,皆是金龙玉蛟出没于五色祥云之间,盘旋屈曲,光彩夺目。每匹长五丈,阔七尺,王曰:"蛟龙锦中国亦有,不能如此奇妙。"因问使者,锦从何来,答曰:"此锦番商赍来,每匹百金,吾主以为奇货,故买之来献。"王大悦,厚赏使者,以锦赐与尔朱后,为幔天帐一顶,坐卧其中为乐。自是高王深居西府,虽近臣亦罕见其面矣。此且按下不表。

再说孝武纳后以来,在高王面上,深加敬爱,后亦安之。而帝有从妹二人,一号明月公主,一号云阳公主,皆以色美,为帝宠爱,留在宫中不嫁,而明月尤宠。高后闻之不悦,常欲谏阻,未敢出口。一日,内侍有言高王娶庄后事者,帝闻大愠,谓后曰:"近闻卿父娶庄后为妃,未识信否。若果如此,大乱君臣之义矣!"后微笑曰:"君臣之义不可紊,兄妹之间独可乱乎?陛下宠幸明月、云阳,外庭皆知,何以示天下后世?吾父果尔,正所谓有是君有是臣也。"帝闻之甚惭,由是与后外相亲爱而内怀不睦。君臣嫌隙,亦从此生矣。且听下回分解。

第二十七回　乙弗氏感成奇梦　宇文泰获配良缘

话说高王纳了尔朱后，帝虽闻而恶之，然并无相图之意。朝臣中惟斛斯椿心怀反复，平素喜与术士剑客往来，好行机诈。高王初入洛阳，椿已虑其权重，欲图害之，赖贺拔胜言之而止。及欢杀乔宁、张子期，心益不安，因与南阳王宝炬、武卫将军元毗、侍郎王思政等结为一党，密于帝前言欢之短，劝帝除之。舍人元士弼亦言诏到并州，欢坐而听读，骄傲无礼。帝于是常怀不平，欲除之而计无所出。一日，忽接欢表，言尔朱兆已正杀君之罪，灭及全家，而太原王荣，曾有大功于国，不应无后，其所遗幼子文殊年渐成人，理合赐之袭爵，以酬其勋。帝览奏大骇，欲许之，则封叛臣之子为王，心所不甘；欲不许，则虑触欢怒，致生不测。乃密召斛斯椿，以表示之。椿曰："陛下不可不许。欢之推恩于尔朱者，以纳庄后之故，在她面上用情，志在必得，不如许之以慰其心。然欢所为如是，未始非天朝之幸也。"帝曰："何幸之有？"椿曰："是以欢之雄才大略，而励精图治，经营大业，其势难制。近闻其自纳庄后为姜，日夕居于尔朱兆旧府，只图欢乐，诸将罕见其面。旧时姬妾，亦置不问。以尉景为冀州刺史，委以政事，自己全不关心。又以北地已平，关西通好，以为天下无事，因此志骄气盈，惟酒色是娱。现在乘其昏惰之时，正好设计除之。欢若一除，其长子高澄年仅十二，余皆孩提，虽有谋臣勇将，蛇无头而不行，皆可以利诱也。如是则大权复归帝室，天下皆稽首归服矣。"帝曰："除之若何为计？"椿曰："陛下禁旅单弱，先当广招武勇，添置阁内都督部曲、值殿之将，每员以下增置数百人。又诸州行台管辖一方，皆欢私人为之，本以正讨反乱，故建其职。今托言天下已平，悉罢其兵，则欢势孤矣。关西贺拔岳士马精强，虽阳与欢合，未必心服。今遣辩士说之，使顺朝廷。其兄贺拔胜英雄无比，心地忠烈，现为侍中，可使都督三荆七州诸军事、荆州刺史，以为外援。及早行之，便足以制欢矣。"帝曰："司空高乾，朕亦欲用之。"你道帝何以欲用高乾？先是，乾在信都遭父丧，以军兴不暇终服。及帝即位，表请解职行丧，诏解侍中，惟不解司空之职。乾虽求退，不谓帝遽见许，既解侍中，朝政多不关豫，居常怏怏。帝既贰于欢，冀乾为己用，尝于华林园宴罢独留乾，谓之曰："司空奕世忠良，今日复建殊勋。朕与卿义则君臣，情同兄弟，宜共立盟约，以敦情契。"殷勤逼之。乾对曰："臣以身许国，何敢有贰？"帝复申前说，乾惟惟。且事出仓猝，不谓帝有异图，遂不固辞。与帝焚香订盟，誓终始不相负，因是帝欲用之。椿曰："乾若为陛下用，其弟敖曹勇冠三军，雄武无敌，亦可结之，为陛下用矣。"帝大喜，由是朝政军谋，帝专与椿决，群臣皆不得与。得与闻者，惟南阳王、王思政数人，然南阳虽与其谋，恐事无成，心甚忧之。

一日朝退，独坐阁中。其妃乙弗氏贤而色美，为王所爱敬，无事时，每与谈论世事。妃是日见王默默不乐，问其故。王曰："我忧高欢当国，将来祸必及我。"妃曰："王承帝宠甚厚，何惧于欢？"王曰："天子是他扶立，国政军权皆他掌握，一旦有变，天子且不保其社稷,何有于我? 我所以忧也。"妃曰:"此非王一人事,且宽怀过去。"因问欢之宗祖是何等样人。王曰:"我初不知。前日我同高道穆入景明寺闲玩,时欢随尔朱荣入都,与司马子如亦来寺中游玩,在左廊下相遇,欢与子如并肩而行。吾见其容貌特异,声音宏亮,目视久之。道穆谓予曰:'殿下识此人否?'我曰:不识。道穆曰:"此人姓高,名欢,字贺六浑,渤海人也。其上祖名隐,出仕于晋。隐子庆,为燕吏部尚书。庆子泰,为燕都尹。燕亡,泰之子湖,以燕郡太守引兵降于本朝。吾世宗皇帝封为右将军。湖有四子,次子名谧,官为侍御史,犯法坐罪,削职为民,谪从于怀朔镇。谧与吾家为同姓,与吾父吾叔叔兄弟行。其去怀朔时,以祖宗神像寄与吾父曰:'门户衰败,未识流落何所,恐有遗失,幸弟为我留之。'且言我父为将,常行仁义,未尝妄戮一人。我虽如此,或子孙尚有成人者,可以此示之。于是遂去,其后不相闻问。我父尝以此谕我兄弟。吾曾看其先像,此子容貌,宛似高湖,但少须耳,乃湖之曾孙也。"我曰:'既有此事,何不以像还之? 此子神姿秀异,所谓成人者,即其人欤?'道穆乃进前相见,邀入讲室。欢与子如、道穆及我四人共坐。道穆遂请姓氏,欢言之。再请其祖宗名号,欢又言之。道穆因以其祖犯法寄像之言,一一告之。欢整衣而起,向道穆再拜。道穆答拜。欢起,敛手拜曰:'我祖不幸犯法流徙,以公父贤明,寄留先像。今欢幸遇明公,得悉原委。愿请遗像以归,亦公之德也。'因俯首洒泪。道穆曰:'正以君是贤子孙,故欲奉还先像。将军不弃,可往寒家奉还。'欢固辞不肯。乃约次日仍于寺中取像,遂各别去。次日,道穆将遗像入寺,拉吾同往。欢设酒以待,见像展拜曰:'我衣冠族也,而沉沦至此。'因悲不自胜,洒泪如雨,见者皆为惨戚。是日虽置酒,略饮数杯而罢。去后,道穆深叹其孝,异日必成伟器。我自此方知其家世。"妃曰:"若如此,欢亦名家子也。且为人孝敬,安知其不为魏之纯臣也。"王曰:"汝言儿戏耳。欢有奇才异相,安肯安分守己,久居人下?"妃又问欢之异相若何。王曰:"欢身长八尺,体貌如神,龙行虎步,双眉浓秀,目有精光,长头高额,齿白如玉,肌肤细润,十指如初出笋尖一般。声如裂帛,又能终日不言,通宵不寐,喜怒不形于色,人莫能测其意。性既沉重,识又宏远,实天地异人也。乱阶一作,天命有归。欢若据有天位,我家宗社绝矣。"妃曰:"此王之过虑,欢能终守臣节,亦未可知。"王曰:"智者见于未萌,何况已著。近闻一节事,已见欢之无君矣。"妃曰:"何事?"王曰:"欢素好色,姬妾无数。正妃娄氏宽厚贤明,即今上皇后之母。有一姬名桐花,能行妖法,颜色娇美,身体纤弱,若不胜衣,而能冲围陷阵,所向披靡,战必大捷,今上封为恒山夫人。从征尔朱兆,庄后逃归秀容,被他擒得,欢竟纳之为妾,宠爱异常。故尔朱文殊亦得袭封王爵。欢以帝后为妾,岂复知上下之分乎?"妃不觉失惊曰:"此事必非虚闻。妾昔与诸王妃入宫,见孝庄皇后,其容色光艳,绝世无双,娇颜丽质,虽洛浦神女、嫦娥仙子无以过之。今孝庄崩,后又年少,被欢得之,美色动心,后焉得不失节? 但欢有此事,大亏臣节,后事不可量矣。"王曰:"所忧正在乎此。朝廷虽为之备,吾恐事属无成,反速其祸耳。"妃亦为之不乐。

至晚,宴罢而寝。乙弗氏睡去,遂得一梦。梦见天子引兵出西阳门,俄而变为龙,鳞甲虽具,爪角不长,气象甚弱,乘紫云冉冉西去。护从人员一无所见,独南阳王跣足登云,亦化为龙,皆从西去,身亦不觉随之而行。须臾见北方一人,形貌非常,心以为高欢也。仗剑立于大树之顶，威容甚猛。视其树，高有七十余丈。又一人身披金甲，手持白刃，亦在树上。大声呼曰："大家高欢！"言未绝，欢足生青云，化为一条黄龙，长六十余丈，夭矫于青云中。风雨骤至，金鳞耀目，火眼睁光，牙爪攫拿，翻覆有势，云雾已遮半天。南阳回避而行，望见西北上又有黑云一片，从地而起。一人仗剑立于云上，仪表非凡，衣服皆黑，发垂垂披于两肩，长与身等，气势甚盛。与南阳相遇即化为白龙，鳞甲爪牙如玉，其黑云亦遮半天。王虽为龙，大有畏缩之状。仰视红日无光，烟雾迷漫，缊缊不散。未几，有彩云一朵，从西而来。中有仙花两朵，其大如盘。南阳乘云而去，衔得一朵，擎于爪中。妃心恶之，遂与王相失。随后又见黄龙乘云赶上，亦衔一朵而往。妃不见王，身所无依，甚是恐怖。低首视之，乃身在万仞高山之上，危险难行，不禁失足，惊出一身冷汗而醒。时正五鼓，南阳起身入朝，妃亦起来梳洗。细思梦中景象，国家必有大变，王即无恙，此身恐不得保，呆坐房中，郁郁不乐。少顷王归，以梦告之，王闻默然，既而谓妃曰："若应此梦，魏室江山必致倾覆。龙者，君象也。欢为黄龙，主有天下。况其父名高树，正应神人所言。白龙，庚辛色，只怕西方别有真人为帝。我化为龙，或亦有人君之分，然奄奄不振，亦必受制于强臣之手，徒拥虚名。至衔花一事，主我有重婚之兆。但我与卿结发情深，断无弃卿别娶之理。况高欢亦取一花，理不可解。因取花笺一幅，将梦中所见一一记之，付妃藏好，留为异日之验。后来王为西魏主，蠕蠕国有两公主，一嫁于王，一嫁于欢，而乙弗后遂废死，此梦始验也。正说间，报侍郎王思政来，接入密室相语。思政曰："今奉帝诏，往说贺拔岳，特来告别。"王嘱之曰："机不可泄，愿君慎之。"思政曰："吾改作贾客，潜入关西，相机行事便了。"王曰："如此最好。"遂别去。今且按下不表。

且说贺拔岳镇守关西，军政无缺，四民乐业，岳以行台左丞宇文泰为腹心。泰有文武才，志度深沉，特为岳所器重，言无不听，计无不从。泰年二十有四，尚无正室，身边只有李姬一人，欲待其生子，然后册正。姬生一女，因生时云气满室，取名云祥，即后西魏废帝后也。一日，贺拔岳出长安游猎，驻军华阳城外。众将皆随，泰亦同往。泰见军中无事，私语部下头目三人，易服为游客，入华阳游玩。走过几处街方，忽见挂一算命卜卦招牌，便同三人走入店中，向术者拱手道："乞将贱庚一排。"术者写下八字，推算一回，便起身道："此处不便说话，请贵人里面坐谈。"四人走进，术者向泰作揖道："不知贵人下降，有失迎迓。"泰笑道："小子是经商的人，何敢当贵人之称？"术者道："休要瞒我，尊命极贵。目下虽有爵位，未足为奇。一遇风云，飞升云表，必为万民之尊。现在喜气重重，来春定生贵子。"泰又笑道："我尚未娶室，焉得来年生子？"那术者一闻未娶之言，拍手喜道："好，好，好，今日遇着了。"泰骇极问故。术者道："老汉是成都府人，云游无定。所以担搁在此者，只为受人之托，必成就其事方去。"泰问："何事？"术者道："此间有一长者，姓姚名文信。积代名家，富而好礼，世居盘陀村。女名金花小姐，年方十八，才貌无双。前日推算其命，贵不可言，定当母仪天下，非寻常人可配。长者欲得贵婿，故留我在此算卜，看有可以配合者，为之作伐。无如所算之命，皆非其偶，今贵人之命，正是天生一对。既云未娶，老汉愿为执柯，敢求名姓，好去通知。"泰大喜，便以名姓告之，订于明日来讨回音。泰出门，嘱三人勿泄。那术者自泰去后，即到姚文信家，言有八字在此,是一极贵之婿,不可错过。其夜金花小姐梦一金龙据腹,正在堂中告知父母,恰好术者到来为媒。文信大以为瑞,一诺无辞。术者报泰,泰即纳聘。贺拔岳知之,劝其即娶。遂停军三日,城内备下公署,共结花烛。合卺之后,泰见金花色美而慧,心下甚喜。于是拜别文信夫妇,共归长安。到家之后,宾朋毕贺,张乐设饮,忙了数日。一日,门上持帖来禀云:"有一人商旅打扮,从洛阳来,要见主人。"泰见帖上名字,乃是王思政,心下大骇,吩咐开门,亲自出外接进。施礼坐定,便问道:"侍郎天子贵臣,何以微服下顾?"思政曰:"偶访亲友至此,特来奉候。"泰曰:"莫非要见我元帅乎?"思政曰:"贺拔公也要进候。深慕左丞才智不凡,识权达变,先来一谈。"

　　泰知其意,便请入密室相语。但未识所语何事,且听下回分解。

第二十八回　思政开诚感贺拔　虚无作法病高王

话说宇文泰屏去左右,将王思政邀入密室,问其来意,思政曰:"我今至此,特为国事起见。"泰曰:"自渤海王当国,寇乱已平,天下安治,国家尚有何事,烦公远出?"思政曰:"丞以渤海王为何如人?"泰曰:"高王灭尔朱,扶帝室,大魏之功臣也。"思政曰:"吾亦意其如此,孰知灭一尔朱,复生一尔朱。今欢身居并州,遥执朝权,形势之地,皆其私人所据。天子孤立于上,国势日危。近欢又纳孝庄后为妾,败常乱纪,于斯为极,宁肯终守臣节哉?帝素知行台与左丞忠义自矢,士马足以敌欢,故特遣我来密相盟约,为异日长城之靠,所以敢布腹心。"泰曰:"高欢之心,路人皆知,吾元帅岂肯与之同逆。直以势大难敌,故阳为结好耳。请即同往,与贺拔公议之。"思政大喜,便与泰同来见岳。岳知思政至,忙即请入,下阶相迎。坐定,略叙寒温,思政便以告泰之言告岳,出帝密诏付之。岳再拜而受,因曰:"国步将危,正人臣捐躯效节之日,况有帝命乎?岳敬闻命,不敢有二。"留入后堂,设宴相待。宴罢,思政不敢久留,起身辞去。岳曰:"归奏天子,欢若有变,岳必尽死以报。倘有见闻,当使宇文丞到京面陈。"思政既结好关西,星夜赶回京师,奏知孝武。孝武曰:"贺拔岳谅无他意,但恐欢终难制,奈何?"斛斯椿曰:"陛下勿忧,臣更有一计,足以除欢。"帝问何计,椿密语帝曰:"有嵩山道士黄平信、潘有璋善行符魔之法,与臣往来亲善,臣尝试其法有验。据云能摄人生魂,用伏尸术,埋而压之,其人必死。只要本人生年月日,贴肉衣服,法无不灵。臣欲害欢,已托其行事。欢之年月日时已有,所少者贴肉衣服耳。又有一术士李虚无,自言能往并州盗之。臣俱留在家中,法物一备,便可动手。可安坐而制其命也。"帝曰:"此法若灵,胜于用兵数倍矣。卿善为之,勿使作事无成,徒为人笑。"椿受命而退。

且说高乾与帝立盟之后,绝不知帝有他意,后见帝增加部曲,心甚疑之,私谓所亲曰:"主上不亲勋贤,而招集群小,数遣近臣往来关西,与贺拔岳计议。又出贺拔胜为荆州刺史,外示疏忌,实欲树党。祸难将作,必及于我。"乃密启欢。先是封隆之、孙腾皆有书报高王,言朝廷听任匪人,暗招刺客,潜入晋阳,欲害大王,宜谨防之。欢得书大怒曰:"帝即忌我,其奈我何?惟刺客当防之耳。"于是,日与尔朱后深居内室,侍侧者皆女子,外官非亲信不得常见。三五日一出,经理庶务,四方有要紧文书,皆侍女传递。十日一宴众官,亦不出府,自正厅至寝室,共门十有八重,每门设监守官二员,查视出入。其堂内门户,皆妇女关守,莫敢乱行。旧时宴会,非至二更不散,自后日一沉西,便即终席。最亲爱者,惟孝庄后一人,刺客事亦惟后知之,余无知者。至是又是乾启,心益大怒,乃召乾至并州,面论时事。乾见高王,悉陈朝廷所为,不久定有变动,因劝王受禅,以弭其祸。王急以袖掩其口曰:"司空勿妄言,吾今以司空复为侍中,门下之事皆以相委。"言讫,即令记室作启,奏请乾为侍中。又谓乾曰:"明日是花朝节,当与司空宴于北城府中。"传令百官,明日皆集相府伺候。乾乃拜辞而出。次日,司马子如来见,便与子如偕往北府。正行之次，见一蓬头道人，手持团扇，上写善观气色，预识吉凶。高王头踏到来，全不退避。军人拿住，送到马前，道人叩首道："不知王到，误犯虎威，伏乞释罪。"高王吩咐放去，道人立起身来，只把高王细看。一到北府，众官分班迎接。王入西园，宴已摆设。王坐南面，乾与百官依次坐下。笙歌迭奏，女伶乐妓纷纷进酒。斯时，娄妃亦同众夫人在景春园中百娇亭上饮酒赏花，听得乐声嘹亮，问宫人："何处奏乐？"宫人禀道："大王在西园宴客。"娄妃暗忖："高王一月不见，宴罢之后，自然进宫。"便同诸夫人各归内阁。那知高王一心只在西府，阶前方报未时，便即起身，谓高乾曰："司空早转朝去，今当复为侍中，诸事留心，明日我来饯送。"乾拜谢，王即去。娄妃闻之不悦，子如送王归府。行至中途，复见蓬头道人立在街旁注视高王。子如心疑，遂命从人带道人归府，问他何以两次冲道。道人曰："贫道深通相术，今观大王气色，主在今夜即有急病缠身，欲为大王寻一解救之术，故在旁偷视。"子如曰："你不可乱说，言若不验，定加重责。"吩咐左右将他锁在书房，不许放去。

且说高王回到西府，时已傍晚，便与尔朱后在春风亭上开筵对饮，宫女轮流斟酒，花香人美，十分快意，不觉沉醉。将近二更，月明如昼，思欲下阶闲步。袖拂金杯于地，亲自俯拾。忽一股黑气从地而起，直冲王面，回避不及，觉气冷如冰。后见王色异，慌问何故王不应，遂与后联坐。再命进酒，连饮数杯，身渐不快，携后手同归寝室。坐方定，垂首大吐，乃就榻以寝，后侍坐榻旁。三更时候，大声呼痛后急问之，谓后曰："我太阳如斧劈，痛不可忍。"言未绝，又曰："我右胁左膝亦发奇痛，未识何故。"后即命宫女执烛，亲自看之。王体素白，是时三处皆青。后惊曰："乍痛乍青，症甚奇异，当召医者入视。"王曰："且待天明。"后曰："王旧日曾有是症否？"王忍痛言曰："吾自幼多疾，饮食少进，不能受劳。至十岁，即能饮酒，赖尉氏姊调护，不至沉醉过伤。年二十始无病，然三十之内体尚瘦弱，不得丰厚。虽居高位，精神未能全美。一到晋阳，肌丰神壮，体日以强，虽应务纷繁，终夕不倦。自此五六年来，疾病全无，故敢恣情酒色，朝夕自娱。旧有值宿医官，吾以无病故，皆令去之。今于半夜出召医者，人必惊疑，故待天明不安，然后去召。"后见王愁眉蹙额，似有不胜痛楚之状，心甚惶急，巴不得天就明亮。一到五鼓，忙即传谕出宫，宣召医官二人。医者入视，诊过脉息，再看痛处，茫无治法。出外拟方，私语侍者曰："今按大王之脉，别无甚病，三处奇痛莫识所由，恐遇妖魅之物，以致此祸。当启妃主问明大王，再商所以治之。"内侍曰："昨夜在后花园饮酒，皆宫女承应，归寝大吐，我问宫女方知。妃主之前，不敢禀也。"看官，你道高王此症何来？缘道人即李虚无，欲识高王形像，故两次详视，当街不避，被子如锁在书斋。宿至二鼓，人皆熟寝，乃悄然而起，点灯焚香，念诵秘咒，将黄绢画成高王形像，以法针三只，刺其太阳、右胁、左膝三处，咒毕，藏于鞋履之中，凝神以坐。此处作法，高王三处就痛起来。医者那里识得，虽拟一方，服之其痛不止。

却说司马子如绝早起身，就往西府，一来谢酒，二来要验道人之言真假。斯时百官俱集，忽有内侍传令出来，大王昨夜中酒，不能劳动，着刺史尉景饯高司空入京，百官免见。子如心疑，留身入内，问门使曰："王在里面，有何动静？"门使云："五更即传医官进去诊视大王，未识何病。医官云大王脉象无甚大疾，但太阳、胁、膝三处青肿，奇痛异常,疑为邪气所侵,得术士救解才可,恐非药石所能效。"子如听了,暗想道人之言有验,遂令内侍请见。王召入,直至床前,见王有忍痛状,因问曰:"王疾从何而起?"王以后园饮酒,黑气相触告之。子如曰:"昨日送王回府,见那蓬头道人,屡次顾王,我带归问之,据云观大王气色,主在半夜发疾,我疑其谎,故禁之在室。今言黑气相犯,或有妖孽作祟,何不召之来治?"高王点头,子如遂出召之。未几,道人至,同入内宫。王努力坐起。道人见王再拜,请视痛处,王示之。道人曰:"此无他故,盖中鬼毒也。请以神针,针其患处。"王不许,曰:"吾痛尚不能忍,况又加针乎?且太阳、胁、膝等处,皆非可针之地,汝可别以良法治之。"道人曰:"法虽有,但能暂止其痛,而疾不能除。"王命试之。道人讨净水一杯,画符念咒,以水喷于三处,痛果顿减。便命留之外阁。子如告退。其夜道人独宿阁中,将过半夜,复行邪法。高王痛又大作,倍加于前。后大惊,着令内侍问之,道人曰:"此大王不许用针,故复发耳。"后又令内侍问曰:"除用针而外,可有解救之术否?"道人答曰:"王必不肯用针,尚有一术,但须明夜为之。"内侍问何术,道人曰:"须得大王贴身衣服数件,在东南方检一僻静之处,待贫道作法,则鬼毒可解,大王便得安宁。"内侍进述于后。后见王闭目忍痛,不去告知,便唤宫女将王换下贴身衣服数件,放一匣内,付与内侍。便命明日与道人同往,检一僻处,在内作法,不许放去。内侍领命,将衣服交与道人,道人大喜。次日,谓内侍曰:"我旅店正在东南方,与汝同去。"至店,内侍紧紧守定。是日,子如到府问候,知疾复作,大为忧疑。后亦时刻不安。那道人到夜托言作法,云外人不可窥伺。令内侍宿在外边,闭户独处。半夜时候,将高王衣服藏起,取破衣数件,放在匣内,书符数道,封固匣口。乃将高王所画形像拔去三针,取像焚之。天明,出谓内侍曰:"我法已施,大王自然安矣。"与内侍同到府中,交还衣服。果然王到三更,其疾若失,痛患尽除。起身谓后曰:"此病速来速去,甚为可怪。"后乃以道人作法解救告之,王曰:"若是有验,道人之功不小。吾今日且出理政务,以解内外之惑。"梳洗方毕,内侍捧匣以进,言道人叮嘱,此匣不可轻开,开则恐疾复发。王命谨而藏之。因问道人何在。内侍曰:"在外。"王命厚赏之,送往清霄宫居住。清霄宫者,晋阳第一道观也。道人辞曰:"我为解大王之厄而来,非贪赏也。吾事已毕,便渡江去矣。"内侍挽之不住,进报王,王益重之。

时段韶从京师回,到府求见。王命召入,细问朝事。韶言:"帝以斛斯椿为心腹,出贺拔胜为荆州,遣王思政到关西,皆为王故。其深谋密计,不能尽知。臣因定省久虚,上表回来。"王叹曰:"我不负帝,帝今负我。古人云'功高震主者身危'正我之谓矣。"又谓段韶曰:"汝在此受职,不必再往京师了。"段韶受命而退。次日,接得肆州文书,报有阿至罗引兵十万来攻肆州,所过残破,乞发兵救援。诸将皆言宜救。王曰:"朝廷自有良谋,何烦我去征讨?"兵不发。饿而,朝廷亦有诏至,催王发兵,王故迟之。司马子如谏曰:"肆州与晋阳连界,肆州危,晋阳亦不得安。"王曰:"我岂不知,特恨朝廷急则用我,缓则忌我耳。至罗虽强,闻吾兵发,其心必怯,遣使谕以威福,可以不战而屈也。"乃发书于至罗,劝其归顺。至罗亲见使者曰:"高王有命,我不敢抗。"引兵退归旧境,此话不表。

且说李虚无已回洛阳,备诉骗取衣服之事。斛斯椿及有璋、平信皆大喜,共入密室,推算年命,其年高王正三十八岁。平信曰:"欢今年别无大悔,三月春残,主有小悔,可以助成吾术。过此则皆吉星临命,不可复制矣。"遂缚一草人,穿其衣服,又画一人形压在草人身上,共埋地下。日夕画符作法,招其魂魄。相戒不可乱动,到三月十五子时三刻,其命自绝。此伏尸之术,未有能免者。正是:擎天手段难逃死,盖世英雄即日休。未识高王性命若何,且听下回细述。

第二十九回　妖术暗侵凶少吉　神灵呵护死还生

　　话说高王因触黑气致疾,疑系尔朱旧第万仁在内为祟,择地东城,另建新府。日夜督造,限在速成。然精神日减,寒热时作。隔三四日出理军情一次,不胜劳倦。医官时时进药,百无一效。一日,新府成,王自临视,庭院深沉,楼台重叠,金碧辉煌,各极土木之巧。择于三月初三,同尔朱后迁进。题其寝宫曰"广寒仙府",珠帘绣户,仿佛瑶台,曲室兰房,迥非人境。百官入贺,皆令免见。至晚,与后并坐对饮,笑谓后曰:"卿是阿娇,此处可当金屋否?"后微笑。又曰:"前日得病,以府第不安,因急过此,想得安静矣。"言未绝,王忽目闭口噤,鼻血如注,身坐不稳,渐下座来。后及左右皆大惊,急起扶之,已昏迷不省人事。后正无计,见神气将绝,且泣且呼。乃依时俗解救暴死之法,命宫女取外祠纸钱焚于庭下,取酒酹地,须臾鼻血少止。俄而口开,后遂取姜汤灌之。良久乃苏,瞪目视后,但不能出声。后即扶之入寝。约有两个时辰,王忽长吁,泣谓后曰:"我几不复见卿。"后问:"王何若此?令人惊绝。"王曰:"我正与卿讲话,眼前只见一人,身长丈余,头裹黄巾,手执文书一纸,告我曰:'主司有请。'我问:'主司何人?你敢擅入。'方欲叱之,此人进步将我咽喉捻住,两目黑暗,不知南北。耳中闻卿唤我之声,开口不得。魂摇摇渐觉离身,忽有火光从顶门出,喉间才得气转,开目见卿。至今喉痛、眼疼,遍体无力,看来吾命不久矣。"后闻言泪下,勉强安慰曰:"大王神气虚弱,故见神见鬼。宜报知世子,召医下药,调理元气,自然平复。"王点头。

　　天明即召世子,世子闻召,即到新府拜见,又拜见庄后。王谓世子曰:"我二月中得病,淹留至今,昨夜更加沉重。你母在北府尚未知道,你归言之。"说罢,便令出宫。世子退立中堂,请见尔朱娘娘。娘娘移步出来,世子曰:"父王所犯何病?儿实不知,求娘娘细言其故。"后乃以前日若何发痛,若何得安,昨夜若何昏迷,一一告之。世子听罢,大惊失色曰:"父病深矣,当急医治。诸事全赖娘娘调护,儿且归报吾母,再来问候。"道罢告退。世子归见娄妃曰:"今日去见父王,卧病在床,十分沉重。"娄妃惊问何病,世子备述后园饮酒,黑气相触,顿发奇痛。因疑尔朱兆作祟,迁居新府。不意昨夜鼻血如注,昏迷过去,半夜方醒,病势较前加重。娄妃闻知大惊,因问曰:"新府陪侍何人,乃尔留连忘返?"世子曰:"此事父王不许泄漏,故不敢告知。今日为母言之,新府美人,乃是尔朱皇后。"娄妃曰:"后何以在此?"世子曰:"后被恒山夫人擒归,父王悦其色美,遂尔收纳,朝夕不离。"娄妃曰:"臣纳君妻,事干名义,汝父奈何为此?汝今夜当在阁门外寝宿,病势轻重,当告我知。"世子再拜而退,娄妃嗟叹不已。少顷,诸夫人闻王疾,皆来问信,娄妃以实告之,无不惊忧。妃乃谓桐花曰:"大王纳尔朱后,汝何以瞒我?"桐花曰:"大王有命,不许告知,但罪实在妾,若不擒之以归,何至为王所纳。"众夫人曰:"此女容貌若何?"桐花曰:"若说容貌,果然天姿国色,我见犹怜,大王焉得不爱。"忽有使至,曰:"大王疾病少可,已进汤药。"众心稍安。妃欲自往问病,先遣宫使启请。王命勿往,妃不悦。

要知高王并非疾病，特为妖术所制，一到黄昏，遂发昏迷，口鼻流血，遥见羽仪队仗，停在翠屏轩侧，黄巾人等拥满床前，邀请同往，魂飘飘欲去。亏有两个力士似天丁模样，一个手持宝剑，一个手擎金瓜，侍立床前卫护，黄巾不敢近身。至四鼓方醒，夜夜如此，故肌肉消瘦，自惧不保。一日召世子吩咐曰："吾吉凶难料，但军务不可废弛。你传我命，叫窦泰引兵三千，去巡恒、肆二州，即慑服至罗；彭乐引兵五千，移屯平阳；段韶权领镇城都督，领骁步五千，守御并州；韩轨镇守秀容，就令兼督东京关外诸军事；子如可参府事；张亮可令入直。其余头目诸将各依旧日施行。明日，替我各庙行香，祭告家庙。"世子一一领命，才出阁门，忽报大王仍复昏迷，口鼻流血。世子大惊，忙问医官父王究何病症，对曰："臣等昨日诊王之脉，外冷内热。今日诊之，又外热内寒，此系祟脉，必有妖魅作祟，所以日轻夜重。"世子闻之，甚加忧虑。明日王病小可，恐众心不安，强乘步舆，出坐听政。堂上设金床绣帐，旁列执事宫女十二人，皆典外内文书笺表之类。王既升堂，乃召合府大小文武官员参谒。谒罢，略谕数语，尽皆命退。独召天文官问之曰："卿观天象有何变异？"天文官对曰："天象亦无大异，但台辅星不明，邪气蒙蔽，主上有不测之灾。"王曰："此气起于何时？"对曰："三月初三夜间已犯此气，近日或明或暗，未尝有定。疑下有伏尸鬼为祸，故大王不得安也。"王曰："何为伏尸鬼？"对曰："天上月孛、计都两星为灾，此所谓伏尸也。今大王所犯，必有怨王者在暗中作魔魅之术，以乱气相迷，使王精神日损。幸命中尚有吉耀相临，可无妨也。"

至酉时，王复升舆入内，因想："内外左右莫敢作怨，止有恒山夫人素通妖术，未纳庄后时恩爱无间，今把他冷落，或生怨望，暗中害我，亦未可知。须召他到来，以夫妇之情动之，自然改心救我。"踌躇已定。其夜病发如故，明日往召桐花。桐花谓娄妃曰："大王召妾，未识何意？"妃曰："妹多才智，妹去我亦放心，宜即速往。"桐花至新府，王正高卧，庄后侍坐床前。桐花入，与后见过，便揭帐一看，见王形容憔悴，不觉泪下。王携其手谓之曰："卿来，娄妃知否？"桐花曰："是妃命我来，未识大王何以消瘦至此？"王曰："我病无他，据觇象者言，有人怨我，暗里行魔魅之术，使病日增。至昏迷时，有黄巾人等前来相逼。卿素有灵术，欲卿作法驱之，以解吾厄。不然，恐成长别也。"桐花曰："妾等全靠大王一人，苟急难有救，虽粉骨碎身，亦所不辞，妾何敢违命？但恐非妾之术所能制耳。"说罢泪如雨下。高王见其意诚，亦泣，因言前日道人救解，要我贴肉衣服三件，用为法物，方得痛止。桐花问："道人何在？"王曰："已去。"桐花道："大王莫非被他误了，既已解救，何又病根缠绵？且要王衣服，大有可疑。"王曰："衣服已经交还，现在封固匣中，诫勿妄动，动则病发。"桐花曰："既如此说，匣既未开，为何病发？妾意道人决非好人，必有欲害王者，使来盗王衣服，以为魔魅之计。"王悟，遂命取匣开之，果破衣数件，并非王服。王与后皆大惊，王谓桐花曰："非卿多智，不能破其奸也。为之奈何？"桐花曰："妾请试之。"遂入密室，仗剑念咒，取净水一杯，埋于寝门之前。是夜，王方昏迷，逾时即醒，谓桐花曰："顷睡去，见寝门前成一大河，无数黄巾隔河而望，不能过来，因此遂醒，此皆卿之功也。"

且说潘有璋在京，日夜作法，不见高王魂魄摄到，乃召神使问之。神使道："高王床前有九真宫游击二将军,奉九真之命,差来卫护,不容近前。又有一妇人,在彼作法,寝宫前有大河阻路,因此不能摄其魂魄。"于是有璋复加秘咒,禁绝床前二曜,使不得救护。又书符数道,焚化炉中,使黄巾力士前无阻路。吩咐道:"刻期已到,速将生魂拘至,不得有违!"力士奉命而去。果然妖术利害,高王那夜血涌如泉,昏迷欲死。后及桐花守至半夜,渐渐气息将绝,惊惶无计,相对泣下。忙召世子进来,世子见王危急,悲痛欲绝,只得跪在庭前,对天祷告。时三月十五子时也。良久,口中渐有气出,血亦止,两眼微开微闭,渐能言语。见世子在前,谓曰:"我儿不返人世矣。顷我冥目昏沉之际,见黄巾复来,各仗一剑飘渡大河。床前向有二将挡住,至此不见,遂被黄巾相逼,不得自主,只得随之而去。其行如飞,我亦自料必死。行至半途,忽有一队人从到来,马上坐一贵人,冠服俨如王者,当前喝住,赶散黄巾。牵过一骑,教我乘坐,送我归来。言我是晋王,庙在城西,闻王有难,特来救护。明日有人在我西廊下,其事便见分晓,自后黄巾不敢来扰矣。行至寝宫门口,把我一推,我便醒转。明日,你早去庙中行香,即带子如同往,细加察访。"众皆大喜。又谓世子道:"汝母处可令知之,以安其心。"世子道:"儿见父王危急,已遣人去报,今幸得安,又遣人去矣。"时娄妃在北府,初闻王信,与众夫人相对哭泣,及后使至,言王可保无事,心下稍安。

世子坐至天明,召子如至,诉以王言,便同乘马到庙,只带亲随数人。道士接进,先向殿上焚香,参谒神像,世子跪下祷谢。拜毕起身,道士进茶,便同子如步入西廊。只见一人急急走避,子如视其人,颇觉面善。忽然想着乃是斛斯椿家人张苟儿,为何在此?必有缘故。"即唤众人拿住,将他带到府中。世子不解,子如曰:"少顷便知。"遂同往子如府中密室坐定,带进鞫问道:"你姓甚名谁,来此何干?"那人道:"小人石方,到此买马。因有同伴二人住在庙中,故到庙相寻。"子如道:"你认得我么?"对曰:"不认得。"子如笑道:"你不识我,我却识你,你是斛斯椿家人张苟儿,何得瞒我。"那人听了失色,叩头道:"小人实是斛斯家人,因奉主命到此,下书于东陉关张信甫。"子如道:"皆是谎语。你是侍中亲信家人,差你到此,必有别故。快快招出,免你一死。"世子喝令左右拔刀侍候,倘有支吾,即行斩首。苟儿坚口不承,子如吩咐锁禁,遣人到庙,押同庙主,拿他伴当二人。未几拿到。不令与苟儿相见,在内厅排列刀斧,将他绑缚跪下,喝道:"你们是斛斯椿家人,你主人情事,张苟儿已经招承。你二人也细细供来,倘有一言不符,立时死在刀下。"那二人吓得面如土色,算来苟儿已供,难以抵赖,遂将斛斯椿留道人在家魇魅高王情事一一供出。然后带上苟儿问曰:"你家主暗行魇魅之术,欲害高王,我已尽知,你还敢隐否?"喝叫:"用刑!"苟儿见事已败露,受刑无益,只得吐实。世子问妖道何名。苟儿说:"一名黄平信,一名潘有璋,一即来盗衣服之李虚无也。"又问:"所行何法?"苟儿曰:"闻说是伏尸之法,将王衣服穿在草人身上,埋压地下,云在三月十五子时王必命绝,故差小人来此打听。此皆主人之命,事不由己,伏乞饶死。"世子听罢,大怒道:"含沙射影,小人伎俩!堂堂天朝而暗行毒害,宁不愧死!"子如曰:"若非大王有福,险遭毒手。"遂命将三人监下。世子急归新府,走进寝门,遇见桐花问王安否。桐花曰:"大安。"遂同至帐前见王,遂将到庙拿获苟儿、审出朝廷暗行魇魅情事,一一告知。王叹曰:"我何负朝廷,而必置我于死地?我今不得不自为计矣。"吩咐将苟儿等好行监守，勿令其死，以为异日对证。世子出，门吏进报恒州术士高荣祖、山东术士李业兴至。盖王病重时召来让解者也。世子见之，细述其故。二人曰："此二妖道，吾等皆识之。平信法力有限；有璋善持符咒伏尸之术，实足害人性命。今幸法已破，除却此术，余法皆可禳解，不足虑也。"世子大喜，启知高王，将二人留住府中，王自此气体平复，精神渐强，事无大小，皆专行之，不复禀命于帝矣。但未识平信、有璋在斛斯椿家再行何术，且听下卷分解。

第三十回　宇文定计敌高王　侯莫变心害贺拔

话说斛斯椿自行魔魅之后，屡遣人到并州打听高王消息，闻王有病，不能出理军政，深信法术有灵，暗暗奏帝，不胜欣喜。道士有璋尤日夕作法，摄其三魂六魄，等待三月十五功满，高王一定身亡。哪知时刻已到，杳无动静。有璋惶急，谓椿曰："此人福命非常，暗中已得救护，事不济矣。"椿大惊失色曰："此人不死，吾辈终无葬身之地，为之奈何？"次日，帝召问，椿以实奏。帝不悦，曰："为之无益，徒成画饼。倘为所知，益增仇恨矣。"椿曰："此事甚秘，欢何从知？但其耳目甚广，恐在京勋贵有泄漏者。"帝曰："司空高乾前与朕立盟不负，今复贰心于欢，泄漏机密。欢奏之为侍中，朕不许。又求为徐州刺史，其意叵测。朕欲诛之，何如？"椿曰："乾与欢乃同起事之人，往来常密，其泄漏朝廷机密无疑。今亦发其私盟事，告之于欢，则欢亦必疑有贰心，乾乃可诛矣。"帝从其计，乃下诏于欢，曰："高乾尝与朕盟，数言王短。今在王前，复作何说？王可直奏，以执离间之口。"高王见诏，以乾与帝盟，亦恶之。即取乾前后数启，遣使封上。帝乃召乾至殿，对欢使责之。乾曰："陛下自立异图，乃谓臣为反复。人主加罪，其可辞乎？"遂赐死。帝又密敕东徐州刺史潘绍业杀其弟敖曹。敖曹闻其兄死，知祸必及己，先伏壮士于路，执绍业，得敕书于袍领，遂将十余骑奔晋阳。王闻乾死，深悔负之。见敖曹，抱其首哭曰："天子枉杀司空，令我心恻。"悲不自胜。敖曹兄仲密为光州刺史，帝敕青州刺史断其归路，仲密亦间行奔晋阳，王皆任之为将。

王病愈，犹未至北府与娄妃相见。一日，桐花先归，妃见之，问王起居。桐花曰："大王容颜如旧，当即来也。"俄而王至，执妃手，深谢不安。众夫人及儿女皆来拜贺。王曰："幸邀天佑，复得与卿等相见。然天下事尚未可知，我断不学尔朱天宝，受其屠割也。"妃曰："天下谅无他变，王静守并州，且图安乐可耳。"是夜，王宿娄妃宫，私语妃曰："吾纳孝庄后，谅卿已知，卿度量宽宏，定不我怨。但彼此各不相见，究非常理。今后怀孕将产，如得生男，欲屈卿往贺，彼此便可会面，未识卿意允否？"妃曰："木已成舟，见之何害？临期，妾自来贺也。"王大喜，作揖谢之。隔数日，后果生子，名渎，字子深，王第五子也。三朝，娄妃备礼往贺，与孝庄后相见，平叙宾主之礼而还。自此两府往来无间。今且按下慢表。

且说关西贺拔岳受帝密诏，共图晋阳，然惧高王之强，怀疑不安，乃与宇文泰议之。泰曰："近闻高王有病，不能理政，未识信否。公当通使晋阳，一探消息，审其强弱何如，然后可以为计。"岳乃遣行台郎冯景诣并州。王闻岳使至，大喜曰："贺拔公讵忆我耶？"乃即召景入见。景至殿下再拜，呈上岳书。王览毕，召上赐坐，谓之曰："孤蒙行台不弃，烦卿至此。但破胡出镇荆州，何无一使相通？行台处曾有使至乎？"景曰："无之。"遂命设宴外庭。宴罢，送归驿舍安歇。三日后，景辞归，王复召至殿上，与景歃血，约岳为兄弟。景归言欢礼意殷勤，欲申盟好，相期行台甚厚，究未识其真假。宇文泰曰："欢奸诈有余,未可遽信。"泰请自往观之。岳曰:"左丞去可得其真心,但使者亟往,恐动其疑,奈何?"泰曰:"欢纳尔朱后为妾,近闻生子,内外百官皆贺。今备礼仪数事,托言往贺,彼不疑矣。"岳曰:"善。"乃以泰充贺使而遣之。泰至晋阳,投馆驿安歇。明日,叩辕求见,将贺启礼仪先行呈进。王接启,知来使是宇文泰,即传进见。泰至阶下再拜,王见其相貌非常,眼光如曙,召上问曰:"君即宇文黑獭耶?虽未谋面,闻名久矣。"命坐,赐茶。泰曰:"前使回,贺拔行台知王有添子之喜,遣泰前来拜贺。薄具土宜,乞王赐纳。"王曰:"此何足贺,劳卿跋涉,足感行台之念,我不忘耳。"遂命设宴堂上,亲自陪饮。暗忖:"黑獭形貌决非凡物,不若留之晋阳,庶免后患。"酒半酣,谓之曰:"卿北人也,宗族坟墓皆在于此,卿事贺拔公,何不事我?卿能屈志于此,定以高官相授。"泰下席再拜曰:"大王重念小臣,曷敢违命。但臣奉行台之命而来,若贪富贵留此不返,则失事人之道。臣失事人之道,王亦何取于臣?愿还关西,复命后来事大王,俾臣去就有礼。"王见其言直,遂许之。宴罢,泰拜退,不回馆驿,带了从人,飞马出城逃去。王次日复欲执而留之,报言已去。差轻骑往追,泰已逃进关中。不及而返,王深悔之。泰回长安,复命贺拔岳曰:"高欢状貌举止,决不终守臣节,其所以未篡者,正惮公家兄弟耳。侯莫陈悦之徒非所忌也,公但潜为之备,图之不难。今费乜头控弦之骑不下一万,夏州刺史斛拔弥俄突有胜兵三千余人,灵州刺史曹泥、河西流民纥豆陵伊利等各拥部众,未有所属。公若移军近陇,扼其要害,震之以威,怀之以惠。可收其士马,以资吾军。西辑氐羌,北抚沙塞,还军长安,匡辅魏室,此桓、文之功也。"岳闻其言大悦,复遣泰诣洛阳见帝,密陈其状。帝大悦,加泰武卫将军。使回报岳,许以便宜行事。

八月,帝以岳为都督雍华等二十州诸军事、雍州刺史,又割心前之血,遣使者赍以赐之。岳受诏,遂引兵西屯平凉,以牧马为名。斛拔弥俄突、纥豆陵伊利以及费乜头、万俟、受洛、铁勒、斛律沙门等,皆附于岳。秦、南秦、河、渭四州刺史同会平凉,受岳节度。唯灵州曹泥素附晋阳,不从岳命。岳自是威名大振,兵势日强。又以夏州为边要重地,必得良刺史以镇之,非其人不可任,众皆举泰。岳曰:"宇文左丞吾左右手,何可离也。"沉吟累日,无一能胜此任者,不得已,卒表用之。

且说高王闻岳屯兵平凉,招抚边郡诸部落,乃使长史侯景往招纥豆陵伊利,使归顺晋阳。伊利新受关西之命,不从。景还报,王大怒,乃引兵三万,亲率诸将袭之。伊利拒战于河西,大败。生擒伊利以归,遂迁其部落于河东。帝闻,让之曰:"伊利不侵不叛,为国纯臣,讵有一介行人先请之乎?"王奏曰:"伊利外顺天朝,内实包藏祸心。及今不除,必为后患,臣所以不待上告而伐之也。专命之罪,臣何敢辞?"又欲探帝旨意,托言天下已定,表辞王爵,解军权。帝亦知其诈,不允所请,下诏慰谕。又请所封食邑十万户分授诸将佐,以酬建义讨贼之勋,帝乃从之,减其国邑十万户。

再说贺拔岳闻知伊利被擒,大怒,谓诸将曰:"伊利新降于我,欢竟灭之,是使我不得有归附之徒也。今曹泥附彼,我亦起兵灭之,以报伊利之役何如?"众不欲行。乃使都督赵贵往夏州,与宇文泰谋之。泰曰:"曹泥孤城阻远,未足为忧,侯莫陈悦贪而无信,宜先图之。"贵归,以泰之言告岳。岳曰:"陈悦新受帝旨,许我同心为国,岂有他意?若不灭曹泥,是使人皆惧欢而不畏我,何以威众?"遂起师,召悦会于高平,共讨曹泥。

先是高王患贺拔岳、侯莫陈悦之强,右丞翟嵩曰:"嵩乞凭三寸之舌间之,使其自相屠灭。"王大喜,遣其潜入关西。嵩至渭州,假作江湖相士,赂门者求见陈悦。悦见嵩一表非俗,应答如流,深敬异之,遂留府内,与之日夕谈论,甚相得。因问嵩游历四方,所识贵人有几,而极贵者为谁。嵩曰:"吾相人多矣,莫如高晋阳是一代伟人,非目前王侯辈所及。且相不徒在形貌也,其人深沉有度,求贤若渴,有功必赏,故能纠合智勇,芟除寇乱。以尔朱百万之众,取之如拉朽,所谓'顺之者昌,逆之者亡',此其人也。"悦闻心动,因曰:"吾欲结好高王久矣,虑其不信我也。"嵩曰:"将军果有意结好,吾为将军先容何如?"悦曰:"君与高王有旧乎?"嵩曰:"不惟有旧,吾实王之右丞翟嵩也。王慕公英名,故特遣我到此,密订盟好。"悦大惊,起身致敬曰:"不识右丞光降,连日多罪。如高王果有念我之心,敢不执鞭以从?"嵩又言高王许多好处,悦求附恐后。一日,忽报长安有文书至,悦视之,乃召其会兵高平,进讨灵州,暗想:"吾欲附欢,而讨其所附不可。然违岳命,则先触恶于岳又不可。"因与嵩商之。嵩问悦曰:"制人之与受制于人孰善?"悦曰:"制人善。"又曰:"独据一方与分据一方孰善?"悦曰:"独据善。"嵩曰:"然则公可以无疑矣。为公之计,公承岳召,即引兵赴之,使岳不疑。然后乘其间而图之,诛其帅,抚其众,内据关中之固,外得晋阳之助,称雄一时,天下畏服,何至鳃鳃然受制于岳哉?"悦曰:"公言诚是,吾计决矣。"乃引兵三万进与岳会。岳不知其有异,闻其至,大喜,坦怀待之,数与宴语。长史雷绍谏岳曰:"悦意叵测,宜谨防之。"岳不以为然,使悦将兵居前。行至河曲,悦诱岳入营商论军事。坐未久,悦阳称腹痛而起,其婿元洪景猝起不意,拔刀斩岳。岳左右惶愕,皆散走。悦遣人谕之曰:"我别受旨,止取一人,诸君勿怖。"众疑出自帝意,皆不敢动。而悦既斩岳,以为大事已定,不即抚纳其众。一面遣嵩归报高王,一面引军入陇,屯兵水洛城。于是岳众散还平凉。岳将赵贵诣悦请岳尸,悦许之,贵乃葬之高冈。岳死时年二十八。悦军中皆相贺,行台郎中薛憕私谓所亲曰:"主帅才略素寡,辄害良将,吾属今为人虏矣,何贺之有?"

当是时岳众未有所属,诸将以都督武川寇洛年最长,推使总诸军事。洛素无威略,不能齐众,乃自请避位,另推贤者为主。赵贵曰:"宇文夏州英略冠世,远近归心,赏罚严明,士卒用命。若迎而奉之,大事济矣。"诸将或欲南召贺拔胜,或欲东告魏朝,犹豫未决。都督杜朔周曰:"远水不能救近火,今日之事,非宇文夏州,无能济者。赵将军议是也。吾请轻骑告哀,且迎之来。"众乃从之。朔周驰至夏州,以岳死告泰,泰对众大恸曰:"此必晋阳有使,与悦通谋,以害元帅。若不杀悦报仇,非丈夫也。"朔周请其速行,泰乃与将佐宾客共议去留。前太中大夫韩褒曰:"此天授也,又何疑乎?侯莫陈悦井底蛙耳,使君往,必擒之。"众以为悦在水洛,去平凉不远,倘若已有贺拔之众,图之实难,愿且留以观变。泰曰:"悦既害元帅,自应乘势直据平凉,而退屯水洛,吾知其无能为也。夫难得易失者,时也,若不早赴,众心将离。"时有都督元进阴谋应悦,泰知其谋,与帐下亲将蔡祐谋执之。祐曰:"元进会当反噬,不如杀之。"泰乃阳召元进及诸将入计事,坐定,泰曰:"陇贼逆乱,害我元帅,当与诸人勠力讨之。诸人似有不同者,何也?"言未毕,祐被甲持刀直入,瞋目谓诸将曰:"朝谋夕异,何以为人?今日必断奸人首!"举坐皆叩头曰:"愿有所择。"祐乃叱元进下,斩之,并诛其党。因与诸将同盟讨悦。泰谓祐曰:"吾今以尔为子,尔其以我为父乎?"祐字承先,高平人,勇冠三军,素有胆略,助泰成事者也。泰发夏州,令杜朔周引兵一千,先据弹筝峡。时民间惶惧,逃散者多,军士争欲掠之。朔周曰:"宇文公方伐罪吊民,奈何助贼为虐?"约束军士,秋毫无犯。于是远近悦附,兵行无阻。但未识泰到平凉,若何进讨陈悦,且听下回再说。

第三十一回　黑獭兴师灭陈悦　六浑演武服娄昭

话说高王闻贺拔岳死，军中无主，以为得计，便遣长史侯景领轻骑五百，前往平凉，抚其余众，不许迟误。景受命，星夜赶行。行至安定郡，正与宇文军相遇。泰方午食，闻士卒报道："高王长史侯景引兵往平凉招抚。"泰食不及毕，吐哺上马，出与景会。厉声谓曰："贺拔公虽死，宇文泰尚在，君来何为？"景闻言失色，徐对曰："我犹箭耳，唯人所射。"遂不敢前，引军而还。泰见景退，急往平凉进发。至则易素服，拜岳灵前，放声大哭，泪流满面。三军之士，无不悲哀。乃进诸将而谓之曰："陈悦敢害元帅者，晋阳实使之。诸君既推我为主，须用我命，一大仇宜报，一王命宜遵。不灭陈悦，无以伸主帅之恨；不拒晋阳，无以恤国家之难。诸将有不附国而附欢者，听使去。毋得心怀疑贰，以干大戮。"诸将皆拜伏曰："唯将军命。"泰于是权摄军事，号令严肃，众心始有所属。朔周回军见泰，泰知其严谕军士，不许掠民，大喜，握手劳之。朔周本姓赫连，因令复其旧姓，命之曰达。

侯景回报高王，王复使景与代郡张华原、太安王基往平凉劳泰。泰不受，欲劫留之，谓三人曰："留则共享富贵，不留命尽今日。"华原曰："明公欲胁使者以死亡，此非华原等所惧也。"泰乃遣之。三人还，言于欢曰："黑獭雄杰，异日必为王患。请及其未定，举兵灭之，庶无西顾之忧。"欢曰："卿不见贺拔、侯莫乎？吾当以计拱手取之。"时孝武帝闻岳死，大惊，谓斛斯椿曰："岳忠心为国，朕方倚以敌欢，今为贼臣所害，朕失一助矣。"椿曰："岳死，军无主，悉召其兵将入京，以为禁卫，亦足壮吾国威。侯莫陈悦亦召赴洛，以弥后患。"帝从之，乃遣武卫将军元毗慰劳岳军及侯莫陈悦之众，并召还京。毗至平凉，泰率诸将来见。毗宣帝旨，泰曰："吾等得为天子禁旅，甚善。但陈悦既附于欢，害我元帅，恐其不受帝命。公且留此，遣使以帝命召之，看其去留若何。"毗从之，以诏往，悦果不应召。泰谓毗曰："悦不奉诏，恃有欢也。吾军若去，关西非国有矣。此不可以不虑。"毗深然之，泰乃因毗归，附表以闻。其略云：

> 臣岳忽罹非命，都督寇洛等令臣权掌军事，奉诏召岳军入京。今高欢之众已至河东，侯莫陈悦犹在水洛。士卒多是西人，顾恋乡邑，若逼令赴阙，悦蹑其后，欢邀其前，恐败国殄民，所损更甚。乞少赐停缓，徐事诱导，渐就东引，庶几免祸于目前，而得图报于异日。

帝览表从之，即以泰为大都督，统领贺拔之军。

先是贺拔岳以东雍州刺史李虎为左厢大都督，岳死，虎奔荆州，说贺拔胜，使收岳众，胜不从。后闻宇文泰代岳统众，乃自荆州还赴之。至阌乡为人所获，送洛阳。帝方谋取关中，得虎甚喜，拜卫将军，厚赐之，使就泰。遂与泰共谋讨悦。泰方起兵，先以书责悦曰：

> 贺拔公有大功于朝廷，身受一方之寄。君名微行薄，贺拔公荐君为陇右
> 行台，恩至渥矣。

> 又高氏专权，君与贺拔公同受密旨，屡结盟约，而君党附国贼，共危宗庙。
> 口血未干，匕首已发。负恩反噬，人人切齿。今吾与君皆受诏还阙，今日进退
> 惟君是视。君若下陇东迈，吾亦自北道同归。若首鼠两端，吾则整率三军，指
> 日相见。

时有原州刺史史贵素为岳所亲任，河曲之变，反为悦守。悦遣其党王伯和、成次安引兵二千助之，镇守原州。泰恶之，乃遣都督陈崇帅轻骑袭之。崇乘夜将十骑直抵城下，伏余众近路，约曰：“俟吾进城，则鼓噪以前。”贵见骑少，全不为备。崇即入据城门。会高平令李贤及弟远穆在城中为内应，于是中外鼓噪，伏兵悉起。史贵败走，擒之，并执次安、伯和二将，解至平凉。泰遂令崇行州事。

泰至原州，众军毕集。悦闻之大惧，问计于众将。南秦州刺史李弼谓悦曰：“贺拔公无罪而公害之，又不抚纳其众。今宇文夏州率师以来，声言为主报仇，人怀怒心，其势不可敌也。为公计，宜解兵谢之，以求其退。不然，必及于祸。”悦不从。是时泰引兵上陇，军令严明，秋毫无犯，百姓大悦，归附益众。军出木狭关，雪深数尺，众将欲止。泰曰：“兵乘雪进，此正兵法出其不意，攻其不备，一举可灭之时也，奈何失此机会？”于是倍道兼行。悦闻之，退保略阳，留万人守水洛。及泰至，其兵即降。泰据水洛，遣轻骑数百趣略阳。悦又退保上邽，召李弼拒泰。弼知悦必败，阴使人诣泰，请为内应，泰大喜。悦方恐孤城难守，走保山险。弼诳其下曰：“侯莫陈公欲还秦州，汝辈何不束装？”弼妻，悦之姨也，众咸信之，争促上邽。弼先据城门，以安集之，遂举城降泰。泰即以弼为原州刺史。其夜，悦出军将战，军自惊溃。又悦素猜忌，既败，不听左右近己，与其二弟及子，并谋杀岳者七八人弃军逃走。数日之间盘桓往来，不知所促。左右劝向灵州曹泥，悦从之。自乘驴，令左右皆步从，欲自山中趋灵州。泰使其将贺拔颖追之。悦过山岭，行六七里，望见追骑将近，遂缢死于荒郭。追兵至，斩其首以献于泰。泰入上邽，设岳位，以悦首哭而祭之。三军悲喜。引薛憕为记室参军，收悦府库，财物山积。泰秋毫不取，皆以赏士卒。左右窃一银瓮以归，泰知而罪之，取以剖赐将士，由是归附者益坚。

时幽州刺史孙定儿党于悦，有众数万，据州不下。泰遣都督刘亮袭之。定儿以大军去州尚远，不为备。亮先竖一纛于近城高岭，自将二百骑驰入城。定儿方置酒宴客，猝见亮至，众皆骇愕，不知所为。亮麾兵斩定儿，遥指城外纛，命二骑曰：“出召大军。”城中皆慑服，不敢动。泰闻捷，即命亮行幽州事。先是故氐王杨绍先降于魏，至是逃归武兴，袭执凉州刺史李叔仁，复称王。于是氐、羌、吐谷浑所在蜂起。自南岐以至瓜膳，跨州据郡者不可胜数。泰乃令李弼镇原州，拔也恶蚝镇南泰州，可朱浑道元还镇渭州，赵贵行泰州事。征取幽、泾、东秦、南岐四州之粟，以给军。杨绍先惧，遂降于泰，送妻

子为质,边土皆宁。高王闻泰已定秦陇,遣使甘言厚礼以结之。泰不受,封其书,使亲
将张轨献于帝。斛斯椿问轨曰:"高欢逆谋,行路皆知。人情所恃,唯在西方。未知宇
文何如?"贺拔轨曰:"宇文公文足经国,武能定乱,诚国家柱石之臣。"椿曰:"诚如君言,
大可恃也。"帝使轨归,命泰发二千骑镇东雍州,其大军稍引而东,助为声援。又加泰侍
中、骠骑大将军、开府仪同三司、关西大行台、略阳县公,承制封拜。泰乃随才器使,拜
诸将为诸州刺史,各守要地。有南岐州刺史卢待伯不受代,泰遣轻骑袭而擒之。长史
于谨言于泰曰:"明公据关中险固之地,将士骁勇,土地膏腴。今天子在洛,迫于群凶。
若陈明公之恳诚,算时事之利害,请都关右,挟天子以令诸侯,奉王命以讨暴乱,此桓、
文之业,千载一时也。"泰善之。今且按下不表。

且说帝有妹平阳公主,年及笄,才貌兼美。帝敕选朝臣中有才望姿仪者,招为驸
马。时侍中封隆之、仆射孙腾皆丧妻,争欲尚主,帝问王思政二人谁可,思政曰:"若选
驸马,孙腾不如隆之。"帝曰:"二臣皆欢心腹,朕自有处。"乃召二臣宴于御园,令公主从
楼上观之。宴罢,二臣退。帝问公主曰:"二臣孰愈?"公主不答。再问,答曰:"封隆之
可。"帝遂选隆之为驸马,择日下降。腾怒隆之不让己,谓斛斯椿曰:"隆之尝私启高王,
言公在朝必构祸难。"椿闻大怒,即以奏帝,帝亦怒。隆之闻之惧,连夜逃归晋阳。会腾
带仗入省,擅杀御史,惧罪亦逃。其时高王勋戚皆就外职,唯领军娄昭在朝。昭见形势
孤立,亦辞疾归。帝以斛斯椿兼领军。由是图欢之志益亟。

却说昭归晋阳,王问何以遽归。昭以朝局有变,惧涉于祸,故以病辞。王曰:"汝且
安之。"当是时,王正广选美色,专图快乐,全不以国事为意。昭窃怪之。你道高王何以
如此?先是王在东府,伺候于听政堂者,宫女一百二十名,十二名一班,每日一换。不
值班时,仍归于尔朱后宫。有宫女荀翠容,年十四,美而慧,为诸侍女之首,王颇爱之。
一日王体不适,宿于听政之后院。半夜呼汤饮,诸侍女皆熟睡,唯翠容立于床侧,以汤
进。王问余人何在。曰:"已睡。"王复寐。明日责诸侍女,而赐翠容黄金钏一副。侍女
皆怨翠容,言与王有私。后闻之大怒,剪去其发,欲置之死。王命送之北府,后益怒。
当夜王归寝,后闭门不纳。王怒后,遂归北府,广求天下女色,思有以胜后之美者。有
青州刺史朱元贵献一美人,曰杜真娘,王纳之。晋阳赵氏有二女,皆美色,长名兰娆,次
名兰秀,王亦纳之。又闻龙门薛修文有女琼英,山东芦氏有女凤华,皆称绝色,聘娶以
归。然色虽美,究不及后。尝访之陈山提,山提曰:"臣目中只有一女,名董仲容,颍川
人。除东府美人外,罕有其匹。"王大喜,遂命山提往聘。以故娄昭闻之不悦,乃乘间谏
王曰:"今君心有变,祸难方兴,大王乃一代英雄,何不务远图,而耽于声色为?"王曰:
"人生贵适志耳,外何求焉?"昭默然。王见其色不怿,笑曰:"子知吾姬妾之盛矣,盍亦
观吾宫室之美乎?"遂携手同入宫来。

要知高王的府第,本晋阳白马寺基,又除四面民宅,以扩其址,因此宫院深沉。娄
妃居正府,府有殿九间,廊宇二十四间,寝宫五间,左右四轩。后有迎春阁,阁外即花
园,阁左右宫娥房五十余间。寝宫前有天街,街前宝廷堂,是会亲戚之所。左有雕楼七
间,右有画堂九间,楼左五十余步即锁云轩,小尔朱夫人所居堂右五十余步,即凤仪院,
乃达奚夫人所居,是王征伊利时,见其美而娶者。从柏林堂而入,又有偃月堂,堂后分

二巷，巷内回廊复道，皆众夫人所居。王夫人居左巷之首，次则恒山夫人，次则岳夫人之栖鸾院，再次乃韩夫人清凝阁也。每一处，则隔一座花园。右巷居首，则穆夫人，次则游夫人之天香院。其余别馆，不可胜计，皆新娶美人居之。库藏仓廒一百余所，府中宫娥六百余人，珍宝罗绮，皆如山积。娄昭随了高王游览一遍。诸夫人有相见者，有不相见者。在在珠围翠绕，夺目移情。至晚留宴于娄妃宫中，开怀畅饮，王不觉沉醉。昭辞归，暗忖道："有如此乐境，怪不得他专事游乐了。"

　　时交五鼓，忽闻命召。来使云："大王已至西郊教场演兵，诸将皆集，特召领军同去一观。"昭大惊，忙乘马赶去。只见旌旗密布，兵马云屯。高王坐将台，诸将侍立，如负严霜，屏息听命。少顷白旗一麾，诸将各施技勇。人如猛虎，马如游龙。箭及二百步外，莫不中的。诸将演毕，三军排开阵势，如临大敌，步伐进退，不失尺寸。虽孙吴用兵，无以逾此，昭见之竦然。少顷王回府，问昭曰："吾久不视师矣。汝今观之，比朝廷禁旅何如？"昭曰："禁旅那得及此。"王曰："不独此军然也，吾四境之兵无一不然。"昭乃拜服。王又曰："吾岂与朝廷较强弱哉？吾之耽于娱乐者，欲使上不我忌，庶各相安于无事。奈何上之逼我太甚乎？"昭再拜曰："大王所为，众人固不识也。"看官，要晓得怀与安实败名，高王是何等人而肯出此。即其儿女情长，莫非英雄作用。昭为心腹之戚，故微露其意。但未识晋阳之用，果能不动否，且听下卷分解。

第三十二回　魏孝武计灭晋阳　高渤海兵临京洛

话说高王当日原非志在篡魏，即扶立孝武，大权在握，亦不过政由宁氏，祭则寡人，其心已足。斛斯椿心怀反覆，惧祸及己，日夕劝帝除之，遂成祸阶。一日，椿语帝曰："建州刺史韩贤、济州刺史蔡俊皆欢党羽，各据要害之地，宜先去之。"帝乃改置都督，革除建州刺史缺以去贤。又使御史举俊罪，罢其职，以汝阳王叔昭代之。欢闻俊罢，上言："蔡俊勋重，不可废黜。若以汝阳有德，当受大藩，臣弟高琛猥任定州，妄叨禄位，宜以汝阳代之，使避贤路。"帝不听，欢大怒，乃命俊据济州，勿受朝命。又华山王鸷在徐州，欢令大都督邸珍夺其管钥逐之。中外皆知欢必反矣。五月丙子，帝增置勋府将六百人，又增骑官将二百人。尽发河南诸州兵数十万，悉赴京师，大阅于洛阳城外。南临洛水，北际邙山，军容甚盛，帝与斛斯椿戎服观之，辛未戒严，云欲伐梁。又虑欢觉其伪，赐欢密诏，言宇文黑獭、贺拔破胡各据形势之地，颇蓄异心，故假称南伐，潜为之备，王亦宜共形援。欢得诏，大笑曰："朝廷为掩耳盗铃之计，吾岂受其愚乎？"乃即上表，以为荆、雍既有逆谋，臣今潜勒兵马三万，自河东渡。遣恒州刺史库狄干等将兵四万，自来延津渡；领军将军娄昭等将兵五万，以讨荆州；冀州刺史尉景等将山东兵七万、突骑五万，以讨江左。皆勒所部，服听处分。帝出表示群臣，皆曰："欢兵一动，必直抵洛阳。其意叵测，宜急止之。"帝于是大惧。

且说高王自得诏后，以帝为椿党蒙蔽，异日定有北伐之举。不如先发制人，引兵入朝，除君侧之恶，奉迎大驾，迁都邺城，方可上下相安。筹划已定，乃发精骑三千，镇守建州。又发兵三千，去助蔡俊守济。再遣娄昭引三万人马，镇守河东一路，以防帝驾西行。又遣将把住白沟河，将一应地方粮储皆运入邺，不许载往京师。乃上表言："臣为嬖佞所间，陛下一旦见疑。臣若敢负陛下，使身受天殃，子孙殄绝。陛下若垂信赤心，使干戈不动，佞臣一二人，愿斟量废黜。"斛斯椿见欢表，佯请退位。帝不许，曰："欢言何可信也。"乃使大都督源子恭守阳湖，汝阳王暹守石济，又以仪同三司贾显智为济州刺史。

显智至济，见城门紧闭，先使人到城下，高叫道："朝廷有旨到来，速即开门。"俊使人城上答云："奉高王之命，不许开门纳人，有甚圣旨，便当晓谕。"使云："朝廷遣贾仪同来代行济州事，如何违旨？"城上答道："非奉高王之命，不得受代。什么贾仪同，教他早早去罢。"使人回报显智，显智只得回京，以俊拒命奏帝。帝大怒，知由欢使，乃使舍人温子升为敕赐欢。其略云：

> 朕前持心血，远示于王，深计彼此共相体恤，而不良之徒坐生间二。近者
> 孙腾仓猝来北，闻者疑有异谋，故遣御史中尉綦母俊具申朕怀。今得王启，言
> 词恳恻，反复思之，犹有未解。以朕渺身遇王，不劳尺刃，坐为天子，所谓生我

者父母，贵我者高王。今若无故背王，自相攻讨，则使身及子孙，还如王誓。皇天后土，实闻此言。近虑宇文为乱，贺拔应之，故戒严誓师，欲与王相为声援。宇文今日使者相望，观其所为，更无异迹。贺拔在南，开拓边境，为国立功，念无可责。王欲分讨，何以为辞？东南不宾，为日已久，先朝以来，置之度外。今天下减半，不宜穷兵黩武。朕以暗昧，不知佞人为谁？可俱列姓名，令朕知之。顷高乾之死，岂独朕意，王乃对其弟敕曹言朕枉杀之，人之耳目何可轻易？闻库狄干语王云：本欲取懦弱者为主，何事立此长君，使其不可驾驭。今但作十五日行，自可废之，更立余者。如此议论，皆王勋人言之，岂出佞人之口。去年封隆之叛，今年孙腾逃去，不罪不送，谁不怪王？王若事君尽诚，何不斩送二首，以伸国法。王虽启云西去，而四道俱进，或欲南渡洛阳，或欲东临江左，言者犹应自怪，闻者宁能不疑？王若守诚不二，晏然居北，在此虽有百万之众，终无相图之意。王若举旗南指，问鼎轻重，总无匹马只轮，犹欲奋空拳而死。朕本寡德，王已立之，百姓无知，咸谓实可。或为他人所图，则彰朕之恶，假使还为王杀，幽辱斋粉，了无遗恨。何者？王之立朕以德建，以义举，一朝背德害义，便是过有所归。本望君臣一体，若合符契，不图今日分疏至此。古人云：越人射我，笑而道之；我兄射我，泣而随之。朕与王情如兄弟，所以投笔抚膺，不禁歔欷欲绝。

帝诏去后，欢不受命。京师粮粟不至，军食无出，帝甚忧之，乃复降敕于欢。其略云：

王若压服人情，杜绝物议，惟有罢河东之兵，撤建兴之戍，送相州之粟，追济州之军，使蔡俊受代，邸珍出徐，止戈散马，守境息民，则谗人之口舌不行，宵小之交构不作。王可高枕太原，朕亦垂拱京洛矣。王若马首向南，朕虽不武，为宗庙社稷之计，不能束手受制。决在于王，非朕能定。其是非逆顺，天下后世必有能辨之者。为山止篑，相与惜之。帝虽屡降明诏，欢不应如故。王思政言于帝曰："观高欢之意，非口舌所能喻，兵必南来。洛阳非用武之地，难与争锋，不如迁驾长安，以关中为根本。地险而势阻，资粮富足，兵革有余。况宇文泰乃心王室，智力又足敌欢，可恃以无恐。再整师旅，克复旧京，殄除凶逆。欢虽强，可坐而诛也。"帝虽然之，而犹恋旧都，怀疑不决。

时广宁太守任祥在洛，帝厚抚之，命兼尚书左仆射，加开府仪同三司。祥故欢党，弃官走，渡河据郡待欢。帝乃敕文武官北来者，任其去留，遂下制书，数欢咎恶。又遣使荆州，召贺拔胜赴行在所。胜接帝诏，问计于太保掾卢柔。柔曰："高欢悖逆，公席卷赴都，与决胜负，死生以之，上策也。北阻鲁阳，南并旧楚，东连兖、豫，西引关中，带甲百万，观衅而动，中策也。举三荆之地，庇身于梁，功名皆去，下策也。"胜笑而不应。一日，帝坐朝，黄门奏关西行台宇文泰遣帐下都督杨荐入朝，面陈忠悃。帝大喜，召荐殿下问之。荐曰："泰本卷甲赴京,特以欢兵西指,深恐关中有失,故兵发中止。遣臣来者,恭请圣驾入关,以图后举。如合上旨,躬率将士出关候迎。"帝曰:"行台既忠于朝廷,朕亦何辞跋涉。"时平阳公主驸马都尉宇文测在侧,亦劝帝西幸。帝即命测与荐同往,谓之曰:"去语行台,朕至长安,当以冯翊长公主妻之。速遣骑士前来迎我。"测受命而出。于是中外咸知帝将西去,王侯贵戚无不忧危。测至家,语平阳公主曰:"帝将西幸,命我先见宇文。此后未识有相见日否?"公主曰:"何不相携同去,免使室家离散?"测曰:"帝命严迫,何能同往?"夫妇相对泣下。只见阶前走过一人,跪下道:"驸马勿忧,倘有祸乱,小人情愿保护公主西归。"公主问测曰:"此人有何才干,能保护吾家?"测曰:"此人姓张,名吉,为人忠直,勇敢当先。三年前曾犯死罪,吾救之,故愿为我仆。作事大有胆略,得其保护,公主可以无忧。"但恐家中人不服,因此将亲佩宝剑一口赐之,吩咐众仆曰:"若遇危难,凡事皆由吉主。"吉同众仆皆叩头受命,遂别公主而去。

先是帝广征州郡兵,东郡太守裴侠率所部诣洛阳。思政问之曰:"今权臣擅命,王室日卑,奈何?"侠曰:"闻天子为西幸之谋,诚有之乎?"思政曰:"有之。君以为可否?"侠曰:"未见其可也。宇文泰为三军所推,居河山百二之地。所谓已操戈矛,宁肯受人以柄。虽欲投之,恐无异避汤而入火也。"思政曰:"然则若何而可?"侠曰:"图欢有立至之忧,西巡有将来之虑。且至关右,徐思其宜。"思政然之,乃进侠于帝,授左中郎将。当是时,欢虽四道进兵,大军未发。乃召其弟高琛于定州,以长史崔暹佐之,镇守并州。亲自勒兵南出,告其众曰:"孤以尔朱擅命,建大义于海内,奉戴主上,诚贯幽明。横为斛斯椿谗构,以忠为逆。今者南行,诛椿而已。明日五鼓,尔将士俱集辕门听令。"当夜,入宫语娄妃曰:"孤将入除君侧之恶,起行在即,来与卿别。"妃大惊曰:"大王身居王爵,儿受显职,弟为驸马,女为皇后,尊荣极矣,何复作此举动?"盖王作事深密,朝廷事娄妃全未之知,故不乐王行。王曰:"我能容人,人不容我。须得入朝整顿一番。"妃曰:"帝与后若何处之?"王曰:"迁驾邺城,仍扶为帝。彼虽以尔朱比我,我决不学万仁所为。"妃恐有妨于后,终不怿。少顷,诸夫人闻王出兵,皆来拜送。王命宫内事悉听妃主处分,又谓妃曰:"东府因他性刚,我不去辞别。五儿周岁,你须同诸夫人往贺,莫冷落他。"妃应诺。是夜,王宿营中,带高澄同往。五更勒兵齐出,马步一十三万,将帅三千余人。以敖曹为先锋,刘贵、封隆之为左右翼,彭乐、窦泰辅之,高隆之押后。其余能征惯战之将,皆聚于中军,临时调用。军声所至,无不望风畏惧。

其时宇文测亦至长安,召泰迎驾。泰接旨后,便点上将王贤,领人马一万,据住华州,以防晋阳兵至。遣都督骆超引兵一千,直抵洛阳接驾。又遣杨荐同了宇文测引兵一千,前出潼关,沿途候接。自领大军屯于宏农,以为声援。乃历数高欢之罪,移檄四方。其略曰:

> 高欢出自舆皂,罕闻礼义。一介鹰犬,效力戎行。觊冒恩私,遂阶荣宠。不能竭诚尽节,专挟奸回,乃劝尔朱荣行滋篡逆。及荣以专政服诛,世隆以凶党外叛,欢乘其间,暂立建明,以慰天下,亦可勋垂不朽。孰意假推普泰,欲窃威权,称兵河北。以讨尔朱为名,黜陟自由,迹同谋逆。幸而人望未改,天命

有归,魏祚方隆,群情翼戴。欢因阻兵安忍,镇守边隅。然广布腹心,跨州连郡,禁闼侍从,悉伊亲党。而旧将名贤,正臣直士,横生疮痏,动挂网罗。故武卫将军伊琳、直阁将军鲜于康仁,忠良素著,天子爪牙,欢皆收而戮之,曾无闻奏。孙腾、任祥,欢之心膂,并使入居枢近,知欢逆谋将发,相继逃归。欢益加重待,亦无陈白。故关西大都督贺拔岳,勋德隆重,兴亡攸寄,欢忌其功,乃与侯莫陈悦等私相图害,以致大军星陨。幕府受律专征,便即讨戮。欢知逆状已露,惧罪见责,遂遣蔡俊拒代,窦泰佐之。又使侯景等阻绝粮粟,以弱王室。恶难屈指,罪等滔天。其州镇郡县,率土黎民,或为乡邑冠冕,或为勋戚世裔,并宜同心翼戴,共效勤王之举,毋贻从逆之诛。封赏之科,已有别格。檄到须知。

高王见檄大笑道:"彼欲以言语耸动天下乎? 此何足为吾害?"乃令军士倍道进发,限在七月十三俱集黄河渡口,以便进取,毋失时刻。正是:暗鸣山岳尽崩颓,叱咤风云皆变色。闻者寒心,见者丧胆。但未识朝廷若何相拒,且听后文再说。

第三十三回　逼京洛六浑逐主　奔长安黑獭迎君

话说孝武帝闻欢引兵向阙,亲勒十万人马,带领文官武将,屯于河桥。以斛斯椿为前驱,屯于邙山之北。椿言于帝曰:"臣闻高欢之兵三日夜行一千余里,人马必乏。椿请率精兵一万渡河击之,掩其劳敝,可以得志。"帝然其计。黄门侍郎杨宽与椿不睦,说帝曰:"高欢恃其兵强,遂至以臣伐君,何所不至。今假兵于椿,恐生他变。椿若渡河,万一有功,是灭一高欢,生一高欢矣。"帝遂敕椿停行。椿叹曰:"今荧惑入南斗,上信左右间构之言,不用吾计,岂天道乎?"盖《五行志》云:"荧惑入斗,天子不安其位。"又俗谣云:"荧惑入南斗,天子下殿走。"故椿言及此。其时宇文泰闻之,亦谓左右曰:"高欢兵行太速,此兵家所忌,当乘便击之,方可取胜。而主上以万乘之重,不能渡河决战,方缘津据守。且长河万里,捍御为难。若一处得渡,则大事去矣。"无如孝武当日,专以拒守为计,乃使斛斯椿、颍川王斌共领一万人马,镇守虎牢;长孙子彦领兵一万,镇陕;贾显智、斛斯元寿引兵一万,镇滑台;汝阳王元暹领兵一万,镇石济。高王兵过常山,知四面城池皆有兵守,遣上将韩贤以五千骑攻石济,窦泰引兵五千攻滑台,而自率所部直前。那滑台守将贾显智,本系高王旧人,素有归降之意,闻泰至,谓元寿曰:"窦泰,勇将也,不可与战。"元寿信之,遂闭城不出。显智阴遣人纳降于泰,许为内应。有军师元圆觉其意,乃私言于元寿曰:"贾将军恐有他图,宜备之。"元寿乃使元圆见帝,请益兵。帝遣大都督侯机绍引兵赴之。窦泰知有兵来,引军直抵城下,机绍出战,显智继之,元寿守城。战才合,显智在后呼曰:"军败矣。"遂退走,前军亦乱。机绍不能禁止,被泰掩杀过来一戟刺死。元寿闻之,惊得魂不附体,弃城而走。显智遂接泰军入城。报知高王,高王大喜。

时有北中郎将田怡亦遣使约降于欢,愿为内应,请速进兵。事露被诛。帝见人心内变,于是益惧。欢至野王城,离河十里,停车不进。遣使奏帝,自明非有叛志,特欲面申诚款,以明心迹,乞上勿疑。帝不答。颍川王斌与斛斯椿争权不合,弃椿还,言于帝云:"滑台、石济皆不守,欢军已至。"帝大惧。丁未,遣使召椿还。遂率南阳王宝炬、清河王亶、广阳王湛以五千骑宿于瀍西。沙门惠臻负玉玺,持千牛刀以从。众知帝将西出,其夜逃亡者过半。亶、湛二王亦逃归。帝遣人至宫中,单迎公主数人,仓皇就道,从者绝少。武卫将军独孤信单骑追帝。帝见之,叹曰:"将军辞父母、捐妻子而来,方知世乱出忠臣,非虚言也。"

高王行至河津,知帝已西去,遂吩咐段韶飞马过河,安抚大小三军,各守营寨。大军忙即渡河,河桥军士未逃者皆迎拜马首。是夜,王宿河桥寨中,见一应表奏文书皆堆积案上,灯下翻阅,见有度支尚书杨机奏云:"高欢久失臣节,必无善意。宇文泰兵马精强,潼关险阻,不若西幸为上。"不胜大怒。时高隆之素与吏部尚书崔孝芬、驸马都尉郑严祖有怨,欲乘间害之,入帐见高王倚床默坐,面有怒色,乃曰:"今天子西幸,实非本意,皆出数贼臣之谋。"王曰:"果如卿言。尚书杨机素号老臣,朝堂宿望,我甚重之。乃阅其表,暴我过恶,劝帝西出,岂不可恨。"隆之曰:"不独杨机然也,即吏部崔孝芬、驸马郑严祖亦每于帝前举大王之过,起西幸之谋,皆罪不容诛者。"王曰:"俟至京,当尽诛之。"次日,王入洛阳,朝官跪道相接,百姓皆执香以迎。以永宁寺壮丽,作行署居之。乃遣领军段韶等率轻骑追帝,请驾东还。命世子高澄入宫见后。后见澄大恸,欲见王。澄曰:"父王有命,将亲自西迎帝归。帝归后,方来相见。"后益悲,澄以好言慰之而出。

八月甲寅,高王于永宁寺正殿召集文武百官,责之曰:"为臣奉主,职在匡救危乱。若既不能谏诤于平日,又不能随扈于临时,缓则耽宠争荣,急则仓皇逃窜,臣节安在?"众莫能对。尚书左仆射辛雄曰:"主上与近习图事,雄等不得与闻。若即追随,恐迹同逆党;留待大王,又以不从见责。雄等进退无所逃罪。"王曰:"卿等备位大臣,当以身报国。群佞用事,卿等并无一言谏诤,使国家之事一至于此,罪欲何归?"乃收雄及仪同三司叱列延庆、吏部崔孝芬、尚书刘廞、杨机、常侍元士弼,皆杀之。命执驸马郑严祖,数日前,全家已逃。乃下令,朝臣西去者,不论王侯贵戚,悉收其家属,拘于瑶光佛寺,还者放免。若有劝得帝回者,重加官爵,授以不次之赏。唯斛斯椿妻黄氏、幼子斛斯演发下天牢收禁。一日,拿到嵩山妖道潘有璋、黄平信、李虚无,王亲自严讯,审出实情,遂往斛斯椿宅搜取魇魅等物。直至深密之处,名偃月堂,供奉九天使者,旁列黄巾数十,皆如病时所睹。问有璋伏尸埋于何处,有璋指出地方,遂令掘起。见有一三四岁小儿,身首异处。一草人穿王衣服,一百二十肢节,皆用麻绳绑缚。身边有剑一口,剑锋上皆有血腥。王见之大怒,命即焚之。术士李业兴曰:"不可造次,须将草人肢节逐一解散,焚之方妥。小儿尸必用棺木成殓,安葬入土,冤魂方解。"王命如言以行。有璋三人凌迟处死。监中吊出斛斯演一并斩首,妻囚子戮,皆椿自取之也。

且说孝武西行,事起仓卒,刍粮未备。又长孙子彦不能守陕,弃城而走,高兵日逼,势甚危急。于是星夜往龙门进发,糗浆乏绝,三二日间从官唯饮涧水。至湖城,有王思村民以麦饭壶浆献帝。帝悦,许复一村十年。至稠桑,潼关大都督毛鸿宾迎献酒食,从官始解饥渴。俄而斛斯椿至,稍有粮食,用以济军。然不见宇文泰来接,心甚疑惧。循河西行,人烟萧索,绝非东洛气象,因谓左右曰:"此水东流,而朕西上。若得复见洛阳,亲谒陵庙,卿等功也。"左右皆流涕,帝亦悲不自胜。泰闻帝至,忙备仪卫迎帝。先遣赵贵、史宁来请帝安,然后亲率诸将谒见于东阳驿。叩头驾前,免冠流涕曰:"臣不能式遏寇虐,使乘舆播迁,臣之罪也。"帝慰之曰:"公之忠节著于遐迩,朕以寡德,负乘致寇。今日相见,深用厚颜,方以社稷委公,公其勉之。"将士皆呼万岁。泰迎奉帝入长安,权以雍州廨舍为宫。帝即授泰为大将军、雍州刺史、兼尚书令。别置二尚书,分掌机事,以行台尚书毛遐、周惠达为之。二人悉心竭力,积粮储,治器械,简士马,朝廷赖之。帝欲结泰欢心,以冯翊长公主妻之,拜驸马都尉。惟时军国草创,从官皆无住处。初闻高王拘其家属,归者得免,逃回者过半。留者皆无妻小,权借民居以处。独宇文测一家,全亏张吉拥护平阳公主西来,夫妻重聚。人皆重张吉之义,而羡测之得人。

再说高王因朝中无主,权推清和王宜为大司马,掌理朝纲,自率大军追迎帝驾。正欲起行,忽尔体中不适,暂居永宁寺中静养。一夜睡去,梦一美女从左阶下,冉冉而来,仪容绰约，光彩照人。虽尔朱后号称绝色，其美更甚。登阶而拜曰："妾南岳地仙也，与王有夙世缘。奉上帝命，侍王衾枕。"王大喜，引之起。女又曰："天机有数，此时未可造次。会合之期，当在弘农地方。"言讫，飘然而去。王惊醒，达旦不寐，袍上尚有龙涎香气。自目以巫山之梦不过如此。因想大军西行，必从弘农经过，到彼有遇，亦未可知。不一日到了弘农，先遣仆射元子思往潼关追驾，大军暂歇城中。忽有游骑拿获郑驸马一家，前来报功。王命收禁后营，回京发落。你道驸马严祖何以被获？盖严祖世为国戚，永熙朝又尚新宁公主，富贵无比。公主单生一女，名大车，号曰娥，年十四，有沉鱼落雁之容，闭月羞花之貌。父母爱如珍宝，已许字广平王元赞。当高王入洛时，严祖惧祸，又念与王无仇，不至害我，故暂避河东，俟事平回京。后闻高王要治他罪，只得离了河东，逃往长安。那知被高家游骑捉住，此时囚在营中，插翅难飞了。一日，高王闻报，元子思叛去，已降于泰，不胜大怒。便命世子留守军营，亲自将兵来攻潼关。守将毛鸿宾出战，擒之，遂破潼关，进屯华阴。龙门都督薛崇礼以城降。长安大惧。

再说世子自王去后，日夜巡视各营。一夕月色微明，与段韶闲步营外，行至后幕，忽闻呜咽之声。世子问曰："何人在彼啼哭？"左右对曰："是郑驸马家眷。"世子即命开幕而入，见严祖曰："驸马何苦若此？"严祖泣而不言。遥见灯光之下，有一女子，拥罗巾而泣，窈窕娉婷。进步视之，女子敛巾而起，娇容艳色，目所未睹。世子一见，顿觉神魂飘荡，目不转睛者久之，问段韶曰："此女何人？"韶曰："郑驸马之女也，子岂惊为神女乎？"世子微笑曰："恐神女不及。"因向严祖道："驸马勿忧，俟我父王回军后，余当禀请释放，官还旧职。"严祖再拜而谢。自是世子日夕探望，佳肴美酒络绎送进，时露贴恋之情，满拟日久情熟，好事必谐。讵意高王以世子年幼，恐有疏失，屡使人至军查视。使人回报曰："世子在营，别无他事，唯郑驸马一家，大行宽纵。"王闻之，怒曰："孺子何知？敢纵反贼！"

即日遣使收郑氏家属，赴京投狱，待后取决。世子大惊，然惧父威严，欲留其女而不敢启，怏怏而已。

再说贺拔胜闻帝西去，使长史元颖守荆州，自率所部西赴关中。至淅阳，闻欢已屯华阴，欲还。左丞崔谦曰："今帝室颠覆，主上蒙尘，公宜倍道兼行，朝于行在。然后与宇文行台同心勠力，倡举大义，天下孰不望风响应？今舍此而退，恐人人解体，一失事机，后悔何及？"胜不能用，遂还。高王退屯河东，使行台长史薛瑜守潼关，大都督库狄温守封陵。发民夫一万，筑城于蒲津西岸，限十日告竣。以薛绍宗为华州刺史，使守之。以高敖曹行豫州事。王自发晋阳，至是凡四十启，帝皆不报，王乃东还。遣行台侯景引兵袭荆州，荆州民邓诞等执元颖以应景。又东荆州刺史冯景昭，帝在洛时，曾遣都督赵刚召之入援。兵不攻发，帝已入关。景昭集府中文武议所从违。司马冯道和请据州以待北方处分，刚曰："宜勒兵急赴行在。"景昭不对。刚抽刀投地曰："公若欲为忠臣，请斩道和；如欲从贼，可速杀我。"景昭悟，即率众赴关。会侯景引兵逼穰城，东荆州民杨祖欢起兵应之，以其众邀景昭于路。景昭战败，刚殁蛮中。由是三荆之地，皆属高王。

且说破胡还至半途，闻荆州已失，大惊曰："荆州吾根本地，今若失之，妻子皆为虏矣。"遂率军马星夜赶回。景知胜兵将至,虑其骁勇难敌,遣人求援于敖曹。敖曹曰:"大王使吾镇守豫州,正为今日。胜之勇非景能敌,吾当力战破之。"遂许发师。但未识两虎相斗,胜负若何,且听下文分解。

第三十四回　娶国色适谐前梦　迁帝都重立新基

话说贺拔胜兵至荆州,离城不远,侯景引兵出御,相遇于鲁阳山下。胜问:"来将何人?"景出马曰:"是我。"胜曰:"你是我故人,何为夺我城池?"景曰:"此皆大魏土地,你取得,我也取得,今荆州既为我有,劝你莫想罢。"胜闻言大怒,拍马直取侯景。景迎战数合,哪里敌得胜之神勇,众将齐上,破胡枪挑数将,三军皆惧,一齐望后退走。胜挥兵直进,势如破竹,追下数里。忽见西北角上尘土遮天,金鼓振地,拥出一队人马,乃是豫州高敖曹引兵五千来救荆州。胜见有援师,暂即退下。景见敖曹曰:"若非将军来救,几至失手。"敖曹曰:"君勿忧,明日看吾破之。"当夜各归大营。天色微明,胜便讨战。敖曹出马,谓胜曰:"我二人皆号善战,尔知吾勇,我知尔强。今日各睹本事,不许一人一骑帮扶。我输了还你荆州,你输了从此去罢。"胜点头道:"好!"各挥军士退后。双枪并举,两骑相先,一往一来,浑如两道白光,滚来滚去。清晨战至下午,不知几千回合。二人愈斗愈健,越战越勇,两边军士都看得呆了,直到天黑,犹不住手。侯景便叫鸣金,那边亦鸣金收兵。胜回营,饱餐一顿,想起一家性命都在人手,不斩敖曹,焉能夺得城池,救得眷属。吩咐军士点起火把,出营高叫道:"敖曹!你敢与吾夜斗么?"

敖曹闻知,亦令军士点起火把,挺枪直出,喝道:"来!来!来,退避者不算好汉。"于是重又战起,火光之下,各逞神威。正如棋逢敌手,你不让强,我不服弱。直至天明,二人恋战如故。侯景见破胡士卒皆荆州人,因生一计,令其父兄亲戚四面招呼,军心一动,遂皆散走。胜方酣战,见大势已溃,只得回马而走。敖曹拽满雕弓,一箭射来,中胜右臂,遂负箭而逃。敖曹亦收兵归去。胜败下三十余里,无一骑相从。俄而将士稍集,只存残兵五六百人。胜愤极,欲拔剑自刎。左丞崔谦止之曰:"将军不可轻生。今西归无路,不如暂投南朝,再图后举。"胜从之,遂奔梁。今且按下不表。

单讲高王回至洛阳时,清和王出入已称警跸,以天子自居。王丑之,欲立其世子善见为帝,却未明言。有僧道荣孝武所信重,遣令奉表于帝曰:"陛下若远赐一制,许还京洛,臣当率勒文武,式清宫禁。若返正无日,则七庙不可无主,万国须有所归,臣宁负陛下,不负社稷。"以故立帝之议未发。越一日,内史侍郎冯子昂偕西行文武十余人逃回洛阳,高王大喜,乃亲王瑶光寺,点放其家属。子昂有女名严娘,年十九,貌美非常。曾嫁任城王为妃,王死孀居,归母家,今同拘寺中。王见之心动,次日,即着高隆之为媒往聘。子昂不敢违,遂纳于王。封为安德夫人,甚加宠幸。冯夫人又言:"同拘于寺者有城阳王妃李氏,侍中李昱之妹,冰肌玉骨,雾鬟云鬓,可称绝色。城阳为尔朱兆所害。妃孀居已久,今年二十有一,王何不释而纳之?"王曰:"果尔,当使与卿为伴。"次日,即遣内侍王信忠至寺,特召侍中李昱之妹至府问事,以小车载之而来。王见李氏淡妆素服,绰约轻盈,飘飘若仙,仿佛与前梦所见相似。与之言,历数苦情,愁容戚态,愈觉动人,不胜大喜。是夜遂纳之,封为宏化夫人。凡李氏亲族皆得免放,宠爱更逾于冯氏矣。

　　一日，王与李夫人昼寝，司马子如有事欲启，同世子来见。内侍言与李夫人同睡，二人不敢入。子如谓世子曰："子亦畏大王耶？"世子曰："非畏也，惧惊同梦耳。"至晚王犹未起。二人不敢归，伺候至晓。天明王起，内侍禀司马尚书及世子在外求见。王召入，子如方欲言，忽宫官进报曰："今耆老百官已集午门，候王议事。"王遂起，谓子如曰："汝且从我入朝，此时不必有所言也。"于是王至朝堂，告于众曰："永熙弃国而去，不赐一音。今欲于诸王中另立一人，以主社稷。谁其可者？"众皆曰："惟大王命。"王又曰："孝明以来，立帝不顺。孝庄以叔继侄，永熙以兄继弟。伦序失正，国家所以衰乱。今当按次而立，惟清和世子善见以序以贤，允协人望。"因向清和曰："立王不如立王之子。"

　　众莫敢违，大议遂定。

　　清和回府，又羞又恼，心不自安，率轻骑南走。高王闻之，亲自引兵赶往。追至于河中府，及之，谓清和曰："天下焉有天子父而逃于外者？"与之并马而返，直送至府。王登堂索饮，清和设宴，呼世子出拜，王答拜。宴罢，又召其妃胡氏并长女琼姝出拜，谓王曰："吾家性命全在大王。"王遂与立誓，言必终始相保。又见琼姝端严美丽，王问几岁，曰："十三。"王谓清和曰："王女与吾子澄年貌相当，结为秦晋之好何如？"清和大喜曰："若得世子为婿，吾之幸也。"王遂解下玉带一条为聘，清和亦取出紫金冠一顶为酬，极欢而别。丙寅，王率百官具仪卫迎清和世子善见为帝，即位于城东北。大赦，改元天平。时年十一，为魏孝静帝。欢实贪其幼而立之也。于是魏判为二，河以西曰西魏，河以东曰东魏。

　　再说郑驸马一家收禁在狱，世子高澄屡欲到监探望，畏王不敢。严祖忧惧无计，因想咸阳王坦是公主叔父，与我至亲，或肯援手。修书送去，求他救解。咸阳见书，次日至晚，微服入狱，见严祖夫妇，相对下泪。咸阳曰："我因君在狱，日夜打算相救，苦于计无所出。司马子如等，我曾恳求数次，皆不肯为援，将若之何？"夫妇闻而愈悲。只见其女大车亦从旁哭泣。咸阳一想，便向公主道："要救一家性命，须在此女身上。"公主问何故，咸阳道："高王为人，人莫能测，惟美色可以动之。近日长史冯子昂女、侍郎李昱之妹，欢皆因其色美纳之后房，两家亲族，无不释免。吾观甥女容颜绝世，若使纳之，彼心必喜，可保无事矣。"公主曰："大车年幼，况已许配广平王赞，如何使得？"咸阳曰："我岂不知，但广平西去料无返日，且全家性命与一女荣辱孰重？若舍此计，难免刑戮，将来甥女更不知若何飘落矣。"夫妇闻言大哭，女亦泪下如雨。咸阳又曰："哭他何益？尔朱后以帝后之尊，尚为之妾，何况你女。"公主曰："既如此说，只要救得全家，任凭叔父主张便了。"咸阳见公主已允，严祖自然听从，遂相别而出归。至家，已交二鼓，细想此计虽好，但高王前若何启口说合？辗转不寐。天明起身，走至堂上，见壁上挂《神女图》一幅，乃江南张僧繇所画，精妙绝伦，乃命内侍收下。午牌后，带了此画来见高王，高王召入留坐。略叙寒温，咸阳命内侍送上画来，便道："此幅《神女图》是江东张僧繇笔，吾见画得好，特送大王把玩。"王曰："僧繇画可通神，吾亦闻其名久矣。"展卷视之，果然仙容若活。高王触起前梦，因谓咸阳道："世间女子有若神子之美者乎？"咸阳道："更有美于此者,特大王不知耳。"高王忙问:"何在?"咸阳道:"驸马郑严祖之女,美实过之。"高王曰:"严祖弘农被获,现禁天牢,吾方诛之,难道他女有若斯之美?"咸阳道:"此女乃新宁公主所生,年十四,名娥,至其容貌之美,盖世无双。大王舍此不求,是空有好色之名了。"王曰:"果尔,吾当赦其全家。"咸阳辞出。王阴令画工到监,先图其貌来视。俄而,画工绘像以献。王一见,与梦中所遇南岳地仙容貌无异,惊喜欲狂,忙即下令到狱,放出郑氏一家,房产资财,悉行给还。斯时郑严祖依然富贵如故了。次日,即央咸阳为媒聘娶之。公主虽痛女年幼,不忍割舍,然权在人手,不敢不从,唯有含泪相送而已。高王娶了郑娥,真如天仙下降,不敢以妾礼相待。尝谓娥曰:"睹卿画上芳容,已足令人神醉。今日得亲玉体,能不使我魂消?"娥亦婉转柔顺,王愈爱之,封为楚国夫人。唯世子闻王纳了郑娥,如有所失。王见其忽忽不乐,疑为思母,因命之曰:"汝离母已久,可先归晋阳。吾将迁驾邺城,俟定都事毕,然后归耳。"世子受命而去。

一日,忽报西魏宇文泰引兵攻潼关,守将薛瑜阵亡,关已失守。诸将咸请救之,王曰:"吾方迁都,未暇发兵,且渠亦不敢深入。进讨之期,且俟后日。"乃下令曰:"洛阳建都已久,王气将尽。且西逼西魏,南近梁境,非据守之地。今将迁邺,文武军民俱限三日起发。"乃以赵郡王谌为大司马,咸阳王坦为太尉,高盛为司徒,高敖曹为司空,司马子如、高隆之、高岳、孙腾共知朝政。先日护驾迁邺,自己留后处分。丙子,东魏帝发洛阳,六宫从行。军民四十万户,狼狈就道。时缺马,尚书丞郎已上非陪从者,尽令乘驴。改司州为洛州,以尚书令元弼为洛州刺史,镇洛阳。庚寅,帝至邺。越三日,高王亦至。时宫阙未就,帝居北城相州之廨。王乃命拆洛阳旧宫木料以济之,限日速成。又以新迁之民资产未立,不无嗟怨,出粟一百三十万以赈之,民始宁居。王部分已定,遂辞帝归晋阳。当时有童谣云:

> 可怜青雀子,飞来邺城里。
> 羽翮重欲成,化作鹦鹉子。

此谣永熙年间已有,是时盛传邺下。盖青雀子者,谓孝静帝清和王子也;鹦鹉子者,后来高洋代帝,年号神武之验。此是后话不表。再说世子归去,只将洛下变迁事情诉知娄妃,王之连纳三美,未尝言及。王归,娄妃接,见问:"汝后若何?"王曰:"永熙西去,后已迁邺。有吾在,人莫敢慢也。"俄而报三位夫人至。妃问何人,王一一告之。时众夫人皆来参拜,俱不乐。王命升堂,拜见娄妃,又命与众夫人相见。众见冯、李二夫人貌虽美,不以为异。及见郑娥,皆大惊,疑非人世中人。娄妃亦笑道:"大王得此美丽,莫怪不复念旧也。"王曰:"亦赖卿不妒耳。"当夜,共宴于娄妃宫中。宴罢,各送一院居住。独飞仙院层楼画阁尤胜他处,命楚国夫人居之。盖院在德阳堂后,与王听政之所相近,朝暮尤便出入也。一日,王在娄妃宫见诸夫人皆在座,忽然想起尔朱后独居东府,相隔已久,欲往见之,恐其尚记前恨,乃私语桐花曰:"吾欲往东府,烦卿先行,叫她莫再拒我。"桐花笑曰:"大王自不去耳,彼何尝拒大王也。"桐花遂往。斯时,尔朱后正切幽怀,见桐花至,喜曰:"夫人尚念我乎?"桐花曰:"不唯我念后,王亦念后也。"后曰:

"彼方贪恋新欢,焉肯复念旧人。"桐花曰:"王不来者,虑后见怪耳。今日相聚,勿记前嫌也。"后闻,又喜又恨。未几王至,后乃和颜接之。王见后形容消减,顿生怜惜。时高攸已过周岁,抱出相见。王大喜,遂命设宴,三人共饮。至晚,桐花辞去,王遂留宿后宫,欢好如初。

且说世子高澄年虽幼,颇有恋色之意。高王觉知,谓娄妃曰:"澄儿情窦已开,吾前在洛阳已聘定清和王女为室,今冬与之结婚可乎?"妃曰:"妾亦有此意。"王遂命造世子府,务极华丽。一面修表以闻,一面启知清和王,将吉日送去。清和喜诺。临期世子到邺亲迎,帝与清和皆厚赐之。内外百官无不毕贺。迎至晋阳,在北府正殿成亲。拜见高王夫妇,然后送归新府。斯时,世子年少尚主,加以郎才女貌,正是富贵无双,荣华莫比。人生得意之遭,莫逾于此。哪知人心不足,内中又弄出事来,且听下文分解。

第三十五回　送密函还诗见拒　私宫婢借径图成

说这郑娥之母新宁公主，乃清和王从妹。娥与琼姝为姑舅姊妹，幼年最相亲密。今闻公主嫁来，不胜欣喜，告于高王，欲往见之。王欲不许，又不忍拂其意，但云且缓。娥见王不许，恳于娄妃。妃乃为王言之，王曰："我不令去者，盖有故也。儿方新婚，要他夫妇谐和。楚国之美，足令脂粉无颜，新妇远不及他。澄见楚国之美，必嫌妻貌不佳，是间其欢心也，我故不放她往。"妃曰："王太多心，儿焉敢若此。"王遂许之。郑娥知王已允，大喜。次日起身，十分妆束，带领宫娥十人，上了香车，左右侍从，簇拥而行。有人报知世子，世子大喜，曰："楚国来耶？"忙整衣相接。娥至堂前下车，女官二人引道，与世子相见。遥闻环佩之声，乃是公主出接，一群宫女拥着而来。彼此相见，大喜。礼毕，携手进入内宫，二人并坐。宫女献茶，世子亦来坐于其次。郑夫人年幼娇羞，进宫两月有余，见人未尝言语。至见公主，乃是旧游女伴，不胜欣悦。以世子在座，欲言不言者数次。世子觉，起身走出。夫人乃谓公主曰："愚姊一别贤妹，不觉半载有余。忆想我与妹共乘木兰舟，游太液池，令侍儿采莲唱歌，正在洛阳上苑之中，不图相见乃在此处也。"公主曰："人事变迁，不堪回首。今日姊来，恍如天降，真令人喜出望外。"夫人又曰："自别父母，无日不念家乡，使人梦魂颠倒。未识吾父母安否？"公主曰："皇姑前日来见，幸喜精神如旧，所念念不忘者，惟贤姊一人。命妹寄言，勉进饮食，善保玉体。"于是两人促膝密语，欢笑不已。世子密从屏后窃听，音声呖呖，愈觉可爱。忙催宫女送进新果及佳肴美酒，夫人不饮。只见宫女报道："午时已及，请夫人回宫。"郑娥起身告辞。公主不敢留，便道："后日参谒公姑，来与贤姊聚话便了。"亲自送至宫门。世子已在香车旁等候，见夫人出，谢曰："今日蒙夫人下降，仓猝简慢，幸夫人勿怪。"郑娥道声不敢，登车而去。世子见她去了，只管呆想。要晓得弘农相遇时，郑娥正在忧愁困苦之际，其天然秀色已爱不能舍，况今在欢悦场中，妆束一新，此回相见，何异嫦娥下降。回视公主，真有仙凡之别。故虽宴尔新婚，世子一念一心只在郑娥身上，打听高王或往军营，或往东府，时时往来飞仙院外，冀得一遇。

一日，郑夫人在宫无事，忽有宫女报道："今岁冬暖，宫墙外梅花盛开，高下如雪，微风一过，香气熏人。"娥素性爱梅，闻之大喜，遂引宫女五六人，步出飞仙院外。哪知梅花开处，去此尚远，因问："梅花何在？"宫女指道："就在前面翠薇亭外。夫人要看，须到亭上观望。"娥见宫院深沉，绝无人迹，信步走至亭上。果见四面皆梅，花光如玉，不觉大悦。忽闻画角之声起自林中，嘹亮可听。因问："何人花下吹角？"有婢庆云者，为知院宫女，性颇伶俐，走出一望，回言："世子在花下吹角。"娥道："既是世子，莫去惊动，悄悄看一回罢。"那知世子花下早已窥见亭上有人，料必郑娥看梅，遂放下画角，上亭相见。郑娥见过，忙欲退避。世子觉其欲避，便道："请夫人自在观梅。"走下亭去了。郑娥命庆云问道："方才所吹画角，是何宫调，声甚激越。"世子道："是《落梅》腔也。若夫人爱听，再吹一曲何如？"于是世子复坐树旁石上，吹弄画角。夫人凭栏而听，觉其声如怨如慕，忽触思乡之念，呆立不动。俄而，大王来到，世子仓皇走出。王见世子曰："尔不在宫中，来此何干？"世子曰："儿闻梅花盛开，特来一看。"王叱之退。郑娥见王来，移步相接。王曰："卿何在此？"对曰："妾闻此处梅花遍放，故走来一玩。适世子在梅下吹角，暂立听之。"王见其直言无讳，转不为异，便携手同归院中。谓之曰："我宫律甚严，诸夫人无事皆不许出宫，卿何擅自出外闲步？"娥闻之有惧色。王又慰之曰："卿年幼未知，我不怪卿。卿勿惧，后莫若此耳。"娥应曰："诺。"从此娥无故不出，世子亦不敢来窥矣。

　　且说石州有一豪户刘蠡升，乃伪汉刘元海之后。骁勇绝伦，民夷畏之。离州百里有一云阳谷，谷内周围四百里，蠡升据之。招兵买马，日益强盛。

　　手下精兵数万，勇将百员。孝昌末，建国曰汉，称天子，置百官、后妃，一如天家之制。石州一路，皆被扰害。尔朱荣、尔朱兆进兵征讨，俱为所败，奈何他不得。近又得番僧二人，能行妖术，教演弟子二三百人，专事兴妖作孽。女曰九华公主，美而勇，亦授番僧之术，能剪纸为马，撒豆成兵。窥见魏分为二，中原扰乱，遂引兵来夺石州。官兵不能抵敌，于是刺史杨天祐飞章告急。高王接得文书，乃于德阳堂召集诸将议曰："蠡升强暴已久，非吾自行，恐不能收服。"诸将咸请出师。于是点选精骑三万，猛将二十员，即日起发。入宫谓娄妃曰："刘蠡升反，吾自往讨之。有一事托卿，卿勿负我。"妃问何事。屏去左右，私语妃曰："楚国年幼，卿当以儿女畜之，加意保护。但此女性好游嬉，当诫其静守宫中，勿纵出外。澄儿屡在飞仙院外闲行，吾屡次见之，其意叵测。卿主宫事，尤宜防微杜渐，勿使弄出事来，追悔无及。"妃笑曰："楚国吾亦爱之，何用王嘱？澄儿颇晓礼义，何敢妄行？吾自留心防之便了，大王不必挂念。"王曰："得卿如此，吾复何忧。"又至飞仙院中叮咛一番，然后至军。命世子曰："并州事尔自主之，倘有疏失，责在于尔。"世子再拜受命。王遂起兵星夜前往，按下不表。

　　再说世子自王出军后，深惑郑娥之色，邪心又起，每欲潜致殷勤，又恐泄漏，甚至废寝忘餐，幽怀如结。一日，在瑞芝堂与私奴冯文洛谈论外事，忽见飞仙院宫女李庆云升阶再拜。世子问："何事至此？"庆云曰："奉夫人之命，送金樱于公主，兼问近安。"世子大喜，遂同庆云入宫。庆云拜见公主，致了主人之命。公主亦问夫人安否。闲话一回，便即辞出。只见世子亦出宫来，手持一书，封固甚密，付之曰："公主有书送与夫人，你可带去。"庆云接书便去，回至飞仙院，把书呈上道："此公主送于夫人者。"郑娥见封面上写楚国夫人手启，开函一看，乃是四句五言诗。诗曰：

　　　　金闺久无主，罗袂欲生尘。
　　　　愿作吹箫伴，同为骑凤人。

　　娥看罢大怒，问曰："此书谁与你的？"庆云曰："小婢出宫时，世子言是公主书，教我带归的。"郑娥曰："世子视我为何人，擅敢吟诗戏弄？我去诉知内主，看他何颜！"庆云跪下道："夫人且息怒，小婢有一言相告。若诉知内主，不过将世子责备一番，但合宫皆晓，议论蜂起，反若夫人无私有线了。不若还其书，绝其意，消磨于无事的好。"郑娥被庆云相劝，把怒气按下，便道："你将书去交于公主之手，说世子若再如此，决不干休！"庆云领命，复到世子府来，将书密呈公主，备说夫人见书大怒，命即送还。公主看了，果是世子亲笔，大惊失色，对庆云道："你去对夫人说，此事看奴薄面，切勿声张。"庆云去了。世子到晚入宫，公主道："楚国夫人最为大王宠爱，世子送书与他，何胆大乃尔，独不畏王知耶？"世子抢书，就火上焚之，曰："今生不得此女，有如此书。"公主骇然，再欲有言，世子已出宫去矣。

一日，郑娥在娄妃处夜宴而回，时已更深，行近院门，月明如水，四面无人。忽见世子独立阶下，向娥曰："请夫人少留片刻，我有一言欲达。"郑娥变色曰："世子前日无礼，我将诉于内主，隐忍而罢。今夜尚有何言？妾非路柳墙花，任人轻薄。世子亦有父子之义，岂可不自知过！"世子道："我自弘农相见，已致殷勤，夫人面上并非寡情，何拒我若此？"夫人道："高情虽有，大义难犯。"说罢便走。世子拦住去路，依依不舍。宫人皆惧，夫人发急下泪道："君若无礼，我当撞死阶前，以绝君意。"世子始惧，谢罪而去。娥至宫，下泪不已，庆云再三劝慰，又嘱宫人莫泄，娥始寝。次日灯节，世子命造巧样新灯千百盏，送入娄妃宫中，结灯山一座。妃设宴于宝庆堂，召诸夫人赏灯。唯郑夫人不至，遣宫女庆云回说身有微疾，不能赴宴。娄妃道："既体中欠安，不必劳动她，明日我自来望。"庆云退至阶下，徘徊观望，半晌不去。世子遣宫女问之曰："你留此，不畏夫人责乎？"庆云曰："夫人性极善，不我责也。"时渐更阑，华筵已散。庆云回至翠薇轩，门户寂寂。忽闻廊下有人言曰："庆云何独行至此？"庆云大惊，看时乃世子也。庆云曰："从内府回来。"世子戏之曰："今阁门已闭，何以得入，不如从我去罢。"携其臂，至重林堂轩下，是高王安息之所，与之共寝。遂以郑夫人事托之，庆云笑诺。又付金珠一包，曰："诸侍女亦当结其欢心，使无阻碍。"庆云又诺。至晓遂别。庆云入宫，郑娥尚未起身，呼至床前问之。庆云曰："内主娘娘赐我看灯，故不及归。"娥遂置之。午后娄妃亲自来望，郑娥接见。妃问曰："夫人何疾不快？"娥不答。再问，娥曰："妾欲得二郡主来此同居，则疾尽释矣。未识娘娘允否？"妃曰："汝忧寂寞耶？我命她来伴你便了。"遂命宫女以步辇往接。

二郡主者，王之次女端爱，即后孝静帝后。年十二，伶俐明决，与郑娥最相得。故娥欲其来，以为拒绝世子之计。俄而端爱至。妃言："夫人思汝，要汝来伴。"端爱大喜，命移妆具过来。妃去，端爱遂留，娥忧疑尽释。庆云急报世子曰："事不谐矣。夫人请二郡主相陪，同床共榻，小婢有力难用，奈何？"

世子大惊，遂至飞仙院请见郡主。郡主接见，郑娥托故不见。世子私语郡主曰："妹何在此？你年幼不知宫禁，诸夫人谁不寂寞，妹能一一相伴乎？父王归，恐见责也。"端爱曰："我奉母命居此，无畏也。"世子出。郡主隔帘望之，见其在宫门口与庆云窃窃私语，心甚疑之。入房，娥问："世子来，未识何意？"端爱以世子言告之。娥惊曰："我恳郡主来，正畏世子耳。前以私书相戏，继又拦住无礼。本欲诉知内主，反恐见怪，故隐忍不发。今奈何欲令郡主舍我而去乎？"端爱曰："我疑庆云必与有私，夫人当告知母妃，以重责之，庶有惧心。"郑娥曰："我与郡主同往言之。"爱应诺，二人并辇而行。见娄妃,妃命共坐围炉,以逼寒气,又命进膳。谈话良久,夫人起告曰:"妾有一事欲诉,乞娘娘屏去左右。"妃令左右各退,独郡主在侧,妃问:"何言?"娥乃泣诉世子事,姜妃大惊曰:"大王真神人也! 世子果然不良,日后必遭大祸。"乃谓夫人曰:"我失教诲,致令畜生无礼于卿。卿放心,我自责之,以后自然不敢。大王归,切勿令知也。"娥拜谢,遂与端爱同退。

娄妃即召世子,责之曰:"汝不畏死耶? 楚国你父所爱,何得以无礼相犯? 若令父知,性命难保,我不能救也。"世子跪下,连称不敢。妃复诫饬再三,乃叱之使退。世子回府,闷闷不已,问计于宫官冯文洛、田敬容。盖二人有巧思,多才干,皆世子心腹,故私与商之。文洛曰:"楚国执意不从,劝世子绝念的好。"敬容曰:"世子如欲图成,臣举一人相助,定有妙用。"世子忙问何人敬容徐徐说出。管教:坚心冰洁终含垢,恣意风流卒受殃,且俟下卷细说。

第三十六回　施邪术蛊惑夫人　审私情加刑世子

话说世子欲就私情，问计于田敬容。敬容不合说出一人，世子忙问何人。敬容曰："臣闻通直郎李业兴善为魇魅之术，能使仇仇化为亲爱，贞洁变而悦从。去年司马尚书得一美妇，是吴人被掳到此。尚书纳之府中，屡欲犯之，其妇以死相拒。业兴为之施符一道，妇遂顺从，大相欢爱。若得其术，世子事不怕不成矣。"世子曰："业兴得宠于王，恐不肯为我用也。"敬容道："业兴近得人金，偷改文书，出人死罪。以此胁之，不怕他不为我用。"世子遂召业兴入见，据坐怒色责之曰："大王何等待你，你擅敢得人金，出人罪。吾方检点文书，知尔作弊。若禀知大王，只怕难免一死。"业兴大惧，伏地哀告曰："世子若饶我罪，定当衔环报德。"世子道："既要我饶，我有一事托你，你肯依我么？"业兴曰："世子有事，敢不竭力？"世子遂携手入密室中，谓之曰："闻卿素有灵术，能成人好事。我有一心爱人，近之不得，烦卿为我图之。"业兴曰："图之甚易。但必得其姓名居止，然后可以行法。"世子沉吟曰："既要尔行事，不得不与尔说。我所心爱者，乃楚国夫人郑娥也。"业兴闻之，惧不敢答。世子曰："今日言出我口，入于尔耳。事在必成，否则杀尔以灭口。"业兴怕死，便道："世子休慌，但须近其入处，于密室行法，三日后有验。"世子曰："飞仙院外深密处甚多，卿可安心居之。但院中尚有二郡主在内同宿，奈何？"业兴曰："无妨，包管三日后郡主自去。"世子大喜，遂引之入宫，暗中行术。

且说郑娥自高王去后，甘心独守，虽世子屡次勾挑，毫无动念。自业兴行术后，顿起怀春之意。良宵漏永，又有一世子往来于中，转辗不寐。郡主连夜睡去，梦一狰狞猛虎前来扑噬，才得惊醒。略一合眼，猛虎复来相扰，惧不敢寐。起身谓夫人曰："兄被母责，决不敢再行无礼。奴欲还宫，数日再来。"夫人也不坚留，竟听其去。世子闻知术有效验，大喜，乃招庆云于僻处，问之曰："近日夫人光景若何？"庆云曰："夫人连日恹恹困倦，若有所思。"世子喜极，遂告之故，因曰："吾计已成。今夜入宫，夫人必不拒我。但嘱咐诸婢临时各退，你独在门口相候，勿负吾托。"庆云受命而去。是夜，月色微明，世子托故宿于外轩。人静后，潜至飞仙院叩门。庆云即忙启入。问："夫人睡否？"庆云云："睡已半晌。"遂引世子入房，报云："大王回来。"娥闻王回，大喜，忙披衣而起，只见世子立在床前，惊曰："君来何为？"连呼侍女不应。世子笑颜相向曰："我慕夫人而来，今夜生死当在一处。"便挨身坐下。斯时夫人神迷意乱，如在梦中，见世子眉目如画，肌肤若雪，仪容秀丽，态度风流，不觉动情。于是世子就之，娥遂不复坚拒，而共赴阳台之梦矣。漏交五下，庆云报道："天将晓，世子起身罢。"二人并起。娥谓世子曰："妾以陋质，过蒙大王宠爱，满拟洁身以报大德。怜君一点深情，遂至失身非义。幸君慎之，万勿泄漏。"世子曰："感卿不弃，密相往来，无虑人知也。"遂起身珍重而别。自后郑娥不复来请郡主，而世子竟得朝夕出入。后人有诗讥之曰：

占得人间第一芳，游蜂堂下已偷香。

广寒宫里伦常乱，此日飞仙乱更狂。

广寒指尔朱后事，飞仙指郑娥也。今且按下不表。

再说高王兵到石州时，时已冬底，正值刘蠡升手下大将刘涉同番僧二人领兵攻打石州。番僧播弄妖法，或黑雾迷天，或黄沙括地，守城者皆惧。高王兵到，贼将退下十余里，以备征战。高王扎营城外，谓众将曰："我军方至，贼即退下，有惧我心。今后出战只许败，不许胜，吾自有处。"次日，段韶领兵出马，刘涉敌住。战了数合，韶诈败而回。贼军掩杀过来，兵众尽逃。又差刘贵接战，正遇番僧二人，左右夹攻，贵亦败走。三日连战七阵，高兵皆败，于是尽收军马入城，寨中遗下军粮皆被抢去。贼兵笑以为怯。除夜，贼将开怀畅饮，又恃有妖法利害，全不防备。王至二鼓，乃下令贺拔仁、刘贵引兵抄出贼后，截其归路。亲自带领勇将十员、轻骑一万前去劫寨。及到贼营，正值半夜，贼兵尽在醉梦之中。官军齐声呐喊，四面杀入，浑如砍瓜切菜，各个束手受死。刘涉在中军帐中听见兵至，忙欲起敌，兵已杀到帐外，只得从帐后杂在乱军中逃命。番僧等醉不能起，皆被杀死。及至天明，尸横遍野，血流成河。逃去者又被刘贵、贺拔仁引兵截杀，斩首无数。刘涉被擒，解至军前，王命斩之。

于是乘胜而前，大兵直抵云阳谷下。把守谷口者，乃蠡升弟刘信明及大将万安，闻前军尽没，高兵已至，慌急报知蠡升，求请添兵。一面坚守关口，以防攻入。蠡升闻报大惊，谓其女九华曰："谷口若破，吾都城亦不可保。汝素通法术，可去协力守护。"九华引兵来至谷口，谓众将曰："吾兵新败，不可与战。"命军士各抬乱石堆积关前，以便临敌施用。盖谷口壁立万仞，只有一路可上，真是一夫当关，万人莫敌所在。高兵初至，乘其锐气，鼓勇而登。九华作起法来，一阵狂风，吹得乱石如雨点打下，逢着的头破脑裂，人人受伤，不能进步，只得退至山下。王欲诱之出战，贼将坚守不出。屡次进兵，反伤无数军士。教人四面寻路，皆高峰峻岭，无别径可入。又降下一天大雪，弥满山谷，相守半月，计无所出。忽一夕风雪飘扬，春寒殊甚。王独寝帐中，清怀落寞，遥闻更漏之声，归心顿起。三更睡去，梦一美人倚帐而立，吟诗曰：

君去期花时，花时君不至。

檐前双飞燕，动妾相思泪。

细视之，乃郑夫人也。王喜不自胜，问曰："卿从何来，乃至于此？"美人不答，又吟诗曰：

秋风一夜至，零落后庭花。

莫作经时别，风流有宋家。

王起就之，恍然惊醒，大以为异，转辗思之，达旦不寐。次日，召众将谓之曰："今天寒地冻,风雪不止,久留于此,徒劳军士。我欲暂且班师,待三月之后再图进取。"诸将皆曰:"善。"乃命贺拔仁、康德二将领兵数千,屯于石州要处,遂回晋阳。

世子闻王班师,带领府中文武出郊远迎,娄妃率领诸夫人大小儿女在宫相接。王入宫一一见过,命众皆坐,便将杀退贼兵、全军大胜,备说一遍。妃与诸夫人皆贺。俄而诸夫人退,王独与娄妃语曰:"宫中无事否?"妃曰:"无事。"又问:"飞仙院无甚事否?"妃曰:"无甚事。"王曰:"我不放心者,以其年幼耳。"妃曰:"妾承王托,早晚留意。元宵之夜,郑夫人因抱微恙,不能赴宴。次日妾自往看之。不过以王不在宫,自伤孤寂,欲请端爱作伴,妾即许之。端爱与之同床共宿,情若姊妹,起居遂安。"王闻妃言,大喜。至晚,王至飞仙院,问娥别后之事,言与妃同。因念梦中诗句与听,娥曰:"此大王心不忘妾故耳。"王由是宠爱益甚。一日午后,王听政回来,行至玩芳亭,见奇葩异卉开放一庭,因召郑夫人同玩。夫人闻召,即带宫女徐步而来。世子在凝远楼上望见郑娥绕栏而行,飘若神仙,不知何往,便下楼拦住曰:"夫人何往?"娥曰:"赴大王之召。"世子曰:"夫人能少留片刻乎?"娥曰:"不可。"世子乃前执其手,夫人洒脱急走。王已在前,世子望外急避。王谓娥曰:"世子与尔何语?"娥曰:"妾不顾而走,未识何语。"王虽不疑郑娥,而甚怒世子。

有宫女穆容娥者,娥之从嫁婢也,素与庆云不睦。一日,在后阁与婢赵良霄下棋,夫人至,坐而不避。夫人怒,命知院庆云责之。容娥曰:"我虽无礼,不敢与人私通。"庆云怒,遂痛责之。容娥抱恨切齿,因思欲报此仇,不如将她勾引世子事诉知大王,教她死在目前。暗暗做就首状,潜至德阳堂,见王坐观文书,便上阶首告。王取视之。状云:

> 飞仙院官女穆容娥为首明事:今年正月初六日,夫人遣知院李庆云往世子府送金樱于公主,世子遂与之通,代送私书于夫人,夫人欲裹内主,庆云劝住。元宵夜,与世子同宿于重林堂轩下,一夜不归。自后每引世子调戏夫人,遂成私合。婢欲进谏,苦被禁止。夫人失节,罪在庆云。党恶者良霄、定红。有谢玉瑞、孟秀昭为证。婢恐日后事露累及无辜,先行首告。唯大王鉴之。

王看罢大怒,问穆容娥道:"汝言皆实否?倘有一字虚诳,立即处死。"穆容娥道:"如虚,甘愿治罪。"便叫内侍召出良霄等四人。四人至,王分别勘问。先问孟秀昭,秀昭曰:"正月初六日,世子以私书相送,夫人怒,命庆云还之。后在飞仙院门口,世子拦住夫人不放,夫人欲撞死阶前,世子方止。夫人怕世子擅入院中,请二郡主来陪伴。后庆云以世子命,将金珠分给诸婢,婢等惧不敢违。二月初八日,郡主归去。初十夜,世子来叩门,说大王回来。庆云开门,引世子到夫人卧房。夫人连呼侍女,庆云禁止婢等不许答应。世子遂宿于宫中,至晓方去。"再问良霄、定红、谢玉瑞,所供皆同。王怒曰:"庆云可杀!"即召之来。庆云知事已败露,只得尽吐实情,但云:"穆容娥无礼,夫人命我责之,故怀恨出首。"高王吩咐左右,尽行剥去衣服,赤体受杖。庆云打荆条一百,良霄等打荆条五十,穆容娥亦打二十。个个血流满地,苦楚不堪。打罢,皆上刑具,收入冷监。然后走入飞仙院来。郑娥见宫女召去，尚不知所由来，只见高王怒容满面，上坐喝道："我待你不薄，我去后，擅敢与逆子私通。你且从实说来，一言隐瞒，教你立死！"郑娥又惊又羞，呆立半晌，乃诉出世子相逼之状，且曰："吾身边人皆与他一心，教我如何拒得？"王曰："何以不禀内主？"娥曰："吾同二郡主当面哭诉，娘娘不为奴作主，奈何？"说罢，泪如雨下。高王听见诉过娄妃，娄妃不管，因想："我出门时，何等托付，竟置漠然，使娥孤立无援，陷于奸计，致我受逆子之辱。"不胜大怒。又见娥悲啼婉转，反生怜惜，乃曰："逆子难饶，我不罪你便了。"立起走出，忙召世子。

世子不知事露，挺身入见。王见之，怒气顿加，喝令跪下，以穆容娥之状示之。世子一看，惊得面如土色，哑口无言。王亦不复再问，令左右牵下，去其衣冠，痛杖一百，囚之内监，欲置之死。斯时，世子打得皮开肉烂，满身血染，死去数次。田敬容以汤灌之方醒。泣谓敬容曰："我因于此，未识内主娘娘知否？"敬容曰："大王吩咐，不许一人传说内宫，谁敢去报？"世子道："你去传与公主，叫她速求内主救我。"敬容便去报知公主。公主大惊，忙即来见娄妃。哪知世子事娄妃尚未知之，闻公主来，忙即召入。见其忧愁满面，因问曰："公主何事不乐？"公主便将世子私通楚国、穆容娥首告、大王加责世子说了一遍，泣告道："娘娘须念母子之情，救他一命。"娄妃大惊失色道："我曾再四叮咛，彼依然不改。今深触父怒，如何解救？由他自作自受罢。"盖娄妃曾受王托，郑娥又来诉过，不能全她名节，知王必移怒于己，说也无益，故推辞不管。公主含泪回宫，以内主之言报知世子。世子见父母恩义俱绝，即偷得残生，必遭废弃，伤心一回，便起身悬梁自缢。正是：一生事业由今尽，数夜风流把命倾。未识有人救他还魂否，且听下回分解。

第三十七回　改口词曲全骨肉　佯进退平定妖氛

话说世子怨愤自缢，恰值田敬容进来撞见，慌即解救，世子得以复苏。敬容跪劝道："世子负不世之才，宜留此身以有为，奈何遽欲自尽？"世子不语。俄而，冯文洛至，谓世子曰："臣在外打听得司马尚书近回晋阳，得彼一言，王心可转，世子何不以书求之？"世子遂修书一封，密令送去。其书曰：

> 知名故人恕不复具。近以事近彝伦，有乖风化，致触严亲之怒，罪在不赦之条。身被羁囚，命悬汤火，血流枕席，死等鸿毛。痛援手之无人，欲求生而少路。忽闻君返，如遇春回，惟望施转圜之智，上启王心，效纳牖之忠，下全予命。苟使父子如初，敢不生死衔结。冒禁通书，幸不我弃。

了如接书看罢，对来使道："你回去教世子安心，我尚未见大王，见时自有道理，切不可泄漏机关。"

其时子如方回，亦早略闻消息，因欲救世子，不敢久延，次日绝早便来见王。王知子如回来，即召至德阳堂，共坐细谈。子如略将朝事述了一遍，起身告曰："久不见内主娘娘，求入宫一见。"盖子如以乡间之旧，每次自京回来，皆得进见娄妃也。王曰："汝勿往见。世子不堪承业，行将废之，其母恶得无罪？"子如佯为不解，惊问曰："大王何为出此言也？"王乃告之故。子如曰："大王误矣。郑夫人有倾国之色，世子有过人之资。内主是大王结发之妇，又有大恩于王，以家财助王立业，患难相随，困苦历尽，情义何可忘也？且娄领军为腹心之佐，大功屡建，岂可与妃参商？况此等暗昧之端，未定真假。王奈何以一宫婢之言，而欲弃此三人也？臣窃以大王妃嫔满前，郑夫人独邀宠幸，或有忌之者造言兴谤，未亦可知。世子恃王亲子，在宫出入自由，不避嫌疑，理或有之，此事断无有也。宫婢们畏威惧刑，逞口妄供，何足为信？大王凭一时之怒，而失善后之图，窃为大王不取。"高王被子如一番言语，其怒稍解，渐有悔心。便道："既如此，卿为我勘问之。"

子如领命，随到监所，据案而坐。吊出宫女六人，跪于阶下。又召出世子，世子向子如再拜。子如道："奉敕追勘，世子莫怪。"子如见世子形容憔悴，满目忧愁，起携其手曰："男儿胆气宜壮，何畏威自怯若此？"命坐一旁。先叫穆容娥，喝道："你诬陷夫人，大王已经察出，罪该斩首。今亦不用你供。"喝叫左右将他绑起，推在一旁候死。乃叫谢玉瑞、孟秀昭、良霄、定红一齐跪上，喝道："穆容娥诬陷之罪，即刻正法。你等生死亦在一言，倘不诉出穆容娥诬陷实情，仍旧扶同污蔑上人，一并处斩。"四人大惊，叩头曰："惟公相之命。"

子如授以纸笔，令各自书供。良霄举笔先成。供云：

妾以蒲柳之姿，追随凤阁，趋承之职，朝夕鸾帏。夫人贞淑，大众皆知；宫禁森严，寸心常凛。何乃利口恶奴，以小愤而构成大祸，致令贱妾被牵连而陷入奇冤。是以含恨无穷，有口莫辩。今蒙提问，敢吐实情。所告皆属子虚，前供尽由饰说。幸垂明察，下鉴蚁忱。

三人所供，亦与良霄无异。子如看罢大喜，乃叫李庆云喝道："夫人被诬，你该力辩，何得直认不辞？你死不足惜，其如夫人、世子何？速速书供，免汝一死。"庆云便即写供呈上。供云：

贱妾初无令德，幼乏芳姿，得邀王选，入为护帐之姬；更辱主恩，拜受知宫之职。但知畏法奉公，宁敢肆情纵欲。况我夫人以姮娥而守月，岂同神女去行云。何乃奸诈之徒捏造谎言，横生奇祸，玷夫人之清德，累世子之芳名。只以力弱难争，一时屈认，苦于有冤莫诉，万死奚辞。今承庭讯，得睹云开。乞赐青天之照察，得超垂死之残生。

子如览毕，便道："众供已定，倘大王再问，不得更有他说。"众女皆叩首领命。子如吩咐左右，将穆容娥牵去，先令自尽，立等回报。俄而左右来报："穆容娥已死。"子如下笔判道：

穆容娥惧罪自缢，诬陷显然。良霄等众口相同，真情可据。云开雾散，宫禁本自肃清；射影含沙，谤迹皆由捏造。一人既死，无颊斧钺之加，余众无辜，宜释囹圄之禁。

判毕，取了诸宫女口词来见高王。高王看了，大喜道："我知此事非公不能了也。"便命内侍召请娄妃出见。妃见召，未识何意，惊疑不安，却又不敢不来。乘辇至德阳堂下，王见妃至，和颜相接，妃心稍安。子如亦上前拜见。坐方定，世子亦召到阶下，升堂再拜，悲不自胜，泪落如雨。妃见之歔欷．王亦恻然，指子如曰："全我父子者，尚书之功也。"世子拜谢。王赐黄金千两，以酬其功。是夕，留子如共饮，极欢而散。其后庆云、良霄等皆以他事赐死。王于是待娄妃如旧，而爱郑娥有加。

一日，接得石州文书，报称蠡升复出肆掠，其女九华妖法难破，请王发兵击之。王遂下令亲征，入谓桐花曰："刘蠡升恃妖法为乱，必得卿往，方能破其法。"桐花应命。乃命世子随行。兵至石州，贺拔仁、任祥来见。王问："贼势如何？"仁曰："贼将惟万安骁勇，其余皆非劲敌。但每战方合，便天昏地暗，飞沙迷目，咫尺难辨，故官兵屡退。此皆妖女九华所致。擒得此女，破蠡升不难矣。"王曰："彼若坚守谷口，攻之匪易。彼既引兵出战，擒之不难。"次日，命桐花守住大寨，嘱曰："俟其兵至，尔以法破之。"命诸将各领兵五百，乘便击贼一遇妖法起时，勿与争锋，四散奔走，各择便地埋伏。俟其退回，处处截杀，必擒住九华方止。又命段韶、任祥拥护世子，引兵一千，去打头阵，诱之追下。

众将皆依计而行。斯时九华闻高王又到，与诸将议曰："前日吾军败没者，以彼黑夜劫营，法不及施耳。今后交战，吾但作法胜之。彼若败走，尔等尽力追杀，教他片甲不回，方报前仇。"贼将皆曰："仗公主之力。"议方定，军士报高将营前挑战。九华遂与众将同出，立马旗门之下。见来将中有一少年将军，美貌风流，头戴紫金冠，身穿红绣甲，手执画戟，坐白马上，分明潘安再世，宋玉复生。九华暗想："擒得此子回来，与奴作配，岂非一生大幸。"于是不发一令，只管呆看。段韶见对阵不动，大叫道："来将听者，你敢不用妖法，与我斗力么？"九华倒吃了一惊，遂令万安出马。战未数合，忽黑气罩地，沙石乱飞，空中如有千百万人马杀下。段韶、任祥保着世子便走。九华见了，便驱动神兵，亲自赶来。高兵遇着，四散奔开。九华一心要拿世子，别支兵让他自去，单追着世子，紧紧不放。看看追近高寨，只见一员女将挡住，少年将躲在她背后，狂风顿息，天气开朗，空中神兵皆变为纸人、纸马，纷纷坠下。九华大惊，忙欲再念真言。女将喝道："你法已破，还不下马受缚。"九华惶急，望后便逃。四面伏兵纷纷涌出，围得铁桶相似，喊道："降者免死。"贼兵一半杀死，一半跪地投降。后队兵将来援，又被刘贵、贺拔仁截住杀退。九华插翅难飞，早被桐花赶上，擒下鞍鞯，绑缚定了。王大喜，把九华囚于后营，长驱直进。蠡升闻女被擒，魂胆俱丧，自料不能相抗，只得遣将请和。王许之。又请还其女，然后出降。王对使者召九华至帐，指世子曰："蠡升若降，吾将以世子配之，今未能还也。"使者回报，蠡升信以为实，遂不设备。是夜王引兵袭破谷口，大军齐进，围其都城。其将刘信明、万安见官兵势大，惧同夷灭，斩蠡升之首以降。王入城，斩二人。掳得伪王公将相文武四百余人，库中珍宝无数，迁其人民三万余户，安插内地，班师以归。九华年幼貌美，桐花请赦其罪，王亦以蠡升乞降在先，命世子纳之。遂献俘于朝，帝以高王功大，赐殊礼，假黄钺，剑履上殿，入朝不趋。诸将进爵有差。王辞殊礼，命下再三，卒不受。请追赠恒山王胡士达，以酬桐花之功。帝允奏，谥恒山王为武王。建立新庙，庙成，王同桐花亲往祭之。今且按下东魏事不表。

再说孝武帝迁都长安，大权皆泰掌握，生杀黜陟，帝不得与。虽有天子之名，徒拥虚位。然泰方挟天子以令天下，故外面犹尽臣礼，上下相安。一日，丞相泰同广陵王元欣入宫奏事，直至内院时帝正与平原公主在宫笑语，遂召二臣入宫。泰奏事毕，见帝侧一美人，色甚妖艳，出问广陵王："侍帝侧者是帝之妃耶？谁氏女也？"广陵王曰："此女乃南阳同母之妹，名曰明月，封为平原公主，为帝所宠。入关时，六宫皆弃，相随而来者，唯此女耳。"泰讶曰："然则帝之从妹也，如何纳之为妃？"广陵曰："此实败伦之事，奈帝不悟何？"泰遂邀广陵同归，曰："大王少坐，吾已去请南阳诸王，到此共商。"停一回，诸王皆至，坐定。泰曰："今屈诸王到此，有一事相告。"诸王曰："丞相有何见谕？"泰曰："臣等奉戴一人，要使纪纲肃于上，信义彰于世，天下方服。孔子所谓'其身正，不令而行；其身不正，虽令不从'也。况今高欢据有山东，日夜窥伺。正当讨其不臣，而可自陷非义乎？今天子宠爱平原公主，以妹作妃，大乱人伦之道，何以摄四方而复旧都？吾意欲正君心之失，必先除其所惑之人，王等以为然否？"诸王闻之，尽皆失色。南阳曰："此女系吾亲妹，秽乱宫闱，罪实当诛。但事出于至尊，今若除之，恐丞相有乖于臣礼，奈何？"泰曰："杀之上正帝心，下洗王耻。若留之宫中，帝必不改前辙，以致纲常扫地，大事无成。皆臣下不能匡正之失也，罪何可辞？"诸王不得已，皆曰："唯丞相命。"泰曰："公等意见皆同，吾自有计除之。明日同会南阳府中。"皆应诺而去。

南阳归，言之乙弗妃。妃曰："泰言虽当，但无君之心已露。只恐避一欢，又遇一欢，奈何？"南阳曰："吾亦虑此。"相对叹息。次日饭罢，报泰与广陵至，俄而诸王俱至。南阳还疑入朝同谏，揖泰曰："今日帝前全仗丞相力诤。"泰曰："无庸。平原主亦将到也。"南阳曰："彼安得来？"泰曰："今早吾已遣人入宫，托言王犯危疾，欲一见之，帝已命之来矣。"未几，果报公主到来。乙弗妃接进内堂，平原问妃曰："吾兄何疾？"妃曰："无甚疾，不过欲与皇姑一言耳。"南阳入，平原又问："兄何言？"王不答，但见之下泪，乙弗妃亦掩袂避去。平原大疑。又见泰与诸王同入坐下，必益骇。泰怒目而视曰："你本金枝玉叶，为帝从妹，如何不惜廉耻，陷君不义，你知罪么？"平原惧而泣曰："奴诚有罪，但父母早丧，幼育宫中，孝明、孝庄俱未见面。今上即位，逼侍衾枕，事不由己。唯丞相鉴之。"泰曰："事关伦纪，罪何可免？今日特请一死，以绝君心。"回顾左右曰："何不动手！"两个武士即雄纠纠走上，平原惊倒在地。武士执住手臂，即将白绫套在颈上，顿时缢死。诸王莫敢出声。后人有诗悼之曰：

> 冰肌玉骨本无瑕，一沐君恩万事差。
> 死等鸿毛轻更甚，悔教生在帝王家。

泰见平原已死，谓诸王曰："不如此，不能禁止君之邪心，王等莫怪也。"众皆惟惟。泰命于夜间载其尸入宫，遂别南阳而去。只因有此一番，庙廷从此参商起，主相犹如水火分，请于下文再讲。

第三十八回　黑獭忍心甘弑主　道元决志不同邦

话说孝武自平原去后,至夜不见回宫,正欲遣使去召,忽内侍报道:"公主已经身故,现在载尸还宫。"帝大惊失色,曰:"尸何在?"内侍曰:"已入寝宫。"帝急入,走向尸旁一看,果见玉貌如生,香魂已断,放声大哭,慌问随去内侍,公主因何而死。内侍备述丞相诸王相逼之状,以致命绝。帝闻之,怒气填胸,曰:"此皆南阳欺朕,骗去逼死,誓必杀之。"次日视朝,文武皆集。帝见南阳,拍案大骂道:"你诈病欺君,杀死亲妹,不忠不仁,留你何用!"喝令收禁南牢治罪,值殿武士便把南阳拿下。宇文泰出班奏道:"陛下莫罪南阳,此皆臣之过也。平原秽乱宫闱,大干法纪。若不除之,有累帝德不浅。"帝曰:"即欲治罪,何不奏闻?"泰曰:"臣等知平原越分承恩,陛下必不能割爱全义,故擅行处死,以绝陛下之意。专命之罪,乞陛下鉴之。"帝默然,拂袖而起,乘辇退朝。泰即传谕南牢,放出南阳,任职如故。盖斯时政在宇文,在廷文武宁违帝旨,不敢逆泰,虽帝亦无如之何。回到宫中,惟有切齿含怒,或弯弓射空,或拔剑砍柱,正所谓鸟啼花落,触处伤心。泰知帝怒不解,密置腹心于宫中,察帝动静,纤悉必报。一夜,帝见月光如水,追念平原,惨然下泪。因自吟曰:

> 明月依然在,佳人难再求。
> 香魂游浅土,玉骨葬荒邱。
> 把剑仇难复,吞声怨未休。
> 枉为天子贵,一妇不能留。

便有人抄他诗句,报知宇文泰。泰大惧,暗想:"我不害他,他必害我,岂可复奉为帝。"密与心腹商议废立之计。侍中于谨曰:"高欢负逐君之丑,天下非之。今若复行废立,恐丞相犯弑主之名,奈何?"泰曰:"今祸难方兴,争战未已。欲御外患,必除内忧。吾以赤心奉之,彼反以我为仇。异日疆场有事,变从中起,则大事去矣。不若除此无道,另立贤明,庶国家长久之计。"谨曰:"帝心诚不可保,但既奉之而又害之,恐为欢所笑耳。"

泰曰:"笑者小事,今骑虎之势,正不得不尔。"因定计于长安城东,请帝游猎,暗行弑逆。泰遂入朝奏帝,帝许之。

适有天文官启帝云:"臣夜观乾象,帝星不明。又客星侵帝座,黑气直入紫微垣,主陛下明日有不测之忧,慎勿出宫。"帝惊曰:"丞相请朕出猎,奈何天象有此变异?"因降旨于泰曰:"朕躬偶抱微疾,不能行幸。"泰复请曰:"圣躬不安,乞明日君臣共宴于华林园,以遣帝怀。"帝许之。次日,泰于华林园摆设华筵,会集百官,恭迎帝驾临御,提炉引导,曲尽臣礼。筵前管弦齐奏,歌舞喧阗,山珍海错,无不毕陈。百官轮流上酒,帝不觉沉醉。泰又跪献金卮，俯伏上寿，帝又饮之。宴罢，帝起回宫，文武皆退，乃召天文官问曰："今日已过，保无事否？"天文官奏曰："须过亥时，圣躬万福。"帝命之退，遂就寝。至半夜，腹痛如裂，知中毒，大呼曰："斛斯椿误我！斛斯椿误我！"不数声，遂崩。时正亥刻，年二十五岁。宫官忙报知宇文泰。泰尚未寝，即带腹心左右，先自入朝，问内侍曰："帝临崩有何言？"内侍曰："帝呼斛斯椿误我数声而绝。"泰于是约束御林军士，把守各处宫门，然后传召百官。天将明，百官皆至，闻帝崩，皆惊愕失色。然权归宇文，无一人敢出声者。泰命殓帝尸，俟新天子立始行丧礼。后人有诗悼之曰：

> 一失江山不自持，避汤就火亦奚为。
> 不堪洛下沧桑变，又见长安似弈棋。

　　泰命群臣议所当立，众举帝兄之子广平王元赞，年虽幼，以序以贤，允协人望。泰疑未定。时独坐室中，侍中濮阳王元顺来见。泰迎入室中，问："王何言？"顺垂泪曰："下官为立君之事而来。"泰曰："王意中谁可者？"顺泣曰："高欢逼逐先帝，立幼主以专权。明公宜反其所为。广平幼冲，不足为帝。愿公立长君以安社稷。"泰曰："王言是也。吾欲奉太宰南阳宝炬为帝，王意以为可否？"顺曰："南阳素有仁义之风，奉以为帝，天人允服，足见公之赤心为国也。"泰即传谕百官，众皆悦服。乃备法驾，具冠冕，率文武耆老，皆至王府劝进。南阳辞不敢当，众皆伏地山呼。三让三请，王乃登车，即位于城西坛上，临大殿受朝。改元大统，颁诏大赦，追赠父京兆王为文景皇帝，母杨氏为文景皇后，立妃乙弗氏为皇后，长子元钦为太子。进丞相泰为都督中外诸军、录尚书事、大行台，封安定王。泰固辞王爵，乃封安定公。以尚书斛斯椿为太保，广平王赞为司徒，文武名官皆进爵有差。殡孝武于草堂佛寺，丧礼俱简。谏议大夫宋珠悲哀特甚，数日水浆不入口，呕血数升。泰以名儒，不之罪也。

　　其时有渭州刺史可朱浑道元，本怀朔人，初与侯莫陈悦连兵相应，后悦为泰所杀，道元据州不从。泰攻之不能下，遂与连和，命守渭州。及孝武西迁，魏分为二，道元之母与兄皆在山东邺城，不能接归。又少在怀朔，与欢亲善，故家室在东，欢亦常抚恤之。道元每切思亲之念，特以孝武旧君，不忍背负，留关西不返。一旦新君诏至，知孝武已崩，深为骇异。遣使长安，访得帝崩之由：因与泰不合，遂为所害。大怒，告众将曰："吾所以弃家离母而留此者，以欢犯逐君之罪，泰有奉主之功故耳。今泰擅行弑逆，其恶更甚于欢，岂可与之同事。吾今引兵东行，诸将愿去者，随吾以去，不愿去者，请归长安，吾不禁也。"众将皆曰："公不欲与逆臣为伍，某等亦生死从公。"要晓得可朱浑道元是关西虎将，素号万人敌。又抚下以恩，与同甘苦，能令士卒致死，用兵如神，泰亦畏之。故欲东行，士无异志。道元又曰："吾有书先达晋阳，谁堪使者？"阶下走上一将，年方二十，凛凛身材，骁勇无比，便道："小弟愿往。"乃道元之弟天元也。道元大喜道："弟既肯行，便领书去。但路上须要小心，不可有失。"天元领了兄命，带了家将十余人，飞马而去。行至乌兰关，关将不肯放行。盖其时灵州不服，泰遣李弼、赵贵二将正欲往征，关口谨防奸细出入，如无泰命，不许放出一人一骑。天元候至更深，便于关前四处，暗暗放起火来。风烈火猛,沿烧甚炽。关上望见火势,开关救火。天元引十数骑,从闹中夺路而走。把关军士拦挡,天元连杀数十人,逃出关口,径往灵州飞奔而去。不一日,到了灵州,备说投东之故。曹泥大喜,便差人护送前往。

再说把关将当夜擒得天元从者一人,审出情由,飞报长安。泰大惊,谓诸将曰:"可朱浑道元勇冠三军,若令东去,关西又生一劲敌矣。必乘其未去,擒之以归,方免后忧。诸将中谁可往者?"众举侯莫陈崇可使。盖崇勇而善战,所向无敌,曾单骑擒丑奴于阵上,是泰麾下第一员健将,故众举之。泰遂授以精骑五千,往渭州截其去路。泰又思陈崇虽勇,恐不足以制之。又传谕李弼、赵贵大军勿往灵州,且于乌兰关截杀道元之军,勿使走脱。

且说陈崇兵至渭州,道元因急欲往东,已离渭州进发,闻有兵来,道元谓诸将道:"且住,吾当先破其军而去。"因回军以待。陈崇追及,大声喝道:"可朱浑道元,朝廷待你不薄,何故去投外邦?今日天兵已到,快快下马受缚,免汝一死。"道元出马道:"你是侯莫陈崇?堂堂汉子,何乃为逆臣效力?"陈崇喝道:"你乃反贼,谁是逆臣?"道元道:"吾为永熙之故,受其爵命。今永熙何在?你不念旧君之冤,忝颜事仇,是亦逆贼。还要摇唇鼓舌,宁不愧死。"陈崇听了,怒气直冲,把枪直刺过来。道元便与交锋,战有数十合,不分胜负。道元架住枪道:"我去了,谁耐烦与你战斗。"回马便走。陈崇只认他力怯,乘势赶上。那知道元暗藏飞锤在手,乘他追下,喝声道:"着!"一锤打去,正中陈崇前心,翻身落马,军士急忙救起,已经鲜血直喷,不省人事。副将见主帅身危,只得收兵。道元赶上喝道:"你们听者,归语宇文泰,今暂且饶他,少不得有一日杀到长安,正他弑君之罪。"

说罢,全军起行,谁敢拦阻。一日,到了乌兰关,李弼、赵贵奉了宇文泰之命,早已引兵把住。遂驱兵大战,怎当得道元将勇兵强,人人致死。弼与贵不能抵敌,让他破关而出。道元行至灵州,曹泥接见,大喜。停军一日,便即进发,一路无话。将近云州地面,军士乏粮,众心未免慌乱。只见一支人马,旌旗耀日,扎在云州界上。问之,乃并州大将贺拔仁军也,众心始安。盖自天元到北,高王知道元来附,不胜大喜。一面命天元亲往山东迎母,一面便命贺拔仁引兵二千,赍送资粮来接。探得道元将到,故停军在此。道元便与贺拔仁相见,仁曰:"大王知将军远来,资粮必竭,故先运军粮在此迎候。"道元道:"高王真神人也。"两军合队而行。到了并州,王已遣人来接,道元入见。王握手相慰曰:"喜故人远临,如获天赐,屈卿来此,勿忧不得志也。"道元拜谢。即日封为车骑大将军。

先是孝武弃世,东魏尚未晓得,自道元书来,方知帝崩。王乃遣使至邺,奏请旧君之丧,若何服制,帝令群臣议之。有太学博士潘崇和奏曰:"君遇臣不以礼则无服。是以商汤之民不哭桀,周武之民不服纣,礼宜无服。"有国子博士卫既隆、李同轨并奏曰:"高王及众臣可以无服,独高后与永熙离绝未彰,断无妻不服夫之理。宜在宫中设位举哀,改服守孝。"帝是之。于是臣僚皆不服丧,高后独行丧礼。一日,高王至东府,意甚不悦。庄后问之。曰:"孝武崩,娄妃痛女守寡,常郁郁,故我亦为之不快。"继而叹曰:"误他夫妻者,斛斯椿一人也。"后曰:"何与斛斯椿事?王逼我失节,至使王女为后不终，他日未必不学我也。"王默然。其后孝武后旋卒，而王次女孝静后卒嫁杨遵彦，果如其言。此是后话，今且慢表。

再说时值端午佳节，王与郑夫人同宴于翠薇亭。王醉，贪其地凉爽，就与夫人共宿亭上。宫人皆秉烛坐于帘外。将近三更，一宫人睡去。梦见空中有车马仪仗冉冉而至。忽有纱灯两对，隐隐前照。一美人身穿紫衣，手执金牌一面，上写：宣召南岳真仙云司夫人郑大车，径入寝室。俄而见紫衣人手挽夫人，飘然升云而去。大惊而醒。至晓，王已起身。夫人安卧不动，呼之亦不应。王疑之，忙召宫人来视，昏默如故。王曰："夫人如此，病乎，睡乎？"众莫对。宫人因述夜间之梦，王大惊，曰："如此，则夫人之仙魂去矣。"命守视勿动。次日，依然不醒。忙召娄妃来视，妃揭帐视之，红颜如故，抚其四肢，温软如玉，但口中仅有微息，似续似断。谓王曰："夫人病势甚急，可召医官视之。"王曰："医官已召来视过，皆不能识。但云此离魂之症，非药石所能效，为之奈何？"妃曰："何不出榜招贤？有能医得此症者，许以重赏。或有良医来救，亦未可知。"王从之。哪知即有应命而来者，皆不能治。延至七日，夫人依然若死。王日夜忧疑，寝食俱废。一夕偶步廊下，忽闻内侍们窃窃私语曰："大王要救夫人，何不召问世子？"王喝曰："汝等在此何言？"内侍跪禀曰："夫人之魂已归仙室，前夜世子曾经梦见，惧王怒，故不敢告。王若召世子来问，便知其详。"王即命召世子。但未识世子若何言说，果能救得夫人否，且听下卷细说。

第三十九回　梦游仙玉女传音　入辅政廷臣畏法

话说世子偶抱微疾,在府静养。郑夫人不醒已三四日,世子不知也。一夜世子外斋独宿,忽闻窗外叩户声,起而视之,见红光缭绕,香气氤氲,一女子穿杏黄衫,轻裾长袖,进前曰:"奉仙主命,来召世子。"世子恍惚之中,不知召者何人。女挽衣以行,全不是宫中路径。天气有似三春,奇花异卉开遍路旁。俄至一所,祥云霭霭,瑞气纷纷。经过朱门碧户,上有金字牌曰"云龙洞府"。门半启,不入。登一山,皆奇岩峭壁。有瀑布一条,从山顶飞下,水声潺潺。山侧有洞门紧闭,门上金书"南岳洞天"四字。女子叩门,有青衣女童,开门出问。女子曰:"高世子已召到。"女童入报,请世子进内相见。世子走进,但见红芳满树,碧草鲜妍,阶下仙禽飞舞,一美人端坐堂上。世子升阶再拜,美人命侍女扶起,叙宾主之礼,分左右而坐。谓世子曰:"妾尘姓胡氏,号云翘夫人,主此洞天。有妹云司夫人,尘心未断,与君父有夙世姻缘。奉天曹命,降生郑氏为女,年十四,得侍王宫。吾恐其失迷本性,故召来一见。不意君父大生忧疑,欲令世子归而告之。"又一美人从内走出,视之,乃郑夫人也。密语世子曰:"妾居处甚乐,然不忍贻大王忧,欲归又不能自主。世子归,寄语大王,接妾回去。"世子曰:"仙凡相隔,若何来迎?"夫人曰:"清霄观中有一老道姓徐,亦此处仙官也。求他表奏天庭,妾即回矣。"世子领命,又告云翘夫人曰:"仙主知尘世吉凶,未识吾前程若何,乞赐指迷。"云翘曰:"天机难泄,君能守正而行,便不至自误终身。"乃以云笺一幅,写上四句赠之。其词曰:

明月团团,功成水澜。时来遇玉,事去逢兰。

其后世子娶玉仪公主,居别室,为兰京所杀,其言乃验。当时世子茫然不解。云翘仍命黄衫女子送回。行至中途,有一石桥跨在水面,世子见桥下金鱼游跃,凭栏而看。黄衫女曰:"此处非可久留。"把手一推,跌在水中,大惊而觉,乃是一梦。

天晓起身,便问内侍道:"飞仙院郑夫人有甚事否?"内侍曰:"闻夫人昏迷不醒,已有数日,现在大王出榜求医。"世子知所梦非虚,进告公主。公主曰:"何不报知大王?"世子曰:"事涉嫌疑,不敢启齿。"哪知左右窃听者互相传说,连北府宫人亦皆晓得,故当夜内侍为王言之。王召世子来问,世子备述梦中所见,因曰:"必得清霄观中徐道,方能救得夫人还魂。未识果有其人否?"王命访之,观中果有一道人姓徐,来此不及一月,遂迎之入府。王见其丰神潇洒,大有仙气,深敬礼之。因求解救之术,徐道士曰:"王必虔修表章一道,结坛礼拜。待贫道行法,上达天听便了。"王如言而行。当夜道士拜伏坛中,王与世子皆在旁坐守。至晓不见起来,即而视之,只有衣冠在地,道士已不知去向。众皆骇异。忽报郑夫人已经醒转,王闻信急来看视,见夫人精神如旧,身已起坐,握手问故。夫人曰："前夜与王宿此，见有紫衣女子，手执金牌，来召奴去。奴随之往，至南岳洞府，被云翘夫人留住。奴欲归不得，唯世子身有仙骨，可到洞天，故召来寄信于王。今天庭有旨放奴，奴得再返人世。此时更觉身轻骨健，不比前日。"王大喜，遂同归飞仙院中。府中传为奇事。世子辞出。娄妃及众夫人皆来相贺，桐花谓郑娥曰："夫人居飞仙院中，果不负飞仙之名。但今后切莫飞去，贻大王忧也。"众皆笑。由是宫中群呼娥为仙夫人，王益宠之。太平二年秋八月，娄妃怀孕将产，梦见一龙蟠屈膝下，觉后生男。为高王第六子，名演，字延安，即后北齐孝昭皇帝也。

且说高王因四境无事，思欲西征，祭祀凤陵。命司马李仪作檄，布告远近。文不称意。或荐行台郎孙搴博学能文，命搴另作。天色已晚，搴于灯下援笔立就，其文甚美。王大悦，即授为丞相府主簿，专掌文笔。越数日，高王率将军库狄干等领兵一万，袭西魏夏州。身不火食，四日至城。缚枪为梯，夜入其城，生擒刺史斛拔弥俄突，赦而用之。留都督张琼将兵镇守。迁其部落五千户以归。师至半途，灵州曹泥遣使告急，报称西魏李弼、赵贵引兵来攻灵州，决水灌城，城旁皆成巨河，城不没者四版，势甚危急。高王回军救之，犹恐不及，于是星夜遣使，以书求援于至罗国。令其速发人马，绕出西军之后，乘便击之，以解灵州之围。至罗国得书，果引兵袭破西魏军，获其甲马五千，西魏兵乃退。高王兵至，围已解，曹泥迎拜马首。王以灵州在西魏境内，不能久守，谓泥曰："汝毋留此坐受其困也。"

乃拔其遗户归北，别授曹泥官爵。其婿刘丰生有雄才，王爱之，授为南洛州刺史。朝廷以王平夏州功，封其次子高洋为骠骑大将军、开府仪同、太原郡公，食邑三千户。洋年七岁，已授显爵。王以杨愔为太原公司马，继又迁为大行台右丞。盖洋尚处宫内，不能出外理政，故又使之侍高澄也。

时澄年十七，阴有宰世之志，闻朝中诸贵用事贿赂公行，法度不肃，请于王曰："儿愿入邺辅政，以治臣僚之不法者。"王曰："小子何知，敢主朝政？岂不闻未能操刀而割，必伤其手乎？"世子不悦而退。孙搴告王曰："臣闻世子欲入邺辅政，王何以不许？京师诸贵恃王勋旧，横行无忌，以致人民嗟怨。不有以慑服而整饬之，国势日坏，恐为敌人所乘。世子天才自高，不可以年幼疑之。若使入朝，委以重权，上辅幼主，下肃百僚，大王无虑鞭长不及，群臣无不拱手听命，则内外同心，根本自固，王何舍此万全之计而不为也？"高王遂从其请。乃奏帝以高澄为尚书令，加领军左右京畿四面大都督，入辅朝政。世子得诏大喜，即日拜辞父母，带领宫眷，来京授职。在廷诸臣虽闻世子器识不凡，犹以年少轻之。及视事，尚书省积案如山，世子目不停览，手不停披，决当皆允。未及数日，其事悉了。又引并州别驾崔暹为吏部左丞，凡有参劾，不避权贵，世子亲任之。用法严峻，由是内外震肃，百官皆惧。虽子如、孙腾亦畏之矣。高王又以阿至罗有救灵州之功，遣使赍金帛送之，兼令起兵逼西魏秦州。泰州刺史万俟普性勇决有武力。其子万俟洛慷慨多气节，身长八尺，有万夫不挡之勇。闻至罗兵将至，谓父曰："永熙之崩，实宇文之罪。观其为人，不及高王也。吾父子何可为之戮力？不如东归，必获重用。"普从之，遂率部将三百人弃城东归。高王大喜曰："万俟父子，关西虎将，今来，断泰一臂矣。"封普为西河郡公，洛为建昌郡公。

　　且说孙搴荐世子入朝后,父子俱宠,加为散骑常侍。一日,子如来晋阳,搴及高季式同饮于其家。搴醉甚,卒于席上。子如惶惧,报于高王。王亲临视之,谓子如曰:"卿杀我孙主簿,须还我一人。"子如荐魏收可用,王令代搴职。收才华虽美,行止浮薄。王黜之。高季式入见,王问:"司徒曾言一士,有才而谨密者是谁?"司徒者,高敖曹也。对曰:"莫非记室陈元康乎?"王曰:"是也。吾闻其暗中能作书,真佳士也。"遂召而用之。盖元康博学多能,通达古今。时军国多事,元康问无不知。王带之出行,在马上有所号令,多至十余条,元康屈指数之,尽能记忆。性又严谨,终日不出一语。王甚爱之,曰:"如此人何可多得。"封为安平子。又丞相功曹赵彦深,亦以文学见幸。彦深少孤力学,为子如代笔。高王行文到邺,急要文吏一人。子如以彦深应召,大称王意。与元康同掌机密,并受异宠,时人呼为"陈、赵"焉。是时,高王留意人才,广选文学之士,列之朝班。一日,传谕世子曰:"吾欲西讨黑獭,必先通好梁邦。南方多人物,非宏论博雅者,不足以胜此任。朝臣谁可使者?"世子因举散骑常侍李谐、吏部侍郎卢元明才通今古,学贯天人,可使致聘。王遂命二人聘于梁。梁帝素博学,善辩论。及召二人语,丰神秀爽,应对如流。既而辞出,梁帝目送之,谓左右曰:"卿辈常言北土无人物,此等从何处来?"由是深相敬重,亦遣使还报。哪知因此一番,却动了数臣疑惧。先是贺拔胜荆州失守,与卢柔、史宁相率奔梁。其后独孤信、杨忠在荆州,亦被侯景所破,来降于梁。数人皆有北归之意,而恐梁见疑,不敢发。及见梁与东魏通好,各怀忧惧,因涕泣于梁主之前,求北归。梁主义而许之。遂带旧时兵将渡过江来。斯时,侯景镇守河南,闻报,便选轻骑三千扼其去路。胜等不敢敌,微服从小路徒步进关。及到长安,泰接见大喜,同入见帝。胜见孝武崩,又换了一代帝主,不胜伤感。时斛斯椿已死,正缺三公之位,帝即以贺拔胜为太师,封史宁为将军。泰以卢柔有文学,引入相府,为从事中郎。独孤信、杨忠引为帐下都督。

　　是年关中大旱,田禾尽死,人相食。高王闻之曰:"此天亡泰也,吾取之必矣。"于是调集人马,择日起征。分兵三路进攻,敕司徒高敖曹引精骑三万趣上洛;敕大都督窦泰引兵三万趣潼关。自率大军趋蒲坂。造三浮桥,欲以济河。当是时,关西大震,人心惶惧,皆以强弱不敌为忧。泰军于广阳,谓诸将曰:"高欢犄吾三面,作浮桥以示必渡。此欲羁留吾军,使窦泰西入耳。欢自起军以来,窦泰常为前锋,其下皆精兵锐卒,屡胜而骄,士志必怠。今以轻兵袭之必克,克则欢不战自走。若留兵在此与之相持,胜负未可知也。"诸将皆曰:"贼在近不击,舍而袭远,脱有蹉跌,后悔何及?不如分兵御之为上。"泰曰:"不然。前欢再攻潼关,吾军不出灞上一步。今大举而来,谓吾亦只自守,有轻我之心。乘此袭之,何患不克?欢虽作浮桥,未能径渡。不过五日,吾取窦泰必矣。"左丞苏绰、参军达奚武皆赞成之。庚戌,泰还长安,诸将犹以为疑。泰乃隐其计,以问族子直事郎中宇文深。深曰:"窦泰,欢之骁将,今大军攻蒲坂,则欢拒守而泰救之。吾表里受敌,此危道也。不如选轻锐,潜出小关。窦泰躁急,必来决战。欢持重,未即来救。吾急击之,泰可擒也。擒泰则欢势自沮,回师击之,可获大胜。"泰喜曰:"是吾心也。"乃声言欲保陇右。辛亥,入朝见帝,帝问:"敌势若何?"泰曰:"陛下勿扰,保为陛下破之。"帝曰:

"却敌安邦,全赖丞相神算。"泰拜退,遂潜军东出。癸丑,至小关,过马牧泽,与窦泰军遇。正是:兵行险处谋先定,师到奇时勇莫当。未识此番交战,果能败得东兵,擒得窦泰否,且俟下卷再讲。

第四十回　潼关道世宁捐躯　锁云轩金婉失节

话说窦泰，字世宁，官拜大都督行台，雄武多智。妻即娄妃之妹，为王勋戚重臣。故讨西之役，委以专征一面。先是未起兵时，邺中有谣云："窦行台，去不来。"市中小儿咸唱之。又起兵前一夜，三更时候，有朱衣冠帻数人入台，云收窦中尉，宿值者皆惊起，忽然不见，人咸异之，知其此去必败。而世宁意气正盛，方以生擒黑獭，平定长安自负。西趋潼关，只道宇文大军方拒高王，此处必不自来，长驱深入，可以无虞。哪知泰已潜出小关，结阵以待。世宁不虞泰至，仓猝出战，两军相合，未分胜负。忽后面喊声大振，冲出无数人马，杀入后队，勇不可挡。前后夹攻，兵众乱窜，或走或降，一时尽散。世宁见大势已去，只得杀条血路，拍马而走。登一小山高处，招呼军士，无一应者。俄而四面围住，尽是黑衣黑甲，声声喊捉窦泰。泰回顾左右，竟无一人。仰天叹曰："吾起兵以来，未尝遭此大败，今日何颜复见高王？"遂拔剑自刎。西魏兵见泰已死，斩其首以去。要晓得泰在前军佯与为敌，暗令窦炽、窦毅二将率领精骑，从山后抄出，袭破后军，故东兵大败。又前过马牧泽，见西南上有黄紫气抱于日旁，从未至酉方散。占候吏蒋升曰："此喜气也。大军得喜气下临，乃窦泰授首之兆。"果如其言。泰送首长安，遂引大兵回广阳，与欢相敌。高王初闻窦泰被攻，以浮桥未完，不能往救。继闻窦泰自杀，一军皆没，即拆浮桥而退。都督薛孤进殿后，西军来追，且战且行，一日砍折十五刀，敌乃退，军无所失。高王还晋阳，痛泰阵亡，奏赠泰大司马、太尉、尚书事，谥曰忠贞，以其子孝敬嗣父爵。

再说敖曹一军由商山而进，连破西师，所向无敌。进攻上洛，城中守将泉企防御甚严，十余日不能下。时有上洛豪民杜窋暗结泉岳、泉猛、泉略弟兄三人，谋以城应东魏。事败，企收泉、岳弟兄斩之，杜窋逾城走，投敖曹，请进师。敖曹用之为向导，还攻城。城上矢石如雨，敖曹连中三箭，洞胸穿骨，落马殒绝。良久复苏，血污满体，乃卸下甲胄，割征袍裹疮，上马复进，力杀数人。诸将皆感激，奋勇而登，城遂陷。执刺史泉企，企谓敖曹曰："吾力屈，非心服也。"时敖曹疮甚，虑不能生，叹曰："恨不见季式作刺史。"诸将密以闻，王即授季式为济州刺史，因谕之曰："窦泰军没，人必摇动，卿宜速归。"敖曹乃以杜窋行洛州事，全军而还。

却说泉企有二子：长元礼，次仲遵，皆有智勇。企被执时，二子皆逃脱。大军去后，二人阴结死士，袭杀杜窋，复以城归西魏。泰封元礼世袭洛州刺史，于是东西各守旧境，暂皆罢兵，民得稍息。

看官也要晓得欢与泰才智相等，其行事又各不同。泰性节俭，不纳歌姬舞女，不治府第园囿，省民财，惜民力，故西人感德，能转弱为强。欢则恣意声色，离宫别馆，到处建造，然能驾驭英豪，善识机宜，远在千里之外，烛照如神，故群臣效命，天下畏服。虽穷极奢靡，而国用不匮。尝于太原西南四十里外，建避暑宫一所，极林泉之胜。每逢夏月,同姬妾居之。又太原北有燕山,山上一大池,方一里,其水明澈澄清,俗谓之"天池"。夏日荷花最盛,高王造舟池内,载姬妾以游。曾于水中得一奇石,隐起成文,有四字曰:"六王山川"。王昇之,携归,遍以示群臣,人多不解。行台郎中杨休之曰:"此石乃大王之瑞也。"王问何瑞休之曰:"六者,大王之讳。王者,当王天下。河、洛、伊为三川,泾、渭、洛亦曰三川,主大王膺受天命,奄有关洛,岂非大王之瑞乎?"王曰:"世人无事,常言我反,况闻此乎? 慎勿妄言也。"时尉景在座,告王曰:"王不忆在信都时僧灵远之言乎? 其决尔朱氏败亡日月,一一不爽。又言齐当兴,东海出天子。王封渤海,应在齐地。天意如此,何患大业不成?"王曰:"士真尔亦不知我心耶? 吾岂贪天位而忘臣节者,今后切勿作此议论,致被人疑。"二人不敢言而退。时有行台郎中杜弼,以在位者多贪污,罕廉洁,言于高王,请按治之。王曰:"卿言良是,但国家自孝明以来贪墨成风,百官习弊已久,治岂易言。况督军战将家属半在关西,宇文泰常招诱之,人情去留,尚未可定。江东又有梁主萧老翁,专尚衣冠礼乐,中原士大夫望之以为正统所在。今若厘正纪纲,不少假借,恐战士尽投宇文,士子多奔萧衍,何以为国?"斥其言不用。而弼性迂执,嫉恶尤甚。一日,又告于王曰:"王欲除外贼,当先除内贼。"王问:"内贼为谁?"曰:"满朝勋贵是也。"王不答,乃传甲士三千,分两行排列,自辕门起,直至堂阶,成一夹道。甲仗鲜明,剑戟锋利,弓尽上弦,刀尽出鞘,如临大敌。乃谓弼曰:"汝从此走入,并不相犯,无恐也。"弼如命以行,但见四面都是刀枪,两旁无非锋镝,吓得魂胆俱碎。走至堂阶,冷汗如雨,身体战栗,见王犹面如死灰。王笑曰:"箭上弦不射,刀出鞘不砍,尔尚恐惧若此。今诸勋贵冲锋陷阵,大小百有余战,伤痕遍体,从万死一生中挣得功名。今享一日荣贵而遽责其贪鄙,弃大功而苛细过,人孰为我用乎?"弼乃服。故高王号令军民,每先安抚其心。其语鲜卑人曰:"汉民是汝奴,夫为汝耕,妇为汝织,输纳粟帛,令汝温饱,汝为何凌之?"其语汉人曰:"鲜卑是汝客,得汝一斛粟、一匹绢,为汝击贼,令汝安宁,汝为何疾之?"由是军民感悦。时鲜卑皆轻汉人,惟惧高敖曹。敖曹自上洛还,王以为军司大都督,统七十六部,宠遇日盛。但性粗豪,傲上不恭。一日来谒,值王昼寝,门者不敢报。敖曹怒,弯弓射之,门者惊散。左右奔告王,皆言敖曹反。王笑曰:"岂有敖曹反耶?"忙即召入,慰而谢之。如驯猛虎然,不加束缚,自受节制。王在军中对诸将言皆鲜卑语,对敖曹则汉语,以故敖曹常切感激,誓以死报。今且按下不表。

且说高王弟高琛,字永宝,尚华山公主,为驸马都督。生一子,名须拔。永宝早失父母,娄妃抚养长大,故事嫂如母,常出入后宫。静帝即位,封南赵郡公。富贵无比,家蓄姬妾数人,正是朝欢暮乐时候。哪知美色易溺,又生出一件事来。先是王在避暑宫,命永宝在府检校文书,与二世子高洋作伴,故永宝宿于德阳堂轩内。一日进见娄妃,坐谈半晌,退与高洋、高浚行至宝庆堂,相为蹴鞠之戏。俄而高洋去了,浚挽永宝手行至堂左,旁有雕楼七间,楼上下皆丹青图画,金碧辉煌。走过楼廊三五十步,见一宫院,朱帘翠幕,楼台缥缈,有双环侍女二人立于帘外。永宝问:"此院何人所居?"浚曰:"此锁云轩,小朱夫人之宫也。"永宝知是朱金婉所居,便欲退出。浚拖住不放,谓侍女曰:"去报夫人晓得,叔叔驸马在此,快送些茶果出来。"侍女进去一回,果送出冰桃雪藕,请二人解渴。金婉亦走在帘内观望,见永宝年少风流,一表非俗,口虽不言,心中暗生羡慕。

恰好一阵风过，把帘幕吹开。高浚见夫人在内，便走进作揖，招呼永宝道："夫人在此，叔叔进来相见。"永宝闻呼，便亦走进施礼。哪知不见犹可，一见金婉千般娇媚，万种风流，顿时神迷意乱，口称夫人不绝，加意亲热。金婉见他殷勤，便请入内堂，宽坐留茶，频以目视永宝，颇觉情动。高浚孩子心性，只贪顽耍，哪管两下长短。少顷辞出，永宝回至外堂，转辗思量，夜不能寐。次日午后，吩咐侍者："二世子倘若问我，说我暂时回府去了。"遂不带一人，悄悄走入内府，经过雕楼，喜无一人撞见，直至锁云轩门口。女侍看见，忙报夫人。夫人未及回答，永宝已入宫来。夫人只得起身迎接，忙问："驸马到此何干？"永宝曰："昨日承赐香茗，特来拜谢。"金婉惊曰："大王不在宫中，昨君到此，本不敢邀坐留茶，以有二世子同来，故冒禁相见。今君独行至此，宫中耳目众多，恐涉瓜李之嫌，致招物议。请君速返，毋为我累。"永宝曰："夫人果是天上神女，难道不容俗子一步芳尘么？"金婉见其言词婉昵，深寓相爱之意，便道："承君不弃，只好缘结来生，今生休想。"连催回步，永宝只得怏怏走出。才下阶，见守门宫娥飞步进来报道："巫山府胡夫人、凝远楼穆夫人皆来探望，行将到也。"金婉大惊，向永宝道："君出，定被她们撞见，恐惹人疑，不如权躲一边。俟她们去后，然后再行。"永宝闻言，便转身往后去躲。金婉接入两位夫人，逊坐献茶。闲谈一回，巴不得二人就去。因天气炎热，要等晚凉回宫，坐着不动。直至红日沉西，方起身作别。金婉见二人去了，就请驸马出院。永宝急急走出，宫娥道："门吏专候二位夫人辇出，便已下锁，驸马不能出去了。"永宝重复退回。金婉道："如此奈何？"永宝道："今夜进退两难，只好借宫中一席之地，权宿一宵。明日早行，谅无妨碍。未识夫人肯赐曲全否？"金婉见他哀恳，也是无可奈何，只得整备夜膳，对坐共酌。始初尚怀顾忌，三杯入腹，渐渐亲热起来。此以语言勾挑，彼以眉目送情。坐至更深，不觉春心荡漾，遂同枕席。天将明，永宝潜身而出。暗思事虽从愿，怎得常相聚会。因阅宫府全图，锁云轩墙外即是东游园，园中假山一座，正靠墙边。若从背后掘一地道，便可直通里边，出入可以自由。打算已定，便向高洋道："此地炎热，东园幽寂凉爽，吾欲借宿数日，不知可否？"高洋道："叔父去住便了，何言借也？"永宝因即移居园内，命心腹内侍从墙外掘进，暗暗通知金婉。金婉大喜，亦命宫女在内帮助，地道遂成。从此朝出暮入，全无人觉。如是者已非一日。

先是高王闻世子在朝，颇事淫乐，欲召他归来，考其朝政得失。忽报柔然入寇，高王亲自引兵御之，遂召世子归，镇守晋阳。世子与永宝从幼相依，情最莫逆。一日将晚，欲与相见，寻之不获。有内侍张保财曰："顷见驸马不带一人，走入东园去了。"世子亦步入园来，问园吏道："驸马在内否？"园吏曰："在内。"及至园中，不见永宝，遂坐亭中，命保财寻觅。保财满园寻遍，毫无踪迹，走至假山背后，见一地洞，深有六尺，洞口泥土光滑，似有人出入其间。回报世子，世子亲自往看，果有一洞，命保财入内探视。回说内经十数步，通入墙内，洞口亦有树木遮蔽。遥望之，楼阁重重，回廊曲槛，绣幕朱帘，俨如图画。隐约有一美女与驸马共坐亭上笑语。世子听罢大惊，暗想："墙内已是宫府，与锁云轩逼近，难道叔父与朱夫人有私么？"吩咐保财："汝今夜宿在园中伺候消息，明日禀我知道。"遂自回府。一等天晓，复往园中。问保财道："驸马曾出来否？"曰：

"尚未。"世子等了一回道:"驸马此时定将出矣,你说我候在千秋亭上,有密事要商,速来相见。"正是:私情虽密终须破,好事多磨切莫为。未识世子等候亭上作何言说,且听后文分解。

第四十一回　结外援西魏废后　弃群策东邺亡师

话说保财奉世子命,候在洞口。一会永宝出来,见了保财,大惊失色。保财道:"驸马莫慌,世子坐等在亭子上,请驸马相见。"永宝只得走进亭来。世子接见道:"叔非韩寿,奈何偷香?"永宝跪下道:"此事愿世子庇我,莫诉兄知。"世子扶起道:"此事我何敢泄? 但日久必败,倘被父王晓得,祸必不免。前日侄因一念不谨,几丧性命。叔何不以我为鉴? 及早改之,犹可无事。"永宝惟惟,遂同至德阳堂。世子说了一番,只道永宝以后自然悔改,从此绝不提起。

一日,忽报柔然败去,高王奏凯而回。大军将到晋阳,遂同府中文武郊外迎接。王归,犒赏三军已罢,回至娄妃宫中夜宴。是夜,宿于飞仙院。次日,即往东府,三日不出。有一夜回府,本欲往娄妃宫去,行至宝庆堂,见雕楼下月色甚明,忽思朱金婉处久已冷落,趁此良夜,与她相聚一宵。走至锁云轩,见院门深闭,令人叩门。那知其夕永宝正在里边,与金婉饮酒取乐,忽闻王来,彼此失色。永宝急走内阁躲避。夫人下阶相迎,夜宴之具不及收拾。王谓夫人曰:"卿在此独饮乎?"夫人曰:"因贪月色好,故在此小饮。"口虽答应,颇露惊慌之色,王心甚疑。遂解衣共寝,夫人不发一言,全不似旧日相叙光景。王心疑益甚,复起望月。夫人亦绝无一语,乃走出房外。微闻墙边有人窃窃私语,遂从帘内望之。月光如昼,见数宫人送一少年出去。一人道:"驸马今夜只好在园中耽搁。"又一人道:"驸马休慌,世子在飞仙院,亦曾如此。"王知是永宝,心中大怒,且不声张,命值夜宫女开门径出。至雕楼下,有人言语,呼之,乃内侍王信忠,急命锁了锁云轩外门,便至柏林堂,倚床独坐。金婉见王已去,又报外门封锁,知事情败露,吓得魂飞魄散。宫娥们亦皆忧惧。王坐至天明,召园吏问:"昨夜何人在园?"答道:"驸马。"王问:"此时在否?"答道:"已去。"王喝道:"你们职司守园,如何纵人出入?"园吏道:"因是驸马,且大王亲弟,故不敢拒。"王曰:"几时留宿起的?"园吏曰:"往来时日,皆有簿记。"王命取来,俄而呈上一簿,乃驸马留宿园中日月,及世子寻见地道根由,备写在上。王知园吏无罪,遂叱令退。忙召永宝,永宝虽怀惊惧,不敢不到。世子不知永宝事发,亦随之入。王见之大怒,以园吏所书之簿示之。永宝伏地谢罪,王令左右去其衣冠,痛杖一百,血流满地,令人扶出。又怒责世子曰:"你亦罪难指数。"亦痛杖之,幽于柏林堂西庑。走到娄妃宫中,怒气满面。妃问:"大王为何如此着恼?"王将锁云轩事告之,妃曰:"永宝虽有罪,望王念手足之义,曲为宽宥。"话未毕,忽内侍报道:"驸马不堪受杖,到府即死。"盖永宝体素肥,外强中干,受杖既深,顿时痰涌,遂欲救无及。王得报大惊,娄妃闻之,泪下如雨。继而王拔剑以走,妃问:"欲杀何人?"王曰:"永宝之死,皆金婉害之,我去杀此贱婢。"妃拦住道:"金婉不足杀也。王广收美色,纳之后宫,使她空守寂寞,为人所诱,此心焉得不乱? 今驸马已死,岂可复杀金婉以重其罪。况金婉已生一子在宫,若杀之,叫此小儿谁靠? 王即不念其母,可不念其子乎? 依妾所见,闭锁深宫，使不齿于诸夫人之列罢了。"王遂收剑坐下。

俄而报世子杖后发晕数次，妃惊曰："澄儿何罪而王杖之？"王叹曰："此儿虽聪明，但旧性不改，在京纵欲败度。不痛责之，无以惩后，今日犹未尽法治也。"看官，你道高王何以甚怒世子？先是世子在朝，大兴土木，广选佳丽。一日，朝罢回府，有妇人诉冤马前。视其状词，乃古监门将军伊琳之妻裴氏，见其姿容甚美，遂带入府中，亲自问话。盖伊琳奉命往洛阳运木，违误工程，侵盗运费，为侍中孙腾劾奏。侍中高隆之构成其罪，收禁在狱，三年有余。裴氏因泣陈冤枉，言孙腾在洛自盗内府金银，没入珊瑚树一枝、珠帘一顶，皆系伊琳亲见，欲灭其口，故问成死罪收禁狱中。世子大怒道："孙侍中贪财怙势，擅入人罪，吾当为尔伸冤。但事关权贵，你若出去，被他们暗行杀害，谁与质审？你且住我府中，等事情明白，然后出去。"裴氏拜谢。盖世子悦其美而欲私之，故不放之出也。次日，遂下文书于尚书省，提问伊琳一案。隆之知事关孙腾，乃使人送还文书，谓世子曰："伊琳之狱定已三年，罪状甚明，不劳追摄。"世子大怒，必欲提问。司马子如亦劝世子勿究。世子不从，腾与隆之大怒，不放伊琳出狱。世子无从审问，因欲上诉高王，孙、高二人访知世子已与裴氏成奸，亦欲诉知高王，子如从中调停，赦了伊琳之罪，前事亦不追究，方各相安。其后世子奏复伊琳官爵，数往其家留宿。高王探知此事，心中甚怒，因军旅匆忙，未及责问。今又闻其祖庇永宝，故并责之。然永宝已死，心甚不忍。乃命世子归府调养，幽金婉于冷宫，余皆不究。永宝之子须拔，以游夫人无子，命其抚养在宫，列于诸子之内，取名曰睿。今且按下不表。

且说宇文泰自潼关杀了窦泰，败高王于蒲坂，国中连年饥馑，兵食不足，常虑高王起兵复仇。时有蠕蠕国，土地广大，兵马强盛。闻与东魏相结，欲伐西魏，心甚忧之，因遣使通好，欲得其助。蠕蠕主曰："西魏若欲结好，必娶吾女为后，方肯为援。"使者复命，泰劝文帝废乙弗后为尼。帝不忍，曰："后乃结发之妇，岂可无罪而废？"因集群臣会议，群臣迎合泰意，皆言不废皇后，则难娶蠕蠕之女。不娶其女，恐外患之来，无人救援，社稷不安。帝迫于众议，叹道："吾岂以一妇而弃社稷大计。"乃废乙弗氏为尼，降居别院，后与帝大恸而别。有感别诗曰：

> 十载承恩一旦捐，数行珠泪落君前。
> 良谋果得安天下，妾入空门也泰然。

其后蠕蠕以故后尚在，复欲伐魏。文帝遂赐后死，前日所梦，至此果然应了。是时帝既废后，乃遣扶风王元孚具金帛礼仪，往蠕蠕国，迎头兵可汗公主为后。可汗大喜道："我女得与大魏皇帝为后，诚天缘也。"遂送女于西魏，车七百乘、马一万匹、橐驼一千头、珍宝异物不可胜数。蠕蠕风俗以东向为贵，故公主行幕皆向东。将至长安，扶风王请公主南面，公主曰："我此时犹蠕蠕女也。魏自南向，我自东向，亦有何害？"西魏大统四年三月丙子，立蠕蠕国公主郁久闾氏为后。丁丑，大赦天下，丞相泰自华州入朝称贺。旋还华州，闻弘农郡有积粟，遣兵袭而据之。

是年，东魏主年十五，亦立欢之次女为后。适边郡贡一巨象，改元元象，大赦天下。

高王闻泰夺据弘农大怒，乃大举西讨，先命敖曹治兵于虎牢，调发各路人马，限日齐集壶口，进取蒲津。段荣谏曰："臣夜观星象，大军不利西行，宜俟来年进讨。"王曰："天道幽远，今军已戒严，不可阻将士之气，卿毋畏缩。"娄妃亦谏曰："妾闻秦地有山河之固，地势险阻，大兵仰而攻之，主客相悬，劳逸不同。愿大王慎之。"王曰："吾筹之已熟，今行不灭，荡平无期。此行非得已也。"遂命世子入朝，率诸将进发。军至壶口，侯景引五万人马自河南至；刘贵引三万人马自山东至。连晋阳之兵，共号二十万，兵势甚盛。敖曹知大军已发，遂自虎牢起兵围住弘农。右长史薛琡告王曰："西贼连年饥馑，故冒死来入陕州，欲取仓粟以养三军。今敖曹已围弘农，粟不得出。但置兵诸道，勿与野战。比及麦秋，收成又缺，其民自皆饿死，宝炬、黑獭何忧不降？愿勿长驱渡河。"王不听。侯景亦谓王曰："今日举兵，形势极大，万一不捷，猝难收敛。不如分为二队，王统前军，臣统后军，相继而进。前军若胜，后军全力以赴；前军若败，后军乘而援之，万无一失。"欢亦不从。遂自蒲津渡河，全军尽登西岸。泰闻东魏兵至，大惧，以华州当道冲，遣使至州，命刺史王罴严守。罴对使者曰："老罴当道卧，貉子哪得过。归语丞相，可无忧也。"俄而高王兵至，谓罴曰："何不早降？"罴大呼曰："此城是王罴冢，生死在此，欲死者来。"诸将请攻之。王曰："无庸，吾志在灭泰，此等碌碌，何足污吾兵刃？"遂涉洛，军于许原之西，连营三十里。

先是泰发征书十余道，调集各路人马，皆未至。将士不满一万，欲进击欢，诸将皆疑众寡不敌，请待欢军更西，以观其势。泰曰："欢若至长安，则人情扰乱，将何以济？今乘其远来，营伍未固，击之可图一胜。"贺拔胜亦以为然。即造浮桥于渭上，令军士赍三日粮，以示必死。轻骑渡渭，留辎重于后。自渭南夹渭而西，壬辰，至沙苑，距东魏军六十里。然见其兵势甚盛，将士皆忧难敌，泰亦惧不自安。宇文深独贺曰："吾军胜矣。"泰问其故，对曰："欢镇抚河北，甚得众心，以此自守，图之非易。今悬师渡河，非众所欲，独欢耻失窦泰，愎谏而来，此所谓忿兵，可一战而擒也。何为不贺？愿假深一节，发王罴之兵，邀其走路，使无遗类。"泰喜曰："闻君言，使人胆壮十倍。"泰又遣达奚武觇欢军。武从三骑，效欢将士衣服，日暮去营数百步下马，伏地潜听，得其军号。因上马历营，若警夜然，有不如法者，往往挞之，俱知敌军情状而还。仪同李弼曰："敌众我寡，平地不可与战。去此数里，地名渭曲，地狭势阻，多高芦长苇，可以全军埋伏。先据此处，以奇兵胜之。"泰从其计。乃命李弼为右拒，引兵三千，带领勇将五员，伏于渭曲之西；命赵贵为左拒，引兵三千，带领勇将五员，伏于渭曲之东，皆令闻鼓声而起。自主中军，背水布阵。

分拨方毕，东军已至。见宇文兵少，皆有轻敌之心。都督赵青雀请战，斛律美举曰："黑獭举国而来，欲决一死战。譬如瘦狗，或能噬人。且渭曲苇深土泞，不利驰骤，无所用力。为今之计，不如勿与交锋，密分精锐，掩袭长安，巢穴已倾，则黑獭不战成擒矣。"王曰："彼伏兵芦内，以火焚之，何如？"侯景曰："以大王兵力，何坚不破？今日当生擒黑獭，以示三军。若纵火焚之，虽杀之，不足为勇也。"彭乐饮酒醉，盛气请战，曰："王何不速战？今日众寡悬殊，以百人而擒一人，何患不克？"王许之。彭乐大声呼曰："能杀敌者从吾来！"王立马高坡之上以督战，令于军中曰："能生擒黑獭者，封万户侯。"于是兵将一涌而进,不成行列。泰率诸将死拒。俄而战鼓三通,左右伏兵陡出,并力致死,将东军冲为两段。彭乐深入敌阵,正遇耿令贵交战,令贵败走。不料李标在后,一枪直刺过来,正中腰下,把肚肠拖出。段韶见了,急来救护。彭乐纳肠入腹,纳不尽者以剑截之,束创复战,勇气不衰。敌军见者皆为吐舌。斛律明月被围阵中,一枝画戟使得神出鬼没,连杀数将。贺拔胜出马相迎,力战数十合,明月全无惧怯。胜壮之曰:"谁家生此虎儿?"纵之去。斯时西军勇气百倍,东军前后不相顾,尽行溃散。正是:廿里连营成瓦解,六军锐卒似冰消。未识高王作何解救,且听下卷细讲。

第四十二回　奔河阳赦曹殒命　败黑獭侯景立功

　　话说高王立马高坡，见东军大败，尚欲收兵更战，使张华原历营点兵，莫有应者。还报曰："众兵尽散，营皆空矣。"王未肯去，斛律金曰："众心离涣，不可复用。宜急向河东，再图后举。"俄而娄昭、潘乐、段韶飞奔而来，皆曰："王何不去？"王曰："能复战乎？"韶曰："不能矣。赵青雀已降于泰。诸将只道大王已去，皆渡洛东归矣。此时不去，敌兵四合，恐自拔无路。"王犹据鞍未动，斛律金以鞭拂王马，乃驰去。数将拥之而行。王曰："全军尽没，吾何以返？"韶曰："臣父总锦衣军，有兵一万三千未动。侯景有五万人马，尚在河桥屯守。渡过洛水，便得济矣。"行至洛口，时已二鼓。只见前面火把大明，早有敌军拦住。段韶一马当先，刺死来将，众人杀散余兵，渡过浮桥。将近黄河，忽报西军抄截，河桥已断。王大惊，问："侯景人马何在？"曰："尚在迎敌西军。"俄而天色渐明，侯景接着，慰王曰："王无忧，河桥虽断，臣已命刘贵、段荣在下流处预备楼船五十号以待。王速登舟先渡，臣在此接应诸将便了。"王循河而行，果见段荣、刘贵舣舟以候，但岸高舟远，不能即登。见一橐驼立在水滩，王下马，纵身一跃，立在橐驼背上，才得就船。诸将相继渡毕。丧甲士八万，弃镫仗十有八万。泰追至河边，选留甲士二万，余悉纵归。都督李穆曰："高欢破胆矣，速渡河追之，欢可获也。"泰曰："吾兵力未齐，且欢亦未能一举灭之也。"还军渭南，所征之兵甫至，令于战所人种一柳，以旌武功。后人有沙苑诗一绝云：

　　　　冯翊南边宿露开，行人一步一徘徊。
　　　　谁知此地青青柳，尽是高欢败后栽。

　　西魏帝闻捷，加泰为柱国大将军，李弼等十二将皆进爵增邑有差。弼弟櫆身小而勇，每跃马陷阵，隐身鞍甲之中，彭乐几丧其手。敌人见之，皆曰："避此小儿。"泰叹曰："胆决如此，何必八尺之躯耶？"耿令贵杀伤甚多，甲裳尽赤。泰曰："观其甲裳，足知令贵之勇，何必数级纪功乎？"时高敖曹闻欢败，释弘农之围，退保洛阳。己酉，西魏行台宫景寿等向洛阳，洛州大都督韩贤击走之。又州民韩木兰作乱，贤击破之，一贼匿尸间，贤至战所，按收甲仗，贼倏起斫之，断胫而卒。泰闻贤死，以为洛州可图，复遣行台元季海与独孤信将步骑二万趋洛，杨忠、李显引兵趋三荆，贺拔胜、李弼引兵围蒲坂。先是高王西伐，蒲坂民敬珍谓其从兄敬祥曰："高欢迫逐乘舆，天下忠义之士皆欲剚刃于其腹。今又称兵西上，吾与兄起兵断其归路，此千载一时也。"祥从之，纠合乡里，数日有众万余。会欢自沙苑败归，祥、珍率众邀之。欢恐关东人心有变，急欲赶回晋阳，镇抚四方，不顾而去。及贺拔胜、李弼至河东，祥、珍率猗氏等六县十余万户归之。泰以珍为平阳太守，祥为行台郎中。

秦州刺史薛崇礼为欢守蒲坂，防御甚固。有从弟薛善为秦州别驾，欲降西魏，言于崇礼曰："高欢有逐君之罪，善与兄忝衣冠绪余，世荷国恩。今大军已临，而犹为高氏固守，一旦城陷，函首送长安，署曰逆贼，死有余愧。及今归款，犹为愈也。"崇礼犹豫不决，善与族人斩关纳西魏师。崇礼出走，追获之。于是泰进蒲坂，略定汾、绛以西。凡薛氏族人预开城之谋者，皆赐五等爵。善曰："背逆归顺，臣子常节，岂容阖门大小俱叨封邑？"与其弟慎固辞不受，泰善之。晋州刺史封祖业闻西魏兵至，弃城走。仪同三司薛修义追至洪洞，及之，劝其还守，祖业不从，修义曰："临难而逃，非丈夫也。"还据晋州，安集固守。会西魏长孙子彦引兵至城下，修义开门伏甲以待。子彦不测虚实，遂退。王黜祖业，以修义为晋州刺史。又独孤信引兵逼洛阳，刺史广阳王元湛弃城归邺，敖曹不能独留，亦引兵北渡，信遂据金墉。于是贺若统以颍川降魏。前散骑侍郎郑伟起兵陈留，据梁州降魏。前尚书郎中崔彦穆起兵荥阳，据广州降魏。泰皆即地授为刺史。东魏行台任祥闻颍川失守；率骁将尧雄、赵育、是云宝进兵攻之。贺若统告急于泰，泰使宇文贵将步骑二千救之。军至阳邑，雄等已退三十里，任祥率众四万继其后。诸将咸以为彼众我寡，不可争锋。贵曰："雄等谓吾兵少，必不敢进。出其不意，进与贺若统合兵击之，蔑不胜矣。若缓之，使与任祥兵合，进攻颍川，城必危矣。城若失，吾辈来此何为？"遂疾趋颍川，背城为阵，与雄等战于城下，大破之。赵育请降，俘其士卒万余人。任祥闻雄败，不敢进。贵复击之苑陵，祥军又败，是云宝亦降。又都督韦孝宽攻东魏豫州拔之，执其行台冯邕。独慕容俨为东荆州刺史，有西将郭鸾来攻，昼夜拒战二百余日，乘间出击，卒破走之。故河南诸州多失守，惟东荆州独全。高季式为济州刺史，有部曲千余人，马八百匹，铠仗皆备。会濮阳盗杜灵椿等聚众万人，攻城剽野。季式遣骑三百，一战擒之。又进击阳平贼路文徒等，皆平之。于是远近肃清。或谓季式曰："濮阳、阳平乃畿内之地，不奉诏命，又不侵境，而私自出军远战，万一失利，岂不获罪乎？"季式曰："何言之不忠也？我与国家同安共危，岂可见贼不讨？且贼知台军必不能来，又不疑外州有兵击之，乘其无备，破之甚易。以此获罪，吾亦无恨。"高王闻而嘉之。

先是，王之败归晋阳也，意忽忽不乐。侯景曰："黑獭新胜而骄，必不为备。愿得精骑三万，径往取之。"王以告娄妃，妃曰："设如其言，景岂有还理？去一黑獭，复生一黑獭，王何利之有？不若藏锋蓄锐，待时而动，奚汲汲为？"王乃止。于是抚夷创，补军旅，修甲乘。阅一载而兵力复振，乃分遣诸将进复河南诸州。贺拔仁攻南汾州，刺史韦子粲降之。泰大怒，尽灭子粲之族。西将韦孝宽、赵继宗闻东军至，以孤城难守，皆弃城西归。侯景方攻广州未拔，闻西魏救兵将至，集诸将议进退。将军卢勇请进观敌势，景许之。乃率百骑至大隗山，遇魏师。日已暮，勇乃多置旌旗于树颠，夜分骑为十队，鸣角直前，西魏兵不测多少，军大乱，勇擒其将程华，斩其帅王征蛮而还。广州守将骆超闻之大惧，遂以城降。于是汾、颍、豫、广四州复入东魏。

且说西魏大统四年，文帝知独孤信已据金墉，将如洛阳，展拜园陵。会信告急，言东魏高敖曹、侯景攻围金墉甚迫，乞发大军往救。泰因请銮驾幸洛，进观形势，帝从之。遂命尚书左仆射周惠达辅太子钦镇守长安。命李弼、达奚武率三千骑为前驱。八月庚寅,至谷城。侯景闻援兵将至,谓诸将曰:"西贼新来,兵锋必利,当敛兵以待,徐图进取。"莫都娄贷文曰:"贼兵远来,当乘其未至击之。愿自引所部,往挫其锋。"可朱浑道元以为然。景不可,二人遂不禀景命,各以千骑前进。夜遇李弼军于秀水,弼命军士鼓噪,曳柴扬尘,东军不战而退。贷文走,弼追斩之。道元单骑获免,悉俘其众送弘农。侯景知贷文、道元私战失利,又闻泰兵至瀍东,乘夜解围去。辛卯,泰率轻骑追景至河上,景设阵为长蛇之势,北据河桥,南据邙山,与泰兵合战。西将冲入,兵皆散走。泰亦亲自陷阵。战久,鼓声大震,东军合力奋击,泰被围,诸将各自为战,不及相顾。泰乘间冲出,左右皆散。忽流矢中其马,马惊而奔,泰坠地,东魏兵追及之。李穆下马,以策挟泰背,骂曰:"陇东军士,尔曹王何在,而独留此?"追者不疑其贵人,舍之而过。穆以马授泰,与之俱逸。泰归营,鸣金收军,将士皆集,兵势复振。次日,进击东魏兵,东魏兵北走。高敖曹意轻泰,建旗盖以陵阵。泰曰:"此敖曹也,急击勿失。"于是尽锐攻之,一军皆没,敖曹单骑走,惟一奴从,往投河阳守将高永乐。永乐,高王从兄子也,与敖曹有怨,闭门不纳。敖曹仰呼曰:"门即不开,速以绳来援我。"永乐不应。敖曹惶急,拔刀穿阖,未彻而追兵至,乃伏桥下。追者见其从奴持金带,问:"敖曹何在?"奴指示之。敖曹知不免,奋头曰:"来,与汝开国公。"以其杀己必获重赏也。追者斩其头去。又西兖州刺史宋显有众三万,与泰战,泰亦杀之。虏甲士一万五千,赴河死者以万数。敖曹首至,泰大喜,一军皆贺,赏杀敖曹者绢万匹,岁岁稍与之,比及周亡,犹未能足。

再说万俟普自归东魏,高王以尊且老特礼之,尝亲扶上马。其子洛干免冠稽首曰:"愿出死力,以报深恩。"及邙山之战,诸军皆北渡,洛干独勒兵不动,谓西魏人曰:"万俟受洛干在此,能来可来也!"西魏人畏之而去。东魏名其下营地曰回洛。后隋之回洛仓,即其地也。侯景闻敖曹死,即欲进战。诸将皆曰:"吾军新失大将,人有惧心,胜势在彼,未可遽与争锋。"景曰:"不然,黑獭连胜数阵,有轻我心,其下将士必骄。彼骄我惧,正堪一战。且沙苑之败未复,今又丧师失将,耻辱甚焉。大王付吾侪以阃外之任,若不大破黑獭,何面目见之?吾计决矣,诸军勿疑。"于是整率诸军,尽渡河桥。将战,下令曰:"今日之战,有进无退,退者立斩!"乃命诸将分队进击。泰见东魏兵至,命右拒敌其左,左拒敌其右,中军敌于中路,自拥精骑一千,拥护帝驾,立马高处观之。当是时,两边置阵既大,首尾悬远。从旦至未,战数十合,彼此不相上下。或东军得利,西师败而复振;或西师得利,东兵却而复前。无不舍死忘生,互相对敌。俄而,氛雾四塞,风沙迷目,左右两拒,战并不利。景忽下令于东曰:"西阵已获黑獭矣。"东阵大呼。又下令于西曰:"东阵已获黑獭矣。"西阵大呼。西魏军皆惊惧,遂大溃。独孤信等未识君相所在,弃军走。将军李虎、念贤等为后继,见信等败,亦溃。泰见前军瓦解,不敢留,与帝烧营而遁。方战急时,王思政下马举,长矟左右横击,一举辄踣数人,陷阵既深,从者尽死,身被重创,闷绝于地。会日已暮,敌亦收兵,帐下督雷五安于战处哭求思政,会其已苏,割衣裹创,扶之上马而归。盖思政每战,常着破衣弊甲,敌不知其将帅,故得免。将军蔡祐下马步斗,左右劝乘马以备仓猝,祐怒曰:"丞相爱我如子,今日岂惜一死?"率左右十余人合声大呼,击东魏兵,杀伤甚众。东魏人围之十余重,事祐弯弓持满,四面相拒。有厚甲长刀者一人,直进取之,去祐可三十步,祐只存一矢在手,左右劝射之。

祐曰:"吾曹之命在此一矢,岂可虚发?"将至十步,祐乃喝声道:"着!"其人应弦而倒。东魏兵退却,祐徐徐引还。正是:瓦罐险遭并上破,将军幸免阵前亡。但未识西师败后,竟得长驱入关否,且听下文分解。

第四十三回 归西京一朝平乱 惧东邺三将归元

话说邙山之战，泰大败而遁，奉帝急走弘农。其时弘农守将闻大军败绩，已弃城而走。城中无主，所掳降卒在内结党聚乱，闻泰至，相与闭门拒守。泰进拔之，诛其魁首数百人，城中始定。时诸将在后者皆未至，泰惊不能寝。及夜，蔡祐至。泰曰："承先来，吾无忧矣。"枕其股，寝始安。盖祐每从泰战，常为士卒先，不避矢石，战还，诸将皆争功，祐终无一言。泰每叹曰："承先口不言勋，我当代其论叙。"故泰倚之如左右手。次日，兵将稍集，泰留长孙子彦守金塘，王思政镇弘农，自引大军奉帝入关。

先是泰既东伐，关中留守兵甚少，前后所掳东魏士卒散在民间，闻东征兵败，共谋作乱。李虎等至长安，见贼势猖獗，计无所出，不得已与太尉王盟、仆射周惠达奉太子钦出屯渭北。百姓互相剽掠，关中大扰。降将赵青雀与雍州于伏德聚众万余，进据长安子城。咸阳太守慕容思庆亦起兵从逆，各招降卒，以拒还兵。长安士民不从者，相率以拒青雀，日数十战。亏得侯莫陈崇进击破之，贼始畏惧不出。王罴镇河东，见人心惶惑，大开城门，悉召军士，谓曰："今闻大军失利，青雀作乱，诸人莫有固志。罴受委于此，以死报国。有能同心者，可共固守；不能者，任自出城。"众感其言，皆无异志。泰闻变，留帝驾于�416乡，以士马疲弊，不可速进。且谓："青雀等皆乌合之众，我至长安，以轻骑临之，必皆面缚乞降，不足为患。"散骑常侍陆通谏曰："贼逆谋久定，必无迁善之心。蜂虿有毒，安可轻也？且贼诈言东寇将至，今若以轻骑临之，百姓谓为信然，益当惊扰。今军虽疲弊，精锐尚多。以明公之威，总大军以临之，何忧不克？"泰悟，乃引兵西入。父老士女见泰至，莫不悲喜相贺。又华州刺史宇文导知贼据咸阳，起兵袭之，杀慕容思庆及于伏德，然后南渡渭水，与泰合军，兵势益壮，进攻青雀，杀之。乃奉太子入朝，抚安百姓。九月朔，帝入长安，丞相泰还镇华州，内外始定。

且说高王闻敖曹之死，如丧肝胆。又闻众将败北，自晋阳发七千骑至孟津，未济，得侯景捷报，言泰已烧营而遁。西师悉退。斩获甲士、收得资粮不可计数。王大喜，遂济河。诸将相继来会，皆言高永乐不救敖曹之罪。王大怒，立召永乐，即于帐前杖之二百，罢其职，发回晋阳。赠敖曹太师、大司马、太尉，谥曰忠武公。众以永乐不杀，治罪犹轻也。后人有诗讥之曰：

> 地下敖曹目未瞑，头行千里血犹腥。
> 军前不斩河阳将，献武当年尚失刑。

时金塘犹未下，王进兵攻之。长孙子彦不能守，焚城中屋宇俱尽，弃城而走。王入洛，见人民荡析，楼堞无存，乃毁之而还。先是东魏迁邺，主客郎中裴让之留洛阳。及独孤信败归，其弟谞之相随入关。泰赐以官爵，为大行台、仓曹郎中。王怒其外叛，囚让之兄弟五人。让之谓王曰："昔孔明兄弟分事吴、蜀,各尽其心。况让之老母在此,不忠不孝必不为也。明公推诚待物,物亦归心。若用猜忌,去霸业远矣。"王皆释之。

斯时,旧境悉复,边土皆安,乃加赏有功将士,进侯景为河南大将军、大行台,将兵十万,镇守河南,而身归晋阳。东魏元象二年,静帝以王功大莫赏,封其子高浚为永安郡公、高淹为平安郡公、高浟为长乐郡公、高演为常山郡公、高涣为平原郡公、高清为韦武郡公、高湛为长广郡公,虽在孩提者并赐金章紫绶。欢于是入朝谢恩,兼察朝政得失,百官贤否。世子告王曰："吏部尚书一缺掌天下铨选,关人才进退。得人则治,不得人则乱。昔闻崔亮为吏部时,不能评论人才,作停年之格,以州、县郡官年深者擢之上位,以故真才流落,士气不伸。次后选用以此为例,非用人之道也。孝庄即位,李仲隽为吏部,专引新进少年,朝廷乏经国之才。至尔朱世隆摄选,官以幸进,政以贿成,贤才屏迹,宵小满朝,纪纲大坏,天下骚然。后崔孝芬为之,亦华而不实,徒有斯文之称,究无安世之道。今迁邺以来,三换其人,皆无可取,何以励人心而敦世道?"王曰："汝能任此职乎?"世子曰:"儿才亦恐不胜。"王曰："汝能留心人才,无徇己私,便可不负此职。吾今言于帝,命汝摄之便了。"于是世子摄选,百官皆贺。王于都堂召会文武,大宴三日,见座无敖曹,深加叹息。谓群臣曰："吾欲遣使西魏,求还敖曹首级,恐伤国体,为黑獭所笑。弃之则于心不忍,诸君能为吾计乎?"陈元康曰:"易耳。若令侯景求之,首必可得。黑獭自邙山大败以来,畏景如虎,必不吾逆也。"王归晋阳,遂以命景。景乃遣人扬言于西魏曰:"送还敖曹之首,则兵不动;不然,将长驱入关,以报河阳之辱。"泰闻之,笑曰:"安有为死人首而动大兵者?不过景欲得敖曹之首耳。我方兵疲力乏,且欲闭关息民,不可激其怒。"因归高敖曹、窦泰、莫多娄贷文三人之首于景。景送至晋阳,王抚首大哭,悉加厚葬。

再说世子自摄选以来,迁擢贤良,黜逐不肖。凡清要之职,皆妙选人物以充之。其余量才授位,无不惬当。有未受职者,皆引置门下,讲论赋诗,以相娱乐。又好蔡氏八分书法,暇即习之。制金玉笔管,会集古今人文。府中书吏常有百人,给赐甚厚,士大夫以此称之。时南北通好,使命相继,务以俊义相夸。每遣使至梁,必极一时之选,无才地者不得与焉。梁使至邺,邺下为之倾动,贵游子弟盛服聚观,馆门如市。宴会之日,世子使左右密往视之,一言制胜,为之抚掌。邺使至建康亦然。

一日,世子入朝,见帝于内殿。帝曰："朕有一事,欲与卿言。"世子问:"何事?"帝命召来,只听得屏后玉珮之声,走出一位女子,端严秀质,美丽绝人,向世子低头下拜。世子答拜,问帝:"此位何人?"帝曰:"此东光县主,名静仪,乃是朕姑高阳王元斌之妹,侍郎崔恬之妇也。因有家难,乞怜于朕。朕不能主,故令求赦于卿耳。"世子敛容再拜曰:"臣掌者,陛下之法。未识县主求赦者何事?"帝曰:"恬弟崔悛去年在洛,被宇文泰逼之西去,今臣于西。若正其外叛之罪,累及一门,恬亦当诛。卿父执法难违,欲卿曲宥耳。"世子曰:"帝命不敢不遵,父意恐难回转,此非臣所得主也。"静仪见世子不允,流泪不止,重向世子拜恳。世子见静仪面如梨花着雨,愈觉可人,不忍绝之。向帝曰:"陛下既有宽赦之情,小臣岂无哀怜之意?自当竭力援手。"遂再拜而退。静仪见世子允了,亦谢恩而出。世子归语公主曰:"卿知高阳王有妹静仪乎?"公主曰:"此奴之姑也,幼时亦曾见之。"世子曰:"可惜绝色佳人,未识将来性命若何耳。"公主问何故。世子备述其事:"顷在帝前相见,屡次拜求,若父王不允,岂非灭门在即?"公主曰:"大王立法如山,未必肯宽恕也。"此时世子心中辗转寻思:"不赦静仪,则美色可爱;赦之,则惧父见责。"倒觉进退两难。一日,接得晋阳密札,果为崔悛一案。内云:"崔悛身投伪国,理合全家正法。但崔氏世代名门,民望所属,汝宜细细斟量,方可行诛。"世子览之大喜,曰:"父王既有此言,欲宽崔氏之罪不难矣。"遂奏帝,凡崔氏连坐者皆赦之。以书复高王曰:

> 崔悛被掳入关,从逆非其本心。崔恬尽职邺中,为国尚无异志。诛及无辜,易招物议。免其连坐,可慰舆情。况恬妻东光县主,高阳之妹,今上之姑,帝本有意曲全,儿已特行宽宥矣。

高王见书,遂置不问。此时不惟崔恬夫妇感激,帝亦大悦。

一日,宴世子于内宫,后亦在座。静仪适来谢恩,帝召入,赐坐后侧,命静仪敬酒三爵,以酬世子之劳。世子亦回敬之,谓静仪曰:"县主与吾妇是至亲,少时常聚,至今每怀想念,异日当令来见也。"静仪曰:"妾于次日本拟登堂拜谢,敢劳公主下降。"世子佯称不敢,而心实暗喜。宴罢各退。世子归,知东光县主次日必来,暗嘱门吏:"县主若到,勿报公主,引其步舆,打从平乐堂直入绛阳轩中。"绛阳轩,乃世子密室也,次日,静仪到府,门吏挽其步舆,直至密室深处,从人悉屏在外。静仪坐在车中,但见曲曲花街,两旁都是翠柏屏风,不像后宫模样。及至停车,回顾侍儿,不见一人。有一宫女走来开幔,道:"公主在内轩相等,请县主入见。"宫女引路,静仪只得移步相随。及至内轩,不见公主。宫女又曰:"在暖阁中。"及入,却见世子走来施礼,心上大疑,因问:"公主何在?"世子曰:"少停相见。因有密事相告,先屈县主到此一叙。"宫娥摆宴上来,静仪辞退,世子曰:"昨在帝前承赐三爵,今日少尽下情,县主莫辞。"静仪无奈,兢兢坐下。世子殷勤奉劝,宫女连送金樽。天色渐暮,侍女皆退。静仪欲回,世子笑谓之曰:"昨夜梦与卿遇,今日相逢,乃天缘也。卿其怜之。"静仪曰:"全家之德,没齿不忘。若欲污我,断难受辱。"说罢便走。门已紧闭,世子即上前拥逼,衣服皆裂。静仪力不能拒,遂成私合。是夜同宿阁中。侍女皆厚赏之,嘱令勿泄。在外从人疑为公主留住,初不料有他故。三日后,静仪坚意辞去,世子不得已送之回府。静仪归,对其夫流涕,微言世子无礼。崔恬不敢细问,仍善遇其妻,盖惧见怒于世子,祸生不测也。然世子日夜想念,欲图再会,苦于计无所出。乃召其奴张保财谋之,保财曰:"易耳。世子超授崔恬爵命,出使在外,则可以潜游其家矣。"世子乃奏恬为散骑常侍,出使远去。夜间,屏去侍从,潜至崔家,与静仪相会。连宿数夜,形迹大彰。

高阳王闻之大怒,奏于帝,请赐静仪死,以免狂童之侮。帝曰:"此事实伤国体,但非静仪之罪,乃高世子之过也。高王功在社稷,大权在握,世子为所宠爱,朝事悉以相委。国家安危,系彼喜怒。若赐死静仪,澄必怀怨。何可以一女子而起大衅?"高阳见帝不允,默然而退。其后世子亦恐人觉,晏去早归,微服来往。时高岳、孙腾、子如、隆之四人闻知,皆担忧恐。相与议曰:"王令吾等在此者为辅世子也,今世子以万金之躯,夜出潜行,倘有小人从而图之,祸生不测,吾等死不足赎。今若谏之,彼必不听,反遭其怨。不若密启大王,使行禁止。"四人议定,遂将世子私通静仪之事禀知高王。王大怒,私语娄妃曰:"子惠不克负荷,行将废之。"妃惊问,王悉告之。妃亦怒其荒淫,曰:"此儿终不善死。"王于是立召之归。正是:朝中不究贪淫罪,堂上犹施挞责威。未识高王召归世子若何处治,且听下文分解。

第四十四回　私静仪高澄囚北　逼琼仙仲密投西

话说高王怒世子放纵,召其夫妇同归,欲行废黜。犹惜其才美,诸子莫及,为之转辗不乐。一日,偶至仪光楼下,高洋兄弟四人在花阴踢球为戏,见王至,皆进前跪拜。王欲观诸子志量,尚未发言。一内侍捧乱丝数缕而过,问何所用,对曰:"此织作坊弃下者。"王命诸子各取一缕治之,高浚、高淹等皆以手分理,洋独拔剑将乱丝斩断。王问:"何为?"对曰:"乱者必斩。"王大奇之。先是高洋内虽明决,外若昏愚,澄甚轻之。且因其貌丑,每嗤曰:"此人亦得富贵,相法何由可解?"弟兄常侍王侧,问及时事,世子应答如流,洋默无一语,故王亦不甚爱之。今见其出语不凡,遂加宠爱,私语娄妃曰:"此儿志量刚强,聪明内蕴,非澄所及,可易而代之也。"妃曰:"澄辅政已久,朝野尽服,责其改过可耳。若竟废之,妾以为不可。"未几,世子夫妇至晋阳,欲见王,王不见,见娄妃,妃独召公主入,以静仪事诘之。公主不敢隐。妃曰:"归语尔夫,父怒不可回也。"公主涕泣求解,妃曰:"汝且归府,俟其见父后图之。"公主归语世子,世子知静仪事发,大惧。次日,王坐德阳堂,先召赵道德、张保财责问世子所为:"若一言不实,立死杖下。"二奴惧,遂以实诉。王怒其导主为非,各杖一百,下在狱中。继召世子,历数其罪,杖而幽之,不放入朝。澄知身且见废,忧惧成疾。娄妃为言于王,王曰:"俟能改过,而后复其职。"妃遣使密报,疾渐愈。其后王命杨休之撰定律令,命世子主其事,每日诣崇义堂检校一次,即入德阳堂,侍于王侧。高王天性严急,终日衣冠端坐,威容俨然,人不可犯。以世子多过,不少假颜色。世子朝夕兢兢,唯恐获罪。一日,王昼寝,世子欲进见娄妃,求放还朝。值诸夫人在柏林堂游玩,惧涉嫌疑,不敢前进,背立湖山书院帘幕之下。盖诸夫人每朝谒娄妃,过了七星桥,便下车步行。所经湖山书院、芙蓉楼、柏林堂,约百余步方至妃宫,芙蓉楼共七间,梁栋帏幔,皆画芙蓉,故以为名。湖山书院亦有十数间,内有洞庭湖、金芝亭、卧龙山,奇花异草,苍松翠柏,仿佛江南风景。又有沉香阁,高十余丈,藏庋图书之所。柏林堂九间,内有古柏一株,小亭一座,景极幽雅。诸夫人谒退,常在此徘徊。有卢夫人者年尚幼,举止颇轻佻。在院观玩已久,回步走出,不知世子背立帘下,把帘一推,触落世子头上罗巾,见是世子大惊,忙出帘外谢罪。世子未及回答,高王适至,见与卢夫人对立帘前,疑其相戏,以致失帽。大怒曰:"尔在此何干?"诸夫人皆惊散。王将世子挥倒在地,拳打脚踢,无所不至。时陈元康最得王宠,适有事欲启,问:"王何在?"内侍言:"王在柏林堂毒打世子,恐世子性命不保。"元康闻之,冒禁奔入,果见世子血流遍体,在地乱滚,王犹踢打不已。于是向前跪捧王足,涕泣哀告曰:"父子至情,大王何忍行此?倘失误致死,悔之何及?"王鉴其忠诚,遂止。元康忙扶世子出,随王回至德阳堂。王告以世子之罪,元康曰:"大王误矣。世子近甚畏敬,其入宫者不过入见内主耳。况诸夫人皆在,何敢相戏?失帽定出无心,大王细察,定知臣言不谬。且朝中权贵横行,非世子高才,无以制之,王何逞小忿而乱大谋?"王曰:"卿言良是,吾性严急,不能止也。"元康曰:"王自知严急,今后愿勿复然。"王不语。及入宫,访诸众夫人,皆言并无相戏之事,怒乃解,然犹未肯遣其入朝也。娄妃以世子屡触父怒,通信高后,劝帝召之。及帝命下,王遂遣之,仍令辅政。临行,夫妇拜辞,王诫公主曰:"汝夫倘有不谨,必先告我。"又以道德可赦,保财奸巧,必欲杀之。娄妃以保财之妻乃旧婢兰春,从幼贴身服侍,即前此嫁王,兰亦有功,不忍杀其夫。因言之于王,亦赦其死。令每月录府中事以报,隐而不报,必斩。主仆皆凛凛而去。于是世子归朝,绝迹崔氏之门,励精为治,政令一新,朝纲肃然。王闻之大悦。

时四方少定,东魏改元武定,大赦天下。高王出巡晋、肆二州,直至边界。遣使蠕蠕国,诳称宇文泰谋杀蠕蠕公主,其下嫁者,皆疏属远亲,并非贵主。若肯与吾邦通好,则天子当以亲公主下嫁。你道蠕蠕公主若何身故?先是乙弗后废为尼,降居别院,郁间后犹怀妒忌。文帝不得已,乃以次子武都王为秦州刺史,后随之而去。帝思念常切,密令蓄发,隐有追还之意。大统六年,忽报蠕蠕举兵来侵,众号百万,前锋已至夏州。声言故后尚在,新后不安,故以兵来。群臣震恐,帝亦大惧,乃遣中常侍曹宠赍敕秦州,赐乙弗后自尽。后见敕,泣下沾衣,谓宠曰:"但愿天下常宁,至尊万岁,妾虽死何憾?"遗语皇太子,言极凄楚。左右皆感泣,遂饮鸩酒,引被自覆而崩,年三十二岁。宠复命,帝默默伤感,凿陇葬之,号曰寂陵。其后蠕蠕公主怀孕,迁居瑶光殿,宫女侍卫者百余人。忽见一美妇人后妃装束,盛服来前,问宫女曰:"此妇何人?"左右皆言不见,后遂惊迷。如此者数次,人皆知乙弗后为祸也。将产之夕,又见此妇在前,产讫而崩,所生子亦不育。故高王借此离间。蠕蠕果怨西魏,遣使东魏,愿求和亲。王奏之朝,帝乃于诸王宗室中选得常山王元隲之妹,姿容端丽,封为兰陵公主,下嫁蠕蠕。武定元年,蠕蠕遣使来迎,帝厚加赠送。公主过晋阳,欢又赠夜二百余万。以国家大事,亲送之楼烦郡北乃归。

泰闻之大惧,因思贺拔胜之兄贺拔允在晋阳,可结以图欢,乃私语胜曰:"高欢,国之贼,亦公之仇也。吾闻可泥在,彼虽为太尉,亦郁郁不得志,公何不招之西归?倘能乘间诛欢,为国除害,此功不小。公以为然否?"胜曰:"兄之从欢非本心也,以公意结之,断无不从。"泰大喜,胜即写书寄允,嘱其暗害高王,乘乱奔西。允得书,大以胜言为是,遂起图欢之意。一日,王赴平阳游猎,召允同往,允执弓矢以从。王至平阳城外,见青山满目,麋鹿成群,令军士列围而进,亲自射兽。诸将皆四散驰逐。允独乘骑在王后,暗想:"乘此左右无人,若不下手害之,更待何时?"于是拽满雕弓,照定王背射来。那知用得力猛,弓折箭落。左右见者大呼曰:"贺太尉反!"王惊顾,亦大声呼之。允方弃弓,以刃相向。诸将齐上,擒之下马。王问允曰:"贺卿何为反?"允曰:"今日弓折,乃天意也,夫复何言?"王囚之,遂归晋阳。议允罪,诸将请戮其全家。王念故情,杀之而赦其二子。

时高洋年十五,王为娶妇,右长史李希宗有女祖娥,德容兼备,遂纳为太原公夫人。百僚皆贺。成婚之后,夫人见洋体暗中有光,怪而问之。洋曰:"由来如此,故常独寝。汝勿乱传。"自后侍女皆令外宿,独与夫人寝处。盖洋以次长,父常誉之,恐兄有忌心,故每事谨退,示若无能。人尽笑其愚,惟高王深知之。命为并州刺史,杨遵彦为之副。

要晓得高氏诸子皆聪俊,高浚幼时,出游外府,见祭神,而归问其师卢裕曰:"人之祭神,有乎,无乎?"裕曰:"有。"浚曰:"既有神,其神安在?"裕不能答。高澈八岁,王使博士韩毅教其学书,毅见澈书不工,因戒之曰:"五郎书法如此,日后尚宜用心。"澈答曰:"我闻甘罗十二即为秦相,未闻能书。何必勤勤笔墨?博士当今能书者,何为不作三公?"毅甚惭。世子于诸弟中尤爱浚,请于父,授职于朝,官为仪同三司,朝夕相随。今且按下不表。

且说御史中丞高仲密以建义功,身居显职,宠任用事。其妻为侍郎崔暹之妹,夫妇不睦。邺城李荣有一女,年十八,号琼仙,生得容貌无比。仲密闻其美,欲娶之,其家不肯作妾,必为正室方允。仲密乃出其妻,而娶琼仙。崔氏气愤而死,暹由是怨之。又仲密为御史,多私其亲党,世子以任非其人,奏请改选。仲密疑暹谗构,亦怨之。先是世子于邺城东山建花庄一座,极宫室之美。内有五六处歌台舞榭,十余处珠馆画桥,四季赏玩,各有去处。燕游堂宜于春,临溪馆宜于夏,叠翠楼宜于秋,藏香阁宜于冬。又有步云桥、玩月台、木稚亭、荼蘼架、鹤庄、鹿坨等名,奇花瑶草,异兽珍禽,充满其中。见者皆叹为人间仙岛,世上蓬瀛。内侍王承恩专司启闭,只有府中姬妾方容进内游玩,外人皆不得入。琼仙未嫁时,素慕园中佳景,苦于无路可入。今为高氏妇,借了丈夫声势,正好到彼游玩。况承恩与仲密又素来相熟,不怕他拦阻。于是带了女从,竟往花庄而来。承恩接进,任其游行。哪知是日午后,世子朝罢无聊,亦到园来。承恩大惊,诸女伴只得躲避一边。世子登叠翠楼,凭栏观望,忽见玩月亭中有一群妇女隐身在内,召承恩责之曰:"汝掌园门,职司启闭,何纵留闲人在内?"承恩跪告曰:"此非闲人,乃中丞高仲密夫人欲观园景,奴婢以仲密是王府至亲,不敢峻拒,故容之入园。到尚未久,殿下忽来,故躲避亭中。"世子曰:"既是仲密夫人,请上楼相见。"盖世子亦闻仲密新娶妇甚美,故欲见之。俄而,琼仙上楼,花容月貌,果是国色。世子一见,淫心顿起,向前施礼,殷勤请坐,道:"夫人到此不易,欲观园中景致,稳便游行。吾与中丞本是一家,夫人便为至亲,不必嫌疑。"忙令内侍引路,请夫人遍游各处,其余妇女皆伺候在外。琼仙至此倒不好相却,只得轻移莲步,随内侍而行。过了几处亭台,不觉走入深境。旋至一室,锦帐银屏,罗帏绣幔,似人燕寝之所,忙欲退出。世子已到门口,拦住道:"夫人闲步已久,敢怕足力劳倦,留此小饮三杯,少表敬意。"话未毕,内侍排上宴来。世子执杯相劝,琼仙坚不肯饮。世子曰:"夫人畏仲密耶?或有所嫌耶?"琼仙曰:"妾民家之女,仲密天朝贵臣,焉得不畏?"欲夺门走,世子遽执其手,琼仙洒脱,泣曰:"世子淫人妇多矣。我义不受辱,今日有死而已。"见壁有挂剑,拔欲自刎。世子惧其竟死,只得摇手止之,纵使去。

琼仙得脱归家,哭诉仲密曰:"妾几不得生还。"备陈世子见逼之状,仲密由此深恨世子,遂萌异志。其后崔暹又劝仲密非才受任,出为北豫州刺史,不授以兵,使之但理民务。仲密益切齿,遂通使宇文泰,以虎牢归西魏,请以兵应。泰大喜,许之。仲密乃杀镇北将军奚寿兴,夺其兵而外叛。反报至京,举朝大骇。高王以仲密之叛皆由崔暹,命世子解至晋阳杀之。世子匿暹府中,为之固请,乞免其罪。王见其哀恳,乃遣元康至邺,谓世子曰:"我丐其命,须与苦手。"世子乃出暹,谓元康曰:"卿使崔暹得杖,勿复相见!"元康执遏至晋阳,王坐德阳堂见之,责其召衅,喝令加杖。遏方解衣就责,元康历阶而上,告于王曰:"大王方以天下付大将军,大将军有一崔遏,不能免其杖,父子尚尔,况于他人?"盖澄为四道行台,故称大将军也。王乃免之,且曰:"若非元康,当杖遏一百。"仲密弟季式镇守永安,仲密反,遣使报之。季式单马奔告高王,王慰之曰:"妆兄弟皆建义功勋,尽忠于吾。敖曹死,吾至今不忘。今仲密无故外叛,深为愧惜,与汝何涉?"仍令复职,待之如旧。

且表宇文泰知仲密为高氏心腹之臣,一旦来降,机有可乘,豫、洛一路地方,皆可并取。遂起大军十五万,以大将李远为前锋,直趋洛阳,仪同于谨攻破柏壁关,直趋龙门。亲自引兵进围河桥南城,兵势甚盛。王得报,整集精兵十万,亲临河北拒之。正是:干戈全为蛾眉起,毒患偏从蜂虿生。未识此番交战,两下胜负若何,且俟下卷细说。

第四十五回　纵黑獭大将怀私　克虎牢智臣行计

话说高王以仲密外叛,西师入寇,命斛律金为前锋,亲自出御。将至河桥,西魏先备火船百只,从上流放下,欲烧断河桥,使不得渡。斛律金才至北岸,见有火船冲下,急令副将张亮以小艇百余只,都载长锁,拦住中流,以钉钉之,带锁引向南岸,桥遂获全。大军安然渡河,据邙山为营。欲暂休军事,不进者数日。泰疑之,乃留军装辎重于瀍曲,半夜,亲引人马将佐登邙山以袭其营。候骑报王曰:"西师距此四十里,熟食干饭而来。"王曰:"如此,军士皆当渴死,何待吾杀也。"乃集诸将列阵以待。俄而,天色大明,泰知敌人有备,按兵数里之外。高王以五千铁骑付彭乐先进,必斩将搴旗而返。彭乐一马当先,便引铁骑直冲过来。西军莫当其锋,让他杀入深处,反从后裹来,密密围住。东军遥望,全不见彭乐旗号。有人飞报高王曰:"乐已叛去。"王失色。俄而,西北尘起,呼声动地,乐兵在西阵中如蛟龙翻海,所向奔溃,西魏将士纷纷落马。掳得西军大都督临洮王柬、蜀郡王荣、江夏王升、钜鹿王阐、谯郡王亮及督将僚佐四十余人,遣使报捷。王大喜,并令斛律金、段韶诸将乘胜进击,大破西师,斩首三万。当是时,西师一败,泰左右皆散,自出阵前、收合余军。彭乐一骑蓦地赶来。泰知其勇猛难敌,拍马而逃。彭乐紧追数里,已近马尾,大呼曰:"黑獭休走,快献头来!"

泰还顾曰:"汝非彭乐耶? 痴男子! 今日无我,明日岂有汝耶? 何不急还营,收汝金宝?"乐遂舍之,获泰金带以归,言于欢曰:"黑獭漏刃破胆矣。"王虽喜其胜,而怒其失泰,伏诸地,连顿其头,并数以沙苑之败,举刀将下者三,噤龂良久。乐曰:"乞假五千骑,复为王取之。"王曰:"汝纵之何意,而言复取耶?"取绢三千匹,压其背上,因以赐之。泰得脱归营,鸣角收军,兵将已集,军势复振。谓诸将曰:"今日偶失提防,军威少挫。明日当决一死战,以破其军。诸君勉之。"乃秣马厉兵,分军为三队。自主中军,以李弼、独孤信、杨忠、窦炽、达奚武、贺拔胜六员勇将自随;赵贵为左军,若干惠为右军。命二军曰:"东军来攻中坚,左右合击。"五更造饭,以备迎敌。

黎明,高王以昨日失泰,自率诸将亲为前锋,冲入西阵。西军以死抵战,左右兵皆起,奋力合攻。东魏兵败,步卒皆为所掳。王失马,赫连阳顺以己马授王,王上马走。西军四面围定,欲出不得。忽狂风大作,走石飞沙,天昏地黑,军士不能开眼,始脱重围。从者惟都督尉兴庆及步骑七人,诸将皆不知王所在。追兵至,兴庆曰:"王速去,兴庆腰有百箭,足杀百人,王可脱矣。"王曰:"事济,以尔为怀州刺史。若死,用尔子。"兴庆曰:"儿尚少,愿用臣兄。"王许之。兴庆拒战,矢尽而死。先是王有小卒盗宰民驴,欲治其罪,以战故未治。小卒私奔西军,告于泰曰:"王只一人一骑,走于邙山之后,追之可获也。"泰乃选勇敢士三千人,皆执短兵,令贺拔胜率以追之。胜识王于行间,执槊与十三骑逐之。槊刃垂及,因呼曰:"贺六浑,我贺拔破胡今日必杀汝也!"欢惊魂殆绝。适刘洪徽突至,见胜追王急,从傍放箭,毙其二骑。段韶亦从山后冲出,大呼曰:"勿伤吾主!"射胜马,洞腹。胜跳下换马,王已逸去。胜叹曰:"今日不执弓矢,天也。"

王回营,诸将齐集,以段韶、刘洪徽有救援之功,并赐锦袍玉带,封韶为长乐侯。洪徽即刘贵子,时贵已卒,洪徽乃袭父爵,进封平成侯。王将复战,术士许遭告王曰:"贼旗号尚黑,水色也。王旗号尚红,火色也。水能克火,故不得利。当用黄色旗号制之。"王乃连夜造黄旗五千面,进与泰战。左军赵贵等五将战不利,泰合右军与战,亦不利,东魏兵大振。会日暮,泰知不可胜,收兵夜遁。东兵来追,势甚危迫。会独孤信、于谨尚在后面,收散卒自后击之,东师扰乱,诸军由是得全。若干惠夜引去,东兵追之急,惠徐下马,顾命厨人营食。食毕,谓左右曰:"死于长安与死于此间,有以异乎?"乃建旗鸣角,驻马以待。追骑疑有伏兵,不敢逼,收败卒徐还。泰入关,屯于渭上,东兵至陕,泰使达奚武拒之。封子绘言于高王曰:"混一东西正在今日,昔魏太祖平汉中,不乘胜取巴、蜀,失在迟疑,后悔无及。愿大王不以为疑。"王犹豫,集众将议进止,皆曰:"野无青草,人马疲之,不可远追。当回晋阳,徐图进取。"陈元康曰:"两雄交争,岁月已久,今幸而大捷,天授我也。时不可失,当乘胜取之。"王曰:"深入之后,若遇伏兵,孤何以济?"元康曰:"王前沙苑失利,彼尚无伏。今奔败若此,何能远谋? 若舍而不追,必成后患。"王久战意怠,无心入关,不从其言。独使刘丰生将数千骑追之,班师而归。先是前一年,高王击西魏,入自汾、绛,连营四十里。泰使王思政守玉壁,以断其道。王以书招思政曰:"若降,当授并州刺史。"思政复书曰:"可朱浑道元降,何以不得?"

王围玉壁九日,会大雪,士卒饥冻,多死者,遂解围去。及仲密以虎牢降,泰召思政于玉壁,将使镇虎牢,未至,而泰败归,乃使守弘农。城中兵微粮寡,守御之具全无。思政大开城门,解衣而卧,示不足畏。后数日,丰生至城下,心疑不敢进,引军还。思政乃慰勉其下,修城郭,起楼橹,营农田,积刍粟,由是弘农守御始固。是役也,从泰诸将皆无功,惟耿令贵力战功多。常陷敌中,锋刃交下,皆谓已死。俄大呼,奋刃而起,如是者数次。当其锋者,死伤相继。归语人曰:"我岂乐杀人? 壮士除贼,不得不尔。若不能杀贼,又不为贼所伤,何异逐坐人也。"又都督王胡仁、王仲达亦力战功多,杀敌无数。泰欲以雍、岐、北雍三州授此三人,又以州有优劣,使三人探筹得之。仍赐令贵名豪,胡仁名勇,仲达名杰,以旌其勋。初,仲密将叛,阴遣人扇动冀州豪杰,使为内应。高隆之驰驿安抚,由是得安。世子密以书与隆之曰:"仲密支党与之俱西者,悉收其家属。"隆之以"宽贷既行,理无改悔,若复收治,示民不信,脱致惊扰,所亏不细"。乃启高王罢之。

侯景进兵虎牢,欲复其城,仲密与西将魏光守之。闻景兵至,以书求援于泰。泰复书,令固守,言兵且至。使谍潜至虎牢报之,为景军士所获,搜出其书。景改之云:"兵未得发,宜速去。"纵谍入城,光得书,与仲密连夜弃城而遁。侯景引兵追之,掳仲密妻李氏以归,即送之邺。由是北豫、洛二州复入东魏。帝以克复虎牢,降死罪已下囚,惟不赦仲密一家。欢以高乾有义勋,高昂死王事,季式先自告,皆为之请免,惟其妻李氏坐罪当诛,帝从之。澄闻李氏擒归,方欲宠之专房,何忍加以刑诛,乃使杨愔言于帝曰:"仲密妻李氏年少不预反谋,乞全其命。"帝亦赦之,命归父母家。世子迎之入府,居于迎春院,赐服饰、器用,侍女皆备。是夕,世子盛服见之,谓琼仙曰:"卿前推阻,今日顺我否?"琼仙曰:"前为仲密妇,今归世子家为婢为妾,曷敢有违?"世子大悦,当夜拥之而寝,号河南夫人。

再说宇文泰以丧师辱国,请贬爵位,文帝不许。再镇同州,募关陇豪俊以增军旅。泰有妾叱奴氏,生子名邕。术士蒋升密告王泰曰:"丞相新生之子贵不可言,他日必登九五之尊。但府中不利长成,宜于吉地养之。"泰问何地为吉。升曰:"秦州有紫气,宜令居之。"泰乃用李穆为秦州刺史,托之抚育,邕即周武帝也。泰又有女云祥,李夫人所生。年十四,容貌端严,性质不凡,好观古烈女传,绘图于房帏左右,朝夕流览。泰甚爱之,常曰:"每见此女,良慰人意。"文帝欲纳为太子妃,降诏求之。泰承帝命,送女于长安,与太子成婚。今且按下不表。

且说高王居于晋阳,希入朝内。孙腾、司马子如、高岳、高隆之皆其心腹亲党,任政朝廷,邺中谓之"四贵",势焰熏灼,倾动朝野。然皆无经济之才,贪财纳货,不遵法纪。高王深知其弊,私语娄妃曰:"今天下渐平,诸贵尚横,吾欲损夺其权,未识澄能胜任否?"妃曰:"四贵之权,真可少损。但澄儿究属年少,大权独归,恐其志气骄满,还当以正人辅之。"王以为然。武定三年二月,王巡行冀、定二州,校算河北户口损益。出入仪卫,必建黄旗于马前,号曰"河阳幡",以邙山之役,用黄旗得胜也。四月,入朝于帝。初,西师退,帝加王以殊礼,辞不受。至是帝谓曰:"黑獭潜逃,虎牢克复,皆王大功,何以不受朕命?"王再拜曰:"此臣分内之事,何敢言勋?"因奏以高澄为大将军,门下省中机务悉归中书,刑赏一禀于澄,所司擅行者立斩。由是澄之权,廷臣莫敢与抗。越数日,王始归。

世子自得大权,务欲挫折朝贵之势。孙腾入谒,不肯尽敬,叱下,以刀环之,立于门外。高隆之入府,高洋呼之为叔。澄骂洋曰:"小子辱祖,此何人而呼之为叔也?"库狄干,世子之姑夫,由定州来谒,候门下三日,始得一见。时司马子如官尚书令,其子又娶桐花夫人之女华容县主为室,声势赫奕。尝出巡外属,擅杀县令二人,有犯之者动以白刃相加,官吏百姓惶骇窜匿。世子使崔暹劾其罪,系之狱。子如素恃王宠,不意忽然得罪,大惧不能自全。入狱一夕,其须尽白,乃自书款词曰:"昔在岐州,杖策投王,有驴在道而死,其皮尚存。此外之物,皆取诸人者也。"王怜而赦之,出为外州刺史。太保尉景恃恩专恣,所为多犯法。有司不敢问,暹亦劾之,严旨切责,收禁都堂。其妻常山郡主,高王姊也,致书于王求解。王曰:"此景自招之祸也。虽然,我不可以坐视。"上表乞赦其罪,三请不许,皆世子意也。王乃亲自入朝,求赦于帝。帝允其请,始释还家。王率世子往见之,景坚卧不起。王至榻前,景怒目大叫曰:"你父子富贵如此,竟欲杀我耶!"王逊言谢之。常山郡主曰:"老人去死已近,何忍煎迫若此?"谓世子曰:"你年幼,未识当时贫贱苦况,然亦当知吾夫妇待尔父不薄。"因历数昔年抚养情节,执王手大恸。王亦泣曰:"非吾忘情,此乃国法,不可以私废公。不然,惧无以服天下。吾之星夜入朝者,亦为姊故耳。后日保使士贞不失其位,富贵如故也。"因置酒而别。自后景亦自敛,贵戚无不畏惧。世子造新宫一所,堂宇规模俨如太极殿。王责之曰:"汝年不小,何不知君臣之分?"着即速改,戒勿复尔。

一日,侍宴于华林园,百官皆集。酒半,帝命择朝臣忠贞者,劝之酒。王奏御史崔暹可劝,又请赐绢百匹,以旌其直。帝从之,赐酒三爵,崔暹跪而受饮,举朝以为荣。宴散,世子笑谓暹曰:"今日我尚羡卿,何况他人。"尚书郎宋游道为人刚直,不畏权势。王见之,曰:"昔闻卿名,今识卿面。"奖谕久之。及还并州,百官送于紫陌宫,设宴饮酒,游道亦在座。王自举杯赐游道曰:"饮六浑手中酒者,大丈夫也。卿今饮之。"游道接饮,再拜谢,百官侧目。临行上马,又执其手曰:"我甚知朝贵大臣有忌卿忠直者,然卿莫虑也。纵世子有过,亦当直言。"于是请于帝,进游道为御史中丞。正是:法加私戚朝纲肃,旌及孤忠士气伸。但未识高王归北,又有何事生出,且听下卷再讲。

第四十六回　玉仪陌路成婚媾　胜明誓愿嫁英雄

话说高王姬妾甚多,最爱者飞仙院郑夫人、东府尔朱后,皆已生子,宠荣无比。郑夫人有弟仲礼,年十八,以其姊故,亦加亲信,封为帐前都督,专掌王之弓箭,朝夕在旁。尔朱后弟文畅,亦因姊宠,官为仪同,常在王侧。又任祥子任胄,亦年少俊秀,王以功臣子,收为丞相司马。三人深相结纳,皆恃王宠,骄纵不法。王入朝,三人留在晋阳,擅夺民财,所为益无状。王归,切责之,由是三人皆怨望,约党十八人,密谋弑王,立文畅为主。暗使人通书西魏,乞其救援。使方出境,被边将盘获,搜出私书,密以报王。王大骇,尚以娥与后故,不忍遽诛,含怒未发。三人亦知使者被获,事将败露,大为忧惧。时值岁暮,任胄谓文畅曰:"事急矣,不行大事,将坐而待诛乎?"文畅曰:"须速杀之。"相订明年正月望夜,王出东教场观打簇戏,三人皆随侍左右,乘间图之。正月朔日,王受贺毕,宴会文武三日。任胄有家客知之,密首其事。王匿其人,隐而不发。及元宵夜,王往东教场。场中灯火万炬,堆设锦帛三架,武士勇卒皆盛加装束,轮刀舞剑,驰骋上下。艺高者赐锦,其次赐帛。盖魏初京中即有此制,晋阳制同列国,故有此会。观者人山人海,举国若狂。时世子亦在晋阳贺节,王以其事嘱之。及升场时,三人尚侍王侧。世子趋前,叱使下,搜其身边,皆有利刃藏于裤中。三人叩头请死。王命囚之,其党十八人,一并拿下,皆监候取决。王罢会还宫。时妃与诸姬庆赏元宵,宴尚未罢。王遽反,皆大疑。俄而诸夫人退,王向娄妃语以故。妃大惊,谓王曰:"仲礼、文畅罪实该死,但看其姊面,宜赐一生路。"王曰:"不坐其罪足矣,何得宽宥本犯。"郑娥一闻此信,惊得魂不附体。次日求见王,王避不见。恳之娄妃,妃曰:"大王法在必行,恐不能回也。"娥含泪而退。少顷王至,妃问何以不见郑夫人。王曰:"见其貌,恐移吾情也。"尔朱后闻知此事,欲自见王,知王不见郑夫人,亦必避己,忧惶无措。乃命高湝曰:"尔去见父,若不能救尔舅之死,休来见吾。"湝不敢见王,求解于世子。世子领之入见,再拜乞哀。王曰:"尔来为何?归语尔母,吾不能以私废法也。"湝曰:"父王不赦舅罪,儿难见母面。"王曰:"汝且居此可也。"世子亦为求宽,王不许,即日斩之,其党十八人亦伏诛。郑娥痛其弟死,惊悸成疾。王视之,执王手大恸。王慰之曰:"汝莫忧,我终不令汝父无后也。"乃别求郑氏族子,嗣严祖后。尔朱后召湝归,湝不敢往,王与之同见后。后悲愤之色露于颜面,见湝怒曰:"汝不能救舅氏之命,何面见我?"湝伏地不敢起。王不悦曰:"湝,吾子也,何鼠伏若此?汝且去,我明日命汝为沧州刺史。"后下座。抱湝大哭曰:"王前气死吾母,今杀吾弟,又使儿远我去耶?"王因赦尔朱文,略以慰之。任胄有妹名桃华,年十四,坐其兄罪,没入歌姬院。王以其父任祥有功于国,命高洋纳之为侧室。越数日,世子将归朝,王命之曰:"汝见帝,有一事须要奏知。近吐谷浑强盛,宜结婚姻以怀之。"澄入邺,即以奏帝,帝于是纳吐谷浑之妹为容华夫人,边境得安。

且说魏自丧乱以来,诸王贵戚流离颠沛,遗失子女者甚多。高阳王元斌其父祖皆死河阴之难。及迁都遭乱，有幼妹玉仪，他姬所生，年七岁，随母流落在途。其母为人掳去，与婢轻绡悲哭于路。孙腾带之回府，充为侍女，居其家者十年，追忆旧事，依稀记得。近知其兄元斌袭封王爵，富贵如故，向腾求归。腾不许，玉仪时时流涕。腾有妾贾氏，见而怜之，乃于五更时纵之，令同轻绡自归认亲。时天色未明，二女逡巡道旁，莫知所投。恰值世子入朝，灯火引道而来。行至西御街，忽见二女携手相避。令人问之，言要往高阳王府，未识路径。世子曰："此必逃奴。"吩咐从人带入府中究问。俄而，朝退归家，坐平乐堂，召二女来见。举目一看，幼者恍似静仪模样，心甚惊异。问其来历，对曰："我主婢二人从孙太傅家来，要往高阳王府去。"因问高阳是尔何人对曰："是妾兄也。"世子曰："尔既是高阳王妹，曾识静仪否？"曰："是妾姊也。"因泣诉落难本末，言词凄婉，娇弱可怜。又是静仪之妹，世子不胜欣喜，问："何名？"曰："玉仪婢名轻绡。"世子曰："尔且住我府中，待我与尔兄说明，教他来认便了。"便引其主婢安歇于月堂。堂在平乐堂东，其庭遍植桂树，养白兔于下，仿佛蟾宫景象，故堂以月名。内有寝室三间，罗帏绣幕，象枕牙床，无不毕具。命侍女先送香汤，令其沐浴。世子潜往窥之，见体白如雪，喜出望外。浴罢，易以锦衣绣裳，妆束一新，容颜无异静仪，而娇柔更甚。是夕遂同衾枕，以为天赐良缘，如获至宝。轻绡亦有厚赐。次日，元公主闻之，谓世子曰："此孙家逃婢也。路柳墙花，何认为金枝玉叶？"世子大愠，思欲贵之，以塞其口，乃邀高阳王至府，令玉仪出见，细诉情由，拜认兄妹。遂请于帝，封为琅玡公主，与正室不分尊卑，各居一院。崔季舒常为世子求丽人，未得。世子谓之曰："卿一向为吾选色，不若吾自得佳丽也。"季舒请见，誉不绝口。其侄崔暹谓宫臣曰："叔父谄佞大将军若此，可斩也。"盖暹素以刚正自居，世子借其威福，弹劾大臣，颇降气待之。及纳玉仪，礼同正嫡，恐其入谏，数日内不复以欢颜相接。一日暹入见，坠一刺于前。问是何物。对曰："欲通刺于新娶公主。"世子大喜，把暹臂，入见玉仪，再拜而出。季舒闻之曰："暹常为我佞，今其为佞乃甚于我。"人以为笑。今且按下不表。

话说贺拔胜以欢有逐君之罪，不肯为之下。及归长安，视泰行事，不让于欢，心郁郁不乐。又邙山之役，追欢几死，诸子在晋阳者皆被欢杀，悲愤成疾，于西魏大统十年五月卒，年四十三岁。帝甚伤悼，谥曰真献公。泰语人曰："诸将临阵对敌，神色皆动，唯贺拔公临阵如平常，真大勇也。今遽夭卒，失吾一良将矣。"为之惋惜者数日。时蠕蠕与东魏通好，数侵边境，泰甚忧之。宇文深曰："蠕蠕贪，可以利动。闻其王有三女，长入我朝为后，次已有配，第三女曰胜明公主，年十八，才貌无双，最为国王所爱，尚未适人。今厚赂金帛，以明公长子求之，如得其允，则一心附我，贤于百万师远矣。"泰乃令侍中杨荐使蠕蠕国，送金帛无算。蠕蠕贪其币重，厚加款待。荐因盛称宇文长子之贤，求婚公主。国王大喜，欲允其请。适东魏亦有使至，国王拒不见。使者访得其故，乃是西魏请婚，国王已有允意，故欲拒绝东使。使者归报高王，王谓诸将曰："蠕蠕反复若此，何以永结其心？"陈元康曰："泰以求婚悦之，不若亦以世子请婚其女，足夺其计。"王从之，乃遣行台郎中杜弼使蠕蠕，请以世子结秦晋之好，亦厚赂其左右。左右劝王许之，王意未决。入宫，秘问公主曰："今两国遣使求婚，女欲何适？"公主曰："儿非天下英雄不嫁。宇文长子固不足道，即高王世子名不及其父，亦非儿匹。当世英雄惟高王一人而已。"国王会其意,乃谓弼曰:"吾女当嫁天下英雄,高世子不足以当之,若王自娶则可。"弼请复命,然后来聘。国王遂令弼进见公主。宫中玉阶宝殿、锦幔银屏,一女子据床而坐,头戴飞凤金冠,身披紫霞绣服,面若满月,眼若流星。两旁宫女百余,皆佩剑侍立。弼再拜而出,乃辞归,致蠕蠕之命于王。王不欲就,集群臣商议,群臣皆劝王结婚,谓可以得其兵力,图黑獭不难。倘使与西连结,二寇交侵,恐力不暇拒。王曰:"娄内主乃吾贫贱结发,今若另娶,置内主于何地?"娄昭曰:"内主素怀大计,若为国事而屈,当不以为嫌也。王如不安,何不召内主决之?"王乃请娄妃赴德阳堂,共议其事。妃曰:"妾虽深处宫中,亦知蠕蠕地大兵强,为中国患,与东则东胜,与西则西胜,其情之向背,实系国之安危。今欲以女嫁王,永结邻好,诚国之幸也。奈何以妾故而欲拒之?且妾求一国之安,敢惜一己之躯耶?愿王勿疑,妾请退处别室,让正宫与居可也。"群臣皆顿首称贺。

王大悦,乃命杜弼为正使,慕容俨为副使,奉礼往聘蠕蠕。受聘后,即择日起程,遣其弟三王秃突佳以兵三千护送公主至晋阳,嘱曰:"不见外甥,汝勿归也。"以珍珠十斛、良马百匹、骆驼二千头、车八百乘、舞女五十名为赠嫁之礼。公主临行,请于父曰:"儿此去,回国无期,欲留一物为信。儿有神箭二支,宝藏在宫,期以婚嫁之日留一以奉父母。乞借殿前老柏以留此箭。"国王许之。侍婢呈上二箭,公主左手把弓,右手执箭,弓弦响处,正中柏树上。左右无不喝彩。公主跪告曰:"父王见箭,如见儿面。"蠕蠕主曰:"儿去勿忧,吾自后一心助高郎也。"公主再拜而别。东魏武定三年八月,高王亲迎蠕蠕公主于下馆城。番军一到,遣使报之。三王谓公主曰:"即下馆城,乃南朝交界之地。高王自来亲迎,仪仗将到,公主宜换南朝服饰,与之相见。"公主曰:"我别父母未久,服不忍改。俟至晋阳,改换未迟也。"高王盛服以往,秃突佳接见,同入内帐与公主相见。公主拜,高王答拜,礼毕同坐。公主斟酒为敬,高王亦送筵宴来,摆下同饮。公主自饮其国中酒。宴罢,王出。先是王临行,谓尔朱后曰:"我为国家大计,往娶蠕蠕女。闻此女颇勇略,娄妃不便相见,欲烦卿去一接,使知我宫中非无人才也。"后受命。行至木井城,知王已见过,离番营不远,便即身坐飞骑,腰悬弓箭,带领女兵百人,戎装来迎。直至番营,与公主相见,致礼而还。于是两营相继进发。一日,胜明公主坐在马上,见一群飞雁,弯弓射之,雁随箭落,军士欢呼振地。尔朱后闻之,知公主射雁,笑曰:"番女亦有此技乎?"正行之间,亦见一雁飞来,随手取箭射之,一发而中,军士亦齐声喝彩。高王闻之喜曰:"吾有此二妇,已足克敌矣。"娄妃知蠕蠕女将至,退居凤仪堂,乃宫中深避处,语诸夫人曰:"数月之中不与卿等相见,卿等善事新主可也。"桐花心不服,曰:"吾侍娘娘,不侍他人,愿一同退处。"妃许之。高王至晋阳,便迎公主入宫,同拜花烛。深感娄妃之贤,潜往长跪谢之。妃曰:"妾为社稷屈,非为番女屈,王勿复尔也。"妃有诗曰:

> 结好强邻壮帝基,此身退位亦权宜。
> 英雄莫道无情甚,赐死秦州更阿谁。

高王既娶蠕蠕女后,常宿其宫,诸夫人处概不一过。一日,高洋回北省亲,见蠕蠕女俨居正宫,其母反居别院,心甚怏怏。请于父曰:"母已退处,儿愿奉母入京,稍尽膝下之欢。"王曰:"尔母退避,事出权宜。我自有计,当不使终屈人下,此时未可行也。"但未识其计若何,且听下文分解。

第四十七回　攻玉壁高王疾作　据河南侯景叛生

　　话说蠕蠕公主貌虽美丽,性甚严急,在宫总行蠕蠕礼数。王欲得其欢心,于诸夫人尽皆疏远,待之独厚。然以旧宠相违,颇怀不乐。又三王秃突佳朝夕入宫请见,意甚厌之。一日,与公主同游南宫,设宴锦香亭上,小饮盘桓。谓公主曰:"此间宫院若何?"对曰:"山色如画,亭台幽雅,风景绝佳,真小洞天也。"王曰:"果如卿言。我宫中不及此地,吾与卿移居于此可乎?"公主曰:"大王爱此,妾亦爱也。"遂召秃突佳谓曰:"北府宫廷深远,人数众多。公主居内,不能与王叔常亲。今欲居此,王叔出入亦便。且王叔独居无偶,就于左院中娶一美妇作伴何如?"三王喜曰:"公主居此最好,但恐大王车马往来不便耳。"王见二人皆允,是夜遂留宿南宫。次日,将宫中所有尽行迁来。过了几日,自至凤仪堂迎娄妃还宫。诸夫人处亦时时过去,心中遂绝牵挂。时交初夏,王在飞仙院与郑夫人宴饮,夜深方寝,偶犯风露,次日疾作。忙召太医调治,娄妃亲奉汤药,如是者半月。公主怪王不至,疑其见弃。或以病告,仍疑不信,大怀怨望。王闻其怒,不得已以步舆遮幔,扶病而来。公主迎入,见王真病,疑怨始解,病亦渐愈。今且按下不表。

　　且说宇文泰见东魏与蠕蠕通好,日夜虑其来寇。以玉壁地连东界,为关西障蔽,因厚集兵力,命王思政守之。继欲迁思政为荆州刺史,苦于无人替代,乃召思政问曰:"公往荆州,谁可代玉壁者?"思政曰:"诸臣中惟晋州刺史韦孝宽,智勇兼备,忠义自矢。使守其地,必为国家汤城之固。当今人才无逾此者。"泰曰:"吾亦久知其贤,今公保举,定属不谬。"乃使思政往荆州,孝宽镇玉壁。孝宽之任,简练材勇,广积刍粮,悉遵思政之旧。高王闻之,谓诸将曰:"前日不得志于玉壁者,以思政善守耳。今易他人镇之,吾取之如拉朽矣。"段韶曰:"王欲西征,不如直捣关中,攻其不备,无徒屯兵坚城之下。"王曰:"不然。泰以玉壁为重镇,吾往攻之,西师必出,从而击之,蔑不胜矣!"诸将皆曰:"善。"乃召高洋归镇并州。大发各郡人马,亲率诸将,往关西进发。

　　武定四年九月,兵至玉壁城。旌旗蔽野,金鼓震天,城中皆惧。孝宽安闲自若,或请济师于朝,孝宽曰:"朝廷委我守此,以我能御敌也。今有城可守,有兵可战。敌至,当用计破之,奚事纷纷求援,以贻朝廷之忧?诸君但遵吾令,以静制之,不久贼自退矣,何畏之有?"乃下令坚守,不出一兵。高王停军城外,屡来挑战,城中寂然不应。乃四面攻击,昼夜不绝。孝宽亲到城上,随机拒敌。城中无水,汲于汾。高王令绝其水道,城中掘井以汲。又于城南筑土山,高出城上,令军士乘之而入。孝宽连夜筑楼,高出土山以御之。王使人谓之曰:"尔虽筑楼连天,我当掘地取汝。"乃凿穿地道,用孤虚法以攻之。孤虚者,取日辰相克,黄帝战法,避孤击虚,故王用之。引兵攻西北,而掘地道于东南。孝宽曰:"西北地形天险,非人力所能攻,彼不过虚张声势耳,当谨备东南。"乃掘长堑邀绝地道,选能战之士屯于堑上。外军穿地至堑,即擒杀之。又于堑下塞柴贮火,用皮排吹之,在地内者皆焦头烂额,东军死者千余人。高王大怒,造冲车攻城。车之所及，声如霹雳，城墙砖石碎落如雨，无不摧毁，守陴皆恐。孝宽缝布为幔，随其所向张之，布既悬空，车不能坏。东军又作长竿，缚松麻于上，灌油加火，烧布焚楼。孝宽作长钩，利其刃，火竿将至，以钩遥割之，松麻尽落。东军又于城之四面穿地二十道，中施梁柱，纵火烧之，柱折城崩。孝宽随崩处竖木栅捍之，敌不得入。城外尽攻击之术，而城中守御有余。孝宽又夺据土山，东军不能制。王乃使仓曹参军祖珽说之曰："君独守孤城，西方无救，恐不能全，杀身无益，何不降也？"孝宽报曰："我城池严固，兵食有余，攻者自劳，守者自逸，岂有旬日之间已须救援？特忧尔众有不返之危。孝宽关西男子，必不为降将军也！"珽复谓城中人曰："韦城主受彼荣禄，或可复尔，以外军民何事相随入汤火中？"又射募格于城中云："能斩城主降者，拜太尉，封开国公，赏帛万匹。"人拾之以献孝宽。孝宽手题书背，返射城外，云："能斩高欢者，准此。"东魏苦攻五十余日，士卒死者七万余人，共为一冢。高王智力俱困，且惭且愤，因而疾发。又夜有大星坠于营中，栃马皆鸣，士卒惊恐。王知势难复留，十一月庚子，解围去。宇文泰初闻玉壁被围，诸将咸请出师，泰曰："有孝宽在，必能御之，无烦往救也。且欢严兵而来，以攻玉壁，谓吾师必出，欲逞其豕突，侥幸一胜耳。此意孝宽能料之，故被兵以来，绝不遣一介行人求救于朝，正欲守孤城以挫其锋也。"于是不发一兵。及东魏兵退，孝宽报捷，泰喜曰："王思政可谓知人矣。"乃加孝宽为骠骑大将军、开府仪同三司。其余守城将士晋级有差。

　　方高王与病班师，军中讹言孝宽以劲弩射杀高王。孝宽令众唱曰："高欢竖子，亲犯玉壁。劲弩一发，凶身自殒。"于是遍传人口。高王卧病，不与诸将相见。军士又闻讹言，皆怀惊惧。王知之，便命停军一日，扶病起坐外帐，召大小将士进见，将士皆喜。又集诸贵臣于内帐，开乐设饮。酒酣，使斛律金唱敕勒歌，其歌曰：

　　　　敕勒川，阴山下，天似穹庐罩四野。天苍苍，野茫茫，风吹草低见牛羊。

　　王自和之，歔欷流涕，左右皆为挥泪。又谓金等曰："今吾病甚，欲召子惠来此代总军事，而邺中又乏人主持。吾尝与孝先论兵，此子殊有才略，朝中事吾委孝先主之，何如？"金曰："知臣莫若君，诏之才足当此任，愿王勿疑。"王乃令诏飞往晋阳，同高洋入邺，而换取高澄至军。澄闻召，以朝事悉托孝先，辞帝起行。方出府门，一异鸟飞来，小鸟从之者无数，向澄哀鸣。澄射之，鸟坠马前，视其状特异，众莫能识。皆曰："此妖鸟也。"恶而弃之。不一日，遇见大军，世子进营，拜王于帐下。王曰："汝来乎？"澄应曰："诺。"又曰："汝来，天子知乎？"曰："天子但知儿归晋阳，不知父王有病也。"王令权主军事，星夜回去。至晋阳，舆疾入府。娄妃及诸夫人见王病重，无不忧心。妃劝王息心静养，诸事皆委世子处分，王从之。

　　且说司徒侯景右足偏短，弓马非所长，而胸多谋算，智略过人。东魏诸将若高敖曹、彭乐等皆勇冠一时，景常轻之曰："此属皆如豕突，亦何能为？"又常言于王曰："愿假精兵三万，横行天下，要须济江缚取萧衍老公，以为太平寺主。"王壮之，以其才略出众，使将兵十万，专制河南，倚任若己之半体。景又常轻高澄，谓司马子如曰："高王在，吾

168 | 北朝演义

不敢有异。一日无高王,吾不能与鲜卑小儿共事也。"子如掩其口,曰:"毋妄言。"澄微闻之,殊以为恨。及高王疾笃,乃诈为王书召之。先是景与王约曰:"今握兵在远,人易为诈,所赐书背请加微点,以别情伪。"王许之。澄不知也。景得书,翻视背无点,疑有变,遂不肯行。又闻王有疾,乃拥兵自固,以观天下之势。澄亦无如之何。一日,侍疾王侧,王熟视之,谓曰:"我病汝固当忧,但汝面更有余忧,何也?"澄未及对,王曰:"岂非忧侯景反耶?"澄曰:"然。"王曰:"侯景为我布衣交,屡立大功,引处台令,专制河南十四年矣。尝有飞扬拔扈之志,顾我能蓄养,非汝所能驾驭也。今四方未定,我死之后,勿遽发哀,徐俟人心稍安,成丧未晚。库狄干鲜卑老公,斛律金敕勒老公,秉性遒直,终不负汝。可朱浑道元、刘丰生远来投我,必无异心。潘相乐本学道人,性和厚,汝兄弟当得其力。韩轨少戆,宜宽假之。彭乐心腹难得,宜防护之。堪敌侯景者,惟慕容绍宗,我故不贵之,以遗汝。他日景有变,可委绍宗讨之,必能平贼。"又曰:"段孝先忠亮仁厚,智勇兼全,亲戚之中,惟有此子,军旅大事可共筹之。我恐临危之时不能细嘱,故先以语汝。"世子涕泣受命。继又叹曰:"邙山之战,吾不用陈元康之言,留患遗汝,死不瞑目,悔何及哉!"次日,蠕蠕公主来北府探病。娄妃恐王心不安,出外接见,平叙姊妹之礼,携手而入。时尔朱后、郑夫人皆在王所,一一相见。公主见王病重,不觉泪下沾襟。王谢之曰:"缘尽于此,我死,汝归本国可也。"公主曰:"身既归王,王虽死,我终守此,不忍言归也。"王对之流涕而已。武定五年正月朔,百官入贺,王力疾御前殿,大会文武。忽日色惨淡无光,问:"何故?"左右报曰:"日食。"王临轩仰望,日食如钩,欲下阶拜,不能矣。叹息回宫,病势日重。至初五日丙午,集娄妃、诸夫人、世子兄弟等于床前,以后事相嘱。修遗表,自陈不能灭贼,上负国恩为罪。又嘱娄妃曰:"诸夫人有子女者,异日各归子女就养;无子女者,随汝在宫终身。汝皆善视之,无负我托。"言毕遂卒,时年五十有二。合宫眷属,无不伤心恸哭,惟岳夫人不哭,悄步回宫。世子遵遗命,秘不发丧,诫宫人勿泄。至夜,忽报岳夫人缢死宫中。妃及诸夫人共往视之,已珠沉玉碎,莫不伤感。遂以礼殓之。后人有诗吊之云:

> 大星忽殒晋阳尘,粉黛三千滴泪新。碧海青天谁作伴? 相从只有岳夫人。

且说侯景料得欢病不起,又与高澄有隙,内不自安,遣人通款于泰,以河南地叛归西魏。颍川刺史司马世云与景素相结,闻景叛,遂以城附。又豫州刺史高元成、广州刺史暴显、冀州刺史李密,景皆诱而执之,尽并其地。继又遣军士二百,潜入西兖州,欲袭其城。刺史邢子才觉之,掩杀殆尽,遂散檄于东方诸州,使各为备。以景反状闻于朝,澄得报大惧,集群臣问计。诸将皆言侯景之叛祸由崔暹,请杀之以谢景,则景不反矣。澄欲从之,陈元康谏曰:"今四海未清,纪纲粗定。若以数将在外,苟悦其心,枉杀无辜,亏废刑典,岂只上负天地,何以下安黎庶? 臣以为暹即有罪,不可因事杀之。晁错前事可以为鉴也。"澄以为然,乃遣司徒韩轨督率大兵以讨景,诸将皆受其节制。澄自景反,颇怀忧惧,留洋守邺,而召段韶归北。谓之曰:"侯景外叛,我恐诸路有变,当出巡抚之,然后入朝。留守事一以相委。"韶再拜。又令陈元康代作高王教令数十余条,遍布内外。临行,执韶手泣曰:"我亲戚中惟子可受腹心之寄。今以母弟相托,幸鉴此心,慎勿误我。"言讫,哽咽良久。韶亦洒泪曰:"托殿下洪福,保无他也。"正是:大厦内倾忧未已,强藩外叛祸方兴。未识世子入朝之后,能使内宁外安否,且听下回细说。

第四十八回　用绍宗韩山大捷　克侯景涡水不流

话说侯景通款西魏,未见西魏发兵,闻东魏兵至,虑众寡不敌。又遣行台郎中丁和来纳款于梁,请举幽谷以东、瑕丘以西、豫广等处十三州以附。梁主纳之,以景为大将军,封河南王,都督河南北诸军事、大行台承制,如邓禹故事。遣司州刺史羊鸦仁、兖州刺史桓和等将兵三万,前往悬瓠,运粮应接。及韩轨引大军来讨,军锋甚锐,景避之,退守城中。梁之援师不能即来,轨遂围之。景惧,复割东荆、北兖州、鲁阳、长社四城,赂西魏以求救。泰将援之,仆射于谨曰:"景少习兵,奸诈难测,不如厚其爵位,以观其变,未可遣兵也。"左丞王悦亦言于泰曰:"景之于欢,始敦乡党之情,终定君臣之契。任居上将,位重台司。今欢初死,景遽外叛,盖所图甚大,终不为人下也。且彼既背德于高氏,宁肯尽节于我朝? 今益之以势,援之以兵,窃恐朝廷贻笑将来也。"惟王思政上言:"吾朝图河南久矣,若不因机进取,后悔何及? 愿以荆州步骑一万,从鲁阳向阳翟,名为救之,可以得志。"泰从之。乃加景大将军兼尚书令,命太尉李弼、仪同赵贵将兵一万,前往颍川。景恐纳地西魏,梁主责之,又使人奉启于梁,其略云:

> 王旅未接,死亡交急,遂求援关中,自救目前。臣既不安于高氏,岂能见容于宇文? 但螫手解腕,事不得已,本图为国,愿不赐咎。臣获其力,不容即弃。今以四州之地,为弭敌之资,已令宇文遣人入守。自豫州以东,齐海以西,现有之地,尽归圣朝。悬瓠、项城、徐州、南兖事须迎纳,愿陛下速敕境上,各置重兵,与臣影响,不使差误。昧死以闻。

梁主见奏,下诏慰纳之。且说韩轨围颍川,昼夜攻击不能下。闻西魏援兵将至,谓众将曰:"西师之来,必皆坚利,我人马疲劳,未可与战,不如班师回朝,再图后举。"遂解围去。轨至邺,正值晋阳发高王之丧,布告内外。静帝集文武于东堂,举哀三日,锡以殊礼,谥曰献武王。诏加高澄为大丞相、都督中外诸军事、大将军,袭封渤海王,守丧晋阳。封娄妃为渤海王太妃,命高洋暂摄军国之政。以新丧元辅,停兵不发。其时侯景见东军已退,赵贵、李弼兵至,扎营城外,又起反魏之心。设宴城中,欲邀弼与贵赴饮而执之,以夺其军。二将心疑不往,贵亦欲诱景入营而杀之。弼曰:"河南尚未易取,杀景反为东魏去一祸也。况梁兵已在汝州,留此则必与战,徒伤士卒,于大计无益,不如去之。"遂还长安。景复乞兵于泰,泰使都督韦法保、贺兰愿德将兵助之,且召景入朝。景是时虽欲叛西而计未成,因厚抚法保等,冀为己用。往来诸军间,侍从绝少,军中名将皆身自造诣,示无猜间。长史裴宽谓法保曰:"侯景狡诈,必不肯应召入关,欲托款于公,恐未可深信。若伏兵斩之,此亦一时之功也。如其不尔,即应深为之防,不可信其诳诱,自贻后悔。"法保深然之,但不敢图景,自为备而已。王思政亦觉其诈,密召法保、愿德等还,分布诸军据景七州十二镇。景于是决意归梁,以书遗泰曰:"吾耻与高澄雁行,安肯与大弟比肩?"泰大怒,乃以所授景之官爵回授王思政。秋七月庚申,梁将羊鸦仁入悬瓠,景复请兵,梁以贞阳侯萧渊明为都督,进兵围东魏彭城。俟得彭城,进与侯景犄角。癸卯,渊明军于韩山,去彭城十八里,断泗流,立堰以灌之。彭城守将王则婴城固守。澄闻梁围彭城,欲遣高岳、潘乐救之。陈元康曰:"乐缓于机变,不如慕容绍宗善用兵,且先王之命也。公但推赤心于斯人,彼必尽忠效命,贼何足忧?"时绍宗在外,澄欲召之,恐其惊叛。元康曰:"绍宗知臣特蒙顾爱,新使人来饷金。臣欲安其意,受之而厚答其书,保无异也。"澄乃以绍宗为东南道大行台,先解彭城之围,然后讨景。高岳、潘乐副之。

　　先是景闻韩轨来,曰:"啖猪肠儿何能为?"闻高岳来,曰:"兵精人,岂我敌哉?"及闻绍宗来,叩鞍有惧色,曰:"谁教鲜卑儿解遣绍宗来? 若然,高王定未死耶?"冬十一月乙酉,绍宗率众十万据橐驼岘,梁侍中羊侃劝渊明曰:"魏兵远来,须乘其未定击之。"渊明不从。旦日,又劝出战,又不从。盖渊明本非将才,性又懦怯,特以梁主介弟,任为上将,进战非其志也。侃见言不用,自领所部出屯堰上。绍宗至城下,引步骑万人进攻梁将郭凤营,矢下如雨。渊明方醉卧不能起,众皆袖手。偏将胡贵孙谓赵伯超曰:"吾曹此来,本欲何为? 今乃遇敌而不战乎?"伯超不能对。贵孙怒,独率麾下与东魏战,斩首二百级。伯超拥众数千,谓其下曰:"虏盛如此,与战必败,不如全军自固。"遂不发一矢。先是景戒梁人曰:"逐北勿过二里。"绍宗将战,以南兵轻悍,恐其众不能支,一一引将卒谓之曰:"我当佯退,让吴儿使前,尔击其背。"其时东魏兵实已败走。梁人不用景言,乘胜深入。东魏以绍宗佯退之言为信,争掩击之,梁兵大败。贞阳侯及胡贵孙、赵伯超等皆为东魏所掳,失亡士卒数万。郭凤退保潼州,绍宗进攻之,凤弃城走。捷闻,举朝相贺。澄乃使军司杜弼作檄移梁朝曰:

　　皇家垂统,光配彼天,惟彼吴越,独阻声教。元首怀止戈之心,上宰薄兵车之命。遂解絷南冠,谕以好睦。虽嘉谋长策,爰自我始。罢战息民,彼获其利。侯景竖子,自生猜贰。远托关、陇,依凭奸伪,逆主定君臣之分,伪相结兄弟之亲,岂曰无恩,终难成养。俄而易虑,亲寻干戈。衅暴恶盈,侧首无托。以金陵逋逃之薮,江南流寓之地,进图容身,诡言浮说,抑可知矣。而伪朝大小,幸灾忘义。主荒于上,臣蔽于下。连结奸徒,断绝邻好。征兵拓境,纵盗侵邦。盖物无定方,事无定势。或乘利而受害,或因得而更失。是以吴侵齐境,遂来勾践之师;赵纳韩城,终有长平之役。矧乃鞭挞疲民,侵轶徐部。筑垒拥川,舍舟徽利。是以援枹秉麾之将,拔拒投石之士,含怒作色,如赴私仇。彼连营拥众,依山傍水,举螳螂之斧,被蛣蜣之甲,当穷辙以待轮,坐积薪而候燎。及锋暂交,埃尘相接,已亡戟戈,土崩瓦解。掬指舟中,衿甲鼓下,同宗异姓,缧绁相望。曲直既殊,强弱不等。获一人而失一国,见黄雀而忘深阱,诚智者所不为,仁人所不向也。矧侯景以鄙俚之夫,遭风云之会,位班三事,邑启万家。揣身量分,久当知足。而周章向背,离披不已。夫岂徒然,意亦可见。彼乃授以利器,诲以嫚藏,使之势得容奸,时堪乘便。今见南风不竞,天亡有征。老贼奸谋,将复作矣。然摧坚强者难为功,摧枯朽者易为力。计其人虽非孙吴猛将、燕赵精兵,犹是久涉行阵,曾习军旅,岂同剽轻之众,不比危脆之师。拒此则作气不足,攻彼则为势有余。终恐尾大于身,踵粗于股,倔将不掉,狼戾难驯。呼之则反速而祸小,不征则叛迟而祸大。会应遥望廷尉,不肯为臣,自据淮南,亦欲为帝。但恐楚国亡猿,祸延林木,城门失火,殃及池鱼。横使江淮士子,荆扬人物,死亡矢石之下,夭折雾露之中。彼梁主操行无闻,轻险有素。射雀论功,荡舟称力。年既老矣,耄又及之。政散民流,礼崩乐坏。加以用舍乖方,废立失所,矫情动俗,饰智惊愚。毒螫满怀,妄敦戒业。躁竞盈胸,谬治清净。灾异降于上,怨讟兴于下,人人厌苦,家家思乱。履霜有渐,坚冰且至。传险躁之风俗,任轻薄之子孙。朋党路开,兵权在外,必将祸生骨肉,衅起腹心。强弩冲城,长戈指阙。徒探雀鷇,无救府藏之虚,空请熊蹯,讵延晷刻之命。外崩中溃,今实其时。鹬蚌相持,我乘其敝。方使骏骑追风,精甲耀日,四七并列,百万为群。以转石之形,为破竹之势。当使钟山渡江,青盖入洛。荆棘生于建业之宫,麋鹿游于姑苏之馆。但恐革车之所辚轹,剑骑之所蹂践。杞梓于焉倾折,竹箭以此摧残。若吴之王孙,蜀之公子,归款军门,委命下吏,当即客卿之秩,特加骠骑之号。凡百君子,勉求多福。

当时梁朝士大夫见此檄者,莫不竦然,以纳景为非,而梁主不悟。其后侯景扰乱江南,梁室祸败,皆如弼言。

先是侯景围谯城不下,退攻城父,拔之。乃遣其党王伟诣建康,说梁主曰:"高澄幽废其主于金墉,杀诸元宗室六十余人。河北物情,俱念其主。邺中文武,无不离心。约臣进讨,请立元氏一人,以从人望。如此则陛下有继绝之名,臣景有立功之效。河之南北,为圣朝之郏、�;国之士女,为大梁之臣妾。"梁主许之。时有太子舍人元贞,本魏宗室,仕于南朝。遂封之为咸阳王,资以兵力,使还北为帝,许以渡江后即位。一应仪卫,以乘舆之副给之。会韩山失律、渊明被掳,乃止。萧渊明至邺,东魏帝升阊门受俘,让而释之,送至晋阳。澄见之,谓曰:"纳一人之叛,而失两国之欢,尔主何取焉?倘能复修旧好,当令汝还江南也。"渊明拜谢,澄厚待之。

且说绍宗既败梁师,移兵击景。当是时,景退保涡阳,辎重数千辆,马数千匹,士卒四万人,兵力尚强。绍宗乘胜势,鸣鼓长驱而前。士卒十万,旗甲鲜明,干戈森立,直逼贼营。景使人谓之曰:"公来送客耶?欲与我定雌雄耶?"绍宗曰:"欲与尔一决胜负。"遂顺风布阵。景以风逆,闭垒不战。绍宗诫军士曰:"侯景诡计多端,好乘人背,当谨备之。"俄而风止,景命军士披短甲,执短刀,入东魏阵,但低视斫人胫马足。东魏军不能支,遂大败。绍宗坠马,刘丰生被伤,俱奔谯城。裨将斛律光、张恃显共尤绍宗怯敌,绍宗曰:"吾战多矣,未有如景之难克者也,君辈试犯之。"二人披甲将出,绍宗戒之曰:"即与争锋,勿渡涡水。"二人往,停军对岸。光轻骑射之,景临涡水谓光曰:"尔求勋而来,我惧死而去。我汝之父友,何为射我?汝岂不解不渡水南,慕容绍宗教汝耶?"光无以应。景使其徒田迁射光马,洞胸。光易马,隐于树间,迁又中树,退入于军。恃显违绍宗之言,恃勇深入,被景擒去。既而以无名下将,纵之使归。光走入谯城,绍宗曰:"今定何如而尤我也?"段韶闻绍宗败,引兵来助战,夹涡水而军。见敌营四旁荒草甚深,潜于上风纵火烧之。景率骑入水,出而却走,草尽湿,火不复燃,人皆服景之急智。景与绍宗相持数月,其将司马世云来降,言景军食尽,将欲南走。绍宗乃以铁骑五千,分左右翼,夹击景军。景临阵,诳其众曰:"汝辈家属皆为高澄所杀。"众信之,无不愤怒。绍宗遥呼曰:"汝辈家属并完,若归,官勋如旧。"披发向北为誓。景士卒皆北人,本不乐南渡,闻绍宗言,麾下暴显等各率所部降于绍宗。其众一时大溃,争赴涡水,涡水为之不流。景与数骑腹心走峡石,欲济淮。绍宗追之。正是:胜来威力依山虎,败去仓皇漏网鱼。但未识绍宗能擒景否,且俟后卷再述。

第四十九回　烹苟济群臣惕息　杖兰京逆党行凶

话说侯景大败之后，与心腹数骑自峡石济淮，重收散卒，得步骑八百人。南过小城，一人登陴诟之曰："跛奴欲何为耶？"景怒，破其城，杀诟者而去。先是景叛后，澄曾以书谕之，语以家门无恙，若还，当以豫州刺史终其身，还其宠妻爱子，所部文武，更不追摄。景使王伟复书曰：

> 今已引二邦扬旌北讨，熊豹齐奋，克复中原，应自取之，何劳恩赐。昔王陵附汉，母在不归；太上囚楚，乞羹自若。矧伊妻子，何足介意？脱谓诛之有益，欲止不能，杀之无损，徒复坑戮。家累在君，何关仆也？

澄得书大怒，誓必杀之。及景败逃，绍宗追之急。景前无援兵，后有追师，大惧。暗使人谓绍宗曰："高氏之重用公者，以我在故也。今日无我，明日岂有公耶？何不留我在，为公保有功名之地？"绍宗听了此言，暗思："我与高氏，本非心腹重臣。其用我者，不过为堪敌侯景之故。景若就擒，我复何用？"遂止而不追。景归梁，梁主以景为南豫州牧。是景日后乱梁张本，今且按下不表。

且说东魏平景之后，河南旧土皆复，惟王思政尚据颍川。澄乃命高岳、慕容绍宗、刘丰生三将引步骑十万攻之。兵至城下，思政命偃旗息鼓，示若无人者。岳等恃其强盛，四面攻击。思政挑选骁勇，骤然开门出战。东魏兵出于不意，遂败走。岳等更筑土山，昼夜攻之。思政随方拒守，乘间出师，夺其土山，置楼堞以助防守，岳等不能克。澄知颍川不下，益兵助之，道路相继，费资粮无数，而思政坚守如故。刘丰生建策曰："颍川城低，可以洧水灌之。既可阻援兵之路，城必崩颓。"岳与绍宗皆以为然。于是筑堰下流，洧水暴涨，水皆入城。东魏兵分休迭进。思政身当矢石，与士卒同劳苦。城中泉涌，悬釜而炊，下无叛志。泰知颍川危急，遣赵贵督东南诸州兵救之。奈长社以北皆为陂泽，一望无际，兵至，水阻不得前。东魏又使善射者乘大舰，临城射之。城垂陷，绍宗、丰生等以为必克。忽然东北尘起，风沙迷目，同入舰坐避之。俄而暴风至，舰缆尽断，飘船向城。城上人以长钩牵住其船，弓弩乱发。绍宗赴水溺死，丰生逃上土山，城上人亦射杀之。初术者言绍宗有水厄，故绍宗一生不乐水战，至是其言果验。高岳既失二将，志气沮丧，不敢复逼长社，以故相持不下。

先是孝武西迁，献武王自病逐君之丑，事帝曲尽臣礼，事无大小，必以启闻。每侍宴，俯伏上寿。帝设法会，乘辇行香，执香炉步从。鞠躬屏气，承望颜色，故其下奉帝，莫敢不恭，及澄当国，倨慢顿甚。使崔季舒朝夕伺帝，察其动静，纤悉以告。常与季舒书曰："痴人比复何似？痴势小差，未宜用心检校。"痴人，谓帝也。帝美容仪，膂力过人，能拔石狮子逾宫墙，射无不中。好文学，从容温雅，人以为有孝文风烈，以故澄深忌之。帝尝与澄猎于邺东，弯弓乘马，驰逐如飞，澄见之不乐。都督乌那罗从后呼曰："天子勿走马，大将军嗔。"帝为揽辔而还。又澄尝侍帝宴饮，绝无君臣之分。酒酣，举大觞属帝曰："臣澄劝陛下酒。"帝不胜愤，曰："自古无不亡之国，朕亦何用此生为！"澄怒曰："朕！朕！狗脚朕！"使季舒殴帝。季舒见其醉，以身蔽之，假挥三拳，澄遂奋衣而出。次日酒醒，亦自悔。乃使季舒入宫谢帝曰："臣澄醉后，情志昏迷，误犯陛下，乞恕不恭之罪。"帝曰："朕亦大醉，几忘之矣。"赐季舒绢百匹。然帝不堪忧辱，每咏谢灵运诗曰：

> 韩亡子房奋，秦帝鲁连耻。
> 本自江海人，忠义动君子。

　　时有常侍侍讲苟济，少居江东，博学能文，与梁武有布衣之旧。知梁武素有大志，负气不服，常谓人曰："会于盾鼻上，磨墨檄之。"梁武闻而不平。及梁武即位，又屡犯其怒，欲集朝众斩之，济遂逃归东魏。澄重其才，欲用济为侍读。献武王曰："我爱济，欲全之，故不用济。济入宫必败。"澄固请，乃许之。至是，知帝恶澄，密奏于帝曰："昔献武王欢有大功于国，未尝失礼于陛下。今嗣王悖乱已极，陛下异日必有非常之祸，宜早除之，以杜后患。"帝曰："深知成祸，其如彼何？"济曰："廷臣怀忠义者不少，特未知帝意耳。臣请为陛下图之。"乃密与礼部郎中元瑾、长秋卿刘思逸、华山王大器、淮南王宣洪、济北王徽等歃血定盟，共扶帝室。帝从之，然欲纳兵，恐招耳目，乃定计于宫中，假作土山，开地道通北城外，纳武士于宫，诱澄入而诛之。及掘至于秋门，守门者闻地下有响声，以告澄。澄曰："此无他，必天子与小人作孽，掘地道以纳其党耳。"遂勒兵入宫，见帝不拜而坐，曰："陛下何意反？臣父子功存社稷，何负陛下？此必左右妃嫔等所为。"欲杀胡夫人及李贵嫔，帝正色曰："自古惟闻臣反君，不闻君反臣。王自欲反，何乃责我？我杀王则社稷安，不杀则灭亡无日。我身且不暇惜，况于妃嫔？必欲弑逆，缓速在王。"澄自知理屈，乃下床叩头，大啼谢罪。帝乃召后出见，为之劝解。留宴于九和宫，命胡、李二夫人进酒，宫女奏乐，相与酬饮，夜久乃出。居三日，访知济等所为，乃幽帝于含章堂，执济等诸臣，将烹之。侍中杨遵彦谓济曰："衰暮之年，何苦复尔。"济曰："壮气在耳。"因书曰："自伤年纪摧颓，功名不立，故欲挟天子，诛权臣。事既不克，粉骨奚辞？"澄爱其才，尚欲全之，亲问济曰："苟公何为反？"济曰："奉诏诛高澄，何谓反耶？"澄大怒，挥使执去，与诸人同烹于市。澄疑温子升知其谋，欲杀之。方使之作献武王碑，碑成，然后收之于狱，绝其食，食弊襦而死。弃尸路隅，没其家口。长史宋游道收葬之，人皆为游道危。澄不之罪，谓之曰："向疑卿僻于朋党，今乃知卿真重故旧，尚节义之人，吾不汝责也。"事平，复请帝临朝。

　　澄隐有受禅之志，将佐议加殊礼。陈元康曰："王自辅政以来，未有殊功。虽破侯景，本非外贼。今颍川垂陷，反失二将，以致城久不下，愿王自以为功。"澄从之。武定七年五月戊寅，自将步骑十万攻长社。亲临筑堰，堰三决。澄怒，推负土者及囊并塞之。堰成，水势益大，城中无盐，人病挛肿，死者十八九。六月，大风从西北起，吹水入城，城遂坏。澄下令城中曰："有能生致王大将军者，封万户侯。若大将军身有损伤，亲近左右皆斩。"思政帅率众据土山,告之曰:"吾力屈计穷,惟当以死谢国。"因仰天大哭,西向再拜,欲自刎。都督骆训止之曰:"公常训语等,'赍吾头出降,非但得富贵,亦完一城性命。'今高相既有此令,公独不哀士卒之死乎?"左右遂共持之,不得引决。澄遣赵彦深就土山,遗以白羽扇,执手申意,牵之以下。见澄,澄不令拜,释而礼之。思政初入颍川,将士八千人;及城陷,才三千人,卒无叛者。澄悉配其将卒于远方,改颍川为郑州,礼遇思政甚重。祭酒卢潜曰:"思政不能死节,何足为重?"澄谓左右曰:"我有卢潜,乃是更得一王思政。"初,思政屯襄阳,欲以长社为行台治所,浙州刺史崔猷以书止之曰:

> 襄城控带京洛,实当今之要地。如有动静,易相应接。颍川既邻寇境,又无山川之固,贼若潜来,径至城下。莫若屯兵襄城,为行台之所,颍川置州,遣良将镇守,则表里胶固,人心易安。纵有不虞,岂能为患。

思政得书,不以为然,乃将己与猷两说具以启泰。泰令依猷策,思政固请从己说,且约贼兵水攻期年,陆攻三年之内,朝廷不烦赴救,泰乃从之。及长社不守,泰深悔失策。又以前所据东魏诸城道路阻绝,皆令拔军西归。澄乃奏凯而还。静帝以澄克复颍川,进澄位相国,封齐王,加殊礼,入朝不趋,赞拜不名,加食邑十五万户。澄欲不让,陈元康以为未可,澄乃辞爵位殊礼。

有济阴王晖业,好读书,澄问之曰:"彼读何书?"对曰:"数寻伊、霍之传,不读曹、马之书。"澄默然。又以其弟太原公洋次长,意常忌之。洋深自晦匿,言不出口,每事贬退,与澄言无不顺从。洋为其夫人李氏营服玩,小佳,澄辄夺取之。夫人或恚未与,洋笑曰:"此物犹应可求,兄须何容吝惜!"澄或愧不取,洋即受之,亦无饰让。每退朝,辄闭阁静坐,虽对妻子,能竟日不言。时或袒跣跳跃,夫人问其故,洋曰:"为尔漫戏。"其实盖欲习劳也。吴人有瞽者,能审人音以别贵贱。澄召而试之,历试诸人皆验。闻刘桃枝声,曰:"此应属人为奴,后乃富贵。"闻赵道德声,亦曰:"此人奴也,其后富贵却不小。"闻太原公声,惊曰:"此当作人中之主。"及闻文襄王声,默不语。崔暹私捏其手,乃曰:"亦人主也。"澄笑曰:"吾家奴尚极富贵,而况我乎?"既退,暹私问之,瞽者曰:"大王祸不远矣,焉有大福?"其时太史令亦密启帝云:"臣夜观天象,西垣杀气甚重,宰辅星微暗失位。主应大将军身上,祸变不出一月也。"帝曰:"尔不知李业兴之死乎,何乃蹈其辙?"盖业兴曾向澄言:"秋间主有大凶。"澄恶其不利而杀之。故帝引以为戒。

却说澄有膳奴兰京,系梁朝徐州刺史兰钦之子。韩山之役,梁兵大败,东魏俘梁士卒万人。京从其父在军,亦被擒获。澄配为膳奴,使之供进食之役。后魏与梁通好,兰钦求赎其子,澄不许。京亦屡向澄诉,求赐放还。澄大怒,杖之四十,曰:"再诉则杀汝。"京怨恨切齿,密结其党为乱。先是澄在邺,居北城东柏堂,嬖琅琊公主,欲其往来无间,侍卫者常遣出外,防御甚疏。一日,澄召常侍陈元康、侍中杨遵彦、侍郎崔季舒共集东柏堂,谋受魏禅,署拟百官。兰京进食,澄却之,谓诸人曰:"昨夜梦此奴斫我,当急杀之。"元康曰:"此:奴耳,何敢为患?"京立阶下闻之,遂与其党六人置刀盘下,冒言进食。澄怒曰："我未索食,何为遽来?"京挥刀曰："来杀汝!"贼党尽入。是时室中惟元康、遵彦、季舒三人侍侧,皆手无寸刃。左右侍卫防其泄漏机密,悉屏在外,非有命召不得入。澄见贼至,卒惶迫以手格之,伤臂,入于床下。贼去床,澄无所匿。元康以身蔽之,与贼争刀,被伤肠出,倒于地。贼遂弑澄。遵彦乘间逸出,仆于户外,失一靴,不及拾而走。季舒狼狈走出,不知所为,奔往厕中匿。库直王纮、纥奚舍乐闻室中有变,冒刃而进。舍乐斗死,王纮仅以身免。众见贼势汹汹,皆莫敢前。飞报内宫,言王被害,众皆失色。元公主一闻此信,惊得魂胆俱丧。时太原公洋居城东,方退朝,闻之,颜色不变,指麾部分入讨群贼。擒兰京等,斩而脔之。徐出言曰："奴反,大将军被伤,无大苦也。"入见元公主。公主方抚膺大哭,洋慰之曰："大将军被害,事出非常。宜暂安人心,勿遽发丧也。"于是诸夫人皆暗暗悲哀。元康自知伤重必死,手书辞母。又口占数百言,使参军祖珽代书,以陈便宜,言毕而卒。洋殡之第中,诈云出使。虚除元康中书令,以王纮领左右都督。又假为澄奏请立皇太子,大赦天下。除心腹数臣外,皆不知澄之死也。越数日,澄死信渐露,帝闻之,窃谓左右曰："大将军死,似是天意,威权当复归帝室矣。"左右相庆,咸呼万岁。但未识人心如此,天意若何,且听下文分解。

第五十回　陈符命群臣劝进　移魏祚新主登基

话说帝闻澄被害,私心窃喜。因念权门无主,其党必离,虽有高洋,素称懦弱,不足为虑,群臣必来请命发丧,即可权归一己。哪知洋惧人心惶惑,秘不发丧,托言养病在宫,命己代摄军政。又思重兵尽在并州,须早如晋阳,以固根本。乃夜召都护唐邕部分将士,镇遏四方。邕领命支配各军,斯须而毕。洋深重之。乃留高岳、高隆之、司马子如、杨愔四人守邺。时子如已复任,在朝职为仪同三司也。其余勋贵皆以自随。临行,谒帝于昭阳殿,从甲士八千人,登阶者二百人,皆攘袂扣刃,若对严敌。洋立数十步外,令主者传奏曰:“臣有家事,将诣晋阳。”再拜而出。帝失色,目送之曰:“此人又似不相容者,朕不知死在何日。”洋至并州,入见太妃,泣诉兄变。娄妃大惊,凄然下泪曰:“此儿聪明晓事而不受训,宜其有祸。然年未三十,遽弃我而逝,目前事业更靠何人?”言讫,悲不自胜。洋与左右皆为掩泪。时宋夫人与其子孝瑜依太妃住晋阳,闻澄遇害,母子大哭。孝瑜年十三,有至性,请奔父丧,洋许之,遂单骑至京。洋为太妃曰:“兄暴亡,儿威名未立,恐人心有变,丧未敢发,尚祈秘之。”妃曰:“今后大事,任凭儿主,但期无负父兄之业。”洋再拜而出。遍召晋阳旧臣宿将,大会于德阳堂。旧臣素轻洋,见之不甚畏敬。洋是日英采焕发,言词敏决,皆大惊。澄政令有不便者,洋悉改之,由是内外悦服,人尽畏而敬之矣。

武定八年正月,距文襄之死已有数月,洋见威令已行,大权在握,乃遣使告哀于帝,请发澄丧。帝举哀于太极东堂,遣百官致祭诏,赠绫罗八百段,治丧一如献武王礼,谥曰文襄王。洋亦发丧于晋阳,令宫中、府中无不成服。朝廷议加洋爵,以摄大政,乃进洋位丞相、都督中外诸军、录尚书事、大行台、齐郡王。诏使至,洋拜受,百官皆贺。二月甲申,葬文襄于献武王之墓。三月庚申,又进洋爵为齐王,食邑五郡。盖洋欲得其权,故令朝廷屡增爵位也。

一夜睡去,梦有人将朱笔点其额上,意忽忽不乐,谓管记王昙首曰:“我梦额上被点,得毋我身将黜退乎?”昙首拜贺曰:“此王大吉之兆也。‘王’字头上加了一点,便是‘主’字,王不日当居九五之尊,为人中主矣。”洋曰:“勿妄谈。”口虽拒之,而心窃自喜。又闻外间讹言上党出圣人,欲迁上党郡以应之。长史张思进曰:“王无庸也。大王生于西宫,宫本上党坊基也,岂非上党出圣人之应乎?且童谣曰:‘一束藁两头燃,河边羖䍽飞上天。’藁字燃去两头,则为‘高’字,羖䍽,羊也。河边,水也,水与羊,正大王之名。飞上天,是升为天子也。大王又为帝奚疑?”洋喜益自负。光禄大夫徐之才、北平太守宋景业皆善图谶,共占天象,以为太岁在午,当有革命,欲劝受禅而不敢言。时洋有宠臣高德政,言无不从。二人因德政以白洋,洋召二人问之。皆曰:“天命已定,愿王勿违。”洋然之。进告太妃,太妃曰:“汝父如龙,汝兄如虎,犹以天位不可妄据,终身北面。汝独何人,欲行舜、禹之事乎?此皆诸官陷汝于不义,切勿信之。”洋惟惟而出,以太妃之言告之才。之才曰:"正为不及父兄,故宜早升尊位耳。天与不取,反受其咎。王何失此机会?且谶文云:'羊饮盟津,角挂天津。'盟津、天津,皆水也。羊饮水,王之名也。角挂天,升大位也。近闻阳平郡皇驿旁有土一方,四面环水,常见群羊数百卧立其上,近而视之,却又不见。事与谶合,人事如此,天意可知。王岂可违天而受不祥?"洋未决。因念先王旧臣若尉景、娄昭、段荣等皆已物故,惟斛律金在肆州,司马子如在邺,此大事必须与之商酌。因召诣晋阳,共议于太妃前。二人固言不可,且以宋景业首陈符命,请杀之。太妃曰:"我儿懦直,必无此心。高德政辈贪富贵、乐祸乱,教之耳。"指金与子如曰:"二卿之言,实老成之见,儿宜从之。"洋不敢违,其事乃止。然自是忽忽不乐,常抚膺浩叹。又之才、景业等日陈阴阳杂占,劝其宜早受命。洋使术士李密卜之,遇大横,曰:"此汉文之卦也,吉孰利焉。"又使景业筮之,遇乾之鼎,曰:"乾,君也,鼎,五月卦也。宜以仲夏受禅。"或曰:"五月不可入官,犯之终于其位。"景业曰:"王为天子,无复下期,岂得不终于其位乎?"洋大悦,谓之才曰:"吾志决矣。但诸勋贵议论不一,必先有以折服其说,方可行事。吾今者集诸臣于德阳堂,卿为我明辩而晓谕之,使之无阻吾事。"之才领命。俄而百官皆集,共议可否。洋从屏后窃听,之才进言曰:"今受魏禅,正上合天心,下从民望,舜、禹之事,复见于今矣。诸公卿不思助成大业,而反有异议,何哉?"司马子如曰:"子言诚是。但王受禅有三不可,王去文襄之亡未久,遽行大事,似以兄死为幸,有损王德,其不可一也;天子依王为腹心,开诚相待,不若孝庄猜嫌疑贰,致生变更,其不可二也;王秉政日浅,未有奇功大勋威服四方,其不可三也。吾以为守政居藩,自享无穷之福。倘贪天位,万一蹉跌,后悔何及?"之才曰:"不然。昔文襄本欲为帝,而中道暴亡,以致大业终亏。王若为帝,是偿文襄未竟之志,光大前业,垂裕后昆。正先王有子,文襄有弟也,何嫌而不为?至帝虽安静无为,然政由宁氏,祭则寡人,究非本怀。苟济之事,已可鉴矣。王不正位,人易生心。谚云'骑虎之势难下',正王今日之谓也。他若秉政以来,虽大功未建,而献武、文襄之功皆王功也,天下孰不怀德而畏威?昔孟德未帝而丕帝,师昭未帝而炎帝,古今一辙,王何不可为帝?"子如无以应。长史杜弼曰:"关西国之劲敌,常有并吞山东之志,特以无衅,故闭关不出。若受魏禅,彼之师出有名,一旦挟天子称义兵,长驱东向,将何以待之?不若存魏社稷,整率文武,立功廊庙,翦除外寇。俟四海一统,然后受禅未迟。不然,纵令内难不作,其如外患何?"之才曰:"今与王争天下者,只有宇文黑獭,但彼亦欲为王所为,纵令倔强,不过随我称帝耳,何畏之有?"弼语塞而退。洋出,厉声曰:"吾闻筑室道谋,三年不成,凡举大事,得一二人同心足矣。之才之言不可易也。"众人见王心已决,无敢异言。

洋遂入告太妃曰:"内外皆欲尊儿为帝,今将诣邺,暂违膝下。"太妃曰:"儿为帝固好,但天位难保,须好为之。帝系故君,后系汝妹,宜安置善地,勿失尊崇之典。"洋曰:"母勿忧,儿当待以杞、宋之礼。"再拜而出。乃发晋阳,拥兵东向。令高德政预录所需事条以进。又令陈山提赍所录事条,手书一道,驰驿以往,密付杨愔。愔得书,知事不可缓,即召太常卿邢邵等议撰禅位仪注,秘书监魏收草九锡、禅让、劝进诸文。凡魏室诸王皆引入北宫,闭之于东斋。五月甲寅,进洋位相国,总百揆,备九锡。洋行至前亭,所乘马忽倒,意甚恶之。至平都城,不肯复进,欲还晋阳。仓丞李集曰:"王来为何事而

欲还耶？非所以副臣民仰望之心也。"德政、之才亦苦谏曰："山提先去，机关已泄，王今日岂可中止？"乃命司马子如、杜弼驰驿续入，观察物情。子如等至邺，在朝文武知事势已成，禅位在即，莫不俯首顺从。子如密以报洋，洋乃至邺，入居旧邸，百官皆来晋谒。洋辄下令，召人夫赍筑具，集于城南。高隆之请曰："用此何为？"洋作色曰："我自有事，君何问焉？岂欲族灭耶？"隆之惧而退。于是作圆丘，备法物，一日一夜，无不毕具。

丙辰，司空潘乐、侍中张亮、黄门郎赵彦深等求入宫启事，帝于昭阳殿见之。亮曰："五行递运，有始有终。齐王圣德钦明，万方归仰。愿陛下远法尧、舜，以让有德。"帝敛容曰："此事推挹已久，谨当逊避。"又曰："若尔，须作制书。"中书郎崔劼、裴让之曰："制已作讫。"便向袖中取出，使侍中杨愔进之。帝提笔便署，因问愔曰："居朕何所？"愔曰："北城别有馆宇，帝可居之。"帝乃走下御坐，步就东廊，咏范蔚宗《后汉书》赞曰：

献生不辰，身播国屯。终我四百，永作虞宾。

有司请帝起发，帝曰："古人念遗簪弊履，朕欲与六宫一别可乎？"高隆之曰："今日天下，犹陛下之天下，况在六宫。"帝步入与妃嫔已下别，举宫皆哭。赵国李妃诵陈思王诗曰："王其爱玉体，俱享黄发期。"帝挥泪谢之。直长赵道德，以故犊车一乘，候于东阁，帝出登车，道德超上抱之。帝叱之曰："朕自畏天顺人，甘让大位，何物家奴敢逼人如此？"道德犹不下。出云龙门，王公百僚拜辞，独高隆之洒泣不已。遂入北城，居司马子如南宅，遣太尉彭城王韶等奉玺绶禅位于齐。初，帝出宫时，以后为高王之女，不见而出。后闻之，大哭曰："帝既退居北城，我何忍独处大内？"屏去仪卫，只带宫女数人，来至帝所。帝见之下泪，曰："卿来何为者？尔家正当隆盛，富贵自在，何悬此败亡之身为？"后曰："妾侍陛下久矣，生死愿在一处，敢以盛衰易节？"于是相抱而哭，守帝不去。

五月戊午，群臣劝进，洋即帝位于南郊，是为显祖文宣皇帝，国号大齐，改元天保，大赦。是日，邺下获一赤雀，献于坛上。文宣大喜，以为受命之瑞。中外百官进秩有差，自魏敬宗以来，群臣绝禄，至是始复给之。己未，封帝为中山王，待以不臣之礼。立九庙，皆冠以帝号。追尊献武王为献武皇帝，庙号高祖，文襄王为文襄皇帝，庙号世宗。凡魏朝所封爵号，皆降一等。本宣力于齐，为齐佐命者不在降限。辛酉，册尊太妃娄氏为皇太后。命太保元修伯持节往晋阳，进玺绶册书于太后。太后受册，乃服韦衣，升殿受贺，诸夫人皆行九叩礼。尔朱后平素与太后为敌体，至是亦跪拜如仪。六月，迎太后至邺，一应嫔妃眷属皆从行。齐主朝太后于崇训宫。太后曰："吾儿素有大志，今果然。然当念先帝当日苦争力战经营创造之难，勿以得天下为易也。"齐主再拜受命。癸未，封弟浚为永安王，淹为平阳王，浟为彭城王，演为常山王，涣为上党王，淯为襄阳王，湛为长广王，湝为任城王，湜为高阳王，济为博陵王，凝为新平王，润为冯翊王，洽为汉阳王，共十三人。又封宗室高岳等十人，功臣库狄干等七人皆为王。尉景子尉粲官为仪同三司，性粗暴，见库狄干等封王，其父不加王爵，大怒，十余日不朝。遣使召之，闭门不纳，隔门谓使者曰："天子不封粲父为王，粲何以生为？"使者回奏，帝鉴其直，乃亦封景为王。将立后，集群臣议之。盖帝为太原公时，娶长史李希宗女，伉俪相得。后又纳段韶之妹,更加宠爱。隆之、德政欲结勋贵之欢,以李妃汉人,不可为天下母,请立段妃。帝不从,立李氏为后,其子殷为皇太子。赦畿内及并州死犯,余州死罪减等。是时政令一新,臣民悦服。惟虑关西有警,严设重兵以待。但未识泰闻东魏之亡,能兴师讨罪否,且听下文分解。

第五十一回　宇文后立节捐躯　安定公临危托后

话说宇文泰自颍川失守，师劳无功，只得退守关中，待时而动。一日闻报高澄身丧，以为天败高氏，不胜大喜。及闻高洋篡位，谓左右曰："高洋一竖子耳，料其才能，不及父兄远甚，而敢行僭逆，是自取灭亡也。吾以大军临之，声罪致讨，何忧不克哉？"乃从同州至京，入见帝曰："高洋废君篡国，大逆无道，臣请兴兵讨之，以诛逆臣之罪，以复一统之模。"帝从其请。乃召秦州刺史宇文导为大将军，都督二十三州诸军事，镇守长安。泰自引军十万，上将千员，往关东进发。边臣飞报至邺，声言西兵百万，飞渡黄河，不日将到晋阳，举朝大惊。齐主集群臣问计，或曰："黑獭蓄锐有年，今倾国而来，其锋不可挡，惟坚壁清野以待之，使之前无所获，力倦自退。昔先帝围玉壁，西师不出，亦此意也。"齐主曰："此懦夫之计也。"或曰："昔黑獭侵犯洛阳，先帝遣将拒之，皆获大捷。今宜调集诸路之兵，命一上将迎敌，贼兵自退，陛下可以高枕无忧也。"齐主曰："此未足以制黑獭也。诸卿之言，但守成法，未识机宜。黑獭之敢于深入者，以朕年少新立，未经战阵，有轻我心。若敛兵避之，示之以怯，益张其焰，吾兵将不战自乱。须乘其初至，朕猝然临之，彼不虞腾出，见朕必惊，彼势自沮，所谓先声有夺人之气也。转弱为强，实在此举。"高德政请待各路兵齐集，然后出师。齐主不许，连夜驰往晋阳，贯甲乘马，号令三军，亲为前部。令段韶、斛律丰乐统大军为后继。行至建州，遇西魏前锋赵贵，有众万人，直攻其营。身自搏战，诸将奋击，贵兵大败。泰闻前锋军败，大惊，问："来将何人？"探者报说："齐主自来，去大军不远，旗风浩大，人马精强，军威严整，行阵肃穆。"泰不信，曰："洋闻吾至，方奔逃之不暇，何敢来与吾敌？"是夜月明，泰与杨忠、达奚武等领数骑易服潜往，登高阜以望齐军，果见军容威武，调度有方，与欢治军无异。叹曰："有子如此，高欢为不死矣。"归营后，因念洋未可轻，若与之战，未必能胜，徒损自己威名。又遽退而归，恐为所笑，转辗不决。恰好秋尽冬初，久雨不止，军中畜产多死，人心不安。乃托以天时雨湿，弓弦解胶，不如暂回西京，俟春暖再来。遂班师，从蒲州而去。齐主闻西师退，追至河口，不及而还。

一日，接得肆州文书，报称蠕蠕国太子罗辰兴兵十万，来犯吾疆。齐主召集诸将商议拒之。司徒潭乐曰："昔先帝以蠕蠕反复无常，难以力服，故娶其女为妃，岁赐金帛，以结其心，边境得安。今先帝崩，蠕蠕公主亦卒，聘问之礼遂绝，故兴兵而来。不若仍以重赂结之，复申旧好，庶干戈永息，而边土无虞。"齐主曰："昔先帝欲散西魏之谋，故赂以玉帛，结以婚姻，以致太后避位，此权宜之术，亦先帝所耻也。今日藐视吾邦，复行狷獗，不擒灭，无以伸吾之恨，何用通好？"段韶曰："陛下亲征，臣请为先锋。"齐主大喜，乃引大兵直抵恒州。与蠕蠕兵遇，罗辰手下有勇将二员，前来讨战。斛律丰乐挺枪迎敌，战未下，齐主亲自出马斩之。诸将见帝亲自临阵杀敌，孰敢居后，奋勇齐进，敌兵大溃，散走出境。左右请班师，齐主命众先发，自以三千骑押后。夜宿黄瓜堆，罗辰探得后队兵少，复领精骑数万连夜赶来，把三千兵四面围住。火把烛天，枪刀密布，将士皆失色，齐主安卧不动。天明方起，神色自若，立马阵前，指画形势，纵兵奋击。蠕蠕之众披靡，乃溃围而出。前军闻后有寇，亦来救援，遂大破之。伏尸二十里，擒得罗辰之妻叱奴氏及番人三万余口。斩叱奴氏于境上，罗辰超越岩谷，仅以身免。由是诸夷畏服，终帝之世，蠕蠕不敢来犯。今且按下不表。

且说西魏文帝痛东魏之亡，进讨无功，高氏既篡，黑獭亦必效尤，魏氏宗社不久将尽属他姓，郁郁成疾，渐至不起。泰闻帝不豫，入朝问安。帝谓之曰："卿来甚好，朕生死有命，不足惜也。但太子年幼，未谙国政，托孤寄命，惟卿是任。卿善辅之。"遗诏太子元钦即位，与乙弗后合葬，是夜遂崩，年四十五岁。时西魏大统十六年三月庚戌也。帝为京兆王元愉之子，以父死非命，终身不乐。在位十六年，安静自守，国家大事，悉决于泰，未尝自主。故处乱世，得保天年以终。辛亥，泰奉太子登基，立宇文氏为后，后即泰长女也。百官朝贺毕，然后发丧，颁示天下，谥帝曰文皇帝。泰复归镇同州，盖其地当关河之险，北控诸蛮，东扼齐境，故泰常居之，犹齐之晋阳也。时有尚书元烈，帝室亲属，见泰专权，屡怀不平，欲杀之以兴帝室。然性粗少密，大廷广众之会，言及国事，辄抚膺长叹，怒形于色，以故谋未成，而机已泄。泰杀之，没其家口，不复禀于帝也。少帝闻烈死，大怒，私谓左右曰："丞相擅杀大臣绝不启知，目中岂复有我哉！我不杀泰，泰必害我，谁肯为我谋之？"一日，召临淮、广平二王，告以图泰之意，二人垂泪泣谏曰："不可为也。丞相秉政已久，大权皆在其手，朝廷孤立久矣，奈何以赤手而捋虎须？事若无成，大祸立至，愿帝勿作此意。"帝不听，曰："吾实不能束手待死也。"二人危之。时泰诸子年幼，以诸婿为腹心，长女云英，已为帝后。次女云容，嫁清河郡公李远之子李基。三女云庆，嫁义成郡公李弼之子李晖。四女云瑞，嫁常山郡公于谨之子于翼。皆封武卫将军，分掌禁兵，以防朝廷有变。李基等探知帝欲害泰，临淮、广平二王止之不听，令人密以报泰。泰大怒曰："孺子不堪为君！"旋即入朝，以帝居位无道，乏人君之度，不可作社稷主，告示百官，另立贤明。群臣莫敢违，遂废帝及后皆为庶人，置之雍州。奉齐王元廓为天子，是为魏恭帝，文帝第四子也。立妃若干氏为后，大赦天下，以安人心。由是泰权愈重，虽魏之旧臣宿将，莫不屏息听命。少帝放废雍州，朝夕怨望，泰以其有英气，恐生他变，乃令人赍鸩酒至雍州。使者至，少帝问："何为？"对曰："太师献寿酒一瓶，为陛下饮。"帝见之不觉泪下，与后诀曰："因怜元命倾覆，故勉意为之。不图今日遭祸，乃至于此。吾命已矣，汝归母家，不须念我。"后抱住大哭，谓使者曰："太师既废帝为庶人，亦当使我夫妇相守以老。太师纵不念帝，何不怜我？烦卿一复我命。"使者道："太师之旨，谁敢有违？但令天子饮酒之后，便迎后归耳。"帝遂服毒而亡。时年二十四岁。后哀哭不食，亲与左右手殓之。使者欲迎以归，不从，泪尽继之以血，且出怨言。使者复命，泰大怒，复令使者赍鸩酒至雍州，命之曰："后倘执迷不改，即赐此酒。"使者至，后身衣重服，方哭泣于少帝灵前。使者致泰命，曰："后归无恙，否则饮此。"后曰："吾未亡人，视死如归久矣。意欲终百日之丧，然后就死。今见逼如此，何以生为！惟负吾母生育之恩，不见一面为恨耳。"言讫，大哭。哭已，饮酒而死。年二十二岁。后志操坚贞，仪容明秀，少帝深敬重之。伉俪无间，不置嫔御。及帝崩，后以身殉。后人有诗美之曰：

> 皎皎冰霜性，亭亭松柏姿。
> 纲常谁倒置，节义独撑持。
> 一死随君去，重泉痛国危。
> 芳名垂信史，巾帼胜须眉。

是时，魏静帝亦死于邺，年二十八岁。你道静帝若何而死？先是齐主每出入，常以静帝自随，高后恒为之尝饮食，护视之。又娄太后尝劝齐主勿杀，使之得保天年，故齐主欲害之未果。及天保三年，太后欲归故宫，遂还晋阳。齐主召后宫中赴宴，遣使以药酒鸩帝。及后归，帝已崩。痛哭数日，欲自尽，左右劝止之。齐主乃令人护丧事，谥曰魏孝静皇帝，葬于邺西漳水之北。送静后至晋阳太后所居之。其后封为太原公主，下嫁杨遵彦。故人以为欢之女不及泰之女也。

且说泰自弑少帝后，见人心不变，天位易取，大业将成，而嗣位尚虚，不可不先立定。正妃元氏生子觉，年尚十五。次妃姚氏生子毓，年最长。其妇大司马独孤信女，信居重任，为泰腹心。泰欲立觉为世子，恐信不悦，乃召诸公卿议之。众曰："公所欲立，则竟立之，谁敢有违？"泰曰："孤欲舍长立嫡，恐非大司马所乐。"左仆射李远曰："臣闻立子以嫡不以长，古之道也。略阳公觉合为世子无疑，若以信为嫌，请先斩之。"泰笑曰："何至于是！"信亦自陈曰："立觉，信之愿也。岂可以毓为信婿而有嫌疑？"及退，远谢信曰："公莫怪，临大事不得不尔。"信亦谢曰："今日赖公决此大事。"遂立觉为世子。是年，泰巡行北边，至平凉郡，有建武将军史宁率其子侄来迎。泰见之大喜，曰："吾欲于平凉城东校猎，卿可率子弟以从。"次日，猎于牵屯山。泰见众中有一小将，年尚幼，而容貌出群，弓马娴熟，往来如飞，箭无虚发。召而问之，乃史宁之子史雄也。顾谓宁曰："曾婚娶否？"对曰："未也。"泰曰："为汝佳儿，岂不可为吾快婿？"时泰有幼女云安未嫁，因配之为室。军留平凉逾月，一夜，忽有大星坠于营前，光烛四野，人马皆惊。又中军帅旗无故自折，泰甚恶之。俄而得疾，日加沉重，自知必死。因念大权不可付于他姓，兄子宇文护常掌家政，可托以后事，"乃于半途驰驿召之。护至泾州见泰，泰谓之曰："吾诸子幼弱，外寇方强，天下之事，属之于汝，宜努力以成吾志。"护再拜受命，遂统大军进发。十月癸亥，泰卒于云阳，时年五十。泰性好质，素不尚虚饰，能驾驭英豪，得其力用。明达政事，人莫能欺。崇儒好古，凡所设施，皆依仿旧章。先是恭帝之立，泰请去年号，称元年，复姓拓跋氏。其九十九姓改为单姓者，皆复其旧。又请如古制，天子称王，宗室诸王皆降为公，故己，虽勋业隆重，只以安定公号终身也。及泰殁，护扶枢还，至长安而后发丧。奉世子嗣位，为太师柱国、大冢宰，袭封安定郡公，镇同州。自天子以迄，大小臣僚、府中将士，皆素服举哀。

当是时，元辅新丧，举朝惶惶。中山公护虽受泰命，而名位素卑，未尝预政，不厌人望。在朝群公有共图执政之意，莫肯服从。护忧之，乃问计于大司寇于谨。谨曰："仆早蒙先公非常之知，恩深骨肉。今日之事，必以死争之。若对众定策，公必不得谦让。"

次日，群公会议。太傅赵贵对众曰："丞相亡，谁主天下事?"盖阴以自命也，众莫发言。谨独曰："昔帝室倾危，非安定公，无复今日。今公一旦违世，嗣子虽幼，中山公其亲兄子，兼受顾托，军国之事理须归之，有何议焉?"辞色抗厉，听者皆为悚动。护曰："此乃家事，护虽庸昧，何敢有辞?"谨素与泰等夷，护常拜之。至是谨起而言曰："公若统理军国，谨等皆有所依。"遂下拜。群公迫于谨，亦下拜。于是众议始定。护纲纪内外，抚循文武，人心遂安。旋封世子觉为周公，为谋禅也。但未识后事若何，且听下文分解。

第五十二回　晋公护掌朝革命　齐主洋乱性败常

　　话说宇文护当国，以周公觉幼弱，欲使早正大位，以定人心。十二月甲申，葬安定公于长安之原。庚子以魏恭帝诏禅位于周。使大宗伯赵贵持节奉册，济北公元迪奉皇帝玺绶，送至周公之府。恭帝出居别第。正月辛丑，周公即天子位。柴燎告天，朝百官于露门，追尊王考文公为文王，妣为文后，大赦。封恭帝为宋公，旋即弑之。以"木德"承魏"水德"，行夏之时，服色尚黑。以李弼为太师，赵贵为太傅，独孤信为太保，中山公护为大司马，都督内外诸军事，加封晋公。凡文武百官皆进爵有差。旋有御正中大夫崔猷建议以为圣人沿革，因时制宜："今天子称王，不足以威天下。请遵秦、汉旧制，称皇帝，建年号。"从之。周王始称皇帝，追尊文王曰文皇帝，改元武成。今且按下不表。

　　且说齐主登基之后，神明转茂，留心政术，务存简靖，明于任使，人得尽力。又能以法驭下，或有违犯，虽勋戚不赦，内外莫不肃然。至于军国机策，独决怀抱。每临行阵，亲当矢石，所向有功，四夷钦服。西人亦畏其强，人呼之谓"英雄天子"。数年后，渐以功业自矜，嗜酒淫泆，肆行狂暴。太保高隆之，高祖义弟。帝少时常被轻侮，及受禅时，隆之又言不可，心常恨之。崔季舒怨隆之前劾其罪配徙远方，乃谗于帝曰："隆之每理一事，辄云非己莫能为，是令人上薄朝廷也。"帝积前怨，令武士筐之百余拳而卒。清河王岳，帝从父弟。屡立战功，有威名，而性好豪侈，耽于声色。平秦王归彦自幼抚养于岳，岳待之甚薄，归彦怨之。及帝即位，归彦为领军大将军，大被宠遇。密构其短，奏言岳造城南大宅，制为永巷，僭拟宫禁。帝闻不平。又帝纳娼妇薛氏于后宫，岳先通其姊，亦尝迎薛氏至第。一夜，帝游薛氏家，淫其姊。其姊恃爱，为父乞司徒之职。帝大怒，悬其体，锯而杀之。岳以帝杀无罪，有后言。帝益不平，遂让岳以奸，使归彦鸩岳。岳自诉无罪，归彦曰："饮之，则害止一身；不饮，则祸及全家。"岳遂饮之而卒。薛嫔始大宠幸，久之，忽思其曾与岳通，无故斩其首，藏之于怀。集群臣于东山宴饮，劝酬始合，忽探出其首，投于席上。支解其尸，弄其髀骨为琵琶。一座大惊。旋对之流涕曰："佳人难再得。"载尸以出，披发步哭而随之。

　　自是杯不离手，淫暴益甚。或身自歌舞，尽日通宵；或散发披肩，杂衣锦彩。或袒露形体，涂傅粉黛；或乘牛、驴、橐驼，不施鞍勒；或令崔季舒、刘桃枝负、之而行，担胡鼓拍之。勋戚之家，朝夕临幸。游行市里，街坐巷宿；或盛夏日中暴身，或隆冬去衣驰走。从者不堪，帝居之自若。于邺中构三台，即魏武所建旧址，更名铜爵曰金凤，金虎曰圣应，冰井曰崇光。方构时，木高二十七丈，两栋相距二百余尺。工匠危怯，皆系绳自防。帝登脊疾走，殊无怖畏。又复雅舞，折旋中节。旁人见者，莫不寒心。尝于道上问一妇人曰："天子何如？"妇人曰："颠颠痴痴，何成天子！"帝杀之。太后以帝饮酒无节，举杖击之，曰："如此父，乃生如此儿。"帝曰："即当嫁此老母。"太后大怒，遂不言笑。帝欲太后笑，自匍匐伏于太后所坐床下，太后坐，举床坠太后于地，颇有所伤。既醒，愧悔欲死。使积柴炽火，欲入其中。太后惊惧，亲自持挽，强为之笑曰："向汝醉耳，毋自残。"帝乃设地席，命平秦王归彦执杖，脱背就责。谓归彦曰："杖不出血，当斩汝。"太后前自抱之，帝流涕苦请。乃笞脚五十，然后衣冠拜谢，悲不自胜。

因是戒酒一旬，又复如初，淫酗转剧。征国中淫姬娼妇，悉去衣裳，赤其下体，吩咐从官共视。又聚棘为马，纽草为索，逼令赤身乘骑，牵引来去，流血洒地，以为娱乐。一日，幸李后家，以鸣镝射后母崔氏，骂曰："吾醉时尚不识太后，何况老婢！"马鞭乱击一百有余。虽以杨愔为宰相，使进厕筹，以马鞭鞭其背，流血浃袍。置之棺中，载以辒车，欲下钉者数四，久而释之。又尝持槊走马，以拟左丞相斛律金之胸者三，金神色不动，乃赐帛千段。一日，谓文襄后曰："吾兄昔奸吾妇，我今须报。"乃淫于后。其高氏妇女，不问亲疏，多与之乱。或以赐左右，使乱交于前，不从者斩。彭城王太妃者，即尔朱后也。本有绝世容，年长矣，美丽如故。帝至其宫，欲犯之，太妃辞以异日，盖惧害其子也。帝去，泣谓左右曰："昔吾失节，已为终身之辱，今何可以再辱？但不死，无以绝其心。前梦孝庄帝向我言，吾曾枉杀赵妃，不获善终，今果然矣。"遂缢而死。有遗言启太后，以其子彭城为托，故太后常保护之。又乐安王元昂妻李氏，即李后姊，入宫朝后。帝见其色美，逼而幸之，大肆淫乐，不令出宫。谓后曰："吾欲纳尔姊为昭仪可乎？"后以其有夫对。帝乃召昂至前，令伏于地，以鸣镝射之百余下，凝血将及一石，竟至于死。后惧，乞让位于姊，太后以为言乃止。

作大镬、长锯、锉碓之属，陈之于庭。每醉，辄手自杀人以为戏乐。所杀者多令支解，或焚之于火，或投之于水。杨愔乃拣应死之囚，置之仗内，谓之供御囚，帝欲杀人，辄执以应命。三月不杀，则宥之。参军裴让之上书极谏，帝谓愔曰："此愚人，何敢如是？"对曰："彼欲陛下杀之，以成名于后世耳。"帝曰："小人哉，我且不杀，尔焉得名？"帝与左右饮，曰："乐哉！"都督王纮曰："有大乐，亦有大苦。"帝曰："何苦？"对曰："长夜之饮不止，一旦国亡身陨，所谓大苦。"帝怒其不逊，使燕子献反缚其手，长广王捉头，欲手刃之。纮呼曰："杨遵彦、崔季舒逃难来归，位至仆射尚书。臣于世宗，冒危效命，反见屠戮，旷古未有此事！"帝掷刃于地曰："王师罗不得杀。"乃舍之。

尝游宴东山，以关陇未平，投杯震怒。召魏收于前，立作诏书，宣示远近，将事西行。西人震恐，常为拒守之计。实皆酒后空言，逾时辄忘。一日，泣谓群臣曰："关西不受我命，奈何？"刘桃枝曰："臣得三千骑，请就长安，擒其君臣以来。"帝壮之，赐帛千匹。赵道德进曰："东西两国，强弱力均，彼可擒之以来，此亦可擒之以往。桃枝妄言应诛，陛下奈何滥赏！"帝曰："道德言是。"以绢赐之。帝乘马欲下峻岸，入漳水，道德揽辔回马。帝怒，欲斩之。道德曰："臣死不恨。当于地下启先帝，言此儿无道，酗酒颠狂，不可教训。"帝默然而止。他日，又谓道德曰："我饮酒过多，汝须痛杖我。"道德以杖扶之，帝走，道德逐之曰："何物天子，作如此行为？"典御丞李集面谏，比帝于桀、纣。帝令缚置中流，沉没久之，复令引出。问曰："吾何如桀、纣？"集曰："弥不及矣。"帝又沉之，引出更问。如此数四。集对如初。帝大笑曰："天下有如此痴人，方知龙逢、比干未为俊物。"遂释之。俄而，被引入见，又若有言，挥出腰斩。其或杀或赦，莫能测焉。内外惨惨,各怀怨毒。然能默识强记,加以严断,群下战栗,不敢为非。又委政杨愔,以为心膂。愔总摄机衡,百度修饬,纲纪肃然。故时言主昏于上,政清于下。

一日,帝将出巡,百官辞于紫陌,使槊骑围之,曰:"我举鞭即杀之。"旋复饮酒,醉而倦卧,至于日宴方起。黄门郎连子畅乘间言曰:"陛下如此,群臣不胜恐怖。"帝曰:"大怖耶?若然勿杀。"遂如晋阳,筑长城三千余里。秋七月,河南北大蝗,帝问崔叔瓒曰:"何故致蝗?"对曰:"五行志,土功不时,蝗虫为灾。今外筑长城,内兴三台,殆以此乎?"帝大怒,使左右殴之,擢其发,以溷沃其顶,曳足以出。先是齐有术士言亡高者黑衣。故高祖每出,不欲见沙门。其实应在周尚黑,后灭齐也。帝在晋阳,问左右何物最黑,对曰:"无过于漆。"帝以上党王涣,于兄弟中行第七,误"七"为"漆",使都督韩伯升至邺征之。涣疑其害己,至紫柏桥,杀伯升而逃,浮河南渡。行至济州,为人所执,送于邺都。又帝为太原公时,与永安王浚同见世宗,帝有时涕出,浚责帝左右曰:"何不为二兄拭鼻?"帝心衔之。及即位,浚为青州刺史,聪明矜恕,吏民悦之。浚以帝嗜酒,私谓亲近曰:"二兄因酒败德,朝臣无敢谏者,大敌未灭,吾甚以为忧。欲乘驿至邺面谏,不知用吾言否?"或密以其言白帝,帝益衔之。其后浚入朝,从幸东山。帝裸裎为乐,浚进谏曰:"此非人主所宜。"帝不悦,浚又召杨愔于背处,责其不谏。帝是时不欲大臣与诸王交通,愔惧帝疑,因奏之。帝大怒曰:"小人由来难忍。"遂罢酒还宫。浚寻还州,又上书切谏。帝益怒,诏征之,浚托疾不至。帝遣人驰驿收浚,老幼泣送者数千人。至邺,与上党王涣,皆盛以铁笼,置于北城地牢。饮食溲秽,共在一所。

常山王演,高祖第六子,帝之同母弟也。幼而英特,有大成之量,笃志好学,所览文籍,探其指归,而不尚词彩。读《汉书》至《李陵传》,独壮其所为。聪明过人,所与游处者,一知其家讳,终身未尝误犯。性至孝,太后常病,心痛如不堪忍。演立侍床前,以指甲掐其手心,为太后分痛,血流出袖,故太后爱之特甚。于诸王中最贤,帝亦深重之。以帝沈湎无度,忧愤形于颜色。帝觉之,谓曰:"但令汝在,我何为不纵乐!"演惟涕泣拜伏,竟无所言。帝亦大悲,抵杯于地曰:"汝嫌我唯此,自今敢进酒者,斩之。"因取所御杯盘,尽皆坏弃。人皆谓帝之戒饮,演实有以格之。不数日,沈湎如故。或于诸贵戚家相戏角力,不限贵贱。惟演至,则内外肃然。演将进谏,其友王晞以为不可。演不从,苦口极言,遂逢大怒。先是演性颇严,尚书郎中等办事有失,辄加捶楚。令史奸慝,即考竟不贷。帝欲实演之罪,疑其僚属必怨,乃立演于前,以刀镮拟胁。凡令史曾受演罚者,皆临以白刃,使供演短。诸人俱甘一死,不忍诬王,乃释之。又疑演假辞于晞,欲杀晞。演私谓晞曰:"王博士,明日当作一条事,欲为相活,亦图自全,宜深体勿怪。"乃于众中杖晞二十,帝欲诛之,闻晞得杖,以故不杀。髡其首,配甲坊。其后演又谏争,大被殴挞,伤甚,闭口不食。太后日夜涕泣,帝不知所为。曰:"倘小儿死,奈我老母何?"于是数往问疾,曰:"努力强食,当以王晞还汝。"乃释晞罪,令侍演。演抱晞颈曰:"吾气息惙然,恐不能久活。"晞流涕曰:"天道神明,岂令殿下遂毙此舍?至尊亲为人兄,尊为人主,安可与计?殿下不食,太后亦不食。殿下纵不自惜,独不念太后乎?"言未卒,演强坐而饭。晞由是得免,还为王友。帝欲悦太后,进演爵位,命录尚书事。除官者皆诣演谢,去必辞。晞言于演曰:"受爵天朝,拜恩私第,自古以为不可。"演从之,一切谢绝。

久之,演又谓晞曰:"主上起居不恒,吾岂可以前逢一怒,遽尔结舌?烦卿撰一谏章,吾当伺便极谏。"晞遂条列十余事以呈。因为演曰:"今朝廷所恃,臣民所望者,惟殿下一人。乃欲学匹夫耿介,以轻一朝之命?谚云:'狂药令人不自觉,刀箭岂复议亲疏。'一旦祸出理外,奈殿下家业何?奈皇太后何?"演欷歔不自胜。曰:"祸至是乎?"明日见晞,曰:"吾长夜久思,卿言良是,今息意矣。"即将晞稿付火焚之。帝亵渎之游,遍于宗戚。所往留连,惟至常山第,不逾时即去。

太子殷自幼温裕,心地开朗,礼士好学,关览时政,甚有美名。帝常嫌其得汉家性质,不似己,欲废之。帝登金凤台,使太子手刃重囚。太子恻然有难色,加刃再三,不断其首。帝大怒,亲以马鞭捶之。太子由是气悸语吃,精神昏扰,帝益嫌之。酣宴时,屡云太子性懦,社稷事重,终当传位常山。太子少傅魏收谓杨愔曰:"太子国之根本,不可动摇。至尊三爵之后,每言传位常山,令臣下怀贰。若其实也,当决行之。不然,此言非所以为戏,徒使国家不安。"愔以收言白帝,帝乃止。但未识后日天下,究属太子否,且俟下文再说。

第五十三回　烧铁笼焚死二弟　弃漳水杀尽诸元

　　话说文宣末年，耽酒渔色，淫虐之事，无所不为。用刑更极残忍，有司逢迎上意，莫不严酷。或烧犁耳，使犯人立于其上。或烧车钉，使犯人以臂贯之。每有冤陷，不胜痛苦，皆自诬服。惟郎中苏琼以宽平为治，有告谋反者，付琼推验，事多申雪。尚书崔昂谓之曰：“若欲立功名，当更思其余。数雪反逆，身命何轻？”琼正色曰：“所雪者冤枉耳，非纵反逆也。”昂大惭。帝怒临漳令稽晔、舍人李文师，以赐臣下为奴。侍郎郑颐问尚书王昕曰：“自古无朝士为奴者？”昕曰：“箕子为之奴。”颐以白帝曰：“王元景以稽、李二臣为奴，同于箕子，是比陛下于桀、纣也。”帝衔之。俄而，帝与朝臣醋饮，昕称疾不至。帝遣骑召之，见昕方摇膝长吟，骑以白帝，帝益怒。及昕至，遂斩于殿前，投尸漳水。

　　帝如北城，就视永安、上党二王于地牢，临穴讴歌，令二王和之。二王惧怖且悲，不觉声颤。帝怆然为之下泣，将赦之。长广王湛素与浚不睦，进曰：“猛虎安可出穴？”帝默然。浚闻其言，呼湛小字曰：“步落稽，与汝何仇，而必杀我？但汝之忍心，皇天见之！”帝亦以浚与涣皆有雄略，恐为后害，乃自刺之。又使刘桃枝就笼乱刺，槊每下，浚、涣辄以手拉折之，号哭呼天。于是薪火乱投，烧杀之，填以土石。后出其尸，皮发皆尽，尸色如炭，远近为之痛愤。仆射崔暹卒，帝亲临其丧，哭之。谓暹妻李氏曰：“颇忆暹乎？”其妻曰：“结发义深，实怀追忆。”帝曰：“既忆之，自往省。”手斩其头，掷于墙外。高德政与杨愔同相，愔常忌之。帝狂于饮，德政数强谏，帝不悦。谓左右曰：“德政恒以精神凌逼人。”德政惧，称疾不朝。帝谓愔：“我大忧德政病。”对曰：“陛下若用为冀州刺史，病当自瘳。”帝从之。德政见除书即起，帝大怒，召德政谓曰：“闻尔病，我为尔针。”亲以小刀刺之，血流沾地。又使曳下斩去其足，桃枝执刀不敢下，帝责桃枝曰：“尔头即落头。”桃枝乃斩其足之三指。帝犹怒，囚之门下，夜以毡舆载还家。明日，德政妻出珍宝四床，欲以寄人。帝奄至其宅，见之，怒曰：“我内府犹无是物，尔乃有此。”诘所从得，皆诸元所赂，遂曳出斩之。妻出拜，又斩之，并杀其子伯坚。

　　先是齐受魏禅，魏之宗室诸王虽皆降爵为公，仍食齐禄，未尝摈弃。是年五月，太史令奏称，天文有变，理当除旧布新。帝因问彭城公元韶曰：“汉光武何故中兴？”对曰：“为诛诸刘不尽。”帝曰：“尔言诚是。”乃诛始平公元世哲等二十五家，囚韶等十九家。其后将如晋阳，乃尽杀诸元或祖父为王，或身尝贵显，皆斩于东市。其婴儿投于空中，承之以稍，前后死者七百二十一人，咸弃尸漳水。剖鱼者往往得人指甲，邺下为之久不食鱼。又登金凤台，使元黄头与诸囚各乘纸鸮以飞，能飞者免死。独黄头飞至紫陌乃坠，仍付御史狱，饿杀之。初，韶以高氏婿，宠遇异于诸元。美阳公元晖业常于宫门外骂之曰：“尔不及一老妪，负玺与人，何不击碎之！我出此言，知即死，尔亦讵得几时？”帝杀晖业。剃元韶鬓须，加之粉黛以自随，曰：“我以彭城为嫔御。”言其懦弱如女也。

詔欲昵帝,故一言起祸,致诸元尽死,身亦幽于地牢,绝食,啖衣袖而死。定襄令元景安,欲请改姓高氏,其从兄景皓曰:"大丈夫宁可玉碎,何用瓦全,安有弃其本宗,而从人之姓者乎?"帝收景皓诛之,而赐景安姓高氏。帝嗜酒,体日瘠,李后忧之。帝谓之曰:"我常问太山道士:'为天子几年?'答我三十年。吾思之,得非十年十月十日乎?"又帝初登祚,改年为天保。识者曰:"天保二字,剖之为一大人只十,帝其不过十乎?"太子取名殷,字正道,帝视之不悦。曰:"殷家弟及,'正'字一止。吾身后儿不得为帝也。"左右请改之,帝曰:"天也,奚改为?"及疾甚,自知不能久,谓李后曰:"人生必有死,何足致惜?但怜正道幼弱,人将夺之耳。"又谓常山王曰:"夺则任汝,慎勿杀也。"遗诏传位太子。尚书令杨愔、平秦王归彦、侍中燕子献、侍郎郑颐受命辅政。遂崩,帝居位十年。其崩时,果十月十日甲午也。癸未发丧,群臣无下泪者,惟杨愔涕泗横流,呜咽不已。太子即位,大赦。谥帝曰文宣皇帝,庙号显祖。尊娄太后为太皇太后,李后为皇太后。先是高阳王湜滑稽便辟,有宠于显祖。常在左右执杖,以挞诸王,太皇太后深恨之。及显祖殂,湜有罪,太后杖之百余,扶归而卒。及显祖杀上党王涣,以其妃李氏配家奴冯文洛。至是,太后赦妃还第,而文洛尚怀恋恋,故意修饰,盛服往见。李妃出坐堂上,旁列左右,引文洛跪于阶下,数之曰:"遵难流离,以致身受大辱,志操寡薄,不能捐躯自尽,有愧先王。蒙恩诏得反藩闱,汝是谁家下奴,犹欲见侮!"喝令左右去其衣冠,杖之一百,流血洒地。太后闻之,髡鞭文洛,配甲坊。

　　先是显祖崩,常山王居禁中护丧事。太子即位,以天子谅阴,诏演居东馆,军国之事,皆先咨决。杨愔以二王地位亲逼,恐不利于嗣王,心忌之。未几,演出归第,诏策施行,愔独主之,多不关预。或谓演曰:"鸷鸟离巢,必有探卵之患。王不可出居私第。"杨休之诣演,演不见。休之谓王晞曰:"昔周公朝读百篇书,夕见七十士,犹恐不足。王何所嫌疑,乃尔拒绝宾客?"晞以告王,王曰:"昔显祖之世,群臣皆不自保。今一人垂拱,吾曹亦保优闲,何用汲汲。"因言朝廷宽仁,真守文良主。晞曰:"新帝春秋尚富,骤揽万几,易为人蔽。殿下以朝夕先后,亲承音旨,若使他姓出纳诏命,大权必有所归。殿下虽欲守藩,其可得乎?借令得遂,冲退自审,家祚得保灵长否?"演默然久之,曰:"何以处我?"晞曰:"周公抱成王,摄政七年,然后复子明辟。惟殿下处之。"演曰:"我何敢自比周公?"晞曰:"殿下今日地望,欲不为周公得乎!"演不应。二月己亥,帝奉显祖之丧至邺,太皇太后、皇太后皆行,众议常山王必当留守根本之地。时执政已生疑忌,乃敕二王俱从至邺。外朝闻之,莫不骇愕。演既行,晞出郊送之。演恐有观察者,命即还城,执晞手曰:"努力自慎。"因跃马而去。领军可朱浑尚帝姑东平公主,谓执政曰:"主少国疑,若不去二王,少主无自安之礼。"杨愔、燕子献等皆以为然,乃谋处太皇太后于北宫,使归政皇太后,出二王于外。

　　先是愔恶天保以来,爵赏多滥,欲加澄汰。先自表解开府,诸凡叨窃恩荣者,皆从黜免。由是嬖宠失职之徒,尽归心二叔。又高归彦总知禁旅,发晋阳时,杨愔敕留从驾五千兵,阴备非常。至邺数日,归彦方知,大愠。故初与杨、燕同心,既而中变,尽以疏忌之迹告二王。侍中宋钦道尝侍东宫,教太子吏事,以旧臣侍侧,奏于帝曰:"二叔威权既重,宜速去之。"帝曰:"可与执政共商其事。"愔等乃议出二王为刺史,以帝慈仁,恐不听,乃通启皇太后,乞主其事。有宫嫔李昌仪者,即高仲密妻,旧名琼仙,文襄尝纳之为夫人。文襄殁,有宠于娄太后,常居宫中。李太后以其同姓,亦相昵爱,遂以杨愔所启示之。昌仪阳以为可,而密启太皇太后。太皇太后大怒,即报知二王,令自为计。演乃谋之贺拔仁、斛律金,二人皆曰:"主上幼弱,今欲出大王于外,愔等之心未可问也。异日权归他姓,国事正不可料。为大王计,不如收而杀之,以除后患。"演曰:"政自彼操,党恶者众,事若不成,反自速祸,奈何?"金曰:"此时彼方得志,不以大王为意,乘间猝发,除之匪难。"演然之。会愔等又议不可令二王并出,奏以湛镇晋阳,演录尚书事,留邺。

二王乃密结诸勋贵,伏壮士数十人于尚书省后室。拜职日,大会百僚,约曰:"行酒至愔等,我各劝双爵,彼必致辞。我一曰:"'执酒',再曰'执酒',三曰'何不执',尔等即执之。"及期,愔等将往,郑颐止之曰:"事未可量,不宜轻赴。"愔曰:"吾等至诚体国,岂常山王拜职有不赴之理?"遂会于尚书省。设宴堂上,坐定,二王殷勤劝酒,连呼执者三,伏遂起。愔被执,大言:"诸王反逆,欲杀忠良耶?尊天子,削诸侯,赤心奉国,何罪之有?"常山王欲缓之,湛曰:"不可。"于是拳杖乱殴,愔及可朱浑、宋钦道皆头面破血。各以十人持之。燕子献多力,头又少发,握其首,脱去,排众走出门,斛律光逐而擒之。子献叹曰:"大丈夫为计迟,乃至于此。"又使薛孤延执郑颐于尚药局。颐叹曰:"不用智者言,以至于此,岂非命也?"演乃与湛、归彦、贺拔仁、斛律金执缚愔等,掖入云龙门,都督叱利骚、仪同成休宁皆拔刃呵演。归彦谕之,不从。归彦久为领军,军士素服,谕之皆弛仗,休宁叹息而退。叱利骚挺立如故,遂杀之。演同群臣入至昭阳殿,湛及归彦监愔等在朱华门外。内廷闻变,帝与太皇太后、李太后并出。太皇太后坐殿上,太后及帝侧立。演伏阶前叩头,进言曰:"臣与陛下,骨肉至亲。杨遵彦等独擅朝权,威福由己,自王公以下,皆重足屏气,共相唇齿,以成乱阶。若不早图,必为宗社之害。臣与湛为社稷事重,贺拔仁、斛律金惜献武皇帝大业,不忍丧于权臣之手,共执遵彦等入宫。未敢刑戮,请俟圣裁。专擅之罪,诚当万死。"当是时,庭中及两庑卫士二千余人,皆披甲待诏。武卫娥永乐武力绝伦,素为显宗所厚,叩刀仰视,帝不一眐。太皇太后喝令却仗,不退。又厉声曰:"奴辈即今头落乃却?"永乐内刃而泣。太皇太后因问:"杨郎何在?"贺拔仁曰:"一眼已出。"太皇太后怆然曰:"杨郎何所能为,留使岂不佳耶?"乃让帝曰:"此等怀逆,欲弑我二子,次将及我,尔何为纵之?"帝素吃讷,仓猝不知所言。太皇太后怒且悲曰:"岂可使我母子受汉老妪斟酌!"太后拜谢,演叩头不已,誓言:"臣无异志,但欲去逼免死而已。"太皇太后谓帝曰:"何不安慰尔叔?"帝乃曰:"天子亦不敢为叔惜,况此汉辈?但乞儿命,此属任叔父处分。"太皇太后命演复位,演遂传帝旨,皆斩之。湛恨郑颐昔尝谮己,先拔其舌,后斩其首。又斩娥永乐于华林园。娄太后本不忍杀愔,临其丧,哭曰:"杨郎忠而获罪,惜哉!"以御金为之一眼,亲内之,曰:"以表吾意。"演亦悔杀之,乃下诏,罪止一身,家属不问。以赵彦深代愔总机务。杨休之私语人曰:"将涉千里,杀骐骥而策蹇驴,良可悲也。"

戊申,演为大丞相、都督中外诸军、录尚书事。湛为太傅、京畿大都督。段韶为大将军,平阳王淹为太尉,归彦为司徒,彭城王浟为尚书令。政无大小,一禀大丞相主持。

三月甲寅，演以晋阳重地，自往镇守。既至，以王晞为司马，谓之曰："不用卿言，几至倾覆。今君侧虽清，终当何以处我？"晞曰："殿下往时地位，犹可以名教自处。今日事势，遂关天时，非复人理所及。"演默然，又以晞为文士，恐不允武将之意，昼则不接，夜则载入与语。尝在密室谓晞曰："比王侯诸贵每相敦迫，言我违天不祥，恐有变起。吾欲以法绳之，可乎？"晞曰："朝廷比者疏远骨肉，殿下仓卒所行，非复人臣之事。芒刺在背，上下相疑，何由可久！殿下虽欲谦退，秕糠神器，实违上天之意，坠先帝之基。"演曰："卿何敢发此言？亦将致卿于法。"晞见其言厉而色和，乃曰："天时人事，皆无异谋，是以冒犯铁钺，抑亦神明所赞耳。"演曰："拯难匡时，方俟圣哲，吾何敢私议。子其慎之，幸勿乱言。"谈至更深，晞乃退。但未识言者纷纷，常山能终守臣节否，且俟下文再说。

第五十四回　齐肃宗叔承侄统　周武帝弟继兄尊

话说常山执政，诸臣纷纷劝进，演亦心动，谓王晞曰："若内外咸有此意，赵彦深朝夕左右，何无一言？"晞曰："彦深非不欲言，特不敢言耳。"彦深闻之，因亦劝进。时太后曰："相王不效周公辅成王，而欲骨肉相夺，不畏后世谓之篡耶？"太皇太后曰："道德之言是也。"事乃止。未几，演又启云："天下人心未定，恐奄忽变生，须早定名位，以副四海之望。"太皇太后乃从之。八月壬午，太皇太后下令，废帝殷为济南王，出居别宫，以常山王演入继大统。且戒之曰："勿令济南有他也。"演遂即皇帝位于晋阳，是为孝昭皇帝。大赦，改元皇建。太皇太后还称皇太后，皇太后称文宣皇后，宫曰昭信。乙酉，下诏封功臣，礼赐耆老，延访直言，褒赏死事，追赠名德。盖帝少居台阁，明习吏事，即位尤自勤励，大革显祖之弊，中外大悦。尝谓王晞曰："卿何自同外客，屡自远我？自今凡有所怀，随宜作牒送进。"因敕与杨休之、崔劼二人，每日职务罢，并入东廊，共录历代礼乐职官及田市征税。有合于古不合于今者，悉令详思，以渐条奏。曾问舍人裴泽："外边议朕得失若何？"泽曰："陛下聪明至公，自可远侔三代，而有识之士，咸言伤细，于帝王之度，颇为未宏。"帝笑曰："诚如卿言。朕初临万几，虑不周悉，故若是耳。但此事安可久行？"库狄显安侍坐，帝曰："显安我姑子，与朕为至亲，可言朕之不逮。"显安曰："陛下太细，天子乃更似吏。"帝曰："朕甚知之，然势非得已，俟政清弊革，将易之以宽大耳。"故帝临治一年，国日富而兵日强。

一日，边臣奏报，西魏宇文护连弑二主，人情大扰。帝欲征之，谓群臣曰："昔我献武皇帝欲灭宇文，有志未遂。今宇文篡魏以来，国家多故，弑逆时闻。朕将整率六师，平定关西，以讨乱臣之罪，以伸先帝之志。诸臣其共襄厥功。"于是颁谕四方，各练兵以待。西人闻之大恐。

你道宇文护如何连弑二君？先是周闵帝即位，年十六，朝政皆决于护。有楚公赵贵、卫公独孤信，二人功劳勋望，群臣莫及，太祖尝倚为腹心。及护专政，威福自由，二人怏怏不服。贵谋杀护，信止之曰："不可。此乃先王之意，又其至亲，吾等杀之不祥。"贵乃止。其时二人密语室中，有帝幼弟宇文盛自窗外闻之，遂以告护。护曰："事不先发，必贻后悔。"乃伏壮士于殿内，贵入朝，擒而杀之。免独孤信官，以其名重，不欲显诛之，逼令自杀。仍令其子独孤善袭封卫国公，祭葬加礼，盖以上蒙天子，下安人心也。闵帝性刚果，本恶护之专权。及闻贵与信死，大怒曰："晋公不遵朝命，擅杀大臣，直目中无我也，我何帝为！"有一朝臣，姓李名植，乃阳平郡公李远之子。植自太祖时为相府司录，参掌朝政。又有司马孙恒，亦久居枢要。日在帝侧，二人见护杀戮大臣，亦恐不容于护，思欲除之，乃与宫伯乙弗凤、贺拔提共谮于帝曰："护自诛赵贵以来，威权日盛，谋臣宿将争往附之。以臣观之，将不守臣节，陛下天位难保，愿早图之。"帝以为然。乙弗凤又曰："以先王之明，犹委植与恒以政，今以事付二人，何患不成！且护常自比周公,臣闻周公摄政七年,然后返政。无论护心叵测,未必能如周公,就令如约,陛下安能七年悒悒如此乎?"帝愈信之,遂欲杀护。数引武士于后园讲习,为执缚之势。植等又约宫伯张光洛同谋,光洛以大权在护,帝孤立于上,事必无成,乃阳许植,而阴以告护。护曰:"上何能为?废之恐骇物听,不如先离其党。"乃出植为梁州刺史,恒为潼州刺史。植等既出,帝思之不置,每欲召之,护泣谏曰:"天下至亲,无过兄弟。若兄弟尚相疑贰,他人谁可信者?太祖以陛下富于春秋,属臣后事。臣情兼家国,实愿竭其股肱。若陛下亲揽万几,威如四海,臣死之日,犹生之年。但恐除臣之后,奸回得志,非惟不利陛下,亦将倾覆社稷,使臣无面目见太祖于九泉。且臣既为天子之兄,位至宰相,尚复何求?愿陛下勿信谗人之言,疏弃骨肉。"帝乃止。乙弗凤大惧,谓帝曰:"事不速断,反受其乱。陛下不杀护,不惟臣等不免,弑逆之祸,即在目前。"帝又信之。于是密谋滋甚,定计于次日,召群臣入宴,因执护诛之。护寄腹心于光洛,朝夕伺帝,纤悉皆必报。闻帝有密谋,乃召柱国贺兰祥、领军尉迟纲,诉以朝廷见害之意。二人劝护废之,曰:"公欲自全,不若另立贤明。"护曰:"主少国疑,遽行废立,人心不服,奈何?"贺兰祥曰:"嗣子可辅则辅之,不可辅则废之,昔先王废魏少主亦然。机在速为,前事可师也。以公今日位望,废昏立明,谁敢不服!"护从其言。时尉迟纲总领禁兵,护使以兵入宫,先收其党。纲至外殿,召乙弗凤、贺拔提议事,二人不知事露,同来见纲。纲即执之,送入护第。因罢散殿前宿卫兵。时帝在宫中,尚以机事甚密,功成在即,谓左右曰:"诛护之后,某也贤,为宰相;某也才,为行台。凡属护党,尽行诛之。"众皆称善。及闻宿卫皆散,大惊曰:"此必有变,须防兵入!"忙集宫人数十,环卫左右,执兵自守。俄而,贺兰祥奉护命,入宫见帝。甲士从者二百人,皆露刃上阶。祥厉声奏曰:"陛下昵近小人,不行正道,无人君之度。贺拔提等欲杀晋公,以危社稷,今已收讫。公卿大臣恐陛下不能守太祖之业,有负臣民之望,请陛下归略阳旧府。另立新主,管理万民。"因斥左右宫人曰:"尔等死在目前,尚何为者!"宫人皆惊走。帝自投于地曰:"为事不密,害至于此!"祥乃逼帝出宫,以车一乘,送入旧第,使兵士围守之。护既幽帝,悉召公卿会议,废帝为略阳公,迎立岐州刺史宁都公毓以承大业。众曰:"此公家事,废立由公,群臣何敢有违!"遂斩乙弗凤、贺拔提于宫门之外,杀孙恒于漳州。

时李植父李远为柱国大将军,镇弘农。护欲诛植,征之梁州,并召远入朝。李远见召,疑必有变,欲不就征,沉吟久之,乃曰:"大丈夫宁为忠臣而死,岂可作叛臣而生乎!"遂就征。至长安,植已被囚。护以远功名素重,犹欲全之,引与相见,谓曰:"公儿遂有异谋,非止屠戮护身,乃是倾危社稷。叛臣贼子,理宜同疾,公可早为之所。"乃以植付远,令自杀之。远素爱植,不忍加诛。植有口辩,自陈初无此谋。远信之,诘朝将植谒护,欲为申雪。护谓植已死,左右报曰:"植亦在门。"护大怒曰:"阳平公不信我。"乃召入,仍命远同坐,迎略阳公至,令与植相质于远前。植辞穷,谓略阳公曰:"本为此谋,欲安社稷,利至尊耳。今日至此,何事云云。"远闻之,自投于床曰:"若尔,诚合万死。"护遂杀植,并逼远自杀。初,李远弟穆官开府仪同三司,知植非保家之子,每劝远除之,远不能用。及临刑,泣谓穆曰:"不用汝言,以至于此。"穆当从坐,以前言获免,除名为民。植弟基,尚义归公主,亦当从坐,穆请以二子代基命,护并释之。

　　九月癸亥,宁都公至长安,百官迎之入宫。甲子,即皇帝位,是为世宗皇帝。太祖长子也,时年二十五岁。大赦,改元武城。朝群臣于太极殿,进护为太师。立夫人独孤氏为后,即独孤信女也。略阳既废,护犹怨之,使人赍鸩酒,弑之于旧第,年十六,黜王后元氏为尼。武城二年正月,护上表归政,阳为退让,其实军务大权仍自总理。周有处士韦夐,孝宽之兄也。志尚夷简,魏、周之际,十征不屈。太祖甚重之,不夺其志。明帝立,敬礼尤厚,号曰逍遥公。护延之至第,访以政事。时护盛修第舍,极土木之巧,夐仰视堂屋,叹曰:"酣酒嗜饮,峻宇雕墙,有一于此,未或不亡。"护不悦,听之使去。其立明帝也,以帝必德己,故无疑忌。及帝即位,明敏有识量,每日亲揽万几,生杀黜陟,辄自决断,渐欲夺护之权。护复谋废之。有李安者,本以鼎俎有宠于护,擢为膳部下大夫。因谓安曰:"近上作事,令人不可耐。子能暗行毒害,终身当共富贵。"安曰:"此大事,若以相付,易犹反掌,保为公图之。"护大喜。一日,安上食,置毒于糖锤而进之。帝食时不觉,俄而疾作,次日大渐。叹曰:"我堕奸计,不能活矣。"乃召左右侍臣,口授遗诏五百余言。且曰:"朕子年幼,未堪当国。鲁公,朕之介弟,宽仁大度,海内共闻。能宏我周家者,必此子也,可使入继朕后。"言毕,遂殂。后人有诗哀之曰:

　　　　黑獭当年连弑主,君臣大义等闲看。

　　　　两儿命绝他人手,千古收场总一般。

　　明帝暴崩,廷臣皆知中毒,为宇文护所使。然畏其势,皆求自保,莫敢推问。遂遵遗命,奉鲁公即皇帝位,是为周武帝。帝名邕,字祢罗突,太祖第四子也。生于同州,有神光照室。幼而孝敬聪明,有器质,仪度不凡,特为明帝所亲爱。朝廷大事,每与参议。性深沉,非因顾问,终不辄言。明帝每叹曰:"夫人不言,言必有中。"故弥留之际,舍其子而立之。当是时,护于魏、周之际,秉政不越五年,于魏则弑恭帝,于周则弑闵帝,又弑明帝,威权震于一国,大逆彰于四方。故齐主闻之,欲代周以讨其罪,出兵有日矣。而望气者言邺中有天子气,帝虑有内变,遂不暇外讨。

　　初,帝之谋诛杨、燕也,许长广王湛曰:"事成,当立尔为太弟。"既而立太子百年,湛心不平。时留守邺中,济南王亦在邺,命湛掌之。及讹言起,帝命库狄伏连为幽州刺史,斛律丰乐为领军,以分湛权,湛愈不安。而平秦王归彦则以天子气应在济南,恐其复立,于己不利,劝帝除之。帝乃使归彦至邺,征济南王如并州。湛益疑惧,问计于高元海。元海曰:"皇太后万福,至尊孝友异常,殿下不须疑虑。"湛曰:"此岂我推诚相问之意耶?"元海因乞还省,静夜思之。湛即留元海于后堂。元海达旦不寐,绕床徐步,夜漏未尽,湛遽出曰:"神算如何?"元海曰:"有三策,恐不堪用耳。一请殿下如梁孝王故事,从数骑入晋阳,先见太后求哀,后见主上,请去兵权,不干朝政,必保泰山之安,此上策也;次则当具表,云威权太盛,恐取谤众口,请为青、齐二州刺史,沉靖自居,必不招物议,此中策也;最下一策,发言即恐族诛,不敢闻于殿下。"湛曰:"卿之下策,焉知非我之上策乎? 汝但说之,断不汝罪。"元海曰:"济南世嫡,主上假太后令而夺之。今集文武,示以征济南之敕,执斛律丰乐,斩高归彦,尊立济南,号令天下,以顺讨逆,此万世一时也。"湛大悦。然性怯多疑，心虽善之，而未敢发。使术士郑道谦卜之曰："不利举事，静则吉。"有林虑令潘子密者，湛之旧人，晓占候之术，潜谓湛曰："主上当即晏驾，殿下不日登大位矣！"湛欲验其言，拘之内第以候之。又令巫觋卜之，多云不须举兵，自有大庆。湛乃奉诏令数百骑送济南王至晋阳。但未识济南此去生死若何，长广王果得大庆否，且俟下文再讲。

第五十五回　弃天亲居丧作乐　归人母惧敌求成

话说济南初废，帝于太后前涕泣誓言，许以终始相保，决无害意。虽征至晋阳，初意幽之别第，终其天年。归彦等数陈利害，日夜劝帝除之。帝乃遣人密行鸩毒，济南不从，扼而杀之。时年十七岁。其后孝昭颇自愧悔，忽忽若失。有晋阳令史至邺，早行，路遇仪仗甚都，有一王者坐马上，酷似文宣，心甚疑。有一骑落后，问之，骑曰："文宣帝也，今往晋阳复仇耳。"倏忽不见。令史归，不敢言。后闻帝疾，谓人曰："帝必不起。"其时宫中诸厉并作，或歌呼梁上，或叱咤殿中。帝恶之，备行禳魇之事，而厉不止。时有巫者，言天狗下降大内，不利帝躬，乃于其所讲武以禳。帝自强作精神，乘马射箭。马忽绝缰而奔，有兔从草中窜出，马惊逸，帝坠地绝肋。左右救之，昏迷良久乃苏。扶至宫，发晕数次。太后闻之，来视疾，问曰："汝征济南至此，今何在？"帝不答。连问，皆不答。太后怒曰："杀之耶？不用吾言，死其宜矣！"遂不顾而去。十一月甲辰，诏以嗣子冲眇，弟长庆王湛统兹大宝，遣赵郡王睿至邺征之。又与湛书曰："百年无罪，汝可以乐处置之，勿效前人也。"是日，殂于晋阳宫。临终，但言恨不见太后山陵。睿至邺，宣帝遗命，使继大统。湛犹疑其诈，使所亲先诣殡所，发而视之，使者复命，乃大喜。驰赴晋阳，使河南王孝瑜先入宫，改易禁卫，然后入。癸丑，湛即皇帝位于南宫，是为武成皇帝。大赦，改元大宁。立妃胡氏为皇后，子纬为皇太子，封太子百年为乐陵王。

初，孝昭事太后惟谨，朝夕定省，常得亲欢。武成每多不顺，太后常恶之。孝昭崩，太后思之致疾。又旧时老伴，若恒山、楚国、游夫人、穆夫人、王夫人等，或随子就封，或已去世。满目非旧，郁郁不乐，故疾日重，而武成行乐自若，太宁元年四月遂崩，时年六十二岁。五月庚午，合葬于高祖献武之陵，谥曰武明太后。后有大识，高明严断，雅遵俭约，往来外舍，侍从不过十人。性宽厚不嫉，高祖姬侍，咸加恩待。高祖尝西讨，方出师，后夜孪生一男一女。左右以危急请追告高祖，后不许，曰："王出统大兵，何可以我故轻离军幕？死生命也，来复何为！"高祖闻之，嗟叹称善。弟昭，以功名自达，其余亲属，未尝为请爵位。每言官人以才，奈何以私乱公。先是童谣曰："九龙母死不作孝。"及后崩，武成不改服，绯袍如故。登高台，置酒作乐。宫女进白袍，帝怒，投诸台下。归彦时在座，请撤乐。帝大怒曰："何与汝事，敢阻吾兴！"叱之使去。盖帝为高祖第九子，童谣其先验也。

初，归彦为孝昭所厚，恃势骄盈，凌侮贵戚。廷臣高元海、毕义云、高乾和常切齿之，因与帝前数言其短。且云："归彦久掌禁兵，威权震主，必为祸乱。"帝寻其反覆之迹，渐忌之。下密诏，除归彦冀州刺史，令速发，不听入宫。时归彦在家纵酒为乐，经宿尚未之知。至明入朝欲参，门者不纳。曰："领军已除冀州，无容擅入。"归彦大惊，遂即拜退。群臣莫敢与语。七月，归彦至冀州，大怀怨望，欲待帝如邺，乘虚入晋阳。其郎中令吕思礼密告于朝，帝诏大司马段韶、司空娄睿讨之。归彦闻有军至，将讨己罪，即闭城拒守。长史宇文仲鸾不从,杀之。乃自称大丞相,有众四万。朝廷闻其拒守不下,以尚书封子绘冀州人,其祖父世为本州刺史,得人心。使乘传至信都,巡于城下,谕吏民以祸福,于是降者相继。城中动静,小大皆知之。归彦自料必败,登城大呼曰:"孝昭皇帝初崩,六军百万,悉在臣手。投身向邺,奉迎陛下,当时不反,今日岂反耶?正恨元海、义云、乾和诳惑圣聪,嫉忌忠良,逼臣至此。陛下若杀此三人,臣即临城自刎。"既而城破,单骑奔走,至交津被执,锁之送晋阳。乙未,载以露车,衔木面缚。刘桃枝临之以刃,击鼓随之,并其子孙十五人,皆弃市。又以归彦在文宣时,潜杀清和王岳,以其家良贱百口悉赐岳家,赠岳太师。丁酉,以段韶为太傅,娄睿为司徒,平阳王淹为太宰,斛律光为司空,赵郡王睿为尚书令,河间王孝琬为左仆射。命封子绘行冀州事,人民始安。今且按下不表。

且说北有突厥一部,其君木杆可汗。自蠕蠕衰弱,突厥日强,周人欲结之以伐齐。许纳其女为后,遣御伯大夫杨荐往结之。齐人闻之惧,亦遣使求婚于突厥,赂遗甚厚。木杆贪齐币重,欲执荐送齐。荐知之,责木杆曰:"我太祖昔与可汗共敦邻好,蠕蠕部落数千来降,太祖悉以付可汗使者,以快可汗之意。如何今日遽欲背恩忘义,独不畏鬼神乎!"木杆惨然良久曰:"君言是也,吾意决矣。当相与共平东贼,然后送女。"荐归复命。公卿请发十万人击齐,柱国杨忠独以为得万骑足矣。戊子,忠将步骑一万,与突厥自北道伐齐。大将军达奚武率步骑三万,自南道出平阳,期会于晋阳城下。忠进,拔齐二十余城。齐人守陉岭之隘,忠击破之。突厥木杆以十万骑来会,自恒州三道俱入。时大雪数旬,南北千余里,平地数尺。时齐主在邺闻之,恐并州有失,倍道赴晋阳。令斛律光将步骑三万屯平阳,以为声援。己未,周师逼晋阳,突厥从之,声势甚盛。齐主惧,戎服率宫人欲东走避之。赵郡王睿、河间王孝琬叩马谏曰:"陛下勿畏,有臣等在,足以御贼。"孝琬请委睿处分,必得严整。帝从之,命六军进止,皆受睿节度,而使段韶总之。

睿本高祖侄,赵郡公永实之子。幼孤,聪慧夙成,为高祖所爱。养于宫中,令游夫人母之,恩逾诸子。年四岁,未尝识母。其母魏华山公主,与楚国夫人郑氏为姑舅姊妹。一日,宫人领了来至飞仙院游玩。郑夫人抱诸膝,戏谓之曰:"你是我姨之儿,何倒认游娘为母?"睿愕然问故,夫人悉告所以。且曰:"此事大王不许与你说,待你长成然后去认亲母。"睿默然下泪,回宫思念不已,遂失精神。高祖疑其感疾,睿曰:"儿无疾,欲识我生耳。"乃迎华山公主至宫,与之相见。睿趋膝下跪拜,抱住大哭。公主亦泣,自后高祖常令往来无间。母有疾,昼夜侍床前不去。及母殁,哀戚毁形,不茹荤者三载,人称其孝。高祖尝谓平秦王曰:"此儿至性过人,吾子皆无及者。"文宣时,尝为定州刺史,领兵监筑长城。时遇炎天,屏盖障,亲与军人同劳苦,或以冰进,却不用,曰:"三军皆热,吾何独进寒冰?"人皆感悦。以故军士受睿节制,莫不踊跃争奋。睿部分既定,乃请齐主登北城观。军容整肃,敌人望之失色。突厥咎周人曰:"尔言齐乱,故来伐之。今齐人眼中亦有铁,何可当耶?"周人以步卒为前锋,从西山下,鼓勇而前。去城二里许,诸将咸欲进击之。韶曰:"步卒力势,自当有限。今积雪既厚,逆战非便,不如坚阵以待之。彼劳我逸,破之必矣。"既至,齐悉其锐兵,鼓噪而出,突厥震骇,引兵上山,不肯战。周师遂大败,弃营而遁。突厥引兵出塞,纵骑大掠,自晋阳以往七百余里,人畜无遗。段韶追之不敢逼。突厥还至陉岭,地冻滑不可走,乃铺毡以度。马皆寒瘦,膝以下毛尽落。北至长城,马死且尽。截槊杖之以归。达奚武至平阳,未知忠已败走,犹进兵不已。斛律光与书曰:"鸿鹄已翔于寥廓,罗者犹视于沮泽,尔何不知进退耶?"武得书,知北道兵已败,亦还。光逐之,入周境,获二千余口以归。光见帝于晋阳,帝以新遭大寇,抱光头而哭。任城王湝进曰:"何至于此,陛下苟无忘今日,平西贼不难。"乃收泪而止。初,显祖之世,周人常惧齐兵北渡,每至冬月,守河椎水以守。及武成即位,嬖幸用事,朝政渐紊,齐人反椎兵以备周兵之逼。斛律光叹曰:"国家常有并吞关、陇之志,今日至此,而惟玩声色乎!"

且说齐主志图苟安,不以军国为事。性又懦怯,周师虽退,犹虞复来,妨其为乐之事,因问计于群臣曰:"吾欲与周通好,永息干戈,未识周其许我乎?"侍中和士开曰:"臣有一策,可使宇文护感恩听命。"武成急问何策,开曰:"昔日护奔关中,其母阎氏及姑宇文氏并留晋阳,皆被幽絷,至今尚羁中山宫内。臣闻边人云,护为宰相后,每遣间使入齐,访求其母消息。若示以通好之意,许归其母,有不乐从者哉? 且其母与姑在彼则重,在此不过一老妪耳,不久将归地下,何关轻重?"帝以为然,乃遣使者至玉璧,求通互市,微露护母尚在,通好则归。护闻之大喜,密托勋州刺史韦孝宽致书齐朝,欲申盟好。齐乃先遣其姑归国,为阎氏作书寄护。其书曰:

> 吾年十九入汝家,今已八十矣。凡生汝辈一男一女,今日眼下不见一人,兴言及此,悲缠肌骨。幸属千载之运,逢大齐之德,矜老开恩,许得相见。今寄汝小时所着锦袍一领,宜自检看。禽兽草木,母子相依。吾有何罪,与尔分隔? 今复何福,还获见汝? 言此悲喜,死而更苏。世间所有,求皆可得。母子异国,何处可求? 假汝贵极王公,富过山海,不得一朝暂聚,不得一日同处,寒不得汝衣,饥不得汝食,汝虽穷荣极盛,光耀世间,汝何用为,于吾何益? 吾今日之前,汝既不得申其供养,事往何论。今日以后,吾之残命,惟系于汝。尔戴天履地,中有鬼神,勿云冥昧而可欺负。

护得书,捧之涕泣,悲不自胜。亦以书报母云:

> 区宇分崩,遭遇灾祸,远离膝下,忽忽三十五年。受形禀气,皆知母子,谁同萨保,如此不孝! 子为公侯,母为俘隶。暑不见母暑,寒不见母寒。衣不知有无,食不知饥饱。泯如天地之外,无由暂闻。昼夜悲号,继之以血。分怀冤酷,终此一生,冀奉见于泉下耳。不谓齐朝解网,惠以德音。摩敦、四姑,已蒙礼送。初闻此旨,魂胆飞越,号天叩地,不能自胜。草木有心,禽鱼感泽。况在人伦,而敢不铭戴齐朝霈然之恩。既已沾洽,有家有国,信义为本。伏度来期,已应有日。一得奉见慈颜,永毕生愿。生死骨肉,岂过今恩。负山戴岳,未足胜荷。伏纸呜咽,言不宣心。蒙寄萨保别时所留锦袍,年岁虽久,宛然犹识,对此益抱悲泣耳。齐人留护母,使更与护书,邀护重报。往返数次,护徒

以卑词致乞。

时段韶拒突厥于塞下，齐主使人以护书示之，问其可否。韶作书报曰：

> 周人反复，本无信义，比晋阳之役，其事可知。护外托为相，其实主也。既为母请和，不遣一介之使到此来求，而徒作哀怜之语，形诸楮墨，其情可知。若据移书，即送其母，恐示之以弱。得母之后，彼必益无忌惮。为今之计，不如且外许之，待和亲坚定，然后遣之未晚。

齐主得书，犹豫未决。

时又传言木杆可汗以前攻晋阳不得志，谋与周兵再举伐齐。齐主大惧，急欲与周通好，以免干戈之扰。因不待周使来迎，即送其母归。阎氏至周，举朝称庆，周主为之大赦。护与母暌隔多年，一朝聚处，凡所资奉，穷极华盛。每四时伏腊，武帝率宗室亲戚至其家，行家人礼，称觞上寿。尊荣之典，振古未闻。俄而，突厥留屯塞北，更集诸部兵，遣使告周，欲与共击齐，如前所约。护因新得其母，未欲东伐，又恐负突厥约，更生边患。不得已，征二十四军及散隶、秦、陇、巴蜀之兵，并羌夷内附者凡二十万人，率以伐齐。但未识周师之出，胜负若何，且听下卷分剖。

第五十六回　争宜阳大兵屡却　施玉珽天诛亟行

话说宇文护惧违突厥之意,出师伐齐。周主授斧钺,亲劳军于沙苑。护军至潼关,遣大将尉迟迥率精骑十万为前锋,趋洛阳;大将权景宣率山南之兵趋悬瓠;少师杨㯭出轵关;亲率大军屯弘农。命齐公宪、达奚武、都督王雄军于邙山。齐主震恐,悔不听段韶之言。乃遣兰陵王长恭、大将军斛律光救洛阳,太尉娄睿拒杨㯭。出轵关,恃勇深入,军不设备。娄睿将兵奄至,大破其军,㯭被执,遂降。权景宣围悬瓠,豫州刺史王士良、永州刺史萧世怡并以城降。尉迟迥等围洛阳,为土山地道以攻之。城中守御甚固,三旬不克。护命诸将堑断河阳之路,以遏救兵,引师共攻洛阳。诸将以为齐兵必不敢出,惟圻堠而已。兰陵王斛律光畏周兵之强,未敢遽进。齐主召段韶,谓曰:"洛阳危急,今欲遣公救之。但突厥在北,复须镇守,奈何?"对曰:"北虏侵边,事等疥癣,不足为国深害。今西邻窥逼,乃腹心之病,请奉诏南行。"齐主曰:"朕意亦尔。"韶乃率精骑一千发晋阳,星夜赶行,五日济河,行近洛阳,与诸军会。值连日阴雾,乃率帐下三百骑与诸将登邙坂,观周军形势。至太和谷,与周军遇,韶即驰告各营,迫集骑士,结阵以待之。韶为左军,兰陵王为中军,光为右军。周人不意其至,皆�惧。韶遥谓周人曰:"汝宇文护才得其母,遽来为寇,何也?"周将曰:"天遣我来,有何可问。"韶曰:"天道赏善罚恶,当遣妆送死来耳。"周将曰:"吾不与汝斗口,特与汝斗战耳。"乃以步兵在前,上山迎战。韶命军士且战且却以诱之,待其力弊,然后下马共击。冲坚陷锐,万众奋发。周师大败,一时瓦解,主将禁之不能止,投溪坠谷,死者无数。兰陵王以五百骑突入周军,所向披靡,遂至洛阳城下,呼门求入。城上人弗识,乃免胄示之面,始开门纳之。城上欢呼震地。周师在城下者,亦解围遁去,委弃营幕,自邙山至谷木三十里中,军资器械弥满川泽。惟齐公宪、达奚武及王雄在后,勒兵拒战。王雄驰马冲斛律光阵,光退走,左右皆散,惟余一奴一矢。雄按矟刺之,不及光者丈余,谓光曰:"吾惜尔不杀,当生擒尔去见天子。"光回身反射,中雄额。雄抱马走,至营而卒。军中益惧,齐公宪拊循督励,众心少安。至夜收军,欲待明更战。达奚武曰:"洛阳军败,人情震骇,若不乘夜速还,明日欲归不得。武在军久,备见形势,公年少未经事,岂可以数营士卒,委之虎口乎?"乃还。权景宣亦弃豫州还。齐主亲至洛阳劳军,以段韶为太宰,斛律光为太尉,兰陵王为尚书令。

兰陵王,文襄第四子,姬荀氏翠容所出。荀氏本尔朱后婢,性慧巧,年十四,常侍献武。后疑其与献武有私,欲置之死。献武送之娄后处养之。娄以其眼秀神清,日后必生贵子,乃赐文襄为妾,而生兰陵。美丰姿,状貌如妇人好女。每临阵,恐无以威敌,带面具出战,匹马直前,万人辟易。是役也,功最著。奏凯后,齐人作兰陵王乐以荣之。

再说周杨忠引兵出沃野,应接突厥。军粮不给,诸军忧之,计无所出。乃招诱稽夷,宴其酋长于军中,诈使河州刺史王杰,勒兵鸣鼓而至,曰:"大冢宰已平洛阳,欲与突厥共讨稽夷之不服者。"酋长皆惧。忠尉谕而遣之曰："速以粮助大军,保无他害。"于是诸夷相率馈输,军赖以给。后闻周师罢归,忠亦还。越一年,周又遣齐公宪将兵围齐宜阳,筑崇德等五城,以绝粮道。斛律光将步骑三万救之,筑统关、丰化二城,以通宜阳运粮之路。当是时,周齐争宜阳,大小数十战,互有胜负。韦孝宽谓其下曰："宜阳一城之地,不足损益。两国争之,劳师弥年。彼若有智谋之将,弃崤东,图汾北,我必失地。今宜速于华谷、长秋二处筑城,以杜其意。脱其先我为之,后悔无及。"乃画地形以陈于护。护谓使者曰："韦公子孙虽多,数不满百。汾北筑城,遣谁守之?"事遂不行。光果以争宜阳不若图汾北,遂于阵前遥谓孝宽曰："宜阳小城,久劳争战。今既舍彼,欲于汾北取偿,幸勿怪也。"孝宽曰："宜阳,尔邦之要冲;汾北,我国之所弃。我弃尔取,其偿安在?君辅翼人主,位望隆重。不抚循百姓,而极武穷兵,苟贪寻常之地,涂炭疲敝之民,窃为君不取也。"光进围定阳,筑南汾城以逼之。孝宽释宜阳之围以救汾北,光与战,大破之,遂筑十三城于西境,马上以鞭指画而成。拓地五百里,而未尝伐功。齐公宪督诸将拒齐师,段韶、兰陵王引兵袭破其军,惟定阳一城犹为周守。进而围之,刺史杨敷固守不下。韶屠其外城,内城将拔,而韶忽卧病,因谓兰陵王曰："此城三面重涧,皆无走路,惟虑东南一道耳。贼必从此出,宜简精兵专守之,此必成擒。"兰陵乃令壮士千余人,伏于东南涧口。城中粮尽,齐公宪来救,惮韶不敢进。敷突围夜走,伏兵起而擒之,尽俘其众,遂取周汾州及姚襄城。斛律光又与周师战于宜阳,取周建安等四戍,捕掳千余人而还。

护兵屡败,归朝后,与诸将稽首谢罪。周主仍慰劳之,下诏："大冢宰晋国公,亲则懿昆,任当元辅,自今诏诰及百司文书,并不得称公名。"护大悦。周主深知二兄之死,皆为护弑,常惧及祸,故即位以后,深自晦匿,事无巨细,皆令先断。后闻生杀黜陟,一无关预,于左右近习前,屡称其忠不置,护闻之大安,异志少息。先是文帝为魏相,立左右十二军,总属相府。文帝殁,皆受晋公护处分。凡所征发,非护命不行。护第屯兵侍卫,盛于宫阙。诸子僚属皆贪残恣横,士民患之。护常问下大夫庚季才曰："比日天道何如?"季才曰："荷恩深厚,敢不尽言。顷上台有变,公宜归政天子,请老私门。此则享期颐之寿,受旦奭之美,子孙常为藩屏。不然,非复所知。"护沉吟久之,曰："吾本志如此,但辞未获免耳。公既王官,可依朝例,无烦别参寡人也。"自是疏之。

卫公直,帝之母弟,深昵于护。及沌口之败,坐免官,由是怨护。劝帝诛之,冀代其位。帝谋之宇文孝伯,孝伯与帝同日生,幼相同学。及即位,欲引置左右,托言欲与孝伯讲习孝经,故护弗之疑也。孝伯亦劝诛护。又中大夫宇文神举、下大夫王轨皆与帝同心,欲共诛之,计乃定。帝每见护于禁中,常行家人礼。太后赐护坐,帝立侍于旁,绝无忤意。一日,护自同州还长安。帝御文安殿见之,引护入谒太后,蹙额谓之曰："太后春秋高,颇好饮酒,虽屡进谏,未蒙垂纳。兄今入朝,愿更启请。"因出怀中《酒诰》授之,曰："愿兄以此谏太后,太后必听。"护诺而入,见太后,如帝所诫,向前起居毕,曰："愿有闻于太后。"执卷读之。读未竟,帝猝起不意,以玉珽自后击之。护不及防,遂踣于地。此亦天意使然,护恶已满,一击适破其脑,血涌如泉,顿时闷绝。太后愕然,左右大骇。帝令宦者何泉以御刀斫之,泉惶惧斫不能伤。卫公直匿户内,跃出斩之。神举等侯门外，闻内有变，急趋入，见护已死，皆额首称贺。谓帝曰："急收其党。"帝乃召宫伯张孙览等，告以护已诛，令收其子弟家属，又其党侯龙恩等数人，于殿中杀之。

初，龙恩为护所亲，护杀赵贵等，皆与其谋。其从弟仪同侯植谓龙恩曰："主上春秋既富，安危系于数公，若多所诛戮，以自立威权，岂惟社稷有累卵之危，恐吾宗亦缘此而败，兄安得知而不言？"龙恩不能从。植又乘间言于护曰："明公以骨肉之亲，当社稷之寄。愿推诚王室，拟迹伊、周，则率土幸甚。"护曰："吾誓以身报国，卿岂谓吾有他志耶？"阴忌之。植以忧卒。及护败，龙恩诛，周主以植为忠，特免其子孙。齐公宪为护所亲任，赏罚之际，皆得参预。护欲有所陈，多令宪奏。其间或有可否，宪恐主相嫌隙，每曲而畅之。帝亦察其心，及护死，召宪入，宪免冠谢罪。帝慰勉之，使往护第收兵及诸文籍，杀膳部下大夫李安。宪曰："安出自皂隶，所典庖厨而已，未足加戮。"帝曰："汝不知耳，世宗之崩，安所为也。"帝阅护书记，有假托符命，妄造异谋者，皆坐诛。惟得庾季才书两纸，极言纬候灾祥，宜返政归权。叹以为忠，赐粟三百石，帛二千段，迁大中大夫。丁巳，大赦，改元。以尉迟迥为太师，窦炽为太傅，李穆为太保，宪为大冢宰，直为大司徒，陆通为大司马，辛威为大司寇，神举为大司空，孝伯、王轨，并加仪同三司、车骑大将军。齐公宪虽迁冢宰，实夺之权。又调宪侍臣裴文举曰："昔魏末不纲，我太祖辅政。及周室受命，晋公复执大权。积习生常，愚者咸谓法应如是，岂有年三十天子而可为人所制乎？诗云：'夙夜匪懈，以事一人。'一人为天子也。卿虽陪侍齐公，不得遽同，为臣欲死于所事，宜辅以正道，劝以义方，辑睦我君臣，协和我兄弟，勿令自致嫌疑。"文举退，以帝言白宪。宪指心抚几曰："吾之夙心，公宁不知？但当尽忠竭节耳，知复何为？"卫公直心贪狠，意望大冢宰，既不得，殊怏怏，更请为大司马，欲据兵权。帝揣知其意，曰："汝兄弟长幼有序，岂可反居下列？"由是用为大司徒。庚寅，追尊略阳公为孝闵皇帝。帝自是亲揽万几，大权独擅。赏功罚罪，悉秉至公，虽骨肉无所宽借。群臣畏法奉上，而朝政一新。或有劝之伐齐者，帝曰："我岂忘之？但齐主虽懦，旧臣宿将犹在。况我初政未遑，兵力尚弱，且待内治有余，外敌自灭。与其取果于未熟，不若取果于既落之为易也。"遂敕边将，谨守疆界，勿遽生事。由是两河之民，少得休息。今且按下不表。

且说武成为帝，好昵小人，倦理政事。始因周师再来，犹寄腹心于旧臣，稍知畏勉。既而外患不至，四境少安，遂恃为无恐。嬖幸日进，大肆淫乐。有嬖臣和士开者，自帝为长广王时，以善握槊、弹琵琶有宠，辟为开府参军。及即位，累迁给事黄门侍郎，或外视朝，或内宴赏，须臾之间，不得不与士开相见。尝在宫累日不归，一入数日，才放一还，俄顷即遣骑督赴。宠爱之私，日隆一日。前后赏赐，不可胜记。士开每侍左右，奸谄百端，言辞容止，极其鄙亵，以夜继昼，无复君臣之礼。常谓帝曰："自古帝王，尽为灰土。尧、舜、桀、纣，竟复何异？陛下宜及少壮，极意为乐，纵横行之。一日取快，可敌千年。国事尽付大臣，何虑不办，无为自勤约也。"帝大悦。于是委赵彦深官爵，元文遥掌财用，唐邕掌外骑，冯子琮、胡长粲掌东宫。三、四日一视朝，对群臣略无所言，书数字而已，须臾罢入。

先是乐陵王百年，孝昭时立为太子，帝素忌之。今虽退居藩位，疑其心怀怨望，留之必为异日之患。百年亦觉帝意，每事退抑，常托病不朝，故得苟延旦夕。时有白虹围日再重，赤星昼见。太史令奏言不利于国，帝欲禳免其殃，思杀百年以厌之。乃嘱其近侍之臣，密伺其短，纤悉必报。一日，百年习书，偶作数"敕"字，宫奴贾德胄封其奏上，帝大怒，使召百年。百年自知不免，泣谓妃斛律氏曰："帝欲杀我久矣，此行恐不复相见。"因割带玦与之，曰："留此以为遗念。"妃涕泣受命。遂入。但未识百年此去吉凶若何，且听后卷细说。

第五十七回　和士开秽乱春宫　祖孝征请传大位

话说乐陵王入宫，见帝于凉风堂。帝使书"敕"字，与德胄所奏字迹相似，帝大怒，曰："尔书'敕'字，欲为帝耶？"喝左右乱捶之。又令曳之绕堂行，且曳且捶。所过血皆遍地，气息将尽，乃斩之。弃诸池中，池水尽赤。其妃闻之，把玦哀号，昼夜不绝声。月余亦卒，玦犹在手，拳不可开。父光擘之，其手乃开。中外哀之。

却说士开常居禁中，出入卧内，妃嫔杂处，虽帝房帏之私，亦不相避，胡后遂与之通。帝宿别宫，即召与同卧，甚至白日宣淫，宫女旁列不顾。或帝召士开，后与之同来，帝不之疑也。一日，帝使后与士开握槊于殿前，互相笑乐。河南王孝瑜进而谏曰："皇后天下之母，岂可与臣下接手？"后及士开皆不乐而罢，因共谮之。士开言孝瑜奢僭，山东惟闻河南王，不闻有陛下。帝由是忌之。后又言孝瑜与尔朱御女私语，恐有他故，帝益怒。未几，赐宴宫中，顿饮孝瑜酒三十七杯。孝瑜体肥大，腰带十围，醉不能起。帝使左右载以出，鸩之车中。至西华门，烦躁投水而绝。诸王侯在宫中者，莫敢发声，惟河间王孝琬大哭而出。

文宣后自济南被废，退居昭信宫。一日帝往见之，悦其美，逼与之私。后不从。帝曰："昔二兄以汝为大兄所污，故奸大嫂以报之。汝何独拒我耶？"后曰："此当日事。今我年已长，儿子绍德渐大，奈何再与帝乱？"帝曰："若不许，我当杀汝儿。"后惧，从之，遂有娠。绍德至阁，不与相见。绍德愠曰："儿岂不知家家腹大，故不与我相见耶！"呼母为"家家"，盖鲜卑语也。后闻之大惭，由是生女不举。帝横刀诟曰："汝杀我女，我何为不杀汝儿！"召绍德至，对后斩之，后大哭，帝愈怒，裸后赤体，乱挝挞之。后号天不已，盛以绢囊，流血淋漓，投诸渠水，良久乃苏。命以犊车一乘，载送妙胜寺为尼。人谓此文宣淫乱之报云。

再说齐臣中有祖珽者，字孝征，性情机警，才华赡美，少驰令誉，为当世所推。高祖尝口授珽三十六事，出而疏之，一无遗失，大加奖赏。但疏率无行，不惜廉耻。好弹琵琶，自制新曲，招城市少年，游集诸娼家，相歌唱为乐。会于司马世云家饮，偷藏铜叠二面。厨人请搜诸客，于珽怀中得之，见者皆以为耻，而珽自若。所乘老马一匹，常称骝驹。私通邻妇王氏，妇年已老，人前呼为娘子。裴让之嘲之曰："策疲老不堪之马，犹号骝驹；奸年已耳顺之妇，尚呼娘子，卿哪得如此怪异！"于是喧传人口，尽以为笑。高祖宴群僚予坐上，失金叵罗，窦泰疑珽所窃，令饮客皆脱帽，果于珽髻上得之，高祖未之罪也。后为秘书丞，文襄命录《华林遍略》。珽以书质钱樗蒲，文襄杖之四十。后又诈盗官粟三千石，鞭二百，配甲坊。会并州定国寺成，高祖谓陈元康曰："昔作《芒山寺》碑文，时称妙绝。今《定国寺碑》，当使谁作也？"元康因荐珽才学，并解鲜卑语。乃给笔札，使就配所具草。二日文成，词采甚丽。高祖喜其工而且速，特赦其罪。文宣即位，以为功曹参军，每见之，常呼为贼。然爱其才，虽数犯刑宪，终不忍弃，令值中书省。武成未即位时，珽为胡桃油献之，且言："殿下有非常骨法，臣梦殿下乘龙升天，不久当登大宝。"武成曰："若然，当使卿大富贵。"既即位，擢拜中书侍郎，迁散骑常侍，与和士开共为奸谄。

帝宠幼子琅玡王俨，拜为御史中丞。先是中丞旧制体统最重，其出也，千步外即清道，与皇太子分路而行，王公皆遥住车马以待其过。倘或迟违，则赤棒棒之。虽敕使不避。自迁邺后，此仪遂废。帝欲荣宠琅玡，乃使一依旧制。尝同胡后于华林门外张幕，隔青纱步障观之。琅玡仪仗过，遣中贵驰马，故犯其道，赤棒棒之。中贵言奉敕，赤棒应声碎其鞍，马惊人坠，帝大笑以为乐。观者倾京邑。后尝私谓士开曰："太子愚懦，吾欲劝帝立琅玡代之，卿以为可否？"士开曰："臣承娘娘不弃，得效枕席之欢。然帝与太子，须要瞒过他。太子愚懦易欺，琅玡王年虽幼，眼光奕奕，数步射人，向者暂对，不觉汗出。他日得志，必不容臣与娘娘永好也。"后乃止。祖珽虽为散骑常侍，位久不进，思建奇策，以邀殊宠，因说士开曰："君之宠幸，振古无比。但宫车一日晏驾，君何以常如今日？"士开因问计，珽曰："君今日宜说主上，云文襄、文宣、孝昭之子，俱不得立者，皆未早为之图也。今宜使皇太子早践大位，以定君臣之分。帝为太上皇，以握大权。如此，根本既固，万世不摇。帝必以君言为是，若事成，中宫少主必皆德君，此万全计也。君且微说主上，令其粗解，珽当自外上表论之。"士开许诺。会有彗星见，太史令奏称，彗者除旧布新之象，今垂象于天，当有易主之事。珽于是上表言，陛下虽为天子，未为极贵，宜传位太子，以上应天道，则福禄无穷，并上魏显祖禅位于子故事，帝遂从之。丙子，使太宰段韶持节奉皇帝玺绶，传位于太子纬。纬遂即帝位于晋阳宫。大赦，改元天统，立妃斛律氏为皇后。于是群臣上帝尊号，为太上皇帝，军国大事咸以闻。使黄门侍郎冯子琮、尚书左丞胡长粲辅导少主，出入禁中，专典敷奏。子琮，胡后之妹夫也，故有宠。祖珽拜秘书监，加仪同三司，大被亲幸，见重二宫。河间王孝琬痛孝瑜之死，祸由士开，常怨切骨，为草人而射之。士开闻其怒，潜于上皇曰："草人以拟圣躬也。又前日突厥至并州，令以兵拒，孝琬脱兜鍪抵地曰：'我岂老妪，须着此物！'此亦言大家懦弱如老妪也。又外有谣言云：'河南种谷河北生，白杨树端金鸡鸣。'河南北者，河间也。孝琬将建金鸡而大赦，非为帝而何？陛下不可以不防。"上皇颇惑之。会孝琬得佛牙一具，置之第内，黑夜有光，喧传为神。上皇责其妖妄，使搜第中，得镇库稍幡数百。指为反具，收其宫属讯之。有姬陈氏者，素无宠，诬孝琬云："常挂至尊像而哭之，其实文襄像也。"上皇大怒，使武卫倒鞭挝之。孝琬呼叔，上皇曰："何敢呼我叔？"孝琬曰："臣献武皇帝之嫡孙，文襄皇帝之嫡子，魏孝静皇帝之嫡甥，何为不敢呼叔！"上皇愈怒，命左右乱挝，折其两胫而死。安德王延宗哭之，泪尽出血。又为草人而鞭之，曰："何故杀我兄？"其奴告之。上皇召延宗，覆之于地，以马鞭鞭之二百，几死。

初，上皇许祖珽有宰相才，欲迁其官，既而中止。珽疑彦深、文遥、士开等阻之，欲去此三人，以求宰相。乃疏三人罪状，令黄门侍郎刘逖奏之。逖惧三人之权，不敢通。彦深等闻之，先诣上皇自陈，上皇怒，执珽诘之。珽陈三人朋党害政，卖官鬻狱事，且言："宫中取人女子，皆士开所诱，致陛下独受恶名。"上皇曰："尔乃诽谤我。"珽曰："臣不敢诽谤陛下，陛下实取人女。"上皇曰："我以其饥馑收养之耳。"珽曰："何不开仓赈给,乃买入后宫乎?"上皇益怒,以刀环筑其口,鞭杖乱下,将扑杀之。斑呼曰:"陛下勿杀臣,臣为陛下合金丹。"遂得少宽。斑曰:"陛下有一范增不能用。"上皇又怒曰:"尔自比范增,以朕为项羽耶?"斑曰:"项羽布衣,率乌合之众,五年而成帝业。陛下借父兄之资,才得至此,臣以为项羽未易可轻。"上皇令左右以土塞其口,斑且吐且言。乃鞭二百,配甲坊,寻徒光州,敕令牢掌。别驾张奉福恶其为人,谓:"牢者,地牢也。"乃置地牢中,桎梏不使离身,夜以芜菁子为烛,眼为所熏,由是失明。

齐天统二年,上皇有疾。左仆射徐之才善医,治之渐愈。士开欲得其位,乃出之才为冀州刺史,而自迁中书监。俄而上皇疾作,驿追之才,路远不获即至。欲宣诸大臣入,胡后厌诸大臣居中,碍与士开相亲,遂不召。独留士开侍疾。上皇疾亟,以后事嘱士开,握其手曰:"勿负我也。"遂殂于士开之手。明日之才至,复遣还州。士开秘丧三日不发,冯子琮问其故,士开曰:"献武、文襄之丧,皆秘不发。今至尊年少,恐王公有二心者,意欲尽追集凉风堂,然后议之。"时士开素忌赵郡王睿及领军娄定远,子琮恐其矫遗诏,出睿于外,夺定远禁兵。乃说之曰:"大行皇帝先已传位于今上,群臣百工受至尊父子之恩久矣。但令在内贵臣,无一改易,王公岂有异志?世异事殊,岂得与霸朝相比?且公严闭宫门,已数日矣。升遐之事,行路皆传。久而不举,恐有他变。"士开惧,乃发丧。尊太上皇后为皇太后,大赦天下。少帝以士开受顾托之命,深委任之,威权益重,人皆侧目。独赵郡王以宗室重臣,常与之抗。深恶其所为,乃与冯翊王润、安德王延宗、大臣娄定远、元文遥等,皆言于后主,请出士开于外。后主以告太后,太后不许。一日,太后宴朝贵于前殿。睿面陈士开罪恶,且言:"士开先帝弄臣,城狐社鼠,受纳货赂,秽乱宫掖,臣等义难杜口,冒死陈之。"太后曰:"先帝在时,王等何不言?今日欲欺孤寡耶?且饮酒,毋多言。"睿词色俱厉,安吐根曰:"赵王之言实忠于国,不出士开,朝野不安。"太后曰:"异日论之,王等且散。"睿等或投冠于地,或拂衣而起。明日,睿率诸王大臣复诣云龙门,令文遥入奏。三返,太后不听。左丞相段韶使胡长粲传太后言曰:"梓宫在殡,事太匆匆,欲王等更思之。"睿等遂各拜退。长粲复命,太后曰:"成妹母子家者,兄之力也。"

士开自被劾后,不便留禁中,太后乃召之入,使以危言恐帝曰:"先帝于群臣之中,待臣最厚。陛下谅阴始尔,大臣皆有觊觎。今若出臣,正是剪陛下羽翼,使主势日孤于上,彼得弄权于下也。今宜谓睿等云:'文遥与臣,并为先帝任用,岂可一去一留?宜并用为州。'今且出纳如旧,待过山陵,然后遣行,彼亦再无他说矣。"帝从之,以告睿等,睿等皆喜。乃以士开为兖州刺史,文遥为西兖州刺史。葬毕,睿促士开就路。太后欲留过百日,睿不可。数日之内,太后屡为睿言,且缓士开之行。睿执如故。有中贵知太后密旨者,谓睿曰:"太后意既如此,殿下何苦违之?"睿曰:"吾受委不轻,今嗣主幼冲,岂可使邪臣在侧?若不以死争之,何面戴天!"乃诫门者勿纳士开。更见太后,极口言之。太后令酌酒赐睿,睿正色曰:"今论国家大事,非为卮酒。"言讫遽出。士开知睿意难回,而定远贪利易惑,因载美女珠帘送于定远,登堂谢曰:"诸贵欲杀士开,蒙王大力,得全微命,用为方伯。今当奉别,谨上美女二名,珠帘一具,少酬大德。"定远喜,谓士开曰:"还欲入否?"士开曰:"在内久不自安,今得迁外,本志已遂,不愿更入。但乞大王保护,长为大州刺史足矣。"定远信之，送至门。士开曰："今当远行，愿得一辞二宫。"定远遂与入朝。士开由是得见太后及帝。因奏曰："先帝一旦登遐，臣愧不能自死。观诸贵意，欲使陛下不得保其天位。臣出之后，必有大变，臣何面目见先帝于地下！"因伏地恸哭。帝及太后皆泣，问计安出。士开曰："臣已得入，复何所虑？正须数行诏书耳。"帝从之，乃下诏，出定远为青州刺史，严责赵王睿以不臣之罪，举朝震惧。正是：奸佞一施翻手计，忠良难免杀身危。未识赵王被责之后，能委曲图存否，且俟后文再说。

第五十八回　琅玡王擅除宵小　武成后私幸沙门

话说赵王以太后不用其言，将复进谏。妻、子咸止之曰："事关太后，徒拂其怒，谏复何益？"睿曰："吾宁死事先王，不忍见朝廷颠倒。"拂衣而入。至殿门，又有人谓曰："殿下勿入，入恐有变。"睿曰："吾上不负天，死亦无憾。"入见太后。太后复以士开为言，勿使出外。睿执之弥固，太后命且退。出至永巷，武士执之，送入上林园，刘桃枝拉而杀之。睿久典朝政，清介自矢。朝野闻其死，无不呼冤。士开遂为侍中尚书右仆射。定远大惧，不惟归其所遗，且以余珍赂之。且说后主年少，多嬖宠。有宫婢陆令萱者，其夫骆超坐谋叛诛，令萱配掖庭，其子提婆，亦没为奴。后主在襁褓，令萱保养之。性巧黠，善取媚，有宠于胡太后，以为女侍中。宫掖之中，独擅威福，封为郡君。幸臣和士开、高阿那肱等，皆为之养子。引提婆入侍，与后主朝夕戏狎，累迁至开府仪同三司、武卫大将军。又有宫人穆舍利者，其母名轻宵，本穆子伦婢，后转卖于侍中宋钦道家，私与人通，而生舍利。莫知其父姓，小字黄花。钦道以罪诛，籍其家口，黄花因此入宫。后主爱而嬖之，令萱知其有宠，乃为之养母，封为宏德夫人，赐姓穆氏。先是童谣云："黄花势欲落，请觞满杯酌。"盖言黄花不久。后主得之，昏饮无度也。黄花以陆为母，故提婆亦冒姓穆氏。一日，后主忽忆祖珽，问其人何在，左右言配光州，乃就流囚中除为海州刺史。珽得释，因遗令萱弟陆悉达书云："赵彦深心腹阴沉，欲行伊、霍事。君姊弟虽贵，岂得平安，何不早用智士耶？"悉达为姊言之，令萱颇以为然。士开亦以珽有胆略，欲引为谋主，乃弃旧怨，言于帝曰："襄、宣、昭三帝之子，皆不得立。今至尊独在帝位者，祖孝征之力也。人有大功，不可不报。孝征心行虽薄，奇略出人，缓急可使。且其目已盲，必无反心，请复其官。"后主从之，召为秘书监。士开与胡长仁不睦，谮之后主，出为齐州刺史。长仁怨愤，谋遣刺客杀士开。事觉，欲治其罪。士开以帝舅疑之，谋于珽，珽引汉文帝诛薄昭故事，遂遣使就本州赐死。琅玡王俨，素恶士开、提婆专横，形于词色。二人忌之，奏除俨为太保，余官悉解，出居北宫，五日一朝，不得时见太后。俨益不平。时御史王子宜、仪同高舍洛、中常侍刘辟疆共怨士开，因说俨曰："殿下被疏，正由士开构间，何可出北宫，入民间也？"俨因思不杀士开，无以泄忿，乃谓冯子琮曰："士开罪重，儿欲杀之，姨夫能助我乎？"子琮素附士开，然自以太后亲属，士开每事不让，心常忿之。思欲废帝而立俨，因对曰："殿下杀士开，足洗宫闱之耻，敢不竭力！"俨乃令王子宜上表，弹士开罪，请禁推。子琮杂他文书上之，帝不加审省，概可其奏。俨见奏可，谓领军库狄伏连曰："奉敕，令领军收士开。"伏连以告子琮，且请复奏。子琮曰："琅玡受敕，何必更奏！"伏连信之，发京畿军士伏于神武门外。次早，士开依常早参，门者不听入，伏连前执其手曰："今有一大好事，御史王子宜举公为之。"士开问："何事？"伏连曰："有敕令公向台。"因令军士拥之而行。至台，俨喝左右斩之。士开方欲有言，头已落地。俨本意惟杀士开，入朝谢罪。其党惧诛，共逼之曰："事已如是，不可中止,宜引兵入宫,先清君侧之恶,然后图之。"俨遂率京畿军士三千人,屯千秋门。后主闻变,怒且惧,使桃枝将禁兵八十召俨。桃枝遥拜,俨命反缚,将斩之,禁兵散走。帝又使冯子琮召俨,俨辞曰:"士开比来实合万死,谋废至尊,剃家家发为尼,臣为是矫诏诛之。尊兄若欲杀臣,不敢逃罪;若舍臣,愿遣姊姊来迎。臣即入见。"姊姊,谓陆令萱也。俨欲诱出斩之。令萱执刀在帝后,闻之战栗。帝又使韩长鸾召俨,俨将入。刘辟疆牵衣谏曰:"若不斩提婆母子,殿下无由得入。"广宁王孝珩、安德王延宗自西来,曰:"何不入?"辟疆曰:"兵少。"延宗谓俨曰:"昔孝昭杀杨遵彦,不过八十人。今有众数千,何谓少!"俨不能决。孝珩谓延宗曰:"此未可与同死。"遂去之。后主召俨不入,泣谓太后曰:"有缘复侍家家,无缘永别。"急召斛律光,俨亦召之。光闻俨杀士开,抚掌大笑曰:"龙子所为,固自不凡。"入见帝于永巷,帝率宿卫者步骑四百,授甲将出战。光曰:"小儿辈弄兵,与交手即乱。鄙谚云:'奴见大家心死。'至尊宜自至千秋门,琅玡必不敢动。"帝从之。光步随及门,使人走出连呼曰:"大家来!大家来!"俨众骇散。帝驻马桥上,遥呼之。俨犹不进,光步近,谓俨曰:"天子弟杀一夫,何所苦?"执其手,强引之前。请于帝曰:"琅玡王年少,肠肥脑满,轻为举措,稍长自不复然,愿宽其罪。"帝拔俨所带刀钚,筑其头,欲下者数次,良久乃释。收库狄伏连、高舍洛、王子宜、刘辟疆支解之,暴其尸于都街。帝欲尽杀王府文武官吏,光曰:"此皆勋贵子弟,诛之恐人心不安。"赵彦深亦曰:"春秋责帅。"遂并释之。太后责问俨:"尔何妄行若此?"俨曰:"冯子琮教儿。"太后怒子琮,就内省杀之,载尸还其家。自是太后置俨宫中,每食必自尝之。令萱说帝曰:"人称琅玡聪明雄勇,当今无敌。观其相表,殆非人臣。自专杀以来,常怀恐惧,宜早除之。"帝尚犹豫,因问之祖珽。珽举周公诛管叔、季友鸩庆文以对。帝乃决,密使赵元侃杀俨。元侃辞曰:"臣昔事先帝,见先帝爱王,何忍行此?"帝乃托言明旦出猎,欲与琅玡同去。夜四鼓,即召之。俨疑不往,令萱曰:"兄呼儿,何为不去?"俨乃往。出至永巷,刘桃枝反接其手,俨呼曰:"乞见家家、尊兄。"桃枝以袖塞其口,反袍蒙头,负至大明宫,鼻血满面,拉而杀之。时年十四。裹之以席,埋于室内。帝使启太后,太后临哭十余声,宫女即拥之入内。遗腹四男,皆幽死。

　　却说太后性耽淫逸,出入不节。自士开死后,益觉无聊,数游寺观,以寻娱乐。有定国寺沙门昙显,体态轩昂,仪度雄伟,为一寺主僧。外奉佛教,内实贪淫。善房术,御女能彻夜不倦。寺中密构深房曲院,为藏娇之所。以广有蓄积,交结权贵,故人莫敢禁。太后至寺行香,见而悦之,假称倦怠,欲择一深密处,少息片时。命昙显引路,至一秘室中。太后坐定,谓昙显曰:"闻僧家有神咒,卿能为我诵乎?"昙显曰:"有,但此咒不传六耳,乞太后屏退左右,臣敢诵之。"太后令宫女皆退户外。显见旁无一人,乃伏地叩头曰:"臣无他术,愿得稍效心力,以供太后之欢。"太后微笑,以手挽之起,遂相苟合。太后大悦,回宫后,即于御园中建设护国道场,召昙显入内讲经,昼夜无间,大肆淫乐。赏赐财帛,不可胜记。众僧至有戏呼昙显为太上皇者,丑声狼藉,而帝不觉。一日,谒太后,见有二尼侍侧,颜色娇好,心欲幸之,乃假皇后命召之。二尼欣然欲往,太后不好却,但嘱二尼小心谨慎。及至前宫,帝挽之入室,逼以淫乱。二尼惊惧,抵死不从。使宫人执而裸之,则皆男子也。宫女掩面走。你道两个假尼从何而来?一昙显之徒,名乌纳,年二十,状貌如妇人好女。因昙显不得长留禁中,使充女尼,得以长侍太后。一市中少年,名冯宝,美丰姿,而有嫪毐之具。昙显尝与之狎,戏其具曰:"吾为正,尔为副,天下娘子军不足平也。"宝欲求幸太后,以图富贵。昙显亦令削发充女尼,荐之太后。除一二心腹宫女外,人莫之知也。不意今日帝前,当面败露。严讯入宫之由,遂各吐实,于是昙显事亦发。帝大怒,立挝杀之,并诛昙显。籍其寺中,有大内珍宝无数,皆太后所赐者。帝益怒,遂幽太后于北宫,禁其出入。太后亦无颜见帝,两宫遂暌。祖珽见太后被幽,欲尊令萱为太后,为帝言魏代保太后故事,且曰:"陆虽妇人,然实雄杰,自女娲以来,未之有也。"令萱亦谓珽为国师、国宝,珽由是得为仆射。

时斛律光为宰相,深恶之,遥见辄骂曰:"多事乞索小人,意欲何为!"又谓诸将曰:"边境消息,兵马处分,向来赵令恒与吾辈参论。盲人掌机密以来,全不与吾辈语,正恐误国家事也。"又旧制,宰相坐堂上,百官过之,皆下马行。光在朝堂常垂帘坐,珽不知,乘马过其前。光怒曰:"小人乃敢尔!"后珽在内自言,声高慢,光过而闻之,愈怒。珽觉光不悦己,私赂其从奴问之。奴曰:"自公用事,相王每夜抱膝叹曰:'盲人入,国必破矣!'"珽由是怨之。穆提婆求娶光庶女,不许。帝赐提婆晋阳田,光言于朝曰:"此田神武帝以来,常种禾,饲马数千匹,以拟寇敌。今赐提婆,则关军务矣,不可。"穆亦怨之。光有弟丰乐,为幽州行台,善治兵,士马精强,阵伍严整,突厥畏之,谓之南可汗。光长子武都,为梁、兖二州刺史。光虽贵极人臣,性节俭,不好声色,罕接宾客,杜绝馈饷。每朝廷会议,常独后言,言辄理合。行兵仿其父金法,营舍未定,终不入幕。或竟日不坐,身不脱甲胄。常为士卒先,爱恤军士,不妄戮一人,众皆争为之死。自结发从军,未尝败北。周韦孝宽屡欲伐齐,而惮光不敢发。密为谣言以间之,曰:"百升飞上天,明月照长安。"又曰:"高山不摧自崩,槲木不扶自举。"令谍人传之于邺。邺中小儿相歌于路。珽因续之曰:"盲老公背受大斧,饶舌老母不得语。"使其妻兄郑道盖奏之。帝以问珽,珽曰:"实闻有之。"又问其语云何,珽因解之曰:"百升者,斛也。盲老公,谓臣也。饶舌老母,似谓女侍中令萱也。且斛律累世大将,明月声振关西,丰乐威行突厥,女为皇后,男尚公主,谣言甚可畏也。盍早图之?"帝以问韩长鸾,长鸾力言光忠于国,未可以疑似害之,事遂寝。珽又见帝言之,惟何洪珍在侧,帝曰:"前卿所言,即欲施行,长鸾以为无此事,劝朕勿疑。"珽未及对,洪珍进曰:"若本无意则可,既有此意而不行,万一泄露如何?"帝曰:"洪珍言是也。"然犹未决。珽因贿嘱光之府吏封士让密首云:"光前西讨讫,敕令散兵,光不从。引兵副都城,将行不轨,见城中有备乃止。家藏弩甲,僮仆千数,每遣使丰乐、武都,阴谋往来,约期举事。若不早图,恐变生目前,事不可测。"以士让首状呈帝,帝遂信之。恐即有变,便欲召光诛之。又虑光不受命,复谋之珽。珽请遣使赐以骏马,语之云:"明日将游东山,王可乘此同行。光必入谢,至即执之,一夫力耳。"帝如其计。明旦,光入凉风堂,才及阶,刘桃枝自后扑之,不动,顾曰:"桃枝常为此事,我不负国家。"桃枝与三力士齐上,以弓弦冒其颈,拉而杀之。血流于地,后铲之,迹终不灭。于是下诏,称其谋反,尽杀其家口。珽使郎中邢祖信簿录光家,问所得物,对曰:"得弓十五,宴射箭百,刀七,赐稍二。"厉声曰:"更得何物?"曰:"得棘杖二十束,拟奴仆与人斗者,不问曲直,即杖之一百。"珽大惭,谓曰:"朝廷既加重刑,郎中何宜为雪。"祖信既出,人尤其言直。祖信慨然曰:"贤宰相尚死,我何惜生!"旋杀武都于兖州,又遣贺拔伏恩捕诛丰乐。伏恩至幽州,门者启羡曰:"使人衷甲马有汗,宜闭城门。"羡曰:"敕使岂可疑拒?"遂出见,伏恩执而杀之。初,羡常以盛满为惧,表解所职,不许。临刑,叹曰:"女为帝后,公主满家,家中常使三百兵,富贵如此,焉得不败!"及其五子皆死,斛律后亦坐废。周主闻光死,喜曰:"此人死,齐其为我有乎!"为之赦于国中。琓既害光,专主机衡。每入朝,帝令中贵扶持,出入同坐御榻,论决政事,委任之重,群臣莫比。

先是,胡太后自愧失德,欲求悦帝意,饰其兄长仁之女置宫中,令帝见之。帝果悦其美,纳为昭仪。及斛律后废,太后欲立昭仪为后,力不能得之。帝知权在令萱,乃卑辞厚礼以结之,约为姊妹。令萱因亦劝帝立之。然其时黄花已生子,令萱欲立之为后,每谓帝曰:"岂有男为皇太子,而身为婢妾者乎?"因胡后宠幸方隆,未可以言语离间。因于宫中暗行魇魅之术以惑之。正是:当面明枪犹易躲,从旁暗箭最难防。未识胡后能保帝宠,常得正位中宫否,且听下文细述。

第五十九回　齐后主自号无愁　冯淑妃赐称续命

话说陆令萱欲立黄花为后，暗行魇魅之术，以间胡后之宠。旬日间，胡后精神恍惚，言笑无恒，帝渐恶之。一日，令萱造一宝帐，枕席器玩，莫非珍奇。坐黄花于帐中，光彩夺目，谓后主曰："有一圣女出，大家可往观之。"及见，乃黄花也。令萱指之曰："如此人不作皇后，遣何物人作？"帝纳其言，而未忍废胡后也。又一日，令萱于太后前作色而言曰："何物亲侄，作如此语！"太后问其故，令萱曰："不可道。"固问之，乃曰："后语大家云：'太后行多非法，不可以训，有忝大家面目。'"令萱知太后最恶人发其隐私，故以此言激之。太后果大怒，立呼后出，剃其发，载送还家，废为庶人。于是立穆氏为后，而令萱之权，太后亦受其制。

且说齐自士开用事以来，政体大坏。及斑执政，颇收举才望，内外称美。左丞封孝琰谓斑曰："公是衣冠宰相，异于余人。"斑益自负，乃欲增捐庶务，沙汰人物，官号服章，并依故事。又欲黜诸阉坚及群小辈，为致治之方。令萱、提婆、长鸾等不以为然，议颇同异。乃嘱御史丽伯律劾主书王子冲纳赂，事连提婆，欲使赃罪相及，而并坐令萱。令萱觉之大怒，传帝敕，释王子冲不问，而斥伯律于外。由是事事与斑相左，诸宦者更共谮斑。帝不得不疑，因问令萱曰："孝征果何如人？"令萱默然不对。三问，乃下床叩头曰："老婢应死。老婢始闻和士开言，孝征多才博学，意谓善人，故举之。比观其行事，大是奸臣，人实难和，老婢应死。"帝命韩长鸾检省中案牍，尽得其奸状。帝大怒，然尝与之重誓，故不杀。解去内职，出为北兖州刺史。斑求见帝，长鸾不许，遣人推出柏阁。斑坐地不肯行，曳其足以出。穆提婆遂代其任。未几，斑以恶疾死。先是后主言语涩讷，不喜见朝士，自非宠私狎昵，未尝交语。惟国子祭酒张雕，以经授后主，为侍读，呼为博士，大见委重。雕亦自以出于微贱，致位人臣，欲立效以报德，议论抑扬，无所回避。帝尝动容改听，朝政得失，因之稍加留意。其后触怒群小，共构杀之。自是正言谠论，遂绝于帝耳。又帝承世祖奢泰之余，以为帝王当然。后宫宝衣玉食，一裙之费，值至万匹。盛修宫苑，无时休息。夜则燃火照作，寒则以汤化泥。凿晋阳西山为大像，一夜燃油万盆，光照宫中。好自弹琵琶，为无愁之曲，近侍和之者以百数。民间谓之"无愁天子"。于华林园立贫儿村，自衣蓝缕之服，行乞其间以为乐。庶姓封王者以百数，开府千余人，甚至狗马及鹰，亦有仪同郡君之号。赏赐左右，动逾巨万，既而府藏空竭，乃赐二三郡，或六七县，使阉竖辈卖官取值。由是为守令者，率皆富商大贾，竞为贪纵。赋役繁重，民不聊生矣。今且按下不表。

且说弘农华阴县生一异人，姓杨，名坚，汉太尉杨震十五代孙。其父名忠，美须髯，状貌瑰伟，武艺绝伦，识量深重，有将帅之略。周文帝召居帐下，尝从猎龙门，有猛兽突至，忠赤手搏之，人服其勇。以功历云、洛二州刺史，除大都督，赐姓普六茹氏，进封隋国公。夫人吕氏，于周大统七年六月，生坚于冯翊波若寺。紫气充庭，异香满堂，人皆以为贵征。时有一尼来自河东,谓吕曰:"此儿所从来甚异,不宜与俗间抚育。"吕以儿托养之。乃舍于别馆,躬自抚育。一日,尼不在舍,吕往视,抱儿于怀。忽见头上生角,遍体起鳞,惧坠之地。尼自外来,忙抱而起之曰:"何惊我儿,致令晚得天下!"貌龙颜,额上有五柱透入顶门,目光外射,有文在手,成"王"字。性沉深严重,少入太学读书,虽至亲昵,不敢相狎。周文帝见之,叹曰:"此儿风骨,非世间人。"及武帝时,忠已卒,坚袭爵为隋国公。见天下分裂,阴有削平四海之志。尝启武帝曰:"臣世受国恩,愧无以报。愿陛下成一统之业,百世之治,臣得垂名竹帛,私愿足矣。"因言齐政乱,一举可灭,劝帝伐之。帝从其请,乃命边镇益储积,加戍卒。齐人闻之,亦增修守御。柱国于翼谏曰:"疆场相侵,互有胜负,徒损兵粮,无益大计。不如解严修好,使彼懈而无备,然后乘间出其不意,一举可取也。"

韦孝宽上疏,陈灭齐三策:

> 其一曰:臣在边有年,颇知间隙,不因际会,难以成功。往岁出军,徒有劳费,功绩不立,由失机会。何者?长淮之南,旧为沃土,陈氏以败亡余烬,犹能一举平之;齐人历年赴救,丧败而还,内离外叛,计尽力穷。仇敌有衅,不可失也。今大军若出轵关,方轨而进,兼与陈氏共为犄角;广州义旅,出自三鵶,山南骁锐沿河而下;更募关河劲勇,厚其爵赏,使为前驱。岳动川移,雷骇电激,百道俱进,必当望旗奔溃,所向摧殄。一戎大定,实在此机。其二曰:若国家更为后图,未即大举,宜与陈人分其兵势。三鵶以北,万春以南,广事屯田,预为贮积。募其骁勇,立为部伍。彼既东南有敌,戎马相持,我出奇兵,破其疆场。彼若兴师赴援,我则坚壁清野,待其去远,还复出师。常以边外之军,引其腹心之众。我无宿舂之粮,彼有奔命之劳,一二年中,必自离叛。且齐氏昏昊,政出多门,鬻狱卖官,惟利是视,荒淫无道,阖境嗷然。以此而观,覆亡可待。乘间电扫,事等摧枯。其三曰:昔勾践下吴,尚期十载;武王取纣,犹烦再举。今若更存遵养,且复相待,臣谓宜还崇邻好,申其盟约。安民和众,通商惠工,蓄锐养威,观衅而动。斯乃长策远驭,坐自兼并也。

书奏,武帝以问伊娄谦。对曰:"齐氏沉溺娼优,耽昏曲蘖。其折冲之将明月、已毙于谗口。他若段韶、兰陵等,亦皆死亡。上下离心,道路以目,此易取也。"帝大笑,乃下诏伐齐。以陈王纯、司马消难、达奚震为前三军总管,越王盛、侯莫陈崇、赵王招为后三军总管。齐王宪率众二万趋黎阳,隋公杨坚率舟师三万自渭入河;侯莫陈众二万守太行道;李穆率众三万守河阳道;帝自将大军出河阳。民部大夫赵煚曰:"河南洛阳,四面受敌,纵得之,不可以守。请从河北直至太原,倾其巢穴,可一举而定。"下大夫鲍宏亦曰:"我强齐弱,我治齐乱,何忧不克! 但先帝往日屡出洛阳,彼既有备,每用不捷。如臣计者,进兵汾、洛,直扼晋阳,出其不虞,似为上策。"帝皆不从,率众六万,直指河阴。都督杨素请率其父麾下先驱,许之。周建平元年八月,师入齐境。禁军士伐树践稼,犯者皆斩。丁未,攻河阴大城,拔之。齐王宪进围洛口,拔东、西二城。齐永桥大都督傅伏闻西寇近，自永桥夜入中潬城，为拒守计。周师既克南城，进围中潬，伏闭城坚守，二旬不下。独孤永业守金墉，周主亦攻之不克。永业欲张声势，通夜办马槽二千。周人以为大军且至而惮之。九月，齐高阿那肱自晋阳将兵拒周，至河阳，会周主有疾，引兵还，所拔城皆不守。阿那肱以捷闻，齐主大喜，以阿那肱有却敌功，厚赐之。

明年，周主谓群臣曰："朕去岁属有疹疾，不得克平逋寇，然已备见其情。彼之行师，殆同儿戏，岂能敌吾大兵。前出河外，直为拊背，未扼其喉。晋州，本高欢所起之地，镇摄要重，今往攻之，彼必来援。吾严军以待，击之必克。然后乘破竹之势，鼓行而东，足以穷其巢穴，混同文轨。"遂复自将伐齐，以越王盛、杞公亮、隋公杨坚为右三军，谯王俭、大将军窦太、广化公邱崇为左三军，齐王宪为前军，陈王纯为后军。周主至晋州，军于汾曲，遣齐王宪守雀鼠谷，陈王纯守千里径，达奚震守统军川，韩明守齐子岭，辛韶守蒲津关，宇文盛守汾水关，各领步骑一万，分据要害。大军直攻平阳。齐行台尉相贵婴城拒守，周主亲至城下督战。城中窘急，齐将侯子钦出降于周。刺史崔景嵩守北城，亦乘夜遣使请降，约为内应。周主大喜，命王轨率众赴之。天未明，轨偏将段文振杖矟与数十人先登，景嵩迎入，引至相贵帐，拔刃劫之。城上鼓噪，守兵大溃，遂克晋州。掳相贵及甲士八千人。

是时齐主方以外内无患，朝野皆安，日夕淫乐，置边事于不问。有冯淑妃者，名小怜，穆后从婢也。穆后爱衰，以五月五日进之，号曰："续命"。慧而黠，能弹琵琶，工歌舞，妖艳动人。后主惑之，宠冠一宫，坐则同席，出则并马，誓愿生死一处。周师之取平阳，方与淑妃猎于天池。放鹰纵犬，驰骋平林，搏取禽兽以为快。告急者自日至午，驿马三至。阿那肱曰："大家正为乐，边鄙小小交兵，乃是常事，何急奏为？"至暮，使更至，言平阳已陷，乃奏之。后主将还，淑妃止之曰："大家勿去，请更杀一围。"后主从之。周师既得平阳，齐王宪复拔洪洞、永安二城，乘胜而进。齐边将焚桥守险，军不得前，乃屯永安。癸酉，齐师来援，分军万人向千里径，又分军出汾水关，后主自率大军，上鸡栖原。使阿那肱将前军先进。乙卯，诸军齐会平阳城下。周主以齐兵新集上鸡栖原，声势方盛，且欲西还以避其锋。宇文忻谏曰："以陛下之圣武，乘敌人之荒纵，何患不克！若使齐得令主，君臣协力，虽汤、武之兵，未易平也。今主暗臣愚，士无斗志，虽有百万之众，实为陛下奉耳。"军正王韶亦谏曰："齐失纪纲，于兹累世。天翼周室，一战而扼其喉。取乱侮亡，正在今日。释之而去，臣所未喻。"周主虽善其言，竟引军还。以大将梁士彦为晋州刺史，留精兵一万镇之。齐乘周师退，欲复平阳，进兵围之，昼夜攻击。城中楼堞俱尽，崩隤之处，或短刀相接，或交马出入，众皆危惧，士彦慷慨自若，谓将士曰："死在今日，我为尔先！"于是勇烈齐奋，齐兵少却。厥后，齐作地道攻城，城陷十余步。将士乘势欲入，齐主敕且止。召冯淑妃观之，妃方对镜妆点，不即至。城中以木拒塞之，兵不得入，城遂不下。又淑妃闻晋州城西石上有圣人迹，欲往观之。中道有桥，去城墙不远，齐主恐有弩矢及桥，乃抽攻城木，别造一桥以度。及度，桥坏，至夜乃还。

周主还长安，以晋州告急，复率大军来援。壬寅，济河，遣齐王宪率所部先向平阳。戊申，诸军毕至，凡八万人，进逼齐军，置阵东西二十余里。先是齐人恐周师猝至，于城南穿堑，自乔山属于汾水，皆以堑为之隔。齐兵至，因结阵于堑北。齐王宪驰马观之，复命曰:"易与耳,请破之而后食。"周主大悦,乘马巡阵,辄呼主帅至前,劳勉之。将士喜于见知,咸思自奋。将战,左右请换良马。周主曰:"朕独乘良马欲何之?"进薄,齐师有堑碍于前。自旦至申,相持不决。后主谓阿那肱曰:"战是耶,不战是耶?"阿那肱曰:"吾兵虽多,堪战者少。昔攻玉壁,援兵来即退。今日将士,岂胜高祖时耶? 不如勿战,却守高梁桥。"安吐根曰:"一撮许贼,马上刺取,掷之汾水中耳。"齐主意未决,诸内参曰:"彼亦天子,我亦天子,彼尚能远来,我何为守堑示弱?"齐主曰:"此言是也。"于是引兵填堑而出。周主大喜,勒诸军击之。兵才合,齐主与淑妃并骑观战。东偏小却,妃怖曰:"军败矣。"穆提婆曰:"大家去,大家去!"齐主即以淑妃奔高梁桥。正是:将士阵前方致死,君王马上已逃生。未识后事若何,且留下文再讲。

第六十回　拒敌军延宗力战　弃宗社后主被擒

话说齐主战尚未败，即以淑妃奔往高梁桥。武卫奚长谏曰："半进半退，战之常体。今兵众全整，未有亏伤，陛下舍此安之。马足一动，人情慌乱，不可复振，愿速还安慰之。"卫张常山亦自后赶上曰："军寻收讫，甚完整，围城兵亦不动，至尊宜回。不信，臣乞将内参往视。"齐主欲从之，提婆引齐主肘曰："此言难信。"齐王遂以淑妃北走，师大溃。死者万余人，军资器械，数百里间，委弃山积。奔至洪洞，以去敌军既远，暂少休息。淑妃重施新妆，方以粉镜自玩。后喧声大震，共言贼至，于是复走。先是后主以淑妃有功，将立为左皇后，遣内参往晋阳，取皇后服御袆翟等件。至是遇于中途，为之缓辔，命淑妃着之，然后去。再说周主入平阳，梁士彦接见，持帝须而泣曰："臣几不见陛下。"帝亦为之流涕。周主以将士倦疲，欲引还。士彦叩马谏曰："今齐师遁散，众心皆动，因其惧而攻之，其势必举，陛下奚疑？"周主从之，执其手曰："余得晋州，为平齐之基，卿善守之。"遂率诸将追齐师。或请西还，周主曰："纵敌患生，卿等若疑，朕将独往。"诸将乃不敢言，于是星夜疾驰。后主入晋阳，忧惧不知所为，向朝臣问计，皆曰："宜省赋息役，以慰民心。收遗兵，背城死战，以全社稷。"后主以为难。是役也，安德王延宗独全军而还，后主壮之。因曰："吾欲留安德守晋阳，自向北朔州。若晋阳不守，则奔突厥以避之，再图后举。"群臣皆以为不可。时阿那肱有兵一万，尚守高璧。周师至高璧，阿那肱望风退走。后主遂决意遁去，密遣左右先送皇太后、太子于北朔州，以安德王为相国、并州刺史，总山西兵，谓曰："并州兄自取之，儿今去矣。"延宗曰："陛下为社稷主，幸勿动，臣为陛下出死力战，必能破之。"提婆曰："至尊计已成，王勿阻。"乃夜斩五龙门而出，欲奔突厥。从官皆散，不得已，仍向邺。穆提婆西奔周军，令萱见其子降周，惧诛，遂自杀。周主以提婆为柱国、宜州刺史，下诏谕齐臣曰："若妙尽人谋，深达天命，官荣爵赏，各有加隆，一如提婆爵赏。"或我之将士，逃逸彼朝，无问贵贱，皆从荡涤。自是齐臣降者相继。延宗知周师将至，同诸将固守。诸将请曰："王不为天子，诸臣实不能为王出死力。"延宗不得已，戊午，即皇帝位。下诏曰：

武平孱弱，政由宦竖。斩关夜遁，莫知所之。王公大臣，猥见推逼。忝为宗藩，祗承宝位。呜呼，痛大厦之将倾，惟恃背城借一。回狂澜于既倒，庶几转弱为强。勖哉卿士，无负朕怀。于是大赦，改元永昌。以唐邕为宰相，莫多娄敬显、和阿于子、段畅、韩骨胡为将帅。众闻之，不召而至者前后相属。延宗发府藏及后宫美女，以赐将士，籍没内参十余家。后主闻之，谓近臣曰："我宁使周得并州，不欲安德得之。"左右曰："理然。"延宗见士卒，皆亲执手称名，流涕呜咽。于是众争为死。周主至晋阳，引兵围之，四合如黑云。延宗命敬显、韩骨胡拒城南，和阿于子、段畅拒城东，自率兵拒齐王宪于城北。延宗体素肥，前如偃，后如伏，人常笑之。至是奋大槊，往来督战，劲捷若飞，所向无前。俄而，和阿于子、段畅奔降周军，周主遂自东门入，焚烧民室佛寺，合城慌乱，喊声震天。延宗知周兵入，率数十骑自北来，以死奋击。娄敬显见东路火起，亦从南路来援，率兵搏杀。城中儿童妇女皆乘屋攘袂，投瓦石御敌。周师大乱，相填压塞路，不得进。齐人从后斫刺之，死者二千余人。周主杂乱军中，自投无路。左右皆惶急，宇文忻牵马首，贺拔伏恩拂马后，崎岖得出。齐人奋刃几及之。时已四更，延宗疑周主为乱兵所杀，遣人于积尸中求长鬣者，遍索不得。然以敌既败去，冀其不复攻来，军心渐懈。将士烧肉饮酒，多倦卧。延宗苦战一日，亦退而少息。

　　再说周主回营，腹已饥甚，欲遁去，诸将亦劝之还。宇文忻勃然进曰："陛下已克晋州，乘胜至北，今伪主奔波，关东响震，自古行兵，未有若此之盛。昨日破贼，将士轻敌，微有不利，何足为怀？大丈夫当死中求生，败中取胜。今破竹之势已成，奈何弃之而去？"齐王宪亦以去为不可。降将段畅极言城内空虚，再往必克。周主乃驻马，鸣角收兵，俄顷复振。及旦，还攻东门，克之。延宗挺身搏战，左右散亡略尽，力屈被执，周主见之，下马握其手。延宗辞曰："死人手，何敢迫至尊。"周主曰："两国天子，非有怨恶，直为百姓来耳。终不相害，勿怖也。"使复衣帽而礼之。唐邕等皆降于周。娄敬显奔邺。齐主闻并州破，惧周师来逼，立重赏以募战士，而竟不出物。广宁王孝珩进曰："为今之计，莫若使任城王将幽州道兵入土门，扬声趋并州；独孤永业将洛州道兵入潼关，扬声趋长安。臣请将京畿兵出滏口，鼓行逆战。敌闻南北有兵，自然逃溃。陛下出宫人珍宝以赏将士，庶克有济。"齐主不从。斛律孝卿请齐主亲劳将士，为之撰辞。且曰："宜慷慨流涕，以感激人心。"齐主既出，临众不复记所受言，遂大笑，左右亦笑。将士怒曰："身尚如此，我辈何苦为之效死！"由是皆无战志。朔州行台高劢将兵卫太后、太子还邺，宦官苟子溢犹恃宠纵暴民间，劢斩以徇。太后救之不及。或谓劢曰："子独不畏太后怒耶？"劢攘袂曰："今西寇已据并州，达官率皆委叛。正坐此辈浊乱朝廷，若得今日斩之，明日受诛，亦无所恨。"

　　延宗在周军，周主问以取邺之策，辞曰："此非亡国之臣所及。"强问之，乃曰："若任城王据邺，臣不能知。若今上自守，陛下兵不血刃。"癸酉，周师趋邺，齐王宪为先驱。是时齐人汹惧，望风欲走，朝士出降者，昼夜相属。齐主计无所出，复召群臣议之。言人人异，莫知所从。高劢曰："今之叛者，多在贵人。至于卒伍，犹未离心。请追五品已上家属，置之三台，因胁之以战，若不捷，则焚台。此曹顾惜妻子，誓当死战。且王师频北，贼徒轻我，前城一决，理必胜之。"齐主不能用。望气者言当有革易。乃依天统故事，禅位于太子恒，自称太上皇帝，恒生八年矣。孝珩乞兵拒周师，不许，出为沧州刺史。孝珩谓阿那肱曰："朝廷不遣赐击贼，岂畏孝珩反耶？孝珩若破宇文邕，遂至长安，反亦何预国家事！以今日之急，犹如此猜忌耶？"洒涕而去。齐主使尉世辨率千余骑拒周师，世辨本非将才，性又懦怯，出滏口，登高阜四望，遥见群乌飞起，谓是西兵旗帜，即驰还北，至紫陌桥，不敢回顾。左右谓曰："敌兵未至，顷所见者，群乌耳，走尚可缓。"世辨曰："乌亦欺我耶？我已为之胆落矣。"归报后主曰："周兵势大，不可抗也。"壬辰，周师至邺。后主及太后、幼主、穆后、淑妃等，率千余骑东走，使慕容三藏守邺宫。周主破城人，齐王公以下皆降。三藏犹拒战，周主引见礼之，拜仪同大将军。三藏，绍宗子也。执莫多娄敬显，周主数之曰："汝有死罪三：前自晋阳归邺，携妾弃母，不孝也；外为伪朝戮力，内实通启于朕，不忠也；送款之后，犹持两端，不信也。用心如此，不死何待？"遂斩之。使将军尉迟勤追齐主。邺有处士熊安生，博通五经。闻周主入邺，遽令家人扫门。家人怪而问之，安生曰："周帝重道尊儒，必将见我。"俄而，周主幸其家，不听拜，亲执其手，引与同坐。给安车驷马以自随。又遣使至李德林宅，宣旨慰谕曰："平齐之利，惟在于尔。"德林来见，引入帐中，访问齐朝风俗政教、人物善恶，语三宿不倦。

再说齐主渡河，入济州，使阿那肱守济州关，觇候周师。自率百余骑奔青州，即欲入陈。而阿那肱密召周师，约生致齐主，屡启云周师尚远，已令烧断河桥。齐主由是淹留自宽。周师至关，阿那肱迎降，尉迟勤奄至青州，获太后、幼主、后妃等，齐主系囊金于鞍后，从十余骑南走。周兵追至南邓村，及之，执以送邺。庚子，周主诏齐故臣斛律光等，宜追加赠谥；家口田宅没官者，给还其子孙。指其名曰："此人在，朕安得至此？"又诏齐之东山南园三台，皆竭民脂膏为之，令皆毁拆。瓦木材料，并以给民。山园之田，各还其主。东民大悦。二月丙午，齐主纬至邺，复其衣冠。帝以宾礼见之。会报广宁、任城二王起兵信都，集众四万；共谋匡复。帝曰："此可谕之使来也。"令后主作书招之，许以若降，富贵如故。湝不从，乃命齐王宪、隋公杨坚引兵平之。军至赵州，湝遣谍觇之，为周候骑所执。解至营中，宪命释其缚，集齐旧将遍示之，谓曰："吾所争者大，不在汝曹。今纵汝还，即充吾使。"乃与湝书曰：

　　足下谍者为候骑所拘，军中情实，具诸执事。战非上计，无待卜疑；守乃下策，或未相许。已勒诸军分道并进，相望非远，冯轼有期，不俟终日，所望知机，勿贻后悔。

宪及杨坚至信都，湝同孝珩军于城南以拒之。其将尉相愿诈出略阵，遂以众降。相愿，湝之心腹将也，众皆骇惧。湝怒，收其妻子，即阵前斩之。明日进战，湝与孝珩亲自出马，冲坚陷锐。齐王宪敌于前，杨坚率劲骑横击之，分其军为二，遂大破之。俘斩三万人，执湝及孝珩。宪谓湝曰："任城王何苦若此？"湝曰："下官献武皇帝之子，兄弟十五人，幸而独存。逢宗社颠覆，今日得死，无愧坟陵。"宪壮之，归其妻子。宪问孝珩齐亡所由，孝珩自陈国难，辞泪俱下，俯仰有节。宪为之改容，亲为洗疮傅药，礼遇甚厚。孝珩叹曰："李穆叔言齐氏二十八年天下，今果然矣。自献武皇帝以来，吾诸父兄弟，无一人至四十者，命也。嗣君无独见之明，宰相非柱石之寄。恨不得握兵符，受斧钺，展我心力耳。"初任城母朱金婉以失节被幽，幼时宪武不甚爱之。及齐亡，而湝建义信都，独以忠孝著。广宁王，文襄第九子，好文学，工丹青，尝于厅事堂画苍鹰，见者皆疑为真。又作朝士图，妙绝一时。今以兵弱被执，盖不愧高氏子孙云。以故宪皆重之。先是周主破平阳，遣使招东雍州刺史傅伏，伏不从。既克并州，获其子，使以上将军、武乡公告身,及金马脑二酒盏赐伏为信,并遣韦孝宽致书招之。伏复孝宽曰:"事君有死无二,此儿为臣不忠,为子不孝,愿速斩之,以令天下。"及周主自邺还至晋阳,遣降将阿那肱等百余人临汾水招伏,伏隔水见之,问:"至尊何在?"答曰:"已被擒矣。"伏仰天大哭,率众入城。于厅事前北面哀号良久,然后出降。周主曰:"何不早下?"伏流涕对曰:"臣三世为齐臣,食齐禄,不能自死,羞见天地。"周主执其手曰:"为臣当如此也。"引使宿卫,授为仪同大将军。他日,又问伏曰:"前救河阴得何赏?"对曰:"蒙一转,授特进永昌郡公。"时齐主在座,周主顾而谓曰:"朕三年习战,决取河阴,政为傅伏善守,城不可动,故敛军而退。公当日赏功,何其薄也!"是时周主方欲班师,忽北朔州飞章告急,有范阳王绍义进据马邑,号召义旅,自肆州以北,从而叛者二百八十余城,兵势大振。又有高宾宁者,齐之疏属,有勇略,久镇和龙,甚得夷夏之心,亦起兵数万,与绍义遥为声援,势甚猖獗。遂遣大将军宇文神举率兵十万讨之。大驾暂驻晋州。正是:全齐已属他人手,一旅犹为宗国谋。你道范阳王何以得据北朔州? 且听下文分解。

第六十一回　抒帝须老臣爱国　扪杖痕嗣主忘亲

话说北朔州,原是齐之重镇,风俗强悍,士卒骁勇。既降于周,周主遣齐降将封辅相为其地总管。有长史赵穆,智勇盖世,心不忘齐。会任城王起兵瀛州,谋执辅相,以城迎之。辅相逃去,及任城被执,乃迎定州刺史高绍义。绍义据马邑,引兵南出,欲取并州。至新兴而肆州已为周守,又闻宇文神举大兵将到,还保北朔州。神举进兵逼之,绍义谓赵穆曰:"我兵新集,敌皆劲旅,将何以战?"穆曰:"战也,胜之,可以席卷并、肆;不胜,则北走突厥,再为后图。"遂进战。连战数阵,绍义皆败,穆战死。绍义北奔突厥,犹有众三千人,下令曰:"欲还者听。"于是辞去者大半。突厥佗钵可汗常谓齐神武英雄天子,以绍义重踝似之,甚见爱重。凡齐人在北者,悉以隶之。高宝宁自和龙劝进,绍义遂称皇帝。以宝宁为丞相,欲延齐一线之脉。而窜身异域,不敢与周相抗。于是除和龙外,齐地皆入于周。凡得州五十,郡一百六十二,县三百八十,户三百三万二千五百。

帝命班师,驾至长安,置高纬于前,列其王公等于后,车舆、旗帜、器物,以次陈之。备法驾,布六军,奏凯乐,献俘于太庙。观者夹路,皆称万岁。爵赏有功,大赦天下。封高纬为温公。齐之诸王三十余人,咸受封爵。一日宴于内廷,齐君臣皆侍饮,帝令温公起舞,折旋中节。延宗在坐,悲不自持。又命孝珩吹笛,辞曰:"亡国之音,不足上渎主听。"固命之,才执笛,泪下呜咽。帝不复强。以李德林为内史上士,自是诏诰格式及用山东人物,并以委之。帝从容谓群臣曰:"我往常惟闻李德林名,欲见其面不可得,复见其为齐朝作诏书移檄,正谓是天上人。岂意今日得其驱使。"纥豆陵毅对曰:"臣闻骐麟凤凰为王者瑞,可以德感,不可力致。然骐驎凤凰,得之无用,岂如德林为瑞,且有用哉?"帝大笑曰:"诚如卿言。"未几,有诬告温公与定州刺史穆提婆谋反者,遂同日诛之。其宗族皆赐死。众人多自陈冤,欲求免诛,独延宗攘袂不言。以椒塞口而死。纬弟仁英以清狂,仁雅以暗疾得免。其亲属不杀者,散配西土,皆死于边裔。先是温公至长安,向帝求冯淑妃。帝曰:"朕视天下如敝屣,一女子,岂为公惜。"仍以赐之。及温公遇害,妃归代王达,王甚嬖之。偶弹琵琶弦断,妃有诗曰:

> 虽蒙今日宠,犹忆昔时怜。
> 欲知心断绝,应看膝上弦。

任城王有妃卢氏,任城死,赐大将斛斯征。卢妃蓬首垢面,长斋不言笑,征怜而放之,乃为尼。其后齐之宫妃嫔御流落在外者,贫不能存,至以卖烛为业。此皆后话不表。

且说帝自灭齐后,节己爱民,亲贤远佞,殷殷求治,人皆喜太平可致。时帝生七子,太子赟最长,故以储位归之。但性顽劣,好昵近小人,大臣皆忧其不才。于是左宫正宇文孝伯言于帝曰:"太子者,国之根本,天下之命悬于太子。今皇太子为国储贰,德义罕闻,臣忝宫官,实当其责。且太子春秋尚少,志业未成,伏乞陛下妙选正人,为其师友,调护圣质,犹望日就月将,如或不然,恐后悔无及。"帝敛容曰:"卿世代鲠直,竭诚所事。观卿此言,有家风矣。"孝伯拜谢曰:"非言之难,受之难也。"帝曰:"正人岂复过卿,吾将使尉迟运助吾子。"于是,以运为右宫正。又尝问内史乐运曰:"卿言太子何如人?"对曰:"中人。"帝顾谓齐王宪:"百官佞我,皆称太子聪明仁恕,惟运所言,不失忠直耳。"因问辅翼中人之状。运曰:"如齐桓是也。管仲相之则伯,竖貂辅之则乱。可与为善,可与为恶。"帝曰:"我知之矣。其使之亲君子,远小人乎?"遂擢运为京兆丞。太子闻之,意甚不悦。太子妃杨氏,隋公坚女。坚姿相奇伟,时辈莫及,见者皆惊为异人。畿伯大夫来和善相人,私谓坚曰:"吾阅人多矣,未有如公之相者。眼如曙星,无所不照。后日当王有天下,愿忍诛杀。"坚曰:"公勿言此,以速予祸,得不失职足矣。"齐王宪与坚友善,然谓帝:"普六茹坚形貌异常,非人臣相。臣每见之,不觉自失。恐为宗庙忧,请早除之。"帝亦颇以为疑,因使来和相之。和诡对曰:"坚相不过位极人臣,正是守节人,可镇一方。若为将领,收江南如拉朽。"盖帝本有平陈之意,闻之大喜,待坚愈厚。时吐谷浑人犯,帝命大将军王轨辅太子讨之。吐谷浑退,大兵至伏俟城而还。太子在军中多失德,苦役士卒,耗损军粮,嬖臣郑译等,相助为非。轨谏不听。军还,轨言之帝。帝大怒,杖太子一百,并杖译,除其名,宫臣亲幸者咸被遣。越数日,太子潜召译等戏狎如初。译因曰:"殿下何时得据天下,臣得一心事主。"太子曰:"且有待。"益昵之。帝遇太子甚严,每朝见,与群臣无二。虽隆寒盛暑,不得休息。以其嗜酒,禁不得至东宫,有过辄加捶挞。尝谓之曰:"古来太子被废者几人,余儿岂不堪立耶?"乃命东宫官属录太子言语动作,每月奏闻。太子畏帝威严,矫情饰说,由是过不上闻。王轨尝与内史贺若弼言:"太子必不克负荷。"弼深以为然,劝轨陈之。轨后侍坐帝旁,共谈国政,色若不豫者。帝怪之,问曰:"卿何为尔?"轨对曰:"皇太子仁孝无闻,恐不了陛下家事,奈何?愚臣庸昧,不足深信。陛下尝以贺若弼有文武才,亦每以此为忧。"帝召弼问之,弼曰:"皇太子养德深宫,未闻有过也。"

　　事有蹉跌,便至灭族。本谓公密陈臧否,何得遂至昌言?"轨默然久之,乃曰:"吾专心国家,遂不存私计。向者对众,良实非宜。"后轨因内宴上寿,捋帝须曰:"可爱好老公,但恨后嗣弱耳。"先是帝问孝伯曰:"吾儿比来何如?"孝伯曰:"太子比惧天威,更无过失。"及闻轨言罢酒,责孝伯曰:"公尝语我云,太子无过,今轨有此言,公为诳矣。"孝伯曰:"臣闻父子之际,人所难言。臣知陛下必不能割慈忍爱,遂尔结舌。"帝默然久之,乃曰:"朕已委公矣,公其勉之。"后王轨又言于帝:"太子非社稷主,若为帝必败。普六茹坚有反相,若不除之,必为后患。"帝不悦曰:"必天命有在,将若之何?"坚闻之甚惧,深自晦匿。帝亦深以轨言为然。但汉王次长素有过,余子皆幼,故得不废。又屡欲除坚,不果而止。俄而帝不豫,越数日,疾益剧。六月丁酉朔,遂殂,时年三十六。

　　戊戌,太子即位,是为周宣帝。尊皇后阿史那氏为皇太后,立妃杨氏为后。以后父坚为上柱国大司马。宣帝始立,即逞奢欲,大行在殡,曾无戚容,扪其杖痕,大骂曰:"死晚矣!"武帝宫人有美色者,即逼为淫乱。超拜郑译为开府仪同大将军、内史大夫,委以朝政。出王轨为徐州总管。葬武帝于孝陵,庙号高祖。既葬,诏内外公除,帝及六宫,皆议即吉。或以为葬期既促,事讫即除,太为汲汲,不从。以齐王宪属望尊重忌之,谓孝伯曰:"公能为朕图齐王,当以其官相授。"孝伯叩头曰:"先帝遗诏,不许滥诛骨肉。齐王,陛下之叔,功高德茂,社稷重臣。陛下若无故害之,臣又顺旨曲从,则臣为不忠之臣,陛下为不孝之子矣。"帝不怿,由是疏之。有嬖臣于智为帝设计曰:"此事臣能任之。臣请往候宪,归即诬其谋反,陛下召而诘之。臣与面质,让他有口难辩,则杀之不患无名矣。"帝从其计,乃使于智语宪,欲以为太师,且召之曰:"晚与诸王俱入。"宪至殿门,有旨诸王皆退,独被引进。方升阶,有壮士数人从内出,见而执之。宪曰:"我何罪而执我?"帝在上厉声曰:"躬图反逆,焉得无罪?"宪问何据,于智从旁证之。宪目光如炬,与智争辩不屈。或谓宪曰:"以王今日事势,何用多言?"宪曰:"死生有命,宁复图存。但老母在堂,留兹遗憾耳。"掷笏于地,众遂缢之。帝复召宪僚属,使证成其罪。参军李纲誓之以死,处以极刑,终无挠辞。有司以露车载宪尸而出,故吏皆散,惟纲抚棺号恸,躬自瘗之,哭拜而去。又杀大将军王兴、仪同独狐熊、大将军豆卢绍皆素与宪亲善者也。杀宪既属无名,兴等无辜受诛,时人谓之"伴死"。以于智为有功,加柱国,封齐郡公。

正月癸巳,帝受朝于露门,始与臣群服汉、魏衣冠,大赦,改元大成。置四辅官:以大冢宰越王盛为大前疑,总管蜀公迥为大右弼,申公李穆为大左辅,隋公杨坚为大后丞。先是帝初立,以高祖《刑书要制》为太重而除之。又数行赦宥,既而民轻犯法,奸宄不止。又自以奢淫多过,恶人规谏,欲为威虐,慑服群下。乃更为《刑经圣制》,用法益深。大醮于正武殿,率群臣拜于殿下,告天而行之。密令左右伺察百官,小有过失,辄加诛谴,以为彼方救死不暇,安敢规我。于是人莫敢言。日恣声乐,鱼龙百戏,常陈殿前,累日继夜,不知休息。多聚淯美女,以实后宫。衣服宫室,俱穷极华美。高祖节俭之风,于斯荡尽。游宴沉湎,或旬日不出。群臣请事者,皆因宦官奏之。以至百弊丛生,朝政多阙。于是京兆丞乐运舆榇诣朝堂,陈帝八失。其略云:

> 大尊比来事多独断,不参诸宰辅与众共之,非询谋金同之道,政事焉得无缺? 一失也;广搜美女,以为嫔御,仪同以上,女不许出嫁。贵贱同怨,非所以慰人心而光君德,二失也;大尊一入后宫,数日不出,所须闻奏,多附宦者。君门等于万里,上下情意不孚,三失也;即位之初,下诏宽刑,未及半年,更严前制。非法之加,害及无辜,四失也;高祖斫雕为朴,率民以俭。崩未逾年,而遽穷奢丽,财用不恤,五失也;徭赋下民,以奉俳优角抵,六失也;上书字误者,即治其罪。杜献书之路,塞忠言之人,七失也;天象垂诫,不能谘诹善道,修布德政,八失也;惟兹八失,臣知而不言,则死有余责。陛下知而不改,臣见周庙不血食矣。

书上,帝览之大怒,立命绑赴市曹斩之。朝臣恐惧,莫有敢救者。内史中大夫元岩叹曰:"臧洪同死,昔人犹且愿之,况比干乎! 若乐运不免受诛,吾将与之同死。"乃谓监刑者曰："且缓须臾，予将见帝言之。"岩即诣阁请见，帝怒容以待。岩从容谓帝曰："乐运不顾其死，欲以求名。陛下遽以为戮，适遂其志。不如劳而遣之，以广圣度。是运不得名，而陛下得名矣。"帝颇感悟，遂令勿杀。明日召运谓曰："朕昨夜思卿所奏，实为忠臣。"运再拜曰："大尊能不忘臣言，社稷之福也，天下幸甚。"赐以御食而后出，举朝闻之，群相庆贺，谓帝有悔悟之机。但未识自是以后，帝能顿改前过否，且听下文分解。

第六十二回　修旧怨股肱尽丧　矫遗诏社稷忽倾

话说王轨为徐州总管,闻郑译用事,自知必及于祸,私谓所亲曰:"吾在先朝,实申社稷之计,见恶于嗣主。今日之事,断可知矣。此州控带淮南,邻接强寇,欲为身计,易如反掌。但忠义之节,不可有亏。况荷先帝厚恩,岂可以获罪于后君,竟相背弃? 只可于此待死,冀千载之后,知我此心耳。"轨自是无日不切死忧。却说帝虽免乐运之诛,淫暴如故。一日,问郑译曰:"我脚上杖痕,谁所为也?"译曰:"事由乌丸轨,以致帝与臣皆受先帝杖责。"宇文孝伯因言轨捋须事。帝大怒曰:"彼岂乐吾为君哉! 不杀此奴,无以泄吾恨。"即遣敕使往徐州杀之。元岩不肯署诏,御史大夫颜之仪力谏不听。岩复进谏,脱巾顿颡,三拜三进。帝曰:"汝欲党乌丸轨耶?"岩曰:"臣非党轨,恐陛下滥诛大臣,失天下之望。"帝怒,使阉竖搏其面,曳之出。使至徐州,轨见敕,神色不动,曰:"早知此事矣。"引颈受刃。远近闻之,知与不知,莫不流涕。岩亦废死于家。初,帝之为太子也,上柱国尉迟运为官正,数进谏,忤帝意。又与王轨、宇文孝伯、宇文神举皆为高祖所亲厚。帝尝疑其党同毁己,见之,色屡不平。及轨死,运惧,谓孝伯曰:"帝旧恨不忘,吾徒终必不免,为之奈何?"孝伯曰:"今堂上有老母,地下有武帝,为臣为子,知欲何之? 且委质事人,本徇名义,谏而不入,死焉可逃? 足下若为身计,不如远之。"于是运求出外,迁为秦州总管。他日帝以齐王宪事让孝伯曰:"公知齐王谋反,何以不言?"对曰:"臣不知其反也,但知齐王忠于社稷,为群小所构。臣欲言之,陛下必不用,所以不言。且先帝嘱咐微臣,惟令辅导陛下为尧、舜之主。今谏而不从,实负先帝顾托,以此为罪,是所甘心。"帝大惭,俯首不答,令且退,俄而下诏赐死。时宇文神举为并州刺史,亦遣使就州杀之。尉迟运至秦州,亦以忧死。

辛巳,帝以位为天子,犹非极贵,遂传位于太子阐,是为静帝。大赦,改元大象。自称天元皇帝,欲贵同于天也。杨后称天元皇后,妃朱氏为天皇后,元氏为天右皇后,陈氏为天左皇后。杨名丽华,朱名满月,元名乐尚,陈名月仪。至是并称皇太后。所居称天台,制曰天制,敕曰天敕,冕二十四旒,车服旗鼓,皆倍前王之数。置纳言、御正等官,皆列天台。国之仪典,率情改更。务自尊大,无所顾忌。每对臣下,自称为天。用樽彝圭瓒以饮食,令群臣朝天台者,致斋三日,清身一日,然后进见。既自比于上帝,不欲臣下同己。常自带绶,冠通天冠,加金附蝉,顾见侍臣冠上有金蝉及王公有绶者,并令去之。不许人有天高上大之称。禁天下妇人不得施粉黛,自非宫人,皆黄眉墨妆。每召群臣论议,惟欲兴造变革,未尝言及政事。游戏无常,出入不节。羽仪仗卫,晨出夜还,陪侍之官,皆不堪命。自公卿以下,常被楚挞。每捶人,皆以百二十为度,谓之"天杖"。其后又加至二百四十,宫人内职亦如之。后妃嫔御虽被宠幸,亦多杖背。以故内外恐怖,人不自安,皆求苟免,莫有固志。又忌诸弟,乃以襄郡为赵国,济南郡为陈国,武当、安富二郡为越国,上党郡为代国,新野郡为滕国,邑各万户。令赵王招、陈王纯、越王盛、代王达、滕王逌并之国。汝南公庆私谓杨坚曰："天元实无积德，视其相貌，寿亦不长。又诸藩微弱，各令就国，曾无深根固本之谋。羽翮既剪，何能及远哉？"坚深然之。

有杞公宇文亮，于天元为从祖兄，其子西杨公温，妻尉迟氏，天元之侄妇也，有美色。一日，以宗妇入朝，天元悦其美，欲私幸之。谓其妃司马氏曰："朕爱尉迟夫人娇好，欲使从我，卿盍为我言之？"司马妃曰："尉迟夫人面重，直言之，恐其羞怯，不能如陛下意。不如醉以酒而就之，一任帝所欲为矣。"天元称善，乃赐宴宫中，命司马妃陪饮。尉迟氏不敢辞，只得坐而饮。司马妃命宫女轮流劝盏，又请以大觥敬之。尉迟氏酒量本浅，又连饮数杯，不觉沉醉，坐不能起，倚桌而卧。司马妃命宫女卸其妆束，扶上御榻安寝。报帝曰："事谐矣。"天元大喜，搴帏视之，益觉可爱，遂裸而淫之。及尉迟氏醒，身已被污，只索无奈，跪而乞归。天元曰："尔不忘家耶？我将杀尔一家，纳尔为妃。"尉迟氏惧且泣："妾体鄙陋，本不足以辱至尊。若以妾故，而戮及一门，妾亦不能独生矣。乞至尊哀之。"天元见其有怖色，慰之曰："汝勿惧，吾言戏耳。今后召汝，慎毋违也。"尉迟氏再拜而出，归语其夫。夫大惊，密以其事报于父。时值淮南用兵，亮为行军总管，韦孝宽为行军元帅。两军前后行，相违数里，亮闻报大惧，曰："天元无道若此，不惟辱我家风，且将灭我门户，我岂可坐而待死！"乃与左右心腹谋之。或曰："朝廷暴政横行，臣民解体，危亡可待。不如暂投江南，以观其变。"亮曰："我家在长安，弃之不忍。且一出此境，安能复返？"或曰："乘其无备，杀入长安，废此无道，另立有德，此不世之功也。"亮曰："此固吾志，但吾与孝宽并行，势若连鸡。必与之俱西，方可成事。而彼方得君，安肯与我同反？吾朝叛，彼夕讨矣。为今之计，必先袭而执之，并其众，然后可以鼓行而西。"左右皆称善。乃定计于是夜之半，先袭破孝宽营。有偏将茹宽，素与孝宽善，知其谋，遣人密报孝宽。孝宽知之，设伏以待。亮至半夜，率精骑二千，衔枚疾走，直奔孝宽营。遥听营内更鼓无声，巡锣不作，以为军皆睡熟，正好乘其不备。而才至寨口，忽闻寨中震炮一声，营门大开，火把齐明，照耀如同白日。孝宽全身披挂，挺枪出马，左右排列将士，皆雄纠纠横刀待战。孝宽马上高声曰："杞公，汝来偷营耶？我待汝久矣。"亮大惊，手下将士不战自退。孝宽把枪一指，将士皆奋勇而进。亮拍马急走，及回至大营，已被孝宽潜从侧路遣兵袭破，据守寨门。亮此时进退无路，因遂拔刀自刎。孝宽枭其首，号令三军，众皆慑服。遂飞章告变，天元大喜，杀亮一门，孩稚无遗。单留尉迟氏，纳之宫中，拜为长贵妃，宠幸无比。

越一日，天元将如同州，增侯正、前驱、戒道等官，为三百六十重。自应门至于赤岸泽，数十里幡旗相蔽，音乐俱作。又令虎贲持钑马上，称警跸。仪卫之盛，从古未有。及还长安，诏天台侍卫之臣，皆着五色及红紫绿衣，名曰"品色服"。有大事，与公服相间服之。又诏内外命妇皆执笏，其拜宗庙及天台，皆俯伏如男子。后宫增置位号，不可胜录。复欲立尉迟氏为后，共成五后。以问小宗伯辛彦之曰："古有之乎？"对曰："皇后与天子敌体，不宜有五。"又问太学博士何妥，对曰："昔帝喾四妃，虞、舜二妃，先代之数，何常之有？"天元大悦。免彦之官，下诏曰："坤仪比德，土数惟五，四太皇后外，可增置天中太皇后一人，以长贵妃尉迟氏为之。"造锦帐五，使五后各居其一。实宗庙祭器于前，自读祝版而祭之。又以五辂载妇人，自率左右步从。又好倒悬鸡鸭，及碎瓦于车上，观其号呼以为乐。性之所好，往往有不可解者。

杨后性柔婉，不嫉忌。虽事暴主，人有犯，曲为劝解。以故四后及嫔御等，皆爱而仰之。天元昏虐滋甚，尝无故怒后，欲加之罪。后进止安闲，辞色不挠。天元见无惧容，大怒，遂赐后死，逼令引决。嫔御皆为之叩头求免。后母独孤氏闻之，诣阁陈谢，叩首阁外，流血满面，然后得免。后父坚，位望隆重，天元忌之，尝忿谓后曰："必族灭尔家。"后长跪求饶，候其怒解乃起。一日，召坚入宫，诫左右曰："尔等视坚色动即杀之。"坚至，留与久语。坚应对无失，神色不动，乃免之。内史郑译与坚少同学，奇坚相表，以其后必有非常之福，倾心相结。坚亦知其为帝所宠，每与友善。及闻帝深忌，屡欲杀害，情不自安，因私谓译曰："吾与子相善，一国莫不知。子于帝前，岂不能庇我以生？但帝意难测，倘遇猝然之诛，子欲救无及。不如出外图全。又恐面陈取祸，愿子少留意焉。"译曰："以公德望，天下归心。欲求多福，岂敢忘也？有便当即言之，保无害耳。"会天元欲伐江南，使译引兵前往。译自言无将才，请得一人为元帅。天元曰："卿意谁可者？"对曰："陛下欲定江东，自非懿戚重臣，无以镇抚。臣意大臣中惟普六茹坚，以椒房之戚，具将帅之才，为国尽忠，事君不贰。若命为将，必能平定江南，混一四海。且寿阳地控邻邦，使坚为总管，以督军事，徐图进取，则陈氏之土地，可坐而有也。"天元从之，以坚为扬州总管，使译发兵会寿阳。命下，坚大喜，谓其夫人独孤氏曰："吾今庶可免矣。"遂诣阙辞帝，帝命速发。将行，忽起足疾，不能举步。欲停留数日，惧帝见责。正怀疑虑，勿报郑译来谒，忙即留进密室，诉以足疾之故。译曰："公疾即愈，且缓南行。有一大事报公，焉知非公福耶？"坚问何事，译屏退左右，抚耳语曰："昨夜帝备法驾，将幸天兴宫，去未逾时，不豫而还。今者进内请安，病势沉重，殆将不起。帝若晏驾，主少国疑，秉衡之任，非公谁能当之？我故先以语公。倘有片纸来召，公即速来，慎勿徘徊，坐失机会。"言讫辄去。坚自是足疾若失。又御正刘昉素以狡诐得幸于天元，而心亦向坚。以坚负重望，又皇后父，欲引之当国，遂与译同心戴之。

却说天元身抱重疾，自知不起，召郑译、刘昉入侍。又召御正大夫颜之仪并入卧内，欲嘱以后事。而口已喑，不复能语，译遂令昉召坚。昉至坚第，语以故，坚尚犹豫，辞不敢当。昉曰："公若为，速为之；不为，昉自为也。"坚曰："公等有意，坚敢不从！"乃入宫。帝已不省人事，自称受诏，居中侍疾。是日，帝殂于天台，秘不发丧，矫诏以坚总知中外兵马事，颜之仪知非帝旨，拒而不从。昉等草诏署讫，逼之仪连署。之仪厉声曰："主上升遐，嗣子冲幼，阿衡之任，宜在宗英。方今赵王最长，以亲以德，合膺重寄。公等备受国恩，当思尽忠报国，奈何一旦欲以神器假人？之仪有死而已！"昉等知不可屈，乃代之仪署而行之。于是诸卫受敕，并受坚节度。坚虽得政，犹以外戚专权，须防宗室之变，乃谓译等曰："今者诸王在外，各有土地兵力，吾以异姓当国，彼必不服，定生他变。不若征之来京，尊其爵位，使无兵权。苟不顺命，执之一夫力耳。"译等皆以为然。乃以千金公主将适突厥为辞，矫帝诏，悉征赵、越、陈、代、滕五王入朝。草诏讫，将用玉玺。玺在之仪处，坚向之仪索之。之仪正色曰："此天子之物，宰相何故索之？"坚大怒，命引出，将杀之，以其民望，出为边郡太守。丁未，发宣帝丧，迎静帝入居天台，受群臣朝贺。尊杨后为皇太后，朱后为帝太后，其陈后、元后、尉迟后诏并为尼。诏敕皆坚为之。正是：三世经营方建国，一朝事业属他人。未识坚得政之后，若何措理庶务，且俟下文再述。

第六十三回　隋公坚揽权窃国　尉迟迥建义起兵

话说天元晏驾，杨坚当国，以汉王赞为上柱国右大丞相，尊以虚名，实无所综理。坚自假黄钺，为左大丞相，百官总己以听，大小政事，皆禀坚而行，无得专决。先是坚以李德林负天下重望，欲引为同心，乃使邗国公杨惠谓之曰："朝廷赐令总文武事，经国重任，自惭德薄，不能独理。今欲与公共事，以安邦国，公其无辞。"德林曰："公如不弃，誓愿以死奉公。"坚大喜。初，刘昉、郑译议以坚为大冢宰，译摄大司马，昉为小冢宰。坚私问德林曰："何以见处，群工始服？"德林曰："宜作大丞相，假黄钺，都督中外诸军事。不尔，无以压众心。"及发丧，即以此行之。以正阳宫为丞相府。时众情未一，往往相聚偶语，欲有去就。坚乃引司马上士卢贲置左右，潜令部伍仗卫，以兵威慑之。贲骁勇，号万人敌，众皆畏之。因谓公卿曰："欲富贵者，宜相随。"公卿皆惟惟。有徘徊观望者，贲严兵而至，皆悚息听命，莫敢有异。坚尝至东宫，门者拒不纳。贲谕之不从，瞋目叱之，门者遂却，坚始得入。贲遂典丞相府宿卫，以郑译为丞相府内史，刘昉为司马，李德林为府属内史。再说下大夫高颎渤海人。少明敏，有器局，略涉文史，工于词令。孩稚时，家有柳树，高百尺，亭亭如盖。里中父老曰："此家当出贵人。"年十七，齐王宪引为记室，益习兵事。多计略，坚素重之。及得政，欲引入府为腹心之佐，乃遣人谕意。颎承旨欣然曰："愿效驰驱，纵令公事不成，颎亦不辞族灭。"遂谒坚。坚闻其来，大喜，下阶迎之。握手相慰曰："愿与子同立功名，富贵共之。"乃以为相府司录。时汉王赞居禁中，每与静帝同帐而坐。刘昉饰美妓进之，以供娱乐，赞大悦，因说赞曰："大王先帝之弟，时望所归。孺子幼冲，岂堪大事？今先帝初崩，群情尚忧，王且归第，待事宁后，入为天子，此万全计也。"赞年少，性识庸下，以昉言为信，遂归旧邸，朝政不复预闻。初，宣帝时，刑政繁虐，冤死者众，人情恐惧。又工作不休，役民无度，畿内骚然。坚为政，停洛阳工作，以舒民力。尽革酷虐之政，更为宽大。删略旧律，作《刑书要制》，奏而行之。躬履节俭，以率百官。由是公私不扰，中外大悦。郎中庾季才，通《易》数，好占玄象，决人成败不爽。坚尝夜召，问之曰："吾以庸虚，受兹顾命，天时人事，卿以为何如？"季才曰："天道精微，难可意察，窃以人事卜之，符兆已定。季才纵言不可，公岂得为箕、颎之事乎？"坚默然久之，曰："如公言，吾今日地位，譬升百尺楼上，诚不得下矣。"因赐以彩帛，曰："愧公此意。"独孤夫人亦谓坚曰："大事已然，骑虎之势，必不得下，公宜勉之。"坚以相州总管尉迟迥位望隆重，恐有异图。其子尉迟惇为朝官，乃使奉诏召迥入京会葬，而以韦孝宽为相州总管代之。又使叱列长义为相州刺史，先命赴邺，孝宽续进。时陈王纯镇齐州，闻召不赴。坚复使上士崔彭征之。彭以两骑往，止传舍，召纯接旨。纯亦轻骑来，彭请屏左右，密有所道，遂执而锁之。因大言曰："陈王有罪，诏征入朝，左右不得辄动。"其从者皆愕然而散，因挟之入京。六月，五王皆至长安。迥闻之大怒，曰："坚将不利于帝室，故欲削弱诸王，先使不得有其国也。宗社将倾，吾奚忍不救?"乃谋举兵讨之。孝宽至朝歌,迥遣大将贺兰贵赍书候孝宽。孝宽留贵与语以审之,觉其有变,乃称疾徐行,且使人求医药于相州,密以伺之。孝宽有兄子艺为魏郡守,在迥属下。迥使之迎孝宽,且问疾。孝宽询迥所为,艺党于迥,不以实告。孝宽怒,将斩之。艺惧,遂泄迥谋。于是孝宽携艺西走,每至驿旅,尽驱传马而去,诫驿吏曰:"蜀公将至,宜速具酒食。"迥寻遣大将梁子康将数百骑追之。每至驿亭,辄逢盛馔,从者皆醉饱,又无马,遂迟留不进。孝宽由是得脱。坚又使韩衰诣迥谕旨,劝其入朝。密与其长史晋昶等书,令为之备。迥探得坚有私书与昶,召昶问之,昶讳言未有,乃搜其有私室,得坚书,遂杀昶及衰子,于是会集文武士民,择日起师,登城北楼,谕于众曰:

> 杨坚借后父之势,挟幼主以作威福。阳托阿衡,阴图篡逆。变更遗诏,削弱诸藩,上负宗庙之灵,下违臣民之望。窃国之心,暴于行路;废君之祸,即在目前。帅府与国家亲属舅甥,任兼将相。先帝处吾于此,本欲寄以安危。当此国祚将倾,奚忍坐视不救?帅府纠合义勇,大张挞伐。凡吾将士,共伸报国之怀,誓灭强臣,各效捐躯之志。俾大权一归帝室,宗庙赖以永存。庶几名著旗常,功在社稷。倘有心怀疑贰及畏懦不前者,军有常刑,毋贻后悔。

令出,众咸从命。迥乃自称大总管,承制置百司。时赵王招入朝,留少子守国。迥乃奉以号令。坚闻变大惧,高颍曰:"迥,前朝宿将,麾下多精锐,鼓行而西,兵势浩大,非小寇可比。若酿成之,必为宗庙忧。须乘其初叛,众心未一之时,急发关中兵击之耳。"坚从之,乃以韦孝宽为行军元帅,梁士彦、元谐、宇文忻、宇文述、崔宏度、杨素等,皆为行军总管以讨迥。

初,天元使计部中大夫杨尚希抚慰山东,至相州,闻天元殂,与尉迟迥同发丧。既罢,尚希出谓左右曰:"蜀公哭不哀而视不安,将有叛志。吾不去,惧及于难。"遂夜从径路而遁。迟明,迥始觉,追之不及,尚希遂归长安。坚使将宗兵三千人镇潼关。青州总管尉迟勤,迥之犹子也。初得迥书,表送于朝,明无叛意,坚大奖赏。后迥使人说之,晓以大义,毋为贼用,勤复从迥。当是时,迥统相、卫、黎、洛、贝、赵、冀、瀛、沧九郡,勤统青、齐、胶、光、莒五州,皆从之。胜兵数十万,并号义旅,天下响应。于是荥州刺史邵公胄、申州刺史李惠、楚州刺史费也利进、潼州刺史曹孝远,各据本州应迥。前徐州总管席毗罗据兖州起兵,前东平郡守毕义绪据兰陵起兵,皆从迥命。永桥镇将纥豆惠陵,建州刺史宇文弁亦各以城降。俄而,其将韩长业拔潞州,执刺史赵威;纥豆惠陵袭陷钜鹿,进围恒州;宇文威攻汴州;乌丸尼率青齐之众围溯州;檀让攻拔曹、亳二州,屯兵梁郡;席毗罗众号八万,军于蕃城,攻陷昌虑、下邑;李惠自申州攻拔永州。各路攻城掠地,无不得利,先后告捷。迥大喜,以为天下指日可定,遣使赍书招并州刺史李穆。穆锁其使,封书上之。穆子士荣以穆所居天下精兵处,阴劝穆从迥,穆深拒之。时穆次子浑仕于朝,坚使诣穆,深布腹心。穆使浑还朝,奉熨斗于坚曰:"愿公执威柄以安天下。"又以十三镮金带遗坚。十三镮金带者,天子之服也。坚大悦,遣李浑诣孝宽营,述其父意。穆有兄子崇为怀州刺史,初欲起兵应迥,后知穆已附坚,慨然太息,曰:"阖家富贵者数十人，值国有难，竟不能扶倾继绝，复何面目处天地间乎！"不得已，亦附于坚。迥又招东郡守于仲文，欲使附己。仲文不从，乃遣大将宇文胄自石济、宇文威自白马济河，分二道以攻仲文。仲文不能拒，弃郡走还长安，迥杀其妻、子，又使檀让徇地河南。坚乃以仲文为河南总管，诣洛阳，发兵拒之。司马消难，子如子也。齐亡，降于周，为郧州总管。闻迥举事，亦起兵应之，举朝震骇。坚命王谊为行军元帅，以讨消难。

再说诸王中惟赵王招见坚当国，深怀忧惧，虽欲有为，苦于孤掌难鸣。因阳与之匿，邀坚过其第饮酒，欲乘间杀之。或劝坚勿往，言赵王必无好意。坚曰："彼不过于酒中置毒耳，我防之可也。"乃自赍酒肴就之。招迎坚，引入寝室，促坐与语。其子员、贯及妃弟鲁封侍左右，佩刀而立。又藏刃于帷席之间，伏壮士于室后。坚左右皆不得从，惟仪同杨宏、大将军元胄坐于户侧。二人皆有勇力，为坚爪牙。酒酣，招以佩刀刺瓜，连啖坚，欲因而刺之。元胄从户外遥望，觉招意不善，进谓坚曰："相府有事，不可久留。"招叱之曰："我与丞相言，汝何为者？"胄瞋目愤气，扣刀入卫。招赐之酒曰："我岂有不善之意耶？卿何猜警如是？"俄而，招伪吐，将入内阁。胄恐其为变，扶之上坐，如此再三。招又称喉干，命胄就厨取饮，胄不动。会滕王迪至，坚降阶迎之。胄耳语曰："事势大异，可速去。"坚曰："彼无兵马，何能为恶？"胄曰："兵马皆彼家物，彼若先发，大事去矣。胄不辞死，恐死无益。"坚复入坐。胄闻室后有披甲声，遽请曰："相府事殷，公何得如此。"因扶坚下床趋走，招将追之，胄以身蔽户，招不得出。盖招以趋入为号，得一脱身，伏兵便起，而为胄所制，伏不敢发。坚出，环卫已众，胄亦趋出。坚遂登车而去。招恨失坚，弹指出血，曰："天也，周氏其灭矣！"坚归，即诬招与越王盛谋反，以兵围二王第，皆杀之，及其诸子。赏赐元胄不可胜记。由是宗室诸王，皆束手矣。

当是时，孝宽军至永桥，有兵守城，不得入。诸将请攻之，孝宽曰："城小而固，攻之旦夕不能下。倘屯兵坚城之下，攻而不拔，徒损兵威。吾疾趋而进，破其大军，此何能为？"于是引兵趋武涉。迥闻兵来，遣其子惇率众十万入武德，军于沁东。会沁水暴涨，军不得进，孝宽与迥隔水相持。长史李询与诸将不睦，密启坚云："梁士彦、宇文忻、崔宏度并受尉迟迥金，军中恇恇，人情大异。"坚深以为忧，欲召三人归，使他将代之，求其人不得。李德林曰："公与诸将皆国家重臣，未相服从。今正以挟令之威控御之耳。前所遣者，疑其乖异；后所遣者，安知其克用命耶？又取金之事，虚实难明，一旦代之，或惧罪逃逸。若加縻絷，则自郧公以下，莫不惊疑。且临敌易将，此燕、赵之所以败也。如愚所见，但遣公一心腹之将，明于智勇，素为诸将所信服者，速至军所，观其情伪，纵有异意，必不敢动，动亦能制之矣。"坚大悟，曰："微公言，几败乃事。"乃命内史崔仲方往监诸军，为之节度。仲方以父在山东，惧为迥害，辞不敢往。又命刘昉、郑译，昉辞以未尝为将，译辞以母老。坚不悦，高颎进而请曰："军事纷纭，人心危惧，不敢东行。颎虽不武，愿效驰驱。"坚大喜，曰："得公去，吾无忧矣。"乃加监军之号，遣之。颎受命即发，遣人辞母而已。自是措置军事，皆与德林谋之。时羽书叠至，烽檄交驰，德林口授数人，文不加点，无不曲当。司马消难之反也，虑势孤少援，以所统九州八镇南降于陈，遣子为质以求助。陈以消难为司空，都督九州八镇诸军事，赐爵隋国公，许出兵相援。又益州总管王谦亦不附坚，起巴蜀之兵以应迥。坚谓德林曰："山东未平，蜀乱又起，将若之何?"德林曰:"无害。外难虽作,人心不摇。一处得胜,余皆瓦解,指日可定也。"乃命梁睿为行军元帅以讨谦。今且按下慢表。

再说周朝有一附庸之国,在江陵地方,乃前梁昭明太子的后裔,号为后梁,称藩于周。你道梁室既亡,何以尚延此一线?说也话长。先是梁武帝纳侯景之叛,封他为河南王。后因贞阳侯渊明被东魏掳去,又欲与魏通好,致书高澄,许以贞阳旦至,侯景夕返。景闻之惧,遂反于寿阳。探得临贺王正德与朝廷不睦,阴蓄异志,遣使约与同反,事成,扶他为天子。正德大喜,许为内应。景兵临江,无船可济,正德阴具大船,诈称载获,密以济之。景众既渡,长驱直前。是时,江东承平日久,人不习战,一见景军,皆著铁面,守兵望风奔溃。景于是直掩建康,正德帅众迎景于张侯桥,马上交揖,遂与景合。进围台城,百道并攻。赖有尚书羊侃率众守城,随机拒之,连挫贼锋,危城得以不破。景见屡攻不克,乃决玄武湖水以灌之。阙前皆为洪流,城中益危,援兵不至,城破。景遂入朝,幽帝于净居殿,自为大丞相。纵兵掠取服御、宫人皆尽。溧阳公主年十四,有美色,景纳而嬖之。未几,梁武饮膳皆缺,忧愤成疾。口苦,求蜜不得,再呼"荷荷"而殂。景复立太子为帝,后又弑之。立豫章王栋,未一月,遂禅位于景。景登太极殿,即帝位。其党数万,皆吹唇鼓噪而上。改国号曰"汉",杀梁子孙。正德本欲图位,为景内应。景亦薄其为人,台城破,遂夺其军。至是并数其叛父之罪而寸斩之。是时,湘东王绎在江州,士马强盛,全无入援意。及景弑帝自立,乃命大将王僧辨、陈霸先东击侯景,亏得二将智勇兼备,连败贼将,进攻石头。景亲自迎战,又大败之。景惧,回至阙下,不敢入台。责其党王伟曰:"尔令我为帝,今日误我。"伟不能对。景欲走,伟执鞚谏曰:"自古岂有叛走天子耶?宫中卫士,犹足一战,弃此将欲安之?"景曰:"我昔破葛荣,败贺拔胜,败宇文黑獭,扬名河朔。渡江平台城,降柳仲礼如反掌,今日天亡我也。"因仰观石阙,叹息久之。以皮囊盛其江东所生二子,挂之鞍后,率骑东走。僧辨入台诚,令侯瑱率五千精骑追景,景众叛降相继,遂大溃。景与腹心数十人单舸走,推坠二子于水,下海欲向蒙山。有羊侃之子羊鹍,景纳其妹为小妾,以鹍为库直都督。鹍随景东走,约其党图之。值景醉寝,鹍语舟师曰:"海中何处有蒙山?汝为我移船向京口。"舟师从之。至湖豆洲,景觉,大惊,鹍拔刀向景曰:"吾等为王效力多矣,今终无成。欲乞王头,以取富贵。"景未及答,白刃交下。景欲投水不及,走入舱中,以佩刀抉船底求出。鹍以稍刺杀之,遂以盐纳景腹中,送其尸于建康。僧辨传首江陵,暴其尸于市。士民争取食之,并骨皆尽。溧阳公主亦预食焉。侯景既灭,王僧辨等上表湘东劝进。湘东即位于江陵,是为元帝。群臣皆劝还建康,帝以建康凋残,江东全盛,遂不许。诏王僧辨镇建康,陈霸先镇京口。那知外患虽平,家祸未息。先是元帝性残刻,与河东王誉、岳阳王詧交怨构兵。誉既为所杀,詧恐不能自存,遣其妃王氏及世子嶚为质于魏,乞兵以伐湘东。时西魏本有图取江陵之志,遂遣常山公于谨、大将军杨忠将兵五万,助詧伐绎。杨忠率精骑五千先据江津,断其东路。谨率大兵扬帆济江,梁君臣望之失色。时强兵猛将皆东出,城中留兵单弱,西魏乘间攻之,城遂破。执元帝付詧,囚于乌幔之下,以土囊陨之。魏遂立詧为梁主,资以荆州之地,使之自帝一方,为魏藩臣。是为梁宣帝。其后周继魏禅,复称藩于周。宣帝卒,子嶚立,是为梁明帝。明帝时,周朝杨坚当国。尉迟迥以讨坚为名,起兵邺城,山东之众相率降附。郧州司马消难、益州王谦皆同心举义。迥喜天下响应,因念"江陵梁氏,亦我朝外臣,得他起兵助我,取坚益易。"乃遣使江陵,劝其以兵相应。但未识梁主从与不从,且听下文分解。

第六十四回　代周家抚临华夏　平陈国统一山河

话说尉迟迥欲求多助，遣使致书梁主，约其起兵。具言杨坚当国，周室将倾。梁主世受周恩，当同心举义，以诛贼臣。梁主得书，语左右曰："昔我朝倾覆，寡人得延兹宗社者，实借周家之力。今迥建议匡扶，理合助之。但坚居中制外，势大难摇，图之不成，反受其害，奈何？"诸将竟劝梁主与迥连谋，谓进可以尽节周氏，退可以席卷山南。梁主狐疑未决，使中书舍人柳庄奉书入周觇之。庄至周，坚极意抚纳，执庄手曰："孤昔以开府从役江陵，深蒙梁主殊眷。今主幼时艰，猥蒙顾托。梁主奕叶委诚，朝廷倚为屏藩。当相与共保罗寒，幸勿惑于异说，致违素志也。"庄归复命，具道坚语，且曰："昔袁绍、刘表、王陵、诸葛诞等皆一时雄杰，据要地，拥强兵，然功业莫就，祸不旋踵者，良由魏晋挟天子，仗京都，仗大顺以为名故也。今尉迟迥虽曰旧将，昏盲已甚。司马消难、王谦等，皆常人之下者，非有匡合之才。周朝诸将多为身计，竞效节于杨氏。以臣料之，迥等终当覆灭，隋公必移周祚。未若保境息民，以观其变。"梁主深然之，遂绝尉迟迥，一心附坚。

且说高颎至军，勉励将士，众心益奋。因为桥于沁水，尉迟惇于上流纵火栰焚之。颎于军中预作土狗以御之，火不得施。惇布阵二十余里，麾兵小却，欲待孝宽军半渡而击之。孝宽因其却，鸣鼓齐进。军既渡，颎命焚桥，以绝士卒反顾之心。于是西兵死战，无不一以当百。惇兵不能支，遂大败。惇单骑走，孝宽乘胜进追，直抵邺下。迥闻兵败，大怒曰："孺子败吾事。"乃命其二子惇与祐，悉将步骑十三万，陈于城南；亲统万骑，别为一阵，皆绿巾锦袄，号曰"黄龙兵"。战急时，用以摧坚陷锐，当之者无不披靡。又尉迟勤闻敌军至邺，亦率众五万，自青州来会，以三千骑先至。迥素习军旅，老犹披甲临阵，亲自搏战，匹马所向，万人辟易。麾下军士皆百战之余，无不骁勇。交战良久，孝宽军不利而却。邺中士民乘高观战者数万人。宇文忻曰："事急矣，吾当以诡道破之。"乃先射观者，观者皆走，转相腾籍，声若雷霆。忻乃传呼曰："贼败矣！"众复振。敌军闻之，遂相扰乱。孝宽因其扰而乘之，迥军大败，走保邺城。孝宽纵兵围之，下令曰："先登者有重赏。"骁将李询思、安伯贺、娄子乾率先登城，城遂破。迥窘迫，升楼自守。先是崔宏度有妹，适迥子为妻。迥升楼时，宏度直上迫之。迥弯弓将射，宏度脱兜鍪谓迥曰："颇相识否？今日各图国事，不得顾私。以亲戚之情，禁约乱兵，不至侵辱家室，所以报公也。事势如此，公复何待？"迥因掷弓于地，极口骂坚而自杀。宏度顾其弟宏升曰："汝可取迥头。"宏升斩之。军士在小城中者，孝宽尽坑之。勤及惇、祐东走青州，未至，大将郭衍擒之以献。坚以勤初有诚款，特不之罪，独杀惇与祐。李惠自缚归罪，坚复其官爵。盖迥末年衰老，及兵起，以崔达拿为长史，文士无筹略，举措失宜，凡六十八日而败。

于仲文进讨檀让军，至蓼堤，去梁郡七里。檀让拥众数万、仲文以弱卒挑战而伪北。让不设备,仲文还击,大破之,生获五千余人,斩首七百级。进攻梁郡,守将刘子宽弃城走,檀让以余众屯成武。仲文袭破之,遂拔成武。席毗罗拥众十万,屯沛县,将攻徐州。其妻子在金乡。仲文诈为毗罗使者,谓金乡城主徐善净曰:"檀将军明日午时至金乡,奉蜀公令赏赐将士,速备供具。"金乡人皆喜。仲文简精兵,伪建迥旗帜,倍道而进。善净望见,以为檀让,出迎谒。仲文执之,遂取金乡。诸将欲屠其城,仲文曰:"此城乃毗罗起兵之所,当全其室家,其众自归。如即屠之,彼望绝矣。"众皆称善。于是进击毗罗,其军大溃,争投洙水,积尸蔽江,江水为之不流。获檀让槛送京师,斩毗罗于阵。山东悉平。梁主闻迥败,谓柳庄曰:"若从众人之言,社稷已不守矣。"

先是,坚封刘昉为黄公,郑译为沛公,委以心膂,言无不从。朝野侧目,称为"黄沛"。二人恃功骄恣,溺于财利,不亲职务。及辞坚军,坚始疏之,恩礼渐薄。高颎自军所还,宠遇日隆。时山东虽服,而王谦未平,司马消难外叛,坚忧之,忘寝与食。而昉逸游纵酒,相府事多遗落。坚解其职,乃以高颎为司马,不忍废译,阴敕官属,不得白事于译。译坐厅,事无所关预,惶惧,顿首求免。坚念旧情,犹以恩礼慰勉之。王谊兵至郧州,司马消难奔陈,遂复郧州。梁睿将步骑二十万讨王谦,谦分兵据险拒守。睿奋击破之,蜀人大震。谦遣其将达奚惎、高阿那肱、乙弗虔率众十万攻利州,堰江水以灌之。城中战士不过二千,刺史卢勔昼夜拒守,势甚危急。会睿兵至,惎等遁去。睿乃自剑阁入,进逼成都。谦令达奚惎城守,亲率精兵五万,背城结阵以战。睿佯败而退,谦追之,遇伏,遂大败。及至城,城上已遍插敌军旗帜。谦众见之,皆溃。盖方战时,达奚惎潜以城降,而睿军已入据之也。谦惶急,单骑走新都。新都令王宝执之,斩其首以献睿。复录其余党,剑南亦平。

于是群臣论功,以大丞相坚为相国,总百揆,去都督、大冢宰之号,进爵为王,假安陵等二十郡为隋国,赞拜不名,备九锡之礼。建台置官,进妃独孤氏为王后,世子勇为太子。静帝二年二月,庾季才上言:"今月戊戌平旦,青气如楼阙,见围城上,俄而变紫,逆风西行。《气经》云:'天不能无云而雨,皇上不能无气而立。'今王气已见,须即应之。又周武以二月甲子定天下,享年八百;汉高以二月甲午即帝位,享年四百。今月甲子,宜应天受命。"群臣亦争劝进。于是,假周王诏,逊居别宫。甲子,命太傅祀公椿奉册,大宗伯赵照奉皇帝玺绶,禅位于隋。隋王冠远游冠,受册玺,改服纱帽黄袍,入御临光殿。服衮冕如元会之仪。大赦,改元开皇。命有司奉册祀于南郊。以相国司马高颎为尚书、左仆射、兼纳言,相国司录虞庆则为内史监、兼吏部尚书,相国内郎李德林为内史令。其余内外功臣,皆进爵有差。追尊皇考忠为武元皇帝,庙号太祖;皇妣吕氏为元明皇后。立独孤氏为后,世子勇为太子。

初,刘、郑矫诏以隋主辅政,杨后虽不预谋,然以嗣子幼冲,恐权在他族,闻之甚喜。后知其父有异图,意颇不平,形于言色。及禅位,愤惋逾甚。隋主内甚愧之,改封为乐平公主。欲夺其志,后以死誓,乃止。又息州刺史荣建绪与隋主有旧,将之官,隋主谓曰:"且踟蹰,当共取富贵。"建绪正色曰:"明公此旨,非仆所闻。"及即位来朝,帝谓之曰:"卿亦悔否?"建绪稽首曰:"臣位非徐广,情类杨彪。"帝笑曰:"朕虽不晓书语,亦知卿此言不逊。"虞庆则劝帝尽灭宇文氏,高颎、杨惠依违从之。李德林固争,以为不可。

隋主作色曰:"君书生,不足与议此。"于是周太祖以下子孙无遗。德林品位不进。旋弑静帝,葬于恭陵。以其族人洛为嗣。

且说隋主既受周禅,而江南尚属陈氏,时怀并吞之志,因问将帅于高颎,颎荐贺若弼、韩擒虎可任。遂以弼镇广陵,擒虎镇庐江,使处分南边,潜为经略。惟是时,难初平,民力未复,故与陈氏犹敦邻好之谊。及后主荒淫日甚,内宠张、孔二妃,外昵嬖臣狎客,酣歌达旦,百务皆废,民不聊生,阃境嗟怨,隋主闻之,谓高颎曰:"东南之民,困于乱政久矣。我为民父母,岂可限一衣带水而不拯之乎!卿有何策足以平之?"颎乃进策曰:"江北地寒,田收差晚。江南,水田早熟,量彼收获之际,微征士马,声言掩袭。彼必屯兵守御,废其农时。彼既聚兵,我便解甲。再三如此,彼以为常。后更集兵,彼必不信。犹豫之顷,我乃济师,登陆而战,兵气益倍。又江南土薄,舍多茅竹,所有储积,皆非地窖。密遣行人,因风纵火,待彼修立,复更烧之。不出数年,自然财力俱尽。"隋主用其策,陈人始困。开皇八年三月戊寅,帝数陈主二十罪,散写诏书二十万纸,遍谕江外。其略云:

> 陈叔宝据手掌之地,恣溪壑之险,劫夺闾阎,资产俱竭,驱逼内外,劳役弗休。穷奢极侈,俾昼作夜。斩直言之客,灭无罪之家。欺天造恶,祭鬼求恩。盛粉黛而执干戈,曳罗绮而呼警跸。自古昏乱,罕或能比。君子潜逃,小人得志。天灾地孽,物怪人妖。衣冠钳口,道路以目。重以违言背德,摇荡疆场,昼伏夜游,鼠窃狗盗。天之所覆,无非朕臣,每关听览,有怀伤恻。可出师授律,应机诛殄,一朝荡平,永清吴越。

于是置淮南行台于寿春,命晋王广、秦王俊、清河公杨素皆为行军元帅。广出六合,俊出襄阳,素出永安,韩擒虎出庐州,贺若弼出广陵,凡总管九十,兵五十一万八千,皆受晋王节度。东接沧海,西距巴蜀,旌旗舟楫,横亘数千里。又命高颎为晋王元帅长史,一应军事,皆取决焉。

十二月,隋军临江。颎问薛道衡曰:"今兹大举,江东必可克乎?"道衡曰:"必克。郭璞有言:'江东分王,三百年后与中国合。'今此数将周,一也;主上恭俭勤劳,叔宝荒淫骄侈,二也;国之安危,在所寄任。彼以江总为相,惟事诗酒,拔小人施文庆,委以政事,任萧摩诃、任蛮奴为大将,皆一夫之勇耳,三也;我有道而大,彼无道而小。量其甲士,不过十万。西自巫峡,东至沧海,分之则势悬而力弱,聚之则守此而失彼,四也。席卷之势,事在不疑。"颎忻然曰:"得君一言,成败之理,令人豁然。"

九年正月朔,陈主朝会群臣,大雾四塞,入人鼻皆辛酸。陈主昏睡,至晡时乃起。是日,贺若弼自广陵引兵济江,韩擒虎自横江宵济,采石守者皆醉,遂克之。晋王广率大军屯于六合镇姚叶山。杨素率水军东下,舟舻被江,旌甲耀日。素坐平乘大船,容貌雄伟,陈人望之,皆惧曰:"清河公即江神也。"于是贺若弼自北道,韩擒虎自南道,二路并进。缘江诸戍,望风尽走。弼进据钟山,屯兵白土冈之东。总管杜彦率步骑二万,与擒虎合军,屯于新林。时建康甲士,尚有十万。后主素懦怯,不达军事,台内处分,一任施文庆。文庆惧贻帝忧,凡外有启请,率皆不行。于是诸将解体,出降者相继。擒虎自新林进兵,陈将任忠迎降于石子冈,导擒虎入朱雀门。城中文武皆逃,无一拒者。后主闻城破,与张、孔二妃避匿于井。军士搜得之,遂与二妃同被执,陈遂亡。三月己巳,大军班师,发陈君臣及后宫嫔御,皆诣长安。辛亥,帝幸骊山,亲劳旋师。奏凯歌入都,献俘于太庙。帝坐大殿,引叔宝于前,及太子诸王二十余人,司空消难以下,至尚书郎二百余员,责以君臣不能相辅,乃至灭亡。叔宝及其群臣并愧惧伏地,屏息不敢对。既而宥之。

先是消难降周,与帝有旧,情好甚笃。天元时,帝引而用之,得为陨州总管。及平陈,消难被执,特赦其死,斥为乐户。二旬而免,犹以旧恩引见,寻卒于家。庚戌,大封功臣。御广阳门赐宴,自门外夹道,布帛之积,达于南郭。颁赐各有差,凡用三百余万段。给复江南十年,蠲免余州一年租赋。又诏宇文洛已承周后,而齐、梁、陈宗祀废绝,命高仁英、萧琮、陈叔宝以时修祭。所须器物,有司给之。盖自晋代以来,南北分裂,东西割据,垂三百余年。至隋氏肇兴,而禅周灭陈,天下遂成一统云。歌曰:

> 晋武龙兴并吴蜀,上规秦汉统五服。
> 武号森列兵未戢,南风烈烈翻地轴。
> 为谁驱除膺大命,诸王先自残骨肉。
> 渊曜猖狂勒虎继,凉秦燕夏争逐鹿。
> 杀气飞扬天地昏,青衣执盖愍怀辱。
> 一马渡江守半壁,君臣无志中原复。
> 天开元魏平诸戎,佛狸威震江之东。
> 献文孝文皆英主,精勤庶务劳宸衷。
> 平城奋志莅中土,衣冠礼乐何雍容。
> 天未厌乱女祸起,春宫秽乱招狼烽。
> 秀容酋长清君侧,百万大兵手自勒。
> 黄河万里阵云高,满朝文武皆失色。
> 可怜玉石焚崑冈,河阴荒草埋骨殖。
> 天祸人乱于斯极,未卜江山属谁得。
> 草泽英雄大有人,六浑才略超等伦。
> 少年落拓困怀朔,蛟龙失水旁人轻。
> 闺中巨眼有娄氏,邂逅一见心相倾。
> 吁嗟六镇总群盗,尔朱势败功难成。
> 高王得志罗英俊,朝权遥执朝臣惊。
> 荧惑摇摇入南斗,君臣疑忌生谗口。
> 晋阳兵至百官逃,天子下堂向西走。
> 关中黑獭人中杰,轻骑迎銮气飘撒。
> 势均力敌各争雄,分据东西魏土裂。

欢终洋及魏鼎移,秦亡觉立国亦窃。

无愁天子乐未央,天池猎罢平阳失。

周师长驱入邺都,百年强敌一朝灭。

老公虽好后嗣弱,乱政纷纷心太劣。

齐人已灭躬蹈之,前后荒淫同一辙。

大权旁落归椒房,赵王弹指空流血。

天心已改可奈何,钟陵王气亦销磨。

东西南北大一统,隋文功业何巍峨。

呜呼! 君不见三代之君以德昌,卜年卜世时久长。

南朝演义

序

　　余既劝草亭作《北史演义》问世,自东、西魏以至周、齐及于隋初,其兴亡治乱之故,已备载无遗,远近争先睹之为快矣。特南朝始末,未能兼载,览古之怀,人犹未餍。且于补古来演义之阙,犹为未备也。乃复劝其作《南史演义》,凡三十二卷。自东晋之季,以迄宋、齐、梁、陈,二百余年,废兴递嬗,无不包罗融贯,朗如指上罗纹。持此以续《北史》之后,可谓合之两美矣。

　　或谓南朝风尚,贤者骛于玄虚,不肖者耽于声色,所遗事迹,类皆风流话柄,所谓六朝金粉是也。载之于书,恐观者色飞眉舞,引于声色之途而不知返,讵非作书者之过耶?

　　余应之曰:"嘻!子何见之小也?夫有此国家,即有兴替。而政令之是非,风俗之淳薄,礼乐之举废,宫闱之淑慝,即于此寓焉。其兴也,必有所以兴;其亡也,必有所以亡。如是而得者,亦如是而失。影响相随,若报复然。阅者即其事以究其故,由其故以求其心,则凡正心、修身、齐家、治国、平天下之道,胥于是乎在。宁可执'金粉'两字概之耶?且圣人删《诗》,不废《郑》《卫》,亦以示劝惩之意。是书之作,亦犹是而已矣。况荒淫侈靡之事,正史亦并载之,其能尽弃之否耶?"

　　或无以应,乃书之以弁于简端。

　　乾隆六十年,岁在乙卯三月望前一日,愚弟许宝善撰。

凡　例

一、是书自晋迄隋,备载六朝事迹。而晋则孝武以后事变始详,其上不过志其大略。隋则仅志其灭陈一师,余皆未及者。盖是书及《北史》,原以补古来演义之阙,缘前有《东西晋演义》,后有《隋唐演义》,事已备见于两部,故书不复述。

一、宋代晋,齐代宋,梁代齐,陈代梁,迹若一辙,而其中兴亡得失之故,仍彼此不同。故各就正史本文而演畅之,阅者可参观焉。

一、六朝金粉,人物风流。中间韵事韵语,足供玩绎者,美不胜收,如《世说新语》等书所载皆是。书中不及备录,唯于本文有关涉者采而录之。

一、开业之主,若宋高祖裕、齐高祖道成、梁高祖衍、陈高祖霸先,皆雄才大略,多有善政可纪。而规模气象,总逊宋高一筹,故载叙宋事独多。

一、南朝之败,每由幼主在位,强臣得行弑逆。然如宋之子业苍梧,齐之东昏,淫凶暴虐,恶逾桀纣,死不足惜。他若宋少帝、齐郁林同一无道,尚无甚大恶,故于弑之尤多贬词。

一、南北地名屡易,有地去而名存者,如兖、豫既失,仍设南兖州、南豫州等号是也,阅者须辨之。

一、事有与《北史》相犯者,如侯景之乱梁,隋师之灭陈,彼此俱载。然此详则彼略,彼详则此略,一样叙事,仍两样笔墨。

一、书中所载诗词歌赋,有本系前人传留者,即其原本录之,不敢增减一字。

一、凡忠义之士,智勇之臣,功在社稷者,书中必追溯其先代,详载其轶事,暗用作传法也。

一、坊本叙战,每于临阵之际,必先叙明主将若何披挂,若何威武。彼此出阵,若何照面,若何交手,一番点缀,竟成印板厮杀。书中大小数十战,此等语绝不一及,避俗笔也。

第一回　晋室将亡廊庙乱　宋家应运帝王兴

粤自西晋之季,惠帝不纲,贾后乱政,宗室相残,群雄四起,天下土崩瓦解,遂至大坏。琅琊王睿,避难渡江,收集余众。以王导专机政,王敦总征讨。江东名士贺循、顾荣辈,相率归附,奉以为君,即位建康,遂开东晋之基,是为元帝。其后遭王敦谋逆,郁郁成疾,在位六年而崩。子明帝立,会敦死,其党皆伏诛,大乱乃定。明帝在位,三年而崩。太子即位,是为成帝。庾亮、王导、卞壶同受顾命。苏峻反于历阳,兵入台城。卞壶战死,庾亮出亡,天位几失。赖有温峤、陶侃诸贤,奋义起兵,入平内难。峻以败死,晋室复宁。帝在位十七年,国家无事。及崩,二子俱幼,乃迎帝弟琅琊王岳为嗣,是为康帝。二年去世,太子聃即位,是为穆帝。其时桓温都督荆、梁等州,坐拥强兵,遥执朝政。出师平蜀,进封临贺郡公,威名大震,朝廷畏之。时殷浩有盛名,帝引为心膂,欲以抗温。哪知浩徒负虚声,全无实用,出兵屡败,温上表废之。由是大权一归于温。穆帝崩,无子,乃立成帝长子丕,是为哀帝。帝在位四年崩,无子,弟琅琊王奕立,是为废帝。温有篡夺之志,诬帝夙有痿疾,嬖人来灵宝等参侍内寝,秽乱宫掖,所生三男皆非帝出,恐乱宗祧,遂废帝为海西县公,迎会稽王昱登极,是为简文帝。帝美风仪,善容止,神识恬畅,然无经济大略。谢安以为惠帝之流,清谈差胜耳。在位二年,常忧废黜,俄以疾崩。太子曜即位,是为孝武帝。其时桓温已死,桓冲继之,尽忠公家。又任谢安为相,总理朝政。安有庙堂之量,选贤使能,各当其任,内外称治。大元八年,苻坚入寇,发兵八十七万,前临淝水,旗鼓相望,千里不绝,举朝大恐。安不动声色,命谢玄、谢石率兵八万拒之。将士奋勇,大败秦师。死者蔽野,走者闻风声鹤唳,皆以为晋兵将至,心胆俱裂。亏此一捷,国势遂固。人皆谓安石之功,实同再造。那知良臣去世,君志渐侈,日复一日,渐渐生出事来。

今且说孝武帝,初政清明,信任贤良,大有人君之度。既而溺志于酒,不亲万几。有同母弟道子,封琅琊王,悉以国事委之。道子亦嗜酒,日夕与帝酣饮为乐,复委政于中书令王国宝。以故左右近习,争弄威权,交通请托,贿赂公行,朝局日坏。尚书令陆纳尝望宫阙叹曰:"好家居,纤儿欲撞坏之耶?"

群臣上疏切谏,帝皆不省。国宝既参国政,窃弄威福,势倾朝野,却一无才略,唯以追佞为事。凡道子所欲,无不曲意逢迎,故道子宠信日深。一日,道子色若不怿,国宝问故。道子曰:"吾府中宫室虽多,苦无游观之所,可以消遣情怀。"国宝曰:"易耳。府吏赵牙最有巧思,何不使辟东第为之,可以朝夕游赏?"道子从之。乃使赵牙于东第外辟地数里,叠石为山,高百余丈;环以长渠,列树竹木,高台杰阁,层出其中。临渠远近皆筑精舍,使宫人开设酒肆其间。道子与左右亲臣乘船就之,宴饮以为乐。一日,帝幸其第见之,谓道子曰:"府内有山,游览甚便。然修饰太过,毋乃太耗物力。"道子默不敢对。帝还宫,道子谓赵牙曰:"上若知山是人力所为,尔必死矣。"牙曰:"王在,牙何敢死?"营造弥盛,帝由是恶之。国宝欲重道子之权,讽令群臣奏请道子位大丞相,假黄钺,加殊礼。侍中车胤拒之曰:"此成王所以尊周公也。今主上当阳,非成王之比。相王在位,岂得自比周公乎?"议乃止。帝闻大怒,而嘉胤有识。又道子为太后所爱,内延相遇,如家人一般每恃宠乘酒,失礼于帝。帝欲黜之,而虑拂太后意,含忿不发。

时朝臣中王恭、殷仲堪最负重望,因欲使领藩镇,以分道子之权。一日,王雅侍侧,谓之曰:"吾欲使王恭为兖、青二州刺史,镇京口;殷仲堪为荆州刺史,镇江陵,卿以为何如?"雅曰:"王恭风神简贵,严于嫉恶。仲堪谨于细行,以文义著称,然皆局量峻狭,果于自用,且干略皆其所短。若委以方面,天下无事,足以守职;一旦有事,必为乱阶,恐未可用也。"帝不以为然,卒任二人为刺史。由是君相疑贰,友爱渐衰。太后欲和解之,暗使中书郎徐邈,从容言于帝曰:"昔汉文明主,犹悔淮南,世祖聪达,负愧齐王。兄弟之际,宜加深慎。琅玡王虽有微过,尚宜宏贷。外为国家之计,内慰太后之心。"帝纳其言,复委任如故。

太元二十一年,长星昼见。群臣进奏,劝帝修德禳灾。帝正在华林园饮酒,见奏,起立离座,举杯向天祝曰:"长星,我劝汝一杯酒,自古岂有万年天子乎?"左右皆窃笑。

却说酒色二字,从来相连。帝则唯酒是耽,而于色欲甚淡。凡嫔御承幸者,一不快意,即贬入冷宫,或赐之死,宫中谓之薄情天子。独张贵妃侍帝有年,宠爱无间,然貌慈心狠,妒而且淫。自承宠之后,即不容帝有他幸。枕席之私,流连彻夜,犹为未足。故虽独沾恩宠,尚未满意。及帝末年,嗜酒益甚,几乎昼夜不醒。才一就枕,便昏昏睡去,任你撩云拨雨,漠若不知。弄得张妃欲念弥为炽,终夜煎熬,积想生恨。以故愁眉常锁,对镜不乐。有宫婢彩云者,善伺主意,私谓妃曰:"帝与娘娘夜夜同衾,有何不足,而郁郁若此?"妃叹曰:"如此良宵,身与木偶同卧,尚有生人之趣否?教人怀抱怎开?"彩云笑曰:"此非帝误娘娘,乃是酒误帝耳。"妃为之失笑。一夕帝宴于后宫,张妃陪饮。饮至半酣,帝忽问张曰:"卿年几何?"妃曰:"三十。"帝曰:"以汝年,亦当废矣。吾意更属少者,明日贬汝于冷宫何如?"帝本戏言,而张妃积怨已久,忽闻是言,信以为实,益增恼怒,顿起不良之意,强作欢容,手持大杯敬帝。帝本好饮,且不知是计,接来一饮而尽。饮已无数,犹频频相劝。及帝大醉,不省人事,张妃乃命宫人扶入,寝于清暑殿内。余宴分赐内侍,命各去畅饮,不必再来伺候。内侍退讫,独存心腹宫婢数人,泣谓之曰:"汝等闻帝饮酒时言乎?帝欲杀我,汝等明日皆赐死矣。"宫女亦泣。妃曰:"汝欲免死,今夜助我举一大事,不但可免大难,且有金帛给汝。否则唯有死耳。"宫人皆曰:"唯命。"乃走至帝所,见帝仰面而卧,烂醉若死。妃令宫女以被蒙帝面,身坐其上,按住四角,使不得展动。良久起视,则帝已闷绝而死矣。

妃见帝死,召内传至前,悉以金帛赂之,嘱其传报外廷,但言帝醉后,遇大魇暴崩。外廷一闻帝殂,飞报道子。道子闻之,又惊又喜:惊者,惊帝无故暴崩,喜者,喜帝崩之后,则大权独归于己。急召国宝谋之。国宝曰:"臣请人作遗诏要紧!"遂飞骑入朝。时已半夜,禁门尚闭,国宝扣呼求入。黄门郎王爽,厉声拒之曰:"大行宴驾,皇太子未来,敢入者斩!"国宝失色而退。黎明,百官齐集,共诣道子,请立新君。道子意欲自立,而难于启口,使国宝示意群臣。车胤附道子耳语曰:"王恭、殷仲堪各拥强兵于外,相王挟天子以令之,谁敢不服?倘若自为,彼兴问罪之师,长驱至京,相王何以御之?"道子悟。辛酉,率百官奉太子即帝位,是为安帝。当是时,执政者一昏聩之人,登极者又一愚幼之主,群臣依违从事,唯务苟安。帝崩之由,皆置不问。张妃始犹疑虑,恐怕廷臣究问情由,大祸立至。及梓宫既殡,外廷无人问及,私心暗喜。可怜,一代帝王死于数女子之手,把一亲手弑逆的人,竟轻轻放过。识者,有以知晋祚之不长矣。

却说王恭闻帝宴驾,星夜起身到京,举哀毕,仰宫殿叹曰:"佞人得志,国事日非,欀栋惟新,便有黍离之叹,奈何?"故每见道子、国宝,辄厉声色。二人积不能平,遂有相图之意。国宝说道子曰:"王恭意气凌人,不如乘其入朝,伏兵杀之,以绝后患。"道子胆怯不敢动,或亦劝恭以先诛国宝,可免后忧。恭不能决,谋之王珣。珣曰:"国宝罪逆未彰,今遽诛之,必大失朝野之望。况身拥强兵,发于辇毂之下,谁谓非逆?我意俟其恶布天下,然后顺众心除之,亦无忧也。"恭乃止。冬月甲申,葬孝武帝于隆平陵。恭亦还镇去了。自是道子益无忌惮,日夜沉湎,杯不离手。除二三谐臣媚子外,宾客罕见其面。

一日有客进谒,道子以其求见数次,不得已见之。其人姓桓,名玄,字敬道,温之庶子也。其母马氏,常与同辈夜坐月下,见一流星,坠铜盆水中,光如二寸火珠,炯然明朗。同辈竞以瓢接取,皆不能得,马氏取而吞之,遂有感怀孕。及产时,有光照室,人以为瑞,故小名灵宝。妳母每抱诣温所,必易人而后至,皆云体重于常儿数倍,温甚爱而异之。临终,命以为嗣,袭爵南郡公。及长,形貌瑰奇,风神秀朗,博综艺术,兼善属文,每以雄豪自处,负其才地,谓直立朝居要。而朝廷以其父温得罪先朝,疑而不用。年二十三,始拜太子洗马。后出补义兴太守,郁郁不得志,尝登高望震泽,叹曰:"父为九州伯,儿为五湖长,恋此何为?"遂弃官归国,上疏自讼曰:"先臣勤王之勋,朝廷遗之,臣不复计。至于先帝龙飞,陛下继明,请问率先奉上者,谁之功耶?"疏寝不报。今见孝武已崩,道子当国,望其引用,故来进谒。哪知桓玄来见时,道子已在醉乡,蓬首闭目,昏昏若睡。玄至堂阶,众宾起接,道子安坐如故。左右报曰:"桓南郡来。"道子张目谓人曰:"桓温晚途欲作贼,其子若何?"玄伏地流汗,不得起。长史谢重举笏对曰:"故宣武公,黜昏立明,功高伊、霍,纷纭之言,宜不足信。"道子国视重曰:"侬知侬知。"因举酒嘱玄曰:"且饮此。"玄乃得起,由是切齿于道子,不发一言而退。

归至家,独坐堂中,怒气不息。其兄桓伟见之,曰:"弟有何事而含怒若此?"玄曰:"吾父勋业盖世,子孙失势,为庸奴所侮。"因备述道子语,曰:"吾恨不手刃之也!"伟曰:"朝政日紊,晋室将败,时事可知。吾桓氏世临荆州,先宣武遗爱在彼,士民悦服,荆、益名流,皆吾家门生故吏,策而使之,孰不心怀报效?况仲堪初临荆州,资望犹浅,今往归之,彼必重用。借其势力,结纳群才,庶可得志。毋庸留此,徒受人辱也!"玄恍然大悟,乃尽室以行,往投仲堪。

先是仲堪到官以来,好行小惠,政事繁琐,荆人不附。又与朝廷不睦,恐为国宝等所图,正愁孤立,一闻玄至,知其素有豪气,为荆人畏服,不胜大喜,忙即接见,邀入密室细语。谓玄曰:"君从京师来,必知朝廷虚实,近日人情若何?"玄曰:"大臣昏迷,群小用事,朝政颠倒,日甚一日,是以脱身西归,委诚足下。且更有一说,君及王恭,与道子、国宝,素为仇敌,唯患相毙之不速。今道子既执大权,与国宝相为表里,其所黜夺,莫敢不从。孝伯居元旧之地,尚未敢害。君为先帝识拔,超居大任,人情不附,彼若假托帝诏,征君为中书令,君将何以辞之?如是,则荆州失而君危矣!"仲堪曰:"吾正忧之,计将安出?"玄曰:"孝伯疾恶深至,切齿诸奸,君直潜与之约,兴晋阳之甲,以除君侧之恶,东西齐举,玄虽不肖,愿帅荆、楚豪杰荷戈先驱,此桓、文之勋也,君岂可坐而失之?"仲堪然其计,即与共谋军事。

却说王恭自还镇后,深恶国宝所为,正欲举兵诛之。一日致书于仲堪回:"国宝等乱政益甚,终为国祸,愿与君并力除之。"仲堪得书以示桓玄,玄曰:"恭有是心,正君之大幸也!乌可不从?"于是仲堪复书王恭,殷、王遂深相结,连名抗表,罪状国宝,举二州之兵,同时向阙。国宝闻王、殷兵起,恇惧不知所为,命其弟王绪,率数百人,戍竹里以伺动静。夜遇风雨,人各散归。道子召国宝谋之,国宝茫无以对,但云内外已经戒严。国宝退,王珣、车胤入见,道子向二人问计,珣曰:"王、殷与相王,素无深怨,所竟不过势利之间耳。"道子曰:"得无曹爽我乎?"珣曰:"是何言与,大王宁有爽之罪,孝伯岂宣帝之俦耶?"道子曰:"国宝兄弟,劝吾挟天子以征讨,卿等以为然否?"车胤曰:"昔桓宣武伐寿阳,弥时乃克。今朝廷遣兵,恭必拒守。若京口未拔,而上流奄至,不识何以待之?"道子曰:"然则若何而可?"二人曰:"今有一计,恐相王未必能行,若能行之,兵可立退。"道子急问何计,二人曰:"王恭、殷仲堪所欲讨者国宝耳,于相王无与也。若正国宝之罪,诛之以谢二藩,则二藩有不稽首归顺者哉?"道子默然良久,曰:"苟得无事,吾何惜一国宝。"遂命骠骑将军谯王尚之收国宝,付廷尉,赐死。并斩其弟王绪。遣使诣恭,深谢愆失,恭遂罢兵还镇,仲堪亦还荆州。

桓玄又谓仲堪曰:"今虽罢兵,干戈正未戢也。荆州兵旅尚弱,玄请为君集众以自强。"仲堪许之。玄于是招募武勇,广置军旅,阴养敢死之土,为己爪牙,令行禁止,士民畏之,过于仲堪,虽仲堪亦惮之矣。今且按下不表。

且说一代将终,必有一代开创之主,应运而兴。此人姓刘,名裕,字德舆,小字寄奴。汉楚元王二十一世孙,世居晋陵郡丹徒县京口里;祖名靖,为东安太守;父名翘,为郡功曹;母赵氏。裕生于晋哀帝元年三月壬寅夜。数日前,屋上红光烛天,邻里疑其家失火,往视则无有。将产之夕,甘露降于屋上,人皆谓是儿必贵。哪知生未三日,赵氏旋卒,家贫不能雇人乳,父将弃之。裕有从母张氏,生子怀敬未期,闻将弃儿,奔往救之,抱以归,断怀敬乳而乳之,儿得无恙。及长,风骨奇特,勇健绝伦,粗识文字,落拓嗜酒。事继母萧氏以孝闻。俄而父卒,家益贫,萧氏善织履,卖以给用,亦令裕为之。裕曰:"昔刘先主卖履为业,终为蜀帝,裕何人斯,而敢不为?"同里皆贱之,而裕意气自若。居常行动,时见二小龙左右附翼,樵渔于山泽间,同侣亦或见之,咸叹为异。及后所见龙形渐大。家乏薪,每日伐获新洲,给薪火用。一日持斧往伐,有大蛇数十丈,盘踞洲中,头大如斛,见者惊走,裕有家藏弓箭,归取射之。大蛇伤,忽失所在。明日复往,闻有杵臼声,从荻中出,迹而寻之,见童子数人,皆衣青衣,捣药其间。问何用,童子对曰:"吾王神也,昨游于此,为刘寄奴所伤,故捣药敷之。"裕曰:"既为神人,何不杀之?"对曰:"寄奴王者,不死,不可杀。"裕以为妄,厉声叱之,忽不见,乃取其药而返。尝至下邪,遇一沙门,端视之曰:"江表寻当丧乱,能拯之者君也。"见裕有手创,指之曰:"此何不治?"裕曰:"患之积年,犹未获愈。"沙门笑曰:"此手正要用他,岂可患此?"出怀中黄散一包,曰:"此创难治,非此药不能瘳也。"授药后,沙门遂失所在。裕取药敷之,创果立愈。其后凡遇金创,将所存黄散,及童子所捣之药,治之皆验。偶过孔靖宅,靖正昼卧,忽有金甲神人促之曰:"起,起!天子在门。"靖惊起遽出视,绝无他人,独裕徘徊门外。因延入设酒相待,倍致殷勤,裕讶其礼待太过,问曰:"君何为若此?"靖执其手曰:"君必大贵,愿以身家为托,异日无忘今日之言。"裕曰:"恐君言未必确耳,裕何敢忘?"相笑而别。

有昌姬者,开酒肆于里中,尝闻裕多怪瑞,心异之。裕至肆中饮酒,每不计值。一日裕索饮,姬曰:"室内有酒,刘郎自入饮之。"裕入室,即饮于盎侧,不觉过醉,倒卧于地。适司徒王谧,遣其门人至丹徒,过京口里,走路辛苦,至肆中沽饮。姬曰:"请容内坐,送酒来。"其人入室,惊惧奔出,谓姬曰:"汝室中何为有此异物?"姬曰:"刘郎在内饮酒,有何异处?"其人曰:"现有一物,五色斑烂,如蛟龙状,蹲踞在地,不见刘郎也。"姬入,裕已觉,起立谓姬曰:"饮酒过多,醉倒莫怪。"姬笑而出。

其人问裕姓氏,略饮数杯便去,心窃讶之,归以告谧。谧曰:"我知其人久矣。吾前游京口竹林寺,乍及门,见一人从内走出,容貌奇伟,器宇不凡,询之旁人,乃知为刘寄奴也。入寺,群僧哗然称异,予问其故,僧曰:'刻有刘寄奴,醉卧讲堂禅榻上,隐隐有五色龙章覆其体,众目皆见,及觉,光始散,故众以为异。'予疑僧言为妄,据子所见,僧言不虚。此非池中物也。"因戒门人勿言,阴欲与裕结纳。

一日,谧以公事赴丹徒,便道访裕,带从者数人,步行至京口里,适过刁逵门口,只见从众纷纷,缚一人大树上。刁逵在旁,大声喝打,谧视之,乃寄奴也,大惊,喝住众人,谓刁逵曰:"汝何无礼于寄奴?"逵曰:"寄奴日来呼卢,负我社钱三万,屡讨不还,故执而笞之。"谧曰:"三万钱小事,我代寄奴偿汝,可速去其缚。"刁逵遂释寄奴。谧执裕手曰:"吾正访君,不意遇君于此。"裕便邀谧至家,拜谢救解之惠。谧曰:"此何足谢,君乃当代豪杰,何不奋志功名,而甘守穷困,致受小人之侮?"裕曰:"吾有志四方久矣,苦无门路可投。"谧曰:"前将军刘牢之,开镇江北,号曰北府,广招才武之士,以君投之,必获重用,何患功业不建。吾写书为君先容,何如?"裕拜谢,谧即修书一封,付裕自投,便将三万钱还了刁逵,厚赠其资而去。裕从此怨逵而德谧。但未识裕去投军,果得牢之重用否,且俟后文再讲。晋祚将衰,王位无常,权奸继起,社稷之厦,倾者数矣。孝武继统,差强人意,乃正人凋谢,沉酣曲蘖,致毙于数宫人之手,亦可哀矣。道子久有窥伺之心,不得已而扶立安帝。然大权独握,与国宝诸人,朋比为奸,而又一无才略,徒以酣饮为事。王恭、殷仲堪兴兵诛之宜矣,乃亦不知大义,只诛国宝以了事。则其所争不过意气之私,非为国家也。内外无纪,卒启寄奴。太史公曰:"为贤者驱除难耳。"《传》曰:"天之所兴,谁能废之?"信哉。

第二回　刘寄奴灭寇立功　王孝伯称兵受戮

话说刘牢之，字道坚，彭城人。面紫赤色，生有神力，沉毅多智。太元初，谢元北镇广陵，多募劲勇，牢之以骁猛应选。谢元任之为将，领精锐为先锋，所往无敌。淮、淝之役，苻坚攻陷寿阳，牢之以五千兵拒之，杀敌万余人，尽收其器械。坚兵失势，大败而归。以功封震威将军，开镇于江北，号曰"北府"。王恭倚为腹心，牢之亦广招劲旅，大积粮储，为恭声援。军府之盛，诸镇莫及，故王谧荐裕，投其麾下。

裕从谧言，安顿家口，径投江北而来。行至辕门，见规模严肃，甲仗整齐，果然威风赫赫，比众不同。方欲上前将书投递，忽有两少年，随着仆从数十，昂然乘马而来，到府下骑欲入，见裕手持书帖，伫立阶下，便向前问曰："君姓甚名谁，到此何干？"裕见问，知是府中人，对曰："小子姓刘名裕，有王司徒书，引荐到来，欲投帅府效用。"少年曰："莫非丹徒刘寄奴乎？"裕曰："是也。"少年喜曰："闻名久矣！取书帖来，我即代君通报，君且少待，刻即传请也。"说罢便入。

要知两位少年，不是别人，一即牢之子敬宣，一为牢之甥何无忌，出外访友而归。敬宣见裕一表非凡，故下骑相问，知是寄奴，心益喜。不上一回，内即传请，裕振衣而入。行近堂阶，敬宣慌忙趋出，谓裕曰："家父此时不暇，明日请会，屈兄书斋小坐。"二人携手进内，施礼罢，知是主君公子。少顷、无忌相见，又知是主君的甥，裕暗暗欢喜。未几，设宴上来，敬宣就请赴席，裕亦不辞。三杯之后，彼此谈心，情投意合，殊恨相见之晚。敬宣谓裕曰："以君之才，他日功名，定出吾二人之上。今幸相遇，愿结义为兄弟，君意可否？"裕大喜。序齿，裕最长，无忌次之，敬宣又次之。对天下拜，共誓生死不相背负。结义毕，重复入席饮酒。怀抱益开。饮至更深方歇。是夜，裕即宿于府内。明日进见牢之，相与慷慨论事，雄才大略，时露言表。牢之起立曰："君位当出吾上，今屈君以参军之职，共襄军事。"裕再拜受命。裕遂迎其母弟，共居江北。

时东莞有臧俊者，善相人，为郡功曹。生一女，名爱亲，其母叔孙氏，梦吞月而孕，容貌端严，举动修整。俊贵其女，谓他日必母仪天下，故不轻许人，年二十，尚待字闺中。一日俊至北府，见裕奇之，遂自诣门请曰："闻君未娶，家有弱息，愿奉箕帚。"裕曰："吾功业未就，志在驱驰，未暇有室也。"其母在内闻之，呼裕入曰："吾闻臧女甚贤，汝不可却。"裕遂娶之，即武敬臧皇后也。

当是时，北府人才济济，若刘毅、孟昶、高雅之、诸葛长民等，皆一时豪俊，无不乐与裕游。裕益广结纳，敦意气，以故远近之士，皆归心焉。一日，牢之召裕谓曰："吾闻三吴之地，近遭海寇作乱，郡邑皆失，吾欲讨之而无朝命，奈何？"裕曰："拜表即行可耳。"表未发，俄而诏至，命牢之都督吴郡诸军事，引兵进讨。牢之接诏大喜，遂会集诸将，下令曰："军之勇怯，系于前锋，谁能当此任者？"裕应声而出，愿为前部。牢之即命为先锋，领兵三千，先日起发，然后大军继进。

你道海贼从何而起？先是琅玡人孙泰，师事钱塘杜子恭。子恭有秘术，尝就人借瓜刀一把，其主向索，子恭曰："当即相还耳。"既而借刀者行至嘉兴，有鱼跃入船中，破鱼腹，得一刀，视之即子恭所借者，其神效类如此，以故人争信之。子恭死，泰传其术，诳诱百姓，奉其教者，竭资产，进男女以求福。王珣为钱塘守，治其妖妄之罪，流之广州。其后王雅悦其术，荐之孝武，云知养性之方。孝武召语大悦，授以内职，后迁新安太守。泰知晋祚将终，收合徒众，聚货巨亿，将谋不轨，三吴之人多从之。会稽内史谢辅发其罪，朝廷诛之。其侄孙恩，逃入海中，愚民犹以为泰实未死，登仙去矣，就海中资给恩，恩乃聚合亡命，得百余人，出没海边。时东土饥馑，盗贼窃发。恩乘民心骚动，率其党，自海岛突入，杀上虞令，旬日之间，有众数万，于是进攻会稽。会稽内史王凝之，右军羲之子也。妻谢道韫，安西将军谢奕之女，幼聪悟，有才辨，叔安石爱之。七八岁时，安问《毛诗》何句最佳，道韫称："吉甫作颂，穆如清风"数句。安叹其有雅人深致。又遇雪下，安问此何所似，其兄子朗曰："散盐空中差可拟。"道韫曰："未若柳絮因风起。"安深叹赏。及长，适凝之。以凝之少文，常厌薄之，归宁，意甚不乐。安慰之曰："王郎逸少子，亦不恶，汝何恨也？"答曰："一门叔父，则有阿大、中郎，群从兄弟，复有封、胡、羯、末，不意天壤之间，乃有王郎。"封谓谢歆，胡谓谢朗，羯谓谢玄，末谓谢川，皆其小字也。后凝之为会稽内史，一家同到治所。凝之弟献之，尝与宾客谈论，词理将屈。道韫遣婢谓献之曰："请为小郎解围。"乃设青绫步障自蔽，与客复申前议，客不能屈。由是才名四播。及孙恩作乱，人心惶惶，而凝之世奉天师道，不发一兵，亦不设备，日在道室，稽颡跪祝。官属请出兵御寇，凝之曰："我已请于大道，借鬼兵百万，各守津要，贼不足忧也。"俄而贼兵渐近，乃听出兵，恩已破关而入，会稽遂陷。凝之仓皇出走，恩执而杀之，并及诸子。道韫闻乱，举措自若。既而知夫与子皆为贼害，乃拥健婢数人，抽刀出门，贼至，挺身迎敌，手斩数贼，力尽被执。其外孙刘涛，年数岁，贼将杀之，道韫呼曰："事在王门，何关他族？必若此，宁先见杀！"词气慷慨，声情激厉。恩虽毒虐，为之改容，遂释之，亦不害道韫。孙恩既据会稽，自称征东将军，逼使人士为官属，有不从者，戮其全家，死者什七八。号其党曰"长生"，遣生四出，酿诸县令之肉，以食其妻、子，不肯食者，辄支解之。所过城邑，焚掠一空，单留强壮者编入队伍，妇女老弱，皆投诸水中。曰："贺汝先登仙堂。"于是一时豪暴之徒，有吴郡陆环，吴兴邱尪，临海周胄，永嘉张永，以及东阳、新安等处乱民，皆结党聚众，杀长吏以应恩。三吴八郡，皆为贼据。朝廷大恐，命牢之进讨。

于是牢之帅领精骑，转斗而前，击斩贼将许允之等，所向皆克，直渡钱塘，谋复山阴等处。牢之谓裕曰："贼徒尚盛，未审虚实如何，卿可潜往探之。"裕即领命，率数十骑以往。哪知孙恩闻官军将至，遣大将姚盛，统领步骑五千，前来迎敌。裕正行之次，忽见贼兵漫山塞野而来。众惧欲退，裕曰："贼众我寡，今走，彼以劲骑追击，吾众立尽，不如战也。与其走而死，毋宁战而死。"遂奋大刀，直前进击，众从之，杀贼数百。贼初疑西来游骑，见敌必走，懈不设备，及见来将勇猛，姚盛挥众共击，裕从骑皆死，独挺身迎战。俄而马蹶，坠于岸下。贼众临岸，以长枪刺之，裕大喊一声，一跃而上，赋人马皆惊，退下数步，裕趋前，复砍杀数十人。姚盛大怒，喝令众将，四面围住，莫教放走。裕全无畏怯，抵死相拒。势正危急，忽有一支军马，大呼杀入，勇锐无比。贼兵纷纷四散，斩获无数，裕始得脱重围。及视来将，乃刘敬宣也。裕曰："非弟来援，吾命休矣。"敬宣曰："弟在军，怪兄久不返，故引兵来寻，见前面尘头起处，有喊杀之声，知有贼兵猖獗，兄必被困，急急赶来，果见兄奋大刀独战数千人。兄之勇，虽关张不及。今贼已败去，兄且归营少休。"裕曰："贼胆已落，速往击之，破竹之势，不可失也。"敬宣从之。遂进兵，贼见裕至，无不畏惧，于是连战皆捷，遂复山阴。牢之得报大喜。

话分两头，孙恩初破会稽，八郡响应、谓其属曰："天下无复事矣，当与诸君朝服至建康。"既而闻牢之兵至，颇有惧心，但曰："我割浙江以东，亦不失作句践也。"及牢之兵过钱塘，击灭诸贼，渐复郡县，恩大惧，曰："孤不羞走，今且避之。"遂驱男女二十余万口东走，复入海岛，自是疆土悉复。人皆谓牢之宜镇会稽，而晋朝首重门第，乃诏以谢琰为会稽内史，镇守浙东，牢之复还江北。

原来谢琰素无将略，朝廷以资望迁擢，使开方面。到任后，日与宾客饮酒赋诗，谓贼不复来，全无防御。诸将咸谏曰："贼近在海浦，伺人形便，宜修武事，潜为之备。前凝之以疏防失守，愿勿复然。"琰怒曰："荷坚之众百万，尚送死淮南，孙恩小贼，败逃入海，何能复出！若其果来，是天欲杀之也。"于是谈咏如故。

哪知恩在海岛，息兵一年，仍复入寇，据余姚，破上虞，进及邢浦，杀得官军大败，长驱直至会稽。琰方食，闻报，投箸而起曰："要当灭此而后食。"跨马出战，兵败，为贼所杀。会稽复陷。牢之闻之，星夜来救，与贼战于城下，大破之，贼始退走。乃以大军屯上虞，使刘裕戍句章。句章城墙卑下，战士不盈数百，为贼出入要路，屡被攻围，守城者朝不保夕。裕至，率众固守。贼来犯，辄败之。恩知城不可拔，乃舍之北去，由海盐进兵，裕尾而追之，筑城于海盐故治。贼将姚盛来攻，裕开城出战，谓盛曰："汝识我乎？敢来送死耶？"盛见裕，心已怯，强斗数合，手足慌乱，裕大喝一声，斩之马下。贼众皆溃。恩闻盛死，大怒，悉起大队来攻。裕选敢死士三百人，脱甲胄，执短刀，鼓噪而出，劲捷若飞，贼不能御，又大败。明日复来索战，裕不出。至夜掩旗息鼓，若已遁者。明晨开门，使羸疾数人立城上，贼见之，遥问："刘裕何在？"曰："夜已走矣。"贼闻裕走，争入城，裕猝起奋击，贼大骇，皆弃甲抛戈而走。乘势追击，斩获无数。恩知裕不可克，乃改计引兵向沪渎。裕复弃城追之，海盐令鲍陋，遣其子嗣之，帅吴兵一千，请为前驱。裕曰："贼锋甚锐，吴人不习战，若前驱失利，必败我军，可在后为声势。"嗣之不服，恃勇先进。裕知其必败，乃多伏旗鼓于左右。前驱既交，诸伏皆起，举旗鸣鼓，声震山谷，贼以为四面有兵，遂退，故得不败。嗣之益自喜，率军追之。裕止之不及，全军尽没。后阵丧气，亦大败，裕走。贼追之急，裕忽停骑，令左右脱死人衣，以示闲暇。贼见当走反止，疑犹有伏，不敢逼，裕乃徐收散卒，结阵而还。

却说贼将卢循，谓恩曰："自吾起兵海隅，朝廷专以浙东为事，强兵猛将，悉聚于此，建康必虚，不若罄吾全力，溯长江而进，直捣京师，倾其根本，诸路自服。若专在此用兵，时得时失，非长计也。"恩从之，敛兵出海口，悉起其众，合战士十余万，楼船千余艘，浮海溯江，奄至丹徒，建康大震。牢之闻之，乃使裕自海盐入援，身率大军继进。时裕兵不满千人，倍道兼行，尽皆劳疲。及至丹徒，贼方率众登蒜山，扬旗鼓噪，居民惶惶，皆荷担而立。裕欲击之,人以为众寡不敌,必无克理。裕怒气如雷,身先士卒,上山奋击。众皆鼓勇而进,呼声震地,无不一当百。贼大溃,投岸赴水,死者弥满江口。恩狼狈还船,遂不攻丹徒,整兵直向建康。牢之至,见裕已胜,大喜,谓裕曰:"今虽胜之,而贼势甚强,彼船高大,吾战舰小,不能御之,奈何?"裕曰:"楼船非风不进,近日风静,未能即至建康。君以重兵拒之于前,吾以舟师尾之于后,以火攻之,无忧不克也。"牢之从其计,驰至石头,严兵以待。裕装火船廿只,亲自押后,乘夜风便,一齐点着,径向楼船冲去。贼见火至,方欲扑灭,楼船已被烧着。风烈火猛,当之者皆焦头烂额,于是不依队伍,四路乱窜。牢之望见火起,送出舟师击之。前后夹攻,贼众大败。是役也,贼丧师徒数万,楼船几尽,登陆者又被官军随处截击。恩左右皆尽,所存残兵,不及十之一二,遂自浃口远窜入海,三吴乃宁。牢之上裕功,诏以裕为建武将军,下邳太守,仍参牢之军事。裕是时方受命于朝,今且按下。

且说道子世子元显,年十六,性聪警,颇涉文义,志气果锐,常以朝廷受制外藩,必成后患,屡劝其父早为之计。道子乃拜元显骠骑将军,以其卫府甲士,及徐州文武隶之,使专国政。元显既当大任,以谯王尚之,及其弟休之为心腹,张法顺为谋主,以司马王愉为江州刺史,兼督豫州四郡,用为形援。时庾楷领豫州,闻之不乐,上疏言:江州内地,而西府北带寇戎,不应割其四郡,使愉分督。朝廷不许。楷大怒,知王恭与道子有隙,乃遣使说恭曰:"尚之兄弟,复秉几衡,过于国宝,欲假朝权,削弱藩镇,惩艾前事,为祸不小,及其谋议未成,宜早图之。"恭自诛国宝后,自谓威无不克,遂许之,以告仲堪、桓玄,二人欣然听命,推恭为盟主,刻期向阙。牢之闻之,来谏恭曰:"将军,国之元舅,会稽王,天子叔父也。会稽王又当国秉政,向为将军戮其所爱国宝兄弟,其深服将军多矣。顷所授者,虽未允惬,亦非大失。割庾楷四郡,以配王愉,于将军何损?晋扬之甲,岂可数兴乎!"恭不从,坚邀共事。牢之不得已许之。

再说仲堪多疑少决,虽应恭命,而兵不遽起。其时南郡相杨佺期,为仲堪心腹,有勇名,自谓汉太尉杨震之后,祖父皆为贵臣。矜其门第,江左莫及,而时流以其晚过江,婚宦失类,常排抑之。佺期每慷慨切齿,欲因事际,以逞其志,力劝仲堪速发。仲堪于是勒兵,使佺期率舟师五千为前锋,桓玄次之,己又次之,合兵三万,相继东下。元显闻变,知衅由庾楷,乃以道子书遗之曰:

> 昔我与卿,恩如骨肉,帐中之饮,结带之言,可谓亲矣。卿今弃旧交,结新援。忘王恭昔日陵侮之言乎?若欲委体而臣之,使恭得志,必以卿为反复之人,安肯深相亲信?首领且不可保,况富贵乎?

时楷已应恭檄,征集士马,事难中止。乃复书曰:

> 王孝伯昔赴山陵,相王忧惧无计。我知事急,勒兵而至,恭不敢发。去年之事,我亦俟命而动,我事相王,无相负者,相王不能拒恭,反杀国宝,自尔已来,谁敢复为相王尽力?庾楷实不能以百口助人屠灭也。

书返，道子不知所为，谓元显曰："国家事，任汝为之，我不与矣。"于是，元显自为征讨大都督，遣卫将军王珣、右将军王雅将兵讨恭，谯王尚之将兵讨庾楷。已亥，尚之大破庾楷于牛渚，楷单骑奔去。尚之乘胜，遂与西军战于横江，孰知杀得大败，所领水军尽没。元显大恐，问计于僚左。张法顺曰："北来诸将，吾皆得其情矣。王恭素以才地陵物，人皆恶其傲，既杀国宝，其志益骄。仗牢之为爪牙，而仍以部曲将遇之，牢之负其才，深怀耻恨。今与同反，非其本心。若以辨士说之，使取王恭，许事成即以恭之位号授之，牢之必喜而叛恭，倒戈相向，摧王恭之众，如拉朽矣。首恶既除，余党自解，何惧之有？"元显从之，乃致书牢之，为陈祸福，密相要结。牢之心动，谓其子敬宣曰："王恭昔受先帝大恩，今为元舅，不能翼戴王室，自恃其强，举兵频向京师，吾未审其志，事捷之日，必能为天子相王下乎？吾欲奉国威以顺讨逆，何如？"敬宣曰："大人言是也。朝廷虽无成、康之美，亦无幽、厉之恶，而恭恃其兵威，暴蔑王室，大人亲非骨肉，义非君臣，虽共事少时，意好不协，今日讨之，于情义何有？"牢之意遂决，以书报元显，许为之应。

时恭有参军何澹，至牢之营，相语久之，归谓恭曰："吾观牢之颇有异志，宜深防之。"恭不信，置酒请牢之，结为兄弟。悉取军中坚甲利兵配之，使帐下督颜延为前锋，与之俱进，且命速发。牢之至竹里，诱颜延入帐斩之，下令还兵袭恭。是时恭方出城耀兵，甲仗鲜明，行阵肃穆，观者环堵。敬宣突至，纵骑横击之，喊曰："奉诏诛王恭，降者勿杀！"一军大乱，恭不意有变，惶急无措，回骑入城，门已闭。牢之婿高雅之，从城上射之，矢下如雨，左右皆散，恭进退无路，单骑而逃。又素不习马，行至曲阿，髀肉生疮，呼船求载，为人所执，送至京师，元显斩之于倪塘。恭临刑，犹理须鬓，神色自若，谓监刑者曰："我暗于信人，所以至此。原其本心，岂不忠于朝廷乎？但令百世之下，知有王恭耳。"其子弟与党羽皆死。诏以牢之代其任，镇京口。

仲堪闻恭死，大惊，急与杨、桓二人谋之。二人曰："彼以既杀王恭，吾军必惧而退走。今若遽退，是示以怯也，必为所乘。不若出其不意，长驱向阙，大张兵势以慑之，庶进退有据。"仲堪从之，于是中军屯于芜湖，前锋直取石头，声言为恭报仇，乞诛刘牢之、司马尚之等，然后罢兵。军伍充斥郊畿，征鼓达于内阙，人情大惧。元显本意恭死，则大事立定，不虞西军大上，反肆猖獗，慌集群臣问计。或曰："急召牢入援，彼势自沮。"或曰："遣使求解于仲堪，玄与佺期自退。"议论不一。只见一人出而言曰："吾有一计，能使杨、桓二人，俯首听命，仲堪束手无策，管取朝廷元事，社稷永安。"众视之，乃桓冲之子桓修，现居左卫将军之职，即玄从兄也。元显大喜，拱手情教，众皆侧耳以听，但未识其计若何，且俟下回再讲。

　　古来一王崛起，必有一王之才略，又必有从龙之彦以辅佐之。观于寄奴一到北府，敬宣、无忌一见倾心，继又结纳英雄，羽翼渐广，至若设谋陷阵，所向无敌，几与汉高、光武相埒，宜其创立一代之业也。王恭挟一己之私，欲侥幸于一举，既鲜谋略，又不识人，仲堪、牢之外为声援，皆非真实。庾楷一书特发端耳，至身死族灭。尚以忠于朝廷为言，亦何益耶？道子一庸碌无能之人，遇事畏怯，茫无主意，不得已而委其子，殊为可笑。仲堪闻王恭之死，艰于进退，听杨、桓之言，故作为王恭报仇之状，亦工于用诈者矣。王凝之，右军之子，专制一方，而念经奉道，以期神佑，身死家灭而不知悔，宜不入道蕴之目也。若道蕴者，真女中丈夫也哉。

第三回　杨佺期演武招婚　桓敬道兴师拓境

话说桓修进计于元显曰："殷、桓之下，专恃王恭。恭既破灭，西师必恐。玄及佺期，非有报复之心，唯望节钺，专制一方，若以重利啖之，二人必内喜，可使倒戈取仲堪矣。"元显从之，乃下诏桓玄为江州刺史，杨佺期为雍州刺史，黜仲堪为广州刺史，桓修领荆州之职，遣牢之以兵千人，送修之镇，敕令罢兵，各赴所任。仲堪得诏大怒，忙催杨、桓进战。而二人喜于朝命，欲受之，因回军蔡州。仲堪闻之，怒曰："奴辈欲负我耶？"遽即引兵南归，遣使到蔡州，谕军士曰："有不散归者，吾至江陵，当尽灭其家。"于是众心离散，佺期部将刘系率二千人先归。玄等大惧，狼狈亦还。追仲堪于寻阳，及之，深自谢罪曰："虽有朝命，实不欲受。所以回泊蔡州者，欲俟大师之至，相与并力，非有他意也。"是时仲堪失职，必倚二人为援；玄等兵力尚寡，必借仲堪声势，虽内怀疑忌，其势不得不合。乃以子弟交质，互相歃血，盟于寻阳，上表申理王恭，乞还荆土。朝廷欲图苟安，乃罢桓修，仍以荆州还仲堪。优诏慰谕，仲堪等乃各受诏还镇。从此建康解严，内外稍安，今且不表。

却说杨佺期有女，名琼玉，美而勇，虽怯弱身材，生有神力，能挽强弓，有百步穿杨之技。手下女兵百人，皆能临阵御敌，贵家子弟，争欲得之为室。而佺期自矜族望，必得王、谢门弟，方肯结婚，故女年十八，尚未受聘。时仲堪有子，名道护，字荆生，年少多才，兼善骑射。一日路经襄阳，见一队女兵，在山下打猎，内一女将，色甚艳，驰马如飞，射无不中。访之，知为佺期女也，心甚慕之。归禀于父，欲求为室。斯时仲堪正与杨、桓不睦，欲圆修好，因即遣使襄阳，求其女为妇。佺期已有允意，恰值其时，桓玄亦遣使来为其子升求婚。升字麟儿，少在江陵，曾与荆生同学，才貌风流，彼此相仿。玄欲结好佺期，故求婚焉。两家一齐来说，佺期转无定见，因念殷、桓相等，皆堪为婚。但此系女子终身大事，不若令其自择。遂对殷、桓二使道："两家公子，我皆爱之，欲屈公子到此，面试其能，如中吾意，便可在此成婚。归语尔主，未识可否？"使各领命回报。仲堪许之，便命其子来谒佺期。玄闻之曰："佺期亦大作难，但吾子不往，是弱于殷儿也。"亦令束装前往。

一日俱到襄阳，各就馆室。二子本素相识，明日并骑诣府，殷谓桓曰："吾与子逐鹿中原，未识鹿归谁手？"桓亦谓殷曰："杨柳齐作花，未知花落谁家？"相与马上大笑。俄而至门，佺期忙即传请登堂。相见毕，留入书斋叙话。见二子翩翩风度，仪貌甚伟，正是不相上下。佺期曰："久慕二君英名，特邀一叙，承赐降临，不胜欣快。"二子亦谦让一回。至夜，设宴内堂，邀请入席。二子徐步而入，见堂上灯彩辉煌，阶前笙歌并奏，正中二席，请二子上坐，佺期主席相陪。琼玉垂帘以观，侍女见者，无不啧啧称羡。宴罢，二子告退。佺期进谓女曰："殷、桓并佳，儿以为孰可，不妨直说。"琼玉曰："二子文雅相仿，未识武艺若何，明日儿欲带领女兵，随父同往教场操演，使二子各呈其能，方定去取。"佺期正欲夸耀其女武艺,闻言大喜,便即传令三军,明晨齐集教场演武。差人到殷、桓两处,请他共观。二子闻女自往比试,先得观其容貌,正中下怀,皆欣然领命。

话分两头,琼玉要往教场择配,隔夜打点已定,明日绝早起身,听见辕门外发炮三声,知父亲已往,随即上马,领了一队女兵,来至教场。其时,佺期已高坐将台,殷、桓二人旁坐于侧,将士齐列台前听令。琼玉不即上前,勒马于旗门等候。但见:

> 枪刀森列,密密层层;甲仗鲜明,威威武武。虎帐中三通鼓起,将士如负严霜;铃阁内一令传来,旌旗为之变色。兵演八阵,极纵横驰骤之奇形;变长蛇,多进退盘旋之势。金一声,各归队伍;旗三展,又奋干戈。左右交攻,人人争胜;东西相敌,个个当先。拍马来迎,各显平生手段;挺枪接战,共夺本事高强。大将台前,涌出一团杀气;演武场上,凝成万道寒光。正是:久练之师,不让孙吴节制;如云之众,何异貔虎成群。

琼玉此时,亦看得眼花撩乱,俟诸将演罢,然后带领女兵,直到台前请令。佺期吩咐竖起一竿,竿上设一红心,先令女兵比射。于是女兵得令,无不挽弓搭箭,驰骤如飞,弓弦开处,也有中的,也有不中的。一一射毕,方是琼玉出马。你道她若何打扮?

> 头带紫金冠,辉光灿灿;身穿红绣甲,彩色纷纷。耳垂八宝珠环,胸护一轮明镜。玉颜添好,闺中丰韵堪怜;柳眼生姣,马上风流可爱。娟娟玉手,高举丝鞭;怯怯纤腰,斜悬宝剑。跑一匹五花马,势若游龙;开一张百石弓,形如满月。箭无虚发,三中红心;鼓不停声,万人喝彩。正是:女中豪杰,生成落雁之容;闺内将军,练就穿杨之技。

斯时,殷、桓二子坐在将台上,看见琼玉容颜绝世,武艺又高,神魂飞越,巴不得即刻结成花烛。俄而琼玉上台缴令,风流体态,益觉动人,各个看得呆了。佺期顾谓二子曰:"贤契皆将家子,定通武艺,亦令老夫一观何如?"二人连声答应。麟儿自恃艺高,即起身上马,驰入教场,连发三矢,中了一箭。荆生技痒已久,随亦上马开弓,连发三矢,俱中在红心上面。众人齐声喝彩。射罢上台,佺期各赞了几句,二子告退。军中打起得胜鼓,放炮起身,归至府中。父女相见,谓女曰:"儿意何属?"琼玉曰:"中红心者可也。"佺期知女意属殷,遂招荆生为婿,择日成婚。桓失意而去。合卺之夕,荆生谓女曰:"卿何愿归于我?"女微笑曰:"以子能中红心也。"殷笑曰:"今夜才中红心耳。"遂各解衣就寝。正是女貌郎才,一双两好,其得意处,不必细说。

且说麟儿回至江州,正如不第举子归家,垂头丧气。玄见婚姻不就,且怒且惧,谓卜范之曰:"佺期不就吾婚,此亦小事,但荆雍相结,必有图我之意,不可不防,敢问若何制之?"范之曰:"江州地隘民穷,兵食不足,此时先宜厚结执政,求广所统。地大则兵强。虽殷、杨交攻,御之有余矣。"玄从之,上表求广所统,时执政者正恶三人结党为患,欲从中交构,使之自相攻击,乃加玄都督荆州四郡军事。又夺杨广南蛮校尉之职,以授桓伟。佺期闻之大怒，嘱广不要受代，勒兵建牙，欲与仲堪共击桓玄。仲堪志图宁静，因迁广为宜都太守，使让桓伟，力止性期罢兵。

是岁，荆州大水，平地数丈，田禾尽没，饥民满道。仲堪竭仓廪赈之，军食尽耗。参军罗企生谏曰："救荒诚急，但军无现粮，一旦有急，将何以济？"仲堪不听。玄闻之喜曰："此天亡之也，取之正在今日。"乃勒兵西上，问巴陵有积谷，袭而据之，以断荆州粮运。仲堪闻玄起兵，执其兄桓伟，使作书与玄，劝其罢兵，辞甚苦至。玄曰："仲堪为人无决，常怀成败之计，为儿女作虑，必不敢害我兄也。"兵日西上不止。仲堪因率水军七千，拒玄于西江口，一战大败。时城中乏食，以胡麻给军士，故兵无斗志。玄遂乘胜，直至零口，去江陵十里。仲堪惶急，求援于佺期曰："江陵无粮，何以待敌？可来就我，共守襄阳。"仲堪志在全军保境，乃诈谓佺期曰："比来收集，已有粮矣。"佺期信之，留其女琼玉守襄阳，荆生随往，率精骑八千来援。及至江陵，仲堪一无犒赉，唯以麦饭饷军。佺期大怒曰："殷侯误我，今兹败矣！"遂不见仲堪，遽自披甲上马，出城讨战。玄将郭铨拍马相迎，哪里是佺期敌手，战数合，败而走。玄畏其勇，退军马头，坚壁不出。桓谦、桓振进曰："来军方忧无食，若运襄阳之粟以济其乏，胜负未可知矣。请给精骑三千，分伏左右，交战时，大军佯退，佺期有勇无谋，必长驱直进。吾等从旁击之，彼师必败。佺期之首，可枭于麾下。"玄从之。遂进战，兵交即退，佺期以为走也，引兵直前，两伏齐起，左右夹攻，玄回军复战，襄阳兵大败。佺期见势急，夺路走，桓谦射中其马，马蹶坠地，遂为谦杀。杨广单骑奔襄阳，仲堪闻佺期死，大惧，将数百人弃城走，玄将冯该追及之，众散被杀。

先是仲堪之走也，文武官吏，无一送者，唯罗企生从之。路过家门，弟遵生邀之曰："作如此分离，何不一执手？"企生回马授手。遵生有勇力，便牵其手下马，谓曰："家有老母，去将何之？"企生挥泪曰："今日之事，我必死之。汝等奉养，不失其道。一门之内，有忠有孝，亦复何恨？"遵生抱之愈急。仲堪于路待之，企生遥呼曰："生死是同，愿少见待。"仲堪见企生无脱理，策马而去。及玄入荆州，诛仲堪一家，士大夫畏其威，无不诣者。企生独不往，而殡殓仲堪眷属，玄遣人谓之曰："若谢我，当释汝。"企生曰："吾为荆州吏，荆州败，不能救，死已晚矣，尚何谢为？"玄乃收之，临刑引企生于前曰："吾待子前情不薄，何以见负？今者死矣，欲何言乎？"企生曰："使君既兴晋阳之甲，军次寻阳，并奉王命，各还所镇。升坛盟誓，口血未干，而旋相屠灭。自伤力劣，不能救主于危，吾负殷侯，非负使君。但文帝杀稽康，其子稽绍为晋忠臣，从公乞一弟以养母，言毕于此，他何云云。"玄乃杀之，而赦其弟。

却说杨广逃至襄阳，泣谓琼玉曰："兄死战场，全军尽没，汝夫家尽遭杀害，襄阳孤城，恐不能守，奈何？"琼玉一闻此信，惊得魂飞天外，哭倒于地。忽报桓谦领大兵数万，来取襄阳，将次到城。杨广忙即上城守护。琼玉咬牙切齿，誓不与桓俱生，随即披甲上骑，率领军士五百，女兵百人，出城迎敌。桓谦乘破竹之势，长驱而来，只道襄阳守将，非降即逃，莫敢相抗。将近城池，却有一女将拦路，便排开阵势，出马问曰："女将何名？"琼玉答曰："吾乃杨使君之女琼玉是也。桓贼杀我父、夫，恨不食其肉，寝其皮！汝何人，敢来送死耶？"谦怒曰："汝一女子，死在目前，尚敢摇唇鼓舌！"喝使副将擒之。琼玉直取副将，手起一刀，斩于马下。谦大怒，挺枪便刺。琼玉架开枪，举刀便砍，狠战数合，琼玉力怯，回马而走。谦喝道："哪里去!"纵马追下，琼玉取出一箭，回身射来，谦急闪避，已中左臂遂退不追。琼玉入城，广迎谓之曰："侄女虽勇，但来军甚锐，只宜坚守，切勿轻敌。"琼玉含泪归府。

却说桓谦虽中一箭，幸甲厚不至深伤。明日大军齐至城下，四面攻击，自早至午，城不能克。乃退军十里，便命军士连夜造云梯百架，限在天晓取城。时交五鼓，兵衔杖，马摘铃，直抵城下，架起云梯，挥众蚁附而登。杨广知有兵至，正立城上，率众迎拒，忽一流矢飞来，贯胸而死。军士大乱，谦遂破关而入。琼玉闻城破，急领女兵挺刃出门。府前上马纵横，皆是桓家旗号，不得出，遂挟女兵登屋，以箭射之。进者辄死，众不敢前。及明矢尽，下屋力战，左右皆死，遂拔剑自刎而亡。桓谦重其义，厚殓之。桓玄既吞江陵，复并襄阳，奏凯京师，诏加都督荆雍等七州军事。玄志犹未厌，仍请江州，诏亦与之。自是统据八州，自谓有晋国三分之二，遂萌异志，擅改制度，上斥国政，凡所陈奏，语多不逊，朝廷忧其朝夕为乱，然亦无如之何。

却说庾楷本一反复之徒，前投桓玄，玄仅以南昌太守处之，郁郁不乐。至是玄令镇于夏口，楷意不满，复欲败玄，遣使致书元显曰："玄在荆州，大失物情，众不为用。若朝廷遣将来讨，楷当内应，以覆其军。"元显得书，谓张法顺曰："玄可图乎中。"法顺曰："玄承借世资，少有豪气，既并殷、杨，专有荆州，兵日强盛，纵其奸凶，必为国祸。今乘其初得荆州，人情未附，使刘牢之为先锋，大军继之，庾楷反于内，朝廷攻于外，玄之首可枭也。"元显然之，使法顺报于牢之，牢之以为难。法顺还，谓元显回："观牢之言色，必有二心，不如召入杀之，以杜后患。"元显曰："我方倚以灭玄，乌可先事诛之？且牢之与玄有仇，不我叛也。"乃于元兴元年正月，下诏罪玄。发京旅一万为中军，命牢之率北府之众为前锋，大治战舰，刻期进发。玄闻朝廷讨己，大惊，欲为自守之计，完聚众力，专保江陵。卞范之曰："明公英威震于远近，元显口尚乳臭，刘牢之大失军心，若起兵进临近畿，示以祸福，土崩之势，可翘足而待，何有延敌入境，而自取穷蹙乎？"玄从之，乃留桓伟守江陵，抗表传檄，罪状元显，举兵东下。斯时，犹惧不克，常为西还之计。及过寻阳，不见有兵，心始喜，将士之气亦振。庾楷专待官军一到，便为内应。适有奴婢私相苟合，楷撞见之，欲治其罪。其奴逃至玄所，发其谋，玄遂收楷斩之。丁卯，玄至姑孰，遣大将冯该进兵攻历阳，守将司马休之出战而败，弃城走。又司马尚之以步卒九千，屯于横江，其将杨秋以偏师降玄，尚之众溃，为玄所执。

元显闻两路兵败，大惧，所仗者唯牢之，屡催进战，不应。原来牢之自诛王恭以后，谓功名莫出其右，而元显遇之不加礼，既为军锋，数诣元显门不得见，因是怨之。又恐玄既灭，己之功名益盛，不为所容，故欲假玄以除执政，复伺玄隙而取之，按兵不动，存一坐观成败之意。斯时，玄虽屡胜，犹惧牢之，不敢遽犯京阙。卞范之曰："吾观牢之拥劲兵数万，军于溧州，而徘徊不进者，其心必二于元显。若卑礼厚币以结之，与之连和，取元显如拾芥矣。"元从其计，因问谁堪往者。有从事何穆，与牢之有旧，请往说之。元乃使穆潜往，而致书于牢之曰：

自古戴震主之威,挟不赏之功,而能自全者谁耶? 越之文种,秦之白起,汉之韩信,皆事明主,为之尽力,功成之日,犹不免诛夷。况为凶愚者用乎? 君如今日战胜则倾宗,战败则覆族,欲以此安归乎? 不若翻然改图,则可以长享富贵矣。古人射钩斩袪,犹不害为辅佐,况玄与君无宿昔之怨乎?

牢之见书不语,穆曰:"桓之遣仆来者,实布腹心于君,事成共享其福,君何疑焉?"牢之遂许与和。刘裕、何无忌切谏,牢之不听。敬宣亦谏曰:"国家衰危,天下之重,在大人与玄,玄借父叔之资,据有全楚,已割晋国三分之二。一朝纵之,使陵朝廷,威望既成,恐难图也。董卓之变,将在今矣。"牢之怒曰:"我岂不知今日取桓如反掌,但平桓之后,令我奈骠骑何?"遂遣敬宣谐请和。玄闻敬宣至,大开辕门,出营相接,深自谦抑。宴饮之次,陈名画观之,谓敬宣曰:"归语尊公,事成之日,朝政悉以相付,吾当仍守外藩也。"敬宣拜辞,玄送出辕门,珍重而别。或问玄曰:"公何敬之若此?"玄曰:"牢之已在吾掌中矣,不如此不足坚其意也。"敬宣归,述玄言,牢之大喜,退兵班渎。

玄闻牢之退,引军直取新亭,元显见之失色,弃船就岸,陈师宣扬门外。继知牢之叛已,益惧,欲还宫自守。师言动,玄之前驱已至。拔兵随后,大呼曰:"放仗,京旅皆溃。"元显单骑走,驰至东府,见道子曰:"养兵数载,竟无一人拒敌者,奈何?"父子相抱大哭,俄而兵至,皆束手就缚。元昱执至新亭,玄立之访前而数之曰:"乳臭小子,何不自揆,而妄欲图我!"元显曰:"为张法顺所误耳!"壬申,玄入京师,百官拜迎于道,诏加玄大丞相,总百撰,都督中外诸军事。以桓伟为荆州刺史,桓谦为尚书左仆射,桓修为徐、兖二州刺史,镇京口中,余皆居职如故。赐道子死,斩元显、谯王尚之、张法顺等于市。由是大权一归于玄,内外莫不畏服。

且说牢之退兵以来,物情大去,威望顿减,心甚悔之,一日诏下,以牢之为会楷内史,大惧曰:"始尔便夺我兵,祸其至矣。"时敬宣在京,玄恐牢之不受命,使归谕之,敬宣归谓其父曰:"桓玄志不可测,深忌大人功名,必不见客,为之奈何?"牢之曰:"吾受其愚矣。今且据江北以图事,汝住京口速取眷属以来。"敬宣受命而去。

牢之日夜忧疑,谓刘裕曰:"前日不听子言,悔之无及。今事急,意欲就高是之于广陵。李兵以匡社稷,卿能从我行乎?"裕曰:"将军以劲率数万,望风降服,彼新得志,威振天下,朝野人情,皆已去矣。广陵岂足成事耶? 裕当返还京口,不能从公行也。"牢之默然。裕退,无忌问曰:"我将何之?"裕曰:"吾观镇北必不免,卿何与之俱死? 可随我还京口,徐观时势,桓玄若守臣节,当与卿事之。不然,当与卿图之。"无忌曰:"善。"二人遂不告而去。牢之知裕与无忌去,恐军心有变,乃大集僚佐告之曰:"桓玄志图篡逆,吾将勒兵渡江,就此举事,顾与诸君共此功名。"一座愕然,参军刘袭曰:"事之不可者,莫大于反,将军往年反王兖州,近日反司马郎君,今又反桓公,一人三反,何以自立?"语毕趋出,佐吏多散走。牢之不能禁。又敬宣失期不至,军中讹言事泄,已被害。牢之益惶急,乃率部曲北走。军士随路奔散,至新州,仅存亲卒数人。牢之知不免,仰天叹曰:"吾亦无颜渡江矣!"遂缢而死,后人有诗悼之曰:

江北江南无路投，大军百万丧荒陬。当时若把桓玄灭，北府勋名孰与侔。

却说敬宣迎了眷属，回至班渎，师已北走。随即赶往，行未廿里，只见一人飞骑而来，乃是牢之随身亲卒，见了敬宣，大哭曰："三军尽散，将军已经自缢。闻朝廷遣将，又来拿捉家属，公子速投江北，避难要紧。"敬宣一闻此信，魂胆俱丧，也顾不得奔丧大事，星夜渡江，往广陵进发，幸得关口尚无拿获移文，于路无阻。一日到了广陵，向高雅之哭诉前事，欲图报复。雅之曰："若要复仇，必须厚集兵力，徒恃广陵之众，恐不足以济事。现在北府旧将，在北者甚多，可约之举事。"于是，遣使四方，广招同志，一时从之者，有刘轨、刘寿、司马休之、袁虔之、高长庆、郭恭等，皆至广陵，推敬宣为盟主，共据山阳，相与起兵讨玄。消息传入京师，玄闻之怒曰："鼠辈敢尔！"便命大将郭铨起兵一万，带领勇将数员，浩浩荡荡，飞奔而来。斯时，山阳军旅未备，虽有数千人马，半皆乌合，未识何以拒之，且听下回分解。

仲堪全无谋略，徒负虚名，欲结婚杨氏，以为声援，计亦左矣。桓玄早蓄枭雄之志，一朝得势，猖獗固宜。所惜刘牢之一时英杰，乃坠于桓玄术中，虽寄奴、敬宣切谏不听，以至一败涂地，遂自缢而死，为可悲耳！岂天欲倾晋兴宋，有莫之为而为之者耶？至罗企生、杨琼玉之忠节，亦可谓卓然天地者矣。中间写招婚比箭一段，又写临阵死节一段，两两对照，文气如火如花。

第四回　京口镇群雄聚义　建康城伪主潜逃

话说刘敬宣占据山阳,聚众方图报复,闻有大军来讨,忙同众人整顿人马迎敌。无如兵未素练,人无斗志,战阵方合,四散奔走,进不能战,退不能守,只得弃城而逃。于是敬宣、休之、刘轨奔燕,高雅之、袁虔之等奔秦,今且按下不表。

却说何无忌闻牢之自缢,敬宣出奔,不胜感悼,谓裕曰:"北府旧将,半遭杀戮,吾侪恐终不免,奈何?"裕曰:"无害,玄方矫情饰诈,必将复用吾辈,子姑待之。"俄而桓修镇丹徒,引裕为参军,何无忌为从事,二人皆就其职。一日,修入朝,裕与无忌随往。玄见裕,谓王谧曰:"刘裕风骨不凡,盖人杰也。"谧曰:"公欲平天下,非裕莫可任者。"玄曰:"然。"因屡召入宴,以示亲密,玄妻刘氏有智鉴,谓玄曰:"刘裕龙行虎步,视瞻不凡,恐终不为人下,宜早除之。"玄曰:"我方平荡中原,非裕莫济,俟关陇平定,然后议之未晚。"时玄已封楚王,用天子礼乐,妃为王后,子为太子。殷仲文、卞范之阴撰九锡册命等文,朝臣争相劝进。桓谦私问裕曰:"楚王勋德隆重,朝野之情,咸谓宜代晋祚,卿以为何如?"裕曰:"楚王,宣武之子,勋德盖世,晋室微弱,民望久移,乘运禅代,有何不可?"谦喜曰:"卿谓之可即可耳。"谦以裕言告玄,玄亦喜。因诈言钱塘临平湖开,江州甘露降,使百僚集贺,为受命之符。又以前世禅代,皆有高隐之士,耻于当时独无,乃求得西朝隐士皇甫谧六世孙,名希之,给其资用,使隐居山林。屡加征召不至,诏旌其间,号曰"高士"。时人谓之"充隐"。

元兴二年十二月丁丑,群臣入朝,请帝临轩,手书禅诏,遣司徒王谧奉玺绶禅位于楚。帝即避位,逊居雍安宫。百官诣楚王府朝贺。庚寅朔,筑坛于九里山北,即皇帝位,建号大楚,改元雍始。玄入建康宫,将登御座,而床忽陷。群下失色,玄亦愕然。殷仲文趋进曰:"将由圣德高厚,地不能载。"玄大悦,追尊父温为宣武皇帝,母司马氏为宣武皇后。以祖彝而上,名位不显,不复追尊立庙。或谏之不听,卞承之曰:"宗庙之祭,上不及祖,有以知楚德之不长矣。"

玄自即位,心常不自安。一夜,风雨大作,江涛拥入石头,平地水数丈,人尸漂流,喧哗震天。玄闻之惧曰:"奴辈作矣!"后知江水发,乃安。性复贪鄙,闻朝士有法书名画,必假榰蒲得之。玩弄珠玉,刻不离手。主者奏事,或一字谬误,必加纠摘,以示聪明。制作纷纭,朝换夕改,人无所从。当是时,三吴大饥,户口减半,会稽郡死者什三四。临海、永嘉等县,人民饿死殆尽。富室衣绸纨,怀金玉,闭门相守饿死,而玄不加恤。更缮宫室,土木并兴,督迫严促。由是中外失望,朝野骚然。秘书监王玄德同弟仲德,一日来见裕曰:"自古革命,诚非一族。然今之起者,恐不足以成大事。异日安天下者必君也。"裕久有建义意,因答曰:"此言吾何敢当? 倘有事变,愿同协力。"仲德曰:"吾兄弟岂肯助逆者哉? 君如有命,定效驰驱。"于是密相订约而去。时桓宏镇青州,遣主簿孟昶至建康。玄见而悦之,谓参军刘迈曰:"吾于素士中,得一尚书郎,与卿共乡里,曾相识否?"迈问:"何人?"曰:"孟昶。"迈素与昶不睦,对曰:"臣在京口,惟闻其父子纷纭,更相赠诗耳。"玄笑而止。昶闻而恨之。桓修将还镇,裕当共返,托以金创疾动,不能乘骑,乃与无忌同船共载,密定匡复之计。既至京口,会孟昶还家,亦来候裕。裕谓之曰:"草间当有英雄起,卿闻之乎?"昶曰:"今日英雄有谁,正当是卿耳。"

裕大笑,相与共定大计,密结义勇。一时同志者,有刘毅、魏咏之、诸葛长民、檀凭之、王玄德、王仲德、辛扈兴、童厚之、毅兄迈、裕弟道规等二十七人,愿从者百有余人,皆推裕为盟主。裕乃命孟昶曰:"吾弟道规为桓宏参军,卿为主簿,可在青州举事,吾使希乐共往助之,杀宏收兵,据广陵。"希乐,刘毅字也。又谓魏咏之曰:"长民为刁逵参军,卿往助之,杀逵收兵,据历阳。"谓辛扈兴、童厚之曰:"卿二人速往京师,助刘迈、王玄德兄弟,临时为内应。吾与无忌在京口,杀桓修,收兵讨玄。"约定同日齐发,不可迟误。众人受命,分头而往。

且说孟昶妻周氏,富于财,贤而有智。昶归语其妻曰:"刘迈毁我于桓公,使我一生沦陷,我决当作贼,卿幸早自离绝,脱得富贵,相迎不晚也。"周氏曰:"君父母在堂,欲建非常之业,岂妇人所当止,事若不成,当于牢狱中奉养舅姑,义无归志也。"昶怆然久之而起,周氏追昶还坐,曰:"观君作事,非谋及妇人者,不过欲得财物耳。"因指怀中儿示之曰:"此儿可卖,亦当不惜,况财物乎!"昶曰:"果如卿言,此时济用颇紧,苦无所措。"妻乃倾囊与之。昶弟颙,其妇即周氏之妹,周氏诈谓之曰:"昨夜梦殊不祥,门内绛色物,悉取以来,为厌胜之具。"其妹与之,遂尽缝以为战士袍。又何无忌将举事,恐家人知之,夜于屏风后作檄文。其母刘氏,牢之姊也,登高处密窥之,知讨桓玄,大喜,呼而谓之曰:"吾不及东海吕母明矣,汝能为此,吾复何恨!"问所与同谋者何人,曰:"刘裕。"母益喜,为言,玄必败,裕必败。无忌气益壮。

乙卯,裕及无忌托言出猎,收合徒众百余人。诘旦,京口城门开,无忌着传诏服,称敕使居前,徒众随之而入。桓修方坐堂上,无忌突至堂阶,称有密事欲白,乞屏退左右,修挥左右退。问何语。无忌出不意,拔剑斩之。大呼,徒众并至,挺刃乱击,左右皆惊窜,遂持其首诣裕。裕大喜,以首号令城上时,司马刁宏闻变,率文武官吏来攻裕。裕登城谓之曰:"郭江州已奉乘舆反正于寻阳,我等并受密诏,诛除逆党。今日贼玄之首,已枭于大航矣。诸君非大晋之臣乎? 尚欲助逆耶?"众信之,一时并散,遂杀刁宏。

当是时,义旗初建,百务纷如。裕问无忌曰:"此时急须一主簿,何由得之?"无忌曰:"无过刘穆之。"裕曰:"然。非此人不可。"遂驰信召焉。原来穆之世居京口,为人多闻强记,能五官并用,不爽一事。曾为琅玡府主簿,弃官归。是夜,梦与裕乘大风泛海,惊涛骇浪,舟行如驶,俯视船旁有二白龙,夹船以行。既而至一山,山峰耸秀,树木葱茏。携手而登,其上皆瑶台璇室,有玉女数人,向裕迎拜。裕上坐,已旁坐,闻呼进宴,佳肴异馔,罗列满前,皆非人世间味。及觉,口中若有余香,心甚异之。晨起,闻京口有喧噪声,出陌头观望,直视不言者久之。返室,命家人坏布裳为裤,而裕使适至,遂往见裕。裕曰:"始举大义,方造艰难,须一军吏甚急,卿谓谁堪其任?"穆之曰:"仓猝之际,当无逾于仆者。"裕笑曰:"卿能自屈,吾事济矣。"即于座上署为主簿。话分两头,是日,孟昶在青州,劝桓宏出猎,宏许之。天未明,开门出猎人,昶与刘毅、道规,率壮士数十人,乘间直入。宏方啜粥,见毅等至,放箸欲起,道规直前斩之。左右大乱,击杀数人方止。毅持其首,出徇于众曰:"奉诏诛逆党,违者立死!"军士披甲欲战,道规摇首止之曰:"朝廷大军旋至,卿等勿同族灭。"青州军士素畏服道规,遂散走。乃留道规守广陵,收众过江,与裕军合。

丁巳,裕率二州之众一千七百人军于竹里,移檄远近,共讨桓玄。玄闻京口难作,怒曰:"无端草贼,速击杀之。"继问首谋者何人,左右曰:"刘裕。"不觉失色。又问其次,曰:"刘毅、何无忌。"恐惧殊甚。左右曰:"裕等乌合微弱,势必无成,陛下何虑之深?"玄曰:"刘裕足为一世之雄,刘毅家无担石之储,樗蒲一掷百万,何无忌酷似其舅,共举大事,何谓无成。"乃命桓谦为征讨大都督,屯军于覆舟山待之,戒勿轻进。

却说王玄德等探得外已举事,谋俟京旅出征,夜伏壮士于关内,纵火烧其官室,乘乱攻之,可以杀玄。刘迈狐疑不敢发,事泄,迈及玄德、扈兴、厚之皆死。仲德逃免。桓谦请进兵击裕,玄曰:"彼兵锐甚,计出万死,若有蹉跌,则彼气成,吾事去矣。彼空行二百里无所得,锐气已挫,忽见大军,必相惊愕。我按兵坚阵,勿与交锋,彼求战不得,自然散走,此策之上也。"谦曰:"贼兵初起,扑之易灭,缓则养成其势,图之转难矣。宜急击勿失。"玄不得已从之,乃遣左卫将军吴甫之,右卫将军皇甫敷,引兵相继北上。二人皆玄之勇将,素号万人敌者,故用为军锋。

却说甫之进至江乘,与裕军相遇。甫之兵,多裕数倍,甲骑连营,干戈耀日,裕众皆恐。裕曰:"今日之战,有进无退,成败在此一决,诸君勉之。"乃身先士卒,手执长刀,大呼以冲之,敌皆披靡。甫之迎战,裕突至马前,甫之方举刀,头已落地。西军争奋,东军大败,皇甫敷闻前军失利,分兵作两路来援。裕与檀凭之亦分兵御之。凭之冲入敌军,奋力乱砍,一将从旁刺之,中其要害,大叫一声而死。军少却,裕见事急,进战弥厉。敷合两军夹攻,围之数重。裕战久刀折,见路旁一大树,遂拔以挺战。敷喝曰:"刘寄奴,汝欲作何死!"拔戟刺之,刃不及者数寸。裕瞋目叱之,敷觉眼前似有一道红光冲来,人马辟易。其时无忌率众杀人,不见裕,问裕何在。军士指曰:"在兵厚处。"乃直透重围救之,射敷,中其额,敷踣于地。裕弃树取刀,向前砍之。敷将死,谓裕曰:"君有天命,愿以子孙为托。"遂斩其首。众见主将死,皆乱窜,裕大呼曰:"降者勿杀。"于是降者过半。获其资粮甲胄无数。裕归营,抚凭之尸而哭之。先是义旗初建,有善相者,相众人皆大贵,其应甚近,独相凭之不贵。裕私谓无忌曰:"吾徒既为同事,理无偏异,凭之不应独贱。"深不解相者之言。至是凭之战没,裕悲其死,而知大事必成。乃以孟昶为长史,守京口,尽合其众,往建康进发。

玄闻二将死,大惧;问群臣曰:"吾其败乎?"吏部郎曹靖之对曰:"民怨神怒,臣实惧焉。"玄曰:"民怨有之,神何怒焉?"对曰:"晋氏宗庙,飘泊江滨,兴楚之际,上不及祖,神焉得无怒!"玄曰:"卿何不谏?"对曰:"辇上君子,皆以为尧舜之世,臣何敢言?"玄默然。时敌信日急,玄悉起京师劲旅,付桓谦将之,使何澹之一军屯东陵,卞承之一军屯覆舟山西,众合三万。庚颐之率精卒一万,为左右救援。

乙未,裕军至,覆舟山东,先使羸弱登山,张旗帜为疑兵,布满山谷,使敌人望之,不测多少。诘旦,传餐毕,悉弃资粮,与刘毅分兵为数队,进突敌阵。裕与毅以身先之,将士皆殊死战,无不一当百,呼声动天地。时东北风急,裕乘风纵火,烟焰涨天,鼓噪之音,震动京阙。桓谦股栗,诸将不知所为。又颐之所将,多北府人,素畏服裕,见裕临阵,皆不战而走,军遂大溃。

先是,玄惧不胜,走意已决。潜令殷仲文具舟石头,而轻舸载服玩书画。仲文问其故,玄曰:"兵凶战危,脱有意外之变,富使轻而易运。"及闻大军一败,率亲卒数千人,声言赴战,上挟乘舆,下带家室,出南掖门以走。胡藩执马鞚谏曰:"今羽林射手,尚有八百,皆是精锐,且西人受累世之恩,不驱一战,一旦舍此,欲安之乎?"玄不答,鞭马急奔,西趋石头,与仲文等浮江南走。

斯时京中无主,百官开门迎裕。裕乃整旅入建康,下令军士,不许扰及民间,百姓安堵如故。庚申,屯石头城,立留台百官,焚桓温神主于正阳门外,尽诛其宗族之在建康者。一面遣诸将追玄,一面命臧熹入宫,收图籍器物,封闭府库。有金饰乐器一具,裕问熹曰:"卿欲此乎?"熹正色对曰:"皇上幽逼,播越非所,将军首建大义,勤劳王家,熹虽不肖,实无情于乐。"裕笑曰:"聊以戏卿耳。"壬申,群臣推裕领扬州,裕感王谧恩,使领扬州报之。于是推裕为大将军,都督扬、徐、兖、豫、青、冀、幽、并八州军事。以刘毅为青州刺史,何无忌为琅玡内史,孟昶为丹阳尹,诸大处分,皆委于穆之。仓猝立定,无不毕具。穆之谓裕曰:"晋自隆安以来,政事宽弛,纲纪不立,豪族陵纵,小民穷蹙。元显政令违舛,桓玄科条繁细,皆失为治之道。公欲治天下,非力矫从前之失不可。"裕乃躬行节俭,以身范物,内外百官,皆肃然奉职。不盈旬日,风俗顿改。一日,长民槛送刁逵至京,报豫州已平,裕大喜。原来长民、魏咏之本约在历阳举事,为刁逵所觉,收兵到门,咏之走脱,长民被执,囚送建康。行至当利而玄败,送人破槛出之。长民结众还袭豫州,遂执刁逵以献。裕怒斩之,及其子侄无少长皆弃市,以报昔日之辱。后人有诗叹之曰:

> 王谧为公刁氏族,平生恩怨别秋毫。
> 回思雍齿封侯事,大度千秋仰汉高。

却说刘敬宣逃奔南燕,燕主慕容德待之甚厚。敬宣素晓天文,一夜仰瞻星象,谓休之曰:"晋将复兴,此地终为晋有。"乃结青州大姓,谋据南燕,推休之为主,克日垂发。时刘轨为燕司空,大被委任,不欲叛燕,遂发其谋。敬宣、休之知事泄,连夜急走,仅而得免。逃至淮、泗间,尚未知南朝消息。敬宣夜得一兆,梦见丸土而吞之,觉而喜曰:"丸者,桓也。桓既吞矣,吾复本土乎?"俄而,裕自京师以手书召之。敬宣接书,示左右曰:"刘寄奴果不我负也!"便与休之驰还。既至建康,裕接入大喜,谓敬宣曰:"今者卿归,不唯济国难,兼当报父仇也。"敬宣泣而受命,裕乃以敬宣为晋陵太守,休之为荆州刺史。

且说桓玄奔至寻阳,郭昶之给其器用兵力,军旅少振,及闻何无忌、刘毅、刘道规三将来追,留何澹之守湓口,而挟帝西上。至江陵,桓石以兵迎之。玄入城,更署置百官,以卞范之为尚书仆射,专事威猛,摄服群下。殷仲文微言不可,玄怒曰:"今以诸将失律,还都旧楚,而群小纷纷,妄兴异议,方当纠之以猛,未可施之以宽也。"时荆、江诸郡,闻玄败归,有上表奔问起居者,玄皆却之,令群下贺迁新都。时无忌等已至桑落州,何澹之引舟师迎战。澹之常所乘舫,羽仪旗帜甚盛。无忌欲攻之,众曰:"贼师必不在此,特诈我耳,攻之无益。"无忌曰:"不然,今众寡不敌,战无全胜。澹之既不居此,舫中守卫必弱,我以锐兵进攻,必得之。得之则彼势败而我气倍,因而薄之,破贼必矣。"道规曰:"善。"遂往攻之,果得其舫,传呼曰:"已获何澹之矣!"西军皆惊惧扰乱,东军乘之,斩获无数,澹之走免。遂克溢口,进据寻阳。是役也,胡藩所乘舟,为东军所烧,藩带甲入水,潜行水底数百步,乃得登岸。欲还江陵,路绝不得通,乃奔豫章。裕闻而召之,遂降于裕。玄闻何澹之败,大惧,谋欲出兵拒之。乃以大将符宏,领梁州兵为前锋,大军继进。

当是时,玄重设赏格,招集荆州人马,曾未三旬,有众数万,楼船器械俱备,军势甚盛。而东军兵不满万,颇惮之,议欲退保寻阳,再图后举。道规曰:"不可,彼众我寡,今若畏懦不进,必为所乘。虽至寻阳,岂能自固?玄虽窃名雄豪,内实恇怯。加之已经奔败,众无固心,决机两阵,将勇者胜,不在众也。"说罢,披甲而出,麾众先进,矢石并发。西军皆闭舫户以避。诸将鼓勇从之,直出军后,纵火烧甚辎重,西师大败,玄乘轻舸,西走江陵。郭铨临阵降毅。殷仲文已随玄走,半路而还,因迎何皇后及王皇后于巴陵,奉之至京。裕赦其罪不问。

再说玄至江陵,计点军士,散亡殆尽。而有嬖童丁仙期,美风姿,性柔婉,玄最亲昵,与之常同卧起,即朝臣论事,宾客宴集,时刻不离左右,食有佳味,必分甘与之。其时战败失散,玄思之,涕泣不食。遣人寻觅,络绎载道。及归大喜,抚其背曰:"三军可弃,卿不可弃也。"将士闻之皆怒曰:"吾等之命,不及一嬖童,奚尽力为?"于是众志益离。冯该劝玄勒兵更战,玄不从。时桓希镇守汉中,有兵数万,玄欲往汉中就之,而人情乖阻,号令不行。夜中处分欲发,城内已乱,急与腹心数百人,乘马西走。行至城门,或从暗中斫起,不中。其徒更相杀害,前后交横,仅得至船。左右皆散,从者不满百人。恐有他变,急令进发。犹幸后无追师,船行无碍。一日正行之次,忽有战船百号,蔽江而来。船上枪刀林立,旗号云屯,大船头上,立一少年将军,白铠银甲,手执令旗一面,旁立偏将数员,皆关西大汉。舟行相近,来将大喝曰:"来者何船?"船上答曰:"楚帝御舟。"说犹未了,来将把旗一挥,左右战舰,一齐围裹上来,箭弩交加,矢下如雨。玄大惊,忙令退避,水手已被射倒,舱中已射死数人,丁仙期以身蔽玄,身中数箭而死。来将跳过船来,持刀向玄。玄曰:"妆何人,敢杀天子?"来将曰:"我杀天子之贼耳。"玄拔头上玉导示之曰:"免吾,与汝玉导。"来将曰:"杀汝,玉导焉往?"遂斩之。悉诛其家属,但未识杀玄者何人,且听后文再述。

寄奴、无忌,自牢之败后,一旅寄人耳,乃能收合勇锐,卒成大事。虽曰人事,岂非天命哉?桓玄虽具枭雄之性,然局量褊小,无有远图,何能受享天位!观于登殿而土陷,可以知其故矣。乃东奔西窜,卒斩舟中,凶顽亦何益哉!观裕降者勿杀,及禁止扰害民间数言,孟子曰:"不嗜杀人者能一之。"开国之君,自超越寻常万万也。

第五回　扶晋室四方悦服　代燕邦一举荡平

话说杀桓玄者，乃是益州刺史毛璩之侄毛祐之。桓玄篡位，曾遣使益州，加璩为左将军。璩不受命，传檄远近，列玄罪状。及闻刘裕克复京师，遣其侄祐之率兵三千进趣江陵，以绝玄之归路。事有凑巧，恰好与玄相遇，遂击杀之。于是传首江陵，收兵而返。荆州太守王腾之，乃改府署为行宫，奉帝居之，以玄首驰送东军。无忌等大喜，以为贼首既除，大事已定，军心渐懈。又遇风阻，浃旬未至江陵。

那知桓玄虽死，诸桓各窜，桓谦匿沮泽中，桓振匿华容浦，各集余党，伺隙而动。探得东军未至，城内无备，乘夜来袭，逆党在内者从而应之，斩关而入，江陵复陷，王腾之等皆遇害。桓振见帝于行宫，跃马横戈，直至阶下，瞋目向帝曰："臣门户何负国家，而屠灭若是？"帝弟德文下座谓曰："此岂我兄弟意耶？"振欲杀帝。桓谦苦止之，乃下马敛容，再拜而出。明日遂奉玺绶还帝曰："主上法尧禅舜，今楚祚不终，复归于晋矣。"复晋年号，振为都督大将军、荆州刺史；谦为侍中左卫将军，招集旧旅，附者四应。无忌等见江陵复陷，大怒，星夜进兵，攻桓谦于马头，破之。欲乘胜势，即趣江陵。道规止之曰："兵法屈伸有时，不可轻进。诸桓世居西楚，群小竭力，桓振勇冠三军，难与争锋。今桓谦败，彼益致死于我，未易克也。且暂息兵养锐，徐以计策縻之，庶无一失。"无忌曰："残寇遗孽，一举可荡，君何怯焉？"遂进兵。桓振逆战于灵溪，分兵为左右翼，中军严守不动，及战急，亲率敢死士八百，从中冲出，忽下马，各执短刀奋砍，东军不能支，遂大败，死者千余人。无忌等仍退保寻阳，上笺请罪。

先是，裕命敬宣为诸军后援，敬宣缮甲治兵，聚粮蓄财，日夜不怠，故无忌等虽败退，赖以复振。停兵数旬，复自寻阳西上。至夏口，有兵守险不得前。时振遣其将冯该扼东岸，孟山图据鲁山城，桓仙客守偃月垒，众合万人，水陆相援，毅与道规分兵向之，毅攻鲁山城，道规攻偃月垒，无忌以中军遏于中流，自辰至午，二城皆溃，生擒山图、仙客，进薄东岸，冯该之师亦溃。先是毅恐江陵难下，致书于南阳太守鲁宗之曰："贼徒虽败，尚据坚城，请举南阳之兵以袭其后，首尾共击，庶易成功。"宗之遂进兵，击冯该于柞溪，斩之。振闻宗之兵将至，谓桓谦曰："东军来攻，兄暂坚守，勿与交锋，俟吾先破南阳之兵，然后归而击之。"说罢，潜师以出。毅探得振不在城，进兵围之，昼夜攻击，将士肉薄而登，谦不能拒，遂弃城走。桓振方与宗之相持，知城中危急，引军还救，而城已陷。宗之追击，振军亦溃逃于溳川，刘怀肃追斩之。桓谦、桓蔚、何澹之俱奔秦，于是何无忌奉帝先还，毅及道规留屯夏口，经理荆、襄。甲午，帝至建康，百官诣阙待罪，诏令复职，大赦改元，惟桓氏一族不赦，以桓冲忠于王室，特宥其一孙继后。

却说殷仲文以丧乱之后，朝廷音乐未备，言于裕，请修治之。裕曰："今不暇治，且性所不解。"仲文曰："好之自解。"裕曰："正以解则好之，故不求解耳。"仲文惭退。朝廷论建义功，进封裕为豫章郡公，毅为南平郡公，无忌为安城郡公，各领本职如故。余有功者,封赏有差。先是毅尝为北府从事,人或以雄杰许之。敬宣曰:"不然,夫非常之才,自有调度,岂得便以此君为人豪耶?此君外宽而内忌,自伐而尚人,若一旦遭遇,亦当以陵上取祸耳。"毅闻而恨之。至是裕以敬宣为江州刺史,毅言于裕曰:"敬宣不豫建义,猛将劳臣,方须叙报,如敬宣之比,宣令在后,若君不忘生平,正可为员外常侍耳。前日授郡,已为过优,今复命为江州,尤用骇愕。"敬宣闻而惧,因辞不就,乃迁为宣城内史。夏四月,裕请归藩,诏改授裕都督荆、司等十六州诸军事,移镇京口。

先是桓玄受禅,王谧为司徒,亲解安帝玺绶奉于玄。及领扬州,诸臣皆以为太优,毅尤不服。一日,帝赐宴朝堂,百僚皆集,论以重镇大臣,俨居首座。毅愤然作色曰:"前逆玄倡乱,天位下移,今幸王室重兴,吾侪得为大晋之臣,不至稽首贼廷,其荣多矣。"因问谧曰:"未识帝之玺绶今在何处?"谧默然,汗流夹背,惶愧无地,勉强终席而散。归至家,郁郁以死。临殁,请解扬州之任授裕。而毅不欲裕入辅政,议以谢混代之。遣尚书皮沈至京口告裕。沈先见刘穆之,具道朝议,穆之伪起如厕,密报裕曰:"皮沈之言,不可从也。"及沈见裕,裕令且退,呼穆之问之,穆之曰:"晋政久失,天命已移。明公兴复皇祚,勋高位重,今日形势,岂得居谦,常为守藩之将耶?刘、孟诸公,与公俱起布衣,共立大义,以取富贵,事有前后,故一时相推,非委体心服,宿定臣主之分也。力敌势均,终相吞噬。扬州根本所系,不可假人。前者以授王谧,事出权宜,今若复以他授,便尔受制于人。一失权柄,无由可得。今朝议如此,宜相酬答,必云在我,措辞又难。唯应云:'神州治本,宰辅至重。此事既大,非可悬论,便暂入朝,共尽同异。'公至京邑,彼此必不敢越公而授余人矣。"裕从之,使皮沈先返,已即表请入朝。朝廷共谕其意,即征裕领扬州,录尚书事。

裕至建康,百僚无不畏服。一日,裕集群臣议曰:"自古安内者必攘外,昔南燕、后秦,利我有内难,侵夺我疆土。今内难虽平,而南乡等郡,尚为秦据,宿豫以北,尚为燕有,吾欲伐之,二者孰先?"朱龄石进曰:"后秦姚兴,颇慕仁义,以礼结之,其地自还。燕自慕容德亡后,子超嗣位,国内日乱,可一举灭之。此时兵力未足,宜有待也。"裕从之,遣使修好于秦,且求南乡等郡,秦王兴许之。群臣咸以为不可,兴曰:"天下之善一也。刘裕拔起细微,能讨桓玄,兴复晋室,内厘庶政,外修封疆,吾何惜数郡,不以成其美乎?"因割南乡十二郡归于晋,于是秦、晋和好,终兴之世,裕不加伐。

却说南燕王慕容德,始仕于秦,为张掖太守。母公孙氏,兄慕容纳,皆居张掖。淮南之役,德从行坚入寇,留金刀与母别。谓母曰:"乱离之世,别易会难,母见金刀,如见儿也。"后同慕容垂举兵叛秦,秦收其兄纳及诸子,皆杀之,公孙氏以老获免。纳妻段氏方娠,系狱未决,段氏在狱,终日悲啼。一狱吏私语之曰:"夫人勿忧,吾当救汝出狱,与太夫人逃往他乡便了。"段氏曰:"尔系何人,乃能救我?"狱吏曰:"我姓呼延,名平,夫人家旧吏也。念故主之恩,愿挈家同往,以避此难。"段氏感谢。平先移家城外,接取公孙氏同往,然后乘间窃段氏出狱,逃于羌中。段氏受了惊恐,到未数日,即生一子,取名曰超。超年十岁,而公孙氏病。临卒,以金刀授超曰:"汝得东归,当以此刀还汝叔也。"超尝佩之,及姚氏代秦,平以其母子迁长安。俄而平卒,遗一女,段氏即娶为超妇。超既长,日夜思东归,恐为秦人所录,乃佯狂、行乞以自污,人皆贱之。东平公符绍遇之途,奇其貌,询之,乃慕容超也。言于秦王兴曰:"慕容超姿干奇伟,殆非真狂。宜微加官爵以系之,勿使逃于他国。"兴乃召见之。超呆立不跪,左右命之拜,乃拜。与之语,故为谬对,或问而不答。兴笑曰:"妍皮不裹痴骨,徒妄语耳。"乃斥不用。

一日,超行长安市中,见有卖卜者,东人口声,向之问卜。卜者问其姓名,曰:"慕容超。"卜者熟视良久,舍卜,招之僻处,问曰:"子果慕客超耶?"曰:"然。"卜者笑曰:"吾觅子久矣!不意今日得遇,子于夜静来暗,吾有密事语子,万勿爽约。"超心讶之,别去。等至更深,来诣卜所。卜者迎门以候,见之大喜,邀入座定,乃语之曰:"吾实告子,我非卜者,乃南燕右丞吴辩也。奉燕王之命,特来访君。今既获见,便请同往,稍迟,恐有泄漏,不能脱身矣。"超因是不敢告其母、妻,辄随辩走,在路交易姓名,并无阻碍。

不一日,到了燕界,地方官先行奏知,燕王德闻其至,大喜,遣骑三百迎之。超至广固见德,以金刀献上。德见之,悲不自胜,与超相对恸哭。即封超为北海王,赐衣服车马无数,朝夕命侍左右,使参国政。盖德无子,欲以超为嗣也。越二载,德不豫,立超为太子。及卒,遗诏慕容钟,段宏为左右相,辅太子登极。

超既即位,厌为大臣所制,乃出钟宏等于外,引用私人公孙五楼等,内参政事。尚书令封孚谏曰:"钟,国之旧臣;宏,外戚重望,正应参翼百揆。今钟等出藩,五楼在内,臣窃未安。"超不听,于是佞幸日进,刑赏任意,朝政渐乱。

一日,念及母妻,惨然下泪。五楼曰:"陛下不乐者,得毋以太后在秦,未获待奉乎?"超曰:"然。"五楼曰:"何不通使于秦,以重赂结之,启请太后归国也?"超曰:"谁堪使者?"五楼曰:"中书今韩范,与秦王有旧,若使之往,必得如志。"超乃遣范至秦,请归母妻。秦王兴曰:"昔符氏之败,太乐诸妓,皆入于燕。燕肯称藩送妓,或送吴口千人,乃可得也。"范归复命。超与群臣议之,段晖曰:"陛下嗣守社稷,不宜以私亲之故,辄降尊号。且太乐先代遗音,不可与也,不如掠吴口与之。"张华曰:"不可,侵掠邻邦,兵连祸结,此既能往,彼亦能来,非国家之福。陛下慈亲在念,岂可斩惜虚名,不为之降屈乎?"超乃遣范复聘于秦,称藩奉表,兴谓范曰:"朕归燕主家属必矣。然今天时尚热,当俟秋凉,然后送归。"亦令韦宗聘于燕。宗至广固,欲令燕王北面受诏。段晖曰:"大燕七圣重光,奈何一日屈节?"超曰:"我为太后屈,愿诸卿勿复言。"遂北面拜跪如仪,复献太乐妓一百二十人于秦。秦乃还其母妻。超帅百官迎于马耳关,母子相见,悲喜交集。于是备法驾,具仪卫,亲自引导,迎入广固,尊母段氏为皇太后,立妻呼延氏为皇后,大赦国中。

是冬,汝水竭,河冻皆合,而渑水不冰。超问左右曰:"渑水何独不冰?"嬖臣李宣曰:"良由带京城,近日月也。"超大悦,赐朝服一具。时祀南郊,有兽突至坛前,如鼠而赤,大如马。众方惊异。须臾大风扬沙,昼晦如夜,羽仪帷幄皆裂。超惧,以问太史令成公绥,绥曰:"此由陛下信任奸佞,刑政失均所致。"超乃黜公孙五楼。俄而五楼献美女十名,皆吴人,善歌舞。超大悦,复任五楼如故。一日临朝,谓群臣曰:"南人皆善音乐,今太乐不备,吾欲掠吴儿以补其数,谁堪当此任者?"群臣莫应,斛谷提、公孙归请曰:"愿得三千骑,保为陛下掠取之。"超喜,乃命斛谷提寇晋宿豫,拔其城,大掠而去。又命公孙归进寇济南,掠取千余人以献。超简男女二千五百,付太乐教之,重赏二人。

当是时,裕畜锐已久,本欲起师伐燕,闻之怒曰:"今不患师出无名矣。"遂抗表北伐。朝议皆以为不可,惟孟昶、臧熹以为必克,力劝裕行。裕以昶监中军留府事,遂发建康。差胡藩为先锋,王仲德、刘敬宣为左右翼,刘穆之为参谋,引舟师三万,自淮入泗。五月至下邳,留船舰辎重于后,率兵步进。所过要地,皆筑城留兵守之。或谓裕曰:"燕人若塞大岘之险,坚壁清野以待,军若深入,不唯无功,将不能自归,奈何?"裕曰:"吾虑之熟矣。彼主昏臣暗,不知远计,进利掳获,退惜禾苗。谓我孤军远入,不能持久,极其所长,不过进据临朐,退守广固而已。守险、清野之计,彼必不用,敢为诸君保之。"

却说超闻晋师至,自恃其强,全无惧意,谓群臣曰:"晋兵若果至此,当使只马不返。"段晖曰:"吴兵轻果,利在速战,不可争锋。宜据大岘,使不得入,旷延时日,沮其锐气,然后徐简精骑三千,循海而南,绝其粮道。更命一将率衮州之众,缘山东下,腹背击之,此上策也。各命守宰,依险自固,计其资储之外,余悉荡尽,芟除禾苗,使敌无所资。军食既竭,求战不得,旬月之间,可以坐制,此中策也。纵敌入险,出城逆战,策之下也。"超曰:"卿之下策,乃是上策。今岁星居齐,以天道推之,不战自克。客主势殊,以人事言之,胜势在我。今据五州之地,拥富庶之民,铁骑万群,麦禾蔽野,奈何芟苗徙民,先自蹙弱。不若纵使入岘,以精骑击之,何忧不捷?"桂林王慕容镇曰:"陛下必以骑兵利平地者,宜出大岘逆战,战而不胜,犹可退守,不宜自弃险固,纵之使人也。"超不从。镇出,谓段辉曰:"主上不能逆战却敌,又不肯徙民清野,酷似刘璋矣。今年国灭,吾必死之。"或以告超,超大怒,收镇下狱。

却说晋师过大岘,燕兵不出。裕坐马上,举手指天,喜形于色。左右曰:"公未见敌,何喜之甚?"裕曰:"兵已过险,士有必死之心。余粮楼亩,军无匮乏之忧,虏已入吾掌中矣。"及裕至东莞,超方遣公孙五楼、段晖,将步骑五万屯临朐,自将步骑四万为后援。裕将战,以车四千乘为两翼,方轨徐进,与燕兵战于临朐南。自早至日昃,胜负未决,胡藩言于裕曰:"燕悉兵出战,临朐城中,留守必寡,愿以奇兵从间道取其城,此韩信所以破赵也。"裕从其计,遣藩引兵五千,从小路抄出燕军之后,进攻临朐。兵至城下,城中果无备,副将向弥擐甲先登,大呼曰:"轻兵十万,从海道至矣。"军士随之而上,守城兵皆溃,遂克之。时燕军方与晋师交战,胜负未决。一闻临朐已失,众心皆乱。裕乘其乱,纵兵奋击,遂大胜之,斩段晖及大将十余人。超率余兵遁还广固。晋兵逐北,直抵广固城下,克其外城。超退保小城以守。裕筑长围守之,围高三丈,穿堑三重。超在围中,惶惧无计,遣尚书令张纲乞师于秦。赦桂林王镇于狱,引见谢之,问以御敌之策。镇曰:"百姓之心,系于一人,今陛下亲统六师,奔败而还,求救于秦,恐不足恃。今散率还者,尚有数万,宜悉出金帛,悬重赏,与晋更决一战。若天命助我,必能破敌,如其不然,死亦为美,比于闭门待尽,不尤愈乎?"五楼曰:"晋兵乘胜,气势百倍,我以败军之卒当之,不亦难乎?秦与吾分据中土,势同唇齿,安得不来相救?但不遣大臣,则不能得重兵,韩范素为秦重,宜遣乞师。"超乃遣范赴秦求救。那知其时秦邦为夏人入寇,出师屡败,自顾不暇。张纲乞师,已徒劳而归,行至半途,为晋军所获,遂降于裕。裕使纲升楼车,周城大呼曰:"秦为夏王勃勃所破,不能出兵相救矣。"城中闻之,莫不丧气。又江南每发兵及造使者至广固。裕潜遣精骑夜迎之，及明，张旗鸣鼓而至，城中益恐。

却说韩范至长安，苦恳救援，秦许出兵一万救之。先遣使谓裕曰："慕容氏相与邻好，今晋攻之急，秦已发铁骑十万屯洛阳，晋军不还，当长驱而进。"裕呼使者谓曰："语汝姚兴，我克燕之后，息兵三年，当取关洛，今能自送，便可速来。"刘穆之闻有秦使，驰人见裕，而秦使已去。裕以所言告之，穆之尤裕曰："常日事无大小，必赐预谋。此宜细酌，奈何遽尔答之？此语不足以威敌，适致敌人之怒。若广固未下，秦寇奄至，不审何以待之？"裕答曰："此是兵机，非卿所解，故不相语耳。夫兵贵神速，彼若审能赴救，必畏我知，宁容先遣信命，逆设此言，是张大之辞也。晋师不出，为日久矣，今见伐燕，秦必内惧，自保不暇，何能救人！"穆之乃服，秦果兵出复止。韩范不能归燕，亦降于裕。由是，燕之外援遂绝。超每巡城，必挟宠姬魏夫人同登，见晋兵之盛，握手对泣。左右谏曰："陛下遭否塞之运，正当努力自强，以壮军心，而乃为儿女子泣乎？"超拭泪而止。城久闭，城中男女病脚弱者大半，出降者相继。尚书今悦寿曰："今天助寇为虐，战士凋疲，独守穷城，外援无望，天时人事，概可知矣。苟历数有终，尧舜犹将避位，陛下岂可不思变通之计乎？"超叹曰："废兴，命也。吾宁奋剑而死，不能衔璧而生。"丁亥，裕集诸将命之曰："贼智穷力绝，而城久不拔者，皆将士不用命之故。今日先登者有赏，退后者有刑，限在午时必克！"或曰："今日往亡，不利行师。"裕曰："我往彼亡，何为不利？"于是，诸将鼓勇，四面并攻，但未识广固一城，果能即下否，且俟后文再讲。

　　桓玄篡逆，道遇毛祐之而歼，亦天败恶人也。机事急缓，复使诸桓得志，乘舆几至不保。幸桓谦一言而止，又不幸中之幸。无忌不听道规之言，刚愎自用，其败宜矣。殷仲文当国祚倾危之时，侈言音乐，宜为寄奴所鄙。敬宣之论刘毅，其言甚当，乃忌而谮之，即敬宣所云外宽内忌也。慕容超以戮辱之余，一朝得志，信谗好谀，朝政坏败。至兵临城下，不用老成之计，独试下策，暗弱真如刘璋。又临阵对敌，尚挟魏氏登城，尤属可笑。惟为迎母而降屈，犹有人心，不得一概少之。寄奴知彼知己，料敌如是，用兵如神，所至克捷，真所谓天挺人豪者耶！

第六回　东寇乘虚危社稷　北师返国靖烽烟

话说晋攻广固，将士齐奋，自早至午，城遂破。燕王超领十数骑，突围出走，晋军追获之，执以献裕。裕立之阶下，数以不降之罪。超神色自若，一无所言。时敬宣在侧，超顾而见之曰："子非吾故人乎？愿以母为托。"盖敬宣前奔南燕，正值超为太子，同游甚得，故超云尔，其后敬宣厚养其母终身。

却说裕忿广固久不下，欲屠其民。韩范谏曰："晋室南迁，中原鼎沸，士民无援，强则附之。既为君臣，自应为之尽力。彼皆衣冠旧族，先帝遗民。今王师吊伐而尽屠灭之，窃恐西北之人，无复来苏之望矣。"裕改容谢之，斩公孙王楼等数十人，余无所诛，送超诣建康斩之。

话分两头，先是妖贼孙恩，扰乱三吴，进犯京口。裕屡击败之，所虏男女人口，死亡略尽，惧为官军所获，遂赴海死。其党及妓妾从死者以百数，人谓之水仙。而余众数千，复推恩妹夫卢循为主。循神彩清秀，雅有才艺，少时有沙门惠远见之，曰："君虽体涉风素，而志存不轨，奈何？"至是果为盗魁。循又有妹丈徐道覆，多智乐乱，为循谋主，蓄兵聚财，势日以大。桓玄篡晋，欲抚安东土，因加官爵以縻之，以循为番禺太守，道覆为始兴相。二人虽受朝命，为寇如故。及裕克复京师，循乃遣使贡献。时朝廷新定，未暇征讨，如其官命之。循遗裕益智粽，裕报以续命汤。于是惮裕之威，凶暴少戢。

再说海中有一鹿岛，方圆百有余里，地产鱼盐，为蛋户所居。风俗强悍，居民鲜少，有大盗周吉据之，招集兵众，建设楼船，横行海中，自号"飞虎大王"。其妻罗氏，曾得异人传授，有呼风唤雨之能，走石扬沙之术，手舞双刀，能飞行水面，以故人皆畏之。昔孙恩在时，欲与结纳，常遣卢循奉命往来，罗氏见而悦之。其后吉死，罗氏代统其众，号令严明，群盗畏服。然孀居无偶，欲求良配，而手下头目等众，无一当其意者。因念卢循人物轩昂，可以为夫，遣人向循说合，循以有妻辞之。来人回报，罗氏笑而不言。一日，忽拥楼船百号，甲士数千，亲至番禺，邀循相见。循出见之，罗氏谓曰："君乃当世英雄，吾亦女中豪杰，愿以身许君者，欲助君成大事也，君何不允？"循曰："前妻不可弃，屈卿居下，又不敢耳。"罗氏笑曰："君不能自主耶？吾请与尊夫人当面决之。"遂与循并马入城，至府，循妻出接。方升堂，未交一语，罗氏即拔剑斩之。顾谓循曰："今不可以生同室，死同穴乎！"众大骇，然惮其勇决，不敢动。循亦唯唯惟命。一面将尸首移置它处，厚加殡殓。一面即设花烛，堂上交拜焉。由是鹿岛之甲兵府库，悉归番禺，而循益强。一日，道覆自始兴来，谓循曰："将军闻刘裕北伐乎？"循曰："闻之。"道覆曰："此可为将军贺也。"循曰："何贺？"道覆曰："本住岭外，岂以理极于此，传之子孙耶？正以刘裕难敌故也。今裕顿兵坚城之下，未有还期。我以此思归死士，掩击何、刘之徒，如反掌矣。不乘此机，而苟求一日之安，朝廷常以将军为腹心之疾，若裕平齐之后，息甲岁余，自率锐师过岭，虽以将军之神武，恐不能当也。今日之机，万不可失，若先克建康，倾其根本,裕虽南还,无能为也。此所以为将军贺也。"循大喜,罗氏亦力劝之,遂与道覆刻期起兵。先是道覆在始兴,使人伐船材于南康山,至始兴贱卖之,居民争市,船材大积而人不疑。至是悉取以装舰,旬日而办。于是循寇长沙,道覆寇南康、庐陵、豫章等郡。守土者皆弃城走。时克燕之信未至,而贼势大盛,京师震恐。何无忌得报,大怒曰:"彼欺朝廷无人耶?"遂自寻阳起师拒之。长史邓潜之谏曰:"闻贼兵甚盛,又势居上流,逆战非便,宜决南塘之水,守城坚壁以待之,彼必不敢舍我远下。蓄力养锐,俟其疲老,然后击之,此万全之策也。"参军刘阐亦谏曰:"循所将之兵皆三吴旧贼,百战余勇。始兴溪子,敏捷善斗。又有妖妇助之,未易轻也。将军宜留屯豫章,征兵属城,兵至合战,亦未为晚。若以此众轻进,殆必有侮。"无忌不听。三月壬申,与贼军遇于豫章,率众进击。兵锋初交,大风猝起,吹沙蔽日。官军船舰,皆为风水冲击,把持不定。无忌所乘大舟,漂泊东岸,贼舟乘风逼之,箭炮并发。无忌见事急,厉声曰:"取我苏武节来!"节至,执以督战。贼众云集,左右皆尽,无忌辞色无挠,握节而死。于是中外大震,廷臣皆惧,急以帝诏追裕还国。

当是时,南燕既下,裕方屯兵广固,抚纳降附,采拔贤俊,经营三齐。忽有诏至,以海寇内犯,官军屡败,召使速还。大惊,乃以韩范为都督八郡军事,留守广固,班师还南。至下邳,以船载辎重,先率精锐步归。至山阳,信益急,大虑京邑失守,卷甲兼行,与数十人奔至淮上。问行人以朝廷消息,行人曰:"贼尚未至建康,刘公若还,便可无忧。"裕心少安。将济江,遇大风,浪涌如山,船不得行。左右劝俟风息,裕曰:"若天命助国,风当自息。若其不然,覆溺何害?"即登舟,舟移而风止。过江至京口,士民见之,皆额首称庆。入朝,群臣皆来问计。裕曰:"今日守为上,战次之,毋惊惶,毋乱动,进退一唯吾命,诸君共体此意可耳。"时诸葛长民、刘藩、刘道规,各率本道兵入卫建康,裕皆令严兵以守。却说刘毅分镇姑孰,闻乱,即欲出兵讨贼,以疾作不果。及闻无忌败,力疾起师,来讨卢循。裕恐其轻敌,以书止之曰:

> 吾往时习击妖贼,晓其变态。贼新得志,其锋不可犯。今修船垂毕,当与弟协力同举。克平之日,上流之任,皆以相委。此时尚宜有待。无忌既误于前,弟不可再误于后也。

书去,恐毅不听,又遣其弟刘藩往止之,毅怒谓藩曰:"往以一时之功相推,汝谓我真不及寄奴耶?"投书于地,决意行师。先是裕与毅协成大业,而功居其次,心常不服。又自负其才,以为当世莫敌,常云恨不遇刘、项,与之并争中原。又尝于东府会集僚友,大掷樗蒲,一判应至百万,余人皆败,惟裕与毅在后,未判胜负。毅举手一掷,得雉大喜,褰衣绕床叫曰:"非不能卢,无事此耳!"裕恶其言,因握五木于手,久之而后掷曰:"老兄试为卿答。"既而四子俱黑,内一子转跃未定,裕厉声喝之,即成卢,笑谓毅曰:"此手何如?"众俱喝彩。毅色变,徐曰:"亦知公不能以此见借也。"故常欲立奇功以压裕望。今决意伐循,谓大功可立,遂率舟师二万,即日进发。

时循攻湘中诸郡,道覆进攻寻阳,闻毅将至,驰使报循曰:"毅兵甚盛,成败之机,全系于此,当并力击之。若使克捷,天下无复事矣,不忧上面不平也。"循得报,即日发巴陵,与道覆合兵而下。五月戊午,两军相遇于桑落洲,贼兵回船却走,毅众争先,追下数里。忽见战船排开,一女将手舞双刀,飞行水面。众皆瞩目视之,霎时狂风大作,天地昏暗,卢循兵从左起,道覆兵从右起,两下夹攻。女将引兵当前冲击,四面八方,皆是贼兵,莫测多少,官军大溃。毅弃船登岸,以数百人步走得脱,所弃辎重山积,循皆获之。喜谓道覆曰:"何、刘尽败,今可不烦兵刃而入建康矣。"军中置酒相贺。及闻裕已还朝,相顾失色曰:"彼来何速耶?"循欲退还寻阳,攻取江陵,据二州以抗朝廷。道覆不可,谓宜乘裕初返,未暇整备,攻之可克,迟则恐难胜也。循于是引兵径进。

时北师初还,将士多创病,建康战士,不盈一万。毅败之后,贼势益强,战士十余万,舟车百里不绝,楼船高十二丈。败还者争言其强,京师人情恟惧,皆虑难保。孟昶欲奉乘舆过江,裕不许。先是昶料无忌、刘毅兵必败,已而果然。至是又谓裕必不能抗循,人皆信之。王仲德言于裕曰:"昶言徒乱人心耳,公以雄才作辅,新建大功,威震六合,妖贼乘虚入寇,既闻凯还,自当奔溃,若先自遁逃,势同匹夫,何以号令天下?此谋若立,仲德请从此辞。"裕曰:"卿意正与吾同。"昶固请出避,裕曰:"今重镇外倾,强寇内逼,人情危骇,莫有固志。若一旦迁动,便知土崩瓦解,江北亦岂可得至?设令得至,不过迁延日月耳。将士虽少,自足一战,若其克济,则臣主同休。苟厄运必至,我当横尸庙门,遂其由来以身许国之志,不能窜草间苟求存活也。我计决矣,卿勿复言。"昶忿其言不行,且以为必败,固请死。裕怒曰:"卿且再申一战,死复何晚!"昶知言必不用,乃抗表自陈曰:"臣裕北伐,众并不同。惟臣独赞其行,致使强贼乘间,社稷将倾,臣之罪也。谨引咎以谢天下。"封表毕,仰药而死。后人有诗讥之曰:

> 持乱扶危仗有人,将军何自遽亡身?
> 寄奴当日从君计,晋室江山化作尘。

裕闻昶死,虑人心不安,自屯石头,命诸将各守要处。其子义隆始四岁,使刘粹辅之,以镇京口。裕见民临水望贼,怪之,以问参军张邵。邵曰:"若节越未反,民方奔散不暇,何能观望?今当无复恐耳。"裕然之。时贼信益急,裕谓诸将曰:"贼若于新亭直进,其锋不可当,宜且回避,胜负之事,未可量也,若回泊西岸,此成擒耳。"众皆不解其故。及卢循兵至淮口,道覆请于新亭直趣白石,焚舟而上,分数道攻裕,则裕军必败。循欲以万全为计,谓道覆曰:"大军未至,孟昶望风自裁,以大势言之,自当计日溃乱。今决胜负于一朝,既非必克之道,而徒伤士卒,不如按兵待之。"道覆退而叹曰:"卢公多疑少决,我终为所误,使我得为英雄驱驰,天下不足定也。"裕登石头城望之,初见循军引向新亭,顾左右失色。既而回泊蔡州,乃悦。刘毅经涉蛮晋,仅能自免,从着饥疲,死亡什七八,浃旬才至建康待罪。裕慰勉之,使知中外留事。丙寅,裕命沈林子、徐赤特筑寨南岸,断查浦之路,戒令坚守勿动。自引诸将,结营于南塘,遥为犄角之势。虑循引兵登岸,进攻查浦,徐赤特见其兵少,欲击之。林子曰:"此诱我耳,后必有继,不可击也。"赤特不从,遂出战。后队大至,赤特战死。林子据栅力战,势渐不支。裕命朱龄石急往救之,栅得不破。贼连攻三日,林子坚守不出。裕谓诸将曰:"贼专攻查浦,而不以兵向我者,懈吾备也。今夜月黑,且有妖妇助之,必来劫营,须为之防。"因令营前连夜掘成深堑,上铺木板,把沙土盖好,两旁设大骨百张,伏兵四面。俟营中号炮一响,齐出击之,诸将遵令而行。却说卢循是夜,欲令罗氏去劫大营,正好黑夜用法,道覆曰:"刘裕狡诈,大营岂有无备?不如去劫查浦小寨,可以必胜。"循曰:"吾连日专攻小寨者,正为今夜用计耳,君何疑焉?"罗氏曰:"吾有神兵相助,以千人往,便足直破其垒。君等在后为援,俟吾胜时,四面截击可也。"循大喜。

等至更深,罗氏领兵前往。将近敌营,马上作法起来,狂风大作,黑雾迷天,空中有百千万人马护从。那知才及寨门,忽如天崩地裂一声,把前面人马陷入堑里。罗氏收马不及,亦跌下去。营中一声炮响,两旁弓弩齐发,如雨点一般射来,罗氏身中数箭而死。伏兵四起,火把齐明,卢循领兵在后,知是中计,只得退下还船。检点前队一千兵马,皆被杀尽,又丧了爱妻,不胜大恸,谓道覆曰:"吾不能留此矣,且还寻阳,再图后举。汝引一支人马,进取江陵。"道覆从之,遂令范崇民以五千人断后,大军尽退。

诸将见循兵退去,请裕追之。裕不应,大治水军,命孙处、沈田子二将,率众三千,自海道袭番禺。从皆谓海道艰远,得至为难,且分撤见力,非目前之急。裕曰:"大军十二月之交,定破妖贼,此时必先倾其巢穴,使彼走无所归,则可以歼尽丑类,免贻后日之忧,诸君特未见及此耳。"众皆称善。今且按下。

且说徐道覆来攻江陵。江陵守将刘道规,裕之弟也。初闻贼逼京邑,遣其将檀道济率兵三千入援。至寻阳,为贼将荀林所破,引师退归。林遂乘胜伐江陵,兵势甚盛。又其时谯纵反于蜀,桓谦自秦归之,引蜀师来寇。荀林屯于江津,桓谦军于枝江,二寇交逼,遥相呼应。加以江陵士庶,多桓氏义旧,并怀二心。道规乃会将士告之曰:"桓谦今在近畿,闻人士颇怀去就之计。吾东来文武足以济事,若欲去者,本不相禁。"因夜开城门,达晓不闭。众感其诚,莫有叛者。襄阳太守鲁宗之,知江陵危急,率众来援。道规单骑迎入,遂以守城事委之,而自率诸将攻谦。或谏之曰:"今远出攻谦,胜未可必。荀林近在江津,伺人动静,若来攻城,宗之未必能固,脱有差跌,大事去矣。"道规曰:"诸君不识兵机耳。荀林庸才,无他奇计,以吾去未远,必不敢引兵向城。桓谦不虞吾至,攻之辄克。林闻谦败,则心胆俱破,岂暇得来?且宗之独守,何为不支数日?"于是率领兵马,水陆齐进,攻谦于枝江,谦果大败,单舸走,副将刘遵追斩之。还击荀林,林亦走,江陵得安。至是道覆率众三万,奄至破冢。或传卢循以平京邑,遣道覆来为荆州刺史,江汉士民,无不畏惧,道规曰:"此未可纵之临城也。"于是筑垒于豫章口拒之。道覆屡攻不克。话分两头,裕治水军毕,以檀韶为前锋,击斩贼将范崇明于南陵。循惧,驰报道覆曰:"勿争江陵,且还拒裕。"于是道覆引军急还,与循军合。冬十二月,裕至雷池,贼众扬言不攻雷池,当乘流径向建康。裕谓诸将曰:"贼设此言,明日当来决战矣。吾军当严阵以待。"诘旦,果见贼舟蔽江而下,旗枪密布,金鼓震天,前后莫见舳舻之际。裕乃命步兵屯于西岸,先备火具,藏于岸侧,戒军士曰:"今日西风甚急,贼占上风,必泊西岸,可纵火烧之。"步兵领命而去。又令舟师悉出轻舰,分作数十队,列于东岸。船上各设大弓百张,戒之曰:"初则择利而战,进退自由。一闻中军鼓起,万众齐备,退者立斩。"众将毕奉令行事。将战,贼舟果尽泊西岸,官军若迎若拒,东逐西走,西逐东走,势若游龙。俄而贼阵中火焰冲起,裕命击之。鼓声大震,请将无不奋勇杀人,后面火势愈盛,楼船大半被烧。前面万弩齐发,中者贯胸,贼兵大溃。岸上忽竖招降旗一面,上书降者免死,于是贼兵得脱者,无不弃甲奔降。循与道覆见事急,遂收余兵东遁。

先是裕挥众进战,所执麾竿忽折,幡沉于水,众皆失色。裕笑曰:"往年覆舟山之战,幡竿亦折,今者复然,贼必平矣。"至是果大捷,所获士卒刍粮无数。请将入贺,裕曰:"贼今败去,必还番禺。斯时番禺,谅已为孙处等所据矣。然孤军无援,恐不足以制之。"乃命胡藩、孟怀玉率轻军五千,尾而追之,务歼尽丑类而止。

却说循与道覆率领残兵,星夜逃回番禺。那知孙处、沈田子二将,奉了刘裕的将令,已于十二月之交,引兵袭据其城,戮其亲党,严兵以待。循在路,不知其城已失,一到番禺,忙即整众入城。行至城下,见四门坚闭,城上遍插旌旗,一将全身披挂,立于城上,大喝曰:"卢循,汝巢穴已失,今来何为?"循大惊,问曰:"尔何人,敢据吾地?"城上将对曰:"我振武将军孙处也。奉太尉之命,倾尔巢穴,绝尔后路,尔尚不知死活耶!"循顾道覆曰:"此城若失,吾无容身之地矣,奈何?"道覆曰:"事急矣,乘其孤军无援,速攻之,可克也。"于是挥令贼众,四面攻击,城中亦四面拒之。相持二十余日,渐不能支。孙处谓田子曰:"救兵不至,矢石将竭,奈何?"田子曰:"风色已转西北,不出三日,救兵必至矣。"一日,忽闻城外炮声如雷,贼兵纷纷退去,遥望海口,一支人马,皆是官军旗号,在贼阵中左冲右突,贼兵抵死相敌。田子知救兵已至,遂留孙处守城,亲率兵众,前来助战。两路夹击,贼众大败,卢循狼狈逃去。道覆欲走始兴,众散被杀。战罢,方知来援者,乃胡藩、孟怀玉也,相见大喜。田子请二将入城,胡藩谓田子曰:"贼去未远,追之可获,君同孙将军,拥戢地方。我同孟将军,去擒贼徒便了。"说罢,分手而别。但未识官军追去,果能擒得贼徒否,且听下回分解。

慕客超虽无人君治国之道,乃能慷慨就戮,亦不可尽非。至临死以母相托,而敬宣能不负所言,亦人所难得。韩范以燕臣降裕,而能救合城性命,亦有可取。卢循剧贼,乘国家之急,恣其侵掠,又辅以道覆、罗氏,真是如虎生翼。无忌既败于前,刘毅复踵其后,非寄奴坚忍待之,料事如鉴,几于不可收拾。道覆智谋,迥出何、刘上,早能收而用之,亦一良性。惜其廋身于贼,卒至随贼而没也。罗氏妖妇,夫死而求婚卢循,已不足齿。一见正妻,遽焉仗剑杀之,凶悍尤出人意外。孟昶虽料事多中,而其才不如刘裕,乃自信太深,仰药先死,亦可谓智而愚者矣。

第七回　除异己暗袭江陵　剪强宗再伐荆楚

话说卢循大败而逃，仅存楼船数号，残兵数百，欲往交州，又通风阻不得进。后面追兵，渐渐赶上。自知不免，乃召其妓妾问曰："谁能从我死者？"或云："鼠雀偷生，就死实难。"或云："官尚就死，何况我等？"循乃释愿死者不杀，而杀诸辞死者，自投于海而死。追兵至，取其尸斩之，传首建康。裕闻贼平，大喜，以交州刺史杜慧度镇番禺，诏诸将班师。朝廷论平贼功，进封裕为宋公，诸将进爵有差。独刘毅兵败无功，不获进爵。裕念其旧勋，因命刘道规镇豫州，而以毅为荆州刺史。

且说毅自桑落败后，知物情去己，弥复愤激，虽居方镇，心常怏怏。又裕素不学，而毅颇涉文雅，故朝士有清望者多归之。与尚书谢混、丹阳尹郗僧施深相凭结，既据上流，阴有图裕之志。求兼督交、广二州，裕许之。又奏以郗僧施为南蛮校尉，裕亦许之。僧施既至江陵，毅谓之曰："昔刘先主得孔明，犹鱼之有水。今吾与足下，何以异此？"毅有祖墓在京口，表请省墓。裕往候之，会于倪塘，欢宴累日。胡藩私谓裕曰："公谓刘卫军终能为公下乎？"裕默然，久之曰："卿谓何如？"

藩曰："连百万之众，攻必取，战必克，毅固以此服公。至于涉猎传记，一谈一咏，自许以为雄豪，于是缙绅白面之士，辐辏归之，恐终不为公下，不若乘其无备除之。"裕曰："吾与毅俱有克复之功，其过未彰，不可自相图也。"

既而毅还荆州，变易守宰，擅改朝命，招集兵旅，反谋渐著。其弟藩为兖州刺史，欲引之共谋不轨，托言有病，表请移置江陵，佐己治事。裕知其将变，阳顺而阴图之，答书云："今已征藩矣，俟其入朝后，即来江陵也。"毅信之。九月己卯，藩自兖州入朝，裕执之，并收谢混于狱，同日赐死。于是，会集诸将谋攻江陵，诸将皆曰："荆上强固，士马众多，攻之非旦夕可下，须厚集兵力图之。"阶下走过一将，慷慨向裕曰："此行不劳大众，请给百舸为前驱，袭而取之，旦夕可克。刘毅之首，保即枭于麾下。"裕大喜，众视之，乃参军王镇恶也。

且说镇恶，本秦人，丞相王猛孙，生于五月五日。家人以俗忌不利，欲令出继于外。猛见而奇之，曰："此儿不凡，昔孟尝恶月生而相齐，是儿亦将兴吾门矣。"故名之为镇恶。年十三苻答氏亡，关中乱，流寓崤、渑之间，尝寄食里人李方家，方厚待之。镇恶谓方曰："若遭遇明主，得取万户侯，当厚相报。"方曰："君丞相孙，人才如此，何患不富贵？得志日，愿勿忘今日足矣。"后奔江南，居荆州，读孙吴兵书，饶谋略，善果断，喜论军国大事。广固之役，裕求将才于四方。或以镇恶荐，裕召而与语，意略纵横，应对明敏。大悦，留与共宿。明旦，谓参佐曰："吾闻将门有将，信然。"即以为中兵参军。至是请为前驱，裕命蒯恩佐之，将百舸先发，戒之曰："若贼可击，则击之。不可，则烧其船舰，留水际以待我。"

镇恶领命，昼夜兼行。在路有问及者，诡云刘兖州往江陵省兄。其时人尚未知刘藩已诛,故皆信之。已未,至豫章口,去江陵城二十里,舍船步上。每舸各留一二人,对舸岸上,各立六七旗,旗下置鼓,戒所留人曰:"计我将至城,便击鼓呐喊,尽烧江津船只,若后有大军状。"于是镇恶居前,蒯恩次之。径前袭城。正行之次,江陵将朱显之往江口,遇而问之,答以刘兖州至。显之曰:"刘兖州何在?"曰:"在后。"显之至军后,不见藩,而见军士担负战具,遥望江津,烟焰张天,鼓噪之声甚盛。知有变,便跃马驰归,惊报毅曰:"外有急兵,垂至城矣。直令闭门勿纳。"毅大骇,急下令闭门。关未及闭,镇恶已率众驰入,杀散守卒,进攻金城。金城者,毅所筑以卫其府者也。守卫士卒皆在焉,猝起不意,人不及甲,马不及鞍,仓皇出拒。大将赵蔡,毅手下第一勇将,素号无敌,才出格斗,中流矢而死。人益惶惧,自食时战至中哺,城内兵皆溃,镇恶破之而入。遣人以诏及裕书示毅,毅烧不视。督厅事前士卒力战。逮夜,士卒略尽,毅见势不能支,率左右三百许人,开北门突走。镇恶虑暗中自相伤犯,止而不追。初,长史谢纯将之府,闻兵至,左右欲引车归。纯叱之曰:"我人吏也,逃将安之?"遂驰府,与毅共守。及毅走,同官毛修之谓纯曰:"吾侪亦可去矣。"纯不从,为乱兵所杀。毅出城,左右皆叛去,夜投牛牧佛寺。寺僧拒之曰:"昔桓蔚之败,走投寺中,亡师匿之,为刘卫军所杀,今实不敢容留异人。"毅叹曰:"为法自弊,一至于此。"遂缢而死。明日居人以告,镇恶收其尸斩之。后人有诗悼之曰:

盖世勋名转眼无,敢夸刘、项共驰驱。
呼卢已自输高手,岂有雄才胜寄奴?

先是毅有季父镇之间居京口,不应辟召,尝谓毅与藩曰:"汝辈才器,足以得志,但恐不久耳。我不就尔求财位,亦不同尔受罪累。"每见毅导从到门,辄诟之,毅甚敬畏。未至宅数百步,悉屏仪卫,步行至门,方得见。及毅死,不涉于难,人皆高之。乙卯,裕至江陵,镇恶迎拜于马首曰:"仰仗大威,贼已授首,幸不辱命。"裕曰:"我知非卿不能了此事也。"荆州文武,相率迎降,收郗僧施斩之,余皆不问。捷音至京,举朝相庆。

时诸葛长民已有异志,闻之不悦。先是裕将西讨,使长民监太尉留府事。又疑其不可独任,加穆之建武将军,配兵力以防之,以故长民益自疑。犹冀毅未即平,与裕相持于外,可以从中作难。及闻毅死,大失望,谓穆之曰:"昔年醢彭越,今年杀韩信,吾与子皆同功共体者也,能无危乎?"穆之不答,密以其言报裕。裕乃潜为之防,以司马休之为荆州刺史,留镇江陵,而身还建康。大军将发,长史王诞,请轻身先下。裕曰:"长民�69来,颇怀异志。在朝文武,恐不足以制之,卿讵宜先下。"诞曰:"长民知我蒙公垂盼,今轻身单下,必当以为无虞,乃可少安其意耳。"裕笑曰:"卿勇过贲、育矣。"乃听先还。裕既登路,络绎遣辎重兼程而下,云于某日必至。长民与公卿等,频日候奉于新亭,而裕淹留不还,辄爽其期,候者皆倦。乙丑晦,裕乘轻舟径进,潜入东府。公卿闻之,皆奔候府门,长民亦惊趋而至。裕先伏壮士丁旿于幔中,单引长民入。降座握手,殷勤慰劳。俄而置酒对饮,却人闲话,凡平生所不尽者皆与之言,长民甚悦。酒半,裕伪起如厕,忽丁旿持刀从幔后出,长民惊起,而刃已及身,遂杀之。裕命舁尸付廷尉,并收其弟黎民。黎民有勇力，与众格斗而死。故时人语曰："莫跋扈，付丁旿。"由是群臣恐惧，莫不悚息听命。

再说朝廷相安未久，旋又生出事来，费却一番征讨，历久方平。你道此事从何而生？先是司马休之为荆州刺史，勤劳庶务，抚恤民情，大得江汉心。有长子文思，嗣其兄谯王尚之后，袭爵于朝，与弟文宝、文祖并留京师。文思性凶暴，好淫乐。手下多养侠士刺客。离城十里，建一座大花园，以为游观之所，而兼习骑射。一日走马陌上，见隔岸柳阴之下，有一群妇女，聚立观望。内有一女，年及十五六，容颜绝丽，体态风流。文思立马视之，目荡心摇，顾谓左右曰："此间何得有此丽人？"有识之者曰："此园邻宋家女也。"妇女见有人看她，旋即避去。文思归，思念不止，有宠奴张顺，性奸巧，善伺主人意。文思托他管理园务，认得宋家，因进曰："主人连日有思，得毋为宋姓女乎？如若爱之，何不纳之后房？"文思曰："吾实爱其美，但欲纳之，未识其家允否？"张顺曰："以主人势力求之，有何不允？"文思大喜，遂令张顺前去说合。

却说宋女，小名玉娟。其父宋信，已亡过三年，与母周氏同居，家中使唤止有一婢。父在时，已许字郎吏钱德之子，以年幼未嫁。宋姓虽非宦室，亦系清白人家。时值三春，随了邻近妇女，闲行陌上，观望春色，却被文思隔岸看见。当时母女归家，亦不在意。隔了一日，有人进门，口称司马府中差来，请周氏出见。周氏出来，问："有何事见谕？"其人曰："我姓张，系尊夫旧交，现在住居园中，又系近邻，今日此来，特为令爱作伐。"周氏曰："吾女已许字人矣，有辜盛意。"张顺愕然曰："果真许字人了，可惜送却一场富贵。宋大嫂你道吾所说者何人？乃即府中王子也。王子慕令爱才貌，欲以金屋置之，故遣吾来求，此令爱福星所照，如何错过？"周氏曰："小女福薄，说也无益。"便走过一边。张奴见事不谐，即忙走归，以周氏之言告知主人。文思怅然失望，谓张顺曰："你素称能干，更有何计可以图她到手？"张奴曰："计却有，但恐主人不肯行耳。"文思忙问："何计？"张奴曰："今日午后，竟以黄金彩段，用盒送去，强下聘礼。晚间，点齐我们仆众，再用健妇数人，径自去娶。倘有不从，抢她归来，与主人成其好事。事成之后，他家纵有翻悔，已自迟了。"文思点头称善，途命如计而行。

却说周氏自张顺去后，叮嘱女儿，今后不可出门，被人看见。正谈论间，忽听扣门声急，唤婢出问。小婢开出门来，见有五六人，捧着盘盒，一拥而入，早上来的这人，亦在其内。便向他道："请你大娘出来，当面有话。"周氏听见人声嘈杂，走出堂中，张顺一见，便作揖道："大嫂恭喜！我家主人，欲娶令爱，特送黄金百两，彩段十端，以作聘礼，请即收进，今夜便要过门。"周氏大惊道："我女已受人聘，你家虽有势力，如何强要人家女儿？快快收去，莫想我受。"张顺笑道："受不受由你，我们自聘定的了。"遂将黄金彩段，放在桌上，竟自去了。周氏急忙走出，喊叫四邻。邻人不多几家，又是村农，惧怕王府威势，谁敢管这闲事。周氏喊破喉咙，无人接应。痛哭进内，向女儿道："彼既强聘，必来强娶，此事如何是好？"母女相对而哭，思欲逃避他方，又无处可避，况天又渐黑下来，愈加惶惧。才到黄昏，门外已有人走动。坐至更深，大门一片声响，尽行推倒，灯球火把，塞满庭中，照耀如同白日。玉娟战战兢兢，躲在房中床上。周氏拦住房门，大叫救人。走过妇女数人，将她拉在一边，竟到房中搜着玉娟，将新衣与她改换。玉娟不依,一妇道:"到了府中,与她梳妆便了。"遂将她拥出房门上轿。斯时玉娟呼母,周氏呼女,众人皆置不理。人一登轿,鼓乐齐鸣,灯球簇拥而去。邻里皆闭门躲避,谁敢道个不字。花轿去后,方有邻人进来,见周氏痛哭不已,劝道:"人已抬去,哭也无益。"又有的道:"令爱此去,却也落了好处,劝你将错就错罢。"周氏道:"钱家要人,教我如何回答?"邻人道:"钱家若来要人,你实说被司马府中抢去,只要看他有力量,与司马府争执便了。"说了一回,邻人皆散,周氏独自凄惶。

话分两头,玉娟抬入府中,出轿后,妇女即拥入房,房内红烛高烧,器用铺设,皆极华美。走过数个妇女,即来与她梳洗。始初不肯,既而被劝不过,只得由她打扮。送进夜膳,亦略用了些。不上一刻,文思盛服进房,妇女即扶玉娟见礼。文思执其手曰:"陌上一见,常怀想念,今夜得遂良缘,卿勿忧不如意也。"玉娟低头不语,见文思风流体态,言语温存,当夜亦一一从命了。

却说周氏一到天明,即报知钱家,言其女被司马府抢去。钱德气愤不过,即同周氏,赴建康县哭诉情由。县主姓陆,名微,东吴人,为人鲠直,不畏强御。又值刘裕当国,朝廷清明,官吏畏法,接了状词,便即出票,先拿豪奴张顺审问。差人奉了县主之命,私下议道:"司马府中,如何敢去拿人?"有的道:"张顺住在郭外园里,早晚入城,吾们候在城门口,拿他便了。"那知事有凑巧,差人行至城门,正值张顺骑马而来,差人走上,勒住马口道:"张大爷请下骑来,有话要说。"张顺下马道:"何有说话?"差人道:"我县主老爷,请你讲话,现有朱票在此。"张顺道:"此时府中传唤,我不得闲。"差人道:"官府中事,却由不得你,快去快去。"张顺道:"去也何妨。"便同差人至县,县主闻报,便即升堂。张顺昂然而入,见了县主,立而不跪。县主道:"你不过司马家奴,如何哄诱主人,强抢民家闺女,大干法纪? 见了本县,尚敢不跪么!"张顺道:"这件事求老爷莫管罢。"县主拍案大怒道:"朝廷委我为令,地方上事,我不管谁管!"喝令扯下重打四十。左右便将张顺按倒在地,打至二十,痛苦不过,只得求饶。县令道:"既要饶打,且从实供来。"张奴怕打,悉将强抢情由供出。县主录了口词,吩咐收监,候申详上司,请旨定夺。

有人报知文思,文思不怕县令,却怕其事上闻,刘裕见责,玉娟必归断母家,如何舍得,数次央人到县说情,求他莫究。县令执法不依。文思计无所出,或谓之曰:"府中侠士甚众,县既不从,不如潜往杀之,其狱自解。"文思气愤不过,遂依其说,潜遣刺客入县,夜静时,悄悄将县令杀死。明日县中亲随人等,见主人死得诧异,飞报上司。裕闻报,道:"贼不在远,着严加搜缉。"既而踪迹渐露,访得贼在司马府中,遂命刘穆之悉收文思门下士考问,尽得其实。裕大怒,从来说王子犯法,庶民同罪,遂收文思于狱。其强抢之女,发还母家,听行更嫁,奏过请旨。旨意下来,其党羽皆斩,文思亦令加诛。休之闻之,上表求释,愿以己之官爵,赎其子罪。裕不许,然遽诛之,又碍休之面上,因将文思执送荆州,令休之自正其罪。休之不忍加诛,但表废其官,使之闲住江陵。裕怒曰:"休之不杀文思,以私废公,目无国法,此风何可长也?"因征休之来京,并欲黜之。

诏至江陵,休之欲就征,恐终不免;欲拒命,惧力不敌,忧惧不知所出。参军韩延之曰:"刘裕剪灭宗藩,志图篡晋,将军若去,必不为裕所容,如何遽就死亡? 若不受命,大兵立至,荆州必危。我尝探得雍州刺史鲁宗之,素不附裕,久怀异志。其子竟陵太守鲁轨,勇冠三军。今若结之为援,并二州之力以拒朝廷,庶州土可保。"休之曰:"今烦卿往,为我结好于宗之。"延之领命,往说宗之曰:"公谓刘裕可信乎?"宗之曰:"未可信也。"延之曰:"司马公无故见召,其意可知,次将及公,恐公亦不免于祸。今欲与公相约,并力抗裕,公其有意乎?"宗之曰:"吾忧之久矣,苦于势孤力弱。若得司马公为主,敢不执鞭以从。"延之请盟,于是宗之亲赴荆州,与体之面相盟约,誓生死不相背负。盟既定,连名上表罪裕。裕阅其表,大怒,遂杀休之次子文宝、文祖,下诏讨之。差将军檀道济将兵三万攻襄阳一路,江夏太守刘虔之屯兵三连,立桥聚粮,以待道济。又命徐逵之将兵一万为前锋,王允之、沈渊子、蒯恩佐之出江夏口。身统大军为后继,诸将皆从。先是韩延之曾为京口从事,与裕有旧,裕密以书招之。延之接书,呈示休之,即于座上作书答云:

承亲帅戎马,远履西畿,阖境士庶,莫不惶骇。何者?莫知师出之名故也。今辱来疏,知以谯王前事,良增叹息。司马平西,体国忠贞,款怀待物,当于古人中求之。以公有匡复之勋,家国蒙赖,推德委诚,每事询仰。谯王往以微事见劾,犹自表逊位,况以大过而当默然耶?前以表奏废之,所不尽者命耳。推寄相与,正当如此。而遽兴甲兵,所谓"欲加之罪,其无辞乎!"刘裕足下,海内之人,谁不见足下此心,而复欲欺诬国士?来示云:"处怀期物,自有由来。"今伐人之君,啖人以利,真可谓"处怀期物,自有由来"者乎!刘藩死于阊阖之门,诸葛毙于左右之手,甘言诳方伯袭之以轻兵,遂使席上靡款怀之士,阃外无自信诸侯,以是为得算,良可耻也。贵府将吏,及朝廷贤德,皆寄性命以过日,心企太平久矣。吾诚鄙劣,尝闻道于君子,以西平之至德,宁可无授命之臣乎!必未能自投虎口,比迹郗僧施之徒明矣。假今天长丧乱,九流浑浊,当共臧洪游于地下,不复多言。

书竟,即付来使寄裕。裕视书叹息,以示将佐曰:"事人当如此矣。"其后,延之以裕父名翘,字显宗,乃更其字曰显宗,名其子曰翘,以示不臣刘氏。

却说休之知裕军将至,飞报宗之。宗之谓其子轨曰:"刘裕引大军攻江陵,道济以偏师取襄阳,汝引兵一万去迎道济,吾同休之去迎刘裕。"轨奉命辄行。将次三连,探得道济军尚未至,虔之全不设备,遂乘夜袭之。虔之战死,一军尽没。轨既胜,便移兵来拒徐逵之等。逵之等闻虔之死,皆大怒欲战,蒯恩止之曰:"鲁轨,骁将也。今乘胜而来,其锋甚锐,不可轻敌。不如坚兵挫之,俟其力倦而退,然后击之,可以获胜。"逵之不从,遂出战。两军方交,鲁轨拍马直取逵之,逵之不能敌,被轨斩于马下。允之、渊子大呼来救,双马齐出,夹攻鲁轨。怎当轨有万夫不当之勇,二将皆非敌手,数合内,轨皆斩之。由是东军大败,蒯恩走免。斯时裕军于马头,问前锋败,大怒。正议进兵,忽有飞报到来,言青州司马道赐反,刺史刘敬宣被害,裕闻之大恸,挥泪不止。

你道敬宣何以被害?先是裕虑荆、襄有变,故于青、齐、兖、冀数处,各用腹心镇守。

时敬宣镇广固，其参军司马道赐，宗室之疏属也。闻休之叛，潜与之通，密结敬宣亲将王猛子等，谋杀敬宣，据广固以应休之。一日进见敬宣，言有密事，乞屏人语。左右皆出户，独猛子逡巡在后，取敬宣备身刀杀敬宣。道赐持其头以出，示众曰："奉密诏诛敬宣，违者立死。"左右齐呼司马道赐反，外兵悉入，遂擒道赐及其党皆斩之，乱始定。文武佐吏，守广固以待命，裕知敬宣死，祸由休之，恨不立平江陵。一面遣将去守广固，一面会集诸将，刻期济江。未识荆、雍之兵，若何御之，且听下回分解。

　　刘毅才不及裕，悍悍自雄，欲以胜裕，无如棋高一着，事事多不出裕意料中，为裕所灭，宜矣！司马休之始不能教子，继又不知大义灭亲之训，结连宗之，挑裕致讨，不智甚矣。至如韩延之答书，侃侃正言，裕亦叹其事人当如此，若而人岂易得乎哉？

第八回　任诸将西秦复失　行内禅南乐聿兴

话说休之、宗之知东军大上，刘裕自来，遂合兵五万，临江岸置阵，以拒来师。岸高数丈，其壁如削，阵前枪刀密布，矢石列排，真如铜墙铁壁，无懈可击。裕驱兵直进，下令曰："先登者有赏。"于是众力同奋。那知登未及半，上面箭如雨下，纷纷俱坠，死者相继，无一能登岸者。裕怒，披甲欲自登，诸将劝止不从，主簿谢晦趋前抱住不放。裕抽剑指晦曰："我斩卿。"晦曰："天下可无晦，不可无公。"裕乃止。时胡藩领游兵往来江津，裕呼之使登，藩有难色，不即遽上。裕大怒，厉声呼左右收来斩之。藩见左右持刀赶来，顾而谓曰："正欲击贼，不得奉教。"乃以刀头穿岸，少容足指，腾身而上，连杀数人，由是随之者稍多，大军因而乘之，遂皆登岸。呼声动地，无不一以当百，西军大溃。宗之、休之走，裕挥诸将追之。追下数里，忽见一支军喊杀而来，挡住去路。追者见有接应人马，便按兵不追。你道接应者何人？乃是鲁轨在后。知前军交战，恐防有失，赶来相助，恰好救了败残人马。休之、宗之见鲁轨兵到，心下稍安，收集逃亡，再整军马，已丧十分之三。休之欲退保江陵。轨请再申一战，以决胜负，乃复结阵以待。

却说檀道济从别路出师，探得荆、襄之兵，尽聚江上，本州无备，乃引兵突至江陵。命勇将薛彤、高进之乘夜扒城而入，一鼓下之。既克江陵，复进兵襄阳。襄阳守将李应之，开门出降，于是荆、雍皆得。斯时休之方图再战，忽闻根本已倾，惊得魂不附体，谓左右曰："前有强敌，退无归路，若何而可？"左右劝其北走，遂同宗之焚营宵遁。行未数日，军士不乐北行，散亡殆尽。亏得休之平素爱民，民见其败，争为之卫送出境。王镇恶追之，不及而还。于是休之、宗之等并降于魏。裕嘉道济之功，加号镇北将军，留守荆、雍，而班师以归。

当是时，裕功业日隆，强藩尽灭。凡宗室之有才望者，皆惧见害，出奔异国。然裕意中欲俟关、陇平定，然后受禅，故犹存晋朔。一日，闻秦主姚兴死，子泓立，诸子构难，关中大乱，裕喜谓穆之曰："吾今日举秦必矣。"乃下令戒严，以世子义符为中军将军，监太尉留府事，穆之为左仆射，入居东府，总摄内外，徐羡之副之。丁巳，裕发建康，命王镇恶将步军一万为前锋，自淮、泗向洛；檀道济及胡藩，将兵趋阳城；沈田子与傅宏之，将兵趋武关；沈林子同王仲德，将水军出石门，自汴入河；身统大军为后继。穆之谓镇恶曰："公今委卿以伐秦之任，卿其勉之。"镇恶曰："此行不克关中，誓不复济江。"九月，诸将入秦境，所向皆捷。秦之诸屯守兵，皆望风降附。既而进攻洛阳，克之。引兵径前，直抵潼关。秦主惧。命姚绍为大将军。督步骑五万守潼关。镇恶等不得前，久之，军中乏食，众心危惧，或欲弃辎重还赴大军。沈林子按剑怒曰："相公志清六合，今许洛已定，关右将平，事之济否，系于前锋，奈何沮乘胜之气，弃垂成之功乎？且大军在远，贼众尚强，虽欲求还，岂可得乎？下官授命不顾，今日之事，有进无退，未知二三君子，将何面目以见相公之旗鼓耶？"众闻其言，乃不敢退。镇恶亲至宏农，说谕百姓。百姓竞送义租,军食复振。进攻秦军,大破之,遂克潼关,姚绍奔还。十三年五月,裕大军至陕。沈田子、傅宏之亦克武关,入攻峣、柳,秦主欲自将拒裕,而恐田子等袭其后,欲先击灭田子,然后倾国东出。乃率步骑数万,奄至青泥。田子欲战,傅宏之以众寡不敌,止之。田子曰:"兵贵用奇,不必在众。且今众寡相悬,势不两立,若彼结围既固,则我无所逃矣。不如乘其始至,营阵未立,先往薄之,可以有功。"遂率所领先进,傅宏之继之。秦兵合围数重,田子抚慰士卒曰:"诸君冒险远来,正求今日之战,死生一决,封侯之业,于此在矣。"士卒闻之,皆踊跃鼓噪,执短兵奋击,秦军大败,斩首万余级。秦主奔还,与姚丕共守灞上。

镇恶引军入渭,以趋长安,乘蒙冲小舰,行船者皆在舰内。秦人见舰进而无行船者,皆惊以为神。镇恶至渭桥,令军士食毕,持仗登岸,后登者斩。众皆登,镇恶暗使人悉断舰缆,渭水迅急,舰皆随流去,倏忽不知所在。时秦兵尚有数万,镇恶谕士卒曰:"吾属并家在江南,此为长安北门,去家万里。舟楫衣粮,皆已随流而去。今进胜则功名俱显,不胜则骸骨不返,无他歧矣,卿等勉之。"乃身先士卒,进击秦军。众战士无不胜踊恐后,大破姚丕于渭桥。秦主泓引后军来援,反为败卒所蹂践,不战而溃,左右亲将皆死,单马还宫。镇恶乘胜,驰入平朔门,进围其宫。泓涕泣无计,将出降。其子佛念年十一,谓父曰:"晋人将退其欲,虽降必不免,不如引决。"泓怃然不应。佛念,登宫墙自投而死。癸亥,泓率妻子群臣,诣镇恶垒门请降。镇恶收以属吏,城中夷晋六万余户,镇恶以国恩抚慰,号令严肃,百姓安堵。七月,裕至长安,镇恶迎于灞上,裕劳之曰:"成吾霸业者,卿也!"镇恶再拜谢曰:"明公之威,诸将之力,镇恶何功之!"裕入秦宫,收彝器、浑天仪、土圭等,其余金玉、缯帛、珍宝,皆以颁赐将士。秦东平公姚赞,率其宗族诣裕降,裕皆杀之。送秦主姚泓至京师,斩于市。

裕既平秦,欲留长安,经略西北。一日,闻报刘穆之卒,如失左右手,谓诸将曰:"本欲与诸君共事中原,今根本无托,不得不归矣。"乃留次子义真镇关中,以王修、王镇恶、沈田子、毛德祖四人辅之,而身东还。时义真年十二也。

先是夏王勃勃闻裕伐秦,谓群臣曰:"姚泓非裕敌也,且其兄弟内叛,安能拒人?裕取关中必矣。然裕不能久留,必将南归,留子弟及诸将守之,吾取之如拾芥耳。"乃秣马砺兵,进据安定。及闻裕还江南,奋决大喜,即命其子赫连璝为前锋,率不敢进骑二万向长安,身督大军为后继。沈田子出兵拒之,畏其众盛不敢进。王镇恶谓王修曰:"公以十岁儿付吾曹,当共思竭力,而拥兵不进,虏何由退?"请自出击。至军,责田子不进。田子素与镇恶不睦,以其恃功骄纵,恨之切齿,至是益怒。又军中讹言,镇恶欲尽杀南人,据关中反。乃托以议事,请至军中,斩之幕下,矫称受裕令诛之。报至长安,请将皆大惊。义真与王修被甲登城,以察其变。俄而田子率数十骑至,言镇恶反,修命执之,数以专戮罪斩之。夏兵至,修同傅宏之出拒,连战皆胜,赫连璝乃退。

又义真年少,赏赐左右无节,王修每裁抑之。左右皆怨,乃谮修于义真曰:"田子杀镇恶,坐以反罪杀之。今修杀田子,是亦反也。"义真信以为实,遂杀修。由是人情离骇,莫相统一。夏兵复来,义真悉召外兵入长安,闭门拒守。关中郡县,悉降于夏。

裕初闻田子杀镇恶,王修杀田子,而义真又杀修,大骇。继闻勃勃进攻长安,料义真必不能守,乃命朱龄石赴长安代之。戒之曰:"卿至,敕义真轻装速发,既出关,斯可徐行。若关右必不可守,可与俱归。"那知龄石未至长安,义真已弃城而东。赫连璝率众三万追之。龄石遇之于途,谓义真曰:"速行乃可以免,今载货宝辎重,日行不过十里,虏安何以待之?"义真不从。俄而夏兵大至,傅宏之等断后,力战连日,至青泥大败,宏之、龄石及诸将皆死。会日暮,夏兵不穷追,义真左右殆尽,独逃草中。参军段宏单骑追寻,缘道呼之,义真识其声,乃从草中出曰:"君非段中兵耶?身在此,然不能归矣。可刜身头以南,使家君望绝。"宏泣曰:"死生共之,下官不忍。"乃束义真于背,单马而归。裕闻青泥败,未识义真存亡,大怒,刻日北伐。谢晦谏曰:"士卒凋敝,请候他年。"不从,会得段宏启,知义真得免,乃止。

十四年冬十月,诏进宋公爵为王,增十郡,建宋王府于京口。自置相国以下官属,加殊礼,进萧太妃为太后,世子为太子。先是,王以谶言云:昌明之后,尚有二帝。使传郎王韶之结帝左右,密谋弑帝。帝既崩,乃称遗诏,奉琅玡王德文即皇帝位,改元元熙,是为恭帝。恭立一载,王欲受禅而又难于发言,乃集朝臣宴饮,从容言曰:"桓玄篡位,鼎命已移。我首倡大义,兴复帝室,南征北伐,平定四海,功成业著,遂荷九锡。今年将衰暮,崇极如此,物忌盛满,非可久安。今欲奉还爵位,归老京师,卿等以为何如?"群臣盛称功德,莫喻其意。日晚坐散,中书令傅亮至外,怳然悟曰:"王欲自帝矣,乌可不成其业!"

遂复人,行至宫门,而门已闭,乃叩扉请见。王命开门见之。亮入,但曰:"臣暂还都。"王解其意,无复他言,唯云:"卿会须几人相送?"亮曰:"数十人可也。"即时奉辞,亮出,时已二鼓,见长星竟天,拊髀叹曰:"吾尝不信天文,今始验矣。"夏四月,亮至建康,以内禅事谕群臣,群臣皆俯首听命,于是下诏征王入朝。再说恭帝即位以来,明知此座不久,常怀疑惧。一日,傅亮叩阍来见,帝坐便殿见之。亮入再拜,启于帝曰:"宋王功德隆重,人心久归,愿陛下法尧禅舜,以应天命。"帝曰:"如是,当作禅文。"亮即袖中取草呈上,请帝自书。帝欣然操笔,谓左右曰:"桓玄之时,晋氏已无天下,重为刘公所延,将二十载。今日之事,本所甘心。"遂书赤书为诏。诏曰:

陵替无常期,禅代非一族,贯之百王,由来尚矣。晋道陵迟,仍世多故,爰稽元兴,祸难既积。安皇播越,宗祀堕泯,则我宣、元之祚,已堕于地。相国宋王,天纵圣德,灵武秀世,一匡颓运,再造区夏,固以兴灭继绝矣。乃三孚伪主,开涤五都,雕颜卉服之乡,龙荒朔漠之长,莫不回首朝阳,沐浴玄泽。故四灵效瑞,川岳启图,嘉祥杂还,休应炳著。玄象表革命之期,华夷著乐推之愿,代德之符,著于幽显。瞻乌爰止,允集明哲。夫岂延康有归,咸熙告谢而已哉?朕虽庸暗,昧于大道,永鉴废兴,为日已久。念四代之高义,稽天人之至望,予其逊位别官,归禅于宋,一依唐虞、汉魏故事。

禅诏既下,群臣请帝出宫,以让新天子即位,帝白:"天下犹非吾恋,况一宫乎!"甲子,帝逊居于琅玡旧第,百官拜辞。秘书监徐广,流涕哀恸,谢晦谓之曰:"徐公得毋过戚?"广曰:"君为宋朝佐命,身是晋室遗老,悲欢之事,固不同也。"丁卯,宋王裕至石头,群臣进玺绶,乃为坛于南郊,即皇帝位。文武百僚朝贺毕,自石头备法驾,入建康宫,临太极殿,建号大宋,改元永初。奉帝为零陵王,降褚后为妃。优崇之礼,皆依晋初故事。建宫于秣陵县,以兵守之。庚午,立七庙,追尊父翘为孝穆皇帝,姒赵氏为孝穆皇后。上事继母萧太后素谨,春秋已高,每旦入朝,未尝失时刻。及即位,尊为皇太后。又大封功臣宗室,增赐从兄怀敬食邑五百户,报其母乳哺之恩也。傅亮、徐羡之、檀道济等,俱增位进爵。追封已故左仆射刘穆之为南康郡公,左将军王镇恶为龙阳县候。

上思念穆之不置,谓左右曰:"穆之不死,当助我治天下。可谓人之云亡,邦国珍瘁。"又曰:"穆之死,人轻易我。"其子刘邕,虽袭父爵,而上不重用,左右或言于上,上曰:"吾岂不知邕为穆之儿? 但其人有奇癖,非人情,不可近。"盖邕嗜食疮痂,以为味似鳆鱼。初为南康郡,其吏役二百许人,不问有罪无罪,鞭之见血,结痂必送进,取以供膳。尝诣孟灵休,灵休先患炙疮,痂落在床,邕取食之。灵休大惊,问:"何食此不洁?"邕曰:"吾性嗜此。"灵休因将痂之未落者,尽剥取以给之。邕去,因与友人书曰:"刘昌向顾见噉,遍体流血。"闻者皆以为笑,以故见恶于帝。

却说帝恐零陵尚存,人心未一,密以毒酒一瓶,授郎中令张伟,使往鸩之。伟叹曰:"鸩君以求生,不如死。"乃于道自饮而卒。先是零陵逊位,深虑祸及,与嫔妃共处一室,自煮食于床前。饮食所资,皆出褚妃之手,故宋人莫得伺其隙。侍中褚谈之,褚妃兄也。帝令谈之探妃。妃出别室,与兄相见。兵士遂逾垣而入,进药于王。王不肯饮,曰:"佛教自杀者,不复得人身。"兵入以被掩杀之。帝闻其死,率百官临朝堂三日,葬以帝礼,谥曰恭帝。后人有诗悼之曰:

> 虚号称尊仅一年,床前煮食剧堪怜。
> 晋家气数应当尽,一线如何许再延。

且说帝自受禅以来,勤于政事,力矫前代之弊,从此人民乐利,天下乂安。一日,帝视朝,百官皆集;问曰:"当今之事,何者宜先?"群臣请立太子以固国本,帝从之。乃先封诸子,义真为庐陵王,义隆为宜都王,义康为彭城王,追谥故妃臧氏为敬皇后,而立义符为太子。初,帝常在军中,战争无虚日,年近五十,尚无子。至晋义熙二年,始生太子于京口,得之甚喜。及长,有勇力,善骑射,解音律,常命刘穆之辅之,留守京师。然性好淫乐,多押群小,帝以其长立之,屡戒不悛。因谓谢晦曰:"吾思神器至重,不可使负荷非才。今太子多失,卿以为庐陵何如?"晦曰:"陛下既思存万世,其事不可不慎,臣请往而观之。"出造庐陵,庐陵知晦从帝所来,殷勤相接,与之坐谈今古,议论风生,语纷纷不绝。晦默然相向,数问数不答。还谓帝曰:"德轻于才,非人主也。"帝乃止,储位得不易。未几,帝不豫,徐羡之、傅亮、谢晦、檀道济入侍汤药。越数月,帝疾甚,召太子诫之曰:"檀道济虽有干略,而无远志。徐羡之、傅亮当无异图。谢晦数从征伐,颇识机变,若有同异,必此人也。"又为手诏曰:"后世若有幼主,朝事一委宰相,母后不许临朝。"

徐、傅、谢、檀四人，同受顾命。癸亥，帝殂于西殿，享年六十七。

先是帝居大位，节己爱人，严整有度，目不视珠玉，后延无纨绩之服，丝竹之音。宁州献琥珀枕，光色灿丽，帝得之大喜。左右疑其爱之也，帝曰："吾闻琥珀能治金创，命捣而碎之，以给北征将士。"平秦之日，得一美人，容貌绝佳，乃秦主兴从妹，帝纳之，宠爱无比，因之早卧晏起，颇废政事。一日，谢晦进见，时帝方拥美人共寝，内侍不敢报。晦屏立门外，候至日午，帝方起。晦因谏曰："陛下一代英雄，平生不好女色，年近迟暮，而以有用之精神耗于无用之地，臣窃以为不可。"帝立悟，即时遣出。性尤坦易，出入仪卫甚简。常着木齿屐步出西掖门，幸徐羡之宅，左右从者不过十余人。又微时多符瑞，及贵，史官审以所闻，宜载之简策，以昭示来世，帝拒而不答。疾既重，群臣请祷上下神祇，不许。惟使侍中谢方明以疾告宗庙而已，其豁达大度，有类汉高。故能诛内靖外，功格宇宙，为宋高祖。

高祖既崩，群臣奉太子即位，是为少帝。大赦，尊皇太后为太皇太后，立妃司马氏为后，徐羡之、傅亮为左右仆射，谢晦为卫将军，同掌国政。时魏师南侵，命檀道济领南兖州刺史，镇广陵以拒之。是时新主当阳，旧臣在位，纪纲法度，一遵永初之政，正是上下相安，天下从此可以无事。那知新主即位未几，又生出一番变动来，且听下回分解。

刘裕既与休之构难，势不两立。而计谋之捷，将士之勇，休之百不能及，焉得不败？秦主姚兴既殂，嗣主又弟兄攘夺，正是有隙可乘，起兵围之当已。继欲受禅，难于自言，傅亮会其旨，一言契合。及恭帝索禅诏，而亮出之袖中，何以逃千古史臣之笔？若徐广之流涕，张伟之饮鸩，足以愧叛晋归宋之人矣。

第九回　废昏庸更扶明主　杀大将自坏长城

话说少帝即位以后，全无君人之度，狎匿左右，游戏无节，时时使枪弄棒，鼓鞞之声震于外庭。又在后园凿一大池，周围数里，号天渊池，造龙舟于中，日夕游宴为乐。高祖所积内库宝物，不上三月，耗费殆尽。群臣屡谏不从。徐羡之、傅亮深以为忧，谓谢晦曰："吾主所为如此，高祖之业必为堕坏，奈何？"晦曰："嗣子可辅则辅之，不可辅则废之。吾侪宁负嗣主，不负社稷。"羡之以为然，于是密谋废立。晦又曰："今若废帝，次立者应在庐陵，庐陵亦非守成之主，此不可不慎也。"

先是庐陵性警悟，举动轻易，向执政多所求索，执政不与，庐陵深以为怨，数有不平之言。故诸臣不奉以为主，乘其与帝有隙，先表奏其罪恶，废为庶人，徙新安郡。义真既黜，徐、傅便欲废帝。以檀道济先朝旧将，同受顾命，且有兵众，威服殿省，必得与之共事，乃无后患。于是遣使兖州，征道济入朝。有中书郎邢安泰者，典宿卫兵，结之为内应。俄而道济至京，羡之等邀至第中，告以废立之事。道济曰："废之更何所奉？"羡之曰："宜都王素有令望，又多符瑞，可立也。"道济以为然。甲申，谢晦托以领军府败，起工修治，聚将士于府内，明晨举事。夜邀道济同宿，晦怀恐惧，反侧不得眠。道济则鼾呼而寝，晦因此服其胆量。诘旦，道济引兵居前，羡之等继后，入自云龙门，邢安泰先戒宿卫，莫有御者。直至内殿，问帝何在？宫人曰："昨帝于华林国为列肆，亲自沽卖，夕游天渊池，即龙舟而寝。"众遂入国求帝。时帝未起，内传报有兵至，帝大诧异，方下床，军士已跃入龙舟，杀二内侍。帝格之伤指，扶出船头，以兵卫之，拥入东阁。徐、博等即矫称太后令，数帝过恶，收其玺绥，降为营阳王，送归故太子宫。群臣拜辞，后又迁帝于吴，使邢安泰弑之，并弑庐陵于新安，闻者悲之。

是时九重无主，宜都王尚在荆州。羡之与亮欲先树外援，乃除谢晦都督荆、襄七州诸军事，荆州刺史，精兵旧将，悉配麾下。傅亮始率行台百官，奉法驾，迎宜都王于江陵，入承大统。亮行数日，遇蔡廓于途，问以时事。廓曰："营阳在吴，宜厚加供奉，倘一旦不幸，诸君有劲主之名，欲立于世，将可得耶？"时亮已与羡之，议害营阳，不知其已弑也，亟驰信止之，已无及矣。羡之大怒曰："与人共计议，如何旋背，即卖恶于人耶？"既而亮至江陵，率百僚诣王第，上表进玺绥，行九叩礼。宜都王时年十八，下教曰：

> 狠以不德，谬降大命，顾已惊悸，何以克堪。辄当暂归朝廷，展哀陵寝，并
> 与贤彦，申写所怀。望体此心，勿为辞责。

继闻营阳、庐陵二王死，大惊，驾不敢发。司马王华曰："先帝有大功于天下，四海所服，虽嗣主不纲，人望未改。徐羡之中材寒士，傅亮布衣诸生，非有晋宣帝王大将军之志明矣。受寄崇重，未容遽敢背德。畏庐陵严断，将来必不自容，故先废之。以殿下

宽睿慈仁远近所知，越次奉迎，冀以见德。又羡之等五人同功并位，孰肯相让？就怀不
轨，势必不行。废主若存，虑其将来受祸，故此杀害。不过欲握权自固，以少主仰待耳。
殿下但当长驱至京，以副天人之心。"长史王昙首、南蛮校尉到彦之皆劝王行。王乃命
王华留总后任，使到彦之将兵前驱。彦之曰："料彼不反，便应朝服顺流，若使有虞，此
师既不足恃，反开嫌隙之端，非所以副远近之望也。"王乃止，令百官皆从行，而留彦之
镇襄阳。是日方引见傅亮，对之号泣，哀动左右。既而问及义真、少帝遭害本末，悲哭
呜咽，侍侧者莫能仰视。亮踢蹐不宁，流汗沾背，不敢对而出。王于是就道，严兵自卫，
台兵不得近步伍。行次大江，有黑龙跃负王舟，左右皆失色，王曰："此大禹所以受命
也，我何德以堪之。"八月丙申，驾至建康，群臣迎拜于新亭，徐羡之私问傅亮曰："王可
方谁？"亮曰："晋文景以上人。"羡之曰："必能明我赤心。"亮摇首道："未必。"

丁酉，即皇帝位于中堂，是为文帝。备法驾入宫，御太极前殿，大赦，改元元嘉。文
武赐位二等，诏复庐陵王先封，迎其枢还建康，徐、傅等大惧。诏谢晦赴任荆州。晦将
行，与蔡廓别，屏人问曰："吾其免乎？"廓曰："卿受先帝顾命，任以社稷，废昏立明，义无
不可。但杀人二兄，而以之北面，挟震主之威，据上流之重，以古推今，自免为难。"晦默
然。然初惧不得去，既发，顾望石头城，喜曰："今得脱矣。"时会稽孔宁子为帝谘议参
军，及即位，以为步兵校尉，与诗中王华并有富贵之望。疾徐羡之、傅亮专权，构于帝
曰："徐、傅不除，大位终无安理。"帝本歌诛二人，并发兵讨晦，以其权尚重，故迟迟不
发。闻二人言，益信。于是引用腹心，征到彦之于雍州，为中领军，委以戎政。彦之闻
召，自襄阳南下，过荆州。谢晦虑其不过，已而彦之至杨口，步往江陵，深布诚款，留名
马利剑以与晦，晦由此大安。

却说元嘉三年二月乙丑，帝已大权在握，乃下诏暴徐、傅、谢晦专杀二王之罪，命有
司收之。且曰："晦据有上流，若不服罪，朕当亲率六师，讨其不臣。"是日，黄门郎谢嚼
在朝闻之，飞报亮与羡之。羡之欲逃，乘内人问讯车出郭，步走至新林，知不免，入陶灶
中自经死。亮乘车出郭门，为门者所执，上遣人以诏书示之，并谓曰："以公江陵之诚，
当使诸子无恙。"亮读诏书讫，曰："亮受先帝布衣之眷，遂蒙顾托，黜昏立明，社稷之计
也。欲加之罪，其何辞乎？"于是诛亮而徙其妻子于建安。戮羡之尸，杀其二子。收谢
嚼于狱。帝将讨晦，召道济于广陵。道济闻召即来，见帝于合殿。帝谓之曰："弑逆之
事，卿不豫谋，卿无惧焉。今欲委卿西伐，卿以为克否？"对曰："臣昔与晦从先帝北征，
入关十策，晦有其九，才略明练，殆为少敌。然未尝孤军决胜，戎事恐非其长。臣悉晦
智，晦悉臣勇。今奉王命讨之，可未陈而擒也。"帝大悦。

却说谢晦闻徐、傅等诛，帝将讨己。于是先发二人哀，次发子弟凶问。既而自出射
堂勒兵，晦从高祖征伐有年，指挥处分，莫不曲尽其宜。数日间，四远投集，得精兵三
万，乃抗表上奏云：

　　故司徒徐羡之，故司空傅亮，忠贞自矢，功在社稷。陛下不察，横加冤酷，
　疑臣同逆，又下诏讨臣。伏惟臣等若志欲窃权，不专为国，初废营阳，陛下在
　远，武皇之子尚有童幼，拥以号令，谁敢非之？岂得溯流三千里，虚馆七旬，仰

望鸾旗哉？故庐陵王义真，本于营阳之世，积怨犯上，自贻非命。不有所废，将何以兴？耿弇不以贼遗君父，臣实效之，亦何负于宗室耶？此皆王华、王昙首等险躁猜忌，谗构成祸，今当举兵以除君侧之恶。

晦上表讫，以弟谢遁为竟陵内史，司马周超佐之，将万人留守，自统精兵二万发江陵。大列舟舰，自江津至于破冢，旗旌蔽日。叹曰："恨不以此为勤王之师也。"帝览表大怒，欲自讨之。乃命彭城王义康居守，亲统大军数万，以到彦之为前锋，檀道济继之，即日电发，络绎奔路。时谢晦在道，探得京军已发，谓其将庾登之曰："彼既西上，吾且侯其至而击之，何如？"登之曰："善，此乃反客为主计也。"晦乃停军江口，严阵以待。

先是诸人为自全之计，以为晦据上流，道济镇广陵，各拥强兵，足制朝廷。羡之、亮秉权居中，可得持久。故到彦之军至，晦犹不以为意，及闻道济率众来，不觉失色，曰："道济何为来哉？"然犹恃其强，欲力战胜之。恰值西北风起，遂乘风帆而上。那知行未数里，风势忽转，前后连亘，急令落帆掉桨，而西人离沮，无复斗心。道济亲立船头，挥众迎击，谓西军曰："所诛者一人，汝曹何为与之俱死？"西军素服道济，闻其言，皆不战而溃。晦见大军瓦解，慌急无措，单领心腹数人，乘小船急走，连夜逃归江陵。帝闻前师克捷，大喜。遂自芜湖东还，命到彦之率师追之。

却说晦至荆州，众散略尽，乃携其弟逾七骑北走。遁体肥壮，不能乘马，晦每缓辔待之，不得速发。追兵至，执之，槛送建康。到彦之收谢氏子弟及周超等皆斩之，余从逆者，并受其降。晦至建康，帝命与谢皭同斩都市。临刑，皭赋诗曰：

> 伟哉横海鳞，壮美垂天翼。
> 一旦失风水，翻为蝼蚁食。

晦亦续之曰：

> 功遂侔昔人，保退无智力。
> 既涉太行险，斯路信难陟。

其女彭城王妃，被发徒跣，抱晦而哭曰："大丈夫当横尸战场，奈何狼藉都市？"晦有惭色。帝既诛晦。论平贼功，进道济为司空，封永修公、江州刺史，到彦之为南豫州刺史，以彭城王义康为侍中，委以国政。

义康，帝之次弟，性聪察，曾为南徐州刺史。在州职事修治，与帝友爱尤笃。而帝自践祚以来，羸疾积年，心劳辄发，屡至危殆。义康尽心奉恃，药石非口所亲尝不进，或连夕不寝，总理内外，曲合帝心。故凡所陈奏，入无不可，方伯以下，并令义康选用。生杀大事，或自断决，帝亦不怪。由是势倾远近，朝野辐凑，每日府门，常有车数百乘，义康引身相接，未尝懈倦。复能强记，耳目所经，终身不忘。好于稠人广席间，标题所记，以示聪明。尝谓左右曰："王敬宏、王球之属，碌碌庸才，坐取富贵，那复可解！"然素无学术，不识大体，朝士有才用者，皆引入己府，私置僮仆六千余人。四方献馈，皆以上品荐义康，而以次者供御。帝尝冬月啖甘，叹其形味并劣。义康曰：“今年甘殊有佳者。”遣人还东府取之，大于供御者三寸，自谓兄弟至亲，不复有君臣形迹也。先是，领军将军刘湛，与仆射殷景仁素相莫逆，其进也，景仁实引之。湛既进，以景仁位遇本不逾己，而一旦居前，意甚愤愤。又以景仁专管内任，谓为间己，猜忌渐生。知帝信仗景仁，宠通不可夺，遂阴与义康相结，欲因宰相之力以回上意，倾黜景仁，独当时务，屡使义康毁之于帝。景仁对亲旧叹曰：“引之令入，入便噬人，吾且避之。”乃称疾解职。帝不许，使停家养病。又湛与道济不睦，而道济功名日甚，宠命频加，益忌之。会帝久疾不愈，自惧危笃，使义康具顾命调。义康之党，皆谓宫车一日晏驾，大业当归彭城，而虑道济立异，湛于是说义康曰：“道济屡立奇功，威名甚重，其左右腹心，并经百战。诸子又有才气，主上若崩，道济不可复制，非大王之福也。盍先除之，以绝后患？”义康信之，乃言于帝，召道济入朝。

当是时，魏方入寇，道济出师拒之，前后与魏三十余战，所向皆捷，军至历城。魏纵轻骑邀其前后，焚烧谷草，道济军乏食，乃自历城引还。军人有亡降魏者，告以食尽，魏人追之，众恟惧将溃。道济夜唱筹量沙，以所余少米覆其上。魏军见之，谓道济资粮有余，以降者为妄而斩之。时敌人甚盛，骑士四合，道济命军士皆披甲，已白服乘舆。魏人疑有伏兵不敢击，稍稍引退，道济乃全军而返。归未逾月，忽有调至，召之入京。其妻向氏曰：“高世之功，自古所无，今无事相召，未识吉凶若何？”道济曰：“吾方全师保境，何负国家，而致患生不测！汝无虑焉。”遂行。既至建康，以帝疾未瘳，留之累月。会帝病稍间，召而见之，慰劳且至，命即还镇。道济方出宫，帝忽昏迷，不省人事。刘湛谓义康曰：“道济既召之来，未可纵之去也。”遂执之，下诏称道济潜散金货，招诱不逞之徒，因朕寝疾，规肆祸心，收付廷尉。道济见收，勃然忿怒，目光如炬，脱帻投地曰：“乃坏汝万里长城。”遂死。并诛其子十一人。又杀其参军薛彤、高进之，二人皆道济腹心，有勇力，号万人敌，时人比之关、张者。魏人闻之喜曰：“道济死，吴儿辈不足复惮矣。”后人作长歌挽之曰：

寄奴崛起开鸿烈，四方猛士归心切。风虎云龙会一朝，就中道济尤瑰杰。身经百战立奇功，血痕染得征袍红。慑服强邻镇西土，手麾旄钺摽雄风。一朝谗口纷纷集，鸟尽弓藏从古说。韩侯见执黥彭烹，千古冤魂同一辙。目光如炬发冲冠，投帻狂呼白日寒。自坏长城真可惜，徒令志士心为酸。呜呼！长城自坏亦已矣，宋祚倾颓魏人喜。

道济既死，帝在病中未知。及疾瘳，义康奏之，帝深惋惜。谓义康曰：“尔何匆遽若此？”义康曰：“刘湛为臣言，不杀道济，后必有患，臣故诛之。”帝由是怒湛。

却说湛初入朝，帝悦其才辩，每与谈论，必竟日始退，习以为常。至是帝为左右曰：“向吾与刘班言，每视日早晚，唯恐其去。今与刘班言，吾亦视日早晚，惟恐其不去。”湛亦觉帝宠渐衰，乃欲使后日大业，终归义康。阴结廷臣刘斌、刘敬文、孔胤秀等为死党，伺察禁省,有不与己同者,必百方构陷之。推崇义康,无复人臣之礼。帝闻之益怒。殷景仁密言于帝曰:"相王权重,群小党附,非社稷计,宜少加裁抑。"帝深然之,于是决意黜义康而诛湛等。一日,以密旨召义康入宿,留止中书省。其夜帝出华林园,坐延贤堂,召殷景仁。景仁卧疾五年,虽不见上,而密函去来,日以十数,形迹周密,莫有窥其际者。至是闻召,犹称脚疾,坐小床与人见。诛讨处分,帝皆委之。收刘湛付廷尉,下诏暴其罪恶,就狱诛之,并杀其三子,及其党刘斌、刘敬文、孔胤秀等八人。

先是骁骑将军徐湛之与义康尤亲厚,帝恶之,事败被收,罪当死。其母会稽公主,于兄弟为长嫡,素为帝所敬礼,家事大小,必咨而后行。高祖微时,有纳布衫袄,臧皇后手所作也。既贵,以付公主曰:"后世有骄奢不节者,可以此衣示之。"至是公主入宫,见上号哭,不复施臣妾之礼,以锦囊盛纳布袄,掷于帝前曰:"汝家本贫贱,此是吾母为汝父所作。今日得一饱餐,便欲杀我儿耶!"帝乃赦之。又吏部尚书王球,简淡有美名,为帝所重。其侄王履,贪利进取,深结义康、刘湛。球屡戒之,履不悛。诛湛之夕,履恐祸及,屦不及穿,仓皇奔至球所求救。球命左右取屦与之,饮以温酒,谓之曰:"常日语汝云何?"履怖惧不能答。球徐曰:"阿父在,汝亦何忧?"时帝本欲杀之,以球故,竟免其死,废于家。帝以湛等罪状示义康,义康即头谢罪,上表求贬,乃出为江州刺史,幽之豫章。义康停省十余日,见帝拜辞,帝惟对之恸哭,余无所言。既发,帝遣沙门慧琳视之。义康曰:"弟子有还理否?"慧琳曰:"恨公不读数百卷书耳。"先是谢述累佐义康,数有规益,未几早卒,义康因叹曰:"昔谢述惟劝吾退,刘班惟劝吾进,今班存而述死,其败也宜哉!"及在安城读书,见淮南厉王长事,废书叹曰:"自古有此,我乃不知,此慧公所以恨我不读书也,罪何以免?"今且按下。

再说义康既出,不数月景仁亦死,帝旁无信臣,唯詹事范蔚宗以文学见知,然亦不甚委任。有散骑郎孔熙先者,博学文史,兼通数术,其父为广州刺史,以赃获罪,义康救之得免。及义康迁豫章,熙先密怀报效。且以天文图谶,帝必以非道晏驾,由骨肉相残,江州应出天子,因欲弑帝,立义康。见朝臣内,惟范蔚宗志意不满,可引与同谋,乃结蔚宗甥谢综,以交蔚宗。熙先家饶于财,数与蔚宗博,故为拙行,以财输之。蔚宗既利其财,又爱其文艺,由是情好款洽。一日,二人偶谈时事,熙先连称可惜者再。蔚宗问:"何惜?"熙先曰:"吾惜丈人以盖世之才,不立盖世之功耳。"蔚宗又问:"若何立功?"熙先乃说之曰:"彭城王英断聪敏,人神攸属,失职南垂,天下愤怨。小人受先君遗命,以死报彭城之德。迩来人情骚动,天文舛错,此所谓时运之至,不可推移者也。丈人顺天人之心,结英豪之士,表里相应,发难于肘腋,然后诛除异己,崇奉明圣,号令天下,谁敢不从?小人请以六尺之躯,三寸之舌,立功立事,而归诸丈人。丈人以为何如?"蔚宗愕然不应。熙先曰:"又有过于此者,愚则未敢道耳。"蔚宗曰:"何为也?"熙先回:"丈人奕叶清通,而不得连姻帝室,人以犬豕相遇,而丈人曾不耻之,欲硁硁自守,不亦惑乎?"盖蔚宗门无内行,有中菁之羞,为时鄙贱,故熙先以此激之。蔚宗果以为大威,思欲建非常之事,一泄其辱,反意乃决。正是:狂言顿起萧墙祸,治日偏多肘腋忧。但未识弑逆之计,行于何时,且听下文再讲。

　　少帝不君，徐羡之等为社稷计废之，更立贤主，不谓无见。但废之可也，乃必弑之，又杀庐陵，其恶已极。宜文帝之拊心痛哭，而不能忘情于羡之、亮、晦也。文帝与义康，骨肉之爱，忘其形迹，从古少有。乃小人贪欲，从而构之，遂使弟兄之爱，不能保全，可为痛恨。此圣人别嫌明微，所以必慎之于早耳。道济有大功于宋，并无丝毫过失，义康听小人之谮，竟尔专杀，自坏长城，岂不可惜。卒惑于邪说，妄希非分，以至丧身。小人之不可亲近，至于如此。孔子所以教人远小人也。

第十回　急图位东宫不子　缓行诛合殿弑亲

　　话说蔚宗听了熙先一番言语，遂怀反意，密结其甥谢综、府史仲承祖、丹阳尹徐湛之、及彭城旧时亲厚者十余人。又有道人法略，女尼法静，皆感彭城旧思，愿以死报。法静有妹夫许曜，领队在台，许为内应。一日探得帝将出游，燕群臣于武帐简，曜领台兵侍卫，蔚宗、湛之等皆从，遂谋以是日作乱。约定宴饮之次，蔚宗托有密事奏帝，请屏左右，曜便进前我帝，尽杀左右大臣，蔚宗入居朝堂，奉迎义康即位。谋既定，专待临期行事，各如所约。那知蔚宗是日侍饮，恐惧殊甚，曜在帝侧，扣刀挺立，屡目蔚宗，蔚宗垂首，默无一语，曜亦不敢动。俄而座散，徐湛之退而惧曰："事无成矣，吾何与之同死！"密以其谋白帝。帝闻之大骇，急命有司收蔚宗、熙先、谢综等讯之，熙先望风吐款，辞气不挠。蔚宗初犹抵赖，以熙先承认，亦不敢辩。乃并下狱待决。上奇熙先之才，责吏部尚书何尚之曰："使孔熙先年将三十，作散骑郎，哪不作贼！"蔚宗在狱为诗曰："虽无稽生琴，庶同夏侯色。"初意入狱即死，而帝穷治其狱，遂经二旬。狱吏戏之曰："外传詹事或当长系。"蔚宗闻之惊喜，谢综、熙先笑之曰："詹事平日攘袂瞋目，跃马顾盼，自以为一世之雄。今扰攘纷坛，畏死乃尔耶？"临刑，蔚宗母至市，涕泣责之，以手击其颈，色不作。妹及妓姜来别，蔚宗悲涕流连，谢综诮之曰："舅殊不及夏侯色。"蔚宗收泪而止。遂与综、熙先及其子弟党与同日并诛。有司奏治彭城之罪，帝初不许，后因魏师犯瓜步，帝虑不逞之人，奉其为乱，赐死安城。

　　且说帝初即位，立妃袁氏为后。后性贤明，帝待之恩礼甚驾。初生太子劭，后详视良久，使宫人驰告帝曰："此儿形貌异常，必破国亡家，不可举。"帝闻之，狼狈奔赴，至后殿户外，以手拨幔禁之，乃止。先是袁氏家贫，后尝就帝求钱帛给之。而帝性节俭，所赐钱不过三五万，帛不过三五十匹。及潘淑妃生始安王浚，宠倾后宫，所求无不得。一日，后向帝求钱，嫌所得不多。宫人曰："后有求，帝不肯与，若使潘妃求之，虽多必获。"后欲验其言，因托潘妃代求三十万钱，信宿便得。因此深为恚恨，郁郁成疾。从此不复见帝。及疾笃，帝至床前执手流涕，问所欲言，后终不答，直视良久，以被覆面而崩，时年三十六。帝甚痛悼，所住徽音殿五间，设神位于中，其殿常闭，非有诏不许擅开。有张美人者，尝以非罪见责，应赐死。从后灵殿前过，流涕大言曰："今日无罪就死，先后有灵，当知吾冤。"说声未了，殿忽豁然大开，窗牖俱辟。职掌者驰白于帝，帝惊往视之，其事果实，美人乃得释。人以为袁后阴灵所护也。

　　再说太子劭既长，美姿容，好读书，使弓马，喜延宾客。意之所欲，帝必从之。既居储位，帝以宗室强盛，虑有内难，特加东宫兵，使与羽林相若，至有实甲万人。初，以潘妃承宠，致后含恨而死，深恶潘妃及始安王浚。浚惧为将来之祸，乃曲意事劭，劭更与之善，欢洽无间。有王鹦鹉者，东阳公主之婢，貌颇姣好。太子尝至主第，见而悦之，托言身倦，假寝后园，呼鹦鹉侍，遂与之私。鹦鹉狡而淫，苟合时，能曲尽太子欢，太子大喜。其后鹦鹉又与浚私，弟兄传婆之，公主弗禁也。邵与浚并多过失，数为上所法责，常郁郁不快。一日，鹦鹉见太子色不豫，问其故，助曰："主上难事，吾安得早登大位，得遂所欲乎？"鹦鹉曰："天子万福，太子岂能遽登大宝？莫若使女巫祈请天帝，使过不上闻，则太子可无忧矣。"劭深然之。你道女巫何人？此女姓严氏，名道育，吴兴人。初为妓家，有妖人常来留宿，授以采阳补阴、役使鬼物之术，后遂为巫，往来于富家巨室，其术颇有灵验，故东阳公主家，亦得出入焉。鹦鹉尤与相善，常同床共宿，授以房中之术，故鹦鹉亦能蛊惑人，为太子所爱。一日，道育谓主曰："天帝有宝物赐主，主后福无穷。"主初不信，其夜主卧床，忽见流光若萤，飞入书简中，急起开视，得二青珠，大以为神，由是劭与浚亦惑之，遂使作法祈请，令过不上闻。道育曰："上天已许我矣，太子等纵有过，决不泄露。"劭等益敬事之，号曰"天师"。其后又为巫蛊，琢玉为帝形像，埋于含章殿前，使宫车早早宴驾，共事者惟道育、鹦鹉、始安王浚，及东阳府奴陈天与、黄门陈庆国数人，余莫知也。

　　会东阳主卒，鹦鹉例应出嫁，陈天与先与之通，欲得之。后鹦鹉又与浚之私人沈兴远交好，厌薄天与，遂嫁兴远。天与有怨言，鹦鹉唆劭杀之。陈庆国惧曰："巫蛊事，唯我与天与宣传往来，今天与死，我其危哉！且事久终泄，不如先自首也。"乃具以其事白帝。帝大惊，即遣收鹦鹉，封籍其家。劭惧，以书告浚，浚复书曰："彼人所为如此，正可促其余命，或是大庆之渐耳。"

　　先是二人往来书札，常谓帝为彼人，或谓其人。谓江夏王义恭为佞人，皆咒诅巫蛊之言。其书并留鹦鹉处，至是皆被收去。又搜得含章殿所埋玉人，帝益怒，命有司穷治其事，道育亡命，捕之不获。时浚镇京口，已有命为荆州刺史，移镇江陵，将入朝而巫蛊事发。帝惋叹弥日，谓潘淑妃曰："太子图富贵，或祈我速崩。虎头复如此，非复思虑所及，汝母子岂可一日无我耶？"虎头，浚小字也。妃叩首求解，帝遣中使切责之，犹未忍加罪也。道育亡命后，变服为尼，匿于东宫，又逃之京口，匿于浚所。浚入朝，复载还东宫，欲与俱往江陵。道育偶过其戚张旿家，为人所告。帝遣人掩捕，得其二婢，云道育随始安王还都，今又逃往京口矣。帝方谓劭与浚已斥遣道育，今闻其犹相匿之，惆怅惋骇。乃与侍中王僧绰、仆射徐湛之、尚书江湛密谋废太子，赐始安王死。须俟道育捉到，面加检覆，方治二人之罪。

　　时帝诸子尚多，武陵王骏素无宠，故屡出外藩，不得留建康。南平王铄、建平王宏、隋王诞皆为帝所爱，议择一人立之。而铄妃为江湛之妹，劝帝立铄。诞妃为徐湛之女，劝帝立诞，帝不能决。僧绰曰："建立之事，仰由圣怀，臣请唯宜速断，不可稽缓。当断不断，反受其乱。愿以义割恩，略去不忍之心，不尔，便应坦怀如初，无烦疑论。宏机虽密，易致宣广，不可使难生虑表，取笑千载。"帝曰："卿可谓能断大事，然此事至重，不可不殷勤三思。且彭城始亡，人将谓我无复慈爱之道。"僧绰曰："臣恐千载之后，言陛下唯能裁弟，不能裁儿。"帝默然。既退，江湛谓僧绰曰："卿向所言，毋乃太伤切直。"僧绰曰："弟正恨君不直耳。"

　　帝自是每夜与湛之屏人语，或连日累夕，常使湛之自秉烛，绕壁检行，虑有窃听者。那知潘淑妃怪帝久不入宫，密密打听，已知帝有废太子杀始安意。乃召浚人，抱之泣曰:"汝前咒诅事发,犹冀刻意改过,何意更藏道育,帝怒不可解矣! 我何用生为,可送药来,当先自尽,不忍见汝祸败也。"浚奋衣起曰:"天下事寻当自判,愿小宽虑,必不上累。"遽驰报劭曰:"事急矣,须早图之。"劭乃密与腹心队主陈叔儿、斋师张超之等,共谋弑帝。每夜飨将士,或亲自行酒。僧绰觉其异,密以启闻。帝以严道育尚未解至,故迟不发。

癸亥夜,劭诈为帝诏云:"鲁秀谋反,汝平明率众入。"因使张超之召集东宫甲士,豫加部勒,云有所讨。夜呼右军长史萧斌、左卫率袁淑、积弩将军王正见等并入宫。劭流涕谓曰:"主上信谗,将见罪废,内省无过,不能受枉。明旦当行大事,望相与戮力。"因起遍拜之,众惊愕莫敢对。良久,淑、斌皆曰:"自古无此,愿加三思。"劭怒变色,斌惧曰:"当竭身奉令。"淑叱之曰:"卿便谓殿下真有是耶? 殿下幼常患风,或是疾动耳。"劭愈怒,因眄淑曰:"事当克否?"淑曰:"居不疑之地,何患不克? 但既克之后,不为天地所容,大祸亦旋至耳。假有此谋,犹宜中止。"左右引淑出曰:"此何事,而可中止耶?"淑还省,绕床行,至四更乃寝。甲子,宫门未开,劭以朱衣加戎服上,乘画轮车,与萧斌同载,卫从如常日入朝之仪,呼袁淑甚急,淑高卧不起。劭停车奉化门,络绎遣人催之。淑不得已徐起,至车后,劭呼之登车,又辞不上,乃命左右杀之。

俄而内城开,劭从万春门入。旧制东宫队不得入城,劭乃以伪诏示门卫曰:"受敕有所收讨。"呼令后队速来,门卫信之,不敢诘。张超之等数十人驰入云龙门,进及斋阁,直卫兵尚寝未起,门阶户席,寂无一人。超之遂拔刃径上合殿。帝是夜与徐湛之屏人语,至旦,烛犹未灭。见超之入,举几捍之,超之挥刃,帝五指皆落,遂超前弑之。湛之惊起,急趋北户,户未及开,兵人杀之。后人有诗颂袁后之先见云:

天生枭獍异常儿,何事君王不杀之!
羽翮养成行大逆,方知巾帼胜须眉。

劭进至合殿中间,闻帝已殂,出坐东堂。萧斌执刀侍立,呼中书舍人顾嘏,嘏震惧不即出。既至,劭问曰:"欲共见废,何不早启?"嘏未及答,即于座前斩之。江湛直宿上省,闻喧噪声,知有变,叹曰:"不用王僧绰言,以至于此。"乃匿旁屋中,兵士搜出杀之。宿卫罗训、徐罕,皆望风屈服,独左细仗主卜天与不暇被甲,疾呼左右出战。徐罕曰:"殿下入,汝欲何为?"天与骂曰:"殿下此来为何,汝尚作此语?"遂拔箭射劭于东堂,几中之。劭党奋击,断臂而死。其队将张泓之、朱道钦亦皆战死。劭遂杀潘淑妃及帝亲信左右数十人,急召始安王浚。

时浚在西州府,未得劭信,未识事之济否,惚扰不知所为。舍人朱法瑜奔告曰:"台前喧噪,宫门皆闭,道上传言太子反,未测祸变所至。"浚阳惊曰:"今当奈何?"法瑜劝入据石头,浚从之。将军王庆曰:"今宫内有变,未知主上安危,凡在臣子,当投袂赴难,凭城自守,非臣节也。"浚不听,乃从南门出,径向石头,从者千余人。俄而劭遣张超之驰马召浚,浚屏人间状,即戎服乘马而去。朱法瑜固止之,不从。王庆亦扣马谏曰:"太子反逆,天下怨愤。殿下但当坚闭城门,坐食积粟,不过三日,凶党自离,情事如此,今岂宜去？"浚大言曰："皇太子令，敢有复阻者斩！"既入见劭，劭谓之曰："潘淑妃为乱兵所害。"浚曰："此是下情，由来所愿。"劭诈以帝诏召大将军义恭、尚书何尚之，至则并拘于内。并召百官，至者才数十人，劭遽即位，改元太初。下诏曰："徐湛之、江湛弑逆无状，吾勒兵入殿，已无所及，号恸崩衄，肝心破裂。今罪人斯得，元凶克珍，可大赦。"降诏毕，即称疾还永福省，不敢临丧，以白刃自守，夜则列灯不寝。以萧斌为尚书仆射、领军将军，何尚之为司空，诸逆徒拜官进爵有差。

青州刺史鲁秀将赴任，劭留之于京，使掌库队，谓之曰："徐湛之常欲相危，我已为卿除之矣。"舍人董元嗣乘间奔得阳，具言太子弑逆，其事始彰。是时沈庆之为武陵王司马，密谓腹心曰："萧斌妇人，不足有为。其余将帅，皆易与耳。东宫同恶，不过三十人，此外屈逼，必不为用。今辅顺讨逆，不忧不济也。"

先是劭不知王僧绰之谋，用为司徒。及检文帝巾箱，得僧绰所奏飨士启，大怒，杀之。因诬北地请王侯云与僧绰同反，遂杀长沙、临川、桂阳、新渝诸王侯等。密赐沈庆之手书，令杀武陵王骏。庆之得书，来见王，王惧，辞以疾。庆之突入，见王于中堂，以助书示之。王泣求入内，与母诀别。庆之曰："下官受先帝厚恩，今日之事，唯力是视，焉肯辅逆，殿下何见疑之深？"王起再拜曰："家国安危，皆在将军。"庆之即命内外勒兵。主簿颜竣曰："今四方未知义师之举，劭据有天府，若首尾不相应，此危道也。宜待诸镇协谋，然后举事。"庆之厉声曰："今举大事，而黄头小儿，皆得参预，何得不败？宜斩以徇众。"王令竣向庆之谢罪。庆之曰："卿但任笔札事耳，勿预军机也。"王于是专委庆之处分。旬日之间，内外整办，人服其才。庚寅，武陵王戒严誓众，以沈庆之为主军元帅，襄阳太守柳元景为冠军将军，隋郡太守宗懿为中兵将军，内史来修之为平东将军，记室颜竣为咨议参军，移檄四方。于是各路州郡闻之，翕然响应。

第一路荆州刺史南郡王义宣；第二路兖州刺史臧质；第三路司州刺史鲁爽；第四路青州刺史萧思诰；第五路冀州刺史垣护之。一时并起，举兵赴难。单有隋王延镇东吴，有强兵数万，将受劭命。其参军沈正谏之不从，退立于宫门之外，泣谓司马顾琛曰："国家此祸，开辟未有。今以江南骁锐之众，唱大义于天下，其谁不响应，岂可使殿下北面凶逆，受其伪宠乎？"琛曰："江南忘战日久。虽逆顺不同，然强弱亦异。当待四方有义举者，然后应之，不为晚也。"正曰："天下未有无父无君之国，宁可自安仇耻，而责义四方乎？今正以弑逆冤丑，义不共戴，举兵之日，岂必求全耶！冯衍有言：'大汉之贵臣，将不如荆齐之贱士乎？'况殿下义兼臣子，事关国家者哉！"琛乃与正复入说延，延遂不受劭命。闻武陵已建义，亦起兵应之。先是文帝北拒魏师，劭常从军，自谓素习武事。及得志，语朝士曰："卿等但助我理文书，勿措意戎旅，若有寇难，吾自当之。但恐贼虏不敢动耳。"及闻四方兵起，始忧惧戒严。

却说柳元景引兵先下，统领薛安都等十二军发溢口，徐遗宝以荆州之众继之。丁未，武陵王驾发寻阳，沈庆之总中军以从，檄至建康。劭读之色变，以示大常颜延之曰："此谁笔也？"延之曰："颜竣笔也。"劭曰："言辞何至于是？"延之曰："竣尚不顾老臣，安能顾陛下？"劭怒稍解。劭欲尽杀从骏起兵者士民家口，何尚之曰："凡举大事者不顾家，且多是驱逼，今忽诛其家室，正足坚彼意耳。"劭以为然，乃下诏一无所问。又疑旧臣不为己用，乃厚抚鲁秀、王罗汉，以军事委之。萧斌劝劭勒水军，自上决战，次之则保据梁山。江夏王义恭欲令劭败，恐义兵起于仓猝，船舫陋小，不利水战，乃佯为策曰："贼骏少年，未习军旅，远来疲弊，宜以逸待之。今远出梁山，则京都空弱，东军乘虚或能为患。若分力两赴，则兵散势离，不如养锐待期，坐而观衅，割弃南岸，栅断石头，此先朝旧法，不忧贼不破也。"劭善其策，斌厉色曰："南中郎二十年少，能建如此大事，岂复可量。三方同恶，势据上流，沈庆之诸练军事，柳元景、宗悫久经战阵，形势如此，实非小敌。宜及人情未离，尚可决力一战，端坐台城，何由得久？"劭不听。或劝劭保石头城，劭曰："昔人所以固石头城者，待诸侯勤王耳。我若守此，谁当见救？唯应力战决之，不然不克。"于是日日自出行军，慰劳将士，悉焚淮水南岸民房，驱百姓咸渡水北，以为却敌之计。

话分两头，柳元景自发溢口，以舟舰不坚，恐水战不利，乃倍道兼行。兵至江宁，舍舟步上，使薛安都率铁步数千，耀兵淮上。移书朝士，为陈道顺，劭党大惧。先是王发寻阳有疾，不能见将士，唯颜竣出入卧内，拥王于膝，疾屡危笃，不任资禀，竣皆专决。军政之外，间以文教书檄，应接遝迹，昏晓临哭，若出一人，如是者累旬。虽舟中甲士，亦不知王疾之危也。行至南州，疾始愈，出见将士，将士无不踊跃。是时，元景潜至新亭，依山为垒，新降者皆劝元景速进。元景曰："不然。理顺难恃，同恶尚众，轻进无防，实启寇心。"于是坚立营寨，周蔽木石。劭见东军已在新亭，乃使萧斌统步兵，褚湛之统水军，与鲁秀、王罗汉等合精兵三万，直攻其垒，自登朱雀门督战。元景将战，下令军中曰："鼓繁气易衰，叫数力易竭，但衔枚疾战，一听吾鼓声。"斯时劭之将士，怀劭重赏，皆殊死战。元景水陆受敌，麾下勇士，悉遣出斗，左右唯留数人宣传，看看兵势将败，元景失色。忽闻敌军中连声退鼓，劭众遽止，于是军势复振。但未识击退鼓者何人，且听下回分解。

　　劭、浚丧尽天良，共谋篡弑。人神共愤，天地变色，从古未有。亦文帝优柔寡断，有以致之，当此天翻地覆之时，而卜天与、张泓之、朱道钦能讨贼以死，天理犹存。劭篡弑之后，诛戮大臣，并及长沙、临川诸王侯，可云惨虐。然父且不爱，何有于他？沈庆之不杀武陵，劝其讨贼，勤王之兵起，四面应之。要知天地不容之人，岂能久窃大位耶！

第十一回　诛元凶武陵正位　听逆谋南郡兴兵

话说鲁秀虽为劭将,阴欲叛之,新亭之战,见劭兵将胜,故击退鼓以沮之,劭众果退。元景乃开垒鼓噪以逐之,劭军大溃,坠淮死者,不可胜数。劭自执剑,手斩退者,不能禁,将士半遭杀戮。萧斌身亦被伤,劭仅以身免,单骑还宫。鲁秀、褚湛之等皆降于元景。丙寅,王至江宁,江夏王义恭乘间南奔,见王于新亭,相对痛哭。劭闻其走,杀其子十二人。戊辰,义恭、沈庆之等上表劝进。己巳,王即皇帝位,是为孝武帝。大赦,文武赐爵一等,从军者二等,改谥大行皇帝曰"文帝",庙号太祖。是日,诸路之兵并集,劭于是缘淮树栅以守,鲁秀等率众攻之,王罗汉放仗降,缘淮守卒,以次奔散,器仗鼓盖,充塞路衢。是夜,劭闭守六门,于门内凿堑立栅,城中沸乱,文武将吏,争逾城出降。萧斌见势不支,宣令所统皆使解甲,自石头戴白幡来降,以求免死。诏不许,斩于军门。劭欲载宝货逃入海,人情离散,不果行。未几,诸军克台城,各由诸门入,会于前殿,获王正见斩之。张超之走至合殿御床之所,为军士所杀,刳肠割心,诸将脔其肉,生啖之。建平等七王,号哭俱出。劭穿西垣,入武库井中,队主高禽执之。劭曰:"天子何在?"禽曰:"近在新亭。"至殿前,臧质见之曰:"奈何为此天地不容之事?"劭谓质曰:"可得一启,乞远徙否?"质曰:"主上近在航南,当有处分。"缚劭于马上,防送军门。时不见传国玺,问劭何在。劭曰:"在严道育处。"搜得之,遂斩劭首,并诛其四子于牙下。浚率左右数十人,领其三子南走,遇义恭于越城,浚下马曰:"南中郎今何所作?"义恭曰:"上已君临万国。"又曰:"虎头来得毋晚乎?"义恭曰:"殊当恨晚。"又曰:"故当不死耶?"义恭曰:"可诣行阙请罪。"又曰:"未审能赐一职自效否?"义恭曰:"此未可量。"勒与俱归,行至中道杀之及其三子。枭二逆父子首于大航,暴尸于市,污潴其所居斋,眷属皆赐死于狱。劭妃殷氏且死,谓狱吏曰:"彼自骨肉相残,何以枉杀无罪人?"狱吏曰:"受拜皇后,非罪而何?"殷氏曰:"此权时耳,事定,当以鹦鹉为后也。"严道育、王鹦鹉并都街鞭杀,血肉糜烂,焚尸扬灰于江。收殷冲、尹宏、王罗汉等并斩之。庚辰解严,帝如东府,百官请罪,皆释之。于是大封宗室功臣,进义恭为太尉、南徐州刺史,义宣为南郡王、荆州刺史,诞为竟陵王、扬州刺史,臧质为车骑将军、江州刺史,鲁爽为南豫州刺史,鲁秀为司州刺史,徐遗宝为兖州刺史。沈庆之为领军将军,柳元景、宗悫为左右卫将军,颜竣为侍中。追赠袁淑、徐湛之、江湛,皆爵以公,王僧绰、卜天与皆爵以侯。张泓之等各赠郡守。或谓何尚之为劭司空,其子偃为侍中,并居权要,当与殷冲等同诛,而帝以其父子素有令望,且居劭朝,用智将迎,时有全脱。又城破后,尚之左右皆散,犹自洗黄阁,以迎新主,故任遇不改。今且按下慢表。

再说江州刺史臧质,少轻薄无行,为时所轻。既而屡居名郡,涉猎文史,有气干,好言兵,立功前朝,自谓人才,足为一世英雄。太子劭之乱,潜有异图,以南郡王义宣庸暗易制,欲奉以为帝,因而覆之。至江陵,即称臣拜义宣。义宣惊愕问故,质曰:"今日情势,大位合归于王。"义宣以奉武陵为主,故却其计不行。及劭既诛,义宣与质,功皆第一,由是益骄。义宣在荆州十年,财富兵强,朝廷所下制度,意有不合,事多专行。臧质到江州,巨舫千余,部伍前后百余里。帝方自揽威权,而质以少主轻之,政刑庆赏,不复谘禀。擅用溢口米万石,台府屡下诘责,渐致猜俱,因密结鲁爽、鲁秀、徐遗宝,以为推戴义宣之计,而义宣未之知也。先是义宣有女四人,幼养宫中,义宣赴荆州,其女仍留在宫。而帝性好淫,闺房之内,不论尊卑长幼,皆与之乱,以故义宣诸女,并为所污。其次女名楚江郡主,丽色巧笑,尤善迎合,帝爱之,誓不相舍。乃令冒姓殷氏,封为淑仪,以至丑声四布。义宣由是切齿,怨怒之色,时形于面。臧质欲激之使反,乃以书说之曰:

> 人臣负不赏之功,挟震主之威,自古能全者有几?今万物系心于王,声迹已著,见义不作,将为他人所先。若命徐遗宝、鲁爽驱西北精兵来屯江上,质率九江楼船,为王前驱,如是已得天下之半。王以八州之众,徐进而临之,虽韩、白更生,不能为建康计矣。且少主失德,闻于道路,宫闱之丑,岂可三缄!沈、柳诸将,亦我之故人,谁肯为少主尽力者?夫不可留者年也,不可失者时也。质常恐溘先朝露,不得展其脊力,为王扫除,于时悔之何及?敢布腹心,惟王图之。

义宣得书,谋之左右。其将佐竺超民等,咸怀富贵之望,欲倚质威名以成事,共劝义宣从其计,遂许之。质乃以义宣旨,密报鲁爽、鲁秀、徐遗宝,期以今秋举兵。使者至寿阳,爽方大醉,失义宣旨,谓宜速发,遂窃造法服等物,自号建平元年,建牙起兵。义宣等闻爽已反,皆狼狈兴师,板爽为征北将军,爽亦板义宣等,其文曰:"丞相刘,今补天子,名义宣。车骑臧,今补丞相,名质。"见者皆骇愕,鲁秀率兵赴江陵,见义宣略谈数语而出,拊膺叹曰:"臧质误我,乃与痴人作贼,今事败矣。"当是时,义宣兼荆、江、兖、豫四州之力,率众十万,发江津,舳舻数百里,以质为前锋,爽亦引兵直趋历阳,威震远近。

帝大惧,欲奉乘与法物迎之。竟陵王诞曰:"奈何持此座与人?"固执不可。帝乃命柳元景为抚军将军,统领诸将以讨义宣。元景进据梁山洲,于两岸筑偃月垒,水陆待之。义宣移檄州郡,加进位号,使同发兵。雍州刺史朱修之伪许之,而遣使陈诚于帝。益州刺史刘秀之斩义宣使者,不受伪命。义宣乃使鲁秀将兵击之。王元谟闻秀不来,喜谓元景曰:"若臧质独来,可坐而擒也。"冀州刺史垣护之,遗宝姊夫,邀之同反,护之不从,率众阴袭其城,克之。遗宝败,走奔鲁爽。爽至历阳,薛安都引兵拒之,败其前锋,爽不能进。又军中乏粮,引兵退,薛安都率轻骑追之。及于小岘,爽勒兵还战,饮酒数斗,大醉,立马阵前,指挥兵众。安都望见,跃马大呼,直前刺之,应手而倒。兵士斩其首,爽众奔散。进攻寿阳,克之,并杀徐遗宝。

是时义宣至鹊头,元景送爽首示之。爽累世将家,骁勇善战,号万人敌,一旦死于安都之手,义宣与质皆骇惧,三军为之夺气。太傅义恭遣使与义宣书曰:

往时仲堪假兵桓玄，寻害其族；孝伯推诚牢之，旋踵而败。臧质少无美行，弟所具悉，今借西楚之强力，图济其私，凶谋若果，恐非复池中物也。弟自思之，勿贻后悔。

义宣得书，颇怀疑虑。

甲辰，军至芜湖。质夜来军中，进计于义宣曰：“今以万人取南州，则梁山路绝，万人缀梁山，则玄谟不敢动。下官中流鼓棹，直趣石头，此上策也。”刘湛之密言于义宣曰：“质求前驱，此志难测。不如尽锐攻梁山，事克，然后长驱，此万安之计也。”义宣遂不用质计。质又请自攻东城，刘湛之曰：“质若复克东城，则大功尽归之矣，宜遣麾下自行。”义宣乃遣湛之与质俱进，顿兵两岸，夹攻东城。于是玄谟督诸军大战，薛安都率突骑先冲其阵之东南，陷之，斩湛之首。偏将刘季之、宗越又陷其西北，质兵亦败。垣护之纵火烧江中舟舰，烟焰涨天，延及西岸，营垒殆尽，全军皆溃。义宣单舸急走，闭户而泣，荆州人随之者，犹百余舸。质欲见义宣计事，而又宣已去，只得弃军北走。其众或降或散，一时俱尽。质有妹丈羊冲为武昌郡，往投之，至则冲已为郡人所杀，质无所归，乃逃于南湖，掇莲实食之。追兵至，以荷覆头，自沉于水，出其鼻。军主郑俱儿望见，射之中，兵刃乱下，肠胃萦水草，斩其首，送建康。

义宣走至江夏，闻巴陵已有军守，回向江陵，众尽散。与左右十余人，徒步而行。脚痛不能前，傸民露车自载，缘道求食。至江陵郭外，时竺超民留守城中，遣人报之。超民仍具羽仪兵众，迎之入城。城中甲士，尚有万人。参军翟灵宝，嘱其抚慰将士，授之言曰：“兹以臧质违指授之宜，用致失利，今当治兵缮甲，更为后图。昔汉高百败，终成大业。”而义宣忘灵宝之言，误云：“项羽千败，终成大业。”众将咸掩口笑。鲁秀犹欲收集余众，更图一决。而义宣昏沮，无复神守，入内不复出。左右腹心，稍稍离叛。既而闻鲁秀北走，欲随之去，乃携爱妾五人，着男子服相随。城中扰乱，白刃交横。义宣惧，坠马，遂步进。超民送至城外，以马与之，归而闭城。义宣求秀不得，左右尽弃之，还宿南郡空廨。旦日，官军至，执而囚之。义宣入狱，坐地叹曰：“臧质老奴误我！”五妾寻被遣出，义宣号泣，语狱吏曰：“常日非昔，今日分别，乃真苦耳。”鲁秀众散不能去，还向江陵。城上人射之，秀求人不得，赴水而死。朱修之入江陵，杀义宣，并其子十六人，及同党竺超民、蔡超、颜乐之等，大军奏凯。柳元景、王玄谟、薛安都等，各授封赏。由是朝廷无事，天下稍安。今且按下慢表。

且说晋陵武进县生一异人，姓萧，名道成，字绍伯，小字斗将，汉相国萧何二十四世孙也。父承之，字嗣伯，少有大志，才力过人，仕于宋。初为建威府参军，义熙中，平蜀贼谯纵，迁扬武将军、汶山郡太守。元嘉初，徙为济南太守。到彦之北伐魏，大败归，魏乘胜破青州诸郡，承之率数百人拒战。魏众大集，承之偃兵息众，大开城门，左右曰：“贼众我寡，何轻敌之甚！”承之曰：“今日悬守穷城，事已危急，若复示弱，必为所屠，唯当以强示之耳。”魏兵果疑有伏，遂引去。文帝以有全城之功，迁为中兵参军、员外郎。氐帅杨难当反于汉川，承之轻车前行，败其将薛健于黄金山。健既败去，承之即据之。难当引兵来攻，相拒四十余日，贼皆衣犀甲，刀箭不能伤。承之命军中造木槊，长数尺，以大斧捶其后，贼不能当，乃焚营退。梁州平，进为龙骧将军、南泰山太守。有惠政，封五等男，食邑三百四十户。及没，梁土士民思之，立庙于峨公山，春秋祭祀。道成其长子也，生于元嘉四年，资表英异，龙颡钟声，鳞文遍体。宅南有一大桑树，本高三丈，横生四枝，状如华盖。道成年数岁，常戏其下。从兄敬完见之曰："此树为汝生也。"年十三，儒士雷次山立学于鸡笼山，往而受业，治《礼记》及《左氏春秋》，过目辄晓。及长，仕为建康令，有能名。萧惠开有知人鉴，谓人曰："昔魏武为洛阳比部，时人服其英俊。今看萧建康，但当过之耳。"及惠开镇襄阳，启道成自随。讨樊郑诸山蛮，破其聚落，进为左军中兵参军。孝建初，袭爵五等男，复以中兵参军为建康令。见朝事日非，宗室将衰，结纳四方豪杰，隐有澄清天下之志，尝梦上帝谓之曰："汝是我第十九子。"觉而异之。盖自五帝三王已降，受命之次，至道成而第十九也。今且按下。

却说孝武在位八年，疏忌宗室，杀戮无度。与竟陵王诞不睦，诬以谋叛，杀之。又疑大臣擅权，而腹心耳目多委寄近习。有戴法兴、戴明宝者，向为藩邸旧臣，甚见亲昵。及即位，皆以为南台御史，以预建义功，赐爵县男。又有巢尚之者，人士之末，涉猎文史，为帝所知，亦以为中书舍人。三人权重当时，大纳货贿，凡所荐达，言无不行。天下辐凑，门外成市。大臣义恭、柳元景、颜师伯等，皆畏罪避嫌，由是朝政日坏。俄两帝有疾，夏五月庚申殂于玉烛殿。群臣临丧，奉太子子业即位，时年十六。改年景和，是为废帝。尚书蔡兴宗上玺绶，太子受之，傲惰无威容。兴宗出告人曰："昔鲁昭不哀，叔孙知其不终，家国之祸，其在此乎？"

乙卯，悉罢孝建以来所改制度，还依元嘉。兴宗慨然，谓义恭曰："先帝虽非盛德之主，要以道始终，三年无改，古典所贵。今殡宫甫撤，山陵未远，而制度兴造，一皆刊削，虽当禅代，亦不至尔。天下有识，尝以此窥人。"义恭不从。八月，王太后疾笃，使呼废帝，废帝曰："病人房间多鬼，那可往？"召之再三不至。太后怒，谓侍者曰："取刀来，剖我腹，那得生此宁馨儿！"乙丑，太后殂，帝不一视。性本狂暴，始犹难太后、大臣及戴法兴等，未敢自恣。太后既殂，内无所忌。欲有所为。法兴辄抑制之，谓曰："官家所为如此，欲作营阳耶？"帝不能平。所幸阉人华愿儿，赐与无算，法兴常加裁灭，愿儿恨之，谓帝曰："道路皆言宫中有二天子，法兴为真天子，官家为赝天子，且帝居深宫，与物不接，法兴与太宰颜柳相共为一体，往来门客，恒有数百。法兴是孝武左右，久在宫闱，今与他人作一家，深恐此座非复帝有。"帝遂召法兴入宫，立赐之死。

先是孝武之世，王公大臣惧诛，重足屏息，莫敢妄相过从。及崩，义恭等皆相贺曰："今日始免横死矣。"甫过山陵，柳元景、颜师伯等张乐酣饮，不舍昼夜。及法兴见杀，无不震慑，皆恐祸及。于是元景、师伯密欲废帝，日夜聚谋，而持疑不能决。元景泄其谋于沈庆之，庆之素与义恭不睦，又师伯专断朝事，不与庆之参决，每谓人曰："沈公国之爪牙耳，安得豫政事？"庆之深以为恨，乃发其谋以白于帝。帝闻之，不及下诏，辄自率羽林兵掩至义恭宅，杀之，并其四子。断绝义恭支体，分裂肠胃，挑取眼睛，以蜜渍之，谓之"鬼目粽"。别遣使者召柳元景，以兵随之。左右奔告，元景知祸至，入辞其母，整朝服，乘车应召。其弟叔仁，有勇力，被甲，率左右壮士，欲拒命，元景苦禁之。既出巷，军士大至，元景下车受戮，容色恬然，一门尽诛。获颜师伯于道，杀之。又杀廷尉刘德愿，自是公卿以下，皆被捶曳如奴隶矣。先是帝在东官，多过失，孝武欲废之。侍中袁顗盛称其美，孝武乃止。帝由是德之，既诛元景，以顗代其任。

有山阴公主者，名楚玉，帝之姊也。下嫁驸马都尉何戢，性淫纵，帝宠之，常与同辇出入。一日谓帝曰："妾与陛下男女虽殊，俱托体先帝，陛下六宫万数，而妾惟驸马一人，事大不均。"帝笑曰："易耳。"乃选少壮男子三十人，号曰"面首"，赐之以逞其欲。谓公主曰："今而后，莫怨不均矣。"吏部郎褚渊，字彦威，风度修整，容貌如妇人好女。公主见而悦之，请于帝，欲以自随。帝命渊往侍公主。渊辞不往，曰："臣唯一心事陛下，不敢私传公主。"帝笑而置之。公主思念弥切，乃遣人要于路，拥之以归，闭之后房，谓渊曰："吾阅人多矣，未有如卿之美者，愿同枕席之欢，无拂吾意。"遽起身就之。渊退立一旁，拱手言曰："名义至重，玷辱公主，即玷辱朝廷，不敢。"公主再三逼迫，渊抵死相拒。良久，事不就。公主走出，谓侍婢曰："倔强乃尔，吾欲杀之，又不忍，若何使他心肯，以遂吾怀？"侍婢曰："此是囊中物，主且耐心，何忧不谐。"公主欲乘其睡而逼之。渊至夜间，衣不解带，秉烛危坐。侍婢络绎相劝，且以危言怵之，曰："不从，将有性命忧。"渊曰："吾宁死，不能为此事。"公主谓之曰："卿须眉如戢，何无丈夫气耶？"相逼十日，渊卒不从。"面首"等恐夺其宠，皆劝纵之，曰："留此人在，适败公主兴也。"公主遂纵渊归。后人有诗美之曰：

> 不贪淫欲守纲维，如戢须眉果足奇。
> 堪笑山阴人不识，彦威才是一男儿。

彦威既归，知其事者，皆钦敬之，但未识朝廷淫乱之风，作何底止，且听下回分解。

　　刘劭天理灭绝，其败必然。孝武靖乱代立，朝廷纪律，不至大坏。惟宫闱之中，不修内行，淫及手足，与弑父者所殊几何！在位八年，得全首领，幸矣。废帝不知有母，禽兽不如。至为姊置"面首"三十人，廉耻丧尽。幸诸彦威铮铮自立，不为所染。然一人岂能挽淫乱之风哉！如此天下，焉得不丧。

第十二回　子业凶狂遭弑逆　邓琬好乱起干戈

话说废帝无道日甚,尝入太庙指高祖像曰:"渠大英雄,生擒数天子。"指太祖像曰:"渠亦不恶,但末年不免见斫去头。"指世祖像曰:"渠大齇鼻,如何不齇!"立召画工齇之。又新安王子鸾,向为孝武宠爱。帝疾之,遣使赐死。又杀其母弟南海王子师,及其母妹。发殷贵妃墓。又欲掘景宁陵,太史以为不利于帝,乃止。帝舅王藻,尚世祖女临川公主。公主淫妒,不悦其夫。谮于帝,藻下狱死。太守孔灵符,所至有政绩,近臣谮之,帝遣使鞭杀灵符,并诛其二子。

袁顗始蒙帝宠,俄而失措,待遇顿衰。顗惧求出,乃以顗为雍州刺史。其舅蔡兴宗谓之曰:"襄阳星恶,何可往?"顗曰:"白刃凌前,不救流矢,今者之行,唯愿生出虎口,遑顾其他。"时兴宗亦有南郡太守之命,兴宗辞不往。顗说之曰:"朝廷形势,人所共见,在内大臣,朝不保夕。舅今出居峡西,为八州行事。顗在襄、沔,地胜兵强,去江陵咫尺,水陆流通,若朝廷有事,可以共立桓文之功。岂比受制凶狂,临不测之祸乎?今得间不去,后复求出,岂可得耶?"兴宗曰:"吾素门寒进,与主上甚疏,未容有患。宫省内外,人不自保,会应有变,若内难得弭,外衅未必可量。汝欲在外求全,我欲居中免难,各行其志,不亦善乎!"顗于是狼狈上路,犹虑见追,行至寻阳,喜曰:"今得免矣。"时邓琬为寻阳内史,与顗人地本殊,顗与之款洽过常,每相聚论,必穷日夜,见者知其有异志矣。今且按下。

却说帝姑新蔡公主,名英媚,颜色美丽,下嫁宁朔将军何迈,夫妇亦极相得。一日,朝于宫中,帝见而爱之,遂留宴后宫,亲自陪饮,以酒劝之曰:"卿吾姑也,今者之来,足令六宫无色,奈何?"公主会其意,徐曰:"妾系陛下一本,名教攸关,无福消受帝恩。"帝曰:"朕为天下主,何不可之有?"拥之求淫,公主笑而从之。事毕求归,帝曰:"吾将立卿为妃,何言归也?"公主笑曰:"妾承陛下不弃,私相欢乐可耳,若以妾为妃,何以颁示天下?"帝曰:"朕自有计,可无妨也。"遂纳公主于后宫,谓之谢贵妃,旋拜为夫人,加鸾格龙旗,出警入跸以悦之。杀一宫婢,纳之棺中,载还迈第,令行丧礼。

却说迈素豪侠,公主人宫遽死,心已疑之。后闻谢贵嫔立,莫识其所自来,知必有中冓之丑,用以李代桃之计。于是大怒,因多养死士,谋俟帝驾出游,乘间弑。哪知其谋未发,帝亦预防其变。一日,亲领兵士,围其第,杀之,合家尽死。

先是沈庆之既发颜、柳之谋,自昵于帝,数尽言规谏,帝浸不悦。庆之惧,杜门不接宾客。蔡兴宗往亦不见,乃语其门下士范羡曰:"公闭户绝客,以避悠悠请托者耳,仆非有求于公者,何为见拒?"范羡以告,庆之遽见之,兴宗因说之曰:"主上比者所行,人伦道尽,率德改行,无可复望,今所忌惮惟在于公。百姓喁喁,所仰望者,亦惟公一人。公威名素著,天下所服,今举朝皇皇,人怀危怖,指麾之日,谁不响影?如犹豫不断,欲坐观成败,岂惟日暮及祸?四海重责,将有所归。仆蒙眷异常,故敢尽言,愿公详思其计。"庆之曰："仆诚知今日忧危,不复自保,但尽忠奉国,始终以之,当委任天命耳。加以老退私门,兵力顿阙。虽欲为之,事亦无成。"兴宗曰："当今怀谋思奋者,非欲邀功赏富贵,正求脱旦夕之死耳。殿中将帅,惟听外间消息,若一人唱首,则俯仰可定。况公统戎累朝,旧日部曲,布在宫省,受恩者多。沈攸之辈,皆公家子弟,何患不从?且公门徒义附,并三吴勇士,殿中将军陆攸之,公之乡人。今人东讨贼,大有铠仗,在青溪未发,公取其器仗,以配衣麾下,使陆攸之率以前驱。仆在尚书中,自当率百僚按前世故事,更简贤明以奉社稷,天下之事定矣。又朝廷诸所施为,民间传言公悉豫之。公今不决,当有先公起事者,公亦不免附从之祸,况闻车驾屡幸贵第,酗醉淹留,或屏左右,独入阁内,此万世一时,不可失也。"庆之不从。又青州刺史沈文秀,庆之侄,将之镇,率部曲出屯白下,亦说庆之曰："主上狂暴如此,祸乱不久,而一门受其宠任,万民皆谓与之同心,且若人爱憎无常,猜忍特甚,不测之祸,进退难免。今因此兵力图之,易于反掌,机会难值,愿公勿失。"文秀言之再三,至于流涕,庆之终不肯从。及帝诛何迈,量庆之必当入谏,先闭青溪诸桥以绝之,庆之不得进而还。俄而帝使使者赐庆之药,庆之不肯饮,使者以被掩杀之,时年八十。庆之子文叔欲亡,恐如义恭被帝支解,谓其弟文秀曰:"我能死,尔能报。"遂饮庆之药而死。文秀挥刀驰马而去,追者不敢逼,遂得免。帝诈言庆之病死,赠太尉,谥曰忠武公,葬礼甚厚。一日,帝梦王太后责之曰:"汝不仁不义,罪恶贯盈,本无人君之福。加以汝父孝武,险虐灭道,怨结神人,儿子虽多,并无天命,大运所归,应还文帝之子。"觉而大怒,欲去太后神位,左右谏之乃止。由是益忌诸叔,恐其在外为患,皆聚之京师,拘于殿内,殴捶陵曳,无复人理。见湘东王彧、建安王休仁、山阳工休祐皆肥壮,为笼盛而秤之,以彧尤肥,谓之"猪王",谓休仁为"杀王",休祐为"贼王"。以三王年长,尤恶之,常录以自随,不使离左右。东海王祎,性尤劣,谓之"驴王"。桂阳王休范、巴陵王休若年尚少,故待之略宽。尝以木槽盛饭,并杂食搅之,掘地为坑,实以泥水,使彧裸体匍匐坑中,以口就槽食之,用为笑乐。前后欲杀三王十余次,赖休仁多智数,每以谈笑佞谀解之,故得不死。彧赏忤旨,帝命缚其手足,贯之以杖,使人担付大官,曰:"今日屠猪。"休仁笑曰:"猪未应死。"帝问其故,曰:"待皇太子生,杀猪取其肝肠。"帝怒乃解,收付廷尉,一宿释之。盖帝无子,有少府刘矇妾,怀孕将产,迎之入宫,俟其生男,当立为太子。故休仁言之以解其怒。尝召诸王妃主于前,除去妆束,身上寸丝不留,使左右乱交于前,在旁指点嬉笑以为娱乐,违者立死。南平王妃江氏不从,帝怒,杀其三子,鞭江妃一百。建安王太妃陈氏,年近不惑矣,而容颜尚少,帝命右卫将军刘道隆淫之,曰:"尔形体强健,足以制此妇。"呼休仁从旁视,诫左右曰:"俟休仁色变,即杀之。"太妃惧杀其子,只得赤体承受。道隆欲迎帝意,将太妃竭力舞弄,极诸般丑态,良久乃已。帝大悦,赏道隆酒。休仁目不他视,颜色无异,乃释之。

　　后更爱憎无常,稍一忤旨,即杀。左右宿卫之士,皆怀异志。惟直阁将军宗越、谭金、童太一等,以勇力为帝爪牙,赏赐美人金帛,充牣其家,越等皆为尽力。怀异志者,惮之不敢发。一日,帝忽怒主衣寿寂之,见辄切齿,曰:"明日必杀之。"寂之惧,乃结主衣阮佃夫、李道儿、内监王道隆、姜产之、钱蓝生、队主柳光世、樊僧整等十余人,阴谋弑之,奉湘东为帝,使钱蓝生密报三王。阮佃夫虑力少不济,更欲招合,寿寂之曰:"谋广或泄,不烦多人。且若人将南游,宗越等并听出外装束,今夜正好行事,勿忧不济也。"

先是帝游华林国竹林堂,使宫人裸体相逐,一人不从,杀之。夜梦在竹林堂,有女子骂曰:"汝悖虐不道,明年不及熟矣。"乃于宫中求得一人,似梦所见者斩之。又梦所杀者骂曰:"我已诉上帝矣,汝死在目前。"于是巫言竹林堂有鬼。其夕,悉屏侍卫,与群巫及彩女数百人射鬼于竹林堂。事毕,将奏乐,寂之抽刀前入,姜产之次之,李道儿等皆随其后。时休仁在旁屋,闻行声甚疾,谓休祐曰:"事作矣。"相随奔景阳山。帝见寂之至,引弓射之,不中。彩女皆进走,帝亦走,大呼"寂、寂"者三,寂之追而弑之。宣令宿卫曰:"湘东王受太皇太后令,除狂主,今已平定矣。诸人其毋恐。"时事起仓卒,殿省惶惑,未知所为。休仁引湘东王升西堂,登御座,召见诸大臣。王失履,跣足,犹着乌帽。坐定,休仁呼主衣以白帽代之,令备羽仪。乃宣太皇太后令,数废帝罪恶,命湘东皇篡承皇极。丙寅,王即皇帝位,是为明帝,封寿寂之等十四人为县候。先是宗越、谭金、童太一等为废帝所宠,及帝立,内不自安,因谋作乱。沈攸之以闻,皆下狱死,令攸之复入直阁。时刘道隆为中护军,建安王怨其无礼于太妃,求解职,不与同朝,乃赐道隆死,以建安王为司徒尚书令。一应昏制谬封,并皆刊削,中外皆欣欣望治矣。

话分两头。江州刺史晋安王子勋,孝武第三子也,年十一,长史邓琬辅之,镇寻阳。先是废帝恶之,遣左右朱景云以药赐子勋死。景云至湓口,停不进。子勋将吏闻之,驰告邓琬,惶惧请计。琬曰:"身南土寒士,蒙先帝殊恩,以爱子见托,岂得借百口门户?誓当以死报效。且幼主昏暴,杜稷将危,虽曰天子,事犹独夫。今便指率文武,直造京邑,与群公卿士,废昏立明矣。"乃称子勋教,今所都戒严,子勋戎服出听事,集僚佐,谕以起兵。参军陶亮,首请效死前驱,众皆奉令,乃使亮为军事参军,太守沈怀宝等,并为将帅。时校尉张悦,犯事在狱。琬知其才,称于勋命,释其桎梏,用为司马,与之共掌内外军事。收集民丁器械,旬日之间,得甲士五千人。先遣别将断大雷之路,禁绝商旅,以及公私使命,斯时尚未知废帝已弑也。及明帝即位,颁诏四方,各赐新命,加子勋为车骑将军,开府仪同三司。将吏得诏,皆大喜,共造邓琬曰:"暴乱既除,殿下又开黄阁,实为公私大庆。"而琬以晋阳次第居三,又在寻阳起事,与孝武同符,谓事必有成,因取诏书投地曰:"殿下当开端门,黄阁是吾徒事耳,此何足庆?"众愕然。琬乃更与陶亮等缮治器甲,简集士卒,寄书袁颛,嘱令举兵。颛亦诈称奉太皇太后令,使共入讨,任参军刘胡为大将,登坛誓众,奉表寻阳劝进。乙未,子勋即皇帝位于九江,改元义嘉,驰檄四方,指斥明帝"矫害明茂,篡窃天宝。干我昭穆,寡我兄弟。觊孤同气,犹有十三。圣灵何辜,而当乏飨?"四方见檄,莫不举兵响应。当是时,郢州反了安陆王子绥,荆州反了临海王子顼,徐州反了刺史薛安都,冀州反了刺史崔道固,青州反了刺史沈文秀。而益州刺史萧惠开,闻晋安起兵,集将佐谓曰:"湘东太祖之昭,晋安世祖之穆,其于当壁,并无不可。但景和虽昏,本是世祖之嗣,不任社稷,其次犹多,吾荷世祖之眷,当推奉九江。"乃遣其将费欣寿将兵五千东下。又广州刺史袁昙远、梁州刺史柳元怙、山阳太守程天祚、皆附于子勋。却说朝廷闻四方皆反,又虑东土不靖,特遣侍郎孔璪入东慰劳。那知璪至会稽,反为叛计,说会稽长史孔颛曰:"建康虚弱,必败,不如拥五郡以应袁、邓。"孔颛从之,遂驰檄各郡。于是吴郡太守顾琛、吴兴太守王昙生、义兴太守刘廷熙、晋阳太守袁标,皆据郡应之。是岁,四方贡献,皆归寻阳。朝廷所保,唯丹阳、淮南等数郡。其间诸县,已有谋应子勋者,宫省危惧,帝集群臣问计。蔡兴宗曰:"今普天同叛,人尽异心,宜镇之以静,至信待人,叛者亲戚,布在宫省,若绳之以法,则土崩立至,宜明罪不相及之义,物情既定,人有战心。六军精勇,器甲犀利,以待不习之兵,其势相万,愿陛下勿忧。"忽报豫州刺史殷琰亦叛附寻阳,帝益惧,谓兴宗曰:"诸处皆反,殷琰亦复同逆,顷日人情云何,事当济否?"兴宗曰:"逆与顺,臣无以辨。今商旅断绝,米甚丰贱,四方云合,而人情更安,以此卜之,清荡可必。但臣之所忧,更在事后,犹羊公言既平之后,方劳圣虑耳。"

先是帝使桓荣祖赴徐州说薛安都归朝,安都曰:"今京师无百里地,不论攻围取胜,自可拍手笑杀,且我不欲负孝武。"荣祖曰:"孝武之行,足致余殃,今虽天下雷同,正是速死,无能为也。"安都不从。甲午,帝命建安王都督征讨诸军事,王元护副之,以沈攸之为前锋,将兵屯虎槛。又忧孔觊、殷琰二处为难,问群臣曰:"谁能为朕平此二处?"兴宗曰:"朝臣中,萧道成智勇出众,可令吴喜助之,去讨会稽。刘勔素能御下,可令吴安国助之,去平寿阳。"帝从之,乃遣道成将兵三千东讨孔觊,刘勔将兵三千西讨殷琰。

然自两路分讨,京师兵力益弱,屡遣人纠合四方,莫有应者,日夕计议,苦无良策。一日,帝方坐朝,忽有一臣出班奏曰:"臣保举一人,可使伐叛除逆。"众视之,乃司法参军葛僧韶也。帝曰:"卿所举者何人?"僧韶曰:"臣舅兖州刺史殷孝祖,手下将勇兵强,为人忠义自矢,若征之入朝,定获其用。"帝曰:"孝祖若肯助顺固善,但恐征之未必至耳。"僧韶曰:"臣请奉命往,以大义责之,彼必俯首来归也。"帝大喜,遂遣之。

时薛索儿兵据津径,要截行旅,僧韶几为所获,间行得免。既见孝祖,孝祖问以朝廷消息,近日情势若何。僧韶曰:"朝廷兵力非细,积储亦足,特少担当任事之人。深知我舅智勇俱备,戎事素长,故欲委以全驱之任,特来相召。主上虚席以待,愿舅速往。"孝祖犹豫,无赴召意。僧韶又曰:"从来天下之势,强弱无常,顺逆有定,助顺必昌,附逆终败,一定之势也。甥请为舅言之:景和凶狂,开辟未有。朝野危极,假命漏刻。主上夷凶翦暴,更造天地,国乱朝危,宜立长君。而群迷相煽,构造无端,贪利幼弱,竟怀希望。假使天道助逆,群凶是申,则主幼事艰,权柄不一,兵难互起,岂有自容之地?舅少有立功之志,若能控济河义勇,还奉朝廷,非惟臣主静乱,乃可垂名竹帛。"孝祖奋然起曰:"子言良是,吾计决矣!"即日委妻子于瑕邱,率文武将吏三千人,随僧韶还建康。时朝廷惟保丹阳一郡,内外忧危,咸欲奔散。而孝祖之众忽至,并他楚壮士,甲仗鲜明,刀枪犀利,人情大安。帝赐宴殿前,殷勤慰接。孝祖亦慷慨自许,誓以死报。乃进号抚军将军,假节,督前锋诸军事,进屯虎槛拒敌。

却说邓琬性本贪鄙,既执大权,父子卖官鬻爵,酣歌博弈,日夜不休。宾客到门,历旬不得一见。群小横行,士民忿怒。而自以四方响应,事必克济,遣大将孙冲之领兵一万为前锋,进据赭圻。冲之至赭圻,报琬曰:"舟楫已办,器械亦整,三军踊跃,人争效命,可以沿流挂帆,直取白下,愿速遣陶亮众军兼行相接。"琬信之,乃加陶亮右卫将军,统郢、荆、湘、梁、雍五州之兵,一时俱下建安。王闻之,急令殷孝祖、沈攸之进拒。哪知孝祖负其诚节,陵轹诸将,台军有父子兄弟在南者,悉欲推治。由是人情乖离,莫乐为用,亏得攸之内抚将士,外谐群帅,赖以得安。又孝祖每战,常以鼓盖自随,军中相谓曰:"殷统军可谓死将矣,今与贼交锋,而以羽仪自标显,若善射者十人共射之,欲不毙得乎?"于是众军水陆并发,进攻赭圻,陶亮引兵救之。孝祖突出奋击,手斩敌将数人。亮兵将退,忽有一支流矢飞来,正中其喉而死。军皆惊溃,攸之亦退。

建安闻孝祖死,复遣宁朔将军江方兴将五千人赴赭圻助攸之。攸之以为孝祖既死,敌有乘胜之心,明日若不进攻,则示之以弱。但方兴与己,名位相亚,必不肯为己下,军政不一,致败之由,乃自率诸军主来见方兴,曰:"今四方并反,国家所保,无复百里之地,唯有殷孝祖,为朝廷所委赖,锋镝裁交,舆尸而反,文武丧气,朝里危心,事之济否,唯在明旦一战,战若不捷,则大事去矣。诘朝之事,诸人或谓吾应统之,自卜懦薄,干略不如卿,今辄推卿为统,一任指麾,但当相与戮力耳。"方兴大悦。攸之既出,诸将并尤之。攸之曰:"吾本以济国活家,岂计此之高下?且我能下彼,彼必不能下我,共济艰难,岂可自相同?"诸将皆服。

却说孙冲之谓陶亮曰:"孝祖枭将,一战便死,天下事定矣,不须复战,便当直取京都。"亮曰:"沈攸之一军尚全,须再破之,方可长驱而进,此时未可遽也。"于是按兵不动。明日,方兴、攸之率诸军进战,孙冲之凭城拒守,陶亮督众奋勇相敌,自早战至日中,兵交未已,于是鼓鼙震处山河动,血肉飞时日月昏。未识两下胜败若何,且俟下回再讲。

废帝廉耻扫地,更加酷虐无常,不得其终,宜矣。湘东代位,有蔡兴宗、沈攸之等辅之,地虽褊小,尚成局面,至各王各刺史纷纷而起,多见其不知量耳。

第十三回　计身后忍除同气　育螟蛉暗绝宗祧

　　话说攸之、方兴二将进攻赭圻,战至日中,未分胜败。只见一支人马摇旗呐喊,飞奔而来,冲入敌军,势如破竹,敌军大败,纷纷退去。冲之惧,弃城走,遂拔赭圻。你道这支人马,从何而来?乃建安王在后,闻报前军厮杀,恐其不胜,便差亲将郭季之、杜幼文、垣恭祖统领精兵三万前来助战,果得其力,杀败敌兵,夺了赭圻城一座。邓琬知赭圻不守,乃请袁顗进兵。顗闻报,悉起雍州之兵赶来,楼船千艘,铁骑成群,军容甚盛。命刘胡率众三万,东屯鹊尾,自引大军,与官兵相持于浓湖。今且按下慢讲。

　　却说萧道成同了吴喜,东讨孔觊。觊闻台军将至,遣其将孙昙瓘等军于晋陵九里,以扼官军,兵势甚壮。道成等所领寡弱,众虑不敌。其日天大寒,风雪甚猛,塘埭决坏,士无固心。诸将欲退保破冈,道成宣令敢言退者斩,众少定,乃筑垒息甲。明日,乘天气寒冷,出其不意,奋勇进击,遂大破之。先是吴喜数奉使东吴,性宽厚,所至人并怀之。百姓闻吴河东来,皆望风降散,故台军所向克捷。既克义兴,复拔晋陵,守将皆弃城走。孔璪屯军吴兴,闻台军已近,大惧,坠床曰:"悬赏所购,唯我而已。今不遽走,将为人擒。"遂奔钱塘。大兵直至会稽,城中将士多奔亡,孔觊不能禁,乘夜率数骑逃奔嶀山。于是官军入城,执孔璪杀之。俄而嶀山民缚孔觊以献,亦斩之。余将孙昙瓘、顾深、王昙生、袁标悉诣官军降,道成皆宥不诛,诸郡悉平。捷闻,帝大喜,乃诏东征诸将,悉以兵赴赭圻,军势大振。不一日,又得刘勔捷报,连胜殷琰数阵,夺得城池数处。琰婴城自守,不日可平。朝廷闻之益喜,乃合大军专伐寻阳。

　　却说诸军与袁顗,相拒于浓湖。时顗众犹盛,胡又宿将,勇健多权略,连战数阵,官军不能胜,将士忧之。龙骧将军张兴世谓建安王国:"贼据上流,兵强地胜,我虽持之有余,而制之不足。若以奇兵数千潜出其上,因险而壁,见利而动,使其首尾不能顾,中流既便,粮运自艰,此制贼之一奇也。吾观上流形势,钱溪江岸最狭,去大军不远,下临洄洑,船下必来泊岸。又有横浦,可以藏船,千人守险,万夫不能过,冲要之地,莫过于此。"诸将并赞其策,乃选战士七千,轻舸二百,以配兴世。兴世率其众,溯流西上,寻复退归,如是者累日。刘胡闻之,笑曰:"我尚不敢越彼下取扬州,张兴世何物人,而欲轻据我上?"不为之备。一夕四更,值便风,兴世举帆直前,渡湖白,过鹊尾。胡大惊,乃遣其将胡灵秀将兵东岸,翼之而进。及夜,兴世宿景洪浦,灵秀亦留。兴世潜遣其将黄道标率七十舸,径趣钱溪,立营寨。天明,引兵据之,灵秀不能制。刘胡闻兴世据钱溪,自将水步兵来攻。将士欲迎击之,兴世禁之曰:"贼来尚远,气盛而矢骤,骤既易尽,盛亦易衰,不如待之。"令将士筑城如故。俄而胡来转近,船人洄洑,兴世乃命寿寂之、任农夫,率壮士数百击之。众军相继并进,斩首数百,胡败走,收兵而下。

　　时攸之未知钱溪消息,恐袁顗并力攻之,城不得立,乃命吴喜、萧道成进攻浓湖,以分其势。是日,刘胡果率步卒二万、铁马一千,欲更攻兴世,未至钱溪数十里,袁顗以浓湖之急，遽追之还，溪城由此得立。胡既退归，遣人传唱钱溪已平，兴世被杀，众闻之惧。沈攸之曰："是必不然。若钱溪实败，万人中岂无一人逃亡得还者？必是彼战失利，唱空声以惑众耳。"勒军中不得妄动。未几，钱溪捷报果至，众心乃安。兴世既据钱溪，梗其运粮之路，浓湖军乏食，颙令刘胡急攻钱溪，胡谓左右曰："吾少习战，未娴水斗，若步战，恒在数万人中。水战在一舸之上，舸舸各进，不复相关，正在三十人中。此非万全之计，吾不为也。"乃托痁疾，住鹊头不进。谓颙曰："兴世营寨已立，其城不可猝攻。昨日小战，未足为损，现有大雷诸军共遏其上。大军在此鹊头，诸将又断其下流，兴世已坠围中，不足复虑。"颙怒曰："今粮草鲠塞，当如之何？"胡曰："彼尚得溯流越我而上，此运何以不得沿流越彼而下耶？"颙不得已，乃遣司马沈仲玉将千人步趣南陵以迎粮。仲玉至南陵，载米三十万斛，钱布数十舫，竖榜为城，欲乘流突过。行至贵口，兴世进击破之，悉掳其资实以归。仲玉单骑走还，颙大惧，谓胡曰："贼入人肝脾里，何由得活？奈何按兵坐待！"盖颙本无将略，性又恇怯，在军中未尝戎服，不及战阵，惟赋诗谈义，不复抚接诸将。既与胡论事，酬对亦简，由是大失物情，胡心亦离。至是胡阴谋遁去，诳颙道："今率步骑二万，上取钱溪，兼下大雷余运，誓不与兴世两立。"颙喜，悉以坚甲利兵配之。哪知胡以兵往，舍钱溪不攻，径趣梅根，烧大雷诸城而走。至夜，颙方知之，大怒，骂曰："今年为小子所误！"呼取常所乘善马飞燕，谓其众曰："吾当自出追之。"因亦走。三军无主，一时皆溃。建安王勒兵其营，纳降者十万，命攸之等追颙。却说袁颙走至鹊头，与戍主薛伯珍谋向寻阳，夜止山间，杀马以劳将士。顾谓伯珍曰："我非不能死，且欲一至寻阳，谢罪主上，然后自刎。"因慷慨呲左右索节，无复应者。及旦，伯珍请屏人言事，遂斩颙首，诣台将俞湛之降。湛之斩伯珍，送首以为己功。

再表刘胡至寻阳，诈晋安王云："袁颙、子勋已降，军皆散，惟己所领独全，宜速处分，为一战之资，当停军溢城，誓死不贰。"邓琬信以为实，厚给军粮，令往溢城拒守。而胡至溢城，即拥兵远遁。邓琬闻胡又去，忧惶无计，不知所出。张悦欲诛之以为己功，乃诈称有疾，呼琬计事。令左右伏兵帐后，诫之曰："若问索酒，便出杀之。"琬既至，悦曰："卿首唱此谋，今事已急，计将安出？"琬曰："正当斩晋安王，封府库以谢罪耳。"悦曰："今日宁可卖殿下求活耶？"因呼酒，伏发，遂斩之。连夜乘轻舸，赍琬首，诣建安王休仁降。于是寻阳城中大乱，共执晋安王子勋，因之以待命。沈攸之军至，乃斩之，传首建康，时年十一。

庚子，建安工休仁至寻阳，遣吴喜、萧道成向荆州，张兴世、沈怀明向郢州，刘亮、张敬儿向雍州，孙超之向湘州，沈思仁、任农夫向豫章，平定余寇。刘胡逃至石城，捕得斩之。其在外诸王，诏并赐死。至是诸郡皆平，单有殷琰据寿阳、合肥未下。刘勔息之，召诸将会议，偏将王广之曰："得将军所乘马，立平合肥。"皇甫肃曰："广之敢夺节下马，可斩也。"勔笑曰："观其意必能立功。"即推鞍下马与之。广之往攻合肥，三日而克，勔嘉其功，擢为军主。广之谓肃曰："将军若从卿言，何以平贼？卿不认才，乃至于此。"

是时，帝以寿阳未平，使中书为诏，谕殷琰降。蔡兴宗曰："天下既定，是琰思过之日，陛下宜赐手诏数行，以相慰引。今直中书为诏，彼必疑为非真，非所以安其心也。"帝不听。及琰得诏，果疑刘勔诈为之，不敢降，求附于魏。其主簿夏侯祥谏曰："今日之举，本效忠节，若社稷有奉，便当归身朝廷，何可北面左衽？且魏军近在淮次，官军未测吾之去就，若遣使归款，必厚相抚纳，岂止免罪而已。"琰乃使详出见勔，勔以帝命慰之。琰乃率将佐出降，勔悉加慰抚，不戮一人。入城，约勒将士，百姓秋毫无犯，寿阳人大悦。时魏兵将救寿阳，闻琰已降，乃去。琰至朝，仍还旧职。

却说泰始二年，帝以南方既平，欲示威淮北，乃命镇东将军张永、中令军沈攸之将甲士十五万迎薛安都入朝。蔡兴宗谏曰："安都归顺，此诚非虚，正须单使尺书，召之入朝。今以重兵迎之，势必疑惧，或能招引北虏，为患方深。若以叛国罪重，不可不诛，则向之所宥，亦已多矣。况安都外据大镇，密迩边陲，地险兵强，攻困难克。揆之国计，尤宜驯养，如其外叛，将为朝廷肘腋之忧。"上不从，谓萧道成曰："吾今因此北讨，卿意以为何如？"对曰："安都狡猾有余，今以兵逼之，恐非国家之利。"帝曰："诸军猛锐，何往不克？卿勿多言。"安都闻大兵北上，大惧，遣使乞降于魏，求以兵援。魏乃命大将军尉元率兵三万出东道救之。官军至彭城，魏兵与安都夹击之。尉元邀其前，安都乘其后，大破永等于吕梁之东，死者以万数，枕尸六十余里。委弃军资器械，不可胜计。永足指尽坠，与攸之仅以身免。帝闻之，召兴宗于前，以败书示之曰："我愧卿甚。"由是尽失淮北四州，及豫州、淮西之地。

先是帝初即位，宽和有令誉，义嘉之党，多蒙宽宥，随才引用，有如旧臣，人情安之。其后淮泗用兵，府藏空竭，内外百官并断俸禄。而帝奢侈无度，每造器用，必为正御、副御、次副各三十枚。嬖幸用事，货贿公行。性复猜忍，多忌讳，言语文书，有祸败凶丧，及疑似之言应回避者数百千品，犯则必加罪戮。改"骅"字为"弧"，以其似"祸"字故也。左右忤意，往往有剖斫者。时南兖州刺史萧道成，在军中久，民间或言道成有异相，当为天子。帝疑之，征为黄门侍郎。道成惧诛，不欲内迁，而无计可留。参军荀伯玉献计曰："可使游骑数十入魏境，抄掠其居民，魏必出兵相逐。朝廷闻魏师入寇，必令复任御之。"道成如其计，魏果遣游骑数百，履行境上，道成以闻，帝果使复本位御之。又道成有祖墓，在武进县彭山，其山冈阜相属数百里，尝有五色云起，盖于墓之前后左右，人以为瑞。帝闻而恶之，潜使人以大铁钉长五六尺，钉墓四维，以为厌胜。

先是帝无子，密取诸王姬有孕者，纳之宫中，生男则杀其母，使宠姬子之。有陈贵妃者，名妙登，建康屠家女也，最得帝宠。尝谓之曰："得汝生子，我便以为太子。"久之无出。一日，李道儿侍侧，帝问曰："尔多男否？"对曰："臣一妻一室，岁各生一，已有十男。"帝笑曰："卿可谓箭无虚发者矣。"及夜，与陈妃同寝，呼其小字曰："妙登，今夜一叙，明日将以卿赐李道儿，卿愿否？"妃大惊曰："妾虽微贱，曾与陛下接体，奈何赐以与人？"帝曰："无碍，不过借汝腹去度种耳，有孕便召卿归也。"妃曰："妾一失节，何颜再事陛下？"帝曰："宗嗣事大，失节事小，卿莫以是为嫌。"妃暗暗领命。明日，帝佯怒妃，责以失旨，命赐道儿。道儿入谢，嘱之曰："有孕便来报朕也。"于是道儿为之尽力。未几果有孕，帝便迎之还内，生苍梧王昱，立为太子。遂借他事，赐道儿死。后人有诗嘲陈妃云。

数载承恩作嫔嫱，无端别就合欢床。

只因欲觅人间种,哪管刘郎与阮郎。

至是帝以太子幼弱,深忌诸弟。晋平王休祐,性刚狠,前后忤旨非一。一日,从游岩山射雉,左右从者并在仗后,日将暗,遣寿寂之等数人,逼休祐坠马,拉其肋杀之,传呼骠骑落马。上阳惊,遣御医络绎就视,比至,则气已绝。载其尸还第,追赠司空,葬之如礼。未几,帝寝疾,与嬖臣杨运长等,为身后之计,以建安王人望所归,欲除之以绝后患。运长等亦虑宴驾后,休仁秉政,己辈不得专权,劝帝诛之。一日,召休仁入内殿,坐语良久,既而谓曰:"今夕不必还府,就尚书省宿,明早卿可早来。"其夜,休仁方就枕,见武士数人,突至床前,呼之曰:"王且起,天子有诏,赐王死。药在此,可速饮之。"休仁披衣而起,怒且骂曰:"帝得天下,谁之力耶?孝武以诛锄兄弟,子孙灭绝,今复为尔,宋祚其能久乎!"帝虑有变,力疾乘舆,出端门,闻休仁死,乃入。然帝与休仁素厚,虽杀之,每谓人曰:"我与建安年相若,少便款狎,景和、泰始之间,勋诚实重,事计交切,不得不尔。"痛念之至,不能自已,因流涕不自胜。以其子伯融袭爵。又忌荆州刺史、巴陵王休若,因若为人和厚,能谐物情,恐将来倾夺幼主,欲遣使赐死。虑不奉诏,乃令移镇江州,手书殷勤,命暂来京,共赴七月七日宴。休若至建康,赐死于第。赠侍中、司空,以桂阳王休范为江州刺史。

时帝诸弟俱尽,惟休范人才庸劣,幸而得全。或谮萧道成在淮阴有贰心于魏,帝封银壶酒,使吴喜持往淮阴饮之,以验道成诚伪,道成惧不敢饮,喜乃密告之曰:"帝无恶意,此酒可饮也。"先自饮之,道成亦饮,尽欢而散。喜还朝,保证道成无二,帝乃释然。俄而征道成入朝,左右以朝廷方诛大臣,劝勿就征。道成曰:"诸卿殊不见事,主上自以太子稚弱,翦除诸弟,何关他人?今日惟应速发,若淹留顾望,必将见疑。且骨肉相残,自非灵长之祚,祸难将兴,方与卿等戮力耳。"遂星夜赴都。既至,拜散骑常侍、太子左卫率。先是帝在藩,与褚渊相善,及即位,深相委仗。至是疾甚,渊方为吴郡太守,急召之,渊既至,人见帝于寝殿。帝流涕谓曰:"吾近危笃,故召卿,欲使卿着黄襦耳。"黄襦者,乳母之服,以托孤之任寄之也。渊惶惧受命。夏四月乙亥,帝大渐,以桂阳王休范为司空,褚渊为左仆射,刘勔为右仆射,与尚书令袁粲、刘秉、并受顾命。渊素与道成相善,引荐于上。诏又以道成为右卫将军,与袁粲等共掌机事。是夕,帝见休仁执剑入内,惊问左右曰:"建安何以来?"左右答不见。继而连呼曰:"司徒宽我!司徒宽我!"遂崩。

庚子,太子昱即皇帝位,时年十岁,朝政皆委袁粲、褚渊。二人承明帝奢侈之后,务行节俭,而阮佃夫、杨运长等用事,货赂公行,不能禁也。一日,群臣在朝,方议国事,忽有大雷戍主驰檄到京,报称桂阳王休范反于江州,率兵十万,昼夜东下。当是时,幼主初立,群情未附,武备废驰。忽闻休范作乱,人心皇皇,上下危惧,乃召在位大臣,共集中书省,计议守战之事。众臣面面相视,茫无定见。道成慷慨言曰:"昔上流谋逆,皆因淹缓至败,休范必远征前失,轻兵急下,乘我无备,所谓疾雷不及掩耳也。今应变之术,不宜远出。若偏师失律,则大沮众心,宜顿兵新亭、白下,坚守宫城及东府石头,以待贼至。千里孤军,后无委积,求战不得,自然瓦解,我请顿新亭以当其锋。"顾谓张永曰:

"征北守白下。"指刘勔曰："领军屯宣阳门，为诸军节度。诸贵安坐殿中，不须竞出，我自破贼必矣。"因索笔下议，众并注同。中书舍人孙千龄，阴与休范通谋，独曰："宜依旧法，遣军据梁山。"道成正色曰："贼今已近，梁山岂可得至？新亭既是兵冲，所欲以死报国耳，常时乃可曲从，今不能也。"离坐起执刘勔手曰："领军既同鄙议，不可改易。"勔许之。于是道成出顿新亭，张永屯白下，卫尉沈怀明戍石头，袁粲、褚渊入卫殿省。时仓猝不暇授甲，开南北二武库，随将士所取。及道成至新亭，治营垒未毕，果报休范前军已至。

你道休范为何而反？盖体范素凡讷，少知解，不为诸兄所齿，物情亦不向之，故明帝之末，得免于祸。及苍梧即位，年在幼冲，素族秉政，近习用事。休范自谓尊亲莫二，应入为宰辅。既不如志，怨愤颇甚。其谋主许公舆，令休范折节下士，厚相资给，于是远近赴之，岁收万计。畜养才勇，缮治器械。会夏日阙镇，休范以为必属于己，朝廷又以晋熙王燮为郢州刺史，配以兵力，使镇夏口，休范闻之益怒。密与许公舆谋袭建康。公舆以为兵宜速进，朝廷即闻吾反，商议出兵，不能一时即决，而我兵已捣建康，建康一得，余郡自服。体范从之，乃悉起江州之兵，使大将丁交豪、杜黑骡为前锋，兼程而进。哪知已被道成料着，贼至新林，道成方解衣高卧，以安众心。徐索白虎幡，登西垣，督众拒守。休范有勇将萧惠朗，乘初至之锐，率敢死士数百人，突入东门，杀散守卒，直至射堂。城中皆避其锋，道成亲自上马，率麾下搏战。偏将陈显达，从后击之，惠朗乃退。许公舆又为休范谋曰："我众敌寡，不必聚攻一处，王今留攻新亭，而遣丁文豪、杜黑骡各领精骑直趣建康，新亭破，则建康愈危，建康破，则新亭不攻自下。"体范从之。正是：

兵临濠下威风大，将到城边战伐深。未识建康若何御之，且听下文分解。

　　明帝嗣位，幸有蔡兴宗持重以镇定之，而沈攸之等，各为用命，诸路乌合之众，人怀异心，即次殄灭，此其宜矣。南方既定，肆志淮北，不听兴宗之言，致薛安都结连北魏，丧师失地，悔之无及，此骄盈之所致也。至借人生子以继身后，而本支骨肉，屠灭殆尽，是即嗣世能久，已暗易他姓矣。虽谥曰明，糊涂已极。休范不度德量力，以愤兴师。即无道成谋略，亦不能有成，总之天欲更兴一朝，此特为继起者驱除耳。

第十四回　辅幼主道成怀逆　殉国难袁粲捐身

话说休范自以大众攻新亭，而别遣文豪、黑骡直捣建康。文豪大破台军于皂荚桥，时王道隆将羽林兵在朱雀门内，急召刘勔来助。勔至朱雀门南，命撤桁以折南军之势。道隆怒曰："贼至但当急击，奈何撤桁示弱？"勔亦愤，遂度桁南，亲自搏战。哪知战阵方合，被黑骡一骑冲来，斩于马下。兵士散乱，道隆不能支，亦弃众走，黑骡追杀之。黄门郎王蕴负重伤，踣于御沟之侧，或扶之以免。于是中外大震，白下、石头之众皆溃。张永、沈怀明逃还宫中，争传新亭亦陷。孙千龄开承明门出降，太后执帝手泣曰："天下败矣。"先是月犯右执法，太白犯上将，或劝刘勔避职。勔曰："吾执心行己，无愧幽明，若灾眚必至，避岂得免？"又勔晚年，颇慕高尚，立园宅，名为东山，遗落世务，罢遣部曲。道成曾谓之曰："将军受顾命，辅幼主，当此艰难之日，而深尚从容，废省羽翼，一朝事至，悔可追乎？"勔不从，而果败死。

话分两头。道成与休范拒战，自晡达旦，矢石不息。其夜大雨，鼓角不复相闻，将士积日不得寝食，军中马夜惊，城内乱走。道成秉烛危坐，厉声呼叱，如是者数四，乃定。明日复战，外势愈盛，众皆失色。道成曰："贼虽多而乱，寻当破矣。"其时麾下有勇将两员：一姓黄，名回。一姓张，名敬儿。敬儿南阳人，少便弓马，有胆气，好射猛兽，发无不中，素无赖，家贫，佣于城东吴泰家。泰有爱婢，敬儿与之通，事发，泰欲杀之，逃于空棺中，以盖加上，乃免。后得志，诬泰通袁颛为逆，明帝杀泰，籍其家，僮役财货，敬儿皆有之。先所通婢，即以为妾。初敬儿母，卧于田中，梦犬子有角，舐其阴处，遂有孕而生敬儿，故初名狗儿。明帝嫌其名鄙俚，改为敬儿。时从道成守新亭，与黄回共立城上，望见休范白服乘肩舆，以数十人自卫，登城南观战，敬儿谓回曰："彼可诈而取也。"回曰："卿可取之，我誓不杀诸王。"敬儿以白道成，道成曰："卿能办此，当以本州相赏。"敬儿乃与回并出城南放仗走，大呼称降。休范喜，召至舆前。黄回阳致密意，休范信之，置二人于左右，命进酒。饮至半酣，笑呼道成名曰："尔腹心已溃，何可乃尔？"回见休范无备，目敬儿，敬儿遂夺休范防身刀，斩休范首，左右皆惊走。敬儿提头遷骂，与回奔归新亭。道成得首，便差队主陈灵宝持送建康。灵宝行至中道，恰逢西兵阻路，弃首于水，挺身到京，唱云已平，而无以为验。众莫之信，休范将士亦不知之，进战愈力。俄而其众知休范已死，稍欲退散，文豪厉声曰："我独不能定天下乎！"因诈称休范已杀道成据新亭矣，士民惶惑，乘夜诣新亭垒，投刺者以千数，道成皆焚之。登北城谓曰："刘休范昨已就戮，尸在南冈下，身是萧平南，诸君谛视之。名刺皆已焚，卿等勿怀忧惧也。"众皆愕然而散。道成知台军屡败，急遣陈显达、张敬儿将兵自石头济淮，从承明门入卫宫省，于是台军之气亦振，大破贼众，遂斩丁文豪、杜黑骡于宣阳门，余皆窜走。斯时道成在军，见大势已宁，亦即整旅还都，百姓缘道聚观，皆曰："全社稷者此公也。"及入朝，拜为中领军、衮州刺史，留卫京师，与袁粲、褚渊、刘秉更日入值，号为四贵，今且按下。

却说苍梧王之为太子也，年六岁，始就学，而惰业嬉戏，师不能禁。好缘漆帐竿，去地丈余，久之乃下。年渐长，喜怒益乖，左右有失旨者，辄手加扑打，蓬首跣足，蹲踞于地，以此为常，明帝屡敕陈太妃痛捶之。及即位，内畏太后，外惮诸大臣，犹未敢纵逸。自加元服，变态百出，好出外游行，太妃每乘青犊车，随路检摄，其后渐自放恣，大妃亦不能禁。始出宫，犹整仪卫，俄而弃车骑，率左右数人，或出郊野，或入市尘，或往营署，与嬖人解僧智、张五儿等，恒相驰逐。夜开承明门以出，夕去晨返，晨出暮归，从者并执戈矛，路逢行人男女及犬马牛驴，随手刺死，无一免者。民间忧惧，商贩皆息，门户昼闭，行人道绝。至针椎凿锯之徒，不离左右。尝以铁椎椎人阴囊，囊破裂。左右见之，有敛眉闭目者，苍梧大怒，令此人袒胛正立，以矛刺之，洞胛而过。大内耀灵殿，本明帝临政之所，养驴数十头于内。己所乘马，养于御床侧。又知己非帝子，为李道儿所生，每出入去来，常自号"李将军"。京营有女子，年十五六，性痴憨，驾至不避，从旁嬉笑，苍梧便入其屋，不避左右，与之苟合。女亦全不愧惧，任其所为，遂大悦。自是往来无间，人谓之路嬷嫱妃。又性极好杀，一日不杀人，则惨惨不乐。殿省忧惶，食息不保。阮佃夫惧蹈不测，谋候其驾出游，称太后令，闭城门，执而废之，立安成王准。事觉，收佃夫诛死，寸斩其家属。或有告朝臣杜幼文、沈勃、孙超亦与佃夫同谋，遂帅卫士自掩三家，刳解脔割，婴孩不免。时沈勃后丧在庐，左右未至，帝挥刀独前，勃知不免，手搏其耳，唾骂之曰："汝罪逾桀纣，屠戮无日，恨吾不获见之。"遂死。会端午，太后赐帝毛扇，怒其不华，令太医煮药，欲鸩太后。左右止之曰："若行此事，陛下便应作不孝子，岂复得出人狡狯？"帝曰："汝语大有理。"乃止。凡诸鄙事，过目则能，锻炼金银，裁衣作帽，莫不精绝。未尝吹篪，执管便韵。自造露车一乘，其上施篷，乘以出入，其捷如飞，羽仪追之不及。又各虑祸，不敢追寻，唯整部伍，别在一处瞻望。尝直入领军府，天时盛热，道成解衣袒腹昼卧堂中，见帝至，仓皇起立，帝指曰："好大腹。"遂命立于室内，画其腹为的，持弓引满射之。道成敛手曰："老臣无罪。"左右王天恩曰："领军腹大，是佳射堋。一箭便死，后无复射，不如以骲箭射之。"帝乃更以骲箭射，正中其脐，投弓大笑曰："此手何如？"又尝自磨刀曰："明日杀萧道成。"陈太妃骂之曰："萧道成有功于国，若害之，谁复为汝尽力？"乃止。道成忧惧，密与袁粲、褚渊谋曰："幼主所为如此，不诛吾等不免，社稷亦不可保，不先废之，后悔奚及。"粲曰："主上幼年，微过易改。伊、霍之事，非季世所行。纵使功成，亦终无全地。"渊默然，功曹纪僧直言于道成曰："今朝廷猖狂，人不自保，天下之望，不在袁、褚，公岂得坐受夷灭？"道成然之，寄书萧赜，令为之备。

却说赜字宣远，道成长子也，方生之夕，母陈氏梦有龙据屋上，故又字龙儿。即齐世祖武皇帝也。初为寻阳郡赣邑令，值晋安王反，赜不从，被执下狱，众皆散。门客桓康骁勇多力，装筐篮为担，一头坐了夫人裴氏，一头坐了两位公子，挑之以逃，匿深山中。继与萧欣祖会集旧伴四十余人，袭破郡城，救之出狱。及郡兵来追，桓康拒后力战，手斩其将，追兵乃退。及晋安既平，朝廷征赜入京，拜为尚书库部郎，至是为晋熙王长史，行郢州事。道成欲使以郢州兵为援，故报之。道成又欲出奔广陵起兵，使人密告冀州刺史刘善明,东海太守垣荣祖。荣祖字华先,少好武,骑射绝伦,尤善弹,尝登西楼,见鸿鹄翔于云中,谓左右曰:"吾当生取之。"弹其两翅,毛尽脱,鹄坠地,养其毛复长,纵之飞去,其妙如此。与刘善明,皆道成腹心也。善明报以书曰:"宋氏将亡,愚智共知,公神武高世,唯当静以待之,因机奋发,功业自定,不可远去根本,自贻后悔。"荣祖亦报曰:"领府去台百步,公走人岂不知,著单骑轻行,广陵人闭门不受,公欲何之?公今动足下床,恐即有叩台门者,大事去矣。"道成虽得二人言,尚怀犹豫,纪僧真曰:"二人之言是也,主上虽无道,国家累世之基,犹为安固。公百口北渡,必不得俱。纵得广陵城,天子居深宫,施号令,目公为逆,何以避之?此非万全之计也。况今幼主出入无常,每好单行道路,于此立计,易以成功,外州起兵,鲜有克捷。"道成乃止。

有王敬则者,临淮人,少贫贱,母为女巫,常谓人云:"敬则生时,胞衣紫色,应得鸣鼓角。"人笑之曰:"汝子得为人吹角可矣。"性倜傥不羁,好刀剑,尝与既阳县吏斗,谓曰:"我若得为既阳令,当鞭汝小吏背。"吏唾其面曰:"汝得既阳县,我亦得司徒公矣。"平时善拍张,以勇力补刀戟卫士。前废帝常使敬则跳刀,高出白虎幢五六尺,跳罢,仍抚髀拍张,儇捷异常。后补既阳令,昔日斗吏亡叛,勒令出见,曰:"我得既阳令,汝何时得司徒公耶?"其人叩头谢罪,敬则曰:"尔亦壮士,吾不汝责也。"至是为越骑校尉,见帝无道,欲自结于道成。夜着青衣,匍匐路侧,听察帝之往来。复阴结内廷杨万年、陈奉伯等为内援,专伺得间,即便行事。

是时苍梧荒淫益甚,每往来寺院中。城西有青园庵,乃女尼所居,房宇深远,徒众数十。一日,帝突至其处,群尼仓皇跪接,帝视之曰:"是皆秃耳。"见一幼尼尚未剃发,貌颇娟好,问之曰:"尔在此何欲?"对曰:"欲修行耳。"帝笑曰:"恐所欲不在是。"便携之入室,裸而淫之。又令左右择尼中年少者遍淫之,问曰:"此举何如?"左右曰:"此举是陛下大功德。"遂大笑而散。又有一道人,名昙度,素无赖,与之亲善。一夜,行至领军府前,左右曰:"一府皆眠,帝何不缘墙而入,杀其一家?"帝曰:"我今夕欲与一处作要,无暇为此,宜待明夕。"遂去。明日,乘露车与左右向台冈赌跳,仍往青园尼庵留连半日,晚至新安寺偷狗,就昙度道人煮之,坐地而饮,酹醉如泥。左右扶之还宫,寝于仁寿殿内。有杨玉夫者,常得帝意,出入必与偕,至是忽憎之,见辄切齿,骂曰:"明日当杀此子,取肝肺,和狗肉食。"是夜为七月七日,临睡吩咐玉夫曰:"汝于庭中伺织女度河,见即报我,不见则杀汝。"玉夫大惧,乃与杨万年、陈奉伯伺帝熟寝,潜取帝防身刀刎之,时年十五。先是帝出入无时,省内诸阁,夜皆不闭,群下畏相逢值,莫敢出走,宿卫并逃避,内外莫相禁摄,故帝虽被弑,无一觉者。乃令陈奉伯袖其首,依常行法,开承明门出,遇王敬则于外朝,遂以首付之,使报道成。敬则驰诣领军府,叩门大呼曰:"大事已定,领军速即入朝。"道成犹虑苍梧诳之,不敢开门,敬则耸身墙上,投其首以示道成。道成洗视之,果帝首,大喜。便戎服乘马而出,偕敬则入宫。至承明门,诈称贺还。敬则恐内人觇见,以刀环塞门孔处,呼门甚急。门吏开门迎之,只道帝归,俱伏地震慑,不敢仰视。道成入殿,殿中惊骇,既而闻苍梧已死,咸称万岁。及旦,道成整宿卫出立殿庭槐树下,以太后令召袁粲、褚渊、刘秉入朝会议,三人既至,闻帝已被弑,皆惊愕不敢发言。道成谓秉曰:"此使君家事,何以断之?"秉未答。道成须髯尽张,目光如电,秉惧曰:"尚书众事,可以见付。军旅处分,一委领军。"道成又让袁粲,粲亦不敢当。王敬则拔白刃,在殿前跳跃曰:"天下事皆应关萧公,敢有开一言者,血染敬则刃。"手取白纱帽加道成首,令即位,曰:"今日谁敢复动,事须及热。"道成正色呵之曰:"卿都不自解。"粲欲有言,敬则叱之,遂不出口。褚渊曰:"非萧公无以了此。"手取事状授道成。道成曰:"相与不肯,我安得辞。"乃下议立安成王为帝,作太后令曰:

> 昱以冢嗣登皇统,庶其体识日宏,社稷有寄。岂意穷凶极悖,日月滋甚。加以犬马是狎,鹰隼是爱,单骑远郊,独宿深野,趋步阛阓,酣歌垆肆,淫人子女,掠人财物,手挥矛铤,躬行刭斲。自昔辛、癸,爰及幽、厉,方于之此,未譬万分。民怨既深,神怒已积,七庙阽危,四海褫气。废昏立明,前代令范,况乃灭义反道,天人所弃者哉!故密令萧领军潜运明略,幽显协规,普天同泰。骠骑大将军安成王准,体自太宗,地隆亲茂,皇历攸归,宜光奉祖宗,临享万国,便依旧典,以时奉行。

于是备法驾,诣东府,迎安成王准即皇帝位,时年十一,是为顺帝。降封昱为苍梧王,葬之郊坛西,自是军国大事,皆听道成处分。封杨玉夫等二十五人为侯。

先是刘秉初退朝,其从弟刘韫迎而问之曰:"今日之事,当归兄否?"秉曰:"吾等已让领军矣。"韫拊膺叹曰:"兄肉中讵有血耶?今年族矣。"秉默然。然犹谓尚书一官,万机根本,以宗室居之,则天下庶可无变。既而道成当国,布置心膂,与夺自专。褚渊素相凭附,秉与袁粲,阁手仰成矣。

却说袁粲,字景倩,陈郡阳夏人,早丧父,祖母哀其孤幼,名之曰"愍孙"。少好学,有清才,不以权势为重。平素每有朝命,常固辞,逼切不得已,方就职。至是知道成有不臣之志,阴欲图之,诏使出镇石头,即时受命。又荆州刺史沈攸之在明帝时,与道成同直殿省,深相亲善。道成有女,攸之娶为子妇。其在荆州,有言其反者,道成力保其不反,攸之深以为感。及苍梧遇弑,道成遣其长子元琰,以苍梧刭斲之示示之,攸之知道成将篡位,大怒,谓左右曰:"吾宁王陵死,不为贾充生。"然犹未暇举兵,乃上表称庆。时张敬儿为雍州刺史,素与攸之、司马刘攘兵善,疑攸之有异,密以问攘兵。攘兵无所言,寄敬儿马灯一只以示意,敬儿乃密为之备。攸之有素书十数行,常藏于裲裆角,云是明帝与己约誓,不忍坐视国亡。其妾崔氏谏曰:"官年已老,那不为百口计?"攸之指裲裆角示之。又会集诸将云:"顷太后使至,赐我以烛,剖之得太后手令,云社稷之事,一以委公。吾不可负太后命,抚危定倾,愿与诸君任之。"众皆应命,乃遗道成书曰:

> 少帝昏狂,宜与诸公密谋商议,其白太后,下令废之。奈何交结左右,亲行弑逆?乃至积日不殡,流虫在户,凡在臣下,谁不愤骇?又移易朝旧,布置亲党,官阁管钥,悉关家人。吾不知子孟、孔明之遗训固如此乎?足下既有贼宋之心,吾宁敢无包胥之节耶?

书去,即建牙勒兵。盖攸之素蓄士马,资用充积,甲士十万,铁骑三千,兵势甚盛。乃遣辅国将军孙同为前锋,余军相继东下。道成闻其兵起,即自入守朝堂,命其子萧嶷代镇东府,萧映出镇京口,内外戒严。以右卫将军黄回为郢州刺史,督军讨之。

先是道成以世子赜为晋熙王燮长史,修治器械,以防他变。

及征燮为扬州,以赜为右卫将军,与燮俱下,命柳世隆行郢州事。赜将行,谓世隆曰:"攸之一旦为变,焚夏口舟舰,沿流而东,不可制也。若得攸之留攻郢城,君守于内,我攻于外,破之以矣。"

世隆领命。及攸之起兵,赜方行至湓口,欲敛兵守之。众将皆劝倍道趋建康,赜曰:"湓口地居中流,密迩畿甸,若留屯湓口,内卫朝廷,外援夏口,保据形胜,控制西南。今日至此,天所使也。"或疑城小难固,赜曰:"苟众心齐一,江山皆城隍也,何患城小?"乃送晋熙王归郢州,而己则留镇湓口,遣使密报道成。道成闻之喜曰:"真吾子也。"乃以赜为西讨都督。

话分两头,湘州刺史王蕴,遭母丧罢归,路过巴陵,与攸之深相结,还至京师,乃与袁粲、刘秉、刘韫谋诛道成,而黄回、孙昙权、卜伯兴等皆通谋。当是时,刘韫为领军将军,入直门下省,卜伯兴为直阁,黄回出屯新亭。粲等定计,矫太后令,使韫与伯兴率宿卫兵,攻道成于朝堂。黄回等为外应,刘秉等并赴石头。谋既定,将以合褚渊。众谓渊与道成素善,不可告,粲曰:"渊与彼虽善,岂容大作同异?今若不告,事定便应除之。"乃以谋告渊。渊即告道成。道成闻之,乃使薛渊往石头,阳为助粲,阴实防之。薛渊涕泣拜辞,道成曰:"卿近在石头,日夕去来,何悲之甚?"对曰:"不审公能保袁公共为一家否?今往与之同,则负公,不同则立受祸,何得不悲?"道成曰:"所以遣卿者,正谓能尽临事之宜,使我无西顾忧耳,但当努力,无复多言。"道成既遣薛渊防外,又恐内变难制,乃以王敬则为直阁,与卜伯兴共总禁旅,戒之曰:"有变先杀伯兴、刘韫。"敬则领命而去。

是时粲与诸人,本期壬申之夜,内外并发,而刘秉框扰不知所为,才及晡后,即束行装,啜羹泻胸上,手振不自禁。日未暗,载妇女尽室奔石头,部曲数百,赫奕满道。既至见粲。粲惊曰:"何事遽来?今败矣!"秉曰:"得见公,万死无憾。"孙昙权闻之,亦奔石头,乃大露。道成密使人告敬则,时阁门已闭,敬则欲开阁出,卜伯兴严兵为备,敬则乃锯所止屋壁得出,至中书省率禁兵收韫。韫已戒严,列烛自照,见敬则猝至,惊起迎之曰:"兄何夜顾?"敬则呵之曰:"小子哪敢作贼?"韫惶急,走抱敬则。敬则拳殴其颊,仆地,乃杀之。伯兴仓皇出,敬则亦迎而杀之。王蕴闻刘韫死,叹曰:"事不成矣。"狼狈率部曲数百,向石头。

薛渊据门射之,蕴谓粲已败,即散走,道成又遣其将戴僧静率数百人向石头,自仓门入,与薛渊并力攻粲。孙昙权御之,殊死战,杀台军百人。僧静乃分兵攻府西门,纵火焚之。粲与秉在城东门,见火起,秉不顾粲,即逾城走。粲亦下城欲还府,谓其子最曰:"本知一木不能止大厦之崩,但以名义至重,不忍负耳。"僧静乘暗独进,来杀袁粲。最在粲后,觉有追逐声,急以身卫父,僧静直前斫之,最扑地。粲谓最曰:"我不失忠臣,汝不失孝子,亦何害?"遂父子俱死,百姓哀之,为之谣曰:"可怜石头城,宁为袁粲死,不作褚渊生。"但未识粲死之后,宋事作何结局,且听下回分解。

　　刘昱本李道儿子,既窃位,无恶不作。至偷鸡盗狗,丑滥已极,千古以来,无此样子。禽兽犹知有母,昱以羽扇不华,至欲弑母,禽兽不如。为杨玉夫所杀,盖已晚矣。道成始而忧祸,继则羽翼已成,不得歇手,亦是骑虎之势。沈攸之一心辅国,不以姻戚交好,稍动其心,事虽不成,可谓忠臣。褚渊受顾命之日,贰心已见,真反复小人。谣曰:"宁为袁粲死,不作褚渊生。"公论自在人心也。

第十五回　沈攸之建义无成　萧纪伯开基代宋

　　话说袁粲死后,党羽瓦解。刘秉走至额担湖,追兵斩之。王蕴、孙昙权皆被获诛死。唯黄回期于诘旦领兵为应,闻事泄,不敢发,道成抚之如旧。

　　粲有门生狄灵庆,平时解衣推食,待之甚厚。及粲死,一门尽诛,遗下一儿,仅数岁,乳母窃之以逃。念无可投者,唯灵庆一家,素受袁氏厚恩,携儿投之,求其庇护。灵庆曰:"吾闻朝廷构袁氏儿,悬千金赏,今来吾家,富贵到矣。"因即抱儿出首,乳母呼曰:"天乎,公昔有恩于汝,故冒死远投,汝奈何欲杀郎君以求重赏? 若天地鬼神有知,我见汝灭族不久。"先是儿在时,常骑一大甏狗好戏,朝夕相随。死后,灵庆常见袁儿跳跃堂上,或怒目视,家中器物常颠倒,本期朝有重赏,哪知道成亦薄其为人,绝不加赏,灵庆已失望。一日,忽见一狗走入其家,遇之于堂,猝起而噬其喉,灵庆仆地,狗至死不放,灵庆遂死。未几,妻与子相继没。此狗即儿所骑大甏狗也,人以为灵庆之负恩,不若狗之报主云。今且按下不表。再说沈攸之遣其将孙同以三万人为前驱,刘攘兵以二万继后,分兵出夏口,据鲁山。自恃兵强,颇有骄色,以郢城弱小,不劳攻取,遣人告柳世隆曰:"被太后令,当暂还都,卿即相与奉国,想得此意。"世隆不答。其将宗俨之劝攻郢城,臧寅止之曰:"不可,郢城虽小,而地却险,攻守势异,非旬日可援。若不时举,徒然挫锐损威。今顺流长驱,计日可捷。既领根本,则郢城岂能自固?"攸之从其计,留偏师攻郢城,自将大军东下。世隆欲诱之来攻,置阵于西渚挑战,又遣军士于城楼上大声肆骂,且秽辱之,攸之怒,改计攻城。令诸军登岸,烧郭邑,筑长围,昼夜攻战,世隆随直拒应,攸之不能克。

　　是时内难虽平,外患未已,道成昼夜忧惧,问于参军江淹曰:"天下纷纷,君谓何如?"淹曰:"成败在德,不在众寡。公雄武有奇略,一胜也。宽容而仁恕,二胜也。贤能毕力,三胜也。民望所归,四胜也。奉天子以伐叛逆,五胜也。攸之力锐而器小,一败也。有威而无恩,二败也。士卒解体,三败也。缙绅不怀,四败也。悬兵数千里,而无同恶相济,五败也。虽豺狼十万,终为我获。"道成笑曰:"君言过矣。"刘善明亦言于道成曰:"攸之收众聚骑,造舟治械,包藏祸心,于今十年。性既险阻,才非持重,而起逆累旬,返回不进。一则暗于兵机,二则人情离怨,三则有掣肘之患,四则天夺其魄。本虑其剽勇轻速,掩袭未备,决于一战。而留攻郢城,以淹时日,今六师齐奋,诸侯同举,此笼中之鸟耳,不足虑也。窃以黄回素怀异志,假以强兵,恐劳公虑耳。"道成曰:"其罪未彰,吾不忍废,且彼无能为也。"于是道成出屯新亭。

　　却说沈攸之尽锐攻郢城,柳世隆乘间屡破之,萧赜引兵据西塞,为世隆声援。时范云为郢府法曹,以事出城,为攸之军士所获,攸之使送书入城,饷世隆犊一羫,鱼三十尾,皆去其首。城中欲杀之,云曰:"老母弱弟,悬命沈氏,若违其命,祸必及亲。今日就戮,甘心如荠。"乃释之。先是攸之素失人情,但劫以威力,初发江陵,已有逃者。及攻郢城三十余日不拔，逃者稍多。攸之日夕乘马，历营抚慰，而去者不息，于是大怨，召诸将吩咐曰："我被太后令，建义下都，大事若克，诸君定获封侯之赏，白纱帽共着耳。如其不成，朝廷自诛我百口，不关余人事。近来军人叛散，皆卿等不以为意，我亦不能问叛身。自今军中有叛者，军主任其罪。"令一出，众皆疑惧，于是一人叛，遣人追之，亦去不返，莫敢发觉。刘攘兵虽为攸之将，心怀反复。一日，手下军人，亦有逃去者，惧坐其罪，密以书射入城中请降。世隆约开门以候。是夜攘兵烧营而去，军中见火起，争弃甲走，将帅不能禁。攸之闻之怒，衔须咀之，收攘兵侄刘天赐、女婿张平虏斩之。向旦，率众过江，至鲁山，军遂大散，诸将皆走。臧寅曰："不听吾言，至有此日，但幸其成，而弃其败，吾不忍为也。"遂投水死。攸之犹有数十骑自随，宣令军中曰："荆州城中大有钱，可共还取，以为资粮。"时郢城尚无追军，而散军亦畏抄杀，更相聚结，可得二万人，随攸之还江陵。哪知张敬儿乘攸之东下，即起雍州之众来袭其城。攸之子元不能抗，遂弃城走，为人所杀，其城已为敬儿所据。攸之士卒闻之，未至江陵百余里皆散，攸之无所归，走至华容界，遂自缢。村民斩其首，送江陵。敬儿擎之以盾，覆以青伞，徇诸市郭。乃送建康，既而悉诛其亲党，收其财物数十万，皆以入私。

初，边荣为府录事所辱，攸之为荣鞭杀录事，荣感其恩，誓以死报。及敬儿兵来，荣为留府司马，或劝诣敬儿降。荣曰："受沈公厚恩，共此大事。若一朝缓急，便易本心，吾不能也。"城破，军士执见敬儿，敬儿曰："边公何不早来？"荣曰："沈公见留守城，不忍委去。本不祈生，何须见问？"敬儿曰："死何难得！"命斩之。荣欢笑而去。荣客程邕之见荣将斩，前抱之曰："与边公同游，不忍见边公死，乞先见杀。"兵人不得行戮，以白敬儿，敬儿曰："求死甚易，何为不许？"命先杀之，然后及荣。见者莫不垂泣，曰："奈何一日杀二义士！"

却说道成闻捷，还镇东府，下令解严。以柳世隆为尚书右仆射，萧赜为江州刺史，萧嶷为中领军，褚渊为中书监，凡朝廷要职，皆用腹心为之。单有黄回屡怀异志，至京之日，尚拥部曲数千人。道成欲收之，恐致乱，乃托以宴饮，召入东府，伏甲斩之。由是异己悉除，内外咸服，骎骎乎有代宋之势矣。

且说南朝最重问望，时长史谢朏负盛名，道成欲引之参赞大业。深夜召之，屏人与语，久之，朏无一言。唯二小儿执烛侍，道成虑朏难之，取烛置几上，遣儿出。挑之使言，朏又无语，乃呼左右，不乐而罢。右长史王俭知其指，他日请间，言于道成曰："功高不赏，古今非一，以公今日位地，欲终北面得乎？"道成正色裁之，而神采内和。俭因曰："俭蒙公殊眄，所以吐所难吐，何赐拒之深？宋氏失德，非公岂复宁济，但人情浇薄，不能持久。若小复推迁，则人望去矣。岂惟大业永沦，七尺亦不可保。"道成曰："卿言不无有理。"俭又曰："公今名位，尚是经常宰相，宜体绝群后，微示变革。俭请衔命，先令褚公知之。"道成曰："少日我当自往，卿不须去也。"俭乃退。

却说俭字仲宝，祖昙首，父僧绰。僧虔、僧达皆其叔也。昙首暇日，尝集子孙于一堂，任共戏嬉，僧达跳下地，作彪子形，僧虔累围棋子十二，既不坠落，亦不复加。僧绰采蜡珠为凤凰，僧达夺取打坏，亦复不惜，昙首叹曰："僧达俊爽，当不灭人。然亡吾家者，必此子也。僧绰当羽仪王国，福泽之厚，终不如僧虔。"后皆如其言。俭生未期，而僧绰遇害,为僧虔所抚养,性笃学,手不释卷。年数儿,便有载物之志,赋诗曰:"稷契匡虞夏,伊吕翼商周。"宾客咸称美。僧虔曰:"我不患此儿无名,政恐名太盛耳。"一日,袁粲见之,曰:"此宰相种也。栝柏豫章,虽小已有栋梁气矣,终当任人家国事。"僧虔尝有书诫俭曰:"重华无严父,放勋无令子,亦各由己耳。王家门中,优者龙凤,劣犹虎豹,祖宗不能为汝荫,政应自加努力。"俭因此益自励,至是为太尉右长史,知道成将代宋,欲辅成其业,以建不世之勋,故汲汲劝其受禅。

越一日,道成自造褚渊,携手入室,款语良久,乃谓曰:"我夜梦得官。"渊曰:"今授始尔,恐一二年间,未容便移,且吉梦未必应在旦夕。"道成还以告俭,俭曰:"褚是未达理耳。且褚虽位望隆重,不过一惜身保妻子之人,非有奇才异节,公有所为,彼必不敢立异,俭能保之。"乃倡议加道成重爵,体绝群臣。以议报渊,渊果无违异。丙午,诏进道成太傅、假黄钺、大都督中外诸军事,兼领扬州牧,剑履上殿,入朝不趋,赞拜不名。又道成心重谢朏,必欲引参佐命,拜为左长史,尝置酒与论魏、晋故事,因曰:"石苞不早劝晋文,死方恸哭,非知机也。"朏曰:"晋文世事魏室,必将终身北面。借使魏依唐、虞故事,亦当三让弥高。"道成不悦,仍以朏为侍中,更以王俭为左长史。

三月甲辰,以太傅为相国,总百揆,封十郡,为齐公,加九锡,诏齐国官爵礼仪,并仿天朝。甲寅,齐公受策命,赦其境内,以石头为世子宫,一如东宫之制。褚渊求说于齐,引魏司徒何曾为晋丞相故事,求为齐官。齐公不许,以王俭为齐尚书右仆射,俭时年二十八也。四月壬申,进齐公爵为王。辛卯,宋顺帝下诏,禅位于齐。是时帝当临轩,不肯出,逃后宫佛盖之下。王敬则勒兵殿廷,以板舆入迎,拔刀指太后曰:"帝何在?"太后惧,自率阉人搜得之,帝涕泣不已。敬则启臂令出,引使登车,帝收泪,谓敬则曰:"欲见杀乎?"敬则曰:"无恐,出居别宫耳,官先取司马家亦如此。"帝泣而弹指曰:"愿后世世世勿复生天王家。"宫中皆哭,帝拍敬则手曰:"必无过虑,当饷辅国十万钱。"是日百僚陪位,侍中谢朏在值,当解玺绶,阳为不知,曰:"有何公事?"传诏云:"解玺绶授齐王。"朏曰:"齐自应有侍中。"走至殿侧,引枕卧。传诏惧,使朏称疾,朏曰:"我无疾,何所道?"遂朝服步出东掖门,登车还宅。乃以王俭权为侍中,解玺绶。礼毕,顺市乘划轮车,出东掖门,就东邸。问:"今日何不奏鼓吹?"左右莫有应者,右光禄大夫王琨,在晋世已为郎中,至是攀车后獭尾,恸哭曰:"人以寿为欢,老臣以寿为戚。既不能先驱蝼蚁,乃复频见此事。"呜咽不自胜,百官雨泣。褚渊率群臣奉玺授,诣齐宫劝进。渊从弟炤谓渊子贲曰:"司空今日何在?"贲曰:"奉玺授在齐大司马门。"炤曰:"不知汝家司空,将一家物与一家,亦复何为?"

甲午,王即皇帝位于南郊,是为齐高帝。还宫大赦,改元建元。奉宋顺帝为汝阴王,优崇之礼,皆仿宋初。筑宫丹阳,置兵守之。诸王皆降为公,自非宣力齐室,余皆除国。以褚渊为司徒,宾客贺者满座。诸炤叹曰:"彦回少立名行,何意披狂至此?此门户不幸,复有今日之拜。向使彦回作中书郎而死,不尝为一名士耶?名德不昌,乃复有期颐之寿。"渊固辞司徒之命,不拜,奉朝请。一日,渊入朝,以腰扇障目。有刘祥者,好文学,性气刚疏,轻言肆行,不避高下,从车侧过:"作如此举止,羞面见人,扇障何益?"渊曰:"寒士不逊!"祥曰:"不能杀袁、刘,安得免寒士?"指车前驴曰:"驴,汝好为之，如汝人才，可作三公。"渊顾仆曰："速驱之！速驱之！毋听狂言。"时轻薄子，多以名节讥渊，以其眼多白精，谓之白虹贯日，为宋氏亡征也。河东裴颐上奏，数帝过恶，挂冠径去。帝怒，杀之。太子赜请杀谢朏，帝曰："杀之适成其名，正应容之度外耳。"久之，因事废于家。沛国刘瓛，为当时儒学冠，帝以为政之道问之，对曰："政在《孝经》，凡宋氏所以亡，陛下所以得者，皆是也。陛下若戒前车之失，加之以宽厚，虽危可安。若循其覆辙，虽安必危。"帝叹曰："儒者之言，可宝万世。"帝性节俭，即位后，不御精细之物。后宫器物栏槛，以铜为饰者，皆改为铁。内殿施黄纱帐，宫人着紫皮履，见主衣中有玉介导，命即打碎，曰："留此政是兴长疾源。"每曰："使我治天下十年，当使黄金与土同价。"由是奢侈悉汰，风俗一变。夏五月乙未，或走马过汝阴王之门，卫士恐有为乱者奔入杀王，而以疾闻。上不罪而赏之，并杀宋宗室诸王，无少长皆死。丙寅，追尊皇考曰"宣皇帝"，皇妣陈氏曰"宣皇后"，封皇子嶷为豫章王，映为衡阳王，晃为长沙王，晔为武陵王，暠为安成王，锵为鄱阳王，铄为桂阳王，鉴为广陵王，皇孙长懋为南郡王，立太子赜为皇太子。

却说太子少历艰难，功名素著，自以年长，与帝共创大业，朝事大小，悉皆专断，多违制度，内外祗畏，莫敢有言者。侍中荀伯玉密启之，帝大怒，不见太子，欲废之而立豫章王嶷。太子闻之，忧惧称疾，月余不出，而帝怒不解。一日，昼卧太阳殿，王敬则直入叩头，启语驾往东宫，以慰太子，帝不语。敬则因大声宣旨往东宫，命装束。又敕大官设馔密遣人报太子候驾，因呼左右索舆。帝了无动意，敬则索衣以披帝身，扶帝上舆，遂幸东宫，召诸王大臣宴饮。太子迎帝，游玄圃园。长沙王执华盖，临川执雉尾扇，竟陵王子良持酒枪，南郡王长懋行酒，太子与豫章王捧肴馔。帝大悦，酒半，褚彦回弹琵琶，王僧虔弹琴，沈文季歌《子夜歌》，王敬则脱朝服，去冠挽髻，奋臂拍张，叫动左右。帝笑曰："岂有三公如此者？"对曰："臣由拍张，胡得三公。今日岂可忘拍张？"帝大笑，赐太子以下酒，并大醉尽欢，日暮乃散。是日，非敬则太子几废，以故太子德敬则而怨伯玉。

先是伯玉少贫贱，卖卜为业。帝镇淮阴，用为参军，所谋皆合，甚见亲信。尝梦帝乘船在广陵北渚，两腋下有翅不飞，伯玉问："翅何时飞？"帝曰："尚待三年。"伯玉于梦中叩首祝之，勿有龙出帝腋下，翅皆飞扬，醒以告帝，帝喜。后二年，帝破桂阳，威名大震，五年而废苍梧，大权在握，谓伯玉曰："卿梦今日验矣。"至是因启太子之过，帝愈信其无欺，使掌军国密事，势倾朝野。每暂休外，轩盖填门。其母死，朝臣无不往吊。褚玉俭五鼓往，未到伯玉宅二里许，王侯卿士已拥塞盈巷，至下鼓尚未得前，及入门，又倚厅事久之，方得吊。比出，二人饥乏，气息惙然，恨之切齿。明日入宫，言于帝云："臣等所见二宫及齐阁，以比伯玉宅，政可设雀罗，怪不得外人有言，千敕万令，不如荀公一命。"帝闻而笑之，宠任如故。后太子即位，遂赐死。初伯玉微时，有善相墓者，谓其父曰："君墓当出暴贵者，但不得久耳。又出失行女子。"伯玉闻之曰："朝闻道，夕死可矣。"顷之，伯玉姊当出嫁，是夕，随人逃去。而伯玉卒至败亡，此是余话。今且不表。

却说帝得天下，年龄已高，自践祚以来，勤劳万几，宵旰不息，精神渐减。四年二月乙未，帝不豫，三月庚甲，疾益甚，乃召司徒褚渊，左仆射王俭，授遗诏辅政。诏曰：

吾本布衣素族,念不到此,因借时来,遂隆大业。遘疾弥留,至于大渐。
公等事太子如事吾,当令敦穆亲戚,委任贤才,崇尚节俭,宏宣简惠,则天下之
理尽矣。死生有命,夫复何言!

壬戌,帝崩于临光殿,年五十六。于是群臣奉太子即位,是为武帝。称遗诏,以司
徒褚渊录尚书事,左仆射王俭为尚书令、车骑将军,丧礼悉从俭约,遵遗诏也。庚午,以
豫章王嶷为太尉,领扬州牧。

武帝诸弟中,豫章最贤,常虑盛满难居,求解扬州,帝不许曰:"毕汝一世,无所多
言。"嶷尝过延陵季子庙,观沸井,有牛奔突部伍,左右欲执牛主推问。嶷不许,取绢一
疋,横系牛角,放归其家,其为政宽厚类如此。时临川王映,亦号贤王。帝问其居家何
事,映曰:"唯使刘献讲《礼》,顾则讲《易》,朱广之讲《庄》《老》,臣与二三诸彦、兄弟友
生,时复击赞,以此为乐。"帝大赏之。他日谓嶷曰:"临川为善,遂至于斯。"嶷曰:"此大
司马公子之次弟,安得不尔!"帝以玉意指嶷曰:"未若皇帝次弟为善更多也。"相与大
笑。时帝友爱甚笃,而太子长懋,素忌诸叔,故诸王皆不愿与政。未几豫章卒,年四十
九,帝甚哀之。王融为铭云:"半岳摧峰,中河坠月。"帝见而流涕曰:"此正吾所欲言
也。"嶷死后,忽见形于沈文季曰:"我患痈与痢,未应便死。皇太子于膏中加药数种,使
痈不差,复于汤中加药一种,使痢不断。吾已诉先帝,先帝许还东邸当判此事。向胸前
出青纸文书,示文季曰:'与卿相好,为吾呈上。'"言讫不见,文季大惊,秘不敢言。但未
识太子有何报应否,且听下回分解。

　　齐高帝当宋之季世,羽翼已成,不得不为禅代之事。褚彦回屡受顾命,直
以天下为人事,其亲弟尚不能忍,况他人乎!此名节之所以足重也。至高帝
节俭为心,"虽黄金与土同价"之言,亦是骄人语,其好处不可没也。

第十六回　纵败礼宫闱淫乱　臣废君宗室摧残

　　话说豫章身故，人皆以得疾而卒，那知太子暗行毒害。一灵不散，忽见形于沈文季，述其致死之由。文季知之，不敢告人。俄闻太子疾，文季谓人曰："太子殆不起矣。"越数日，太子果卒。帝哀痛殊甚。时竟陵王子良，好文学，有令望，为帝次子，人皆以储位之归，宜在子良。而帝卒以嫡嗣为重，不立太子，而立太孙。

　　却说太孙，名昭业，字元尚，文惠太子长子也。始高帝为宋相，镇东府，昭业年五岁，在床前戏，高帝方对镜，令左右拔白发，问之曰："儿谓我谁耶？"答曰："太翁。"高帝笑谓左右曰："岂有为人作曾祖，而拔白发者乎？"即掷镜不拔。及长，美容止，工隶书，武帝特所钟爱，敕皇孙手书，不得妄出以示贵重。性辨慧，进退音吐，皆有仪度，接封宾客，款曲周至。然矫情饰诈，阴怀鄙慝，与左右无赖群小二十许人，共衣食，同卧起。当太子在日，每禁其起居，节其用度。昭业谓其妃何氏曰："阿婆，佛法言有福生帝王家，今知生帝王家，便是大罪。左右主帅，动见拘执，不如市边屠酤富儿，反得快意。"尝私就富人求钱，无敢不与。别作钥钩，夜开西州后阁，与左右至营署中淫宴。其师史仁祖、侍书胡天翼相谓曰："皇孙所为若此，若言之二宫，则其事非易。若于营署为异人所殴，岂惟罪止一身，亦当尽室及祸，年各七十，余生宁足吝耶！"数日相继自杀，二宫不知也。所爱左右，皆逆加官爵，书于黄纸，许南面之日，依此施行。侍太子疾，衣不解带。及居丧次，号泣不绝声，见者呜咽。才还私室，即欢笑酣饮，常令女巫杨氏祷祀，速求天位。及太子卒，谓由杨氏之力，倍加敬信。武帝往东宫临丧，昭业迎拜号恸，绝而后苏。帝自下舆抱持之，甚嘉其孝。帝以晚年丧子，郁郁不乐，未几有疾。太孙入侍，忧愁惨戚，言发泪下，每语及帝躬病重，辄哽咽不自胜，故帝益爱之。时何妃在西州，一日得太孙手书，别无一语，中央作一大"喜"字，而作三十六小喜字绕之。妃知大庆在即，亦暗暗欢喜。俄而诏竟陵王子良，甲仗人延昌殿侍医药。由是子良日夜在内，太孙间日参承。却说中书郎王融，字元长，少而神明警慧，其叔王俭谓人曰："此儿年至三十，名位自立。"常侍帝于芒林园禊宴，为《曲水诗序》，人争称之。会魏使宋弁来聘，帝以融有才辨，使兼主客接之。弁见其年少，问："主客年几？"对曰："五十之年，久逾其半。"弁又云："闻主客有《曲水诗序》甚佳，愿得一观。"融乃示之。弁读竟，叹曰："昔观相如《封禅》，以知汉武之德。今览王生《诗序》，用见齐主之盛。"融曰："皇家盛明，岂直比踪汉武？更惭鄙制，无以远匹相如。"时称其善对。独其性躁于名利，自恃人地，三十内可望公辅。尝诣王僧祐，值沈昭略在座，不识融，问主人曰："是何年少？"融闻而不平，谓曰："仆出于扶桑，入于旸谷，照耀天下，谁云不知，而劳卿问？"其高自标置如此。及为中书郎，尝抚案叹曰："为尔寂寂，邓禹笑人。"又尝过朱雀桁街，路人填塞，车不能行，乃捶车叹曰："车中乃可无七尺，车前岂可乏八驺？"素与竟陵王子良友好，于是乘帝不豫，为之图据大位。戊寅，帝疾亟暂绝，太孙未入，内外惶惧，融固欲矫诏立子良。及太孙来，融戎服绛衫,立于中书省阁口,断东宫仗,不得进。顷之,帝复苏,问:"太孙何在?"因召东宫器甲并入。太孙因见帝痛哭,帝以其必能负荷大业,谓之曰:"五年中一委宰相,汝勿措意。五年外勿复委人,若自作无成,无所多恨。"临终,复执其手曰:"若忆翁,当好作。诏于良善相毗辅,朝事大小,悉与左仆射、西昌侯鸾参怀。"遂殂。

却说鸾字景凄,高帝兄,始安王道生之子也。早孤,为高帝所养,恩过诸子。性俭素,车服仪从,同于素士。所居官有严能名,故武帝亦重之。以子良才弱,遗诏委以朝政,鸾闻诏,急驰至云龙门。融以子良兵禁之,不得进,鸾厉声曰:"有敕相召,谁敢拒我?"排之而入。既入,指麾部署,音响如钟,殿中无不从命。遂奉太孙登殿,即帝位。是为郁林王。融知大事不遂,释服还省,叹曰:"竟陵误我。"

先是郁林王少,养于子良妃袁氏,慈爱甚著。及王融有谋,并忌子良。时子良居中书省,虑其为变,使虎贲二百人屯太极西阶以防之。既成服,诸王皆出,子良乞停至山陵,不许。收王融于狱,赐死。融临死,叹曰:"我若不为百岁老母计,当吐一言。"盖欲指斥帝在东宫时过恶也,人谓融险躁轻狡,自取其死云。

却说郁林自即位后,大殓始毕,悉呼武帝诸伎,奏乐于前。所宠嬖臣綦毋珍之、朱隆之、直阁将军曹道刚、周奉叔、宦者徐龙驹等皆用事。珍之所论荐,事无不允,内外要职,皆先论价,旬日之间,家累钜万,擅取官物,不俟诏旨。有司至相语曰:"宁拒至尊敕,不可违舍人命。"徐龙驹为后阁主书,常居含章殿,着黄纶,被貂裘,南面向案,代帝书敕,左右侍值,与至尊不异。自山陵之后,帝即与左右微服,游走市里。掷涂赌跳,作诸鄙戏。赏赐嬖宠,动至百数十万,每见钱曰:"我昔思汝一枚不得,今日得用汝未!"武帝聚钱上库五亿万,齐库三亿万,金银财帛,不可胜计。未满一年,所用垂尽。尝入主衣库,令何后及宠姬,以诸宝器相投击,破碎之,用为笑乐。

后字婧英,抚军将军何戢之女,性亦淫乱。初为太孙妃,太孙狎昵无赖之徒,后择美少者,皆与之私。及为后,淫荡如故。帝既好淫,后善于迎接,能曲畅其情,故帝宠爱特甚,恣其所为。有诗书人马澄,年少貌美,为帝弄童。后悦之,托以有巧思,令出入御内,绝见爱幸。尝着轻丝履,紫绨裘,与后同居处,后出素臂,与之斗腕角力,帝抚掌以为乐。又侍书杨珉,年十五,姣好如美女,而有嫪毐具,为帝所幸,常侍内廷。后尤爱之,私语宫人曰:"与杨郎一度,胜余人十度。"一日,帝往后宫,后正与珉拥抱未起,宫女急报驾至,后遽起见帝,冠发散乱,四体倦若无力。帝问:"何事昼寝?"后笑曰:"吾梦中方与陛下取乐,不意陛下适来,使妾余欢未尽。"帝笑曰:"阻卿梦中之兴,还卿实在之乐何如?"遂解衣共寝,恣为淫荡。武帝有宠姬霍氏,年少有殊色,帝欲烝之,在后前极口称其美。后曰:"陛下既爱其美,何不纳之?"帝曰:"惧卿妒耳。"后曰:"陛下所爱,妾亦爱之,奚妒为?妾为陛下作媒何如?"帝大悦。是夕与帝同辇,往霍姬宫,姬接人,后抚其背曰:"今夜送一新郎在此,卿善伴之。"说罢别去,帝遂就寝霍氏宫,深相宠爱,累日夜不离。那知后亦为着自己,使帝在他处留连,正好与杨珉任意取乐,可以昼夜无间。斯时秽声狼藉,萧鸾深以为耻,尝谓帝曰:"外廷之事,臣得效力,宫禁之内,还期陛下肃清,无使取笑天下。"帝深恶之,遂不与相见。一日,谓鄱阳王锵曰:"公以鸾为何如人?"锵素和谨,对曰:"臣鸾于亲戚最长,且受寄先帝,臣等皆年少,朝廷所赖,唯鸾一人,愿陛下无以为虑。"帝默然，私谓徐龙驹曰："我欲与锵定计取鸾，锵既不同，我亦不能独办矣。"鸾闻之惧，阴欲废帝，唯虑萧谌、萧坦之典宿冲重兵，为帝心腹。因谋之尚书王晏，晏曰："此二人可以利害动也，请往说之，必得如志。"鸾因使晏密结二人，劝行废立。二人初犹未许。及见帝狂纵日甚，无复悛改，恐祸及己，乃回意附鸾，在内廷阴为鸾耳目。

先是帝居深宫，群臣罕见其面，唯以谌与坦之为祖父旧人，尚加亲信，得出入后宫，凡亵狎宴游，二人在侧不忌。故鸾欲有所陈说，唯遣二人入告，乃得上达。一日，鸾以杨珉淫乱宫掖，尤无忌惮，遣坦之入奏诛珉。何后方对镜理妆，闻之，妆不及毕，急奔帝前，流涕覆面曰："杨郎好少年，无罪过，何可枉杀？"坦之拊帝耳语曰："此事别有一意，不可令第二人闻。"帝平日每呼后为阿奴，因呼后曰："阿奴暂去片时。"后不得已，走出。坦之乃曰："外间并云珉与后有别情，彰闻遐迩，不令赴台一讯，其事益信。"帝乃敕珉赴台，珉至台，鸾亦不问，即押赴建康市行刑。俄有敕原之，而珉已死。鸾又启诛徐龙驹，帝亦不能违，而心忌鸾益甚。

直阁将军周奉叔，帝之爪牙臣也。与其父盘龙，皆以勇力闻。先是魏攻淮阳，武帝敕盘龙往救，奉叔单马，牵二百余人陷阵。魏军万余骑，张左右翼围之。一骑还报，奉叔已没。盘龙方食，投箸而起，上马奋稍，直奔魏军，自称周公来。魏人素畏盘龙骁勇，闻其名，莫不披靡。时奉叔已大杀魏军，得出在外，盘龙不知，乃东西冲击，杀伤无数。奉叔见其父久不出，复跃马入阵寻之，父子两骑，萦搅数万人中，魏军败走，父子并马而归。由是名播北国。其后奉叔给事东宫，帝尝从其学骑，尤见亲宠，即位后，迁为直阁将军。恃勇挟势，陵轹公卿。常以单刀二十口自随，出入禁闼，门卫不敢叱。每语人云："周郎刀，不识君。"鸾畏之，使坦之说帝曰："奉叔才勇，可使出守外藩。"

乃以为青州刺史。奉叔就帝求千户侯，帝许之，鸾以为不可，封曲江县男，食三百户。奉叔大怒，于众中攘刀厉色曰："若不见与，周郎当就刀头办耳。"鸾佯许之，及将之镇，部伍已出，鸾复以帝命召入，杀之省中。启云奉叔慢朝廷，当诛。帝不获已，可其奏。当奉叔未诛时，侍读杜文谦，恶鸾专政，谓綦毋珍之曰："天下事概可知矣，灰尽粉灭，匪朝伊夕，不早为计，祸至何及？"珍之曰："计将安出？"文谦曰："先帝旧人，多见摈斥，今召而使之，谁不慷慨从命？昨闻宿卫万灵会，与王范共语，皆攘袂捶床，心怀不平。君其密报奉叔，使灵会杀萧谌，则宫内之兵，皆我用也。即勒兵入尚书省，斩萧令，两都伯力耳。今举大事亦死，不举事亦死，二死等耳，死社稷可乎？若迟疑不断，异日称敕赐死，父母为殉，在眼中矣。"珍之不能用，及鸾杀奉叔，并收珍之、文谦杀之。

何后以杨珉之死，日夜切齿，劝帝杀鸾。时萧谌、萧坦之握兵权，大臣徐孝嗣、王晏、陈显达、王广之、沈文季等，皆一心附鸾。帝左右无可与谋者，唯中书令何胤，后之从叔，近值殿省，欲以诛鸾之事任之，胤谢不能；乃谋出鸾于西州，中敕用事，不复关咨政府，胤亦难之，其事复止。鸾于是逆谋益急，日夕要结诸臣。骠骑录事乐豫谓徐孝嗣曰："外传籍籍，似有伊、霍之举，君蒙武帝殊常之恩，荷托付之重，恐不得同人此举。人笑褚公，至今齿冷。"孝嗣心然之，而不能从。帝谓萧坦之曰："人言镇军与萧谌欲共废我，似非虚传，卿所闻若何？"坦之曰："天下宁当有此，谁乐无事废天子耶？朝贵不容造此论，当是诸尼姥言耳，岂可信乎？官若除此二人，谁敢自保？"帝信之。然逆谋渐泄，直阁将曹道刚、朱隆之等,深为之防。鸾因谓萧谌曰:"废天子,古来大事,比闻内延已相猜疑,明日若不举事。恐无所及。弟有百岁母,岂能坐听祸败,正应作余计耳。"谌惶遽从之。

壬辰,鸾使萧谌先人,遇道刚、隆之于庭,皆杀之。直后徐僧亮见有变,大言于众曰:"吾等荷恩,今日当以死报。"又杀之。鸾引兵人云龙门,戎服加朱衣于上,比人门,三失履。王晏、徐孝嗣、萧坦之等,皆随其后。时帝在寿昌殿,裸身与霍姬相对坐,闻外有变,使闭内殿诸阁,令阉人登与先楼望之。还报云:"见一人戎服,从数百武士,在西钟楼下。"帝大惊曰:"是何人也?"话未绝,谌已引兵人寿昌阁。帝见之,急趋霍姬房,兵士争前执之,以帛缠颈,扶出延德殿。宿卫将士见帝出,皆叩刀欲奋,萧谌谓之曰:"所取自有人,卿等不须动。"宿卫素隶服于谌,皆不敢发。行至西弄,遂弑之,舆尸出殡徐龙驹宅,霍姬及诸嬖幸皆斩之。鸾既杀帝,欲作太后令,晓示百官。徐孝嗣于袖中出而进之,鸾大悦,乃以太后令,废帝为郁林王,葬以王礼。废何后为王妃。迎立新安王昭文,丁酉,即皇帝位,大赦天下,改元延熙,是为海陵王。以鸾为骠骑大将军,录尚书事,进封宣城公,政事一禀宣城处分。

先是郁林王之将废也,鄱阳王锵初不知谋,锵每诣鸾,鸾倒屣迎之,语及家国,言泪俱发,锵以此信之。及鸾势重,中外皆知其蓄不臣之志,宫台之内,皆属意于锵,劝锵人宫,发兵辅政。长史谢瀹说锵曰:"王但乘油壁车入宫,出天子坐朝堂,夹辅号令。粲等闭城门上仗,谁敢不同? 东城人正共缚送萧令耳。"锵以上台兵力,悉属东府,虑事不捷,意甚犹豫。队主刘巨,武帝旧人,叩头劝锵举事,锵命驾将入,复还内,与母陆太妃别,日暮不成行。典签知其谋,驰告鸾。鸾遣兵二千人围锵第,杀锵,并杀谢瀹、刘巨等。

江州刺史、晋安子懋,闻鄱阳死,大惧,欲起兵,谓防阁陆超之、董僧惠曰:"事成则宗庙获安,不成犹为义死。"二人曰:"此州虽小,而孝武常用之? 若举兵向阙,以请郁林之罪,谁能御之。"时太妃在建康,密遗书迎之。太妃有同母兄于瑶之,知其谋,遂以告鸾。鸾遂遣王元邈引兵讨子懋,又遣裴叔业、于瑶之先袭寻阳。叔业溯流直上,轻兵袭湓城,守将乐贲开门纳之。子懋闻湓城失守,率府州兵力据城自守,部曲多雍州人,皆踊跃愿奋。叔业畏其锐,乃使于瑶之人城说子懋曰:"今还都必无过虑,正当作散官,不失富贵也。"子懋信之,遂不出兵,众情大沮。瑶之弟琳之在城中,说子懋重赂叔业,可以免祸,子懋使琳之往,琳之反说叔业取子懋。于是叔业遣兵四百,随琳之入城,僚佐皆奔散。琳之拔刀入斋,子懋骂曰:"小人何忍行此!"琳之以袖障面,使人杀之。董僧惠被执将杀,谓王元邈回:"晋安举义,仆实豫谋,得为主人死不恨,愿至大殓毕,退就鼎镬。"元邈义之,具以白鸾,得免死。子懋子昭基,年才九岁,被囚于狱,以方二寸绢为书,遗钱五百,使达僧惠。僧惠视之曰:"郎君书也。"悲痛而卒。或劝陆超之逃亡,超之曰:"人皆有死,此不足惧,吾若逃亡,非唯孤晋安之眷,亦恐田横客笑人。"闭门端坐俟命。超之门生,谓杀超之,当有厚赏,密谋后斩之,头落而身不倒。元邈厚加殡殓,门生亦助举棺,棺坠,压其首,折颈而死,人皆快之。

时临海王昭秀,为荆州刺史,鸾遣徐元庆至江陵,以便宜从事。长史何昌寓曰:"仆受朝廷重寄,翼辅外藩,殿下未有愆失,君以一介之使来,何容即以相付耶? 若朝廷必须殿下,当自启闻,重听后旨。"昭秀由是得还建康,裴叔业自寻阳进向湘州,欲杀湘州刺史、南平王锐。防阁周伯玉大言于众曰:"此非天子意,今斩叔业,举兵匡社稷,谁敢不从!"典签叱左右斩之,遂杀锐。又杀郢州刺史、晋熙王銶,南豫州刺史、宜都王铿。当时朝廷之上,以鸾有靖乱功,诏进鸾为太傅,加殊礼,封宣城王。鸾以兄子遥光为南郡太守,不之官。鸾有异志,遥光皆赞成之,凡大诛赏,无不豫谋,任为腹心之佐。

先是王牌上有赤志,人以为贵征,以示晋寿太守王洪范曰:"人言此是日月相,卿幸勿泄。"洪范曰:"王日月在躯,如何可隐,当播告天下。"一日,桂阳王铄至东府,见鸾出,谓人曰:"向录公见接殷勤,流连不能已,而面有惭色,此必欲杀我。"是夕果遇害。江夏王锋有才行,鸾尝与之言遥光才力可委,锋曰:"遥光之于殿下,犹殿下之于高王,卫宗庙,安社稷,实有攸寄。"鸾失色,及杀诸王,锋又大言其非,鸾收而杀之。又遣人杀建安王子真,子真走匿床下,兵士手牵出之,叩头乞为奴,不许,杀之。遣茹法亮杀巴陵王子伦。子伦性英果,时为南兰太守,镇琅琊城,有守兵。法亮恐其不肯就死,以问典签华伯茂,伯茂曰:"公若以兵取之,恐不可即办。若委伯茂,一夫力耳。"乃委之。伯茂手自执鸩,逼子伦饮。伦正衣冠,坐堂上,谓法亮曰:"先朝昔灭刘氏,杀其子孙殆尽,今日之事,理数固然。君自身家旧人,今衔此使,当由事不获已。但此酒非劝酬之爵,只可独饮。"因仰之而死,时年十六。法亮及左右皆流涕。

盖齐制诸王出镇,皆置典签,一方之事,悉以委之。时入奏事,刺史美恶,专系其口,故威行州郡,自刺史以下,莫不折节奉之。南海王子罕在琅玡,欲游东堂,典签姜秀不许,遂止。泣谓母曰:"儿欲移五步不得,与囚何异?"邵陵王子响,尝求熊白,厨人答典签不在,不敢与。及鸾诛诸王,皆令典签杀之,竟无一人能抗拒者。时孔珪闻之流涕曰:"齐之衡阳、江夏最有意,而竟害之,若不立典签,故当不至于此。"其后宣城王亦知典签之弊,不许入都奏事,典签之任始轻。但未识宣城若何篡立,且听下文再剖。

　　齐武帝雄才武略,高盖一世,但行事忍刻,与国家忠厚开基,相背而驰,焉得继体之悠久! 太子早逝,太孙狡诈百出,宫闱淫乱,蒸及武帝姬人,何后玉成之,以自恣其欲,肆无忌惮。萧鸾诛杀淫乱之人,废帝更立,未尝不可。乃大权独握,诛戮宗室,至于尽绝。子伦云,先朝杀灭刘氏子孙殆尽,今亦复如是,理数宜然。可知天道好还,昭然不爽也。特当此天翻地覆之时,而董僧惠、陆超之慷慨赴义如是,天理不澌灭于人间,亦史册之光哉。

第十七回　救义阳萧衍建绩　立宝卷六贵争权

话说宣城王，志在窃国，惧宗室不服，先加杀害，于是朝纲独揽，群臣争先劝进。冬十月辛亥，乃假皇太后令曰：嗣主冲幼，庶政多昧。且早樱尪疾，弗克负荷。太傅宣城王，胤体先皇，钟慈太祖，宜入承宝命，帝可降封为海陵王。

癸亥，鸾即帝位，是为齐明帝，改元建武。以王敬则为大司马，陈显达为太尉，王晏为左仆射，徐孝嗣为中领军，余皆进爵有差。一日，诈称海陵有疾，数遣御医瞻视，因而殂之。先是文惠太子在日，素恶明帝，尝谓竟陵王子良曰："我意中殊不喜见此人，不解其故，当由其福薄故也。"子良为之解救，及帝得志，太子子孙无遗焉，今且按下不表。

且说明帝篡位之时，正当魏孝文迁都洛阳时候。孝文久有南侵之意。一闻海陵见废，明帝篡立，谓群臣曰："今日伐齐不患无矣。"乃命大将薛真度向襄阳，刘昶、王肃向义阳，拓跋衍向钟离，刘藻向南郑，自将大军趣寿阳，起兵四十万，分道并进。沿边州郡，飞报入朝。帝闻魏师起，大惧。乃命左卫将军王广之督司州，右卫将军萧坦之督徐州，右仆射沈文季督豫州，发诸州之兵以拒魏。正月乙亥，魏主济淮，二月至寿阳，虎士成群，铁骑弥野。甲辰，登八公山赋诗，道遇大雨，命去盖，见军士病者，亲抚慰之，率兵直临城下，遣使呼城中人出见。齐丰城公遥昌，使参军崔庆远应之。庆远至军前，问师出何名，魏主曰："师当有故，卿欲我斥言之乎？欲我含垢依违乎？"庆远曰："未承来命，无听含垢。"魏主曰："齐主何故废立？"庆远曰："废昏立明，古今非一，未审何疑？"魏主曰："武王子孙，今皆安在？"庆远曰："七王同恶，已伏管、蔡之诛。其余二十余王，或内列清要，或外典方牧。"魏主曰："卿主若不忘忠义，何以不立近亲，如周公之辅成王，而自取之乎？"庆远曰："成王有亚圣之德，胡周公得而辅相之。今近亲皆非成王之比，故不可立。且霍光亦舍武帝近亲而立宣帝，唯其贤也。"魏主曰："霍光何以不自立？"庆远曰："非其类也，主上正可比宣帝，安得比霍光？若尔，武王伐纣，不立微子而辅之，亦为苟贪天下乎？"魏主大笑曰："朕来问罪，如卿所言，便可释然。"庆远曰："见可而进，知难而退，圣人之师也。"魏主曰："卿欲和亲，抑不欲乎？"庆远曰："和亲则两国交欢，生民蒙福，否则两国交恶，生民涂炭，和亲与否，裁自圣衷。"魏主嘉其善对，赐以酒殽衣服而遗之。于是循淮而东。

时魏兵号二十万，堑栅三重，并力攻义阳。城中负楯而立，势甚危急。齐将王广之引兵救之，去城百余里，畏魏强不敢进。诸将皆有惧意，一将奋袂起曰："义阳危困，朝不保夕，吾等奉命往救，卷甲疾趋，犹恐不及，闻敌强而不进，义阳若失，何面目以见朝廷？公等不往，吾请独进。"辞气激烈，三军闻之，皆有奋意。

你道言者是谁？乃是一代开创之主，姓萧，名衍，字叔达，小字练儿。父名顺之，齐高帝族弟也。少相款狎，尝共登金牛山，见路侧有枯骨纵横，齐高帝谓之曰："周文王以来几年，当复有掩此枯骨者乎？"言之凛然动色。顺之由此知高帝有大志，尝相随从，高帝每出征讨，顺之尝为军副。方宋顺帝末年，袁粲据石头，黄回与之通谋。顺之闻难作，率家丁据朱雀桥，回遣人觇望，还报曰："有一人戎服，英威毅然，坐胡床南向。"回曰："此必萧顺之也。"遂不敢出。时微顺之，回必作难于内。方武帝在东宫，尝往问讯，及退位，齐武手指顺之，谓豫章王嶷曰："非此翁，吾徒无以至今日。"其见重如此，及即位，深相忌惮，故不居台辅，以参豫佐命，封临湘侯。衍即其仲子也，生于秣陵县同夏里三桥宅，时宋孝武大明八年甲辰岁。母张氏怀孕时，忽见庭前菖蒲花彩异常，以问侍者，侍者皆云不见，张氏曰："吾闻见菖蒲花者当大贵。"因取吞之，遂生萧衍。状貌奇特，日角龙颜，重岳虎头，顶有白光，身映日无影。两骻骈骨，额上隆起，有交文右手曰"武"。为儿时，能蹈空而行，见者皆知其不凡。及长，博学多文，好筹略，有文武才干，始为巴陵王法曹参军。王俭一见，深相器异，谓人曰："萧郎三十内，当作侍中，过此则贵不可言。"时竟陵王子良，开西邸，招文学，衍与沈约、谢朓、王融、萧琛、范云、任昉、陆倕并游焉，号为"八友"。王融尤敬异之，每谓所亲曰："宰制天下，必在此人。"累迁谘议参军，寻以父难去职。隆昌初，明帝辅政，起为宁朔将军，镇寿春。服阕，除黄门侍郎，入值殿省，预定策勋，封建阳县男，食邑三百户。尝舟行牛渚，遇大风，入泊龙渎。有一老人衣冠甚伟，立于岸侧，谓之曰："君龙行虎步，相当极贵，天下方乱，安之者其在君乎！宜善自爱。"问其姓氏，忽然不见。衍既屡有祥征，心益自负。寻为司州刺史，在州大著威名，尝有饷以马者，不受，饷者系马于树而去。衍出见马，以答书缚之马首，令人驱出城外，马自还主。衍舅张宏策，与衍年相若，恒同游处，每入衍室，尝觉有云气绕之，体自肃然，由此特加敬礼。一日，从衍饮酒，半酣，徙席星月之下，语及时事，谓衍曰："子善天文，近日纬象若何？国家故当无恙否？"衍曰："其可言乎？"宏策请言其兆，衍曰："汉北有失地气，浙东有急兵象。今冬之初，北魏兵必动，动则汉北必亡。其后便有乘机而起者，是亦无成，徒为王者驱除难耳。越二年，死人过于乱麻，齐之历数，自兹尽矣。梁、楚、汉间，当有大英雄兴。"宏策曰："今英雄何在，其在朝庙乎？在草泽乎？"衍笑曰："汉光武有云：'安知非仆'。"宏策起曰："今夜之言，是天意也，请定君臣之分。"衍曰："舅欲效邓禹乎？"相与大笑。

至是魏师围义阳，帝命王广之主中军，衍率偏师往救，众莫敢前，衍请先进，广之分麾下精兵配之。衍间道夜发，径上贤首山，去魏军数里，魏人出不意，未测多少，不敢逼。黎明，大风从西北起，阵云随之，直当魏营。俄而风回云转，还向西北，衍曰："此所谓归气，魏师遁矣，急击勿失。"遂下令军中曰："望麾而进，听鼓而动。"于是身先士卒，直奔魏军，扬麾鼓噪，响振山谷。敢死之士，执短兵先登，长戟翼之。魏倾壁来拒，衍亲自博战，无不披靡。城中见援兵至，亦出军攻魏栅，因风纵火，魏军表里受敌，因大溃。王肃、刘昶单骑走，斩获万计，流血盈野，义阳得全。

衍有兄懿，为梁州刺史。会魏将拓拔英引兵击汉中，懿出兵拒之，进战不利，撄城自守。魏兵围之数十日，城中粮将竭，众心汹惧。懿封题空仓数十，指示将士曰："此中粟皆满，足支二年，但努力坚守，何患无食！"士民乃安。会魏主召英还，遣使与懿告别。懿以为诈，英去一日，犹不开门。二日，乃遣将追之，英与士卒下马交战，懿兵不敢逼，尾其后四日四夜，乃返。魏诸将请复攻义阳，魏主曰："萧衍善用兵，今且勿与争锋，异日吾往擒之。"是役也,齐果失汉北诸郡,诸将概不加赏,独以萧衍有却敌功,除为雍州刺史。今且按下不表。

却说永泰元年春正月,帝有疾,以近亲寡弱,忌高、武子孙犹有十王,每朔望入朝,帝还后宫,辄叹息曰:"我及司徒诸子皆不长,高、武子孙日益长大,恐为后累,奈何?"因欲尽除高、武之族,以微言问陈显达,对曰:"此等岂足介意。"以问始安王遥光,遥光谓当以次施行。时遥光有足疾,帝常令乘舆自望贤门入,每与帝屏人久语,语毕,帝索香火,呜咽流涕,明日必有所诛。会帝疾暴甚,绝而复苏,遥光遂行其策,杀河东王铉、临贺王子岳、西阳王子文、永阳王子峻、南康王子琳、衡阳王子珉、湘东王子建、南郡王子夏、桂阳王昭粲、巴陵王昭秀。铉等已死,乃使公卿奏其罪状,请诛,下诏不许,再奏,然后许之。侍读江泌哭子琳,泪尽继之以血,亲视殡葬毕,乃去。

那时激恼了旧臣王敬则,以为天下本高武之天下,帝既夺而有之,而又杀害其子孙,于心何忍,以故语及时事,怀怒切齿,屡发不平之语。时敬则为会稽刺史,帝虑其变,乃以张瑰为平东将军、吴郡太守,添置兵力以防之。敬则闻之,怒曰:"东今有谁,只是欲平我耳。东亦何易可平,吾终不受金罂。"金罂,谓鸩也。于是举兵,以奉南康侯子恪为名,子恪惧祸亡走,未知所在。遥光劝帝尽诛高、武子孙,使后有叛者,无所假名。帝从其策,乃悉召诸王侯入宫,命晋安王宝义、江陵公宝览等,处中书省,高、武子孙处西省,敕左右从者各带二人,过此依军法,孩幼者与乳母俱入。其夜,令太医煮椒二斛,内省办棺木数十具,至三更,当尽杀之。时刻已至,而帝眠未起,中书舍人沈徽孚与内侍单景俊共谋少留其事,以俟帝醒。恰好子恪徒跣自归,扣建阳门求入。门者以闻,景俊急至帝前,奏言子恪已至。帝惊问曰:"未耶!未耶!"景俊曰:"尚未行诛。"帝抚床曰:"遥光几误人事。"乃赐王侯供馔,明日悉遣还第,以子恪为太子中庶子。

却说敬则率兵甲万人过浙江,百姓担篙荷插,随之者十余万人。帝遣大将左兴盛、崔恭祖、刘山阳、胡松等,筑垒于曲河长冈,又诏沈文季为持节都督,屯兵湖头,备京口路。敬则兵至,急攻兴盛、山阳二垒,台军不能敌,屡欲退走,而外围不开,遂各死战。胡松引骑兵突其后,白丁无器仗,皆惊走,敬则军大败。索马再上,不能得,崔恭祖刺之仆地,遂斩之。传首建康,戮及一门。是时帝疾已笃,秋七月己酉,殂于正福殿。遗诏军政事,委陈显达,内外诸事,委徐孝嗣、遥光、坦之、江祀、刘暄参怀。先是萧谌自恃勋重,干豫朝政,一不如志,便恚曰:"见炊饭,推以与人。"帝闻之大怒,召入省中,遣左右莫智明责之曰:"隆昌之际,非卿无有今日。但一门二州,兄弟三封,朝廷相报已极,卿恒怀怨望,乃云:'炊饭已熟,合甑与人耶'!今赐卿死。"谌谓智明曰:"天去人亦复不远,我与至尊杀高、武诸王,是卿传语来去。我今死,还是卿来传语,报应何速!但帝亦岂能久乎?"未数日,帝果崩。

群臣奉太子宝卷即位,是为东昏侯。东昏恶灵柩在太极殿,欲速葬。徐孝嗣因争,得逾月。帝每当哭,辄云喉痛。大中大夫羊阐入临,头秃无发,号恸俯仰,帻遂脱地。帝辄哭大笑,谓左右曰:"秃鹙啼来乎!"其在东宫,唯嬉戏无度,及即位,不与朝士相接,专亲信宦官,及左右御刀应敕等。是时遥光、孝嗣、江祐、萧坦之、江祀、刘暄事更值内省,分日昼敕。萧衍闻之,谓张宏策曰:"一国三公,国犹不堪,况六贵同朝,势必相图,乱将作矣。避祸图福，无如此州。但诸弟在都，恐罹世患，当更与益州图之耳。"乃密与宏策修武备，招聚骁勇，多伐材竹，沉之檀溪，积茅如冈阜。及闻萧懿罢益州还，仍行郢州事，衍使宏策往说之曰："今六贵比肩，人自昼敕，争权眈眈，理相图灭。主上素无令誉，媟近左右，剽轻忍虐，安肯委政诸公，虚坐主诺？嫌忌已久，必大行诛戮，始安欲窥神器，形迹已见，然性猜量狭，徒为祸阶。坦之忌克陵人，孝嗣听人穿鼻，江祐无断，刘暄暗弱，一朝祸发，中外土崩。吾兄弟幸守外藩，宜为身计，及今猜忌未生，当悉召诸弟，恐异时投足无路。郢州控带荆、襄，雍州士马精强，世治则竭诚本朝，世乱则足以匡济，与时进退，此万全之策也。若不早图，后悔无及。"懿不从，宏策又说懿曰："以卿兄弟英武，天下无敌，据郢、雍二州，为百姓请命，废昏立明，易于反掌。此桓、文之业也，勿为竖子所欺，取笑身后。雍州揣之已熟，愿善图之"懿卒不从。衍乃迎其弟萧伟、萧增至襄阳。

　　初，明帝虽顾命群公，而腹心之寄，则在江祐兄弟，故二江更值殿内，动息关之。帝有所为，孝嗣等尚肯依违，而祐执制坚确，帝深忿之。嬖臣茹法珍、梅虫儿等，亦切齿于祐。徐孝嗣谓祐曰："主上稍欲行意，讵可尽相禁制。"祐曰："但以见付，必无所忧。"其后帝失德弥彰，祐与诸臣议欲废之，立江夏王宝元。而刘暄曾为宝元行事，执法过刻，宝元尝恚曰："舅殊无渭阳情。"暄由是深忌宝元，不同祐议。更欲立建安王宝寅，而亦未决。遥光自以年长，意欲为帝，私为祐曰："兄若立我，当与兄共富贵。"祐欲立之，以问萧坦之。坦之时居母丧，起复为领军将军，谓祐曰："明帝立已非次，天下至今不服，若复为此，恐四方瓦解，我期不敢言耳。"吏部郎谢朓知其谋，谓刘暄曰："始安一旦南面，则刘沨、刘晏居卿今地，徒以卿为反复人耳。"沨与晏，皆遥光腹心臣也。暄亦以遥光若立，已失元舅之尊，因从朓言，力阻祐议。遥光知之大怒，先奏谢朓煽动内外，妄贬乘舆，窃论宫禁，间谤亲贤，诏收廷尉，下狱赐死。

　　却说朓字玄晖，善草隶，长五言诗。沈约常云："二百年来，无此诗也。"其妻王敬则女，有父风，朓告王敬则反，敬则死，妻常怀刃，欲报父仇。朓每避之，不敢相见。及拜吏部，辞让再三。尚书郎范缜嘲之曰："卿人才无惭吏部，但恨不可刑于寡妻耳。"朓有愧色，及临诛，叹曰："天道其不昧乎？我虽不杀王公，王公由我而死，今日之死宜哉！"刘暄既与祐异，祐复再三言之，劝立遥光，暄卒不从。祐怒，谓遥光曰："我意已决，奈刘暄不可何？"遥光于是深根暄，密遣人刺之。一日，暄过青溪桥，有人持刀而前，若欲行刺，暄喝左右擒之。其人见救护者众，弃刀而逃。众大骇，莫测其所自来。暄以近来江祐与吾不合，故使来刺吾，因谓帝曰："江祐兄弟，颇有异志，宜远之。"帝本恶祐，一闻暄言，即命收之。时江祀值内殿，疑有异，遣信报祐曰："刘暄当有异谋，今作何计？"祐曰："政当静以镇之，谅亦无奈我何也？"俄有诏召祐入见，与祀共停中书省，帝使袁文旷诛之。初，文旷以斩王敬则功，当封侯，祐执不与，乃以刀环筑其心曰："复能夺我封否？"并杀江祀。刘暄方昼寝，闻二江死，眠中大惊，投出户外，问左右："收至未？"良久意定，还坐，大悲曰："非念二江，行自痛也。"盖暄虽恶祐，不意帝遽杀之，恐后日己亦不免，故惶惧若此。帝自是益无忌惮，日夜与近习在宫中鼓吹戏马，常以五更就寝，至晡乃起。群臣节朔朝见，晡后方前，至暗始出，台阁案奏，数十日乃报，或不知所在，宦者裹鱼肉还家，并是五省黄案。一日，走马后园，顾谓左右曰："江祐常禁我乘马，小子若在，吾岂能得此。"因问祐亲戚有谁，左右曰："郎中江祥。"遂于马上作敕赐祥死。

却说遥光初谋，本约其弟荆州刺史遥欣自江陵引兵东下为外应，而后据东府举兵，以定京邑。刻期将发，而遥欣病卒，二江被诛，于是大惧，阳狂号哭，称疾不复入朝。及遥欣丧还，停东府前渚，荆州众力送者甚盛，其弟豫州刺史遥昌亦率其部曲来送，大有甲兵。遥光谓借此可以成事，乃于八月乙卯，收集二州部曲，屯于府之东门。召刘沨、刘晏，共谋作乱。是夜，破东冶出狱囚，开尚方取甲仗。召骁骑将军垣历生，命之为将。遣人掩取萧坦之于家。坦之露袒逾墙走，欲向台，道逢队主颜端执之，告以遥光反，不信。端自往问得实，乃以马与坦之，相随入台。历生劝遥光乘夜攻台，辇获烧城门，曰："公但乘舆在后，反掌可克。"遥光狐疑不敢出。天稍晓，遥光戎服出听事，命上仗登城，行赏赐。历生复劝出战，遥光专冀内廷有变，可以不战而屈，不从历生言。

却说台中始闻乱，众情惶惑，向晓，徐孝嗣入，人心乃安。左将军沈约闻变，驰入西掖门，或劝戎服。约曰："台中方扰攘，见我戎服，或者谓同遥光。"乃朱衣而入。下诏徐孝嗣屯卫宫城；萧坦之率台军讨遥光，屯湘宫寺；左兴盛屯东篱门；司马曹虎屯青溪大桥；纵火烧司徒府，并力攻之。遥光遣坦历生、参军萧畅、长史沈昭略从西门出战。畅及昭略一临阵，皆解甲降。众情大沮。历生见事无成，亦弃稍降曹虎，虎斩之。至晚，台军以火箭烧东北角楼，烟焰张天，城内兵大溃。遥光惶急，从跳齐入小斋，令人反拒斋户，皆重关，穿戎服，坐帐中，秉烛自照。闻外兵至，灭烛，扶匐床下。左右并逾屋出走，台军排阁入，于暗中牵出斩之，十指俱断。刘沨、刘晏，仓惶欲逃，皆为军人所杀，其乱始平。己巳，以徐孝嗣为司空，沈文季、萧坦之为左右仆射，刘暄为领军将军，曹虎为散骑常侍，赏平乱之功也。徐孝嗣进谏曰："今者始安之变，幸天夺之魄，旋即败亡。不然，置陛下于何地！然皆陛下平日不以治国为事，而专事逸乐，以致衅生骨肉，愿陛下戒之慎之，一改从前之失，庶反侧不生，天位常固。"但未识东昏听与不听，且俟下文再述。

明帝觊窃帝位，杀戮宗交，惨酷已极。东昏不能继体，宜矣。萧谌、王敬则、谢朓妄贪富贵，不顾名分，不顾义理，至临刑之日，乃知天道好还，抑已晚矣。江祐等六贵同朝，久生嫌衅，互相谗杀，势所不免。遥光妄希非分，致京城罹祸，尤为可笑。东昏虽经此变故，徐孝嗣提耳而谏，卒归无用，真所谓下愚不移，若萧叔达天挺人豪，超出庸众之上，识见谋略固自不凡耳。

第十八回　行乱政外藩屡叛　据雄封众士咸归

话说二江既败,始安又诛,左右捉刀应敕之徒,皆恣横用事,时人谓之"刀敕"。以萧坦之刚狠而专,劝帝杀之,帝便领兵围坦之宅,杀之。又潜刘暄有异志,帝曰:"暄是我舅,岂应有此?"法珍曰:"明帝乃武帝同堂,恩遇如此,犹灭武帝之后,舅焉可信耶?"遂召之入省,赐死。曹虎齐而富,有钱五千万,他物称是,帝利其财杀之。三人所除新爵,皆未及拜而死。

先是明帝临终,戒帝曰:"作事不可在人后。"故帝数与近习谋诛大臣,皆发于仓猝,决意无疑。由是在位大臣,莫能自保。中郎将许准,孝嗣心腹也,陈说事机,劝行废立。孝嗣谓必无用干戈之理,须俟帝驾出游,闭城弗纳,然后召百僚集议废之,虽有此怀,而终不能决。诸嬖幸亦稍憎之。沈文季自托老疾,不豫朝权,以求免祸,仍为嬖幸所忌。其侄昭略谓文季曰:"叔父行年六十,为员外仆射,欲求自免,岂可得乎?朝野所望,惟叔父与孝嗣两人,不行大事,岂唯身家不保,亦社稷何赖?"文季不应。一日,帝召孝嗣、文季、昭略并入,文季登车顾左右曰:"此行恐不反。"及入,赐晏于华林园,省坐方定,忽见武士数人,登阶而上。茹法珍持药酒前曰:"有诏赐公等死,可饮此。"孝嗣、文季皆失色,昭略怒骂孝嗣曰:"废昏立明,古今令典,宰相无才,致有今日。"以瓯掷其面曰:"使作破面鬼。"三人皆饮药死,孝嗣二子亦坐诛。昭略弟昭光,闻收至,家人劝之逃,昭光不忍舍其母,入执母手悲泣,收者杀之。昭光侄昙亮,逃已得免,闻昭光死,叹曰:"家门屠灭,何以生为!"绝吭而死。

先是陈显达自以高、武旧将,当明帝时,已怀危惧,深自贬损。每乘朽敝车马,道从卤薄,止用赢弱数人。尝侍宴酒酣,启明帝借枕,明帝令与之,显达抚枕曰:"臣年衰老,富贵已足,惟欠枕上一死,特就陛下乞之。"明帝失色曰:"卿醉矣。"及东昏即位,显达弥不乐。在建康,得江州甚喜,常有疾不令治,既而自愈。及帝之屡诛大臣也,暄传当遣兵袭江州,显达闻之叹曰:"死生有命,与其坐而待死,不若举事而死。"乃举兵于寻阳,致明朝贵,数帝过恶。帝闻其反,命胡松率水军据梁山,左兴盛率步骑屯杜姥宅,显达昼夜进兵,败胡松于采石。至新林,潜领精选夜渡江,直攻台城。诸军闻之,奔还,宫城大骇。台军出拒,显达执马槊,引数百步骑,亲自搏战,手杀数将。台军屡却,俄而槊折,台军继至。显达不能抗,退而走,马蹶坠地,为台军所杀。兵士见主将死,一时尽溃,大难立平。

然帝自诛显达后,益事骄恣,渐出游走,又不欲令人见之。每出,先驱斥道路,所过人家,唯置空宅。尉司击鼓蹋围,鼓声所闻,居人便奔走不暇,犯禁者应手格杀。一月凡二十余出,出则不言定所,东西南北,无处不驱。常以三四更后,鼓声四出,火光照天,幡戟横路。士民喧走,老小震惊,啼号塞道,处处禁绝,不知所适。四民废业,樵苏路断,甚至吉凶失时,乳妇寄远处生产,或舆病弃尸,不得殡葬。街衢巷陌,悉悬布幔为高障,置仗人防守,谓之"屏除",亦谓之"长围"。尝至沈公城,有一妇人临产不去,因剖视其腹,以验男女。又尝至定林寺,有沙门老病不能去,藏草间,命左右射之,百箭俱发,矢集其身如猬而死。又帝有膂力,牵弓至三解五斗,好担白虎幢,幢高七丈五尺,于齿上担之跳跃,虽折齿不倦。待卫满前,逞诸变态,曾无愧色。每乘马,身着软绣袍,头戴金薄帽,手执七宝槊,急装缚裤,凌冒雨雪,不避坑阱。驰骋渴乏,辄下马解取腰边蠡器酌水饮之,复上马驰去。又选无赖小儿善走者为逐马,左右五百人,常以自随,环回宛转,周遍城邑。或出郊射雉,置射场二百九十六处,奔走往来,略不休息。一日,行至西州观显达坠马处,忽疑豫州刺史裴叔业有异志,声言必杀之。叔业兄子裴植为直阁,闻之,惧先及祸,潜奔寿阳,谓叔业曰:"朝廷将以轻兵来取公矣,宜早为计。"叔业忧之,乃遣人至襄阳,问萧衍以自全之策,曰:"天下大势可知,恐无复自存之理。不若回南向北,不失作河南公。"衍乃以书报之曰:

> 承下问,大势诚可虑。但群小而用事,岂能及远?计虑回惑,自无所成。唯应送家还都以安慰之。若意外相逼,当勒马步二万,直出横江,以断其后,则天下之事,一举可定。若欲北向,彼必遣人相代,以河北一州相处,河南公宁可得耶?如此,则南归之望绝美,敢布腹心,公善图之。

叔业得书,虽以衍言为是,然惧有兵来,孤城难保,仍致书魏将薛真度,陈归魏之意。真度劝其早降,曰:"若事迫而来,则功微赏薄矣。"于是叔业通款于魏。帝自裴植逃去,益怒叔业,乃命崔慧景将水军讨寿阳。帝设长围于琅玡城外,亲出送之。戎服坐楼上,召慧景单骑进围,无一人随之。慧景惧有变,才数言,即拜辞而退。既得出,甚喜。兵过广陵,忽报叔业已率,朝廷已有别旨。慧景乃召诸将谓曰:"叔业卒,军可不往,吾荷三帝厚恩,当顾托之重。幼主昏狂,朝廷坏乱,危而不扶,责在今日。欲与诸君共建大功,以安社稷,何如?"众皆响应。乃以其子崔觉为前锋,还军向广陵,守将崔恭祖开门纳之。帝闻变,假左兴盛节,督军讨之。慧景停广陵二日,即收众济江,遣使京口,密奉宝玄为主。宝玄斩其使以闻,帝遣外监黄林夫助镇京口。及慧景至,宝玄又密与相应,杀黄林夫,开门纳之。遂率其众,随慧景向建康。

时台将张佛护引兵据竹里,筑城以拒。王莹引兵据湖头,筑垒将山西岩,实甲数万。宝玄遣使谓佛护曰:"身自还朝,君何意苦相断遏?"佛护曰:"小人荷国重恩,使于此创立小戍,殿下还朝,但自直过,岂敢断遏。"遂与慧景军战,各有斩获。而慧景军众,轻行不赍食,常以数舫载酒肉为军粮。每见台营中爨烟起,辄尽力攻之,台军不得食,以此饥困。崔恭祖进拔其城,杀佛护,又攻王莹垒,不克。或说慧景曰:"今平路皆为台军所断,不可议进,宜从蒋山龙尾上。出其不意,下临城中,则诸军自溃。"慧景从之,乃于半夜帅精兵数千鱼贯上山,自西岩而下。黎明兵临城外,扬旗鼓噪,台军惊恐,即时奔散。慧景遂屯兵乐游园,引众围之。于是东府、石头、白下、新亭诸城皆溃。左兴盛逃匿获舫中,慧景擒而杀之。斯时城中慌乱,单有卫尉萧畅屯南掖门,处分城内,随方应拒,众心稍安。

先是竹里之捷，崔觉与恭祖争功，慧景不能决。恭祖怒，又劝慧景以火箭烧北掖楼。觉以大事垂克，后若更造，费用功多，阻其计不行。恭祖益不悦。时萧懿将兵在小岘，帝遣使召之入援。懿方食，闻之投箸而起，率数千人自采石济江，张旗帜于越城，举火相应。台中人望见，皆鼓手称庆。慧景遣崔觉将精卒数千人渡南岸击懿军，大败而还。适遇一队东宫女伎，为恭祖所掠，觉见而夺之。恭祖积忿恨，遂率众诣台降，军心大乱。懿军渡北岸，慧景军皆走，父子俱死。自围城至此，凡十二日而败。恭祖既降，帝亦斩之。

且说宝玄初至建康，士民多往投集。慧景败，收得朝野附逆人名，帝命烧之曰："江夏尚尔，何况余人。"宝玄逃亡，数日乃出。帝召人后堂，以步障裹之，令左右数十人，鸣鼓角，驰绕其外，遣从谓宝玄曰："汝近围我，亦如此耳。"放出斩之。自此以后，朝政益乱，帝所宠任左右，皆横行无忌。慧景余党，已蒙诏赦，而嬖幸用事，不依诏书，无罪而家富者，皆诬为贼，杀而籍其赀。有直阁徐世标者，素为帝所委任，凡有杀戮，皆在其手，亦嫌帝淫纵太过，密谓其党曰："何世天子无要人，但依货主恶耳。"法珍以其言白帝，帝遣禁兵杀之，世标拒战而死。由是法珍、虫儿专用事，口称诏敕，人莫敢违。八月甲辰夜，后宫火，会帝驾未还，内人不得出，外人不敢入，比及门开，死者相枕，烧三千余间。时嬖幸之徒，皆号为"鬼"。内有赵鬼，能读《西京赋》，言于帝曰："柏梁既灾，建章是营。"帝乃大兴土木。有潘妃者，号玉儿，体态轻盈，貌美丽艳，最承宠幸。为起玉寿、芳乐等殿，以麝香涂壁，内作飞仙帐，四面绣绮，窗间尽画神仙，橡桷悉垂玲珮。服御之物，皆饰珍宝。凿金为莲花贴地，令妃行其上，曰："此步步生莲花也。"后人作《步步生金莲赋》，以赞潘妃之美。其词曰：

> 彼美人兮，神侔秋水，状比芙蕖。擅东昏之宠幸，驰南国之芳誉。雕饰则金应作屋，轻盈则步亦凌虚。摹花影于波心，天然绰约；度香风于舄下，行自纤徐。尔其搜丽水之珍，出尚方之帑，镂错辉煌，精英晃朗。金在镕兮液流，莲布色兮花放。俪乐游之苑内千茎，等太华之峰头十丈。信是使香为国欢，征并蒂之缘；本来解语如花，远结凌波之想。妃乃启瑶闼，辟清厢，搴蕙幄，出芝房。乍踟蹰而独立，旋彳亍而回徨。渺兮若仙风之吹下，翩兮若惊鸿之将翔。颤钗梁而不定，晕桃颊而分光。凫舄交时，化分飞之翡翠；风头迎处，想双宿之鸳鸯。袅袅兮裙罗，盈盈兮眼波。纤纤兮新月，历历兮圆荷。忆西池之采摘，疑北渚之经过。点瓣而神光离合，萦花而舞态婆娑。问太乙之红船，游仙未可；笑窅娘之素袜，踵武如何。君王于是睹之魂销，即之意下，乐且未央，欢真无价。秾华欲敛，是碧窗小坐之时；芳气还留，应绣被横陈之夜。

且说帝宠潘妃，荒迷益甚。妃父宝庆，帝呼之为阿丈。一日，宝庆家有吉庆事，往助其忙，躬自汲水，助厨人作膳，以为笑乐。与其家人仆婢为伍，全不知愧。宝庆恃势作奸，没入平民资产无数，有司不敢诘，百姓怨之切齿。又有奄人王宝孙，年十三，号"伥子"，善迎妃意，尤得帝宠，虽梅虫儿之徒亦下之。控制大臣，移易诏敕，乃至骑马入殿,诋诃天子。公卿见之,莫不惕息。其后朝廷费用日繁,征求愈迫,建康酒租,皆折使输金。百姓困穷,号泣盈路,天下皆知齐必亡矣。先是萧懿之入援也,萧衍遣使谓之曰:"平乱之后,则有不赏之功,当明君贤主,尚或难立,况于乱朝,何以自免? 若贼灭之后,勒兵入宫,行伊、霍故事,此万世一时。若不欲尔,托以外拒为名,身归历阳,则威振内外,谁敢不从? 一朝放兵,受其厚爵,高而无民,必生后悔。"长史徐曜亦苦功之,懿并不从。拜爵为尚书令,弟畅为卫尉,掌管签。嬖臣茹法珍等咸畏忌之,说帝曰:"懿将行隆昌故事,陛下命在晷刻。"帝信之,将杀懿。懿将徐曜甫知之,密具舟江渚,劝懿西奔襄阳,懿曰:"自古皆有死,岂有叛走尚书令耶? 吾宁坐以待之耳。"俄而奉召入省,以药赐死。懿且死,但曰:"家弟在雍,深为朝廷忧之。"诸弟皆亡匿于里巷,无人发之者,唯弟融捕得被杀。后人有诗赞懿之忠云:

> 定倾扶危纾国忧,敢因祸至为身谋。
> 九泉遗恨难消处,只恐干戈起雍州。

话分两头,萧衍在雍,深知齐祚将亡,日日延揽豪杰,厚集兵力,以图大举。于是四方智勇之士,相率来归。有一人姓吕,名僧珍,字元瑜,广陵人,家甚寒微。儿时从师读书,有相士至书塾,历观诸生,独指僧珍曰:"此儿有奇声,封侯相也。"及长,智识宏通,身长七尺七寸,容貌伟然。司空陈显达出军沔北,见而呼坐,谓之曰:"卿有贵相,名位当出我上,幸自爱。"方徐孝嗣当国,欲引与共事,僧珍知其不久必败,谢弗往。未几,孝嗣果败。衍临雍州,僧珍归之,为中兵参军。衍尝积竹木于檀溪,人不解其故。僧珍会其意,私具橹数百张,及后起兵,取竹木以造战舰,独缺橹,僧珍出以济用,人服其智。又一人姓王,名茂,字茂先,太原人,好读兵书,通武略。齐武帝布衣时,见之叹曰:"王茂先年少英俊,堂堂如此,异日必为公辅。"后为台郎,累年不调。见齐政日乱,求为边职,遂为雍州长史。衍一见,便以王佐许之。因结为兄弟,事无大小,皆与商酌,茂亦为之尽力。又一人姓曹,名景宗,字子震,新野人。幼善骑射,好畋猎。常与少年数十人,逐群鹿于泽中,鹿马相乱,景宗于众中射之,人皆惧中马足,而箭之所及,不爽分毫,鹿皆应弦而毙,以此为乐。尝乘匹马,将数十人于中路,逢蛮贼数百劫之,景宗身带百余箭,每箭杀蛮一人,蛮遂散走,因以胆勇闻。颇爱史书,读《穰苴、乐毅传》,辄放卷叹息曰:"大丈夫当如是也。"衍镇雍州,景宗深自结附,衍举为竟陵太守。但性躁动,不能沉默。尝出行,于车中自开帷幔,左右顾望。或谏之曰:"太守隆重,当肃官仪,不宜如是。"景宗曰:"我在乡里,骑快马如龙,与年少辈数十骑,拓弓弦,作霹雳声,箭如饿鸱叫平泽中,逐獐鹿射之,渴饮其血,饥食其胃,甜如甘露浆,觉耳后生风,鼻头出火,此乐使人忘死。今为太守贵人,动转不得,路行开车幔,人辄以为不可,闭置车中,如三日新妇,如此邑邑,能不使人气尽。"而幕府勇将,则首推景宗焉。又一人姓韦,名睿,字怀文,杜陵人。其伯父韦祖征常奇之。时同里王憕、杜恽并有盛名,祖征谓之曰:"汝自谓何如二人?"睿谦不敢对,祖征曰:"汝文章或小减,学识当过之,佐国家,成功业,皆莫汝及也。"后为齐兴太守。知衍有大志,遣二子至雍,深相结纳。方显达、慧景频以兵逼建业,人心惶骇,西土人谋之于睿,睿曰:"陈虽旧将,非济世才,崔颇更事,懦而不武,事必无成,天下真人,其惟萧雍州乎!"于是弃职归衍,衍大喜,握其手曰:"得君来此,吾事可成矣!"又一人姓柳,名庆远,字文和,元景之侄。将门子,有干略,为雍州别驾。私谓所亲曰:"天下方乱,能定大业者,唯吾君耳!"因事衍不去。又一人姓郑,名绍叔,字仲明,荥阳人。徐孝嗣尝见而异之,曰:"此祖逖之流也。"衍临司州时,绍叔为中兵参军,相依如左右手,及衍罢州还,谢遣宾客,绍叔独请留,衍曰:"以卿之才,何往不得志? 我今闲居,未能相益,宜更思他就。"绍叔曰:"吾阅人多矣,舍君谁可与共事者? 固请留此。"及衍为雍州,遂补绍叔为扶风太守。

绍叔有兄植,勇力绝伦,官于京师。一日,来至雍州,候绍叔于家,绍叔见之问曰:"兄在天子左右,朝廷有何事,而遣兄至此?"植曰:"朝廷深忌雍州,托我以候汝为名,潜刺杀之,我岂肯害之哉? 迫于朝命,不得不来。弟见雍州,密致此意。"绍叔遂以告衍,衍命置酒绍叔家,招植共饮。酒酣,戏谓植曰:"朝廷遣卿相图,今日开宴,是可取良会也,何不取吾头去?"植曰:"使君豁达大度如汉高,仆何敢害?"相与大笑。饮罢,令植遍观城隍、府库、士马、器械、舟舰等项,植曰:"雍州实力,未易图也。"绍叔曰:"兄还,具为天子言之,若取雍州,请以此战。"植曰:"吾复命后,朝廷必来征伐,时事可知矣。未识我与汝复得相见否?"弟兄洒泪而别。斯时雍州麾下,猛将如云,谋臣如雨,皆有攀麟附凤之意。眼见干戈即起,及闻懿死,衍益悲愤,恨不踏平建康,以诛无道。但未识雍州若何起兵,且俟下文再续。

　　东昏专任宵小,诛戮大臣,非时四出,贪残更甚,比之桀、纣,无以过之。崔慧景承命讨裴叔业,已而中路叛去,设能布明大义,声罪致讨,择应立者立之,成伊、霍之业,岂非名正言顺? 乃虽奉宝玄,不思大计,辄纵子觉与恭祖争功,又不从恭祖之计,遂致恭祖离叛,卒归无成。惜哉! 东昏既灭慧景,愈为不法,纵虐宣淫,无所不至,无有不亡之理。萧懿不听雍州之言,尽心东昏,死而无悔,不失为忠,未免近于愚耳。雍州智略兼具,又能搜罗人材,豪杰归心,虽欲不成大业,岂可得哉? 殆天欲启之耶?

第十九回　萧雍州运筹决胜　齐宝卷丧国亡身

话说萧衍素怀大志，又闻其兄萧懿被诛，且悲且怒，会集诸将，商议起兵。请将无不踊跃从命。适有密报到来，朝廷遣辅国将军刘山阳，统领三千人马，潜赴江陵，约会南康王行事萧颖胄，起荆州之兵，共袭襄阳。诸将请于半路截击之，衍曰："此不足虑，吾当以计制之。"乃使参军王天虎诣江陵，遍与州府书，声云："山阳西上，并袭荆、雍。"书去后，衍谓诸将曰："荆州素畏襄阳人，加以唇亡齿寒，能不与我为一？我合荆、雍之兵，鼓行而东，虽使韩、白复生，不能为建康计矣，况以昏主役刀敕之徒哉？"颖胄等得书，果大恐。越一日，衍乘山阳将到，复令天虎赍书于颖胄，余人皆无。又书中但作通候语，不涉时事，而云天虎口具。张宏策问故。衍曰："用兵之道，攻心为上。近遣天虎往荆州，人皆有书，今只有一函与颖胄，而云天虎口具。颖胄问天虎，天虎无所说。众问颖胄，颖胄亦无所说。众必谓颖胄与天虎共隐其事，则人人生疑，众口沸腾，山阳闻之，必疑不敢进，则颖胄进退无以自明，必入吾谋内，是驰一空函定一州矣。"

再说山阳至江安，闻衍有书连至江陵，果怀疑贰，迟回十余日不上。颖胄大惧，计无所出，乃夜呼参军席阐义、从事柳忱闭斋定议。阐文曰："萧雍州蓄养士马，已非一日。江陵素畏襄阳之强，又众寡不敌，取之必不可制。就能制之，岁寒复不为朝廷所容，今若杀山阳与雍州举事，立天子以令诸侯，则霸业成矣。山阳不进，是不信我，今斩送天虎，则彼疑可释。至而图之，罔不济矣。"忱亦曰："朝廷狂悖日滋，京师贵人，莫不重足屏气。今幸在远，得暇日自安。雍州之事，且借以相毙耳，独不见萧令君乎？以精兵数千，破崔氏十万众，竟为群邪所陷，祸酷相寻，前事之不忘，后事之师也。且雍州士锐粮多，萧使君雄资冠世，必非山阳所能敌，若破山阳，荆州复受失律之责，进退无一而可，宜深虑之。"其弟颖达，亦劝颖胄从阐文计。颖胄遂请天虎至府，谓之曰："卿与刘辅国相识，今不得不借卿头，以释其疑。"遂斩之，送首于山阳曰："荆州之使已斩，速以兵来，商议进讨。"山阳大喜，单车白服，率数十人来会颖胄。颖胄伏兵城内，山阳入门，即于车中斩之，送其首于雍州，以南康王教假衍节，使都督前锋诸军事，衍大喜，于是建牙集众，得甲士万余人，马千余匹，船三千艘。命王茂为先锋，曹景宗副之，身统大军为后继，刻日进发，报知颖胄，乞即兴师。颖胄以年月未利，须俟明年进兵，致书襄阳，戒勿遽动。衍复书曰：

> 来示兵当缓进，窃以为不可。凡举大事，所藉者一时骁勇之心，事事相接，犹恐疑息。若顿兵十旬，必生悔吝。且坐甲十万，粮用自竭，若童子立异，则大事不成。况处分已定，安可中息哉！昔武王代纣，行逆太岁，岂复待年月乎？幸奋同舟之力，毋贻后时之悔。

颖胄得书，乃亦起兵。命将军杨公则引兵向湘州，参军邓元起引众向夏口,与衍同伐建康。

其时朝廷闻山阳死,知颖胄叛,发诏并讨荆、雍。遣骁骑将军薛元嗣运粮百四十船,送郢州刺史张冲,使拒西师。又敕台将房僧寄,使守鲁山。冲恐鲁山难守,遣将孙乐祖将三千兵助之。二月甲申,衍次汉口,自冬积霪,不见日色,至是天光开霁,士卒大悦。诸将请并力围郢,分袭西阳、武昌。衍曰:"汉口相阔一里,箭道交至,房僧寄以重兵固守,与郢城为犄角。若悉众前进,僧寄必绝我军后,悔无所及。不若遣诸军济江,与荆州军合,以逼郢城,吾自围鲁山,以通沔、汉。使郧城、竟陵之粟,方舟而下,江陵、湘中之兵相继而至,兵多食足,何忧两城之不拔?天下事可以卧取之耳。"乃使王茂等率众济江,逼郢城。张冲开门迎战,茂等进击,大破之,杀其偏将光静。光静,冲麾下勇将也,一战而没。冲大惧,撄城自守。曹景宗进据石桥浦,下临加湖。邓元起将荆州兵,会于夏首。于是衍筑汉口城以逼鲁山,遣张惠绍将兵遏江中,以绝郢、鲁二城之信。

又杨公则已克湘州,率众会于夏口。时有殿中直帅夏侯亶,荆州司马夏侯详子也,自建康亡归江陵,称奉皇太后旨,令南康王纂承皇祚。南康遂即帝位,是为和帝。加萧衍征东大将军都督征讨诸军事,假黄钺,军势益振。一日,衍在军中,正议进兵,忽席阐文赍颖胄书来,谓衍曰:"今顿兵两岸,不并力图郢,定西阳、武昌,取江州,此机已失。莫若请救于魏,与北连和,犹为上策。"衍曰:"汉口路通荆、雍,控引秦、梁,粮运资储,仰此气息,所以兵压汉口,连结数州。今若并军围郢,又分兵前进,鲁山之兵,必阻两路,扼吾咽喉。近日邓元起欲以三千兵往取寻阳,吾力止之。盖彼若欢然知机,一说士足矣。脱拒王师,固非三千兵所能下也。进退无据,未见其可。至若西阳、武昌,取之即得。然既得之后,即应镇守,欲守两城,不减万人,粮储称是,卒无所出。脱东军有上者,以万人攻两城,两城势不得相救。若我分军应援,则首尾俱弱,如其不遣,孤城必陷。一城既没,诸城相次土崩,天下大事去矣。为今之计,且俟郢州既拔,席卷沿流,西阳、武昌,自然风靡。何遽分兵散众,自贻忧患乎?且丈夫举事,欲清天下,况拥数州之兵以诛群小,悬河注火,奚有不灭?岂容北面请救戎狄,以示弱于天下?况彼未必能信,徒取丑声,此乃下计,何谓上策?卿为我还语镇军,前途攻取,但以见付。事在目中,无患不克,但借镇军静镇之耳。"阐文归以告颖胄,异议乃息。

五月,东昏以陈伯之为江州刺史,都督前锋诸军事,西击荆、雍之师。伯之即命偏将吴子阳,同其子虎牙,率兵三万救郢州。衍闻之,遂进军巴口,命其将梁天惠屯渔湖城,唐修期屯白杨垒,夹岸待之子。子阳进军加湖,去郢三十里,傍山带水,筑垒自固,仅以烽火相应。张冲屡次求援,子阳不敢前。丁酉,冲忧愤成疾,临没,以后事托薛元嗣,命其子张孜共守。又鲁山乏粮,军人于矶头捕鱼供食。衍命王茂引师逼之,孙乐祖惧,率其众降,房僧寄自杀,郢城之势益孤。曹景宗乘水涨,以舟师袭加湖,子阳、虎牙不能拒,弃军走,郢人大恐。是夜,守城者见有数万毛人,逾堞而泣,走投黄鹄矶。识者以为此城之精也,精去不久必破矣。及旦,元嗣、张孜向衍乞降,开门纳其军。计郢城被围二百日,城中士民男女十万口,疾疫流肿,死者十之八,积尸床下而寝其上,比屋皆满。既降,衍欲择一良有司治之,苦无其人。时韦睿在座,因顾之笑曰:"合骐骥而不用,焉事皇皇而他索?"即以睿为江夏太守,行郢府事。睿收瘗死者,而抚其生者,郢人送安。

既得郢城,诸将请攻江州,衍曰:"用兵未必须实力,所听威声耳。今山阳兵败,虎牙狼狈奔寻阳,人情理当汹惧,可传檄而定也。"乃得伯之旧人苏隆之,使说伯之曰:"如肯纳款,当用为江州刺史。"伯之即使隆之返命,但云愿降,而大军未须遽下。衍曰:"伯之此言,意怀首鼠,及其犹豫,急往逼之,计无所出,势不得不降。"乃命邓元起引兵先下,杨公则径掩柴桑,行与诸将以次进路。伯之闻军至,退保湖口,恇扰不知所为。既而亲诣军前,束甲请罪,衍厚纳之。乃留郑绍叔守寻阳,挟伯之东下。衍谓绍叔曰:"卿吾之萧何、寇恂也。前途不捷,吾当其咎。粮运不继,卿任其责。"绍叔涕泣受命,以故江湘粮运,未尝乏绝。张宏策熟悉道路形势,绘图以献,自江口至建康,凡矶浦村落军行宿次等处,如在目中,故军士上道,不失寸刻。

却说东昏虽知荆、雍兵起,狂暴如故。作芳乐苑,山石皆涂五采。跨池水,立飞阁,壁上皆画男女私亵之像。民家有好树美竹,则毁墙撤屋而徙之。时方盛暑,朝种夕死,死而复种,卒无一生。插叶装花,取玩俄顷。于苑中立市,使官人宦者共相贩买。以潘贵妃为市令,自为市录事,小有差误,妃即与杖,伏地求饶,佯作畏惧状。又开渠立埭,身自引船,埭上设店,坐而屠肉。百姓歌云:"阅武堂前种杨柳,至尊屠肉,潘妃沽酒。"又令宫人皆露裈,着绿屏,每于僻处遇之,或按草地,或倚石畔,私相淫媾,以为大乐。故宫人求幸者,每潜身幽僻之处以候之。又好巫觋,内侍朱光尚,诈云目能见鬼。一日,入乐游园,人马忽惊,以问光尚。对曰:"向见先帝,甚怒陛下数出游外,故鞭马而马惊。"东昏大怒曰:"死鬼何敢惊生天子!"乃拔刀与光尚寻之,既不见,缚菰为高宗形,跪而斩之,悬首树上。群臣皆怀愤怒。

内史张欣泰谓军主胡松曰:"昏人所为如是,吾侪受其荣宠,异日国亡,必将与之同戮,奈何?"松曰:"吾亦忧之,但不举大事,祸必不免。近闻侍郎王灵秀、直阁将军鸿选,皆有异志,不如密结二人,相与废之,立建康王宝寅,以主社稷,庶国安而身家亦保。"欣泰从之。乃密结灵秀、鸿选,共举大事,二人亦欣然应命。秋七月甲子,东昏遣宠臣冯元嗣出外监军,命茹法珍、梅虫儿、杨明泰及张欣泰等饯之中兴堂,欣泰等乃因以作乱,谋伏壮士堂后,先杀元嗣、虫儿、法珍、明泰于座。欣泰则阳为告变,驰入宫中,与鸿选弑东昏。灵秀前往石头,迎建康王入宫。商议既定,各人照计行事。临期,元嗣等方入席,壮士突起,砍元嗣头坠席上,又砍明泰破其腹。虫儿、法珍急走,虫儿伤数创,手指尽落,卒与法珍走免。左右大呼,击杀数人,余皆走散。欣泰佯即驰人告变,灵秀遂诣石头迎宝寅。率城中将吏数百,去车轮以载之,唱警跸,向台城。百姓数千人,皆空手随之。

且说欣泰之入也,冀法珍等在外,东昏必以城中处分见委,因得表里相应。那知法珍亦复驰入,下令闭门上仗,不配欣泰一兵。故鸿选在殿内亦不敢发。又宝寅之众,皆乌合无纪律,欲攻城,日已暝。城上人发弩射之,死数人,余皆弃宝寅去,宝寅亦逃。三日后,诣宫门求见,东昏召人问之,宝寅涕泣以告曰:"迩日不知何人逼使上车,仍弃我去,制不自由,今始得归。"东昏笑,复其爵位。杀张欣泰、胡松、王灵秀、鸿选等于市。

先是郢、鲁既失，西师日进，有请东昏出师者。东昏谓茹法珍曰："师远出不用命，须至白门前，当与一决。"及衍次近道，乃聚兵为固守之计。一日，问群臣曰："谁能为朕杀贼者？"众莫应。卫军李居士趋而进曰："臣请得精骑三万，保为陛下一鼓破之，枭萧衍之首于阙下。"东昏大悦，遂命居士为前锋，率骑三万，据新亭；遣征虏将军王珍国将精兵十万，陈于朱雀航南。是日，萧衍前军至芜湖，姑孰守将弃城走，衍进据之，命诸将进师。

却说李居士屯兵新亭，望见一军前来，人马疲乏，器甲穿敝，笑谓左右曰："人谓东军勇猛，此等兵何足畏？"因率兵士鼓噪前薄。那知此军主将，乃是曹景宗，因师行久，器甲敝坏。今见敌军蜂涌杀上，景宗排开阵势，匹马直出，高叫曰："来将何名？"居士答曰："我乃前锋大将李居士也，快快下马受缚，免你一死。"景宗更不打话，持刀直奔居士。左右两将，当先迎敌，被景宗一刀一个，尽斩马下。居士失弓而走，景宗挥众奋击，遂大破之。居上始知东军难敌，闭营不敢出。于是景宗进据皂荚桥，王茂进据越城，邓元起进据道士墩，陈伯之进据篱门，吕僧珍进据白板桥，征鼓之声，达于内阙。居士启请东昏烧南岸邑屋以开战场，自大航以西、新亭以北皆尽。

甲戌，衍至新林，会集诸将，曰："居士已败，城中所传，唯玉珍国一军，尚拥精兵十万，陈于朱雀航南，并力破之，则建康不战自下矣。"遂进兵，东昏遣宦者王宝孙持白虎幡临阵督战。珍国选精锐居前，老弱居后，严阵以待。东军击之不利，王茂怒，下马单刀直前。其甥韦欣庆，执铁缠槊以翼之，冲击东军，应时而陷。曹景宗亦纵兵乘之，吕僧珍赍火具焚其营，将士皆殊死战，鼓噪震天地。珍国军不能抗。王宝孙切骂诸将，直阁将军席豪，发愤突阵而死。豪素称万人敌，为一军所恃，既死，士卒土崩，赴淮死者无数，积尸与航等，后至者乘之以济。于是城外诸军，非降即逃，李居士亦以兵降。衍纳之，遂长驱至宣阳门。建康大震，诸弟皆自城中逃出赴军。

壬午，衍分命诸将各攻一门，筑长围守之。独陈伯之攻西明门，每城中有降人出，伯之辄呼与耳语。衍恐其复怀反复，恰值台将郑伯伦来降，衍使伯伦语之曰："城中甚忿卿举江州降，欲以封赏诱卿，归国当生割卿手足。若不降，当遣刺客杀卿，宜深为备。"伯之惧，自是始无异志。杨公则屯领军府，与南掖门相对。尝登高望战，城中遥见麾盖，以神锋弩射之，矢贯胡床，左右失色，公则曰："几中吾脚。"谈笑如初。城中夜选勇士攻公则栅，军中惊扰，公则坚卧不起，徐命击之，城中兵乃退。盖公则所领皆湘州人，素号懦怯，城中轻之，每出击，辄先犯公则垒，公则奖厉军士，克获更多。先是衍兵趣建康，颖胄恐其不捷，郁郁成疾，至是遂卒。夏侯详秘之。密报于衍，衍亦秘之。及建康已危，诸处皆溃，乃发颖胄丧。以和帝诏，赠寺中、丞相。于是众望尽归于衍。

话分两头，建康有蒋子文神庙，东昏素信奉之。前慧景之乱，东昏祷于神求援，事平，封子文为钟山王。及衍逼建康，尊子文为灵帝，迎神像人大内，使巫日夕祷祀，城中军事，悉委王珍国，以卫军张稷为之副。时城中实甲，犹有七万人。东昏素好军阵，每与黄门刀敕之徒及宫人等，在华光殿互相战斗，诈作被创势，使人以板扛去，用为笑乐。昼眠夜起，一如平常。闻城外鼓角声，被大红袍，登景阳楼屋上望之，弩不及者数寸。又东昏与左右谋，以为陈显达一战即败，崔慧景围城寻走，谓衍兵亦然。但敕大官办樵米，为百日调而已。及大桁之败，众情汹惧，茹法珍等恐士民逃溃，闭门不复出兵。既而长围已立，堑栅严固，然后出荡，屡战不捷。

东昏尤惜金钱，不肯赏赐。法珍叩头请之，东昏曰："贼来独取我耶，何为就我求物？"后堂藏巨木数百榜，守城者启为城防。东昏欲留作殿，竟不与。又督责金银雕楼杂物，倍急于常，众皆怨怠，不为致力。城中咸思早亡，莫敢先发。茹法珍、梅虫儿说东昏曰："大臣不留意，使围不解，宜悉诛之。"王珍国、张稷闻之大惧，乃谋弑东昏，降西军。珍国密遣所亲，献明镜于萧衍，衍断金以报之。中兵参军张齐、后阁舍人钱强、殿帅丰勇之、宦者黄泰平皆同谋。丙寅夜，钱强密令人开云龙门以迎外兵，珍国、张稷引兵入殿，丰勇之为内应。时东昏在含德殿，吹笙歌，作儿女子姿态，未寝，闻有兵人，趣北户，欲还后宫。门已闭，不得出，惶无所之。黄泰平从暗中以刀砍之，伤其膝，仆地。张齐趋前斩之。宫人皆走匿。珍国乃以诏召百官至，列坐于殿前西钟下。稷拥长刀遮之，告以故。百僚莫敢违，遂令署笺，以黄绸裹东昏首，遣国子博士范云送诣石头。右卫将军王志叹曰："冠虽敝，不可加足。"取庭中树叶塞口，伪闷不署名。云赍东昏首至衍军，军士闻东昏死，皆呼万岁。衍览百僚降笺，无王志名，心嘉之。云入见，衍携其手曰："卿吾故人也。"遂留参帷幄。俄而百僚皆出见衍，衍谓左仆射王亮曰："吾至新林，诸臣皆间道送款，卿独无有，我不怪卿。但颠而不扶，焉用彼相？"亮曰："若其可扶，明公岂有今日之举？"衍大笑。城中出者，或被劫剥，杨公则亲帅麾下，陈于东掖门，卫送公卿士民，故出者多由公则营焉。衍闻而善之，乃下令军中曰："士卒入城，擅取民间一物者斩。"由是兵不扰民，民心大悦。但未识暴主虽除，衍将何以善后，且俟后文再讲。

　　萧雍州雄才大略，处处周到，着着先手，虽其智识过人，亦天启之也。东昏至兵临城下之日，犹复自恣荒淫，吝于货财，刻于用刑，焉得无弑灭之祸！若茹法珍、梅虫儿辈，琐琐小人，何足道哉！

第二十回　宝寅潜逃投北魏　任城经略伐南梁

话说东昏既弑,百官纷纷投降,迎接萧衍入城,衍一一抚慰,乃命张宏策先入清宫,封府库,收图籍。时城内珍宝委积,宏策禁勒部曲,秋毫无犯。收嬖臣茹法珍、梅虫儿等四十一人皆属吏。己巳,衍振旅入城,居阅武堂,以宣德太后令,追废宝卷为东昏侯,葬以侯礼。褚后及太子诵,并降为庶人。凡昏制谬赋,淫刑滥役,悉皆除荡。斩嬖幸茹法珍等于市,以宫女二千分赉将士,人情大悦。

壬申,报捷于江陵,和帝进衍位相国,总百揆,封十郡,为梁公,自置梁国以下官属,识者皆知大业终归于梁矣。

先是衍围宫城,州郡皆遣使请降,独吴兴太守袁昂拒境不受命。衍遣人传语昂曰:"根本既倾,枝叶安附?今竭力昏主,未足为忠;家门屠灭,非所谓孝。岂若翻然改图,自招多福?"昂复书曰:

> 三吴内地,非用兵之所。况以偏隅一郡,何能为役?自承麾旆届止,莫不膝袒军门,惟仆一人敢后至者,政以内揆庸素,文武无施。虽欲献心,不增大师之勇;置其愚默,宁沮众军之威。幸借将军合宏之大,可得从容以礼。窃以一餐微地,尚复投殒;况食人之禄,而顿忘一旦?非惟物议不可,亦恐明公鄙之,所以踌躇,未遑荐璧。

衍得书叹息,深服其义。及建康平,衍使李元履巡抚东土,敕元履曰:"袁昂寒素之门,世有忠节,天下须共容之,勿以兵威陵辱。"元履至吴兴,宣衍旨,昂不答。武康令傅映谓昂曰:"昔元嘉之末,开辟未有,故太尉杀身以明节。司徒当寄托之重,理无苟全,所以不顾夷险,以徇名义。今嗣主昏虐,自陷灭亡,雍州举事,势如破竹,天人之意可知。愿明府深思权变,无取后悔。"昂然之,然亦不请降,但开门撤备而已。

又豫州刺史马仙琕,方衍引师东下,拥兵不附。衍使其故人姚仲实说之降,仙琕斩之以殉。又遣其叔马怀远说之,仙琕曰:"大义灭亲。"亦欲斩之,军中为之固请,乃免。及衍至新林仙琕,犹于江西,抄绝运船,杀害士卒。后闻台城不守,大兵将至,向南号泣,谓将士曰:"我受人任寄,义不容降。君等皆有父母,我为忠臣,君等为孝子,各行其志,不亦可乎!"悉遣城内兵出降,只拥壮士数十,闭门独守。俄兵入,围之数重入仙琕令士皆持满,兵不敢近。日暮,仙琕乃投弓于地曰:"诸军但来见取,我义不降。"乃因送石头,衍释之,使待袁昂至俱入,曰:"令天下见二义士!"及昂至,遂与仙琕并马入朝。衍以礼见之,谓昂曰:"我所以不遽加兵者,以卿忠义之门也。卿知之乎?"昂顿首谢。又谓仙琕曰:"射钩斩袪,昔人所美,卿勿以杀断运自嫌。"仙琕谢曰:"小人如失主犬,后主饲之,则复为用矣。"衍笑,皆厚遇之。潘妃有国色,衍欲留之,以问王茂。茂曰:

"亡齐者此物,留之何益?"乃赐死于狱。丙戌,衍入镇殿中,文武百僚,莫不俯首听命。初,衍与范云、沈约、任昉以文学受知于竟陵王子良,同在西邸,意好敦密。至是引云为谘议参军,约为骠骑司马,昉为纪室参军,共参谋议。沈约隐知衍有受禅之志,而难于出口,一日,微叩其端,衍不应。他日又叩之,衍曰:"卿以为何如?"对曰:"今与古异,公不可以淳风期物。士大夫攀龙附凤者,皆望有尺寸之功,以垂名竹帛。今儿童牧竖,皆知齐祚将终,明公当乘其运。天文谶记,又复炳然。天心不可违,人情不可失。苟历数攸在,虽欲谦光,亦不可得已。"衍曰:"吾方思之。"约曰:"公初建牙襄阳,此时应思。今王业已成,何用复思?若不早定大业,脱有一人立异,即损威德。且人非金石,时事难保,岂可以梁公十郡之封遗之子孙耶?若天子还都,公卿在位,则君臣分定,无复异心,君明于上,臣忠于下,岂复有人同公作贼?"衍心然之。约退,范云入见,衍以约语告之。云曰:"今日时势,诚如约言,愿公勿疑。"衍曰:"智者所见,乃尔暗同耶?明早,卿同休文更来。"云出语约,约曰:"卿必待我。"云许诺。及明,约不待云而先入,衍命草具其事。约乃出怀中诏书,并禅受仪文等事,衍初无所改。俄而云至,望殿门不得人,徘徊寿光阁外,但云"咄咄"。约出,问曰:"何以见处?"约举手向左,云笑曰:"不乖所望。"有倾,衍召云入,极叹休文才智纵横,且曰:"我起兵于今三年矣,功臣诸将,实有其劳,然成吾帝业者,卿与休文二人力也。"甲寅,诏梁公增封十郡,进爵为王。选擢授职,悉依天朝之制。于是以沈约为吏部尚书,范云为侍中,今且按下慢讲。

却说明帝之子九人,其时诸王存者,唯邵陵王宝收、晋熙王宝嵩、桂阳王宝贞、鄱阳王宝寅。见梁业将成,皆有自危之志。而鄱阳王识虑深沉,尤怀忧惧,私语内侍颜文智曰:"吾闻破巢之下,必无完卵。萧衍即日篡齐,齐之子孙,必遭其害。吾欲投北以求全,未识济否。"文智曰:"殿下留此,必不得免,投北诚为上策。但须急走,乘此防守尚疏,或可脱身,迟则无及矣。"是夜,宝寅遂与文智各易冠服,着乌布襦,腰系千许钱,穿墙而走。时正五更,挨至城门,恰好门开,送出城,放步便行。恐后有追者,途中不敢稍停。将近江侧,宝寅谓文智曰:"此番若得过江,便有生路。但二人同行,易招旁人耳目,不如分路渡江,在北岸相等。"文智曰:"然。"二人遂分路走。

却说宝寅身居王爵,出入非车即马,从未步行路上,今处急难之际,蹩屣徒步,走了一日,足无完肤,不胜苦楚。及至江滨,举目一望,白忙忙都是江水,无船可渡。心已惶急,忽闻后面人喊马嘶,知有追兵到来,益发慌张,只得走入芦苇中藏躲。正在上天无路,人地无门时候,恰见一渔船,泊在岸边钓鱼。忙以手招呼道:"渔翁快快渡我过去,定当重谢。"那渔人把他仔细一看,便道:"谢到不必,但要与我说明,方好渡你。"宝寅道:"吾实逃难者,后有兵马赶来,望速救援。"渔人便把船拢岸,扶宝寅下船,便道:"你要我救,有签帽破衣在此,须扮作渔人模样,同我坐在船上,执竿下钓,便令追者不疑。"宝寅从之,遂亦诈为钓者,随流上下。追者至,见江边并无一人,只有渔舟一只,离岸不远,便叫道:"渔人曾见有少年男子同着一人行过去吗?"渔人道:"此间是一条死港,无人行走的。"追者看着宝寅坐在船上,全不疑是宝寅,遂各退去。渔人始问宝寅何往,宝寅以实情告之,渔人道:"原是一位殿下。但天色已昏,且请用些夜膳,待月色上升,送你过去。"俄而饭毕,月出东山,乃放船中流,渡至西岸。宝寅忙即谢别,渔人道:"一直走去，便是往北大路了。"说罢，便回棹而去。

宝寅趁着月色，一步步向北而行，走到天明，不见颜文智来，怕一时错过，立在路旁暂歇。远远望见二人飞奔而来，行到近处，一人不认得，一人却是颜文智。文智见了宝寅，便道："天幸恰好遇着。"宝寅忙问："此位何人？"文智道："此乃义友华文荣也，曾充王府卫卒，见朝廷祸乱相寻，避居于此。昨夜臣过江，即投其家。告知殿下将到，故同来迎候。"文荣道："此间不是说话处，快请到家再商。"宝寅遂到文荣家，文荣延入内室，请宝寅坐定，便道："殿下投北，大路上怕有盘诘，不便行走。今有小路一条，可以抄出境外。亦只好昼伏夜行，方保无事。"文智曰："不识路径奈何？"文荣曰："吾随殿下同去便了。"宝寅感且泣道："卿肯随我去，恩孰大焉。但此后我三人，总以弟兄相呼，切勿再称殿下。"二人点头应命。文荣进内，亦不向妻子说明，但云有别处公干，今夜即要起身。等至黄昏，三人餐饱夜膳，包裹内各带些干粮，随即起身，向僻路而走。也不管山径崎岖，路途劳顿，真是忙忙如丧家之犬，急急如漏网之鱼。幸得文荣熟识路径，不至错误。行了数日，来到一处，文荣道："好了，此间已是北魏界上，前面即寿阳城了。"宝寅才得宽心，正行之间，忽有军士数人走过喝道："你三人从何而来，敢是南方奸细么？"文荣道："你想是大魏的军士了，好好，快去报与你戍主晓得，说有齐邦鄱阳王到此。"原来寿阳乃北朝第一重镇，特遣任城王元澄镇守其地，地界南北，各处皆有兵戍。当日戍主杜元伦闻报，一面接三人入营，问明来历；一面飞报任城王。任城即以车马侍卫迎之。时宝寅年十六，一路风霜劳苦，面目黄瘦，形容枯槁，见者皆以为掠至生口。澄见之，待以客礼。问及祸乱本末，宝寅泪流交迸，历诉情由，井井有序。澄深器之，因慰之曰："子毋自苦，吾当奏知朝廷，为子报仇。"宝寅拜谢，澄给以服御器用，使处客馆。宝寅请丧君斩衰之服，澄使服丧兄齐衰之服，率百僚赴吊。宝寅居处有礼，一同极哀之节，人皆贤之。其后入见魏主，魏主赐以第宅，留之京中，今且按下不表。

却说梁王闻宝寅逃去，料他子身独往，亦干不出什么事来，遂置不问。唯汲汲打算为帝，谓张宏策曰："群臣争劝我受禅，但南康王将到，若何处之？"宏策曰："王自发雍州，王所乘舟，恒有两龙导引。左右莫不见者，天意可知。百姓缘道奉迎，皆如挟纩，人情可知。南康虽来，何敢居王之上？不如乘其未至而先下禅位之诏，则人心早定矣。"王大悦，乃使沈约迎帝。约至姑孰，正值和帝驾到，约以禅位意，遍谕侍从，群臣无不应命。于是下诏禅位于梁。诏至建康，假宣德太后令，遣太保王亮奉皇帝玺绶，诣梁宫劝进。丙寅，梁王即皇帝位于南郊，大赦天下，改元天监。追尊皇考为文皇帝，皇妣为献皇后，追赠兄懿为丞相，封长沙王。奉和帝为巴陵王，居于姑孰，优崇之礼，皆仿齐初。封文武功臣张宏策等十五人为公侯，立诸弟皆为王。帝欲以南海郡为巴陵国。徙巴陵王居之，以问范云，云俯首未对。沈约曰："今古事殊，魏武所云不可慕虚名而受实祸。"帝闻之默然，乃遣亲臣郑伯禽诣姑孰，以生金进王。王曰："吾死不须金，醇酒足矣。"乃醉以酒而杀之，时年十五。先是文惠太子与才人共赋七言诗，末句辄云愁和帝，至是，其言方验。时诸王皆死。唯宝义幼有废疾，不能言语，故独得全。使为巴陵王，奉齐祀。

一日，齐南康侯子恪因事入见，帝从容谓曰："天下公器，非可力取，苟无期运，虽项

籍之力,终亦败亡。宋孝武性猜忌,兄弟粗有令名者,皆杀之。朝臣以疑似枉杀者相
继,然或疑而不能去,或不疑而卒为患。如卿祖以才略见疑,而无如之何。湘东以庸愚
不疑,而子孙皆死于其手。我是时已生,彼岂知我应有今日?固知有天命者,非人所能
害。我初平建康,人皆劝我除去卿辈,我于时依而行之,谁谓不可?正以江左以来,代
谢之际,必相屠灭,感伤和气,所以国祚不长。又齐、梁虽云'革命',事异前代,我与卿
兄弟更复绝服,宗属未远。齐业之初,亦共甘苦,情同一家,岂可遽如行路之人?且建
武涂炭卿门,我起义兵,非惟自雪门耻,亦为卿兄弟报仇。我自取天下于明帝,非取之
于卿家也。昔曹志魏武帝之孙,为晋忠臣,况卿在今日,犹是宗室。我方坦然相期,卿
无怀自外之意,日后当知我心。"子恪涕泣伏地谢。自是子恪兄弟凡十六人皆仕于梁,
并以才能知名,历官清显,各以寿终。此是后话不表。却说宝寅在魏,闻梁已篡齐,伏
于魏阙之下,请兵伐梁,虽暴风大雨,终不暂移。魏主怜之,乃以宝寅为镇东将军,封齐
王,配兵一万,屯东城,令自召募壮勇,以充军力,俟秋冬大举。宝寅明当拜命,其夜恸
哭至晨,既受命,以颜文智、华文荣皆为军主。六月,魏任城王澄进表云:

> 萧衍频断东关,欲令濛湖汛溢,以灌淮南诸戍,且灌且掠,淮南之地,将非
> 国有。寿阳去江五百余里,众庶惶惶,并惧水害。脱乘民之愿,攻敌之虚,豫
> 勒诸州,纂集士马,首秋大集,应机经略。虽混一不能,江西自可无虞。

魏主从之,乃发冀、定、瀛、湘、并、济六州人马,令仲秋之中,毕会淮南,委澄经略。
宝寅一军,亦受澄节度。又遣中山王元英,引师攻义阳。且说任城既受命,悉发寿阳
兵,命将军党法宗、傅竖眼、王神念分路入寇,自以大军继其后。遂拔东关、颍川、大岘
三城,余城皆溃,江淮大震。先是南梁太守冯道根戍阜陵,初到任,如敌将至,修城隍,
远斥候,众颇笑之。道根曰:"怯防勇战,此之谓也。"城未毕,党法宗等率军二万,奄至
城下。众皆失色,道根命大开门,缓服登城。选精锐三百人,出与魏兵战,破之。魏人
见其意思安闲,战又不利,遂引退。梁将姜庆贞探得任城王兵皆南出,寿阳无备,遂从
间道,乘虚袭之,据其外郭。士民惶惧,皆无固志,孤城危如累卵。任城太妃孟氏,自勒
兵登陴,凭城拒守。时外兵已有登城者,太妃亲自搏战,手斩数人。将士见了,因各挺
身致死,外兵稍退。俄而萧宝寅引兵来援,城中出兵合击,自四鼓战至下午,庆贞败走,
城得不破。后人有诗赞太妃捍城之功云:

> 南将乘虚捣寿阳,仓皇无计保金汤。
> 闺中胆勇真无匹,击鼓凭城却敌强。

却说任城王初闻寿阳被困,欲引兵还救,继知敌兵已退,城池无恙,遂督元英进攻
义阳。时城中兵不满五千人,食才支半岁,魏军攻之,昼夜不息。守将蔡道恭随方抗
御,皆应手摧却,相持百余日,前后斩获,不可胜计。魏军惮之,将退。会道恭疾笃,乃
呼其从弟蔡灵恩及诸将谓曰:"吾受国厚恩,不能攘灭寇贼,今所苦转笃,疾必不起。汝

等当以死固节,无令吾没有遗恨。"众皆流涕受命。既卒,魏人闻之,攻益急。马仙琕率步骑三万救义阳,转战而前,兵势甚锐。元英结营于士雅山,分命诸将伏于四处,示之以弱。仙琕乘胜,直抵长围,击魏军。英伪败以诱之,至平地,伏四起,纵兵奋击。老将傅雍,擐甲执槊,单骑先入。偏将蔡山虎佐之,突阵横过,梁兵射雍,洞其左股,雍拔箭复入,仙琕大败,一子战死,遂退走。英呼雍曰:"公伤矣,且还营。"雍曰:"昔汉祖扪足,不欲人知,今下官虽微,亦国家一将,奈何使贼有伤将之名。"遂与诸军追之,尽夜而返。时年七十余矣,军中咸服其勇。仙琕既退,整顿军马,复率万余人,进救义阳,尽锐决战。一日三交,皆大败而返。城中见之胆落,灵恩势穷,以城降魏。三关戍将闻之,皆弃城走。魏乃置郢州于义阳,以司马悦为刺史。败信到京,举朝大骇。帝谓左右曰:"魏兵敢于南犯者,欺吾大业新建,未遑外务耳。今须大集兵力,直捣寿阳以挫之。不然,患未已也。"乃命临川王宏都督北伐诸军事,昌义之为前锋,诸将皆从军调遣。时宏以帝弟将兵,步骑十万,器械精利,甲仗鲜明,军容之盛,人以为百年所未有。魏人闻之,不敢轻进。

先是韦睿镇豫州,引兵攻魏小岘,城未拔,亲行围间。魏出数百人,陈于门外,睿欲击之,请将皆曰:"向者轻来,未有战具,且还授甲,乃可进耳。"韦睿曰:"不然,城中有二千余人,足以拒守。今无故出兵门外,必其骁勇者也。苟能挫之,其城自拔。"众犹迟疑,睿指其节曰:"朝廷授此,非以为饰,军法不可犯也!"遂进击之,士皆殊死战,魏兵败走,遂拔其城。既而魏将杨灵胤率众五万奄至。众惧不敌,请启他处益兵,睿笑曰:"贼至城下,方求益兵,将何所及?且吾求益兵,彼亦益兵,兵贵用奇,岂在众也。"遂击灵胤,破之。睿体素羸,未尝跨马,每战常乘板舆,督厉将士,勇气无敌。昼接宾旅,夜半起算军书,张灯达曙,抚循其众,常如不及,故士皆乐为之死。及至东临,有诏班师,诸将恐兵退之后,魏人必来追蹑。睿悉遣辎重居前,身乘小舆殿后。魏人惮睿威名,望之不敢逼,全军而还。

却说临川王宏军次洛口,前军昌义之已拔梁城,诸将请乘胜深入,宏性懦怯,不许。又闻魏将邢峦引兵度淮,与元英合攻梁城。传者争言魏师之盛,大惧欲退。于是会集诸将,商议进止。但未识请将若何议法。且俟下回再讲。

　　东昏待臣下,无情无礼,可谓极矣。而袁昂、马仙琕二人,死守勿贰,真所难得,宜雍州之敬而礼之也。雍州禅位,时势使然。宝寅知必不免,微行投魏,亦可谓先机之智。而况举动有礼,不忘请兵复仇,更所难得。虽成败由天,而纲常大节,犹赖以不坠。若冯道根之进止有节,任城太妃之登城捍御,韦睿之用兵变化,皆一时杰出之人也。

第二十一回　停洛口三军瓦解　救钟离一战成功

话说临川王宏闻魏兵大至,恐惧欲退,谓诸将曰:"魏兵势大,此未可与争锋,不如全师而归,再图后举,诸君以为何如?"吕僧珍曰:"见可而进,知难而退,亦行军之道。王以为难,不如旋师也。"柳恢曰:"自我大众所临,何城不服?而以为难乎!"裴邃曰:"是行也,以克敌为务,只宜决胜疆场,使敌人匹马不返,何难之避?"马仙琕曰:"王安得亡国之言?天子扫境内以属王,宁前死一尺,无却生一寸。"时昌义之在座,怒气勃然,须髯尽张,大声言曰:"吕僧珍可斩也!岂有百万之师,未经一战,望风遽退,何面目见主上乎?"朱僧勇拔剑击柱,曰:"欲退自退,下官当向前取死。"斯时诸将各怀愤怒,纷争不已。宏别无一语。但云再商。议者罢出,僧珍谢诸将曰:"我岂不知其不可,但殿下昨来风动,意不在军,深恐大致沮丧,故欲全师而返耳。"又进谓宏曰:"众议不可违也。"宏乃不敢言退,只停军不前。魏人知其不武,遗以巾帼,且歌之曰:"不畏萧娘与吕姥,但畏合肥有韦虎。"萧娘谓临川,吕姥谓僧珍,韦虎谓睿也。僧珍叹曰:"若得始兴、吴平二王为帅而佐之,何至为敌人所侮若是?"因谓宏曰:"王既不欲进战,不如大众停洛口,分遣裴邃一军去取寿阳,犹不至为敌所笑。"宏不听,下令军中曰:"人马有前行者斩。"于是将士无不解体。魏将杨大眼谓中山王英曰:"梁将自克梁城已后,久不进军,其势可见,必畏我也。今若进兵洛水,彼自奔败不暇矣。"英曰:"萧临川虽骏,其下尚有良将,韦、裴之徒,未可轻也。宜且徐观形势以待之。"于是彼此各不进兵。俄而,一夜洛口风雨大作,恍如千军万马奔腾而来,临川以为魏军大至,惊得神魂飞越,从床上跳起,急呼左右备马,遂不暇告知诸将,带领数骑,潜从后营拔开鹿角,冒雨逃去。及将士知之,宏去已久。于是合营大乱,各鸟兽散,弃甲抛戈,填满道路,疾病羸老之属,不及奔走,狼藉而死者近五万人。宏乘小船,连夜渡江,至白石垒,叩城门求入。时守城者临汝侯渊猷,登城谓之曰:"百万之师,一朝鸟散,国之存亡,尚未可知,恐有奸人乘间为变,城不敢夜开。"宏无以对,腹中饥甚,向城求食,城上缒食馈之。及明门始开,宏乃入。时昌义之军梁城,张惠绍军下邳,闻洛口败,皆引兵退。魏人乘胜逐北,至马头垒,一鼓拔之,载其粮储归北。帝闻师败,征宏还朝,敕昌义之守钟离,急修战守之备,命诸将各守要害,整旅以待。廷臣咸曰:"魏克马头,运米北归,当不复南向。"帝曰:"不然。此必欲进兵,特为诈计以愚我。不出十日,魏师必至。"冬十月,英果进围钟离。魏主恐不能克,复诏邢峦合兵攻之。峦以为非计,上表谏曰:

  南军虽野战非敌而守有余,今尽锐攻钟离,得之则所利无几,不得则亏损甚大。且介在淮外,借使束手归顺,犹恐无粮难守,况杀士卒以攻之乎?若臣愚见,宜修复旧好,抚循诸州,以俟后举。江东之隙,不患其无。

书上，魏主不许，命速进军。峦又上表曰：

> 今中山王英进军钟离，实所未解。若为进取之计，出其不备，直袭广陵，克未可知。若止欲以八十日粮取钟离城，臣未见其可也。彼坚城自守，不与人战，城堑水深，非可填塞。坐至来春，士卒自弊。且三军之众，不赍冬服，脱遇冰雪，何以取济？臣宁荷懦怯不进之责，不受败损空行之罪。

魏主不悦，乃召峦还，更命萧宝寅引兵会之。

却说钟离北阻淮水，地势险峻，英乃于邵阳洲两岸，树栅立桥，跨淮通道。英据南岸，杨大眼据北岸，萧宝寅从中接应，以通粮运。其时城中兵才三千人，昌义之督率将士，随方抗御。魏人填堑，使其众负土随之，严骑蹙其后，人有未及回者，与土同填堑内。俄而堑满，乃用冲车撞城，车之所及，声如霹雳，城墙辄颓。义之用泥补之，冲车虽入，而城卒不破。魏人昼夜急攻，分番相代，坠而复升。短兵相接，一日战数十合，前后杀伤万计，尸与城平，而义之勇气不衰。

先是帝闻钟离被围，诏曹景宗督军二十万救之。时方各路调兵，命俟众军齐集，然后进发。景宗恃勇，欲专其功，违诏先进。行至中流，值暴风猝起，覆溺数舟，舟人大恐，只得退返旧处。帝闻之曰："景宗不进，皆天意也。若兵未大集，而以孤军独往，魏军乘之，必致狼狈。今破贼必矣。"至是更命韦睿将兵救钟离，受景宗节度。睿得诏，刻日起兵，由阴陵大泽行，凡遇涧谷，趣用飞桥以济，军无留顿。诸军畏魏兵之盛，皆劝睿缓行以观变，睿曰："钟离被困，凿穴而处，负户而汲，朝不保夕。车驰卒奔，犹恐其后，而况缓乎？魏人已堕我腹中，卿曹勿忧也。"旬日至邵阳，与景宗军合。帝豫敕景宗曰："韦睿，卿之乡望，宜善敬之。"景宗见睿，待之甚谨。遂共进兵，睿军居前，景宗居后。将近钟离，睿停军一日，即去魏城百余步，夜掘长堑，树鹿角，截洲为城。偏将冯道根走马步地，计马足多少，以立营垒，不失尺寸。比晓而城立，元英见之大惊，以杖击地曰："是何神也？"是时梁军人马强壮，器甲精备，魏人望之夺气。景宗虑城中危惧，募人潜行水底，赍信入城。城中始知有外援，勇气百倍。

却说魏将杨大眼，自恃其勇，将万余骑来战。睿结车为阵，大眼聚骑围之。睿以强弩二千，一时俱发，洞甲穿胸，矢贯大眼右臂而走。明旦，元英来战，睿乘素木舆，执白角如意，以麾将卒，一日数战，左右壮士，皆遣出斗，勇气弥厉，英始退。俄而魏师乘夜来攻，飞矢如雨。或请睿下城以避箭，不许。军中惊窜，睿于城上厉声呵之，乃定。魏兵亦退。初，梁军士过淮北伐刍藁者，皆为大眼所擒。景宗募勇敢七千余人，筑垒于淮北，去大眼营数里。大眼来攻，景宗亲自搏战却之。垒成，使别将守之，魏军有抄掠者，皆擒以归。自后梁人始得纵刍牧。睿谓景宗曰："敌所恃者，以桥跨淮，使首尾相应。今欲破其军，必先断其桥。"景宗然之，乃豫装高舰，使与桥等，为火攻之计。睿攻其南，景宗攻其北。计已定，闭垒不出。魏人莫测其故，疑为畏己，军心渐懈。时交三月，大雨连日，淮水暴涨丈余。睿下令，使冯道根、裴邃、李文钊三将，各乘斗舰，同时竞进，别以小船载草，灌之以油，乘风纵火，以焚其桥。风怒火盛，烟焰蔽日，敢死之士，拔栅斫桥,呼声动天,无不一当百。水又漂疾,倏忽之间,桥栅俱尽。英方攻城,见桥断,梁兵大至,戒令军士无动。忽见杨大眼匹马单枪,冒烟突火而至,呼曰:"军败矣。宝寅烧营遁矣,四面皆梁兵,不去恐为所擒。"言毕,鞭马疾走。英惧,亦脱身弃营遁。于是诸垒皆溃,悉弃甲仗于路,投淮水死者十余万。昌义之闻魏师败,不暇他语,俱叫道:"更生!更生!"诸军乘胜逐北,斩首无数,缘淮百余里,尸相枕籍。生擒五万人,收其资粮器械牛马不可胜计。

捷闻,举朝相庆。帝喜谓群臣曰:"吾知二将和,师必济矣。"诏增景宗、韦睿、义之等爵邑有差。义之深感二将救援之德,因宴之于第。酒酣,设钱二十万,供二人呼卢费。景宗掷得雉,睿掷得卢,遽取一子反之,曰:"异事。"遂作塞。又战胜之后,景宗与群帅争先告捷。睿独居后,帝尤以此贤之。后人有诗美之曰:

> 疾扫强邻百万兵,孤城欢洽庆重生。
> 功高阃外甘居下,大树风流属韦卿。

却说魏自败后,收兵北去,边将皆怀反侧。有悬瓠军主白早生,本南人,素有归梁之念,今乘魏师败北,城以叛,遣使求援于梁将马仙琕。仙琕以闻,帝命援之,仙琕进军三关,遥为声援。魏闻早生叛,欲遣将击之。时元英、萧宝寅,皆以丧师罢职,于是复起用之,引兵伐悬瓠。二人昼夜疾进,早生不虞兵至,迎战大败。魏师直薄城下,一鼓拔之,遂斩白早生。于是乘胜前趋义阳。时马仙琕三关,严兵拒守。英将取之,先与宝寅计曰:"三关相须如左右手,若克一关,两关不攻自破。攻难不如攻易,宜先攻东关。"又恐其并力于东,乃使宝寅率步骑一万,向西关以分其势,自督诸军向东关,六日而拔,西关亦溃。仙琕见三关俱失,势不能敌,亦弃城走。先是帝遣韦睿为仙琕后援,睿至安陆,增筑城二丈余,开大堑,起高楼,众颇讥其怯,睿曰:"不然,为将者当有怯时,不可专勇。"元英急追仙琕,将复邵阳之耻,闻睿至,乃退。梁亦有诏罢兵,自是各守疆界。今且按下。

却说南海之外有一千陁利国,去中原不知几万里,从来未通中国。自国王以及臣民,皆崇奉三宝,敬信佛法,缁衣寺院,遍满国中。其王跋陁罗,事佛尤谨。忽于梁天监元年四月八日夜,梦一老僧谓之曰:"中国有圣主出,十年之中,大兴佛教,汝若遣使中国,称臣纳贡,则佛必佑之。土地丰乐,商旅百倍。若不信我,则境土不安。"陁罗初不之信,既而又梦此僧谓曰:"汝若不信我言,当与汝共往观。"乃携之而往,足下冉冉生白云,倏忽之间,过大洋,至中国。见一处朝庙巍峨,宫阙壮丽,文武百官,跄跄济济。一人端拱殿上,果然龙凤之姿,帝王之相。老僧指之曰:"此即圣主也。"不觉为之屈膝,跪而遥拜。既觉,心异之。陁罗本工画,乃写梦中所见梁帝容质,一应威仪气象,饰以丹青,遂遣使入朝,奉表纳贡,献玉盘等物,并所绘画本以为信。使者在路,历二载,始达建康。既进表,帝大骇,以为千陁利自古未通之国,今乃闻风向北,航海梯山而至,其王跋陁罗,又于梦寐先觌我颜,验之画本,一一相符,此真千古罕有之事,而佛法大兴之验也。遂礼待使者,厚加犒赏,另绘帝像一本赐之。使者大悦而去。帝自是崇信释典,建立寺院,招引高僧,朝夕持诵,以佑皇祚。佛法之兴,全由于此。那知佛法虽兴,只因一念不仁,生出一件事来,费了无数钱粮,害却无穷性命。究竟一败涂地,后悔无及。

你道事从何起?时有降臣王足,本仕魏为将,曾随邢峦伐汉中,为前部先锋,败梁将孔陵于深杭,鲁方达于南安,任僧褒于石固,所向摧破。于是梁州十四郡地,东西七百里,南北千里,皆入于魏,自以为功劳莫大。而魏自胡太后当国,权贵用事,官以赂进,政以贿成,邢峦被才见黜,足亦不录其功。于是心怀怨望,弃魏投梁。梁虽纳之,亦未获重用,常思建一奇策,以为进身之阶。然欲陈之而未有路。适一日,帝集群臣问及御边之策,足遂出班奏道:“前者魏取汉中,至今未复,实以鞭长不及,故挫于一朝。然臣料魏政不纲,武备日弛,虽得汉中,终必复失,安能与陛下相抗?臣今者委身明主,愿陈一计,可不劳攻伐,使敌人坐失千里之地。陛下失之于汉中,可取偿于淮北,愿陛下采纳臣言。”帝问:“计将安出?”对曰:“寿阳去淮甚近,若堰淮水以灌其城,则寿阳不攻自破矣。”帝大奇其计。

先是天监十二年寿阳久雨,大水入城,庐舍皆没。刺史李崇勒兵泊于城上,水增未已,乘船附于女墙,城不没者二板。将佐劝崇弃寿阳,保北山。崇曰:“忝守藩岳,德薄致灾。淮南万里,系于吾身。一旦动足,百姓瓦解,扬州之地,恐非国有。吾岂爱一身而误重任,但怜此士民无辜同死,可结筏渡之,使就高处,以图自脱。吾则誓与此城俱没。幸诸君勿言。”时有治中裴绚,率城中民数千家,泛舟南走,避水高原,只道崇已还北,寿阳无主,因自称豫州刺史,请降于梁。梁将马仙琕遣兵迎之,而崇不知其叛,遣使单舸召之,绚闻崇尚在镇,大悔恨,然惧见诛,不敢归。因报曰:“近缘大水颠沛,为众所推,今大计已尔,势不可追。恐民非公民,吏非公吏,愿公早行,无犯我锋。”崇乃遣从弟李坤将水军讨之。绚败走,为村民所执,叹曰:“我何面目复见李公。”遂投水死。梁兵亦退。

时淮南得以不失者,皆李崇之功也。原来崇为人沉深宽厚,饶有方略,能得士众心。在寿春十年,常养壮士数千人,与同甘苦,寇来无不摧破,梁人谓之“卧虎”。帝屡欲取寿阳,惮崇不敢犯。至是闻王足之计,谓筑堰可以制敌,遂欣然从之。使将军祖暅、水工陈承伯至淮上相视地形。二人回奏淮内尽皆沙土,性不坚实,恐功不可就。帝弗从,群臣纷纷谏阻,帝亦不纳。太子统谏曰:“臣闻水有四渎,所以宣天地之气,非人力可得而塞。今敝民力以塞之,就使功成,亦非顺天之道。敌人纵受其害,内地亦未见其利。愿陛下熟思而深计之。”帝曰:“此功若成,是不战而屈人之兵也。兼并之业,基于此矣。岂可畏其难而不为?”统知帝志已坚,遂不敢再言。

且说统字德施,帝长子,即昭明太子也。生而聪睿,三岁受《孝经》《论语》,五岁遍读《五经》,悉通大义。年十二,于内省见狱官将谳事,问左右曰:“是皂衣何为者?”左右曰:“是皆司狱之吏。”狱成,捧案来上,太子取其案视之,谓狱吏曰:“是皆可矜,我得判否?”狱吏以其年幼,随口应道:“可。”太子取笔判之,凡犯死罪者,皆署杖五十。吏见其判,大惧,只得以实奏帝。帝笑而从之。自是数使听讼,每有欲宽纵者,即使太子决之。每丁贵嫔薨,水浆不入口,体素壮,腰带十围,不数日,减削过半。每入朝,士庶见者,莫不下泪。自加元服,帝使省理万机,内外百司奏事者,填塞于前,所奏稍涉谬误,立即辨析,示其可否,徐令改正,未尝弹纠一人。性宽和容众,喜愠不形于色,引纳才学之士,赏爱无倦。恒自讨论坟典,与学士商确古今,文章著述,下笔便成。每一篇出,四方传美。东宫积书三万卷,名才并集,文学之盛,晋、宋以来所未有也。又爱山水,每遇幽泉怪石,则恰然自得。帝为太子建元圃一所,穿池筑山,更立亭馆,今与朝士名流,游处其中。尝泛舟后池,或称此中宜奏女乐,太子咏左思《招隐诗》云:"何必丝与竹,山水有清音。"其高致类如此。今闻淮堰将筑,知民必被困,故劝帝勿兴此役。而帝方锐意为之,全不一听。眼见万古长流从此断,两淮民命一时休。但未识淮堰之筑,若何起工,且听下文再述。

　　临川懦弱无胆气,以之为帅,即有勇将,亦无所用,可知命帅之为要也。况敌将中山王英、杨大眼,皆称万人敌,非景宗、韦睿智勇兼备,而又和哀协力,其势莫能支矣。梁武好大喜功,听叛臣王足之言,兴必不可成之大役,以致生民涂炭,虽有昭明太子之谏而不听,仁心荡然。魏之李崇,宽仁多智,坚确不挠,卒保危疆。古云"一将难求",岂不信哉!

第二十二回　筑淮堰徒害民生　崇佛教顿忘国计

话说梁武不纳诸臣之谏,欲筑淮堰,大兴功役。发徐、扬之民,四户一丁,县官迫促上道。使太子右卫率康绚都督淮上诸军事,专主其任。昌义之引兵监护堰作,统计役人以及战士,共二十余万。南起浮山,北抵巉石,依岸筑土,合脊于中流。违者以军法从事。于是军民昼夜赴工,莫敢停息。魏边诸戍,飞报入朝。左仆射郭祚言于魏主曰:"萧衍狂悖,谋断川渎,上反天道,下拂人心。役苦民劳,危亡已兆。宜命将出师,长驱扑讨。"魏主从之,乃诏平南将军杨大眼督诸军镇荆山,以图进取。其时堰将成而复溃,两岸已筑之土,皆随流漂没。康绚惧,或谓绚曰:"下有蛟龙出没其际,故能破堰。蛟龙之性畏铁,必得铁以制之始不为害。"绚以上闻,乃诏括国中铁器数千万斤,沉之水底,而波流冲击如故,仍不能合。绚于是伐树为井干,填以巨石,加土其上。缘淮百里内,木石无巨细皆尽。负担者肩上皆穿,夏日疾疫,死者相枕籍,蝇虫昼夜声合,见者惨目。帝不之省,及闻魏师起,虑妨堰作,先遣将军赵祖悦袭魏西硖石,之以逼寿阳。更筑外城,徙缘淮之民以实城内。将军田道龙等散攻诸戍,以扰乱魏疆。是冬寒甚,淮、泗尽冻,浮山堰士卒,死者什七八。萧宝寅渡淮攻堰,一日破三垒,又败田道龙于淮北,进攻硖石,克其外城,斩祖悦,尽俘其众。而康绚外拒内治,为之愈力。十五年夏四月,淮堰成,长九里,下广一百四十余丈。上广四十五丈,高二十丈,两旁悉树杞柳,军垒列居其上,车马往来,如履康庄。水之所及,夹淮方数百里,皆成巨浸。帝闻堰成,大喜。封康绚为侯,颁诏大赦。或谓绚曰:"水久壅必溃,势太激难御,况淮为四渎之流,岂可久塞?若凿湫东注,则游波宽缓,堰得长久不坏。"绚从之,乃开湫东注以杀其势。又纵反间于魏云:"梁人不畏攻堰,惟畏开湫。"宝寅信之,凿山深五丈,开湫北注。然水虽日夜分流,而势仍不减,李崇作浮桥于硖石戍间,筑魏昌城于八公山之东南,以备寿阳城坏,居民散就冈垄。其水清澈,俯视庐舍冢墓,了然在下,见者无不望流而叹。

先是徐州刺史张豹子,自负其才,宣言朝廷筑堰,必令己掌其事。既而康绚以他官来治,又敕豹子受绚节度。豹子甚惭,遂贿嘱近臣,暗进谮言于帝,云绚有二心,暗与魏通。帝虽不纳其言,欲以事毕,征绚还朝。绚既归,堰不复修。九月乙丑,风雨大作,淮水暴涨,堰土决裂,其声若雷,闻三百余里。缘淮村落十余万口,皆漂入海。民有登高望者,但见黑云迷漫,白浪拍天,其中如有千万鬼神,奇形怪状之属,踏浪而行。大鱼数十丈,跳跃激踊,接尾而下,不可胜纪。后人作长歌咏之曰:

> 梁王盛气吞全魏,虎摧龙挈奋神智。
> 欲将淮水灌寿阳,千寻长堰中流峙。
> 康绚威行淮上军,二十万众如云屯。
> 南起浮山北巉石,银涛雪浪排昆仑。

将成复败皆天意，浪说蛟龙风雨致。

东西运铁沉水底，人工欲夺天工智。

铁沉亿万功难成，植木填石如列城。

荷担肩穿脚肿折，君王筑堰心如铁。

疲劳残疾疫疠兴，死者如麻相枕籍。

勤劳三载功初完，上尖下阔波中山。

杞柳环遮作屏障，兵营土堡如严关。

俯视洪流应痛哭，水清下见居民屋。

市廛家墓朗列眉，尽是前番溃流毒。

八公山右高城墙，魏人堵筑防寿昌。

涛势掀天宇宙黑，风狂倒日鼋鼍翔。

天地节宣顿四渎，天心哪得随人欲。

淮波瀑涨人尽鱼，天柱倾颓拆坤轴。

三百里外声若雷，城垣庐舍皆摧陨。

横冲直卷赴沧海，数十万口真哀哉。

李平议论诚奇特，危堰无烦兵士力。

一朝溃败势莫支，多智尚书传魏北。

我今吊古增余悲，轻视民命知为谁？

台城荷荷何足惜，淮流千古常如斯。

初魏患淮堰，将以任城王澄为上将军，勒众十万，出徐州一路，前往攻堰。右仆射李平以为不假兵力，终当自坏，至是兵未行，而其堰果破，人皆服平之先见云。帝闻堰坏大惊，悔不听太子之言。因念军民枉死者众，心甚戚戚。遂延名僧，设无遮大会以救拔之。创同泰寺，开《涅槃经》，晨夕讲义。又敕太医不得以生类为药，锦绣绫罗，禁织仙人鸟兽之形，以为裁翦割裂，有乖仁恕。臣民犯罪者，概从宽典，甚至谋反大逆，或涉及子弟，皆置不问。以故政宽民慢，上下泄泄，莫不偷安旦夕。一日帝方视朝，与群臣谈论朝政，忽接边报，奏称豫章王综投奔北魏，举朝大骇。

你道豫章王综为何投魏？说来话长。初综母吴淑媛，在东昏宫，宠爱在潘妃之亚。帝既受禅，欲纳潘妃，以王茂一言，遂赐之死，而心常惜之。一日，闲步后宫，见有庭院一所，重门深闭，境极幽寂，问内侍何人所居，内侍对道："是东昏旧妃吴淑媛所住。"帝遂走入宫来，宫人忙报驾到。淑媛自东昏亡后，闲废在宫，即留得性命，只好长为宫人没世。欲图新主之欢，今生料不可得。忽闻驾到，惊出意外，亦不及更换衣饰，只得随身打扮，急急走出，俯伏阶前，口称："不知陛下驾临，妾该万死。"帝见其娇姿弱质，不让潘妃，淡妆素服，态有余研。因命起，赐坐于旁，问其入宫几载，承幸东昏几年。淑媛一一对答，娇啼婉转，愈觉可人。帝不觉情动，遂吩咐设宴上来，教她陪饮。淑妃斯时，巴不得新天子宠爱，三杯之后，丢开满怀忧郁，露出旧日风流，殷勤劝酒。帝心大悦，是夜遂幸焉。那知淑媛身怀六甲，已有三月，当时承幸之际，欲邀帝宠，不敢说出。阅七月，遂生豫章王综,宫中多疑之。时帝嗣育未广,得子,甚以为喜,因于淑媛益加宠爱。至天监三年,综出居外宫,封为豫章郡王,食邑二千户。综既长,有才学。善属文,力能手制奔马,帝甚爱之。及综年十六,常梦一少年,体极肥壮,穿衮服,自挚其首,与之相对,如此者非一次。自梦见之后,心惊不已,求解其故不得。其后帝尚佛教,断房欲,后宫罕见其面,淑媛宠衰,颇怀怨望。而综亦宠爱不及太子,母子皆以见疏为嫌。一夜,综在梦中,复如前者所见。且入宫,密问之母曰:"儿梦如此,是何为者?"淑媛听其所述梦中少年形状,颇类东昏,不觉泣下。综愈疑,固问之。淑媛因屏左右,密语之曰:"汝七月儿,何得比太子诸王? 不瞒汝说,当国亡时,吾已怀汝三月。当日欲全儿命,不敢言也。但汝今太子次弟,幸保富贵,且延齐氏一线。"综于是抱其母泣曰:"吾乃以仇人为父乎?"母掩其口,戒勿泄。综自是阴怀异志,每于内斋,闭户籍地,被发席藁。又布沙地上,终日跣行,足下生胝,日能行三百里。后为南徐州刺史,轻财好侠,招引术士,练习武勇,以伺朝廷有变。每有诏敕至徐,辄忿恚形于颜色。徐州境内,所有练树,并令斩伐,以帝小字"练儿"故也。又春秋岁时,常于别室设席,祠齐氏七庙。又微行至曲阿,拜齐明帝陵。然犹无以自信,闻俗说以生者血沥死者骨上,血入骨内,即为父子。乃遣人暗发东昏墓,贩其骨以归,割臂血沥之,血果入骨。又在西州生男,满月后,潜杀之,既葬,夜遣人发取其骨,又试之,皆验。内外臣僚,皆知其所为,然事涉暗昧,臣下不敢轻言。凡综所行,帝皆弗之知也。会魏将元法僧以彭城来降,帝使综都督众军,权镇彭城。综潜遣人通书萧宝寅,呼为叔父,宝寅亦将信将疑。久之,有诏征还,综惧入朝之后,脱身更难,乃屏去左右。乘黑夜潜开北门,涉汴河,徒步奔萧城,自称队主。时魏安丰王元延明镇萧城,召而见之。综见延明而拜,延明坐受之,问其名氏不答,但曰:"殿下此间人,必有识我者,问之可也。"延明召众视之,有识之者曰:"此豫章王也。"延明大惊。急下庄答拜,执其手而问曰:"殿下何为来此?"综以实告,延明曰:"奈父子何?"综曰:"吾避仇也,非逃父也。"延明见其语气激烈,心甚异之,遂具车马,送至洛阳。魏主召入见之,既退,拜宝寅为叔,改名缵,追服东昏斩衰之丧,魏主及群臣皆往吊焉。

话分两头,当夜豫章奔魏,彭城中无一知者,及旦,斋内诸阁犹闭,左右启户寻之,莫知所往,众皆骇异。及午,城外有数骑魏军高叫曰:"汝豫章王昨夜已来乞降,在我军中矣,汝辈留此何为?"说罢,大笑而去。众方知王已投魏,只得飞报建康。帝闻之大骇,然亦不测其故,访诸左右,始有密启其不法事者,方悟其逃去之故,既而叹曰:"不为天子儿,而甘为他人仆,愚孰甚焉!"乃敕吴淑媛以综小时衣寄之,综亦不答。其后郁郁不得志,依宝寅而死,此是后话不表。

且说帝既崇信三宝,屡幸寺院拈香,出入往来,仪卫甚简。斯时岁屡不登,人民失业,不逞之徒,往往乘间作乱。一日,将幸光宅寺,有怀逆者伏路侧,将行不轨。帝方起驾,心忽动,命左右缘道检阅,果获一人身怀利刃。严刑讯之,而诬为临川王宏所使。先是宏以洛口之败,罢职闲住,心常不满。都下每有窃发,辄以宏为名。盖知帝素友爱,涉及临川,有犯必赦也。至是帝对之泣曰:"我人才胜汝百倍,居此大位,犹兢兢恐坠,汝何为者,我岂不能诛汝? 念汝愚下,故常加宽宥。"宏伏地哭曰:"臣为天子弟,尊荣极矣,复有何望? 乞陛下察之。"帝感其诚,遂置不问。然宏虽无逆志,而恃介弟之贵,奢侈过度,修第拟于帝宫,后庭数十,皆极天下之选。所幸宠姬江无畏,服玩备极华美。一宝屧,直价千万。又恣意聚敛,有库室百间,在内堂之后,关签甚严。或疑其内藏铠仗,密以上闻。帝虽素敦友爱,闻之不悦,欲自往勘,知其爱幸江氏,寝膳不离,乃赐以盛馔曰:"当来就汝欢饮,并令无畏分甘。"驾既至,宏率江姬朝见,遂同侍饮。酒半,帝曰:"吾欲至汝后房一行。"遂起身进内,径往库室,命悉开户。宏恐见其贿货,颜色布惧,帝心愈疑。及开视室中,有钱百万一聚,悬一黄标;千万一库,悬一紫标。如此三千余标,帝屈指计之,见钱已有三亿余万。余屋贮积杂货皆满,不知多少。帝见并无铠仗,大悦,呼其小字曰:"阿六,汝作如此生活,便无妨碍。"乃更入席剧饮,至夜而还。

时诸王并尚文藻,而安成王秀,尤精心学术,搜集经纪。尝招学士平原邓孝标,使撰《类苑》。书未及毕,而已行于世。于时疾宏贪吝,以旧有《钱神论》未畅厥旨,更作《钱愚论》以讥之,贪鄙之形,形容曲尽。太子见之曰:"文则美矣,其如不为临川地何。"劝安成毁之,帝闻之喜曰:"太子居心厚,真吾子也。"

却说太子聪明仁孝,好学不倦,游嬉事绝不留心。时当五月,天气明媚,忽游后池,乘小舟,采摘芙蓉。有姬人荡舟,舟覆而太子溺于水。及出,伤股,恐贻帝忧,深诫不言,但以寝疾闻。帝敕内使看视,太子勉自起坐,力书手启。及笃,左右欲启闻于帝,太子不许曰:"奈何令至尊知我如此?"因便呜咽,未几而薨。时年三十一。帝闻之,临哭尽哀,敛以衮冕,谥曰"昭明",葬于安宁陵。都下男女奔走陵所,号泣满路,四方甿庶,及疆徼之人,闻丧者无不哀恸。帝既前星失曜,群臣上言储位不可久虚,请立贤明以定国本。时昭明有三子,华容公欢、枝江公誉、曲阿公詧,皆已长,议者谓上必立太孙。而帝以太子母弟晋安王纲有贤名,遂立之。朝野以为不顺,司议侍郎周宏正奏记于晋安曰:

> 伏惟谦让道废,多历年所,大王天挺将圣,四海归仁。是以皇上发德音,以大王为储副。意者愿闻殿下,抗目夷上仁之义,执予臧大贤之节。逃玉舆而弗乘,弃万乘其如屣。庶改浇竞之俗,以大吴国之风。古有其人,今闻其语,能行之者,非殿下而谁?使无为之化,复盛于今世。让王之道,不坠于来兹,岂不盛欤?

王不能从。帝既立晋安为太子,乃使诸王子出守外藩,以邵陵王纶为南徐州刺史。湘东王绎为荆州刺史,武陵王纪为益州刺史,又以不立太孙而立太子,内常愧之,乃厚抚欢等。宠亚诸子,封欢为豫章王,誉为河东王,詧为岳阳王,各典大都。旋又以詧为雍州刺史。单说詧临雍州,以帝年渐老,朝多秕政,欲为自强之计。蓄聚财货,招募勇敢,以襄阳形胜之地,梁业所基,遇乱可以图大功,乃克己为政,抚循士民,数施恩惠,延纳规谏,所部称治,帝闻之大喜。当是时,北魏多故,盗贼蜂起。胡太后乱政于前,尔朱荣肆逆于后,朝无宁日,民不聊生。唯东南半壁,安若泰山,其后高欢诛尔朱,执国政,上陵朝廷。孝庄西奔,宇文泰抚定关中,与欢相抗。魏分东西,日夜治兵相攻,不暇南侵。梁自是国无外患,益得优游无事。朝政之暇,君若臣唯有讲习经典,崇尚虚无。既而帝益佞佛，舍身同泰寺。释御服，披法衣，升讲堂法座，为四部大众讲《涅槃经》，群臣以钱一亿万奉赎皇帝。咸诣寺中奉表，请帝还临宸极，三请乃许。帝三答书，前后并称顿首。自是昼食一食，止于菜果。宗庙之祭，不用牲牢，识者以宗庙去牲，则为不复血食。又是岁都下讹言，天子取人肝以食天狗。大小相警，日晚便闭门持仗，以驱天狗，数月乃止。识者皆知不祥。时太子亦于玄圃自讲庄、老，宫僚环听。太子詹事何敬容谓人曰："昔晋尚虚无，使中原沦丧，今东宫复尔，江南亦将为戎乎？"

有隐士陶宏景，疾人士竞谈玄理，不习武事，尝为诗云：

　　夷甫任散诞，平叔生谈空。
　　不意昭阳殿，化作单于官。

又天监中有沙门宝志，帝甚敬之，问以国祚短长，尝为隐语曰：

　　掘尾狗子自发狂，当死未死啮人伤。
　　须臾之间自灭亡，起自沙际死三湘。

帝使周舍封记之，直至梁末皆验。此是后话，今且按下不表。

却说大同末年，帝临御已久，当时佐治之臣，若张宏策、王茂、韦睿、沈约、范云辈，相继去世，所任新进，率以迎合为事。有朱异者，字彦和，钱塘人。年数岁，其外祖顾欢抚之曰："儿非常器，当大朱氏门户，然恐坏人家国事。"及长，折节读书，从五经博士明山宾游，学业日进，涉猎文史，兼通杂艺。博奕书算，罔不通晓。帝寻有诏广求异能之士，山宾以异荐。帝召见之，使说《孝经》《周易》义，甚悉。大悦之，谓左右曰："朱异实俊才，明山宾所举殊得人。"乃除异为中书郎。拜命之日，时当秋日，有飞蝉集异武冠上，见者咸谓蝉珥之兆。盖异容貌魁梧，举止闲都，虽出自诸生，甚悉军国故实。自周舍卒后，异代掌机密，一应诏浩敕书，帝并委之，权重一时。然贪财冒贿，每欺罔视听，以悦人主。起宅东破，穷极华美，晚日下朝，酣饮彻夜。又恃帝宠，轻傲朝贤，不避贵戚。人或劝其谦下，异曰："我寒士也，遭逢以至今日。诸贵皆恃枯骨儿，轻我下之，则见蔑尤甚。我是以陵之。"司农卿傅岐尝谓之曰："今圣上委政于君，安得每事从旨？"异曰："当今天子圣明，我岂可以拂耳之言干犯天听？"以故声势所驱，薰灼内外，远近莫不愤疾，而帝信任益深。正是：圣明已被邪臣蔽，安乐哪知祸事来。但未识内蠹已生，外患若何而起，且听下回再讲。

　　梁武筑堰病民，见利而不知害，以致百万生灵，漂流大海，罪恶弥天。虽一心佞佛，舍身为牺，何益于事？纳吴淑媛，致豫章反叛，已开国家之患。又举朝信佛，太子好谈玄虚，祸乱焉得不兴？盖天不助梁，即昭明之死，而其局已定矣。若朱异辈，不过从而助之耳。

第二十三回 伐东魏渊明被执 纳叛臣京阙遭殃

话说梁政日衰,江南将乱,朱异之奸,既足败人家国,哪知又来一乱贼,倾覆社稷。其人姓侯,名景,字万景,朔方人。自少不羁,为患乡里,及长,有勇多智。右足偏短,弓马非其长,而谋算出入。始随高欢起兵,屡立战功,尝言于欢,愿得精兵三万,西擒黑獭,南缚萧衍老公,以为太平寺主。欢使将兵十万,专制河南。及欢卒,与高澄不睦,遂据河南,叛归于梁。遣其将丁和奉表至建康,乞降于帝云:

> 臣与高澄有隙,请举函谷以东,瑕邱以西,豫、广、颍、荆、襄、衮等十三州内附。惟青、徐数州,仅须折简。且黄河以南,皆臣所统,取之易同反掌。若齐、宋一平,徐事燕、赵,臣当效力前驱,为陛下成此一统之功。

帝得奏,召群臣廷议,群臣皆曰:"顷岁与魏通和,边境无事。今因高欢身故,遽纳其叛臣,弃从前之好,启将来之衅,窃谓非宜。"帝曰:"诸臣之言虽是,然得景则塞北可清,拒景则兼并无日。国家难得者,机也;不可失者,时也。机会之来,岂可胶柱?"群臣唯唯而退。

先是帝于正月乙卯,梦见中原牧守,皆以地来降,举朝称庆。且见朱异告之,且曰:"我生平少梦,若有梦必验。"异曰:"此乃宇内混一之兆也,臣敢为陛下贺。"及丁和至,称景纳地之计,定于正月乙卯,帝愈神之。然意犹未决,当谓左右大臣曰:"我国家如金瓯,无一伤缺,今忽受景地,讵是事宜?脱致纷纭,悔之何及?"朱异揣知上意,因进曰:"圣明御宇,南北归仰,正以事无机会,未获如志。今侯景分魏土之半以来,自非天诱其衷,人赞其谋,何以至此?若拒而不纳,恐绝后来之望。此诚易见,愿陛下勿疑。"帝曰:"卿言是也。"乃定议纳景。壬午,诏以景为大将军,封河南王,都督河南北诸军事。遣大将羊鸦仁引兵三万趣悬弧,运粮食以应接之。先是朝臣周宏正善占候,尝谓人曰:"国家数年后。当有兵起,百姓流离死亡。"及闻纳景,叹曰:"乱阶从此作矣。"

却说东魏闻景外叛,大兴兵马讨之。景惧不敌,退保颍川,复割鲁阳、长社等四城,赂西魏求救。西魏恶其多诈,受其地而征之入朝。景不欲往,遂专意降梁,厚赂朱异,以求出兵相援。异言之帝,乃下诏起师五万,北伐东魏。命鄱阳王范为元帅,统领诸将前往。朱异与鄱阳不睦,遽入曰:"鄱阳雄豪盖世,得人死力,然所至残暴,非吊民之才。且陛下昔登北顾亭以望,谓江右有反气,骨肉为戎首,今日之事,尤宜详择。"上曰:"渊明可乎?"异曰:"陛下得人矣。渊明宽厚得众心,可使也。"帝遂不用鄱阳,而任渊明为都督。

却说真阳侯渊明,性素怯,御军无律。虽受命出师,常怀退志。军至寒山,欲堰泗水以灌彭城。俟得彭城,然后进兵悬弧,与侯景为犄角之势。于是断流立堰,使侍中羊侃监之，再旬而成。当是时，魏遣大将慕容绍宗率众十万来拒，日行三百里，将近彭城，军锋甚锐。羊侃谓渊明曰："敌兵远来，乘其营垒未定，进而击之，可以获胜，不然，未易克也。"渊明不从。及绍宗至，即引步骑万人直攻渊明。渊明方醉卧不能起，将士扰乱，遂大败。渊明被虏，失亡士卒数万，独羊侃结阵徐还。一日，败书报到京中，帝方昼寝，宦者白朱异启事，帝遽起升舆至文德殿见异，异启曰："韩山失律矣。"帝闻之，恍怆将坠床，宦者扶定，乃叹曰："吾得无复有晋家乎？"异曰："胜败兵家之常，偶尔小挫，陛下何出此言？"帝不悦者良久。

却说绍宗乘胜进击侯景，与景相持数月。景食尽，绍宗击之，景大败。众散且尽，乃自峡石济淮，收散卒，仅得步骑八百人。而羊鸦仁闻景败，魏军将至，亦弃悬瓠，走还义阳。东魏引师据之。是时，侯景进退无据，不知所适，谓左右曰："吾今无容足之地，以只身归梁，梁若不纳奈何？"遂去寿阳城五十里，停军观望。忽有数骑奔至军前，乃是马头戍主田神茂，特来迎候。景欣然接之，因问曰："寿阳去此不远，欲往投之，君以为不我拒否？"神茂曰："朝廷近除鄱阳王为寿阳刺史，未至，韦黯权监府事。我与黯不协，故先来告王。王若驰至近郊，彼必出迎，因而执之，可以集事。得城之后，徐以启闻。朝廷喜王南归，必不责也。"景执其手曰："今者卿来，此天意也。"乃命神茂率步骑百人，先为向道，而身随其后。夜至寿阳城下，韦黯以为贼也，授甲登陴，将拒之。景遣其徒告曰："河南战败来投，愿速开门。"黯曰："既不奉敕，不敢闻命。"景谓神茂曰："事不谐矣。"神茂曰："黯懦而寡智，可说下也。"乃遣徐思玉入见黯曰："河南王为朝廷所重，君所知也。今失利来投，何得不受？"黯曰："我受命守城，则守城而已。河南自败，何预我事？"思玉曰："国家付君以阃外之任，今君不肯开城，若魏兵追至，河南为魏所杀，君岂能独守？纵使或存，何颜以见朝廷！"黯乃许容其入。思玉出报，景大悦，曰："活我者卿也。"于是黯乃开门，景便疾入，即遣其将分守四门，执黯至前，数其不即迎纳之罪，将斩之，既而抚手大笑，邀与共坐，置酒极欢。黯，韦睿子也。朝廷闻景败，未得实信，或云景与将士俱没，或云景弃军逃去，上下咸以为忧。侍中尚书何敬容诣东宫，太子曰："淮北近更有信，侯景定得身免，不识然否？"敬容对曰："侯景遂死，深为朝廷之福。"太子失色，问其故，对曰："景反复叛臣，终当乱国。"太子不以为然。甲寅，景遣其将于子悦驰赴建康，奏言败状，并自求贬损。优诏不许。景告乏粮，复求资给。帝即以景为南豫州牧，本官如故。更以鄱阳王范为合州刺史，镇合肥。

时有光禄大夫萧介，知景必祸国，上表谏曰：

　　窃闻侯景以河阳败绩，只马归命。陛下不悔前祸，复敕容纳。臣闻凶人之性不移，天下之恶一也。昔吕布杀丁原以事董卓，终诛董而为贼；牢之反王恭以归晋，还背晋以构妖。何者？狼子野心，终无驯狎之性，养虎畜狼，必见饥噬之祸。侯景以凶狡之才，荷高欢卵翼之遇，位忝台司，任居方伯。然而高欢坟土未干，即还反噬，逆力不逮，乃复逃死关西。宇文不容，故复投身于此。陛下前者所以不逆细流，正欲比属国降胡，以讨匈奴，冀获一战之效耳。今既亡师失地，直是境上匹夫，陛下爱匹夫而弃与国，臣窃不取也。若国家犹待其

更鸣之晨,岁暮之效,臣窃惟侯景必非岁暮之臣,弃卿国如脱屣,背君亲如遗
芥,岂知远慕圣德,为江淮之纯臣乎?事迹显然,无可致惑。臣朽老疾寝,不
应干预朝政,但楚囊将死,有城郢之忠;卫鱼临亡,亦有尸谏之阻。臣虽忝为
宗室遗老,敢忘刘向之忠,谨冒死以闻。

帝览表,叹息其忠。朱异忌之,竟不能用。却说东魏既得悬瓠、项城,悉复旧境,而欲使
侯景不安,数以书来求申前好,帝未之许。时贞阳侯渊明被虏在魏,澄以好言谓之曰:
"先王与梁主,和好十有余年,闻彼礼佛,祝及魏主,并祝先王,此乃梁主美意。不谓一
朝失信,致此纷扰。知非梁主本心,当是侯景扇动耳。卿宜密致此意,若梁主不忘旧
好,吾亦不敢违先王之意,将诸人并即遣归。侯景家属,亦当同遣。"渊明从之,乃遣其
私人夏侯僧辨驰往江南,奉启于帝,称:"勃海王宽厚长者,若更通好,当听渊明还国。"
帝得启流涕,集朝臣议之。朱异进曰:"静寇息民,和实为便。彼既愿修前好,陛下不可
不许。"傅岐曰:"不然。高澄师徒克捷,国势方强。何事须和?必是设间。故命贞阳遣
使,欲令侯景自疑。景意不安,必图祸乱。若许通好,正堕其计中。"群臣闻岐言,皆曰:
"事城有之,不可不虑。"朱异独主宜和,谓东魏必无坏意。帝亦厌用兵,乃从异言,赐渊
明书曰:"知高大将军礼汝不薄,省启足以慰怀,当别遣行人,重敦聆睦。"僧辩得诏,星
夜还北。一日过寿阳,被景窃访知之,留住摄问,僧辩具以实告。景大恐,乃使王伟作
启,陈于帝曰:

> 高氏心怀鸩毒,怨盈北土,欢身殒越,子澄嗣恶,讨灭待时。所以昧此一
> 胜者,盖天荡澄心,以盈凶毒耳。澄苟腹心无疾,又何急急奉璧求和?岂不以
> 奏兵扼其喉,胡骑追其背,故甘辞奉币,取安大国。臣闻一日纵敌,数世之患。
> 何惜高澄一竖,以弃亿兆之心,使其假命强梁,以遗后世!非直愚臣扼腕,实
> 亦志士痛心。昔伍相奔吴,楚邦立灭;陈平去项,刘氏用兴。臣虽才劣古人,
> 心同往事,诚知高澄忌贾在狄,恶会居秦,求盟请和,冀除其患。若臣死有益,
> 万殒无辞。唯恐千载,有秽良史。愿纳臣言,则臣幸甚。

又致书于朱异,购金三百两,令阻和议。异受金而不通其启。
二月乙卯,复遣使东魏,吊献武高王之丧。景又启称:"臣与高氏,衅隙已深,今陛
下复与高氏连和,使臣何地自处?乞申后战,宣畅皇威。"上报之曰:"朕与卿大义已定,
岂有成而相纳,败而相弃乎?今高氏有使求和,朕亦更思偃武,进退之宜,国有常制。
卿但清净自居,无劳虑也。"景疑上意叵测,欲试虚实,乃遣人诈为高澄使者,自邺中至
建康,以书呈帝,愿以渊明易景。帝将许之,傅岐曰:"侯景以穷归义,弃之不祥。且百
战之余,宁肯束手受掣?"朱异笑道:"景奔败之将,执之一使之力耳,敢有他变!"帝从
之,复书许贞阳旦至,侯景夕返。使者归寿阳,以书示景。景曰:"我知吴老公薄心肠,
今固然矣。"顾王伟曰:"计将安出?"伟曰:"今坐听亦死,举大事亦死,唯王图之。"
于是反计乃决。又景初至寿阳,征求无已,朝廷未尝拒绝。以妻子被羁在北,请娶

于王、谢。帝以王、谢门高非偶，可择朱、张已下配之。景恚曰："会将吴儿女配奴。"又启求锦万匹，为军人作袍。朱异议以青布给之。又以台所给仗，多不能精，启请东冶锻工，营造兵器，敕并给之。先是景反河南，请立元氏一人为主，以从人望。诏以舍人元贞为咸阳王，资以兵力，使还北主魏，会景败而止，元贞遂留景军。至是贞知景有异志，累启还朝。景谓曰："河北事虽不果，江南何虑失之，哪不小忍！"贞惧，与韦黯逃归建康，具以事闻。帝闻贞言，亦绝不以景为意。盖朱异以景必不叛，唯忌之者众，故屡言其反，帝有先人之言故也。今且按下一边。

且说临贺王正德。本帝弟靖惠王子。少而粗险，不拘礼节。初帝未有嗣，养之为子。及帝践极，便希储贰。后立昭明太子，封正德为西丰侯，自此怨望，恒怀不轨，睥睨两宫，觊幸灾变。普通六年，逃奔于魏。有司奏削封爵。七年，又自魏逃归，帝方敦亲亲之谊，以宽仁为度，不之罪也。复其封爵，仍除为信武将军，封临贺郡王。正德自是益骄，招聚亡命，阴养死士，储米积货，日为反计。特以孤掌难鸣，只得待时而动。

一日，门上报进，有故人徐思玉来见。正德见之，问曰："卿从河南王在寿阳，何暇至此？"思玉曰："因有密事相报，乞屏左右言之。"正德邀入密室，促膝与语。思玉曰："今天子年尊，奸臣乱国，祸败之来，计日可待。大王属当储贰，今被废黜，四海业业，孰不归心大王！河南有志匡扶，实心推戴，欲助大王一臂之力，使主梁祀，以副苍生之望。知臣与大王有旧，特遣臣到此，密布腹心。"因呈景书示之。书中亦不过推他为帝，兵至近郊，求为内应等话。正德大喜，谓思玉曰："仆有心久矣。河南之意，暗与吾同，是天授我也。仆主其内，河南为其外，何忧不济？寄语河南，机事在速，今其时矣。"思玉遂与订约而去，归告侯景，景大喜。

时鄱阳王范，密启侯景将反，不早翦扑，祸及生民。而帝以边事专委朱异，异以为必无此理，下诏报范曰："景孤危寄命，譬如婴儿，仰人乳哺，以此事势，安能反乎？"范复请以合肥之众讨之，帝不许。异引范使至前，谓之曰："汝王竟不许朝廷有一客耶？"自是范有启，异皆匿不以上。景又邀羊鸦仁同反，鸦仁执其使以闻，异曰："景数百叛奴，何能为？"敕以使者付建康狱，俄解遣之。景由是益无所惮。又闻朝廷遣常侍徐陵聘于东魏，乃上言："高澄狡猾，宁可全信。陛下纳其诡语，求与连和，臣虽不武，宁堪粉骨，投命仇门。乞江西一境，受臣控督，如其不许，即率甲骑临江，上向闽越，非唯朝廷自耻，亦恐三公肝食。"帝使朱异宣语景曰："譬如贪家畜十客，五客尚能得意，朕惟一客致有忿言，亦朕之失也。"由是中外皆知有变，而朝廷仍不提防。八月戊戌，景反于寿阳，以诛朱异为名，内外大骇。

先是傅岐尝谓异曰："卿任参国钧，荣宠如此，比日所闻，鄙秽狼藉。若使圣主发悟，欲免得乎？"异曰："外间谤讟，知之久矣。心苟无愧，何恤人言？"岐退谓人曰："朱彦和殆将死矣。侍诏以求容，肆辩以拒谏，闻难而不惧，知恶而不改，天夺其鉴，不死何待！"帝闻景反，笑曰："是何能为？我折棰笞之耳。"乃以鄱阳王范为南道都督，封山侯正表为北道都督，司州刺史柳仲礼为西道都督，散骑常侍裴之高为东道都督，邵陵王纶持节，督众军以讨景。

景闻台军讨之，颇惧，问策于王伟。伟曰："邵陵若至，彼众我寡，必为所困。不如弃淮南，决志东向，率轻骑直掩建康，临贺乱于中，大王攻其外，天下不足定也。兵贵巧速，宜即进路。"景从之，乃留其将王显贵守寿阳，身率步骑径进。阳声趣合肥，而实袭谯州。谯州将董绍先开城降之，执刺史丰城侯泰，进攻历阳。太守庄铁以城降，因说景曰："国家承平日久，人不习战，闻大王举兵，内外震惧，宜乘此际，速趋建康，可兵不血刃而成大功。若使朝廷徐得为备，内外小安。遣羸兵千人，直据采石，大王虽有精兵百万，不得济矣。"景以为然，乃留其将田英、郭骆守历阳，以铁为先导，引兵临江。江上镇戍相次启闻，帝始叹曰："景果反矣。"因问讨景之策于羊侃。侃请以二千兵急据采石，令邵陵王袭取寿阳，使景进不得前，退失巢穴，乌合之众，自然瓦解。朱异宣言于朝，谓景必无渡江之志，遂寝其议。

却说临贺王屯丹阳，闻景兵临江，无船可渡，潜遣大船数十艘。诈称载荻，密以济景。景乃自横江济采石，有马数百匹，兵八千人，遂袭姑孰，执太守文成侯宁。时南津校尉江子一，见景渡江，率舟师千余人，欲于下流邀之。副将董桃生，以家在江北，兵未交，即与其徒先溃走。子一不能留，乃收余众，步还建康。太子见事急，戎服入见帝，禀受方略。帝曰："此是汝事，何更问为？内外军事，悉以付汝。"太子乃停中书省，指挥军事，以宣城王大器为城内都督，羊侃为军师将军副之，诸王侯各守要地。是日景至板桥，欲观城内虚实，使徐思玉诈逃入城，请间陈事。帝召而问之，将屏左右，舍人高善宝曰："思玉从贼中来，情伪难测，安可使独在殿上？"朱异侍坐曰："徐思玉岂刺客耶？"思玉见上，遽出景表，言异等弄权，乞带甲入朝，除君侧之恶。异在旁，惶愧失色。高善宝请诛思玉，帝不许，命舍人贺季、郭宝亮随思玉同往，劳景于板桥。景北面受敕，贺季曰："今者之举何名？"景曰："欲为帝也。"王伟趋进曰："侯王忠于朝廷，为朱异等乱政，除奸臣耳。"景既失辞，遂不放贺季归，独遣宝亮还宫。百姓闻贼至，竞奔入城，公私混乱，无复次第。羊侃区分防拟，皆以宗室间之。军人争入武库，自取器甲，所司不能禁。侃立斩数人方止。

是时梁兴四十七年，境内无事，在位公卿，及闾里士大夫，罕见甲兵，贼至猝迫，公私骇震。又宿将已尽，余皆后进少年，茫无主意。单有羊侃胆力俱壮，太子深仗之。辛亥，景至朱雀桁南，而朝廷犹未知正德之情，命守宣阳门。使东宫学士庾信，率宫中文武三千余人守朱雀门，营于桁北。太子命开桁以挫贼锋，正德曰："百姓见开桁，必大惊骇，可且安物情。"

太子从之，俄而贼至，信开桁击之，见贼军皆戴铁面，退隐于门口。方食蔗，有飞箭中门柱，其蔗应弦而落，遂弃军走。正德率众迎景于张侯桥，马上交揖，景军皆着青袍，正德军皆绛袍，既与景合，悉反其袍。于是城中喧言正德反，帝及太子闻之皆叹息。但未识后事若何，且俟下回再剖。

《传》云："善人国之纪也。"自韦睿、范、沈诸人相继而没，用事者皆少年不谙事之臣，其败机已伏。又专信朱异之言，虽有忠谋硕画，概置不听。梁武惑溺已深，焉得不为侯景所困？《诗》云："谗人罔极，变乱四国。"信哉！

第二十四回　羊侃竭忠守建业　韦粲大战死青塘

　　话说正德既从贼,白下、石头之师皆溃。景皆遣将据守,进兵直至关下,绕台城三匝,幡旗皆黑,城中恟惧。羊侃诈称邵陵王西昌侯援兵已至近路,众心稍安。景百道惧攻,鸣鼓吹角,喧声震地。纵火烧大司马府东、西华诸门,烟焰张天。羊侃使凿门上为窍,下水沃火。太子自奉银鞍,往赏战士,直阁将军朱思亲率壮士数人,跃城洒水,久之方灭。贼人作木驴数百攻城,城上投石碎之。贼更作尖项木驴来攻,石不能破。侃作雉尾炬,灌以膏蜡掷下,焚之立尽。贼又作登城楼,高十余丈,欲临射城中。侃曰:"车高堑虚,彼来必倒,可卧而观之。"及车动果倒。当是时,景据公车府,正德据左卫府,贼将宋子仙据东宫,范桃棒据同泰寺,分番迭攻。侃随方抗御,贼不能克,乃筑长围以绝内外。

　　却说正德初意兵至建康,景即立之为帝。而景专事攻城,不相推奉,正德心怀疑虑,谋之左右曰:"侯王许过江后,即奉我为帝。今置不问,必有所不足于我也。我欲结其欢心,若何而可?"左右曰:"闻侯王子身南来,尚无妻室,前日求婚王、谢,未遂其志。王何不以女妻之,使谐伉俪之私,则其好永固,彼必助王为天子矣。"正德曰:"善。"以幼女生得姣好,欲纳之景。其妻怜女幼小,不欲使为景妇,正德曰:"吾方仗侯公取天下,何惜一女!"遂诣景营,谓之曰:"公军中寂寞,仆有息女,性颇温淑,愿以侍公枕席。"景大喜曰:"得王女为妇,当使长共富贵。"乃命设宴于东宫,即日成婚。东宫去城不远,其中动静,城上皆见。一日忽见宫中悬灯挂彩,贼众皆披红往来,少顷鼓乐喧天,笙歌聒耳,莫测其故。旋有贼骑数十,来至濠边,指城上言曰:"昔侯王欲娶王、谢家女,尚谓门高非偶。今临贺纳女于侯王矣,比王、谢何如?"太子闻之怒,遣人纵火烧东宫,殿台皆尽。景亦怒,纵火烧乘黄厩、上林馆、太府寺,皆成灰灭。戊午朔,景遂奉正德为帝,下诏称:"普通已来,奸邪乱政,上病不豫,社稷将危。河南王景释位来朝,猥用朕躬,绍兹宝位,可大赦,改元正平。"以景为丞相。

　　朱异闻正德僭号,劝上出兵击之,上问羊侃,侃曰:"不可。出人若少,不足破贼,徒挫锐气;若多,则一旦失利,门隘桥小,必大致失亡。"异力劝击之。帝从其言,遂使千余人出战,锋未及交,即退主争桥,赴水死者大半。侃子鹭为景所获,执至城下以示侃。侃曰:"吾倾宗报国,犹恨不足,岂计一子!幸早杀之。"数日复持来,侃谓鹭曰:"久以汝为死矣,今犹在耶?"引弓射之。贼以其忠义,亦不之杀,但声言帝已晏驾,城中亦以为然。于是太子请帝巡城,以安众心。百姓闻警跸声,皆鼓噪流涕,众心粗安。先是江子一之败还也,上责之,子一拜谢曰:"臣以身许国,常恐不得其死。今所部皆弃臣去,臣以一夫安能击贼? 若贼遂能至此,臣誓当碎身以赎前罪。不死阙前,当死阙后。"至是子一启太子,愿与弟子四、子五率所领百余人,开承明门出战,太子许之。子一直抵贼营,贼仗兵不动。子一呼曰:"贼辈何不速出?"久之,贼骑出阵,子一径前引槊刺贼,连杀数人，从者莫之继，贼解其肩而死。子四、子五相谓曰："与兄俱出，何面独归？"皆免胄赴贼，子四中稍，洞胸而死。子五伤胫，还至堑边，一恸而绝。太子闻其死，伤悼久之。

却说侯景初至建康，谓朝夕可拔，号令严整，士卒不敢侵暴。及城久不克，人心离阻，军中乏食，乃纵兵掠夺民米及子女金帛。自后米一升，直七八万钱，人相食，饿死者十五六。乃更于城之东西两处起土山，驱迫士民，不限贵贱，皆充力役。疲羸者即杀以填山，号哭动地。城中亦筑土山以拒之。太子、宣城王以下，皆亲负土，执畚锸。起层楼于山上，高四丈，募敢死士二千人，厚衣袍铠，谓之"僧腾客"，分配二山，昼夜交战不息。会大雨，城内土山崩，贼乘之垂入，苦战不能禁。侃令军士掷火为城，以断其路，徐于内筑城，贼不能进。朱异有奴出降于贼，景即以为仪同三司。奴乘良马，衣锦袍，循行城下，仰见异在城上，呼而谓曰："汝五十年仕宦，方得中领军，吾始事侯王，已为仪同矣。"于是三日之中，群奴出降者以千数。景皆厚抚以配军。人人感恩，为之致死。景又射书城上遍谕士民曰：

> 梁自近岁以来，权幸用事，割剥齐民，以供嗜欲。如曰不然，公等试观今日，国家池苑，王公第宅，僧尼寺塔，及在位庶僚，姬妻百室，仆从数千，不耕不织，锦衣玉食，不夺百姓从何得之？仆趋赴阙庭，只诛权奸，非倾社稷。今城中指望四方入援，吾观王侯诸将，志在全身，谁能竭力致死，与吾争胜负哉？长江天险，吾一苇航之。景明气净，自非天人允协，何能如是！幸各三思，自求无吉。

当是时，勤王之诏四出，而各路藩镇，皆怀观望，或据强城，按兵不发；或托言粮缺，发而又止；或仅遣偏师入援，大军不接。以故京师被围已久，而外援杳然。先是邵陵王闻变，昼夜兼行，引兵入援。及济大江，中流风起，人马溺者十一二。众请退，不许，遂率西丰侯大春、新涂公大成、永安侯确、安南侯骏、谯州刺史赵伯超、武州刺史萧弄璋等，步骑三万，自京口西上。景闻之，遣军迎拒。赵伯超谓纶曰："若从黄城大路进兵，必与贼遇，不如径趋钟山，突据广莫门，出贼不意，贼围必解矣。"纶从之，卷甲疾趋，夜行失道，迂二十余里，及旦，才达于蒋山。贼不虞兵来，见之大骇，分兵三道攻纶，纶力战却之。会大雪，天寒甚，山巅不能立营，乃引军下山结寨。贼兵陈于覆舟山北，纶兵陈于玄武湖侧，与贼对阵相持，至暮不战。景伏兵于旁，佯退以诱之，安南侯骏见其退，以为贼将走，即率众追逐。景旋军与战，伏兵起，左右夹攻，骏大败而走。赵伯超望见亦退走，诸军皆溃。纶收余兵入天保寺，景纵火烧寺，纶率数骑逸去。士卒践冰雪，往往堕足。景悉收辎重，生擒西丰公大春，及纶将霍俊等而还。明旦，陈所获首虏铠仗及大春等于城下，使言曰："邵陵王已为乱军所杀。"霍俊独曰："王小失利，已全军还京口，城中但坚守，援军寻至。"赋以刀欧其背，俊辞色弥厉，遂杀之。于是城中益恐。

时朝野以侯景之祸，共尤朱异，异惭愤发疾死，人皆恨其死晚。而羊侃日夜守御，心劳力瘁，未几亦以疾卒。太子哀恸，如失左右手。于是人益危惧。景闻之喜曰："羊侃死,吾取城如拾芥矣。"乃复大造攻具,大车高数丈,一车二十轮,运土填堑,进焚台城东南楼,势甚迫。台将吴景献计太子,即于城内构地为楼,火才灭,新楼即立,贼以为神。又贼乘火起,于其下穿城而入。城中觉之,更筑迂城,状如却月以截之,贼不得进。贼更作土山以逼城,城内作地道,以取其土,外山崩,压贼且尽。贼计穷,乃徇于众曰:"有能献计取城者,封万户侯。"时有贼将宋嶷,献计于景曰:"决玄武湖以灌台城,则城立破矣。"景从之,连夜决湖,水尽灌入城中,阙前皆为洪流,百姓皆就高处避水。今且按下慢讲。

且说其时来援者,却有一位忠肝义胆捐躯徇难的杰士,姓韦,名粲,字长倩,车骑将军睿之孙,徐州刺史放之子也。粲少有父风,好学厉志。及壮,身长八尺,容貌魁伟,尝以步兵校尉,人为东宫领直,与太子深相爱敬。后迁为衡州刺史,勤于政治,至是征为散骑常侍,还至庐陵。闻台城被围,怒曰:"堂堂天朝,为犬羊所困,要吾辈臣子何用?"因简阅部下,得精兵五千,倍道赴援。至豫章,以兵力尚弱,就内史刘孝仪谋之,孝仪曰:"必如此,当有救,岂可轻信人言,妄自发兵,愿且少待。"乃置酒留饮。粲怒,以杯抵地,曰:"贼已渡江,便逼宫阙,水陆俱断,何暇有报?假令无救,岂得自安!目今巨寇滔天,君父在难,凡属臣子皆当致命。韦粲今日何情饮酒!"即驰出。会江州刺史当阳公大心遣使邀粲,粲驰往见之,谓大心曰:"上游藩镇,江州去京最近,殿下情计,诚宜在前。但中流任重,当须接应,不可阙镇。今宜且张声势,移镇湓城,赐以一军相随,于事便足。"大心然之,乃遣中兵柳昕率兵二千人随粲进援,行至南州,忽见一支人马,骑约有万余,旗号鲜明,甲兵坚利,浩浩荡荡而来。问之,乃司州刺史柳仲礼军也,闻京师有难,亦来赴救。仲礼与粲,本外兄弟,相见大喜,粲即送粮仗给之,并出私财以赏其战士。是时,鄱阳王遣其世子嗣,与西豫州刺史裴之高、建安太守赵凤举,各将兵入援,军于蔡州,以待上流诸军。之高闻粲与仲礼兵至,遂自张公洲遣船渡之。未几,宣猛将军李孝钦、殷州刺史羊鸦仁、南陵太守陈文彻,各率众来会。又湘东世子方等将步骑一万,入援建康。竟陵太守王僧辩,将舟师万人,出自汉川,载粮东下,于是援兵大集。共屯新林,商议破贼。粲谓:"将不一心,致败之道,必得一人为主,乃克号令画一。"因共议推仲礼为大都督,以主军政。独裴之高自以年位并尊,耻居其下,议累日不决。粲抗言于众曰:"今者同赴国难,义在除贼,所以推柳司州者,正以久捍边疆,先为侯景所惮。且士马精锐,无出其右。若论位次,柳在粲下,语其年齿,亦少于粲;直以社稷大计,不得复论官职高下。将贵在和,方克协力,若人心不同,大事去矣。裴公朝之旧德,岂应复挟私情,以沮大计。粲请为诸君解之。"乃单舸至之高营,切让之曰:"今二宫危逼,朝不保夕。臣子当戮力同心,岂可自相矛盾,豫州必欲立异,锋镝便有所归。"之高垂泣致谢。遂推仲礼为大都督,众将一禀指挥,合兵十余万,缘淮立栅。

景见援兵大集,亦树栅北岸以应之。先是景获之高家室,囚于营。至是临水陈兵,将其家室连锁,列于阵前,以鼎镬刀锯随其后,谓曰:"裴公不降,今即烹矣。"之高召善射者,先射其子,再发皆不中。贼仍困之。俄而景率步骑万人于后渚挑战。仲礼欲出击之,韦粲曰:"日晚我劳,未可战也。"仲礼乃坚壁不出。景亦引退。丙辰晦,仲礼将战,夜至韦粲营部分众军。时诸将各有据守,唯青塘无人守把,乃谓粲曰:"青塘当石头中路,贼必争之,此系要地,非兄不可,若疑兵少,当更遣军相助。"粲曰:"自分才弱,恐不足以当此任,然公有命,仆曷敢违!"仲礼乃遣其将刘叔胤助之。丁已朔,仲礼自新亭徙营大桁,韦粲引兵往青塘,忽大雾咫尺不相见,军迷失道。比及青塘,夜已过半,立栅未合,天已大明。侯景望见之曰:"彼何人斯,而敢于此立寨?急击勿失。"遂亲率锐卒来攻。粲使军主郑逸逆击之,命刘叔胤以舟师截其后,逸抵死相拒。久之,贼来益众,矢下如雨,逸不能支。叔胤见贼盛,畏懦不敢进,逸遂败。景乘胜直入粲营,左右牵粲避贼,粲不动,叱子弟力战,亲自搏击。未几,一门皆为贼杀。军士飞报仲礼,言青塘被围。仲礼方食,投箸而起,被甲握槊,率麾下百骑驰往救之。与景大战于青塘,所向披靡,斩首数百级,沉淮水死者千余人,景退走,仲礼挺槊刺之,刃将及景。景魂胆俱丧,而贼将支伯仁自后斫仲礼,中其肩,仲礼坠马,贼聚槊刺之。骑将郭山石,见主将坠地,奋死往救,力斩贼将数人,贼稍退,乃扶仲礼上马,杀出重围,仲礼伤甚,至军中昏迷不省人事。亲将惠斮为之吮疮断血,得不死。自是景不敢复济南岸,仲礼亦气衰不复言战矣。后人有诗挽韦粲之死云:

> 吹唇百万逞凶狂,赴难无人到建康。
> 耿耿孤忠悬日月,令人千载亿青塘。

却说邵陵王纶,自战败之后,奔于朱方,复收散卒,与东扬刺史临城公大连、新涂公大城,自东道并至,列营于桁南,亦推仲礼为大都督。时贼围甚严,内外水泄不通,台城与援军,信命久绝,或献策于太子,作纸鸱系以长绳,藏敕于内,乘风放去,冀达众军,题云:"得鸱送援军赏银百两。"

太子自出太极殿前,乘西北风纵之。贼营望见,群以为怪,射而下之。援军亦募有能入城通信者,许重赏。有鄱阳将李朗应募,请先受鞭,诈为得罪,叛投贼营,从此可以入城。鄱阳鞭而遣之,朗即投贼,贼见其背有伤痕,信而纳之,于是乘间入城,城中方知援兵四集,举城鼓噪。帝以朗为直阁将军,使还报命。朗不敢复过贼营,乃缘钟山之后,夜行昼伏,积日乃达。诸将得敕,争请仲礼进兵。而仲礼自韦粲死后,神情傲狠,陵蔑诸将。

邵陵王纶每日执鞭至门,亦移时弗见,由是与仲礼不睦,诸军互相猜阻,莫有战心。

先是台城之闭也,公卿以食为念,男女贵贱,并出负米,得四十万斛。又收钱帛五十万亿,并聚德阳堂,而不备薪刍鱼盐。至是坏尚书省为薪,撒荐剉以饲马。御厨有干苔数十石,味酸咸,取以分给战士。其后米亦竭,军士或煮铠,或熏鼠捕雀以为食。屠马于殿省间,杂以人肉,食者必死。而侯景之众亦饥,抄掠无所获,东城有米可支一年,援军断其路。又闻荆州兵将到,景甚患之。王伟曰:"今台城不可猝拔,援军日盛,我军乏食,未可与战。"

不如伪且求和,以缓其势。因求和之际,运东城米入石头,援军必不得动,然后休士息马,缮修器械,伺其懈怠击之,一举可取也。"景从之,遣其将任约、于子悦至城下,拜表求和,乞归旧镇。太子以城中饥困,请帝许之,帝怒曰:"和不如死!"太子固请曰:

"侯景围逼已久,援军坐视不战,宜且许其和,更为后图。"帝迟回久之,乃曰:"汝自斟量,勿令取笑千载。"遂报许之。景见朝廷受其和,乞割江右四州之地,并求宣城王大器出送,然后济江。傅岐固争曰:"岂有贼举兵围宫阙,而更与之和乎?此特欲却援军耳。戎狄兽心,必不可信。且宣城工嫡嗣之重,国命所系,岂可为质?"太子不得已,乃以大器之弟石城公大款出质于景。又敕诸军不得复进,下诏曰:"善兵不战,止戈为武。"以景为丞相、豫州牧、河南王如故。已亥,设坛于西华门外,遣仆射王克、吏部萧瑳,与贼将于子悦、任约登坛共盟。又遣太子詹事柳津出西华门,与景相对数十步外,杀牲歃血。盟既毕,城中士民,只道景即解围。久之,景了无去志,专修铠仗,托云无船,不得即发,且欲遣石城公还台,求宣城王出送。太子虽觉其诈,犹依违从之。乙卯,景又启曰:"适有西岸信至,高澄已据寿阳,臣今无所投足,求借广陵及谯州,俟得寿阳,即奉还朝廷。"又云:"援军既在南岸,须于京日渡江。"太子并许之。庚戌,景又启曰:"永安侯确、直阁赵威方,屡次隔栅见诉,云:'天子自与汝盟,我终当破汝。'乞召二人入城,即当引路。"帝便使尚书张绾召二人入城,赵威方奉命,确因辞不入。邵陵王泣谓确曰:"围城既久,圣上忧危,臣子之情,切于汤火。故欲且盟而遣之,更申后计。成命已决,何得拒违?"时台使周石珍在纶所,确谓之曰:"侯景虽云欲去,而长围不解,意可见也。今召仆入城,何益于事?"石珍曰:"敕旨如此,郎那得辞?"确坚执如故。纶大怒,谓赵伯超曰:"谯州为我斩之,持其首去。"伯超挥刀眄确曰:"伯超识君侯,刀不识也。"确乃流涕入城。

先是帝常蔬食断荤,及城围日久,御厨蔬茹皆绝,乃食鸡子。确入城,上鸡子数百枚。帝手自检点,歔欷哽咽,谓确曰:"绎在荆州,兵力最强,而竟不一至,何也?"确泣而不言。当是时,湘东王绎拥数万众,军于郢州之武城。河东王誉以湘州兵军于青草湖,桂阳王慥以信州兵军于西峡口,皆彼此观望,淹留不进。有萧贲者,骨鲠士也,为荆州参军,以绎不早下,心甚非之,常与绎双六,食子未下,贲曰:"殿下都无下意。"绎知其讥己,甚忿其言。至是得帝敕,云与景盟,便欲旋师,贲谏曰:"景以人臣举兵向阙,今若放兵,未及渡江,童子能斩之矣,必不为也。大王以十万众,未见贼而退,窃为大王不取也。"绎益怒,未几,因事杀之。绎既先归,援军皆解严,景乘其际,尽远东城米归石头。既毕,谓王伟曰:"军食已足,计将安出?"伟曰:"王以人臣举兵围守宫阙,逼辱妃主,残秽宗庙,擢王之发,不足数王之罪。今日持此,欲安所容身乎?背盟而捷,自古多矣。愿且留此以观其变。"正德亦曰:"大功垂就,岂可弃去?"景曰:"是吾心也。"遂命王伟修启,历数朝廷之非,指帝十失以上之。但未识所指十失云何,且听下回分解。

　　侯景禽兽为心,人人皆知。梁武惑于朱异之言,深信不疑。到得兵临城下,遂至计无所出。羊侃实心为国而死,韦粲忠义奋发而死,天心已可概见。临贺送女结欢,湘东拥兵不救,全无心肝,有愧韦粲、萧音多矣。

第二十五回　侯景背誓破台城　诸王敛兵归旧镇

话说侯景军食既足,志在背盟,谋臣王伟力劝之,以为去必不克。于是数帝十失,上启于朝。其略云:

窃惟陛下,踵武前王,光宅江表,躬览万几,勤劳治道。刊正周、孔之遗文,训释真如之秘奥。人君艺业,莫之与京。臣所以踊跃一隅,望南风而叹息也。岂图名与实爽,闻见不同,今为陛下陈之。陛下与高氏通和,岁逾一纪,必将分灾恤患,同休共戚。宁可纳臣一介之使,贪臣汝、颖之地,便绝和好。夫敌国相伐,闻丧则止,匹夫之交,托孤寄命,岂有万乘之君,见利忘义若此者哉?其失一也。臣与高澄,既有仇憾,义不同国,陛下授臣以上将,委臣以专征,臣受命不辞,实思报效。而陛下欲分其功,不使臣击河北,遣庸懦之贞阳,任骄贪之胡、赵,才见旌旗,鸟散鱼溃。绍宗乘胜,席卷涡阳,使臣狼狈失据,妻子为戮,斯实陛下负臣之深。其失二也。韦黯之守寿阳,众无一旅,魏兵凶锐,欲饮马长江,非臣退保淮南,势未可测。既而边境获宁,令臣作牧此州,以为蕃捍,方欲励兵秣马,克申后战,陛下反信贞阳谬启,复请通和。臣频谏阻,疑闭不听,反复若此,童子犹且羞之,况在人君,二三其德。其失三也。夫畏懦逗留,军有常法,所以子玉小败,见诛于楚;王恢失律,受戮于汉。今贞阳以帝之犹子,而面缚敌庭,实宜绝其属籍,以衅征鼓。陛下怜其苟存,欲以微臣相易。人君之法,当如是哉?其失四也。悬瓠大藩,古称汝、颖,臣举州内附,羊鸦仁无故弃之,陛下曾无嫌责,使还居北司。鸦仁弃之不为罪,臣得之不为功,其失五也。臣在寿春,只奉朝廷,而鸦仁自知弃州,内怀惭惧,遂启臣欲反。使臣果反,当有形迹,何所征验,诬陷顿尔,陛下曾不辨究,默而信纳。其失六也。赵伯超任居方伯,惟知渔猎百姓,韩山之役,女妓自随,才闻敌鼓,与妾俱逝。以致只轮莫返,其罪应诛,而纳贿中人,还处州任。伯超无罪,功臣何论;赏罚无章,何以为国?其失七也。臣御下素严,裴之悌助戍在彼,惮臣严制,遂无故遁归,又启臣欲反,陛下不责违命离局,方受其浸润之谮,处臣如此,使何地自安?其失八也。臣归身有道。罄竭忠规,每有陈奏,恒被抑遏。朱异等皆明言求货,非利不行,臣无贿于中,恒被抑折。其失九也。鄱阳之镇合肥,与臣邻接,臣以皇室重臣,每相只敬。而臣有使命,必加弹射,或声言臣反,陛下不察,任其见侮,臣何以堪于此哉?其失十也。臣是以兴晋阳之甲,乱长江而直济,愿得升赤墀,践文石,口陈枉直,指画臧否,诛君侧之恶臣,清国朝之秕政,则臣幸甚,天下幸甚。

帝览表,且惭且怒。城中以景违盟,举烽鼓噪,复诏援军进兵。

　　先是闭城之日,男女十余万,擐甲者二万余人,被围既久,人多身肿气急,死者十八九,卫城者不满四千人。率皆疲病,横尸满路,不及瘗埋。国势危如累卵,而柳仲礼身为都督,唯聚妓妾在营,置酒作乐。诸将日往请战,不许。安南王骏说邵陵曰:“城危如此,而都督不救,其情可知。万一不虞,殿下何颜自立于世? 今宜分军为三道,出其不意攻之,可以得志。”纶不能从。柳津遣人为仲礼曰:“君父在难,不能竭力,百世之后,谓汝心为何?”仲礼亦不以为意。帝尝问津贼势若何,对曰:“陛下有邵陵,臣有仲礼,围何由解?”帝为之泪下。中丞沈浚,愤贼背盟,请至景所,责以大义。帝遣之,浚见景,问之曰:“军何不退?”景曰:“今天时方热,军未可动,乞且留京师立效。”浚发愤责之,景怒,拔刀相向,曰:“我斩汝。”浚曰:“负恩忘义,违弃诅盟,固天地所不容。沈浚五十之年,常恐不得死所,何为以死相惧耶?”径去不顾,景以忠直舍之。于是决石阙前水,百道攻城,昼夜不息。

　　丁卯城陷,贼众皆从城西入。永安侯确,力战不能却,乃排闼入见帝云:“城已陷。”帝安卧不动,曰:“犹可一战乎?”对曰:“众散矣。”帝叹曰:“自我得之,自我失之,亦复何恨!”因谓确曰:“汝速去语汝父,勿以二宫为念,且慰劳在外诸军。”确泣而退。俄而景入城,先遣王伟入文德殿奉谒,帝命左右褰帘开户引伟入。伟拜呈景启,帝问:“景何在,可召来?”景遂入见,以甲士五百人自卫。稽颡殿下,典仪引就三公榻。帝神色不变,问曰:“卿在军中,无乃为劳。”景不敢仰视,汗流被面。又问:“卿何州人,而敢至此,妻子犹在北耶?”景皆不能对。任约从旁代对曰:“臣景妻子,皆为高氏所居,惟以一身归陛下。”帝又问:“初渡江有几人。”景曰:“千人。”“围台城几人?”曰:“十万。”“今有几人?”曰:“率土之内,莫非已有。”帝俯首不言,景即退。复至永福省见太子,太子亦无惧容,侍卫皆惊散,惟中庶子徐搞、舍人殷不害侍侧。景傲然登阶,摘谓景曰:“侯王当以礼见,何得如此?”景乃拜。太子与言,又不能答。景退,谓其党曰:“吾尝跨鞍对阵,矢刃交下,而意气安缓,了无怖心。今见萧公,使人自慑,岂非天威难犯? 吾不可以再见之。”于是悉撤两宫侍卫,纵兵入宫,尽掠乘舆服御宫人以出。使王伟守武德殿,于子悦屯太极殿堂,矫诏大赦,自加大丞相,都督中外诸军事。旋命石城公大款,以帝诏解外援军。

　　柳仲礼召众议之,邵陵王曰:“今日之命,委之将军。”仲礼直视不对。裴之高、王僧辨曰:“将军拥众百万,使宫阙沦没,正当悉力决战,以赎前愆,何用踌躇?”仲礼竟无一言。诸军见其无战意,乃各引兵还镇。柳仲礼及其弟敬礼、羊鸦仁、赵伯超并开营降。仲礼入城,先拜景而后见帝,帝不与言。退见其父津,津恸哭曰:“汝非我子,何劳相见?”是日景烧内积尸,病笃未绝者,亦聚而焚之。庚子,诏征镇牧守,各复本任,朝臣皆还旧职。初,临贺王正德,与景相约,平城之日,不得全帝与太子。故台城一破,正德即率众挥刀入宫。那知景已使人守定宫门,斥正德曰:“侯王有命,擅入者斩。”正德悚然而退。越一日,景令正德去帝号,迁为侍中、大司马,入朝予帝。正德入见,拜且泣。帝曰:“啜其位矣,何嗟及矣。”正德自后常怀怨恨,未几景杀之。

　　且说帝为侯景所制,心甚不平,怒气时形于色。一日,景欲以宋子仙为司空,帝曰:

"调和阴阳，安用此物？"景又请以其党为便殿主帅，帝不许。景不能强，心甚惮之。太子入见，泣且谏曰："宗庙存亡，皆系景手，愿少忍之。"帝曰："谁令汝来？若社稷有灵，犹当克复；如其不然，何惜一死而事流涕为！"一日，忽见省中，有驱驴马，带弓剑，出入往来者。帝怪之，问左右曰："往来者是何人？"直阁将周石珍曰："侯丞相甲士。"帝大怒，叱石珍曰："是侯景，何谓丞相！"左右皆惧。是后帝有所求，多不遂志，饮食亦为所裁节，忧愤成疾。五月丙辰，帝卧净居殿，口苦，索蜜不得，再呼荷荷而殂。年八十六，庙号高祖。景闻帝崩，秘不发丧，迁殡于昭阳殿，使王伟、陈庆，迎太子于永福省，如常入朝。太子呜咽流涕，不敢泄声。殿外文武，皆莫之知。辛巳，发高祖丧，升梓宫于太极殿。是日太子即皇帝位，群臣朝贺，改元大宝，是为简文帝。侯景山屯朝堂，分兵守卫。诰敕诏令，皆代为之。帝拱默而已。六月丁亥，立宣城王大器为太子，封皇子大心等七人，皆为王。以郭元建为北道行台，总督江北诸军事，镇新秦。

却说景爱永安侯确之勇，常置左右，确曲意承合，使景不疑。时邵陵王纶在郢州，潜遣人呼之，确曰："景轻佻，一夫力耳。我欲手刃之，尚恨未得其便。卿还语家主，勿以吾为念。"一日，景游钟山，确与偕行，见一飞鸟，景命射之，一发鸟落。又一鸟飞来，确弯弓持满，欲射景，箭将发而弦忽断。景觉其异，因叱曰："汝何反？"确曰："我欲杀反者，而天不助我，命也。"景遂杀之。

时东吴皆有兵守，景遣于子悦、侯子鉴等东略吴郡，所将兵甚少。新城戍主戴僧遇，有精兵五千人，说太守袁君正曰："贼今乏食，台中所得，不支一旬。若闭关拒守，立可饿死。愿公勿附于贼。"无如郡人皆恤身家，恐不能胜，而资产被掠，争劝君正迎降。君正于是具牛酒，出郊以迎子悦。子悦执之，而掠夺财物子女，东人大悔恨。沈浚避难东归，与吴兴太守张嵊，合谋拒景。

时吴兴兵力寡弱，嵊又书生，不闲军旅，或劝嵊效袁君正，以郡迎降。嵊叹曰："袁氏世济忠贞，不意君正一日隳之，吾岂不知吴郡既殁，吴兴势难久全？但以身许国，有死无二耳。"及子鉴军至，嵊率众与战，败还府，整朝服坐堂上，贼至不动。子鉴执送建康，景嘉其守节，欲活之。嵊曰："吾参任专城，朝廷倾危，不能匡复，今日速死为幸。"景犹欲存其一子，嵊曰："我一门已在鬼录，不就尔虏求生。"景怒，尽杀之。并杀沈浚。又贼将宋子仙攻钱塘，戴僧遇降之，遂乘胜至会稽。时会稽胜兵数万，粮仗山积，东人征侯景残虐，咸欲拒之。而刺史南郡王大连，朝夕酣饮，不恤士卒，军事悉委司马留异。异隐与贼通，遂以众降。大连被执，送之建康，犹醉不之知。帝闻之，引帷自蔽，掩袂而泣。于是三吴尽没于景。

景志益骄，下令采选吴中淑女，收入府中，有容貌出众者，教之歌舞，以资声色之乐。贼党有言溧阳公主之美者，景即入宫，逼而见之。时溧阳年十四，芳姿弱质，果有沉鱼落雁之容。景一见，不胜惊喜，回顾左右曰："我初以正德之女为美，今观公主之色，正德女不足数矣。"因向溧阳曰："公主深宫寂寞，此间无可快意，不如随吾回宫，共享荣华，与公主偕老何如？"溧阳羞惭满面，低声应曰："承大王不弃，妾之顾也。"景大悦，遂购小舆，载之以归。是夕，召集群臣，大排筵宴，以庆新婚。酒阑之后，与公主携手入房，共效于飞之乐。可怜娇花嫩蕊，狼藉于跛奴之手。帝闻之，封景为驸马，景益喜。三月三日，景请帝禊宴于乐游苑，畅饮连日，还宫后，景与公主，共据御床，南面并坐，文武群臣，列坐待宴。越日，又请驾幸西州，帝御素辇，侍卫寥寥，景甲士数千，翼卫左右。帝闻丝竹之音，凄然泣下。酒半酣，景起舞，亦请帝起舞，帝亦为之盘折。宴罢，帝携景手曰："我念丞相。"景曰："臣亦念陛下，且臣得尚公主，则与陛下为至亲。陛下苟无异志，臣亦宁有变心？请与陛下设誓可乎？"帝从之，因与帝登重云殿，礼佛为誓云："自今君臣，两无猜贰，共保始终。"盖景欲娱公主意，故与帝盟也。

当是时，江南连年旱蝗，江、扬犹甚，百姓流亡，相与采草根、木叶、菱芡而食，死者蔽野。富贵之家，衣罗绮，怀金玉，俯伏床帏而死。千里绝烟，人迹罕见，白骨成聚，如邱陇焉。而景残酷益甚，立大碓于石头城，有犯法者，辄捣杀之。常戒诸将曰："破栅平城，当尽杀之，使天下知我威名。"故诸将每战，专以焚掠为事，斩刈人如草芥，以资戏笑。又禁人偶语，犯者刑及外族。为其将帅者，悉称行台。来降附者，悉称开府。其亲寄隆重者，曰左右厢公。勇力兼人者，曰库直都督。今且按下不表。

再说湘东王绎，字世诚，高祖第七子也。初高祖梦一眇目僧，执香炉至殿前，口称托生皇宫，径往内走。高祖梦觉，而后宫适报皇子生，名之曰绎。少患眼疾，遂盲一目。高祖忆前所梦，弥加宠爱。及长，好学不倦，博极群书，高祖常问曰："孙策在江东立业，年有几？"对曰："十七。"高祖曰："正是汝年。"遂封湘东王，出为荆州刺史。其在荆州，军书行檄，文章诗赋，点毫立就，常曰："我韬于文字，愧于武夫。"人以为确论，性好矫饰，多猜忌，有胜己者，必加毁害。忌刘之遴才学，使人鸩之，如此甚众。妃徐氏，有美色，嗜酒好淫，性又酷妒，见无宠之妾，便交杯接坐。才觉有娠者，即手加刀刃。以王眇一目，每知王将至，必为半面妆以俟，王见，则大怒而出。王好读书，卷籍繁多，每不自执卷，令左右更番代执，昼夜无间。以故左右出入无忌，妃择其美者，常与之淫。有季江者，美姿容，尤为妃爱。季江每叹曰："植直狗虽老犹能猎，萧溧阳马虽老犹骏，徐娘虽老犹尚多情。"又有贺徽者，年少而貌美，妃常往普贤寺礼佛，遇之心动，即令寺尼招之入内，遂与之私。意甚慊，书白角枕为诗，互相赠答。后事露，绎欲杀之，以其生世子方等，不忍，乃尽杀其所私者，而幽之后宫。更作《荡妇秋思赋》以刺之，其词曰：

荡子之别十年，倡妇之居自怜。登楼一望，惟见，远树含烟。平原如此，不知道路几千？天与水兮相逼，山与云兮共色。山则苍苍入汉，水则涓涓不测。谁复堪见鸟飞，悲鸣只翼？秋何月而不清，月何秋而不明。况乃倡楼荡妇，对此伤情。于时露萎庭蕙，霜封阶砌，坐视带长，转看腰细。重以秋水文波，秋云似罗。日黯黯而将暮，风骚骚而渡河。妾怨回文之锦，君悲出塞之歌。相思相望，路远如何？鬓飘蓬而渐乱，心怀愁而转叹。愁索翠眉敛，啼多红粉漫。已矣哉！秋风起兮秋叶飞，春花落兮春日晖。春日迟迟犹可至，客子行行终不归。

世子方等见之，知为其母作也，且惭且惧。原来方等有俊才，善骑射。台城被围，绎停军郢州，独遣方等率步骑一万，援健康，每战亲犯矢石，以死节自任。及宫城陷，绎还荆州,方等亦收兵还,甚得众和。湘东始叹其能,修筑城栅,以备不虞。既成,楼雉相望,周遮七十余里。湘东见之大悦。然方等以母故,恒郁郁不乐。尝著论以见志云:

> 人生处世,如白驹过隙耳。一壶之酒,足以养性;一箪之食,足以怡形。生在蓬蒿,死葬沟壑。瓦棺石椁,何以异兹。吾尝梦为鱼,因化为鸟。当其梦也,何乐如之。及其觉也,何忧及之。良由吾之不及鱼鸟者远矣。举手动触,摇足恐堕,若使吾终得与鱼鸟同游,则去人间如脱屣耳。

又尝谓所亲曰:"吾岂爱生,但恐死不获所耳。"今且按下慢讲。且说其时贼据建业,凶势滔天。然方收集三吴,未遑经营江北,故京师虽破,外镇犹强。荆州则湘东王绎,襄阳则岳阳王詧,湘州则河东王誉,信州则桂阳王慥,益州则武陵王纪,而鄱阳镇合肥,邵陵据郢州,唯荆州地居形胜,兵力最强,特推为督府,各受节制。而湘东疑忌宗室,每与诸王不睦。先是太清三年,河东王誉移镇湘州,前刺史张缵,恃其才望,轻誉少年,迎侯有阙。誉怒,颇陵蹙之。缵恐为所害,轻舟夜遁。与湘东有旧,欲因之以杀誉兄弟,乃奔江陵,求昵于绎。恰值桂阳王将还信州,欲谒督府,停军以待。缵因说绎曰"河东、岳阳,共谋不逞,欲袭荆州,桂阳留此,欲应誉、詧"。湘东信之。遂杀慥。诸王由是不服。其后督粮于湘州,誉怒曰:"各自军府,何忽隶人?"使者三返,誉竟不与。绎怒欲伐之。世子方等请行,绎乃给兵三千,使之往讨。誉出兵拒之,战于麻溪,方等匹马陷阵而死,湘东闻之怒曰:"河东敢杀吾子,此仇必报。"乃命大将鲍泉,率骑一万进讨。王僧辩起竟陵之众助之,刻日就道。僧辩因竟陵部下未尽至,欲俟众集,然后行,求缓日期。绎疑僧辩观望,按剑厉声曰:"卿惮行拒命,欲同贼耶? 今唯有死耳。"因斫僧辩,中其髀,闷绝倒地。久之方苏,即下于狱。泉在旁,震怖不敢言,僧辩母闻之,徒行至宫,流涕入谢,自陈无训,伏地求免。绎意解,赐以良药,故得不死。泉独将兵击湘州。但未识湘州果得胜否,且听下回分解。

> 侯景反复小人,而又机变诡谲,其归梁而畔,明者早已知之。梁武以天挺之姿,壮时何等英迈,乃老而昏愦,但知妄佞佛,不惜民生,至呼"荷荷"而殂,哀哉! 简文为景所制,悲笑由人,真是虽生犹死。设诸镇兄弟,合力同心,以诛侯景,何愁不克? 乃湘东心情猜忌,小人乘此播弄,弟兄叔侄,互相残杀,以致一败涂地,可恨可怜,当为千秋炯戒。

第二十六回　陈霸先始兴举义　王僧辩江夏立功

话说鲍泉师至湘州,河东王誉引军迎之,连战皆败,退保长沙。鲍泉围之,誉告急于岳阳王詧。詧与左右谋曰:"欲解长沙之围,不如去伐江陵,江陵破,则其围自解。"乃留参军蔡大宝守襄阳,自率精骑二万二千,来伐荆州。绎大惧,遣左右就狱中问计于僧辩。僧辩内陈方略,绎乃赦之,以为城中都督。

先是詧至江陵,作十三营以攻之。会大雨,平地水深四尺,詧军气沮,绎将杜岸,请以五百骑袭襄阳,则此围自解,绎许之,岸乃昼夜兼行,去襄阳三十里,城中始觉。蔡大宝奉詧母龚太妃登城拒战,城得不破。詧闻之,惧根本有失,连夜弃营遁去。江陵始安。

却说鲍泉围长沙,久不克,湘东怒之,以王僧辩代为都督,数泉十罪。泉闻僧辩来,愕然曰:"得王竟陵来助,贼不足平矣。"拂席待之。僧辩入营,背泉而坐曰:"鲍郎,卿有罪,令旨使我锁卿,卿勿以故情见期。"乃宣绎命,锁之床侧。令自作启,以谢淹缓之罪,上呈湘东,湘东怒解,遂释之。复求救于邵陵王纶,纶欲救之,而兵粮不足,乃致书于湘东曰:

> 从来天时地利,不如人和。况乎手足股肱,岂可相害?今社稷危耻,创巨痛深,唯应剖心尝胆,泣血枕戈,其余小忿,或宜容贳。若外难未除,家祸仍构,料古访今,未或不亡。夫征战之理,唯求克胜,至于骨肉之战,愈胜愈酷。捷则非功,败则有丧,劳兵损义,亏失多矣。侯景之军所以未窥江外者,良为藩屏盘固,宗室强密。弟若陷洞庭,不戢兵刃,雍州疑迫,何在自安。必引魏军以求形援,如是则家国去矣。唯望解湘州之围,存社稷之计。幸甚!幸甚!

绎得书,全不动念,复书于纶,但陈河东过恶,罪在不赦。且曰:"临湘旦平,暮便返斾。"
纶见之,以书投地,慷慨流涕曰:"天下之事,一至于此,湘州若败,吾亡无日矣。"

且说绎既不从纶言,命王僧辩急攻长沙,辛巳克之。遂斩河东王誉,传首江陵。绎反其首而葬之。以僧辩为左卫将军。斯时岳阳闻詧死,恐亦不能自存,乃遣使求援于魏,请为附庸之国。后湘东又遣柳仲礼镇竟陵以图之。岳阳益惧,乃遣妃王氏,及世子寮为质于魏,乞出兵以击仲礼。时魏宇文泰,正欲经略江汉,得詧来附,甚喜,乃命杨忠为都督,击仲礼以援詧。忠选骑二千,衔枚夜进,大败仲礼于获头,获其子弟,尽俘其众。仲礼狼狈遁归。于是义阳、安阳、竟陵三郡守将皆以城降,汉东之地,尽入于魏。忠遂乘胜,进逼江陵。湘东大惧,遣舍人庾恪说忠曰:"詧来伐叔,而魏助之,何以使天下归心?如不助餐,愿以次子方略为质,乞和大国。"杨忠许之。绎乃与忠盟于石城曰:"魏以石城为封,梁以安陆为界,请同附庸,并送质子,贸迁有无,永敦邻好。"忠乃还。

却说邵陵王大修铠仗,将讨侯景,湘东恶之,使僧辩率舟师一万,东趣江郢,声言迎纶还荆,授以湘州,其实袭之。军至鹦鹉州,纶以书责僧辩曰:"将军前年杀人之侄,今岁伐人之兄,而不闻一矢一旅,加之于贼。以此求荣,恐天下不许。"僧辩送其书于江陵,绎命进军。纶料不能敌,乃集麾下于西园,涕泣言曰:"我本无它,志在灭贼,湘东尝谓与之争帝,遂尔见伐。今日欲守,则粮储交绝;欲战则取笑天下。不容无事受缚,当于下流避之。"麾下争请出战,纶不从,自仓门登舟北出。僧辩入据郢州,绎以世子方诸为郢州刺史,王僧辩为领军将军。纶奔汝南,遣使请降于齐,欲图安陆,为西魏将所杀。时鄱阳王在湓城,见宗室相残,亦以忧死。由是贼未亡,而梁之宗室,已死亡过半矣。后人有诗讥湘东曰:

> 君父之仇甘共天,摧残骨肉剧堪怜。
>
> 诗书万卷虽能读,忘却风人唐棣篇。

今且按下不表。

且说一代将终,必有一代开基之主,应运而兴。方天监二年,梁业正当隆盛,而代梁有天下者,已生世上。其人姓陈,名霸先字兴国,小字法生,吴兴长城下若里人。汉太邱长陈实之后,世居颍州,实七世孙达,为长城令,爱其山水,遂家焉。尝谓所亲曰:"此地山川秀丽,当有王者兴,二百年后,我子孙必钟斯运。"越八传,至文赞,遂生霸先。少时倜傥有大志,不事生产。既长,爱兵书,多武艺。身长七尺五寸,日角龙颜,垂手过膝。尝游义兴,馆于许氏,夜梦天开数丈,有朱衣四人,捧日而至,纳之于口,及觉,腹中犹热,霸先因自负。然困于贫贱,虽有冲天之志,无从施展。一日,闲坐在家,听见门前车马声喧,走出视之,乃是新喻侯萧映,为吴兴太守,今日走马到任。映坐舆中,望见霸先形貌非常,心甚异之,因呼左右问其姓名而去。明日便邀霸先到署,谈论竟日,益叹服,指谓左右曰:"此人胸藏经天纬地之才,济世安民之略,他日所就,正未可量。"及映为广州刺史,遂引霸先为参军,令招集士马,训练武勇,境内贼寇,无不摧灭。

先是交州刺史萧谘,以残刻失众心。土豪李贲,连结数州强勇,同时造反,台军讨之不克,贼将杜天合、杜僧明,进寇广州,昼夜苦攻,州中大恐。时霸先在外为游军,率其众,卷甲兼行以救之,屡战屡捷,天合中流矢死,贼众大溃。僧明乞降,霸先爱其勇,收为偏将。广州以安,萧映乃详列其功,奏于朝。帝深异焉,授为直阁将军,遣画工图其容貌而观之。霸先益自激励。其年冬,萧映卒,诏以霸先为交州司马,与刺史杨瞟南讨李贲。瞟见霸先麾下,士卒勇敢,器械精利,喜曰:"能克贼者,必陈兴国也。"悉以军事委之。

时值萧勃为定州刺史,相遇于西江。勃知众惮远行,劝瞟勿进。瞟意犹豫,霸先谓瞟曰:"交人叛乱,罪由宗室诸侯,不恤人民,以致乱靡有极。定州复欲昧利目前,不顾大计,节下奉辞伐罪,故当死生以之。岂可畏惮宗室,轻干国宪?今若违诏不前,何必交州讨贼?问罪之师,即有所指矣。"

瞟从之,于是勒兵鼓行而进,军至交州,贲众数万,据苏历江口立栅,以拒官军。霸先为前锋，所向摧陷，贲大败，遁入典彻湖。其地已属屈獠界，众军惮之。是夜江水暴起七丈，奔注湖中，霸先乘流先进，众军鼓噪而前。贼众大溃，遂擒李贲斩之。传首京师，以功除振远将军、西江督护。时太清元年也。

明年，侯景寇京师，霸先即欲率兵入援。会广州刺史元景仲，阴与贼通，将以广州附贼。霸先知其谋，乃集义兵于南海，驰檄以讨景仲。景仲穷蹙自缢，霸先乃迎萧勃镇广州。又值兰裕等作乱，始兴十郡，皆从之反，勃令霸先讨之，悉擒裕等。勃因以霸先监始兴郡事。霸先乃厚结始兴豪杰，同谋赴难。

郡人侯安都、张偲各率千余人来附。霸先皆署为将。及义军将发，萧勃遣使止之曰：“侯景骁勇，天下无敌。前者援军十万，士马精强，然而莫敢当锋，遂令羯贼得志。君在区区一旅，将何所之？况闻岭北王侯，又皆鼎沸，河东、桂阳，相次屠戮；岳阳、邵陵，亲寻干戈。以君疏外，讵可暗投，未若且住始兴，遥张声势，保太山之安也。”霸先泣谓使者曰：“仆本匹夫，荷国厚恩。往闻侯景渡江，即欲赴援，遭值兰裕作乱，梗我中道。今京都覆没，主上蒙尘，君辱臣死，谁敢爱命？君侯体则皇枝，任重方岳，不能摧锋万里，雪此冤痛。遣仆一军，犹贤乎已，乃更止之乎？仆行计决矣，非词说所能止也。”乃遣使间道往江陵，受湘东节度，星夜进兵。至大庾岭，忽有一军挡住去路，霸先出马，高声喝道：“何处兵马，敢阻吾勤王之师？”话犹未绝，只见对阵中，旗门开处，冲出一将，高声答道：“吾乃南康郡大将蔡路养也，奉萧使君之命，教我把守在此，不许一人一骑放过岭北。你是陈兴国，莫想过去，且还始兴去罢。”霸先大怒道：“谁为我擒此贼？”杜僧明一马冲出。只见路养身边，闪出一员小将，年约十二三，手持大捍刀，身骑高头马，迎住僧明便战，枪来刀往，斗至数十合，不分胜负。霸先暗暗喝采，便将鞭梢一指，大众一齐杀上，敌军披靡，一时大溃。路养脱身窜走，小将落后不能去，遂执而讯之。姓萧，名摩诃，乃路养妻侄。侯安都爱其勇，收而养之。于是义军进顿南昌。

且说南昌一路，水道最艰。旧有二十四滩，滩多巨石，往来行旅，皆畏其险。霸先军至，滩水暴涨数丈，三百里间，巨石皆没。舟行如驶，一日遂达西昌。天空无云，有龙天矫水滨，长五丈，五采鲜耀，军人观者数万人，莫不叹异。又军尝夜行，咫尺难辨，独霸先前后，若有神光照之，数十步外，并得相见。亲将赵知礼，怪而问之，霸失笑而不答。由是远近闻之，皆归心焉。今且按下霸先起兵。

再讲侯景既集东吴，复思西侵，探得诸王侯同室操戈，互相屠灭，不胜大喜，遂自加宇宙大将军，都督六合诸军事，以诏文呈帝。帝惊曰：“将军乃有宇宙之号耶？”然不敢违，即其号授之。景乃命任约将兵三万，进寇西阳、武昌。恰值宁州太守徐文盛，募兵数万，请讨侯景。湘东以为秦州刺史，使引兵东下，与任约遇于武昌。约不虞文盛兵至，初不为备。文盛进击，大破之，斩贼将数员，约狼狈走，丧亡不可胜计。明日文盛进击，又大破之。景闻任约败，大怒，遂自率众西上。携太子大器从军，留王伟居守建康。自石头至新林，战船千艘，舳舻相接。行至中途，任约来谢丧师之罪。景曰：“蕞尔贼何畏，汝看我破之。”至西阳，与文盛夹江筑垒。文盛曰：“景自恃无敌，有轻我心。若不先挫其锋，必为所乘。”于是策励将士，乘其初至攻之，士皆死战，杀其右丞库狄式和。景大败，退营五十里，集诸将问计。诸将请再战克之，景曰：“彼气方锐，战未可必。吾闻郢州刺史萧方诸,湘东少子,不暗军旅,吾以轻兵袭之,可虏而获也。得江夏,文盛在吾围中,彼且奔走不暇矣。"诸将皆曰:"善。"乃使宋子仙、任约,率轻骑四百,由淮内袭郢州。

却说方诸年十五,以行事鲍泉和弱,常狎侮之,或使伏于床中,骑其背为马。恃徐文盛在近,不复设备,日以蒲酒为乐。丙午,大风疾雨,天色晦冥。有登陴望见贼者,走告鲍泉。泉曰:"徐文盛大军方胜,贼何因得至? 当是王殉军人还耳。"盖殉率江夏兵五百,从文盛在外也。既而告者益众,始命闭门。而子仙等已驰入城,霎时杀进府中。方诸犹踞泉腹,以五色采辫其髻,见子仙至,方诸迎拜。泉匿床下子仙见有五色采,拖出床外,俯而窥之,乃鲍泉也,有采辫在髻上。众大笑,遂杀之。江夏已拔,景乘便风,中江举帆,遂越文盛军,入江夏。文盛军闻之,不战而溃,文盛逃归江陵。王殉以家在江夏,降于景。

先是湘东以王僧辩为大都督,率王琳、杜龛等东击景。军至巴陵,闻郢州已陷,因留戍之,湘东乃遗僧辩书曰:"贼既乘胜,必将西下,不劳远击,但守巴邱,以逸待劳,无忧不克!"又谓僚佐曰:"景若水步两道,直指江陵,此上策也;据夏首,积兵粮,中策也;悉力攻巴陵,下策也。巴陵城小而固,僧辩足可委任。景攻城不拔,野无所掠,暑疫时起,食尽兵疲,破之必矣。"乃命罗州刺史徐嗣徽兵自岳阳往武州,刺史杜崱兵自武陵往,共助僧辩拒景。

却说景在郢州,停兵三日,留其将丁和守之。使宋子仙将兵一万为前驱,趣巴陵。又遣任约将兵一万,声言直捣江陵。亲率大兵,水步并进。于是缘江城戍,望风皆溃。将次巴邱,僧辩乘城固守,偃旗卧鼓,寂若无人。景遣轻骑至城下,问城内守将为谁,答曰:"王领军。"骑曰:"何不早降?"僧辩使人对曰:"大军但向荆州,此城自当非碍。"骑去,既而执王珣至城下,使说其弟王琳出降。琳曰:"兄受命讨贼,不能死难,曾不内惭,反来诱我。"取弓射之,珣惭而退。景令军士肉薄攻城,百道俱进,城中鼓噪,矢石雨下。贼死甚众,乃退。僧辩又遣轻兵出战,凡十余返,所向皆捷。景怒,亲自披甲乘马,在城下督战,呼声动天地。僧辩缓服乘舆,奏鼓吹巡城。景望之,服其胆勇。

再说湘东闻任约西上,遣萧惠正将兵拒之,惠正谢不能,举胡僧祐自代。僧祐时坐忤旨系狱,绎即出之,拜为武猛将军,引兵前往,戒之曰:"贼若水战,但以大舰临之必克;若欲陆战,自可鼓棹直就巴邱,不须交锋也。"僧祐受命而行。军次湘浦,任约率卒五千,据白塔以待之。僧祐由他路而上,约谓其畏己,率众追之。及于芊口,约呼僧祐曰:"吴儿何不早降,走何所之?"僧祐占不应,潜引兵至赤沙亭。会信州刺史陆法和,引兵亦至,相见大喜。原来法和有异术,先隐于江陵百里洲,衣食居处,一如苦行沙门,或预言吉凶多中,人莫能测。方景之围台城也,或问之曰:"事将如何?"法和曰:"凡人取果,宜待熟时,不撩自落。"固问之,法和曰:"亦克亦不克。"及闻约向江陵,请于绎曰:"愿假一旅,生擒此贼。"绎乃遣之,使助僧祐。法和至,遂与僧祐合军。是时任约自恃其强,全不以敌军为意,戒左右曰:"速攻之,忽使逸去。"遂直抵赤亭。法和谓僧祐曰:"今日进战,贼必败走西北,可伏数十骑邀之,其帅可擒也。吾与将军严阵待之,戒令军士,勿为遥射,俟贼至栅前,听吾鼓声而起。"僧祐从之。临战,任约鼓噪而至,僧祐、法和伏不动。贼拔栅而入,中军鼓声忽起,于是万众齐奋,争先冲击,贼遂大溃。任约自出掠阵,以率退卒,不能止。见敌军纷纷杀来,只得单骑走西北,果遇伏兵,束手就缚。是役也,贼兵死亡殆尽,收获资糗、器械无数。景闻之不敢进,留宋子仙、丁和守郢城,焚营夜遁。任约执至江陵,叩头乞降,愿杀贼立功,以赎前愆。绎下之于狱,不遽诛。拜僧辩为征东将军,兼尚书令,胡僧祐等,皆进位号,使进复江夏。陆法和请还江陵,既至,谓湘东曰:"侯景自然平矣。蜀寇将至,请往御之。"蜀寇谓武陵王纪也。乃引兵屯峡口。

却说僧辩进攻郢州,辛酉,克其罗城,斩首千级。贼退据金城,四面起土山攻之,宋子仙穷蹙,乞输郢城,身还建康。僧辩诡许之,给船百艘,以安其意。子仙信之,浮舟将发,僧辩命杜龛率精勇千人,攀堞而上,鼓噪奄进,以楼船截其去路。子仙且战且走,至白杨浦,大败,遂与丁和同时就擒。僧辩斩之。遂顿军寻阳,以为克复之计。

却说景方遁时,战舰前后相失,太子船入枞阳浦,船中腹心皆劝因此入北。太子曰:"自国家丧败,志不图生,主上蒙尘,宁忍远离左右?吾今若去,乃是叛父,非避贼也。"因流泗呜咽,即命前进,遂返建康。

再讲景克京师,常言吴儿怯弱,易以掩取,当须拓定中原,然后为帝,故不急争于篡位。及兵败而归,猛将多死,不复以天下为意,专与溧阳公主日在温柔之乡,曲尽房帏之乐,朝夕欢娱,大废政事,王伟屡以为言,景因入宫稍疏。溧阳不乐,怨恨形于颜色。景慰之曰:"近日入宫稍疏者,以王伟有言,暂相屈从,我二人恩爱如故也。"溧阳大怒曰:"王伟离间我夫妇,誓必杀之。"旋有以溧阳之言报知王伟者,伟恐为所杀,因欲除帝,尽灭梁氏,以间其宠,乃谓景曰:"今兵挫于外,民怀观望,不早登大位,无以一人心。但自古移鼎。必先废立,毁示我威权,且绝彼民望。"景从之,乃使卫尉彭隽,率甲士二百人入殿,废帝为晋安王。

先是帝即位以来,防卫甚严,外人莫得进见,唯武陵侯谘,舍人殷不害,并以文弱得入卧内。其后武陵以疑见杀,帝自知不久,指所居殿,谓不害曰:"庞涓当死此下。"至是幽于永福省,悉撤内外侍卫,使突骑左右守之。墙垣悉布枳棘,遂下诏禅位于豫章王栋。栋,昭明太子之孙,豫章王欢之子也。时被幽拘,廪饩甚薄,仰蔬茹为食。方与妃张氏锄葵,法驾奄至,栋惊愕不知所为,侍卫逼之,泣而升辇。遂即帝位与太极殿,改元天正。于是宗室王侯,在建康者二十余人,景皆杀之。并杀太子大器。太子神明端凝,于景党未尝屈意,所亲窃问之,太子曰:"贼若于事势未须见杀,我虽陵慢呵叱,终不敢害。若见杀时至,虽一日百拜,亦何所益?"或又曰:"殿下今居困厄,而神貌怡然,不异平日,何也?"太子曰:"我自度死日必在贼前,若诸叔能灭贼,贼必先见杀,然后就死。若其不然,贼亦杀我以取富。安能以必死之命,为无益之愁乎?"及被害时,颜色不变,徐曰:"久知此事,嗟其晚耳。"刑者将以衣带绞之,太子曰:"此不能见杀。"命取击帐绳绞之而绝。时郭元建在秦州,闻帝被废,驰还建康,谓景曰:"主上先帝太子,既无愆失,何得废之?"景曰:"王伟劝我,云早除民望,吾故从之,以安天下。"元建曰:"吾挟天子令诸侯,犹惧不济,无故废之,乃所以自危,何安之有?"景大悔,悟曰:"今使复位,以栋为太孙可乎?"元建曰:"及今为之,犹愈已也。"但未识简文果得复位否,且听后文再讲。

　　湘东骨肉相残，以至景贼猖獗，其罪大矣，陈兴国本意，原欲为国家出力，若谓遽有二心，非也。特天挺人豪，自有奇异，未免自负耳。侯景事事不惬人心，且更不成器局，乃至困迫已见，听王伟小人之词，遽害简文父子，不但失算，愈足使人悲愤，焉得不速之死也？

第二十七回　侯景分尸惩大恶　武陵争帝失成都

　　话说景听元建之言，复欲迎帝复位。王伟闻之，遽入谏曰："废立大事，岂可数改？且立豫章为帝者，岂真奉之，不过为大王受禅地耳，奈何自沮大计？"景喜曰："微子言，几误吾事。"于是遣使杀南海王大临于吴郡、南郡王大连于姑孰、安陆王大春于会稽、高唐王大壮于京口，以太子妃赐郭元建。元建曰："岂有皇太子妃乃为人妾乎？"竟不与相见，听使人道。景谓王伟曰："我今可以为帝乎？"伟请先弑简文以一众心。景曰："卿快为我了之。"伟乃与彭俊、王修纂进觞于帝曰："丞相以陛下幽忧已久，使臣等来此上寿。"帝笑曰："已禅帝位，何得复称陛下，此酒恐不尽此乎？"伟曰："实无他意，陛下勿疑。"于是俊等并赍酒肴，侍坐陪饮，伟弹曲项琵琶佐酒。帝知将见杀，乃尽醉，谓曰："不图为乐，一至于此。"先是帝梦吞土数升，明日以告殷不害。不害曰："昔重耳馈块，卒反晋国，陛下所梦，将符是乎？"帝摇首曰："此梦恐别有应。"至是大醉而寝。俊以上囊覆其面，修纂坐其上而崩，果符吞土之梦。

　　帝即崩后，加景九锡。已丑，豫章王禅位于景，景即皇帝位于南郊，还登太极殿。其党数万，皆吹唇鼓噪而上。国号曰"汉"，改元太始。封栋为淮阴王，并其二弟锁之密室。王伟请立七庙，景曰："何谓七庙？"伟曰："天子祭七世祖考，载其讳于主上。"景曰："前世吾不复记，唯记我父名标。且彼在朔州，哪得来此啖饭？"众皆掩口而笑。其党有知景祖名乙羽周者，自外皆王伟造为之。追尊父标为元皇帝。先是景以西州为府，文武无尊卑，皆被引接。及篡帝位，身居禁中，非故旧不得见，由是诸将多怨望。又好独乘小马，弹射飞鸟，王伟每禁止之，不容轻出。景郁郁不乐，谓左右曰："吾何乐为帝，竟与受摈不殊。"今且按下慢表。

　　却说霸先兵屯西昌，训练士马，以候荆州调遣。及闻侯景弑帝，已夺梁祚，不胜大怒。一面上表湘东，请早正大位，以系人心；一面即请进兵克复京师。恰好湘东令旨到来，拜霸先为荡寇大将军，着往寻阳，与僧辩合军进讨。霸先受命，即统甲士三万，战舰二千，往寻阳进发。将次湓口，僧辩全军亦至，彼此相见大喜。僧辩曰："得君来助，贼不足平矣。"停军一日，遂于白茅湾，会集诸将，筑坛歃血，共读盟文。霸先流涕慷慨，誓不与此贼俱生，将士皆为感动。是日，僧辩使侯琪袭南陵、鹊头二戍，克之。贼将侯子鉴奔还淮南。癸酉，军至芜湖，贼将张黑弃城走。景闻之惧，乃遣侯子鉴率兵三万，据姑孰以拒西军。戒子鉴曰："西人善水战，勿与争锋，往年任约之败，良为此也。若得步骑一战，必获大胜。汝但结营岸上，引船入浦以待之。"子鉴乃舍舟登岸，闭营不出。僧辩与霸先计曰："贼所以紧守不出者，欲老我师也。我当示弱以诱之。"遂停军芜湖，十余日不进。贼党果以为怯，大喜，告景曰："西师畏我之强，不敢直前，势将遁矣，不击且失之。"景乃复命子鉴为水战之备。丁丑，僧辩引军东下，直趣姑孰。子鉴乃率步骑，度过西洲，于岸上挑战，以战船千艘，泊于水际，候官军上岸，水陆夹击。僧辩乃使霸先以大舰夹泊两岸，身领细船佯退。贼兵望见，以为水军将走，悉众来追。追有里许，僧辩回船奋击，霸先以大舰横截其后。鼓噪大呼，合战江中，杀得贼兵大败，士卒赴水死者数千人。子鉴仅以身免，收散卒，走还建康。官军遂入站墼。僧辩曰："贼人破胆矣，急击勿失。"于是不暇解甲，引兵而前，众军继进，历阳诸戍，相继迎降。

景闻子鉴败，大惧，涕下覆面，引装而卧，良久方起，叹曰："误我乃公。"庚辰，僧辩督诸军至张公洲，乘潮入淮，直至禅灵寺前。侯景乃以大船运石塞淮口，缘淮作城。自石头至朱雀街，十余里中，楼堞相接，处处以重兵守之。僧辩问霸先曰："贼力尚强，何计破之？"霸先曰："前柳仲礼拥数十万兵，隔水而坐，韦粲在青塘，竟不渡岸。贼登高望之，表里俱尽，故能覆我师徒。今围石头，必须引兵先渡北岸，入其腹中，方克有济。诸将若不能当锋，霸先请先往立栅。"僧辩大喜，曰："微兄言，几失制贼之术。"

是夜，霸先率轻步三千，先渡北岸筑栅，众军依次连筑入城，直出石头西北。景恐西州路绝，亦率侯子鉴等于石头东北连筑五城，以遏大路。景登石头城，遥望官军，大言曰："一把子人，何足打杀。"望见霸先栅，密谓左右曰："此军上有紫气，不易胜也。"丁亥，景率精卒二万，铁骑八百余匹，陈于西州之西。霸先谓僧辩曰："吾闻善用兵者，如常山之蛇，使救首救尾，彼此相应。今我众贼寡，宜分其兵势，以强制弱。何故聚锋锐于一处，令贼致死于我？"乃命诸将分路置兵。景见王僧志一军，众最寡弱，引兵先冲其阵。僧志小缩，霸先引弩手二千，横绝其后，每发一矢，辄贯其胸，景兵乃退。继又主敢死士八百，弃稍执刀，冲霸先阵，阵不动。王琳、杜龛等，以铁骑乘之，景殊死战。僧辩以大军继进，贼送大溃。诸军乘胜逐北，霸先进破石头城，遂入据之。景至阙下，闻追兵已至西明门，不敢入台，召王伟至前，怒色责之曰："尔令我为帝，今日误我！"伟不敢对。景遂策马欲走，伟执鞍谏曰："自古岂有叛走天子耶？宫中卫士，犹足一战，弃此将欲安之？"景曰："我昔败贺拔胜，破葛荣，扬名河、朔，渡江平台城，降柳仲礼如反掌，今日天亡我也。"

先是景所乘白马，矫健异常，每战将胜，辄踯躅嘶鸣，意气骏逸；其有奔衄，必低头不前。及石头之败，精神沮丧，至是卧不肯动。景使左右拜请，或加箠策，终不肯进，景乃易马。与腹心房世贵等，率百余骑东走。其党王伟、侯鉴等，皆仓皇遁去。

城内无主，王克率台中旧臣迎僧辩于道。僧辩劳克曰："卿良苦，朝夕拜手贼廷。"克惭不能对。又问玺绶何在，良久曰："赵平原持去。"僧辩曰："王氏百世卿族，可惜一朝而坠。"遂入台城，迎简文梓宫升朝堂，率百官哭踊如礼。先是僧辩之发江陵也，启湘东王曰："平贼之后倘嗣君尚在，未审何以为礼？"王曰："六门之内，自极兵威。"僧辩曰："讨贼之谋，臣当其任，成济之事，请别使人。"王乃密谕将军朱买臣，使之为所。及景败，简文及太子已殂，唯豫章王栋兄弟尚锁蜜室，至是相扶而出，逢杜崱于道，为去其锁，二弟曰："今日始免横死矣！"栋曰："倚伏难知，吾犹有惧。"路遇朱买臣，呼之就船共饮，饮未竟，船忽坏，并沉于水，闻者悲之。

话分两头，侯景奔至晋陵，田迁引兵迎之，遂驱掠居民，东趋吴郡。时谢答仁据富阳，赵伯超据钱塘，知其败，皆叛之。景至嘉兴，闻其叛，不敢讲，乃退人于吴。僧辩命侯瑱率精骑五千追景，及于松江，景犹有船二百艘，众数千人。瑱进击，大败之，擒贼将彭俊、田俊、房世贵等。瑱素恨彭俊,生剖其腹,抽其肠。俊犹未死,手自取肠,堑其首乃绝。景率数十人军舸走,将入海,向蒙山。有羊侃之子羊鹍,景纳其妹为小妻,以鹍为库直都督,随景东走,乃结同舟王元礼,谢葳蕤等,密图之,众并许诺。乘景昼寝舱中,密嘱舟师回船到京口。景觉大惊,问曰:"何故至此?"鹍曰:"欲送汝头入建康耳。"遂拔刀砍之,景倒船中,宛转未死。众并以长矛刺杀之,恐尸易烂,乃以五斗盐纳景腹中,送其尸于建康。

先是景未败时,有僧通道人者,心志若狂,饮酒食肉,不异凡人,言人吉凶多中,景甚信之。一日,景召使侍宴,僧通取肉拌盐以进,问景曰:"好否?"

景曰:"太咸。"

僧通曰:"不咸即烂,何以供人食?"

当时莫解其所谓,至景死乃验。尸至建康,僧辩暨诸将皆贺,斩其首,遣羊鹍送之江陵;截一手,使谢葳蕤送于齐。暴尸于市,士民争取食之,并骨皆尽。其遗下妃属。并斩于市,溧阳公主亦与焉。

时郭元建尚据南兖州,遣使乞降于僧辩。僧辩遣霸先向广陵,受其降。会侯子鉴逃至广陵,谓元建曰:"我曹梁之深仇,何颜复见其主,不若投北,可保爵位。"

元建从之,遂以城降齐。霸先至,闻元建复叛,齐将辛述已据广陵,遂引军还。行至半途,军士绑缚一人解至军前,云是王伟,见其躲匿草间,故执之。盖伟自建业逃后,诸郡皆已反正,无地容身,正欲越境投北,恰值霸先军来,恐被擒获,故匿草间,不意为军人所执。霸先囚送建康,僧辩坐而见之。左右喝令下拜,伟曰:"各为人臣,奚拜为?"僧辩曰:"卿为贼相,败不能死,而求活草间,可耻孰甚?"伟曰:"废兴命也,使侯王早从伟言,明公岂有今日?"僧辩命书贼臣王伟于背,遍殉六门以辱之。伟曰:"昨行八十里,足力疲极,愿借一驴代步。"僧辩曰:"汝头方行万里,何八十里哉?"尚书左丞虞骘,尝为伟所辱,乃唾其面,伟曰:"君不读书,不足与语。"骘曰:"汝读书,乃为作贼地耶?"时赵伯超、谢答仁亦降,僧辩囚之,与王伟并送江陵。丁巳,湘东王下令解严,枭侯景之首于市。煮面漆之,以付武库,下王伟等于狱。伟在狱尚望生全,作诗赠王左右要人,以求援手。其诗曰:

> 赵壹能为赋,邹阳解献书。
> 何惜西江水,不救辙中鱼。

又上五百字诗于王,王爱其才,将舍之。朝士多恶其人,乃言于王曰:"前日伟作檄文,其书更佳。"王购而视之,内有云:"项羽重瞳,尚有乌江之败;湘东一目,宁为赤县所归。"王大怒,立即狱中取出,钉其舌于柱,剐腹脔肉而杀之。已酉,尽诛逆臣吕季略、周石珍等于市,赵伯超赐死于狱。以谢答仁不失礼于简文,特宥之。于是公卿藩镇,皆上表劝进。十一月丙子,湘东即帝位于江陵,改元承圣,是为元帝。乙卯,立王太子方矩为皇太子,王子方智为晋安王,方略为始安王,方等之子庄为永嘉王。论平贼功,大封功臣,以僧辩为司徒,封长宁公,镇建康。霸先为征虏将军,封长城县侯,镇京口,其余进爵有差。

却说湘东虽即大位，颇怀忧惧，尝谓群臣曰："国家自遭景乱，州郡半失，长江以外，皆入于齐。荆州之界，北尽武宁，西拒硖石，余郡皆为周有。岭南一路，又萧勃据之。诏令所行，不过千里。民户著籍者，不盈三万。今欲自强，何者宜先？"侍郎周宏正请还旧京，以一人心，帝从之。乃下诏迁都建康。时大臣胡僧祐、黄罗汉、宗懔等，多荆州人，不乐东行，进谏曰："建业王气已尽，与虏止隔一江，若有不虞，虽悔无及。且古老相传云，荆州洲数满百，当出天子。今枝江生洲，百数已满，陛下龙飞，是其应也，何用他迁？"帝令与朝臣议之。周宏正曰："今百姓未见车驾入都，谓是列国诸王，无以慰海之望。愿陛下速还建康，勿惑人言。"宗懔曰："宏正，东人也，志愿东下，恐非良计。"宏正面折之曰："东人劝东，谓非良计。君等西人欲西，岂是长策？"上笑而止，明日又议于后堂，会者五百人。上问之曰："吾欲还京，诸卿以为何如？"众莫敢先对。上曰："劝我去者左袒。劝吾留者右袒。"一时左者过半。武昌太守朱买臣言于上曰："金陵旧都，山陵所在，荆镇边疆，非王者之宅。愿陛下勿疑，以致后悔。臣家在荆州，敢不愿陛下留此？但恐是臣富贵，非陛下富贵耳。"帝乃使术士杜景豪卜之，对曰："留此不吉，但陛下欲去不果。"退而谓人曰："此兆为鬼贼所留也。"帝亦以建康凋残，江陵全盛，不乐东下，卒从僧祐等议。

一日帝正视朝，忽报益州刺史、武陵王纪僭称帝号，举兵大下，欲夺江陵。帝闻之大惧。

你道武陵王纪为何而反？纪字世询，高祖少子，最承宠爱。始命为益州刺史，以路远固辞。高祖曰："天下方乱，唯蜀地可免，故以处汝。汝其勉之。"纪欷歔而去。性勤敏，颇有武略。在蜀十七年，南开宁州、越巂，西通资陵、吐谷浑，内修耕桑盐铁之政，外通商贾远方之利。财用饶多，器甲盈积。当台城被围，直兵参军徐怦劝其发兵入援，纪不应。及闻武帝凶问，遂有自帝之心。或报湘东王兴师进讨，呼其小字曰："七官文士，焉能匡济？"左右谀之曰："他日主天下者，非殿下而谁！"纪大喜。一日，内殿柏木柱绕节生花，其茎四十有六，靡丽可爱，状如芙蕖，遍召诸将视之，皆云主有大吉。纪以为受命之符，乃于承圣元年四月，即皇帝位，立子圆照为皇太子，圆正等皆为王。以永丰侯㧑为征西大将军、益州刺史。徐怦苦口固谏，纪大怒，其后诬以谋反，执之至殿，谓曰："尔罪当诛，以卿旧情，当使诸子无恙。"怦对曰："生儿悉如殿下，留之何益？"纪乃尽诛之，枭首于市。永丰侯㧑叹曰："王事不成矣。善人，国之纪也。今先杀之，不亡何待？"纪既僭号，未即举兵入犯。时太子圆照镇巴东，启纪云："侯景未平，荆镇已为贼破，宜急进兵。"纪信之，遂留永丰侯㧑及太子圆肃守成都，亲率大众，由外水东下。舳舻蔽川，军容甚盛，将至巴东，知侯景已平，颇自悔，召圆照责之。照曰："景贼虽除，江陵未复，陛下既称尊号，岂可复居人下？"纪以为然，遂进兵。

陆法和豫知蜀兵必来，筑二城于硖石，两岸运石填江，以铁锁断之。纪不得前，乃遣其将侯睿引众七千，攻绝铁锁。法和不能拒，遣使告急。时任约在狱待决，帝赦而出之，以为司马，使助法和拒纪，谓之曰："汝罪不容诛，我不杀汝者，本为今日。"

因撤禁兵配之，又使将军刘棻与之俱，帝尝与纪书云："地拟孙、刘，各安疆境，情深鲁、卫,书信恒通。"

纪不答。至是又复与书云:

甚苦吾弟,季月烦暑,流金铄石,聚蚊成雷,以兹玉体,辛苦行阵,乃眷西顾,我忧如何。自獯丑凭陵,侯景叛换,吾年为一日之长,属有平乱之功,膺此乐推,事归当璧。弟还西蜀,事制一方,我不禁也;如曰不然,于此投笔。友于兄弟,分形共气。兄肥弟瘦,无复相见之期;让枣推梨永罢欢愉之日。上林静拱,闻四鸟之哀鸣;宣室披图,嗟万始之长逝。心乎爱矣,书不尽言。

纪亦不报。

先是帝患蜀兵难御,遣师求援于西魏曰:"子纠亲也,请君讨之。"

时西魏宇文泰本有图蜀之心,喜曰:"取蜀制梁,在兹一举矣。"

乃命大将尉迟迥,统领精卒二万、骑万匹,自散关进兵伐蜀,直攻剑阁。守将杨乾运闻魏师至,叹曰:"木朽不雕,世衰难佐。国家巨寇初平,不思同心协力,保国安民,而兄弟寻戈,此自亡之道也。我奚以御魏哉?"

遂开关降。迥乃长驱直前,进袭成都。时成都见兵不满万人,仓库空竭,永丰侯出战,大败入城。迥遣人招之,遂与宜都王圆肃率文武诣军门降,成都遂失。

却说纪在军中,以黄金一斤为饼,饼百为箧,银五倍之,锦彩称定。每战,悬示将士,而不以为赏。其将陈智祖,请散之以募勇士,弗听,由是士卒解体。及闻魏寇深入,成都孤危,欲前则根本将倾,欲退恐东军乘之,忧愬不知所为。乃遣其子江安侯圆正诣荆州求和,请依前旨还蜀。帝知其将败,不许,下圆正于狱,密敕王琳截其后,任约攻其前。于是前后夹攻,拔其三垒,两岸十四城俱降。纪不获退,只得顺流东下,将士稍稍逃亡,将军樊猛追之,众大溃,纪以数舰自保,猛围而守之。帝闻纪败,密敕猛曰:"生还不成功也。"猛乃引兵直犯纪舟。纪在舟中,绕床而行,见猛登舟,以金一囊付之曰:"用此雇卿,送我一见七官。"猛曰:"天子何由可见? 杀足下,金将安之?"遂斩纪,及其幼子圆满。陆法和收太子圆照送江陵,帝绝纪属籍,赐姓饕餮,圆正闻败,号哭不绝声。及见圆照入狱,责之曰:"兄何乱人骨肉,使痛酷若此?"圆照唯云计误。帝命并绝其食,至啮臂相啖,十三日而死。远近闻而悲之。斯时蜀患既除,境内咸服,江陵可谓安枕。但未识从此以后,果得相安无事否,且俟下文再述。

王伟不愿名义,劝侯景灭梁以图大位。景虽有贼智,岂能窃据,伟欲为贼之臣,卒不可得,贼中之下愚也。湘东猜嫌成性,幸有僧辩、霸先辅之,始得歼灭景贼。即位后,时怀惧心,何如保全兄弟,各镇一方,治则有磐石之安,乱则成犄角之势耶? 武陵当侯景叛乱,不知进讨,乃惑于殿柱开花,辄生妄想,湘东书以讲解,终不知变。卒至魏师入蜀,转眼之间,失其根本,父子受诛,愚之甚者也。自古以来。无论家国,未有手足不和,而能兴发者。现此可为殷鉴。

第二十八回　魏连萧詧取江陵　齐纳渊明图建业

话说岳阳王詧,闻武陵被杀,诸子皆饿死狱中,叹曰:"高祖子孙尽矣,唯我尚在,彼岂能容我乎?"因乞援于魏,而身自入朝。告丞相泰曰:"荆州所恃,不过僧辩、霸先,今镇守南方,精兵猛将,皆隶其麾下,国内空虚。且绎自僭号以来,性更猜忌,专行杀戮,人心不附。大国若遣一旅之众,直指江陵,仆率襄阳步骑会之则反掌可克。大国可以拓土开疆,仆亦得纾己难,唯公鉴之。"泰犹未许,乃遣使聘梁,以觇虚实。会齐亦有使至,帝接魏使,不及齐使,且请据旧图,定疆境,辞颇不逊。使归告泰,泰曰:"古人有言,天之所弃,谁能兴之,其萧绎之谓乎!"乃遣常山公于谨、中山公宇文护、大将军杨忠,将兵五万入寇。临发,泰问谨曰:"为萧绎之计若何?"谨曰:"耀兵汉、沔,席卷渡江,直据丹阳,上策也;移郭内民居,退保子城,峻其陴堞,以待援军,中策也;苦难于移动,据守罗郭,下策也。"泰曰:"揣绎定出何策?"谨曰:"下策。"泰曰:"何故?"谨曰:"萧氏保据江东,绵历数纪,属中原多故,未遑外略。又以我有齐氏之患,必力不能分。且绎懦而无谋,多疑少断,愚民难与虑始,皆恋邑居。所以知其定出下策。"泰曰:"善。"

却说武宁太守宗均,闻魏师动,飞报入朝。帝召群臣议之。

胡僧佑、黄罗汉皆曰:"二国通好,未有嫌隙,必无此理。"

乃复遣恃中王琛使魏。琛至石梵,未见魏军,驰书报黄罗汉曰:"吾至石梵,境上帖然,前言皆儿戏耳。"

散骑郎庾季才言于帝曰:"去年八月丙申,月犯心中星,今月丙戌,赤气干北斗。心为大王,丙主楚分,臣恐建子之月,有大兵入江陵。陛下宜留重臣镇江陵,整旆还都,以避其难。假令魏虏侵蹙,止失荆、湘,在于社稷,犹得无虑。无贪目前之安,而上违天意也。"帝素晓天文,亦知楚地有灾,叹曰:"祸福在天,避之何益?"

丙寅,忽报魏军至樊邓,岳阳王率师助之,帝始大惧。命内外戒严,征王僧辩为大都督、荆州刺史,又征王琳于广州,使引兵入援。

先是琳本兵家子,其姊妹皆入王宫。琳少恃帝左右,有勇略,帝以为将。能倾身下士,所得赏赐,不以入家,麾下万人,多江、淮群盗。从王僧辩平侯景,功居第一。帝使镇湘州,既而疑其部众强盛,又得众心,欲使居远,乃迁为广州刺史。琳私谓主书李膺曰:"琳小人也,蒙官家拔擢至此。今天下未定,迁琳岭南,如有不虞,安得琳力?穷搀官意,不过疑琳。琳分望有限,岂与官家争为帝乎?卿日在帝侧,何不一言于上,以琳为雍州刺史,镇武宁。琳自放兵作田,为国御捍。"膺然其言而弗敢启。至是帝闻魏师将至,乃征琳为湘州刺史。

陆法和朝夕登郢州城楼,北望而叹,乃引兵入汉口,将赴江陵。帝以郢州重地,不可无兵把守,乃使人止之曰:"此处自能破贼,但镇郢州,不须动也。"法和还州,垩其城门,着衰绖,坐苇席终日,乃脱之。十一月甲戌,帝大阅于津阳门外,步骑交集,行阵方列，忽大风暴雨，从北而来，旗幡皆折，军士不能存立，遂乘轻辇还宫，群臣皆冒雨各散。是夜，帝登凤凰阁，徒倚叹息曰："客星入翼轸，今必败矣。"连呼"奈何"者三，嫔御皆泣。癸未，魏军济汉，宇文护率精骑五千，先据江津以断东路，进拔武宁，执太守宗均。是日，帝自乘马出城，行栅插木，周围六十余里，以胡僧佑都督城东诸军事，尚书张缵为之副。王褒都督城西诸军事，侍郎元景亮为之副，王公以下，各有所守。命太子巡行城楼，令居人助运木石。其时魏军去江陵四十里，将到栅下。帝集群臣议出兵，忽报栅内失火，急令救之，已延烧数千余家，焚城楼二十五所。帝乃自巡城上，临所焚楼处望之，但见魏师济江，千帆翔集，乘风直进，舟行如驶，叹曰："长江天险，彼稳渡中流若此耶？"四顾欷歔。是夜遂止宫外，宿民家，裂帛为书，趣王僧辩曰："吾忍死待公，可以至矣。"于谨进兵城下，筑长围守之，由是中外信命始绝。胡僧佑请出荡长围，帝许之，乃引精骑三千，开门出击。于谨伏兵营内，俟其至，弓弩并发，军不得进。杨忠从旁横击之，大败走还。帝益惧，集群臣于长沙寺问计。朱买臣按剑进曰："今日惟斩宗凛、黄罗汉，可以谢天下。"帝曰："曩实吾意，宗、黄何罪？"二人退入众中。却说王琳闻诏，昼夜进军行至长沙，前有敌兵阻路，乃遣长史裴政，从间道赴江陵报信。政至百里洲，为魏人所获。岳阳王呼而谓之曰："我武皇帝之孙也，不可为尔君乎？若从我计，贵及子孙；如曰不然，腰领分矣。"政诡曰："唯命。"詧锁之至城下，使谓曰："王僧辩闻荆州被围，已自为帝。王琳孤弱，不复能至，城中人无与俱死。"政不从，反告城上曰："援兵大至，各思自勉。吾以间使被执，情愿碎身报国，不敢附逆。"监者击其口，政曰："吾头可断，吾口不可改。"詧命杀之，参军蔡大业趋前曰："此民望也，杀之则荆州不可下矣。"乃释之。

时征兵四方，皆未至。魏人百道攻城，飞矢雨集。城中负户而汲，蒙盾而行。胡僧佑亲尝矢石，昼夜督战，鼓励将士，众咸致死，所向摧珍，城不至破。俄而僧佑中流矢死，内外大骇。魏乘人心恐惧，悉众急攻，遂破东门而入。帝率本子群臣退保金城，叹曰："今欲救死，不得不屈膝于魏矣。"乃使汝南王大封、晋熙王大圆，诣魏军，请于于谨曰："大国若念旧好，肯延梁氏一线，情愿称臣纳贡，长为附庸之邦。望敛军威，勿迫人于险。"于谨不许，二王大哭而返。

时东南虽破，城北诸将犹致死苦战，日暝闻城陷，乃弃甲散。帝入东阁竹殿，舍人高善宝侍侧，命取古今图书十四万卷，焚之于前，将自赴火，善宝抱止之。乃以宝剑击柱曰："文武之道，今夜尽矣。"谢答仁、朱买臣进曰："城中兵众犹强，乘间夺围而出，贼必惊。因而薄之，可度江就任约。"帝素不便走马，曰："事必无成，只增辱耳。"答仁请自护以行，谓必得脱。王褒私语帝曰："答仁侯景之党，岂足可信？成彼之勋，不如降也。"答仁又请守子城，收兵可得五千人。帝然之，即授城中大都督，既而召王褒谋之。褒又以为不可。答仁屡请不许，大恸呕血而去。

于谨扎营于子城口，索太子为质，帝使王褒送之，褒至周营，匍匐乞怜。谨子以褒善书，给之纸笔，褒书于后曰："柱国常山公家奴王褒。"识者鄙之。

斯时外围益急，群臣相继出降，帝左右渐散，遂去羽仪法物，白马索衣出东门，抽剑击阖曰："萧世诚一至此乎？"

魏军见帝出，相率奔至马前，牵其辔以行。至白马寺北，夺其所乘骏马，以弩马代

之。遣长壮军人，手扼其背以行。逢于谨于道，军人牵使帝拜，不胜屈辱。俄而岳阳王
至，使铁骑拥之入营，囚于乌幔之下，面数之曰："桂阳无辜见杀，河东阖门受诛。武陵
既败，斩首舟中，诸子啮臂，饿死狱底，汝心何忍？而狀贼诸王若此，向者人为汝食，今
亦为人噬耶？"命左右食以草具，以困辱之。至夕，于谨遣人使帝为书召王僧辩。帝不
可，使者逼之曰："王至今日，岂得自由？"帝曰："我既不自由，僧辩亦不由我。"或问何意
焚书，帝曰："读书万卷，犹有今日，不焚何待？"瞥既囚帝，请于谨曰："绎杀人多矣，愿绝
其命，以慰冤魂。"谨即使瞥监刑，遂以土囊陨之，殡以蒲席，束以白茅，葬之于津阳门
外。并杀太子无良，及始安王大略、桂阳王大成等。盖帝性残忍，且惩高祖宽纵之弊，
故为政尚严。城方围时，狱中尚有死囚数千，有司释之，以充战士。帝不许，悉令瞥杀
之，事未成而城陷，故其死也，人莫之惜。后人有诗讥之曰：

> 摧残骨肉疾如仇，半壁江山要独收。
> 剩有岳阳心未服，统兵百万下荆州。

　　且说魏既诛帝，尽俘王公以下，悉收府库珍宝，宫妃采女，送之长安。群臣降者，亦
归关中授职。乃立瞥为梁主，取其雍州旧封，资以荆州之地，延袤三百里，居江陵东城。
魏将王悦，将兵居西城，外示助警备御，内实防之。又选百姓男女数万口为奴婢，分赏
三军，驱归长安。小弱者皆杀之。得免者三百余家，而人马所践及冻死者什之二三，由
是荆人不胜其毒，而皆归咎于瞥。先是瞥将尹德毅说瞥曰："魏虏贪婪，肆其残忍，杀掠
士民，不可胜纪。江东之人，涂炭至此，咸谓殿下为之。殿下既杀人父兄，孤人子弟，人
尽仇也，谁与为国？今魏之精锐尽萃于此，若殿下为设享会，请于谨等为欢，预伏壮士，
因而毙之，分命诸将，掩其营垒，大歼群丑，俾无遗类，收江陵百姓，抚而安之，文武群
僚，随材铨授。魏人慑息，未敢送死，王僧辩之徒，折简可致。然后朝服济江，入践皇
极，晷刻之间，大功可立。古人云：'天与不取，反受其咎。'愿陛下恢宏远略，勿怀匹夫
之行。"瞥曰："此策固善，然魏人待我厚，未可背德。若如卿计，人将不食我余！"既而合
城长幼被虏，又失襄阳，瞥乃叹曰："悔不用尹德毅之言。"魏师既还，瞥乃即皇帝位于江
陵，改元大定。追尊昭明太子为昭明皇帝，尊其母龚氏为皇太后，立子岿为皇太子。赏
刑制度并同王者。唯上表于魏则称臣，奉其正朔。至于官爵，仍依梁氏之旧。以蔡大
宝为传中仆射，王操为五兵尚书。大宝严整有智，雅达政事，文辞赡远，梁主推心任之，
以为谋主，比之诸葛武侯。操亦亚之。故能外睦强邻，内抚遗庶。今且按下不表。却
说僧辩初闻江陵被围，乃命霸先移镇扬州，使侯瑱程灵先等为前军，杜僧明、吴明彻等
为后军，亲自入援。未至而荆州陷，欲救无及。及闻元帝凶问，退守姑孰。以书寄霸
先曰：

> 国家新破，故主云亡，朝无六尺之孤，野乏半年之积。人心渐散，宗社将
> 倾，不有所奉，何以立国？意唯于宗室中选立贤明，以主梁祀，庶三吴旧业，借
> 以相延，万里长江，不至失守。然立君谅有同心，临事尚期协力，愿展分阃之

才,以济同舟之急。

霸先见书,痛哭报僧辩云:

> 身为人臣,不能救主于危,万死奚赎。足下既怀殉国之忠,仆何敢昧捐躯
> 之报?兴灭继绝,在斯时矣。定倾扶危,是所望焉。今孝元令子,尚有晋安,
> 父死子继,允协天人。倘足下奉以为主,则社稷幸甚。

时晋安王方智为江州刺史,于是僧辩从霸先之言,率群臣连名上表,迎归建康,即
皇帝位,时年十三。以僧辩为骠骑大将军,都督中外诸军事,霸先为征西大将军,镇京
口如故。当是时,齐乘梁乱,侵伐频仍,大江以外,遍地烽烟。僧辩、霸先御内靖外,不
遑朝夕。一日,忽报齐清河王岳进兵临江,郢州刺史陆法和以州降之,因随岳归邺,独
留齐将慕容俨戍郢州。僧辩曰:“郢与江州为唇齿,失郢是无江矣。”因遣侯瑱率兵攻
之,俨坚守不下。且说贞阳侯渊明,留齐有年,求归不得。今闻江南大乱,朝无其主,借
此可为归计。乃乘间请于齐主曰:“岳阳附魏,魏得据有荆、襄。今建康孤危,必至尽为
魏有。陛下何不放臣归国,以主梁祀。世为附庸,奉齐正朔,则梁之卿士,皆为陛下陪
臣;梁之山河,皆为陛下属国,又有存亡继绝之名,而坐收天下之半,臣若留此,不过亡
国一俘,于齐何益?”齐主召群臣谋之,皆以为便,乃使上党王涣,将兵一万,送渊明归
国。涣请益兵,齐王曰:“汝何怯也?”涣曰:“是行也,不大集兵力以慑之,僧辩之徒,未
可说而下也。”乃发兵五万配之,进临江口,征鼓之声,震惊百里。使殿中尚书邢子才,
驰传诣建康,与僧辩书曰:

> 嗣主冲藐,未堪负荷。彼贞阳侯武帝犹子,长沙后代,以年以望,堪保金
> 陵。故置为梁主,纳于尔国,卿宜部分舟舰,迎接新主,并心一力,善建良图。
> 倘或不然,大兵百万已次江口,星驰电发,立至建康,主臣同烬,玉石俱焚。成
> 败在即,惟卿自择。僧辩不从,下令戒严,饬内外诸郡,各集兵马,以拒齐师。

贞阳亦与僧辩书,求请迎纳,僧辩复书拒之曰:

> 嗣主体自宸极,受于文祖,如明公不忘敌国,缓服入朝,同奖王室,伊、吕
> 之任,匪公而谁?倘意在自帝,不敢闻命。

齐以僧辩不服,长驱进兵,破谯郡,攻东关,所向无前。将军裴之横率兵御之,大战
于关下。之横阵亡,全军皆覆。归者争言齐师之盛,前后莫测多少,刻日将至关下。僧
辩大惧,自量力不能拒,乃出屯姑孰,决意改图,遣使奉启于渊明,定君臣之礼。继使尚
书周宏正,至齐军奉迎,乞以晋安王为太子。渊明许之。敕取卫士三千,僧辩只给散卒
千人,备龙舟法驾迎之。渊明乃与齐师盟于江北,誓为藩臣,不敢背德。盟毕,自采石

济江,于是梁车南渡,齐师北返。僧辩拥楫中流,尚恐齐藏祸心,不敢径归国,就西岸。齐侍中裴英起护送渊明入朝,会僧辩于江宁,谓曰:"今而后非敌国而一家矣。"

僧辩劳之。癸卯,渊明入建康,望朱雀门而哭,道迎者以哭对。丙午,即皇帝位,以晋安王为皇太子,王僧辩为大司马,陈霸先为侍中。诏解郢州之围,送慕容俨归国,齐亦以城在江外难守,割以还梁。自是举朝相庆,独霸先不悦。

先是霸先与僧辩共灭侯景,情好甚笃。

僧辩居石头城,霸先在京口,彼此推心相待。及僧辩欲纳渊明,霸先遣使苦争之,往返数次,僧辩不从。霸先私谓所亲曰:"武帝子孙甚多,唯孝元能复仇雪耻,其子何罪,而忽废之?吾与王公,并受托孤之任,而王公一日改图,外依戎狄,援立非次,其志欲何为乎?"乃密有相图之意。具袍数千领,及锦彩金银,为赏赐之具。事未发,有告齐师大举入寇者,僧辩遣其记室江旰告霸先,使为之备。霸先因留江旰于京口,托言举兵御齐,实袭僧辩。谋既定,召部将侯安都、周文育、徐度、杜棱告之。棱有难色,霸先惧泄其谋,以手巾绞棱,闷绝于地,因闭之别室。部分将士,分赐金帛。以侄昙朗镇京口,使徐度、侯安都率水军趋石头。临发,霸先控马未进,安都怒且惧,追骂霸先曰:"今日作贼,事势已成,生死决于须臾,在后欲何所望?若败俱死,后其得免砍头耶?"霸先曰:"安都嗔我。"乃急进。

安都至石头城北,弃舟登岸,城墙北接冈阜,不甚危峻,地皆荒僻,无兵防守。安都被甲,带长兵,军人捧之,投于女垣内。众随而人,不数步,即僧辩署后,墙亦单,一跃而进,逢人即杀之,遂及僧辩卧室。霸先亦自南门入。僧辩方起视事,外白有兵,问曰:"兵何来。"语未竟,兵自内出。僧辩离座遽走,出遇其子颙,呼曰:"霸先反矣!"僧辩遑迫,遂与颙率左右数十人,苦战于听事前。斯时外兵益集,左右死伤略尽,力不敌,走登南门楼,拜请乞哀。霸先曰:"速下就缚,不然我焚楼矣。"军士将纵火,僧辩父子遂下。霸先执之,谓曰:"我有何辜,公欲与齐师赐讨?且身为大将。何无备若此?"僧辩曰:"委公北门,何为无备?且汝欲杀我,乃谓我欲杀汝耶?"是夜,锁其父子于别室,皆缢杀之。乃列僧辩罪状,布告中外,且曰:"斧钺所加,唯僧辩一门。其余亲党,一无所问。"贞阳遂逊帝位,出就外邸。百僚奉晋安复位,大赦改元,以渊明为司徒,封建安公,加霸先尚书令,都督中外诸军事,大权一归霸先。人谓霸先之杀僧辩,全为国事起见,不知致二人参商者,尚有一段隐情在内。说也话长,且听下文分讲。

岳阳投魏,皆因湘东残灭宗支,欲借以免祸,且复仇也。乃引魏入境,直犹倒戈而授之柄,虽叩首称臣,庸得自由。贞阳既投于齐,闻梁乱而欲觊大位,亦是引狼居屋,况并不能久安其位,祸由自取。王僧辩始与霸先设立晋安,慷慨伏义,旋以贞阳倚齐争立,又复首鼠多端,宜霸先力争之也。争之不听,因而杀之,迎立晋阳,大权得握,以至骑虎难下,有不得不受命之势,殆亦天启之者耶?

第二十九回　慕狡童红霞失节　扫余寇兴国称尊

　　话说霸先袭杀僧辩，其隙从何而起？先是霸先有女，名红霞，其母张氏，霸先妾也。梦折桃花而生，故以红霞为名，年及笄，美而慧，不特容颜出众，亦且诗画兼优。自江陵之陷，霸先子弟之在荆州者，尽入于魏，而红霞常依膝下，母又早亡，霸先特爱怜之，恣其情性，不甚拘束，故常风流自喜。是时霸先与僧辩，结廉兰之谊，僧辩有子名颁，饶丰姿，善骑射，霸先遂以女许焉，会僧辩有母丧，未成婚。一日，颁至京口，以子婿礼来见，红霞方问省堂上，从屏后窥之，见其体态不群，风流可爱，自以为得人，不觉春心撩乱。归房之后，感想形于梦寐，私语其婢巧奴曰："天下美男子，有胜于王郎者乎？"巧奴笑曰："王郎美矣。小姐特未见东阁公子身边随侍的陈子高耳，其美胜于王郎数倍。如并见之，当使王郎无色。"红霞曰："那人何在？"巧奴曰："其人即在府中朝夕待公子左右，公子亦爱如珍宝。"红霞曰："汝得令我一见乎？"巧奴曰："见之甚易，俟其随公子在堂，小姐亦从屏后窥之可耳。"一日，探得公子在堂，即往窥之，果然容颜姣好，远胜王郎，遂移思慕之心，全注子高身上。

　　看官，你道子高因何在府？先是子高世居会稽山阴，家甚贫，业织履为生。侯景乱，人民漂散，子高从父流寓都下。年十六，尚总角，容貌昳丽，织妍洁白，如美妇人，蝾首膏发，自然蛾眉，见者靡不啧啧称羡。即遇乱卒，挥白刃相加，见其姿态，嘿不忍下，得免死者数矣。及侯景平，干戈稍息，人民各归故土，子高父已死，亦思还乡。一日，走往江口，觅船寄载，路遇一相者，熟视之曰："观子气色，精光内露，富贵在即矣。"子高曰："贫苦若此，得免饿死幸矣，何富贵之敢望？"相者曰："子记吾言，前途自有好处也。"子高笑而置之。行至江口见有巨船廿号，旗幡招展，排列江岸。询之，乃是霸先侄，名蒨，字子华，素具文武才，以将军出镇吴兴，停舟于此。子高不敢求载，呆立视之。时蒨在舟中，独坐无聊，走向舱口外望，忽见一美少年，提一行囊，立在船侧，虽衣衫褴褛，而颜色美丽，光采奕奕。大惊曰："不意涂泥中有此美璧。"盖蒨素有龙阳之癖，一遇子高，越看越爱，不禁神魂飘荡。便令人呼之上船，子高进舱叩见，退立于旁。近视之，更觉其美，便问曰："若欲何往？"子高曰："欲归山阴，在此求载。"蒨曰："汝归山阴，量汝亦无出头之日，若欲富贵，盍从我去？"子高忽忆相士之言，连忙跪下谢曰："如蒙将军不弃，愿充执鞭之役。"蒨大喜，便令后舱香汤沐浴，衣以锦绣，使之侍侧。是夜遂共枕席。蒨颇伟于器，子高初尝此味，相就之，不胜痛楚，啮被以忍，被尽裂。蒨怜之，欲止，曰："得无创巨汝太过耶。"子高曰："身既属公，则我身即公身也，死且不辞，创何害焉。"蒨益爱之，事毕，拥抱而睡，口中不起。盖子高肤理色泽，柔靡都曼，而性又柔顺，善体主意，曲得其欢，故蒨得之，如获至宝。自此以后，恒执佩身刀，侍立左右，片刻不离。蒨素性急，在吴兴时，每有所怒，目若虓虎，焰焰欲啖人，一顾子高，其怒立解。麾下禀事者，必俟子高在侧，可以无触公怒。蒨常为诗赠之曰：

> 昔闻周小史，今歌明下童。
> 王鏖手不别，羊车市若空。
> 谁愁两雄并，金貂应让侬。

因教以武艺兼习诗书，于高从此亦工骑射，颇通文义。

　　一夜，蒨乐甚，私语子高曰："人言吾有帝王相，果尔当册汝为后，但恐同姓致嫌耳。"子高曰："古有女主，当亦有男后。明公果垂异恩，奴亦何辞作吴孟子耶！"因请改姓为韩，蒨大笑。年渐长，子高之具亦伟，蒨尝抚而笑曰："他日若遇娘子军，当使汝作前锋，冲坚陷阵，所当者破，亦足壮我先声也。"子高答曰："政虑粉阵绕孙、吴，非奴铁缠稍翼之使前，王大将军不免落坑堑耳。"其善酬接如此。蒨又梦骑马登高山之上，路危欲堕，子高从后推之。始得升，由是益宠任之。

　　至是蒨解吴兴之任，佐霸先镇京口，同居一府。子高亦住府中，故红霞见而悦之，谓巧奴曰："汝固有眼，不意近在一家而几失之也。"自此朝思暮想，恹恹生起病来。巧奴会其意，乃曰："小姐近日精神消减，得毋为那人乎？"红霞曰："不瞒你说，我实想他，你有何计策，唤他进来一遂吾怀，吾当重重赏你。"巧奴摇首曰："奴亦有心久矣，但那人与公子，时刻不离，无从近之，奈何？"红霞闻之，默默不乐，因作一诗寄意云：

> 错认王郎是子都，墙东更有霍家奴。
> 只怜咫尺重门隔，暮雨泞游暗自吁。

　　一日，红霞正在房中纳闷，忽见巧奴笑嘻嘻走进道："小姐喜事到了。"红霞曰："何喜？"巧奴曰："今日大将军出征，带领公子同往。子高因有微恙，不便鞍马，独留书室，我已打听明白。到晚，小婢以小姐之命唤他，那怕他不即进来。岂非平日思想，可以一旦消释？"红霞大喜，巴不得立时相会。就嘱巧奴，点灯后，先把守门人打发开了，即到东园，悄悄领他进来。巧奴欣喜领命。

　　却说子高随公子在府，所居名曰东阁，乃是内园深处，与小姐所住内室，仅隔一条夹巷。公子爱其地幽雅，故独与子高居此。其余从者，日间进来伺候，夜间俱宿外厢，将子高当作绝代丽人，而以东阁为藏娇之所。奈值军事紧迫，子高病体初愈，不能随往，故留他看守东阁，且可静心调养。当日子高独处无聊，到夜更觉寂寞，坐至初更，正欲闭户就寝，忽见一轻年女子，悄步入室。子高忙问道："姐姐到此何干？"女微笑道："吾奉小姐之命，特来唤你进去。"子高愕然道："仆何人斯，而敢私入内室耶？"巧奴再三催之，坚不敢往。巧奴无奈，只得进内回复红霞，言其惧罪不进之故。红霞此时，已等得不耐烦，闻其不来，心愈着急，一腔春意，那里按纳得住，也顾不得千金身价，只得带了巧奴，自往招之。时已更深，月明如昼，府中上下俱已熟睡，唯子高被巧奴一番缠扰，坐卧不宁，门尚半启。忽见巧奴复来，低语道："小姐自来唤你了，快去接见。"子高大惊，连忙趋出，果见小姐立在门首，便道："何物小子，敢劳小姐降临。"红霞以手招道："来，奴自有话问你。"回身便走。巧奴便催他进内，子高惧违小姐之命，只得带上双扉，亦随后而入。幸喜一条长弄，曲曲折折，直至内宅门首，守门乃一老仆，已受红霞嘱咐，早早去睡，并无一人撞见，心下稍安。及进宅门，小姐已归绣阁，巧奴候在庭中，便引子高直至内房。诸婢知趣，各自躲开，单留小姐独倚妆台。子高见了小姐，忙即跪下。红霞便以手扶起道："不必行此大礼，但奴慕郎已久，渴欲一会，郎何作难若此?"子高曰："非不欲也，直不敢耳。"红霞曰："我为父爱，府中人莫敢犯我，子毋畏焉。"巧奴在旁道："夜深了，良辰有几，请安睡罢。"斯时女固春心荡漾，男亦欲火如焚，遂共解衣上床。要晓得红霞情窦虽开，尚属含苞处女，怎禁得子高之具，已与主人相仿，娇枝嫩蕊，岂堪承受，只因红霞贪欢过甚，虽苦亦乐。又亏子高曲意温存，渐入佳境，使之尽忘艰楚。直至五鼓，云收雨散，方拥抱而寝，沉沉睡去。巧奴见天色将明，忙催子高起身。二人只得披衣而起，送至堂前，重订后会而别。从此朝出暮入，巧奴皆谐私好，红霞越发情浓，所有珠玉珍宝，价值万计，悉以与之。又尝书一诗手白团扇，画比翼鸟于上，以遗子高。诗曰：

> 人道团扇如圆月，侬道圆月不长圆。
> 愿得炎州无霜色，出入欢袖千百年。

子高亦答以诗云：

> 团扇复团扇，宛转随身便。
> 珍重手中擎，如见佳人面。

久之，事渐泄，合府皆知。惟事关闺阁，又系主人爱女，谁敢泄漏，故霸先全然不觉。其后子高恃宠，凌其同伴，同伴怨之，欲发其事，而虑主人庇之，反致罪责，乃穷其所赠国扇，逃至建康，以呈王颁，且告之故。颁大忿恨，诉其父僧辩。僧辩怒，托以他故，绝陈女婚。霸先亦怒，谓僧辩无故绝婚，必有相图之意，因此外和内忌，常怀异志。至是僧辩纳渊明为帝，又拂其意，遂发兵袭僧辩，并其子颁杀之。后蒨出镇长城，子高遂往，不得与女相见，女日夜想念，郁郁而死。此是后话不表。

再说僧辩既死，其亲戚党羽之为州郡者，皆不附霸先。于是杜龛据吴兴叛，韦载据义兴叛，王僧智据吴郡叛，徐嗣徽及弟嗣先，皆以州降齐，欲为僧辩报仇。霸先闻诸郡不服，谓其侄蒨曰："汝往长城，速收兵以备杜龛，吾使周文育进攻义兴。"蒨奉命，昼夜驰往，才至长城，收兵得数百人。杜龛将周泰，将精兵五千奄至，将士皆失色。蒨言笑自若，部分益明，众心乃定。泰攻之，不克而退。却说文育进攻义兴，义兴县多霸先旧兵，善用弩。韦载收得数十人，击以长锁，命所亲监之，使射文育军。约曰："十发不两中者死。"故每发辄毙一人，文育军遂却。韦载因于城外，据水立栅。霸先闻文育军不利，乃留侯安都宿卫台省，亲自出兵讨之。那知徐嗣徽打听霸先东出，密结豫州刺史任约，将精兵八千，乘虚入建康，且约齐师为援。是日，入据石头。游骑至阙下，安都闭城门，藏旗帜，示之以弱，下令城中曰："登陴瞰贼者斩。"及夕，城中寂然，外兵莫测所为，不敢遽攻。安都乃夜为战备，明旦，率甲士三百，开东掖门出战，大破之。嗣徽等奔还石头，不敢复逼台城。

却说霸先至义兴，进攻韦载，拔其水栅。载惧乞降，霸先厚抚之，引置左右，与之谋议。忽报嗣徽、任约率兵内犯，石头已失，大惊，乃留文育讨杜龛，救长城；裴忌攻王僧智，收吴郡；自引亲军，卷甲还都。才至建康，恰值齐将柳达摩赴嗣徽之约，率兵一万，运米三万石，马千匹于石头，兵势甚盛。霸先问计于韦载，载曰："齐若分兵，先据三吴之路，略地东境，则时事去矣。今可急于淮南，因侯景故垒筑城，以通东道，分兵绝彼之粮运，使进无所资，则齐将之首，旬日可致。"霸先从之，乃于大航之南，筑侯景故垒，使杜稜守之。

先是嗣徽人犯，留其家于秦郡。安都觇其无备，袭破之，俘数百人，收其家，得琵琶及鹰，遣使送之曰："昨至弟处得此，今以奉还。"

嗣徽大惧。当是时，柳达摩渡淮置阵，霸先督兵疾战，纵火烧其栅。齐兵大败，争舟相挤，溺死者以千数。

明日再战，又大破之，尽收其军资器械，齐师不敢出，亦退守石头。霸先四面进击，绝其水道，城中水一升，直绢一匹。达摩惧，遣使求和于霸先，且求质子。时京师虚弱，粮运不继，朝臣皆欲与和，请以霸先从子昙郎为质，霸先曰："今在位诸贤，欲息肩于齐，若违众议，谓孤爱昙郎，不恤国家。今决遣昙郎，弃之寇庭。但齐人无信，谓我微弱必即背盟。齐寇若来，诸君须为孤力斗也。"乃以昙郎为质，与齐人盟于城外，将士恣其南北。齐师乃退，嗣徽、任约亦皆奔齐。话分两头，裴忌受命攻王僧智，率其所部精兵，倍道兼行，自钱塘直趣吴郡。夜至城下，鼓噪薄之，呼声震天地。僧智以为大军至，惧不敌，轻舟奔吴兴，既而奔齐。忌入据之，霸先即以忌为吴郡太守。陈蒨在长城，收兵得八千人，与文育合军进攻杜龛，龛勇而无谋，嗜酒常醉。其将周泰，隐与蒨通，屡战皆败，泰因说之使降。龛将从之，其妻王氏曰："霸先惊隙如此，降必不免，何可屈己？"

因出私财赏募，得壮士数百，出击蒨军，大破之。龛喜，饮酒过醉。是夜，周泰开门，引敌入城，兵至府中，龛尚醉卧未觉，蒨遣人负出于项王寺前，斩之，尽灭其家。由是东土之不服者皆平。

再讲齐师既归，降将徐嗣徽等，日夜劝齐伐梁，谓江南一举可取。齐主从之，乃遣仪同萧轨、库狄伏连与任约、徐嗣徽，合兵十万，大举入寇，昼夜兼进，直据芜湖。霸先得报，谓诸将曰："何如，吾固知齐兵之必至也。"乃遣侯安都率领诸将，共据梁山御之，齐人诈言欲归建安公渊明归北，当即退师。霸先欲具舟送之，会渊明疽发背卒，不果。于是齐兵发芜湖，庚寅，入丹阳县，丙申，至秣陵故治，建康大震。霸先乃遣文育将兵屯方山，徐度顿马牧，杜稜顿大航南，为犄角之势以拒之。齐人跨淮立桥，引渡兵马，夜围方山。而嗣徽则据青墩之险，大列战舰，以断文育归路，兵势严密。至明，文育鼓噪而发，反攻嗣徽，所向披靡，直出阵后。嗣徽有偏将鲍砰，力敌万夫，勇冠一军，独以小舰殿后。文育乘舟舴艋与战，相去数丈，勇身一跃，跳上砰船，手起刀落，将砰斩落水中，连杀数人，牵其船而还。嗣徽之众大骇。

癸卯，齐兵进及倪塘，游骑直至台城，上下危惧。霸先因作背城之战，亲自出拒，恰好文育军亦至，士气乃壮。将战，大风从敌阵来。霸先曰："兵不逆风。"文育曰："事急矣，焉用古法?"抽槊上马先进，众军从之，风亦寻转，杀伤数百人，齐兵乃却。俄而齐师至幕府山，锋甚锐。霸先不出，潜使别将钱明领精卒三千人乘夜渡江，邀击齐人粮运，尽获其船米。

齐军由此乏食。任约谓嗣徽曰："此时尚可一战，若相持不决，粮尽兵散，何以自全?"

嗣徽曰："然。"乃引齐军逾钟山，至玄武湖，进据北郊坛，以逼建康。霸先移兵坛北，与齐人相对，是夜大雨震电，暴风拔木，平地水深丈余。齐军昼夜坐立泥中，足指皆烂，悬鬲以爨。而台中地高，水易退，道路皆燥，官军每得更番相易。然四方壅隔，粮运不至，建康户口流散，征求无所，人尽忧之。天少霁，霸先将战，向市人调食，仅得麦饭，分给军士，士皆饥疲。恰好陈蒨以米三千斛、鸭千头，从间道送至建康。霸先大喜，乃命炊米煮鸭，人人以荷叶裹饭，分以鸭肉数脔，未明蓐食，比晓出战。侯安都谓萧摩诃曰："卿骁勇有名，千闻不如一见。"摩诃对曰："今日令公见之。"及两兵方合，安都挺枪跃马，冲入敌阵，手杀数人。忽马蹶堕地，齐人围之，奋枪乱刺。摩诃望见，单骑大呼，直冲齐军，刀举处，齐将纷纷落马，杀开一条血路，夺得敌马以与安都，安都乃免。霸先望见曰："事急矣。"遂与吴明彻等聚兵合击，各殊死斗。周文育又从白下引兵横出其后，首尾并举，齐师大溃，斩获万余，相蹂藉而死者，不可胜计。生擒徐嗣徽，及弟嗣宗，斩之。乘势追袭，掳得齐将萧轨等将帅四十六人。其军士得窜至江者，缚获伐以济，中江而溺，流尸至京口，翳水涨岸。唯任约、王僧愔得免。是役也，梁大胜齐，齐丧师十万，逃归者，不及十之二三。建康危而复安，军士以赏俘换酒，一人才得一醉，庚申，斩萧轨等于市，齐人闻之，亦杀陈昙郎。

是时外寇即靖，疆土粗安。乃进霸先位相国，总百揆，封陈公，加黄钺殊礼，赞拜不名。于是大小臣工，皆知梁祚将终，霸先革命在即，而相率劝进。太府卿何凯、新州刺史华志，各上玉玺一枚，皆言草土中有红光透出，掘而得之。主有圣明治世，谨奉以献，霸先受之。又大夫王彭，称于今月五日平旦，见龙迹自犬社至象阙，亘三四里，为霸先贺。司天官奏庆云呈于东方，慧星见于西北，主有除旧更新之象。又钟山甘霖大降，嘉禾一穗六岐。群臣争劝霸先受禅，以副天人之望。于是进爵为王，增封二十郡，自置陈国以下官属。冕用十有二旒，建天子旗旗，出警入跸。

永定元年十月戊辰，敬帝下诏禅位于陈。是日，陈主使将军沈恪勒兵入殿，卫送梁帝如别宫。沈恪排闼见王，叩头谢曰："恪经事萧氏，今日不忍见，分受死耳，决不奉命。"王嘉其意，不复逼，更以他人代之。乙亥，王即帝位于南郊。先是氛雾满天，昼夜晦冥，至于是日，景气清晏，识者知有天意焉。礼毕还宫，临太极前殿，受百官朝贺，改元，大赦。奉敬帝为江阴王，降太后为太妃，皇后为妃。辛巳，立七庙，追尊皇考曰景皇帝，皇妣董氏曰安皇后。立夫人章氏为皇后，以太子昌留魏，故不立太子。先是侯景之平也，火焚太极殿。敬帝时，议欲建之，独缺一柱，遍索山谷间不得。至是有樟木大十八围，长四丈五尺，流泊江口。朝臣皆以为天降神木，助宏王基，上表称贺，遂取以建殿。尺寸不爽。殿成，诏以皇侄蒨为临川王，大封百僚，梁之旧臣，莫不受命。那知四方皆服新朝,一人独怀旧主,闻陈篡位,仗义兴兵,誓必为梁报仇。帝闻之叹曰:"吾固知其不服也。"你道此人是谁? 且听下文分讲。

　　红霞淫女,何足重轻? 所以曲折写之者,为陈霸先与王僧辩父子启衅之
　　故。盖天之所兴,魏不得而夺之,齐亦不得而禁之。陈蒨有龙阳之好,嬖人通
　　其妹而不知,遏淫说有云:"我既引水入墙,彼必乘风纵火。"信矣,戒之哉!

第三十回　废伯宗安成篡位　擒王琳明彻立功

　　话说梁社既亡,旧臣皆服新朝,孰敢起而相抗?单有湘州刺史王琳,素怀忠义,不以盛衰改节。先是江陵陷,元帝被害,琳率众发哀,三军缟素。屯兵长沙,传檄州郡,为进取之计。敬帝既立,琳复拥戴建康,不敢有二。及霸先诛僧辩,握大权,隐有受禅之志,心甚不平。继闻敬帝禅位于陈,不胜大怒,乃求援于齐,请纳永嘉王庄,以主梁祀。齐乃送庄还江南,琳便奉庄即帝位,改元天启。庄以琳为丞相,建牙勒众,大治舟舰,欲攻建康。帝闻其反,乃假侯安都为西道都督,周文育为南道都督,将舟师二万,会于武昌以击之。谓二将曰:"王琳蓄志已久,练兵有年,其下多骁勇之士,此未可以轻敌也。"二人素轻王琳,以为此残梁遗寇,平之易若反掌,绝不为意。又两军并行,不相统摄,部下交争,各无奋志。行至武昌,琳将樊猛惧不能敌,退守郢州。安都意益骄,遂进兵围之。裨将周铁虎谓不宜顿兵坚城之下,当先破王琳,则郢城自服。安都不可,闻王琳大军将至,乃释郢城之围,进军合口以拒之。

　　当是时,琳军东岸,安都等结营西岸,相持数日。琳与堵将计曰:"彼军骄甚,必不以我为虞,可袭而取也。"

　　乃以老弱守营,夜引精兵,从下流潜渡,抄出东军之后,乘军士熟睡时候,一声号炮,奋勇杀入,东军果不设备,及至惊醒,大营已破。军士皆抱头鼠窜而逃,逃不及者,尽做刀下之鬼。安都、文育等虽勇,怎奈四面尽是梁兵围裹上来,左右亲将,死伤略尽,欲逃无路,以故安都、文育及裨将周钱虎等,皆被擒获。及明,王琳归营,诸将皆贺。乃引见陈俘,谓安都等曰:"汝等皆号无敌,今乃为吾擒乎?"

　　安都等不语,独铁虎词气不屈,琳杀之,而囚安都、文育,贯以长锁,击之坐侧。遂乘胜势,袭据江州。帝闻报大骇。乃遣司空侯瑱及领军徐度,率舟师三万进讨,帝亲幸石头送之。

　　却说琳至湘口,水涸不得进。一夜春水暴涨,舟舰得通,乃引合肥、濉湖之众,舳舻相次而下,军势甚盛。瑱进军虎槛洲,与琳隔洲而泊。明日合战,琳军少挫,退保西岸。及夕,东北风大起,吹其舟舰并坏,没于沙中,风浪大,不得还浦。天明风静,琳入浦治船,瑱亦引军退入芜湖。时侯安都,周文育,乘监守稍懈,带锁逃归。侯瑱接见,大喜曰:"公等得脱,皆天意也,破贼必矣。"遂奏闻于帝,帝虽怒其败而甚喜其归,仍令随军效力。先是王琳乞师于齐,齐遣大将刘伯球将兵一万,助琳水战。慕容子会将铁骑二千,屯芜湖西岸,为之声势。丙申将战,侯瑱下令军士,晨炊蓐食以待之。时西南风急,琳自谓得天助,引兵直趣建康。瑱俟其舟尽过,乃徐出芜湖,蹑其后,西南风反为瑱用。琳命军士掷火炬以烧陈船,皆反烧其船,军阵大乱。瑱乃以小船蒙牛皮冲其舰,舰皆坏。琳由是大败。军士溺死者什二三,余皆弃船登岸走。而齐兵之在西岸者,亦慌乱起来,自相蹂践,并陷于卢荻泥淖中。陈师逼之,束手就缚。遂擒齐将伯球,慕容子会,斩获万计。琳见众军瓦解，大势难支，只得冒陈急走。至溢城，犹欲收合离散，以图再举。奈众无附者，遂奉永庆王及妻妾左右数十人奔齐。其将樊猛等，皆率部曲来降。由是郢、湘尽平，江北无惊，梁之旧境，无不归服于陈。虽有远方倔强之徒，或降或叛，帝皆羁縻之，不忍劳师远讨，过用民力。即位三年，四境粗安。

当是时，南朝鼎迁于陈，西魏亦禅位宇文氏，改国号为周。而陈太子昌，尚羁关中，帝乃遣使通好，且求太子昌归国，周人许而不遣，心常不乐。未几，帝不豫，遣尚书王通以疾告太庙及郊社，其后疾益甚，庚午，崩于璇玑殿，时年五十七。遗诏以临川王蒨入承大统。于是群臣向王劝进，王谦让弗敢当。太后又以太子昌尚在周邦，未肯下诏立君。众莫能决。安都慷慨言曰："今四方未定，何暇及远，临川王先帝犹子，有大功于天下，须共立之。今日之事，后应者斩。"便接剑上殿，启太后出玺，手解临川王发，推就丧次，俯伏举哀。哀毕，升殿即位，是为文帝。甲寅，迁殡于太极殿西阶，群臣上谥曰"武皇帝"，庙号"高祖"。高祖智以绥物，武以宁乱，英谋独运，人皆莫及。加以俭素自率，常膳不过数品，私飨曲宴，皆用瓦器。肴核庶羞，裁令充足。后房衣不重彩，饰无金翠。及乎践祚，弥厉恭俭，以故隆功茂德，光有天下。今且按下不表。

且说文帝即位以来，兢兢业业，治已用人，一遵高祖之旧。尊王后为皇太后，以司空侯瑱为太尉，侯安都为司空，徐度为侍中，杜棱为领军将军。立妃沈氏为皇后，子伯宗为皇太子。大业已定，把一个太子昌竟置不问。斯时昌羁于北，闻高祖崩，临川即位，以为夺了他基业，不胜愤怒，于是哀恳周人，求归南土。

时周朝宇文护当国，因念陈已有君，留之无益，落得做人情，遂遣南归。昌至安陆，将济江，先遣人致书于帝，责其不待已至，擅登大位，辞多不逊。帝视书不悦，然若拒而不纳，臣下必有异论。乃召安都入内延，从容谓曰："太子将至，须别求一藩，吾归老焉。"安都曰："自古岂有被代天子乎？臣愚不敢奉诏，请自往迎之。"

向帝密语数言而别。遂以昌为骠骑将军，封衡阳王。诏中书舍人缘道迎候。安都见太子，敬礼备至，请即登舟济江，太子从之。那知船中侍从，皆其腹心，行至中流，而执沉之于水，以溺死闻。朝廷为之发丧。后人有诗悲之云：

> 犹子巍巍握帝符，前星失曜一身孤。
> 早知今日沉江底，何不长安作匹夫。

衡阳既死，帝心暗喜。时帝有母弟顼，尚留在周，帝思之，遣使关中通好，赂以黔中地及鲁山郡，求放顼还。周乃遣上士杜杲送顼南归，并其妃柳氏，及子叔宝，皆还建康。先是顼在长安，军主李总与顼有旧，每同游处。一日，顼被酒，张灯而寐。总入其室，见一大龙，卧于床上，便惊呼而走。顼觉，问何所惊，总曰："子必大贵，异日无忘吾言。"及归，与帝相对泣，即封安成王，恩赏有加。帝谓周使杜杲曰："家弟今蒙礼遣，实周朝之惠，然鲁山不返，亦恐未能及此。"杲对曰："安成长安一布衣耳，而陈之介弟也，其价岂止一城而已哉？本朝敦睦九族，恕己及物，上遵太祖遗旨，下思继好之义，是以遣之南归。今乃云以寻常之土，易骨肉之亲，非使臣所敢闻也。"帝甚惭曰："前言戏之耳。"

且说侯安都既害衡阳，进爵清远公，威名甚重，群臣莫出其右，自以功安社稷，日益骄矜。部下将帅，多不遵法度，有司检问，则奔归安都，安都庇之。凡上表启，语多不逊。及侍宴酒酣，或箕踞座上，倾倚席间，不复尽人臣之礼。一日，陪乐游苑禊饮，醉谓帝曰："陛下今日何如作临川王时？"帝不应，安都再三言之，帝曰："此虽天命，抑亦明公之力。"宴讫，又启御前供张，赐借一用，将载妻妾来此欢会。帝虽许之，而心甚不平。明日安都坐御座，宾客居群臣位，称觞上寿。帝闻之益怒，渐夺其权，于是群臣争言安都之短，劝帝除之。又有言其谋叛者，召入省中，赐死。初，安都与杜僧明、周文育，皆助高祖成大业尝为寿于高祖前，各称功伐。高祖曰："卿等皆良将也，而并有所短。杜公志大而识暗，狎下而骄上，矜其功不收其拙。周侯交不择人，而推心过差，居危履险，猜防不设。侯郎傲诞而无厌，轻佻而肆志，并非全身之道。"卒皆如其言，人咸服高祖之明见云。此是余话，不必细讲。

却说天康元年夏四月，帝不豫，台阁众事，并令尚书仆射到仲举、五兵尚书孔奂、中书舍人刘师知共决之。疾笃，忧太子伯宗柔弱，不能守位，谓顼曰："吾欲遵泰伯之事，汝能无负我托否？"

顼拜伏于地，涕泣固辞，帝又谓诸臣曰："今三万鼎峙，四海事重，宜须长君。朕欲近则晋成，远隆殷法，卿等宜遵此意。"孔奂流涕对曰："陛下御膳违和，痊复非久。皇太子春秋鼎盛，圣德日跻。安成王介弟之尊，足为周旦，若有废立之，臣等宁死，不敢闻诏。"帝曰："古之遗直，复见于卿。"乃以奂为太子詹事。癸酉，上殂。群臣奉太子即位，是为废帝。以安成王为骠骑大将军，都督中外诸军事。安成遂率卫士三百人居尚书省，以防非常。师知、仲举虽居禁中，共决政事，而大权总归安成。刑赏黜陟，全不与众人参怀。师知由是忌之，谓仲举曰："安成不出，少主恐无自安之理。"仲举亦以为然。乃密结右丞王暹、舍人殷不佞、右卫将军陈子高，相为党援。原来子高自文帝继统，以旧宠历任要职，拜为右卫将军，统领军府，在诸将中士马最盛。因感旧君之恩，欲为新主报效，故与仲举相结，共谋出顼于外。然众尚犹豫，未敢即发。独殷不佞以为机不可缓。一日不告众人，驰诣省中，矫敕谓顼曰："今四方无事，王可且还东府，经理州务。"顼闻之愕然，命驾将发。记室毛喜入见顼曰："陈有天下日浅，国祸继臻，中外危惧。太后深惟至计，令王入省，共康庶绩。今日之言，必非太后之意。宗社之重，愿王三思。须更闻奏，无使奸人得肆其谋。今出外即受制于人，譬如曹爽，愿作富家翁，其可得耶？"顼即遣喜与吴明彻筹之。明彻曰："嗣君谅暗，万机多阙。殿下亲实周、召，当辅安宗社，愿留中勿疑。"顼乃称疾，召刘师知至府，留之与语，使毛喜入言于太后。太后曰："今伯宗幼弱，政事并委二郎，此非我意。"因召帝问之，帝曰："此自师知等所为，朕不知也。"喜出报顼，顼乃因师知于室，亲自入朝，面奏二宫，极陈师知之罪。帝曰："此等人，任叔父治之。"顼出，即以师知付廷尉，夜于狱中缢死。收王暹、殷不佞并付狱。不佞少有孝行，顼雅重之，故仅免官而诛王暹，余人皆置不问。一日，毛喜清简人马配子高，并赐器甲。顼惊曰："子高谋反，方欲收执，何为授以人马器甲？"喜曰："山陵始毕，边寇尚多。子高受委前朝，权力正盛，若收之，恐不时授首，或为国患。宜推心安慰，使不自疑，伺间图之，一壮士之力耳。"顼深然之。

再讲仲举自师知死后，心益不安，乃使其子到都，乘小车，蒙妇衣，来子高家，谋诛安成。往返数次，踪迹渐露。顼欲诱二人入朝而杀之，因托言议立皇太子，悉召文武，共集尚书省。

二人随众入，乃使壮士执之，付狱赐死。先是前一夜，子高梦见红霞以手招之曰："郎今可以共往矣。"觉恶其不祥。俄而闻召，谓家人曰："此行吉凶难保也。"乃入，果赐死。

再说子高既诛，其党皆惧，湘州刺史华皎亦子高党，惧祸及己，以湘州叛归后梁，又乞师北周，勾连两国之兵，来犯建康，军势甚盛。顼欲讨之，而恐不克，因问计于吴明彻。明彻曰："王自秉国以来，未尝立大功。皎虽外结强援，军心不一，势易摧败。王自引大兵击之，荡定可必。如是则大功立，民心之戴王益坚矣。"

顼然其言，乃亲引大军三万御之。庚辰，战于沌口，大破华皎，周、梁之师亦溃。皎奔关中，湘州遂平。奏凯后，群臣争表安成之功，进位太傅，加殊礼。于是安成之权愈重，国中但知有安成，不知有帝矣。帝弟始安王伯茂，心怀不平，屡肆恶言，顼恶之，乃黜为温麻侯，置诸别馆，使人邀于道杀之，诈言为盗所杀，大索国中三日。帝闻之怒，遂不与安成相见。于是近臣毛喜等，劝顼早正大位，以一人心。顼从之。

甲寅，乃以太皇太后令，诬帝与师知、华皎通谋，上违太后，下害宗贤，无人君之度，且曰："文皇知子之鉴，事等帝尧，传弟之怀，又符太伯。今可申曩志，崇立贤君。"

遂废帝为临海王，以安成王入篡大统。正月甲午，群臣上玺绶，安成即皇帝位，是为宣帝。改元大建，复太皇太后为皇太后，皇太后为文皇后。立妃柳氏为皇后，世子叔宝为皇太子。封皇子叔陵为始兴王，群臣悉以本位，供职如故。帝幼有智慧，及长，美容仪，身长八尺三寸，手垂过膝，与文帝友爱甚笃。以地处嫌逼，遂篡天位，有负文帝。然少历艰难，深悉民隐，故践祚之后，勤劳庶政，不动干戈，江南之民，遂得少安。

话分两头，王琳自奔齐之后，齐主命出合肥，召募裲楚，更图进取。既而以琳为扬州刺史史、大行台，镇寿阳，屡次上表，乞师南侵。尚书卢潜以为时事未可，且谓与陈和亲。齐王从之，乃遣散骑常侍崔瞻来聘，且归南康愍王县郎之丧。琳遂与潜有隙，更相表奏，齐主召琳赴邺，以潜为扬州刺史代之。由是二国聘问往来，信使不绝者数载。然是时，齐政日坏，国势凭衰，后主信任权幸，屏黜忠良。周人乘齐之乱，日肆凭陵，汾、晋之间，几无宁日。消息传入建康，陈主大喜，以为江淮旧境，乘此可复，乃集群臣于内殿，商议伐齐。群臣各有异同，独吴明彻决策请行。帝曰："此事朕意已决，但元帅至重，诸卿以为孰可？"众议以淳于量历有大功，位望隆重，共署推之。左仆射徐陵独曰："吴明彻家在淮左，悉彼风俗，将略人才，当今亦无过者。臣以为元帅之任，非明彻不可。"尚书裴忌曰："臣同徐仆射。"陵应声曰："非但明彻良帅，裴忌亦良副也"帝从之，乃拜明彻为元帅，裴忌监军事，统众十万伐齐。先取秦郡、历阳两路，刻日并发。

齐人闻陈师来侵，共议出兵御之。仪同王肱曰："官军此屡失利，人情骚动，若复出顿江、淮，恐北狄西寇，乘弊而来，则世事去矣。莫若遣使江南，暂图和好。然后薄赋省徭，息民养士，使朝廷协睦，遐迩归心。天下皆当肃清，岂直陈氏而已？"齐主不从，遣大将尉破胡率兵救秦州，长孙洪略出兵救历阳。侍中赵彦深私问计于秘书监源文宗曰：

"弟往为秦、泾刺史,悉江、淮间情事,今陈师入寇,何术以御之?"文宗曰:"朝廷精兵,必不肯多付诸将,数千以下,适足为吴人之饵。尉破胡人品卑下,公之所知。败绩之事,匪朝伊夕,何能制胜却敌,保有淮北耶?如文宗计者,不过专委王琳,招募江、淮义男三四万人,风俗相通,能得死力。兼令旧将,将兵屯于淮北,足以固守。且琳之于顼,必不肯北面事之明矣。窃谓此计之上者,若不推赤心于琳,更遣余人掣肘,复成速祸,弥不可为。"彦深叹曰:"弟此策诚足制胜千里。但争之十日,已不见从,时事至此,安可尽言?"因相顾流涕。

且说破胡将次秦州,去陈军不远,选长大有勇力者为前锋,号苍头,身披犀甲,手执大刀,其锋甚锐。又有西域胡多力善射,弦无虚发,敌军尤惮之。将战,吴明彻谓萧摩诃曰:"若殪此胡,则彼军夺气,君才不减关、张矣。"摩诃曰:"愿示其状,当为公取之。"明彻乃召降人有识胡者,使指示之。自酌酒以饮摩诃曰:"饮明彻手中酒者,当令勇气百倍,所向无前。"摩诃饮毕,驰马冲齐阵,大呼曰:"有勇者速来一决!"西域胡挺身出阵,十余步,彀弓方发,摩诃遥掷铣鐥,大呼曰:"着!"正中其额,应手而仆。齐阵中大力者十余人出战,摩诃挥刀皆斩之,易若拉朽,齐人无不胆落。于是明彻乘敌之惧,纵兵大战,齐兵大败,尉破胡走,遂克秦州。

先是,破胡之出师也,齐使王琳与之俱。琳谓破胡曰:"吴兵轻锐,宜以长策制之,慎勿轻斗。"

破胡不从而败,琳单骑仅免,奔还彭城。又陈将黄法氍与长孙洪略大战于历阳城下,临阵斩之,遂克历阳。由是两路皆捷,大军所至,势如破竹。不数旬,已获二十余郡。齐将非降即逃,单有王琳败下,尚领残兵数千。退保寿阳外郭。明彻乘夜攻之,琳且战且守,飞章告急。齐乃复遣大将皮景和率师十万来援。那知景和本非将才,一闻敌强,更怀惧怯,去寿阳三十里,顿军不进,仅虚张声势以畏敌。陈将皆惧曰:"坚城未拔,大援在近,将若之何?"明彻曰:"兵贵神速,而彼结营不进,自挫其锋,吾知其不敢战明矣,何畏?急攻寿阳,拔之可也。"于是躬擐甲胄,四面疾攻。景和果不敢救,引兵退,遂克寿阳,生擒王琳。

琳体貌闲雅,喜怒不形于色,有强记才。军府佐吏千数,一见皆能识其姓名,轻财爱士,得将卒心。虽流寓在邺,齐人皆重其忠义。及被擒,旧时麾下将卒,多在明彻军中,见之皆歔欷,不能仰视,争为请命,及致资给。明彻恐其为变,斩之于寿阳东二十里。哭者声如雷。有一叟以酒脯来祭,哭尽哀,收其血而去。田夫野老,知与不知,闻者莫不流涕。后人有诗悲之曰:

> 故国江山已化生,孤臣阃外尚捐身。
> 寿阳野老收遗血,哭杀当时麾下人。

捷闻,帝大喜,置酒举杯,属徐陵曰:"赏卿知人。"陵避席曰:"定策圣衷,非臣力也。"乃以明彻为车骑大将军,都督豫合六州诸军事。遣谒者萧淳风就寿阳。册命筑坛于城南,高数丈,士卒二十万,皆戎装,环立坛下。旗分五色,兵列八方,明彻登坛拜受,三军皆呼万岁,声震山谷。观者如堵,人皆荣之。其余有功将士,皆进爵。以寿阳复为豫州,以黄城为司州,江、淮旧境悉复。但未识齐人复来争否,且俟下文再讲。

王琳不忘旧主,志图恢复。虽与贞阳同一奔齐,同一求援。事虽不成,其心可原矣。陈高祖明果节俭,雄略盖世,在位三年,规模粗定,不愧一代开创之主。文帝克守旧章,迎回爱弟,欲效太伯之风,不惟能公天下,且见知人之明。废帝并无失德,乃以众臣推顼,卒不终位,殊觉可怜。宣帝当国,始却实心辅政,继以众臣欲出之,后以众臣共戴之,遂登大宝,亦有天焉。即李总之预见大龙,此其明证矣。

第三十一回　张丽华善承宠爱　陈后主恣意风流

话说齐主闻寿阳陷，颇以为忧。其嬖臣穆提婆曰："本是彼物，从其取去。假使国家尽失黄河以南，犹可作一龟兹国。更可怜人生如寄，惟当行乐，何用愁为？"左右嬖幸共赞和之。

齐主大喜，因置边事于度外，陈人悉复其故疆，而齐不复争。先是王琳传首建康，诏悬其首于市，人莫敢顾。其故史朱场上书于仆射徐陵曰：

> 窃以典午将灭，徐广为晋家遗老，当涂已谢，马孚称魏室忠臣。梁故建宁公琳，当离乱之辰，总方伯之任，天厌梁德，尚思匡继。徒蕴包胥之志，终遘苌宏之祸，至使身没九泉，头行千里。伏惟圣恩博厚，明诏爰发，赦王经之哭，许田横之葬。不使寿春城下，唯传报葛之人；沧洲岛上独有悲田之客。

陵得书，为之请于帝，乃诏琳首还其亲属。场奉其首，葬之于八公山侧。义故会葬者数千人，皆痛哭拜奠。寻有寿阳义士毛智胜等五人，密送其柩于邺。赠曰"武忠王"，给辒辌车在葬之。今且按下不表。

却说宣帝广选嫔御，后宫多内宠，生四十二男。长太子，柳皇后生，次始兴王叔陵，又次长沙王叔坚，及下诸王，皆众妃所出。叔陵少机辨，徇声名，为帝钟爱，然性强梁不羁，恃宠使气，王公大臣多畏之。年十六，出为江州刺史，严刻驭下，部民畏惧。历任湘、衡、桂、武四州，诸州镇闻其至，皆股栗震恐。而叔陵日益暴横，征求役吏，无有纪极。又夜间不卧，烧烛达晓，召宾客嬖人，争说民间细事，以相戏谑。自旦至午，方始寝寐。其曹局文案，非奉呼唤，不得上呈。潇、湘以南，词人文士，皆逼为左右侍从，其中脱有逃窜，辄杀其家属妻子。

民家妻女微有色貌者，皆逼而纳之府中。州县莫敢上言，以故帝弗之知。俄而召入，命治东府事务，兼察台省。凡执事之司，承意顺旨者，即讽上用之，厚加爵位，微致违忤，必抵以大罪，重者至死。又好饰虚名，每入朝，常于车中马上，执卷读书，高声长诵，扬扬自若。归至室内，或自执斧斤，为沐猴百戏。又好游冢墓间，见有茔表为当世知名者，辄令左右发掘，取其石志古器，并骸骨肘胫，持为玩弄之物。郭外有梅岭，晋世王公贵人多葬其间。叔陵生母彭妃死，启请梅岭葬之。乃发谢太傅安石墓，弃去其柩，以葬母棺。初丧之日，伪为哀毁，自称斋戒，将刺臂上血，为母写《涅槃经》。未及十日，庖厨击鲜，日进甘膳。私召左右妻女与之宣淫，其行类如此。

又有新安王者，名伯固，文帝子，性嗜酒，用度无节，所得俸禄，每不足于用，酣醉时，常乞丐于诸王。帝闻而怜之，特加赏赐，后出为徐州刺史。在州不理政事，日出田猎，或乘眠舆，至于草间，辄呼百姓妇女同游，动至旬日，所捕麝鹿等物，相与共享。帝知其不法，召至京，将废弃之。而伯固善嘲虐，工馅媚，与叔陵相亲押，以故得帝欢，每宴集，必引之侍饮。又伯固性好射雉，叔陵好发古冢，出游野外，必与偕行。一日，两人对饮，既酣，叔陵谓曰："主上若崩，吾不能为太子下矣。"伯固曰："殿下雄才大略，岂太子所及？他日主天下者，非殿下而谁？吾虽不敏，当为殿下助一臂之力。"彼此大笑。于是情好大洽，遂谋不轨。伯固侍禁中，每有密语，必报叔陵。

是时诸王皆畏叔陵，单有长沙王叔坚，每与相抗，不肯下之。先是叔坚母，本吴中酒家女，宣帝微时，常饮其肆，遂与之通。及贵，召拜淑仪，生叔坚。叔坚性杰黠，有勇力，善骑射，帝亦爱之。尝与叔陵争宠，彼此相忌。每朝会卤簿，不肯为先后，必分道而趋。左右或争道而斗，至有死者。帝于二子皆所钟爱，故稍加责让，仍置酒和解之。由是二人益无顾忌。

一日，帝方视朝，忽报周已灭齐，大惧，谓群臣曰："周人得志于东，必复辟地于南，如此江淮必受其害。吾欲遣使于周，以修旧好，兼觇其动静，诸臣以为谁可使者？"

众推宪审，帝即命宪入关。宪至周，周亦厚相接待。既成礼，遂还建康，复命于帝曰："周虽灭齐，其势可畏。然自周武死后，天元继统，国政日乱，内外皆归心丞相杨坚。臣料天元死后，坚必篡周。内务未遑，何暇外图？只恐坚既得志，必有并吞江南之意。他日之忧，正劳圣虑也。"帝曰："坚亦何能遽代周家？"遂不以为意。未几隋果代周，帝闻之，惧而谓宪曰："卿料事如神，他日之忧，正不可以不防。"宪曰："陛下能念及此，兢兢业业，隋亦无如我何也！"于是饬边事，修武备，以为自强之计。时大建十三年也。

明年春，帝有疾，诏太子及始兴王叔陵、长沙王叔坚，并入侍疾。叔陵见帝病将危，阴怀异志，命典药吏曰："切药刀甚钝，可砺之。"盖旧制诸王入宫，不许带寸刃，故叔陵欲砺锉药刀，以行逆也。甲寅帝崩，仓猝之际，合宫惊慌，而叔陵命左右于外取剑。左右弗悟其旨，取朝服所佩木剑以进，叔陵顿足大怒。叔坚在侧见之，知其有变，乃密伺所为。俄而太子哀哭俯伏，叔坚偶如厕，叔陵猝起，于旁抽切药刀斩太子，中项，太子闷绝于地。柳后大呼救之，叔陵又斫后数下。乳媪吴氏自后制其肘，太子浴血而起，叔陵持太子衣，太子奋身得脱。叔坚行至殿廊，闻内有喊声，急即奔入见叔陵行凶，遂从后搤之，夺去其刃，牵之就柱，以其摺袖缚之。时吴媪已扶太子避贼，叔坚求太子所在，欲受生杀之命。叔陵乘间奋力挣缚，缚解脱走，突出云龙门，驰车还东府，使左右断青溪道，放东城囚以充战士。又遣人往新林，迫其所部兵，躬自被甲，戴白布帽，登城西门，招募百姓，散金帛以赏士卒，遍召诸王将帅，莫有至者。独新安王伯固单马赴之，助其指挥。聚兵千人，据城自守。时众军并出防江，台内空虚，人心惊乱。叔坚忙召萧摩诃入内，使受敕讨叔陵。摩诃受命出宫，即率马步数百，直趣东府。叔陵惶恐，遣人送鼓吹与摩诃，谓之曰："事捷，必以公为台鼎。"摩诃诱之曰："须王心膂自来，方敢从命。"叔陵乃遣所亲戴温、谭麒麟，来见摩诃，摩诃执以送台，斩其首以徇东城。叔陵叹曰："事不成矣。"遂入内，呼其妻妾十人，尽沉于井，身率步骑数百，开城走，欲趣新林，而后乘舟奔隋。行至白杨路，为台军所邀。伯固奔避入巷，叔陵驰骑拔刃追之，呼曰："尔欲求免耶？我先杀汝。"伯固不得已复还。部下多弃甲溃去。诃摩刺叔陵仆地，其将陈仲华就斩其首。伯固亦为乱兵所杀。自寅至巳，其乱乃定。叔陵诸子皆赐死。时太子创甚，卧承香殿，太后居伯梁殿，百司众务，皆决于叔坚。丁巳，太子创愈，群臣奉玺绶，即位于太极殿。改元至德，大赦天下，是为后主。以长沙王为司空、骠骑大将军，萧摩诃为车骑大将军，封绶远公，叔陵家金帛累巨万，悉赐二人。

且说长沙王既定内乱，自以有救护大功，骄纵日甚，群臣忌之。都官尚书孔范、中书告人施文庆皆有宠于帝，而恶叔坚所为，日夜求其短，构之于帝。帝遂疏之，以江总为吏部尚书，夺其权。叔坚既失恩，心不自安，乃为厌媚，酷日月以求福。或上书告其事，验之有实，帝乃囚叔坚于内省。将杀之，令内侍宣敕数其罪，叔坚对曰："臣之本心，非有他故，但欲求亲于主上耳。今既犯天宪，罪固当死，但臣死地下必见叔陵，愿宣明诏责之于九泉之下。"帝感其言，遂赦之，免官归第。今且按下不表。

却说陈自武帝开国，纲纪粗备，天下渐安。继以文宣承统，勤劳庶政，节己爱人，府库充足，民食有余，故大建之末，江南号称富庶。后主即位，蒙业而安，天下欣欣望治。然性耽诗酒，专喜声色。始初，尚有二、三大臣，辅以正道，军国之务，稍为留心。继则佞幸日进，谀言盈耳，内宠外嬖，共为蛊惑，而君志日荒矣。

再表后宫有一美人，姓张名丽华，本兵家之女，父兄以织席为业。后主为太子时，被选入宫，拨为东宫侍婢。时后主已得龚、孔二妃，花容月貌，皆称绝色，并承宠爱，而于孔妃尤笃。尝谓妃曰："古称王嫱、西子之美，自吾视之，卿美当不弱耳。"及丽华入宫，年才十岁，为孔妃给使，后主未之见也。一日，与孔妃小伙，丽华捧觯以进。后主一见大惊，端视良久，谓妃曰："此国色也。卿何藏此佳丽，而不令我见？"孔妃曰："妾谓殿下此时见之，犹嫌其早。"后主问何故，对曰："其年尚幼，恐微葩嫩蕊，不足以受殿下采折耳。"后主微笑，心虽爱之，怜其幼弱，不忍强与交欢。因作小词以寄情，其词曰：

> 海棠初试胭脂嫩，翠佩葳蕤，弱态难支。不许金风用力吹。
> 新桃时样慵梳掠，淡淡蛾眉，云鬓双垂，欲护兰芽不自持。

后主作完是词，以金花笺书付丽华，丽华叩谢。孔妃相顾而笑曰："殿下何多情也？"原来丽华年虽幼小，天性聪明，吹弹歌舞，一见便会，诗词歌赋，寓目即晓。又善伺人颜色，虽孔妃亦甚爱之。年交十三，出落得轻盈姻娜，进止闲雅，容色益丽。每一盼睐，光彩照映左右。后主虽未临幸，常抱置膝上，抚摩其体。此时丽华芳心已动，云情雨意，盈盈欲露，引得后主益发动情，那能再缓佳期。一夜风景融和，月明如水，酒阑之后，遂挽之同寝。丽华初承雨露，娇啼宛转，不胜羞涩，而后主曲尽温存，方堪承受。直至灵犀一透，彼此欢乐无限。明日起身，后主满心喜悦，遂作一词以示丽华。其词曰：

> 明月映珠帘，依约小阑干侧。
> 昨夜芙蓉帐底，占几分春色。
> 憨痴未谙雨云情，娇羞更无力。
> 为问温柔滋味，有谁人消得？

丽华亦依韵和之。词曰：

> 喜气上眉梢，斗转月轮初侧。
> 直雨露恩浓天上，愧好花颜色。
> 柳条枝弱不堪攀，春风借微力。
> 绣帐夜阑情绪，许姮娥知得。

词后书"恭贺御制元韵。"后主看了此词，欢喜不已，赞道："你小小年纪，清词丽句，乃能如此，结句带着孔娘娘，尤见灵心四映，真才女也。"从此两情胶漆，如鱼得水，宠幸更出龚、孔之上。

未几，宣帝崩，后主即位，拜为贵妃。当叔陵作逆时，后主受伤，卧承香殿中养病，诸妃皆不得侍，独丽华待左右，进汤药，衣不解带者数夜。及愈，益爱幸之。又内宫庭院虽广，而武帝以来，皆尚简朴。后主嫌其居处不华，未足为藏娇之所，乃于临光殿前，起临春、结绮、望仙三阁。高数十丈，并数十间，穷土木之奇，极人工之巧。凡窗牖墙壁栏槛之类，皆以沉檀木为之，饰以金玉，间以珠翠。外施珠帘，内设宝床宝帐。服玩珍奇，器物瑰丽，皆近古未有。阁下积石为山，引水为池，植以奇树，杂以名花。每微风暂至，香闻数里。朝日初照，光映后庭。月明之夜，恍如仙界。后主自居临春阁，张贵妃居结绮阁，龚、孔二贵嫔，居望仙阁，并复道往来。又有王、季二美人，张、薛二淑媛，袁昭仪、何捷妤、江修容等七人，并以才色见幸，得游其上。丽华尝于阁上靓妆，或临轩独坐，或倚栏遥望，见者皆疑嫦娥出世，仙子临凡，俨在缥缈峰头，令人可望不可即。

于是外廷臣工，率以迎合为事。有尚书顾总，字总持，博学多文，尤工五言七言，溺于浮靡。后主宠之，日与游宴，多作艳诗。好事者抄传讽玩，争相效尤，诗体一新。又有山阴人孔范，字法言，容止都雅，文章赡丽，亦为主后亲爱。后主恶闻过失，范必曲为文饰，称扬赞美。又与孔贵妃结为兄妹。宠遇优渥，言听计从，公卿多畏之。尝语后主曰："外间诸将起自行伍，匹夫耳。深谋远虑，非其所知。"自是将帅微有过失，即夺其兵，分配文吏。边备之弛，皆范为之。时朝廷有狎客十人，顾总为首，孔范次之。王瑳、施交庆、沈客卿等，又次之，皆得出入禁中，侍宴内庭。

一日，后主退朝之暇，正与诸臣饮酒赋诗，内侍呈上短章一道，乃贵妃丽华所奏。其略云：

> 妾闻阴阳无二理，男女本同揆。朝廷之上，不乏文人；闺阁之中，岂无才女？大家续《汉》成一代之良史；苏氏回文倡千秋之绝调。斯固巾帼增辉，须眉短气者也，自古有之，今岂无偶？然空闺自蔽，美玉韫于椟中；绣户深藏，丽珠埋于涧底；胸罗锦绣未着劳声；笔聚云烟，难邀明鉴。蛾眉为之痛心，脂粉因之减价。伏惟陛下，睿思焕发，圣藻缤纷。俾旁求之典，兼及红裙；征避之加，不遗绿鬓，庶三千粉黛，争抒风雅之才；与八百衣冠共佐文明之治。

后主览表大悦,遍示诸臣,皆劝宜允所请。于是发诏四方,采选淑女,不论士庶贵贱,凡有才色可观者,皆要报名送进,州郡争迎上意,各各遵行。不上数月,选得女子数千,送至都下,齐集午门。后主遂与张、孔二妃并坐内殿,一一引见。先试其才,徐别其貌。有才色兼备者十余人,赐为女学士。才有余而色不及者,命为女校书,供笔墨之职。色甚都而才不足者,命充内府,习歌舞之事。真个艳冶满前,笙箫聒耳。每遇饮宴,使诸妃嫔及女学士,与狎客杂坐联吟,互相赠答,采其尤艳丽者,被以新声,命宫女千余人,习而歌之。其曲有《玉树后庭花》《临春乐》等。内有云:"璧月夜夜满,琼树朝朝新。"最称绝唱。大略皆美诸妃之容色。君臣酣歌,自夕达旦,以此为常。把军国政事,皆置不问。百司启奏。并因宦者蔡蜕儿、李善庆以进,后主置丽华于膝上共决之,李、蔡所不能记者,丽华并为条疏,无所遗脱。因参访外事,人间有一言一事,丽华必先知之。由是益加宠异,冠绝后庭。宦官近习,内外连结,卖官鬻狱,货赂公行,大臣执政,皆从风诌附,以故上下解体,国事日坏。时有中书舍人博绛,负才使气,嬖幸多怨之,日进谗言,后主怒,收绛下狱。绛乃于狱中上书曰:

臣闻君人者恭事上帝,子爱下民,省嗜欲,远谄佞,未明求衣,日旰忘食,是以泽被区夏,庆流子孙。陛下顷来,酒色过度,不虔郊庙大神,专事淫昏之鬼。小人在侧,宦侍弄权,恶忠直若仇仇,视小民如草芥。后宫曳绮绣,厩马余菽粟,而百姓饥寒,流离蔽野,神怒民怨,众叛亲离。若不改弦易辙,臣恐东南王气自斯而尽。

书奏,后主大怒。顷之,意稍解,遣使谓之曰:"我欲赦卿,卿能改过否?"对曰:"臣心如面,臣面可改,则臣心亦可改。"使者复命,后主益怒,遂赐死狱中。从此直臣钳口,弼士噤声,君志益侈,民生日蹙。

消息传入长安,正值隋文开皇之年,本有削平四海之志,于是隋之群臣,争劝其主伐陈,以救江南百姓。隋主曰:"吾为民父母,岂可限一衣带水不拯之乎?"乃下诏数后主二十大罪,散写诏书二十万纸,遍谕江外。或谓兵行宜密,隋主曰:"若彼惧而改过,朕又何求? 否则显行天罚可也,奚事诡计为!"于是大治战舰,陈师誓众,命皇子晋王广、秦王俊、清河公杨素为行军元帅,总管韩擒虎、贺若弼等,率兵分道四出。凡总管九十,兵五十余万,皆受晋王节度。以左仆射高颎为晋王元帅长史,军中事成取决焉。其兵东接沧海,西距巴蜀,旌旗舟楫,横亘数千里,无不奋勇争先,尽欲灭此朝食。正是:全军压境山河震,大敌临江神鬼惊。未识陈国若何御之,且听下回分解。

宣帝溺爱叔陵,嫡庶几于无别。良善者尚或生心,况叔陵之凶悍性生者乎? 宴驾之日,以药刀行弑,自取灭亡,皆宣帝贻谋之不善也。后主性格风流,青宫时已然,宣帝不知选正人以辅之,任其狂荡,一朝继统,为所得为,穷奢极欲,至于灭亡。哀哉!

第三十二回　陈氏荒淫弃天险　隋军鼓勇下江南

　　话说隋文帝大举伐陈，将次临江，沿边州郡，飞报入朝。上下泄泄，咸不以为意。独仆射袁宪，请出兵御之，且谓后主曰："京口、采石，俱是要地。各须锐兵三千，并出金翅三百艘，缘江上下，以为防备。"后主曰："此是常事，边城将帅足以当之。若出人船，必致惊扰，徒乱人心。"不听。及隋军深入，州郡相继告急，后主从容谓侍臣曰："齐兵三来，周师再至，无不摧败而去，彼何为者耶？"孔范进曰："长江天堑，古以为限，隔断南北，今日隋军，岂能飞渡耶？边将欲作功劳，妄言事急。臣每患官卑，虏若渡江，臣定作太尉公矣。"或妄传北军在道，马多死。范曰："可惜，此是我马，何为而死？"后主大笑，深以为然，奏伎纵酒，赋诗如故。

　　先是萧摩诃丧偶，续娶夫人任氏，年甚少。尝以命妇入朝，与丽华说得投机，结为姊妹。任氏生得容颜俏丽，体态轻盈，兼能吟诗作赋，自矜才色，颇慕风流。嫁得摩诃，富贵亦已称心，微嫌摩诃是一武夫，闺房中惜玉怜香之事，全不在行，故心常不足。入官，见后主与丽华，好似并蒂莲，比翼鸟，无刻不亲，何等思爱绸缪，不胜欣羡。故见了后主，往往眉目送情，大有毛遂自荐之意。况后主是一好色之主，艳丽当前，正搔着心孔痒处，焉肯轻轻放过？只因任氏是大臣之妻，碍着君臣面上，未便妄动。又相见时妃嫔满前，即欲与她苟合，苦于无从下手，故此未获如愿。

　　一日，正当后主临朝，丽华召夫人入内，留在结绮阁宴饮，你一盏，我一杯，殷勤相劝，丽华不觉酣醉，倚在绣榻之上，沉沉睡着。夫人见丽华醉了，乘着酒兴，欲往望仙阁，与孔贵妃闲谈片时，遂悄悄从复道走去。哪知事有凑巧，恰值后主亦独自走来，夫人回避不及，忙及俯伏在旁。后主笑嘻嘻走近身边，以手相扶道："夫人既与我贵妃结为姊妹，便是小姨了，何必行此大礼？"夫人才立起身，后主便挽定玉手，携入密室，拉之并坐，曰："慕卿已久，今日可副朕怀。"夫人垂首含羞，轻轻俏语道："只恐此事不可。"然见了风流天子，态度温存，早已心动。于是后主拥抱求欢，夫人亦含笑相就，绝不作难。翻云覆雨，笑语盈盈，以为巫山之遇，不过如此。宫人见者，皆远远避开，任其二人淫荡。良久事毕，遂各整衣而起，宫人进来，捧上金盆洗手。二人洗罢，同往结绮阁来。斯时夫人鬓乱钗斜，娇羞满面，丽华接见，忙上前称贺道："此是陛下合享风流之福，故得遇姊。姊能曲体帝意，便是绣阁功臣了，何嫌之有？"

　　乃为夫人重点新妆，阁中再开筵宴。当夜丽华留住夫人，使后主重赴阳台之梦。较之初次，更觉情浓。明日，夫人辞出，后主欲留，恐惹物议，因作小词一阙，以订后会。其词曰：

　　　　雕阑掩映，花枝低亚，玉立亭亭如画。巫山十二碧峰头，喜片刻雨沾云惹。相逢似梦，相知如旧，一点柔情非假。风流况味两心同，愿无忘今夜。

夫人亦答小词一首，以纪恩幸。

其词曰：

> 满苑娇花人似醉，芳草情多，也是萦苔砌。多谢春风能做美，一番浓露和烟翠。一霎匆匆罗帐里，聚出无心，散却偏容易。窗外柳丝阑上倚，依依似把柔情系。

丽华见了，不胜叹赏，曰："陛下天纵之才，姊妹闺中之秀，然皆深于情者也。"盖丽华有一种好处，枕席之事，全不妒忌。引荐宫中美色，常若不及，后宫多德之，故夫人于后主有私，不唯不妒，愈加亲热。自此夫人常召入宫，留宿过夜。在摩诃面前，只言被丽华留住，不肯放归。摩诃是直性人，始初信以为实，也不十分查问。其后风声渐露，知与后主有奸，不胜大怒，因叹道："我为国家苦争恶战，立下无数功劳，才得打成天下。今嗣主不顾纲常名分，奸污我妻子，沾辱我门风，教我何颜立于朝廷！"因此把忠君为国的心肠，遂冷了一半。今且按下不表。

却说隋兵既起，贺若弼自北道争先，韩擒虎自南边开路，军马渡江，如入无人之境。沿江守将，望风尽走。俄而若弼进据钟山，顿兵白虎冈，擒虎率步骑二万，屯于新林，内外大恐。时建康甲士，尚有十余万人，后主素懦怯，不达军事，台内处分一委施文庆。文庆务为壅蔽，诸将凡有启请，率皆不行。先是贺若弼之攻京口也，袁宪请出兵迎击，后主不许。及弼至钟山，宪又曰："弼悬军深入，营垒未坚，出兵掩袭，可以必克。"

又不许。及闻隋兵百万尽行压境，后主始惧，乃召摩诃、任忠等于内殿，商议军事。摩诃不语，忠曰："兵法客贵速战，主贵持重，今国家足食足兵，宜固守台城，缘淮立栅。北军虽来，勿与交战，分兵断江路，无令彼信得通，给臣精兵一万，金翅艘三百，乘江而下，径掩六合，彼大军必谓渡江将士已被俘获，自然挫气。淮南土人皆与臣有旧，今闻臣往，必皆景从。臣复扬声欲往徐州，断彼归路，则诸军不击自去。待春水既涨，上江守将周罗睺等，必沿流赴援，此良策也。"后主不能从。

明日，歘然曰："兵久不决，令人腹烦，可呼萧郎出兵一击。"

孔范从旁赞之，且曰："歼尽丑虏，当为陛下勒石燕然。"

任忠叩头苦请勿战，不从。谓摩诃曰："卿可为我一决。"

摩诃曰："从来行阵，为国为身，今日之事，兼为妻子。"

后主大喜，乃使鲁广达陈于白土冈居诸军之南，任忠次之，孔范又次之，摩诃一军最在北。诸军相去，南北亘二十里，首尾进退，各不相知。贺若弼将轻骑登山，遥望众军，因即驰下，率甲士八千勒阵待之。摩诃以后主通其妻，全无战意。唯鲁广达与弼相当，摧坚陷阵，所向披靡，杀死隋将士三百余人。隋师退走，弼见追骑至，辄纵烟以自隐。陈人既胜，将士各将所得首级，走献陈主求赏。弼知其骄惰，乃引兵趣孔范，范兵暂交即退。诸军顾之皆乱。隋兵乘之，遂大溃，死者五千人。摩诃既不退，又不战，遂被擒于阵。弼命斩之，摩诃颜色自若，乃释而礼之，摩诃遂降。任忠弛马入台，见后主曰："兵已败矣,臣实无所用力,奈何?"后主与之金两滕,使募人出战。忠曰:"陛下唯具舟楫,就上流诸军,臣当以死奉卫。"言罢即出。后主信之,乃令官人束装以待。

哪知任忠已怀叛志,驰至石子冈,正遇韩擒虎军来,便下马迎降。擒虎大喜,遂相与并进,直入朱雀门。台军欲拒,忠挥之曰:"老夫尚降,诸军何事相抗?"众闻之,皆散走。于是城内文武百官并遁。

斯时后主身旁不见一人,唯袁宪侍侧,因谓之曰:"朕从来待卿不胜余人,今人皆弃我去,唯卿独留,不遇岁寒,焉知松柏? 非唯朕无德,亦是江东衣冠道尽。"言罢,遽欲避匿。宪正色曰:"北兵之人,必无所犯,大事如此,去将安之? 臣愿陛下正衣冠,御正殿,依梁武帝见侯景故事。"后主不从,下榻急走,曰:"锋刃之下,未可儿戏,朕自有计。"从宫嫔十余人,奔至后堂景阳殿,将投于井。袁宪自后见之,以身蔽井,后主与争,久之得入。宪恸哭而去。时隋兵入宫,执内侍问曰:"尔主何在?"内侍指井曰:"在是。"窥之正黑,呼之不应,欲下石,乃闻叫声。以绳引之,怪其太重,及出,乃与张贵妃、孔贵嫔同束而上。众大笑。

先是沈皇后性端静,寡嗜欲,后主待之甚薄。张贵妃宠倾后宫,后澹然退处,未尝有所忌怨。及隋兵入,居处如常。太子深年十五,闭阁而坐,独舍人孔伯鱼侍侧。军士叩阁而入,太子安坐,劳之曰:"戎旅在途,得无劳乎?"军士咸致敬焉。

话分两头,贺若弼乘胜至乐游苑,鲁广达犹督余兵,苦战不息,复杀隋军数百人。会日暮,乃解甲,面台再拜恸哭,谓众曰:"我身不能救国,负罪深矣。"士卒皆涕泣歔欷,遂就擒。弼夜烧北掖门入,闻擒虎已执叔宝,呼视之,叔宝惶惧,流汗股慄,向弼再拜。弼谓之曰:"小国之君,当大国之臣,拜乃礼也。入朝不失作归命侯,无劳恐惧。"乃幽之德孝殿,以兵守之。

却说晋王广素慕丽华之美,私嘱高颎曰:"公入建康,必留丽华,勿害其命。"颎至,召丽华来见,曰:"美固美矣,但太公蒙面以斩妲己,我岂可留以误人?"乃斩之于青溪。晋王闻之,怅然失望曰:"昔人云无德不报,我有以报高公矣。"于是晋王整旅入建康,以施文庆受委不忠,曲为谄佞,以蔽人主耳目,沈客卿重赋厚敛,以悦其上,与太市令阳慧郎,刑法监徐析、都令史既慧,指为五佞,并斩于石阙下,以谢三吴之人。使记室裴矩收图籍,封府库,资财一无所取。陈人贤之。

且说当初陈高祖杀了王僧辩一家,只道王室已绝,哪知僧辩尚有一子遗下,名颎。当合家被难时,颎尚在襁褓,亏得乳母挚之以逃,流离北土。及壮,仕隋为仪同三司,隋师伐陈,从军南来。及陈亡,欲报父仇,乃结壮士数十人,饮以酒而谓之曰:"吾家与霸先,有不共戴天之仇。愿借诸君之力,发其墓,毁其尸,以舒夙恨。有罪我自当之,虽死不悔。"众皆许诺。乃夜往,发陈祖陵,开其棺,尸尚不腐,跪而斩之,焚骨取灰,投水而饮之。曰:"今而可以报吾父于地下矣。"天明自缚,叩首于军门,请正擅命之罪。晋王重其义,承制赦之。闻者莫不感叹。再说水军都督周罗睺守江夏,与秦王俊相持逾月,隋兵不得进。又荆州刺史陈慧纪,与南康内史吕忠肃据巫峡,于北岸凿石,缀铁锁三条,横绝中流,以遏隋船。杨素奋兵击之,四十余战,杀死隋兵五千余人,素不能克。及建康平,晋王广以后主手书,招上江诸将。罗睺乃与诸将大临三日,放兵降隋。慧纪、忠肃亦解甲投诚。杨素乃得下至汉口,与秦王俊会。将次湘州,有兵守城,不得进。素遣别将庞晖进兵攻之,举城欲降。湘州刺史岳阳王叔慎年十八,置酒会文武僚吏,酒酣,拍案叹曰:"君臣之义,尽于此矣!"

长史谢基伏而流涕,司马侯正理,奋袂起曰:"主辱臣死,诸君独非大陈之臣乎?今国家有难,实致命之秋也,纵其无成,犹见臣节。青门之辱,有死不能。今日之机,不可犹豫。后应者斩!"众咸许诺,乃具牛马币帛,诈降于庞晖,诱之入城。叔慎伏甲门口,晖至,斩之以徇。于是建牙勒兵,招合士众,数日之中,得兵五千人。衡阳太守范通、武州刺史邬居业,皆举兵助之。素闻晖死,率大军继进。叔慎与战,大败,遂被擒。秦王俊斩之于汉口,其党羽皆死。

又岭南未有所附,数郡士民,共奉高凉郡太夫人洗氏为主,号"圣母",保境拒守。晋王遣柱国韦洸,安抚岭外,至南康不得进,乃以叔宝书遗夫人,谕以国亡,使之归隋。夫人集首领数千人,向北恸哭,谓其孙冯魂曰:"昔武帝起兵吴兴,我决其必成大事,故使汝以兵助之,后果代有梁业。我家累受其恩,曾几何时,子孙不能守,把锦绣江山,尽付他人之手,曷胜浩叹!我以一隅之地,何敢与天下相抗?"乃遣使迎洸。洸至广州,晓谕岭南诸州,无不归顺。于是陈国皆平。得州三十,郡一百,县四百。三月已巳,送叔宝与其王公百司,并诣长安,陈氏遂亡。后人有长歌一篇,记其荒亡之迹云:

南朝天子爱豪奢,芙蓉为国颜作霞。
不临朝右明光殿,只恋宫中桃李花。
自矜文藻超凡俗,咳吐随风散珠玉。
批风抹月兴无涯,品燕评莺意不足。
风流性格夸作家,终朝相对人如花。
新词艳句推江总,浅笑轻颦斗丽华。
朱楼翠殿飘香远,舞榭歌台云雨满。
蓬莱瀛海艳神仙,结绮临春起池馆。
朱甍画栋接青霄,云作窗棂虹作桥。
龟网罘罳金落索,龙纹屏障玉镂雕。
珊瑚座映琉璃榻,绣带珠帘银蒜押。
鼋鼍海上锦云来,翡翠瓶中琼树插。
锦筵罗列山海珍,猩唇龙脯堆粉纶。
玛瑙盘倾霞灿烂,珍珠红滴香氤氲。
纷纷仙乐奏新声,君王欢笑侧耳听。
只道升平难际会,冰轮莫负今宵明。
昭仪妙句矜无比,学士清词杂宫徵。
脂香粉腻惹朝衫,巧笑低吟喜娇美。
通宵亵狎两不嫌,但称丽句谐秋纤。
声娇语脆醉人魄,音入肺腑如胶粘。

谱得新声中音律，后庭玉树真奇绝。
莺喉慢啭神欲飞，荡志惊魂意欢悦。
朝歌暮乐无已时，君臣放浪疑狂痴。
只知裙底情无限，那惜眉头火莫支。
一朝兵马邻封起，百万旌旗焕罗绮。
交章告急如不闻，犹说妖娆贵妃美。
陈情袁宪拼白头，痛哭欲解危城忧。
邪臣妄议恃天险，长江万里轻戈矛。
君臣大笑仍欢乐，饮酒征歌相戏谑。
不知天上下将军，御座孤身无倚着。
袁宪忠言总不知，临危犹是恋宫妃。
三人入井计何拙，千古胭脂辱井嗤。
王气金陵且消歇，晋王好色心偏热。
谁知宫里貌如花，化作营中剑铓血。
荒淫破国忆陈隋，瞬息兴亡致足悲。
虎踞龙蟠佳丽地，年年惟见鹧鸪飞。

先是武帝受禅之后，梦有神人，自天而下，手执玉策金字，北面授帝曰："陈氏五帝，三十二年。"屈指兴亡，适符其数。又后主在东宫时，有鸟一足，集于殿庭，以嘴画地成文曰：

独足上高台，盛草变成灰。
欲知我家处，朱门当水开。

后有解之曰："独足。"指后主亡国时，独行无众。"盛草"言荒秽之状，隋承火运，草遇火，则变为灰矣。及后主至长安，同其家属，馆于都水台，门适临水，故始句言"上高台"，结言"当水开"也。其言皆验。

却说后主至京，朝见隋帝，帝赦其罪，给赐甚厚。数得引见，班同三品，每预宴，恐致伤心，为不奏吴音。后监守者奏言叔宝云："既无秩位，每预朝集，愿得一官号。"帝曰："叔宝全无心肝。"监者又言叔宝常醉，罕有醒时。帝问饮酒几何，对曰："与其子弟日饮一石。"帝大惊，使节其饮，既而曰："任其性可耳，若节其酒，教他何以过日？"又诏陈氏子弟在京城者，分置边郡，给田业使为生。岁时赐衣服以安全之。其降臣江总、袁宪、萧摩诃、任忠俱拜仪同三司。帝嘉袁宪雅操，下诏以为江东称首，谓群臣曰："平陈之初，我悔不杀任蛮奴。受人荣禄，兼当重寄，不能横尸殉国，乃云无所用力。与宏演纳肝，何其远乎？"又晋王之戮陈五佞也，未知孔范、王瑳、王仪、沈瓘之罪，故得免。及至长安，事并露，帝乃暴其罪恶，投之边裔，以谢吴越之人。见周罗睺慰谕之，许以富贵。罗睺垂泣对曰："臣荷陈氏厚遇，本朝沦亡，无节可纪。得免于死，陛下之赐也，何富贵之敢望?"贺若弼谓罗睺曰:"闻公郧汉起兵,即知扬州可得,王师利涉,果如所料。"罗睺曰:"若得与公周旋,胜负亦未可定也。"顷之拜仪同三司。睺有裨将羊翔,早降于隋,伐陈之役,为隋乡导,位至上开府仪同,班在睺上。韩擒虎于朝堂戏睺曰:"不知机变,乃立在羊翔之下,毋乃愧乎?"睺曰:"仆在江南,久承令问,谓公天下节士。今日所言,殊乖所望。"擒虎有愧色。

先是常侍韦鼎聘于周,遇帝而异之,谓帝曰:"公当大贵,贵则天下一家,岁一周天,老夫当委质于公。"帝谦谢不敢当。及至德之日,鼎在江南,尽卖其田宅。或问其故,鼎曰:"江东王气,尽于此矣,吾异日当归葬长安耳。"至是陈平,帝召鼎为上仪同三司。叔宝尝从帝登邙山侍饮,赋诗曰:

> 日月光天德,山河壮帝居。
> 太平无以报,愿上东封书。

因表请封禅,帝优诏答之。他日复侍宴,及出,帝目之曰:"此败岂不由酒,以作诗之功,何如思安时事?朕闻贺若弼渡京口,其下密启告急,叔宝饮酒不省。高颎至日,犹见启在枕下,尚未开封。此诚可笑,盖天亡之也。"叔宝卒于仁寿四年之十一月,时年五十二。赠长城县公。盖自南北分裂,晋元帝建都金陵,号曰东晋,传十一主,共一百零四年。刘宋受禅,凡八主,共六十年。萧齐代兴,凡七主,共二十四年。梁武继统,凡四主,共五十六年。陈氏代梁,凡五主,共三十三年。统计南朝年代,共二百七十七年,金陵正气始尽,隋家并而有之,天下遂成一统。诗曰:

> 渠大英雄作帝王,威加海内气飞扬。
> 三秦才睹衣冠旧,何太匆匆归建康。
>
> ——上南宋
>
> 一木难支大厦倾,愍孙血染石头城。
> 诸王并是天家戚,舅氏江山付道成。
>
> ——上南齐
>
> 保有江东四十秋,疆围无恙若金瓯。
> 只缘梁祚应当尽,天命昭明不白头。
>
> ——上南梁
>
> 当代人豪数霸先,文宣继统亦称贤。
> 《后庭》一曲风流甚,断送东南半壁天。
>
> ——上南陈

陈后主不理国政,以风流为事,诸臣正直者少,诌佞者多,所以纲纪败坏,不可收拾。及敌兵压境,不听袁宪忠言,尚悦佞人献谀,不亡何待?乃至与张、孔同入于井,可羞之甚。其得保首领以没,幸矣。皇后、太子,尚能不失大体,可敬! 可敬! 袁宪虽亦降隋,乃忠于陈,竟尽心力,至不得已而降之,亦可原矣。结处统括全部,分划年代,条理井然。不似时手做到后来,全无收煞、只图了事者可比。比作手之书,超迈流俗,有目者自能辨之。